科学出版社“十四五”普通高等教育本科规划教材

理论力学

（第三版）

张亚红　刘　睫　主编

科学出版社

北京

内 容 简 介

本书是科学出版社“十四五”普通高等教育本科规划教材，根据教育部高等学校工科基础课程教学指导委员会制定的理论力学课程要求编写，初衷是为读者提供一本既适合课内学习，又便于课外深造的教学资料。本书内容包括静力学、运动学、动力学三篇，其中带“*”章节属于非基本要求的内容，为相关专业教学选用内容。章后给出了“思考空间”，对章节内容进行总结升华，将前后内容“相互衔接”，为后续课程“牵线搭桥”；习题部分突出了题目的工程背景，增加了开放性的研究型题目，以配合综合应用能力培养以及创新教育的需求。

本书可作为普通高等教育工科各专业的理论力学课程教材，也可供有关工程技术人员参考。

图书在版编目（CIP）数据

理论力学 / 张亚红，刘睫主编. —3 版. —北京：科学出版社, 2024.3
科学出版社“十四五”普通高等教育本科规划教材
ISBN 978-7-03-078284-7

Ⅰ. ①理… Ⅱ. ①张… ②刘… Ⅲ. ①理论力学－高等学校－教材 Ⅳ. ①O31

中国国家版本馆 CIP 数据核字（2024）第 057003 号

责任编辑：朱晓颖/责任校对：王　瑞
责任印制：师艳茹/封面设计：迷底书装

科学出版社出版
北京东黄城根北街 16 号
邮政编码：100717
http://www.sciencep.com
涿州市般润文化传播有限公司 印刷
科学出版社发行　各地新华书店经销

*

2008 年 1 月第　一　版　开本：787×1092　1/16
2024 年 3 月第　三　版　印张：20 3/4
2024 年 3 月第 11 次印刷　字数：530 000

定价：75.00 元

（如有印装质量问题，我社负责调换）

第三版前言

为了积极响应和践行党的二十大报告提出的“我们要坚持教育优先发展、科技自立自强、人才引领驱动，加快建设教育强国、科技强国、人才强国，坚持为党育人、为国育才，全面提高人才自主培养质量，着力造就拔尖创新人才，聚天下英才而用之”“加强教材建设和管理”等具体要求，作为长期工作在教学科研一线的教师及研究生导师，我们理论联系实际，教研融合，致力于为普通班、拔尖班、强基计划等不同层次的学生提供一本理论系统、工程应用背景广泛、例题习题内容丰富、题目难度呈梯度分布的教材，以更好地支撑一流人才的培养。

本书在前两版的基础上修订而成，入选科学出版社“十四五”普通高等教育本科规划教材。本版教材主要进行了以下几个方面的修订。

（1）静力学力系简化部分强化了矢量描述，在拓展应用部分给出了力对轴之矩的三重标积表示法，为复杂空间力系简化的具体操作指明了方法。平衡部分修订了关于静定、超静定问题的描述，指明独立平衡方程数与未知力个数相等时，系统未必在任何载荷作用下都平衡，使问题的描述更加严谨。摩擦一章重新梳理了问题的分类，按照未知量数目与独立方程数目的关系对问题进行分类，可以更好地厘清解题思路；此外将带传动时欧拉摩擦关系的推导纳入正文，进一步拓展了平衡问题的工程应用。

（2）运动学点的运动和刚体的基本运动部分强化了积分问题的求解和矢量描述，补充了直角坐标法、自然坐标法两种坐标系下加速度之间的关系。刚体的平面运动一章重新推导了刚体绕平行轴转动合成时角速度、角加速度之间的关系，进一步明晰了相对导数与绝对导数的概念；此外，在思考空间给出了加速度瞬心的确定方法。定点运动和刚体一般运动一章增加了刚体一般运动的例题解析。

（3）动力学部分强化了积分问题，新增的例题突出定理的综合应用。达朗贝尔原理一章基于速度、加速度的矢量表述重新梳理了定轴转动刚体惯性力系的简化过程。虚位移原理一章细化了势力场中质点系平衡条件的描述。碰撞部分强化了平面运动刚体的碰撞分析。

（4）修订了每章后面的“思考空间”，将近年来竞赛辅导的心得体会融入其中，便于学生深入理解课程内容；更新了部分章节的拓展应用题目，引入了国家重大科技基础设施超重力离心机、油田“磕头机”、柔性铰链等工程实例和前沿领域的热点问题，以激发学生的学习兴趣，坚定他们科技报国的信心。修订和新增例题、习题80余道，新增了二维码链接的数字资源。

希望修订后的教材能够在凸显“厚基础、重实践、强能力”的培养过程中发挥更好的作用。

本次修订工作由张亚红和刘睫负责完成，张亚红负责统稿和定稿。修订工作得到了西安交通大学教务处与和航天学院的大力支持与帮助，力学实验教学国家示范中心各位同仁以及科学出版社的编辑们也给予了诸多支持与帮助，在此表示衷心的感谢！

由于编者水平有限，书中难免有不妥和疏忽之处，衷心希望读者提出批评和指正。

编　者

2023年6月于西安交通大学

第二版前言

本书第一版出版时间为2008年，使用10年以来受到了本校师生和广大读者的厚爱，在此深表谢意。

为了配合高等教育新工科育人要求和培养目标，结合西安交通大学近几年人才培养及课程教学改革的实践和经验，本书在第一版的基础上，主要进行了以下几个方面的修订。

(1) 重视基本理论的应用。在静力学部分增加了重心、质心与形心计算，在动力学部分增加了变质量质点运动微分方程的应用。

(2) 重视概念的严谨性。舍弃了传统的复合运动加速度合成法的几何证明，直接采用解析法定义几个速度和加速度，采用解析法证明速度合成定理和加速度合成定理，强调力学推导的严谨性和准确性。

(3) 重视思维启发，强调对概念的理解和深化。在叙述过程中，设置了大量的例题和思考题，加深读者对力学概念的理解和拓展。

(4) 重视学生力学建模能力的培养。在例题和习题修订过程中，强化了题目的工程背景。完成增补的题目，需要学生将物理现象与基本理论和方法相联系，完成力学建模。

(5) 重视学生创新能力和团队合作能力的培养。在每一章后面增设了开放性的研究、设计型题目，供不同层次的学生独立完成或者以小组合作的方式完成。

(6) 重视难点内容的解析。针对教学过程中学生提问频次较高的难点及重点内容，录制了“理论力学高频问题及典型例题解析”系列讲座视频，以数字资源的形式提供给读者。

另外，本版修订还对部分章节内容进行了整合和删减：强化了摩擦的叙述及应用；对刚体动力学一章的内容进行了拆分，将平面运动部分合并到了动量矩定理的应用；删掉了运动学机构运动简图、动力学运动微分方程数值解法以及非线性系统混沌现象的介绍。总之，本次修订继承了原版教材体系完整、理论严谨、推演性强的特点，同时又注重和强化对学生综合应用能力和创新能力的培养，适合不同层次的读者使用。

本次修订工作由张亚红和刘睫负责完成，张亚红负责全部内容的修订和统稿，刘睫负责公式的校对。韩省亮通读了全稿，提出了许多宝贵的修改建议。张新华通读了第14章，给予了宝贵的修改建议。修订工作得到了第一版教材主编张克猛老师、张义忠老师以及第一版教材的参编同仁的大力支持与帮助，在此表示衷心的感谢！

由于编者水平有限，书中难免有不妥和疏忽之处，衷心希望读者批评指正。

编　者

2018年1月于西安交通大学

第一版前言

一段时间以来，随着本科教学计划的调整，基础力学课程的学时有较大幅度的削减。然而在载人航天、奔月工程、大型飞机研制等标志性工程的实施过程中，又将必然遇到大量的和一些前所未遇的力学问题。由此看来，扎实的力学功底，不仅需要课内的传授，更需要课外的不懈努力和走出校门后结合工程实际的不断探索。编写本书的初衷是为读者提供一本既适合课内学习，又便于课外深造的教科书。

本书以课程任务为主线来组织内容、阐述理论、提供处理问题的方法思路，在一定程度上反映了西安交通大学理论力学教研室多年来的教学经验和课程体系改革的一些探讨、实践与体会。将静力学公理分别放在共点力系合成、刚体上力系的等效和平衡(特例)、变形体平衡(举例)等节中作为物理依据讲述和引用，是本书的一种尝试。二维运动以几何法为主，三维运动则采用矩阵形式的分析法，各取其所长。数值解法的成熟和推广应用，提高了运动微分方程和变分方法(即本课程中的分析力学方法)的应用价值。为此本书在动力学开头对运动微分方程(以质点为例)的建立、数值解法以及与此相关的混沌现象、原因做了适当介绍。提高了对分析力学方法的重视程度，在虚位移概念的引入上也有自己的特色。全书布局为教学中对不同内容的选择、侧重提供了条件，同时也为有兴趣做深入一步研究的读者提供了方便。

理论力学是力学系列课程的第一门，为了给学生以整体印象，本书适当注意了与其他课程之间的过渡联系。第 1 章中，在讲述了“刚体上力系的等效与平衡”之后，专门安排了“变形体的平衡”一节，以提醒读者在以后研究变形体时如何把握其中的分寸；在第 15 章“虚位移原理”最后，提醒读者该原理也适用于无限自由度的弹性体，并可用有限自由度去逼近。

本书在张义忠教授主编的理论力学讲义的基础上修订而成，教研室集体编写，张克猛、张义忠任主编。其中刘睫编写第 2 章；赵玉成编写第 3 章；周进雄编写第 4、5 章；张亚红编写第 6 章；陈玲莉编写第 7、8 章；张克猛编写第 11 章和第 12 章的 12.1～12.3 节；王芳文编写第 13、14 章和第 17 章的 17.2 节；韩省亮编写第 15、16 章和第 17 章的 17.1 节；其余章节由张义忠编写。最后由张克猛统一定稿。

由于编者水平有限，书中难免有不妥和疏忽之处，衷心希望读者提出批评和指正。

编　者

2007 年 7 月于西安交通大学

目　录

绪　论

1. 理论力学的研究内容

理论力学研究物体机械运动的一般规律。所谓**机械运动**，是指所研究的物体相对另一参照物体，在空间位置随时间变化的一种运动形式，其中的参照物体称为**参考体**。与参照物体相固连的坐标系称为**参考系**。对于绝大多数工程问题，参考系固连于地球表面足以满足要求，此时参考系又称为**惯性参考系**。如果地球运动对所研究物体机械运动的影响不可忽视，则惯性坐标系必须固连在地球以外的物体上。理论力学属于经典力学的范畴，研究**宏观**、**低速**、**惯性系**下物体的机械运动。相对于惯性参考系静止或者匀速直线运动的物体，称其处于**平衡状态**。平衡包含着两层含义：首先是指一种特定的运动形式；其次则意味着为了维持平衡状态，物体所受各力之间必然存在着的某种确定关系，通常称为平衡条件，表达成数学形式则称为平衡方程。与平衡状态相对应的是非平衡状态，如腾空而起的火箭，飞行的飞机，运转的转子，执行读、写任务的磁头等，在力学中把这类物体归结为运动学和动力学问题进行研究。

本门课程内容按照三部分进行组织。

静力学：研究力系的简化以及物体的受力及平衡条件。

运动学：从几何的角度研究物体运动的几何性质，包括位移、轨迹、速度、加速度，暂不涉及力。

动力学：研究物体运动与受力之间的关系，求解未知的运动量及力，涉及牛顿力学及分析力学。

解决好一个力学问题，通常包含以下四方面工作。

(1) 建立合理的力学模型。围绕所要解决的问题，考虑各主要影响因素，忽略一些次要因素，建立系统合理的力学模型(又称物理模型)。

(2) 建立数学模型。针对力学模型，运用相关的力学理论和数学工具，建立或推导所研究问题的基本方程，最后形成定解方程。此方程可能为线性代数方程、微分方程、非线性方程，或其他形式的方程。

(3) 理论求解。求得方程的解以及研究解的性质，简单问题可以求得解析解，复杂问题则需借助计算机进行数值求解。

(4) 结果验证及模型修正。验证力学、数学模型的合理性，检测所得结果的可信度，必要时对模型做出修正重新求解。

2. 研究对象的初步分类

自然界和工程界的物体千姿百态，各不相同。不同类型的研究对象在研究方法上差异很大。为了便于问题研究，对各类物体初步进行理想化的抽象，分类如下。

质点：没有大小但具有质量的点。这一概念最初来自对天体的运动研究，与天体之间的超远距离相比，其自身的大小影响甚微，可视为质点。由牛顿定律即可建立质点的定解方程。

离散质点系：分散但相互间有某种联系的一群质点。例如，太阳系中的各天体以万有引力相互联系，即组成一个离散质点系。至于具体的力学模型中需要考虑哪些质点，则由所研究的问题而定。

连续体：我们周围的物体多数为具有一定大小，且质量连续分布的物体，称为连续体(与流体合称为**连续介质**)。物体的几何形状可能比较简单，也可能相当复杂。从逻辑上，连续体可看成由无限多个质点组成的连续质点系，但并非通过逐一研究各质点就能达到解决问题的目的。因此，建立直接研究连续质点系的有效工具就显得十分必要。

离散质点系和连续体统称为**质点系**，它们之间既有共性也有差别。这种差别主要体现在所使用的数学工具不同上。

3. 矢量力学方法和分析力学方法

力学的研究方法可分成**矢量力学方法**(又称**牛顿-欧拉力学**)和**分析力学方法**(又称**拉格朗日力学和哈密顿力学**)。矢量力学通过力的大小、方向及力矩表达力的作用。该方法相对比较直观，在历史上形成较早，因而人们比较熟悉。分析力学方法则通过力的功(确切说是虚功)表达力的作用，是牛顿定律与数学工具(特别是变分工具)相结合的产物，该方法在建模时避开了加速度分析，求解过程程式化，在复杂系统建模方面应用广泛，本教材对该方法进行入门介绍。

4. 与相关课程的联系和分工

早期的力学是物理学的一个组成部分，随着研究的深入逐渐从物理学中分离出来而成为一门独立的学科。物理学侧重于物质世界基本规律的探讨，力学则架起了基本物理规律与复杂工程实际间的一座桥梁。两者的重要差别在于力学研究对象的多样化及运动形式的复杂性。物理课程中已有的一些力学概念在本课程中将有新的内涵，物理课程中已有的一些力学定理在本课程中也将有新的应用形式。此外，本课程还将对分析力学的基础部分进行讨论。课程中将涉及矢量、微分、矩阵、微分方程、变分等多种数学工具。

理论力学是一门技术基础课，是材料力学、振动力学、结构力学、流体力学、弹性力学、机械原理、机械设计等后续课程的基础；为后续课程在分析约束、分析受力、力系等效简化和描述平衡、运动学及动力学分析等方面提供了综合性的支持平台。

第一篇　静　力　学

静力学用矢量力学方法研究物体平衡问题(又称几何静力学)，包括刚体平衡和变形体平衡。力系的等效与简化为其理论基础，该理论揭示了力系对物体作用的本质，给出了平衡条件。本篇介绍的概念与结论在分析物体受力和建立物体平衡方程中有重要应用。

第 1 章　静力学基础

本章将讨论力学模型中的几个重要内容：刚体的概念、常见约束的性质、物体受力分析和受力图。力系等效简化的依据是人们长期观察和实验总结出的几条结论，经过严格的科学抽象和表述，其正确性已被公认，通常称为**静力学公理**。静力学公理在力学建模中具有重要的指导意义。

1.1　力及其表示法

1.1.1　力

力是物体之间相互的机械作用，其作用效果是改变物体的运动状态(**外效应**)和使物体变形(**内效应**)。改变物体的运动状态，在静力学中可理解为使静止的物体开始运动。在动力学中则依据牛顿定律对不同的力学模型和不同的运动形式给出更明确的表述。力使物体产生变形，将在材料力学等课程中进行研究。力的作用效果取决于**力的三要素**：大小、方向、作用点。任何一个要素的改变，都将改变力的作用效果。在国际单位制(SI)中力的单位是牛顿(N)或千牛顿(kN)等。

力是矢量，在几何上可以用带有箭头的有向线段表示出力的全部要素：线段长度依比例表示力的大小，箭头方向表示力的方向，线段的起点(或终点)表示力作用点的位置。此外，还需标上代表该力的矢量名称，常以黑体字符表示，如图 1-1 所示。其中 $\boldsymbol{F}$ 表示力的大小和方向，下标 A 表示力的作用点。多数情况下 $\boldsymbol{F}_A$ 代表作用于 A 点的一个力，在运算表达式中等同于一般的数学矢量。力的几何表示法主要用于物体的受力分析(绘制受力图)。

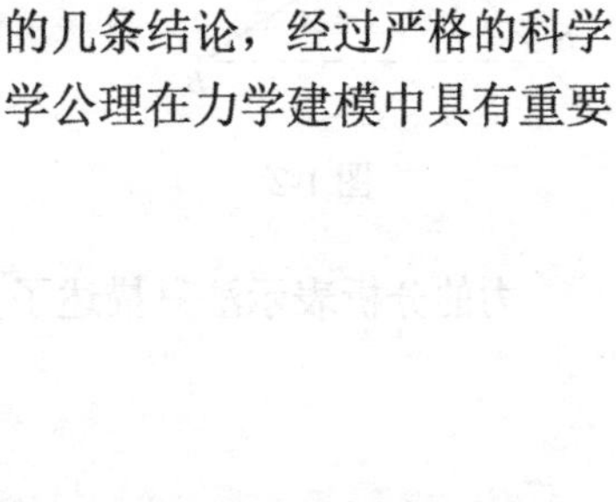

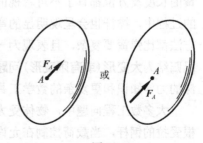

图 1-1

牛顿第三定律，即**作用反作用公理**，在应用时不受物体系是否平衡的限制，本课程中把它列为静力学公理之一。

作用反作用公理 甲物体对乙物体有作用力的同时，甲物体也受到来自乙物体的反作用力；作用力与反作用力等值、反向、共线。

在对物体进行受力分析时必须遵循作用反作用公理。

1.1.2 力的投影和分析表示法

数学中已给出了矢量在给定轴或平面上的投影的定义。据此，建立直角坐标系，即可计算力在坐标轴上的投影。设 x、y、z 轴的**单位矢量**为 $\boldsymbol{i}$、$\boldsymbol{j}$、$\boldsymbol{k}$，力 $\boldsymbol{F}$ 与 x、y、z 轴正向的夹角分别为 α、β、γ(图 1-2)，则力在坐标轴上的投影为

$$\begin{cases} F_x = F\cos\alpha \\ F_y = F\cos\beta \\ F_z = F\cos\gamma \end{cases} \tag{1-1}$$

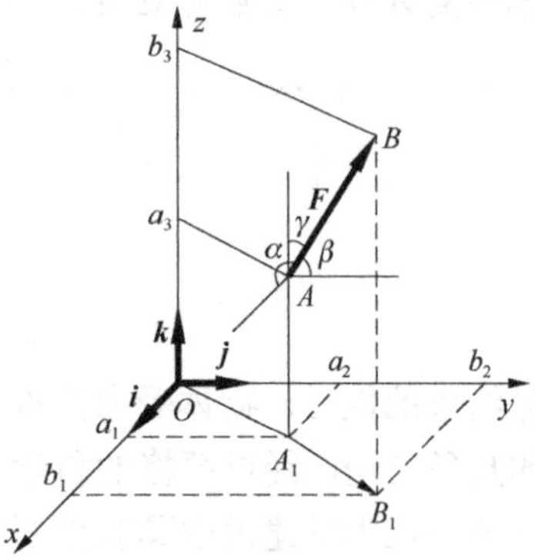

图 1-2

力在坐标轴上的投影为代数量。在具体计算力的投影时，可以先依据力与坐标轴正向所成的夹角确定投影的正负(锐角为正、钝角为负)；再利用给定的几何数据计算投影的大小，其中包括了二次投影方法。

已知力的投影，就可以用代数方法(又称为分析方法)表示力、力的关系并完成具体计算。其中

$$\boldsymbol{F} = F_x\boldsymbol{i} + F_y\boldsymbol{j} + F_z\boldsymbol{k} \tag{1-2}$$

称为**力的分析表达式**。

力的分析表示法只描述了力的方向及大小，力的作用点仍需通过受力图得以反映。

1.2 刚体与变形体

静力学中把研究对象区分为**刚体**和**变形体**两种力学模型。所谓**刚体**，指受到力作用后不会发生变形的物体，换言之，指受到力作用后，物体内任意两点间距离都不会改变的物体。

物体受力后总会发生变形，有时变形还相当显著。图 1-3 中弹簧受力后的平衡位置(图 1-3(b))与初始位置(图 1-3(a))相比，弹簧的长度及方位都有了不可忽视的改变。在撑杆跳运动员起跳后的过程中，撑杆也会呈现明显的弯曲变形，其变形的形式及描述方法都比弹簧要复杂，且表现为一个动态过程。力学中把上述情况归结为**大变形(或有限变形)问题**。对大变形问题的研究涉及更深的力学知识和更复杂的数学工具，数值计算工作量也较大。

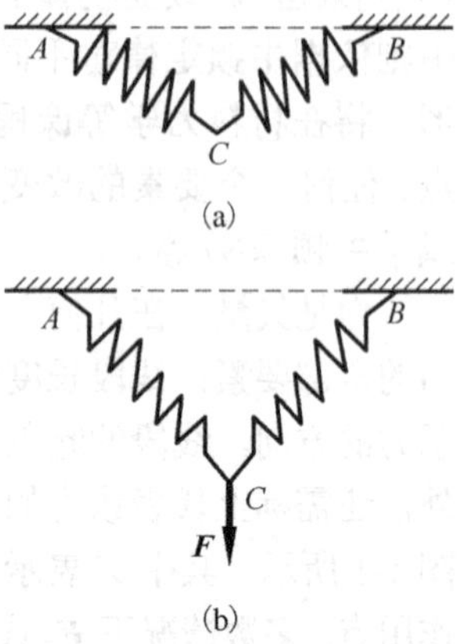

图 1-3

大多数工程问题中，物体受力后的变形都相当小。例如，一根受拉的钢杆，当载荷控制在允许范围内时，杆长的变化不超过

原长的千分之几；一般的公路桥梁，在自重及外载荷作用下铅垂方向的位移不超过桥梁跨度的 $\frac{1}{700} \sim \frac{1}{500}$。力学中把这类情况归入**小变形(或无限小变形)问题**。在这种背景下，可以把研究工作分为两个阶段。第一阶段，忽略变形对物体形状和尺寸的影响，研究物体整体的平衡和运动，求得作用于物体上的未知外力，这一阶段物体被抽象为**刚体**模型。这一阶段，忽略变形这一次要因素是一种简化，正是这种简化使我们找到了从物理角度研究力系等效的方法，并由此得到用矢量力学方法描述平衡问题的基本方程。第二阶段，研究物体的变形和内力分布随物体几何特征的不同，这一阶段物体被抽象为**变形体**，如细长的杆、薄的壳体以及三维块体，考虑其变形的力学特性将在后续的材料力学等课程中进行研究。

这里需要强调，刚体平衡是变形体平衡的基础，变形体平衡与刚体平衡两者之间既存在共性，也存在着不容忽视的差别，我们将随后详述这些内容。

1.3　力系平衡的几个公理

作用于同一研究对象上的一群力称为一个**力系**。地球对一物体的引力施加于该物体的每一点，是**分布力**，可看成一个力系。如果两个力系对物体的作用效果相同，则称此两**力系等效**，这是静力学中要讨论的重点内容。如果一个力和一个力系等效，则称此力为该力系的**合力**。若力系中各力作用于物体的同一点，则称此力系为**共点力系**。需要明确的是，并非任何一个给定的力系都能够合成一个合力。

1.3.1　力的平行四边形公理

作用在物体上一点 A 的两个力 $\boldsymbol{F}_1$ 和 $\boldsymbol{F}_2$ 可以合成一个合力；合力的作用点仍为 A，其大小和方向由以 $\boldsymbol{F}_1$ 和 $\boldsymbol{F}_2$ 为邻边所作平行四边形的对角线来确定(图 1-4)。

此公理是讨论力系合成与简化的物理基础。对它的全面理解包括：适用条件，合成结果，合力的大小、方向及作用点。从数学角度看，合力 $\boldsymbol{F}_R$ 的大小和方向是 $\boldsymbol{F}_1$、$\boldsymbol{F}_2$ 的矢量和，即

$$\boldsymbol{F}_R = \boldsymbol{F}_1 + \boldsymbol{F}_2 \tag{1-3}$$

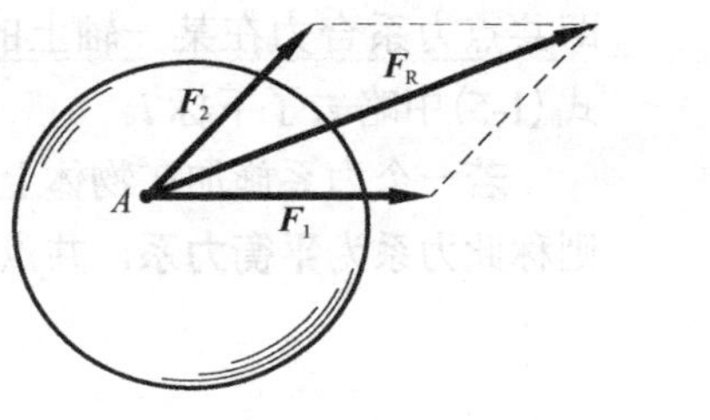

图 1-4

若先作出第一个矢量，再把第二个矢量的起点置于第一个矢量的终点，则从第一个矢量的起点指向第二个矢量终点的矢量即表示合力的大小和方向(图 1-5)，此法称为**力的三角形方法**。

反之，也可以把一个力按平行四边形公理进行分解，用来表示待求的未知约束力或计算力的投影、力矩、功等。

平行四边形公理的应用(共点力系的合成及平衡)

给定作用于物体上的共点力系($\boldsymbol{F}_1$，$\boldsymbol{F}_2$，$\boldsymbol{F}_3$，…，$\boldsymbol{F}_n$)(图 1-6)，运用力的平行四边形公理求得 $\boldsymbol{F}_1$、$\boldsymbol{F}_2$ 的合力，再求此合力与 $\boldsymbol{F}_3$ 的合力，以此类推，可得出以下结论：一个共点力

系可合成为一个合力；力系中各力的共同作用点为此合力的作用点，合力的大小、方向等于力系中各力的矢量和，即

$$\boldsymbol{F}_{\mathrm{R}} = \sum \boldsymbol{F}_i \tag{1-4}$$

力矢量求和可用几何方法完成，如图 1-7 所示，先作出代表 $\boldsymbol{F}_1$ 的矢量 $\overrightarrow{AA_1}$，再以 A_1 为起点作代表 $\boldsymbol{F}_2$ 的矢量 $\overrightarrow{A_1A_2}$，以此类推，得到一组折线 $A_1A_2\cdots A_n$，称为**力多边形**，该方法称为**力多边形方法**。矢量 $\overrightarrow{AA_n}$ 称为力多边形的封闭边，代表了力系合力的大小及方向。

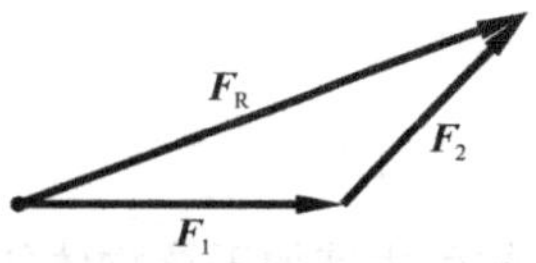

图 1-5

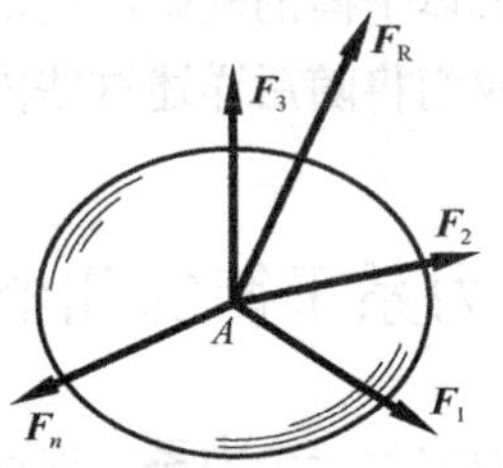

图 1-6

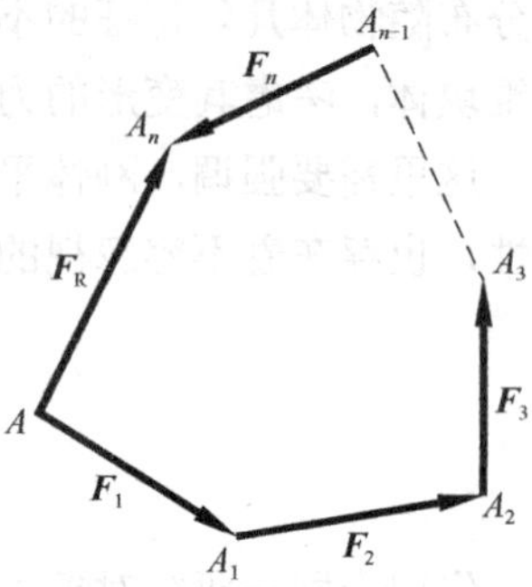

图 1-7

当力多边形为特殊的三角形、矩形、正方形、正多边形时，用几何方法可方便地求得力系的合力大小和方向。若变动求和次序，则力多边形的形状也随之改变，但不影响最终的合成结果。

矢量求和也可用分析方法，但需建立一个直角坐标系 $Oxyz$，将式(1-4)投影到 x、y、z 轴，则得到

$$\begin{cases} F_{\mathrm{R}x} = \sum F_x \\ F_{\mathrm{R}y} = \sum F_y \\ F_{\mathrm{R}z} = \sum F_z \end{cases} \tag{1-5}$$

即共点力系合力在某一轴上的投影等于力系中各力在同一轴上投影的代数和。为了简化，式(1-5)中略去了下标 i。

若一个力系施加在物体上不改变物体原有的运动状态，如使平衡的物体仍然保持平衡，则称此力系为**平衡力系**。共点力系平衡的充分必要条件是其合力为零，即

$$\sum \boldsymbol{F}_i = 0 \tag{1-6}$$

以四个力为例，在几何方法中表现为力多边形的终点 A_4 与起点 A 重合，即共点力系平衡的几何条件是力多边形自行封闭(图 1-8)。

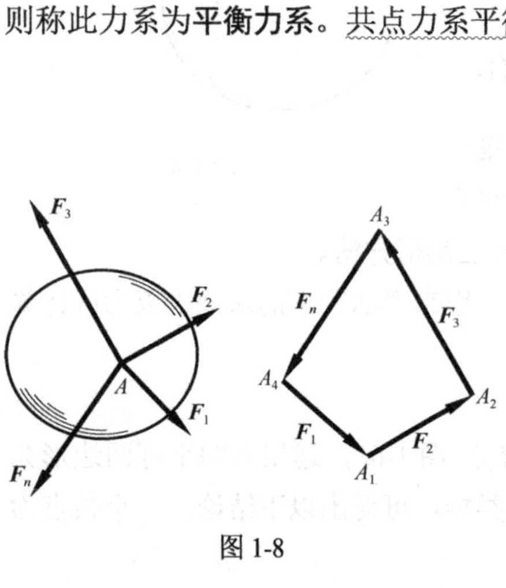

图 1-8

把式(1-6)投影到 x、y、z 轴，即可得到共点力系平衡的分析条件为

$$\begin{cases} \sum F_x = 0 \\ \sum F_y = 0 \\ \sum F_z = 0 \end{cases} \tag{1-7}$$

即各力在 x、y、z 轴上投影的代数和分别等于零。

1.3.2　二力平衡公理

物体只受一个力作用不可能平衡。物理课程中已得出二力平衡条件，本课程中表述为**二力平衡公理**，即刚体在两个力作用下平衡的充分必要条件是此两力等值、反向、共线(图 1-9)。

对于受力后变形很小、因而可以忽略变形的物体(即刚体)，结论的正确性不难理解，且容易由实验证实。

在一根处于自然状态的静止弹簧上施加一对等值、反向、共线的力(图 1-10(a))。经验告诉我们，弹簧将不再保持平衡，并开始变形，直到变形达到一定程度才有可能在新的位置上实现平衡(图 1-10(b))。如果同步缓慢地改变两个力的大小，虽仍能够保持两力等值、反向，但弹簧在此位置将不再平衡。由此可知，如果弹簧在两力作用下已处于平衡，则此两力一定等值、反向、共线。反之，如果只知道两力等值、反向、共线，弹簧未必能处于平衡。因此，二力平衡条件对刚体平衡是充分必要条件；对变形体平衡只是必要条件。

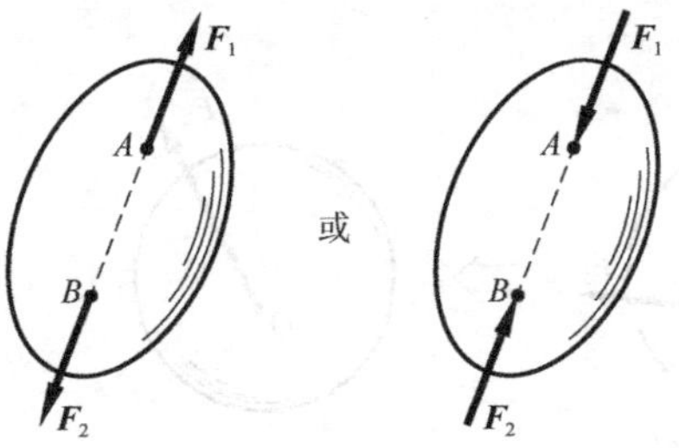

图 1-9

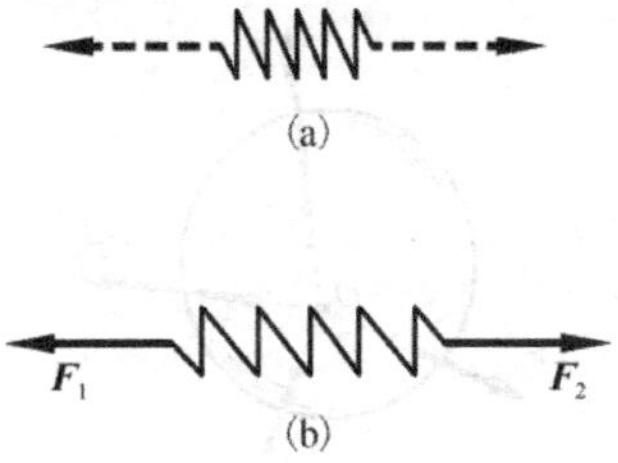

图 1-10

二力平衡公理在分析物体受力、力系等效和力系简化中有广泛应用。

1.3.3　加减平衡力系公理

在刚体上叠加或减去任意平衡力系不改变原力系对刚体的作用效果，称为加减平衡力系公理。

此公理给出了刚体上力系简化与等效的具体方法。在静止的变形体上添加了平衡力系后，变形体会出现新的变形，在当前位置上也不再保持静止。因此，不能按此思路去研究变形体上力系的等效。刚体上力系等效与简化的方法及结果将在第 2 章中介绍，本节只讨论几个等效及平衡的特例，其结论在后续的讨论中将被直接应用。

1. 刚体上力的可传性

作用在刚体上的力，可沿其作用线在刚体内(或刚体延拓部分)任意移动，而不改变此力对刚体的作用效果。

由此可知，决定**力对刚体作用的要素**是力的大小、方向及作用线位置，因此，作用在刚体上的力是**滑移矢量**。

力的可传性可通过添加平衡力系($\boldsymbol{F}'$、$\boldsymbol{F}''$)，再去掉平衡力系($\boldsymbol{F}''$、$\boldsymbol{F}$)的途径进行证明(图 1-11)。

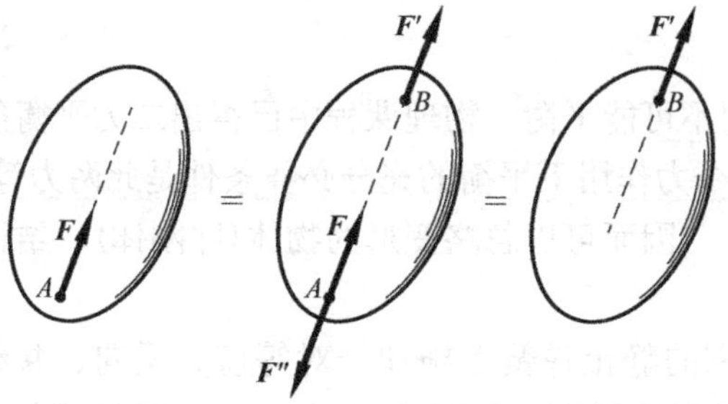

图 1-11

2. 刚体上汇交力系的合成和平衡

若力系中各力的作用线交于同一点，则称此力系为**汇交力系**。根据刚体上力的可传性，可以把作用于刚体上的汇交力系($\boldsymbol{F}_1$，$\boldsymbol{F}_2$，…，$\boldsymbol{F}_n$)等效地化成一个共点力系($\boldsymbol{F}_1'$，$\boldsymbol{F}_2'$，…，$\boldsymbol{F}_n'$)(图 1-12)，且有矢量关系：$\boldsymbol{F}_i' = \boldsymbol{F}_i$。

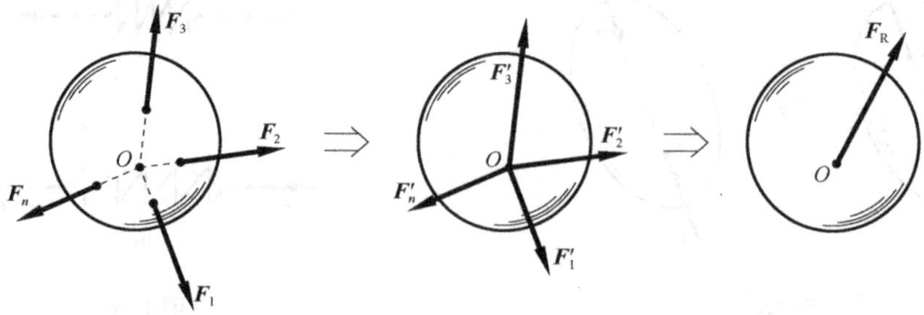

图 1-12

共点力系可以合成一个合力 $\boldsymbol{F}_\mathrm{R}$，合力的大小、方向为 $\boldsymbol{F}_\mathrm{R} = \sum \boldsymbol{F}_i' = \sum \boldsymbol{F}_i$。因此得出结论：作用于刚体上的汇交力系可以合成一个合力；合力作用线通过力系的汇交点，合力的大小、方向可表示成矢量关系：

$$\boldsymbol{F}_\mathrm{R} = \sum \boldsymbol{F}_i \tag{1-8}$$

矢量求和可借助力多边形(图 1-13)，也可以建立直角坐标系后写成投影形式：

$$\begin{cases} F_{\mathrm{R}x} = \sum F_x \\ F_{\mathrm{R}y} = \sum F_y \\ F_{\mathrm{R}z} = \sum F_z \end{cases} \tag{1-9}$$

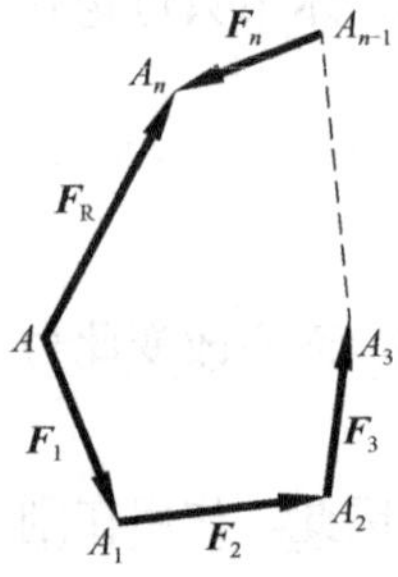

图 1-13

进一步可得到：汇交力系平衡的几何条件为力多边形自行封闭；汇交力系平衡的分析条件为

$$\begin{cases} \sum F_x = 0 \\ \sum F_y = 0 \\ \sum F_z = 0 \end{cases} \tag{1-10}$$

3. 三力平衡汇交定理

若刚体在三个力作用下平衡，且已知其中两个力的作用线相交于某一点 O，则此三力共面，且作用线汇交于 O 点(图 1-14)。

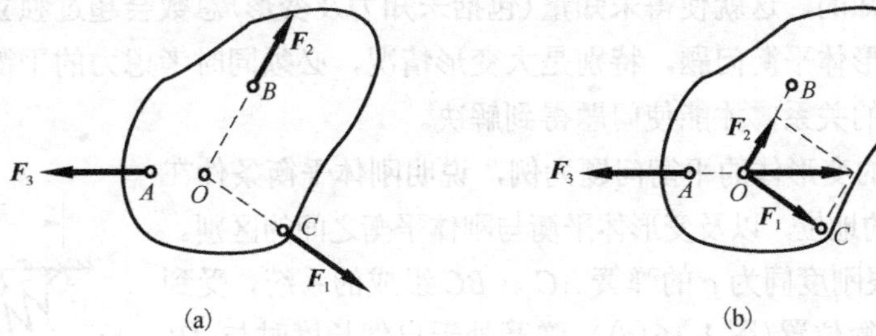

图 1-14

读者不难依据汇交力系的合成及二力平衡公理证明。此定理主要用于分析物体受力，特别需要注意定理的完整表述。如果单独抽出“刚体在三力作用下处于平衡”与“此三力汇交于一点”两个事件，则两者之间不存在确定的因果关系。

思考题 1-1 刚体上两等值、同向平行力的合力，其大小、方向、作用点位置如何确定？请采用加减平衡力系公理以及力的可传性加以证明。

思考题 1-2 三力平衡汇交定理的表述能否进一步放松条件，即刚体在三个力作用下平衡，此三力一定共面且汇交于一点？对结论进行证明。

1.3.4 刚化公理

当变形体在某力系作用下处于平衡时，若把这时的变形体假想成刚体，则此刚体在该力系作用下仍将保持平衡(图 1-15(a))。可见，变形体平衡时必满足刚体的平衡条件。

需要注意：刚体平衡条件对变形体平衡来说必要而非充分。以两端受拉力或压力的弹簧为例，弹簧要在这两个力的作用下平衡，两端的力必须等值、反向、共线。但是，在等值、反向、共线的一对力作用下，却不能保证弹簧平衡(图 1-15(b))。

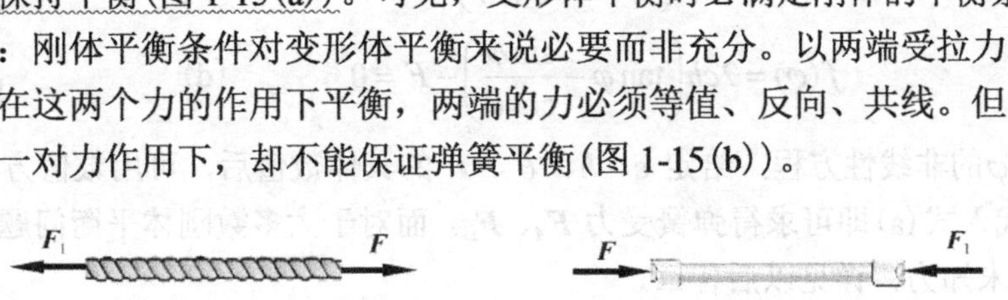

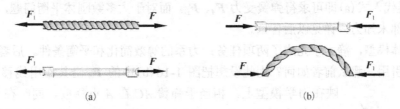

图 1-15

有了刚化公理，在研究变形体平衡时，就可以“名正言顺”地引用刚体的平衡条件。对于小变形问题，在求解变形体的外力和内力时，均在未变形状态对变形体进行刚化、求解，这既简化了计算，又符合工程精度要求。

刚体平衡与变形体平衡的区别

刚体平衡条件对变形体平衡只是必要条件，并不充分，其原因可从两个角度进行解释：从物理角度看，判断变形体是否真正处于平衡，在考察外力是否满足平衡条件的同时还需要考察其变形是否已达到真实的平衡位置；从数学角度看，由于达到平衡位置的变形与受力有关，变形事先是未知的，这就使得未知量(包括未知力及变形)总数会超过独立平衡方程的个数。因此，对于变形体平衡问题，特别是大变形情况，必须同时考虑力的平衡、变形的几何描述以及力与变形的关系，才能使问题得到解决。

以图 1-3 所示的变形体的平衡问题为例，说明刚体平衡条件在研究变形体平衡中的地位，以及变形体平衡与刚体平衡之间的区别。

例 1-1　由两根刚度同为 c 的弹簧 AC、BC 组成的系统，受到力 $\boldsymbol{F}$ 作用后达到平衡位置(图 1-16(a))。弹簧处于自然长度时与 AB 线的夹角为 θ，其他尺寸示于图中。求系统平衡时的角度 φ 以及弹簧受力。

解　研究处于平衡位置的系统，所受外力 $\boldsymbol{F}$、$\boldsymbol{F}_A$、$\boldsymbol{F}_B$ 组成汇交力系(图 1-16(b))。平衡时力多边形自行封闭(图 1-16(c))，由几何关系可得到

$$F_A = F_B = \frac{F}{2\sin\varphi} \tag{a}$$

弹簧变形为

$$\Delta L_A = \Delta L_B = \frac{h}{\cos\varphi} - \frac{h}{\cos\theta} \tag{b}$$

力与变形关系为

$$F_A = F_B = c \cdot \Delta L_A = c \cdot h\left(\frac{1}{\cos\varphi} - \frac{1}{\cos\theta}\right) \tag{c}$$

代入式(a)后化简得到

$$2c \cdot h\left(\tan\varphi - \frac{\sin\varphi}{\cos\theta}\right) = F$$

或写成

$$f(\varphi) = 2ch\left(\tan\varphi - \frac{\sin\varphi}{\cos\theta}\right) - F = 0 \tag{d}$$

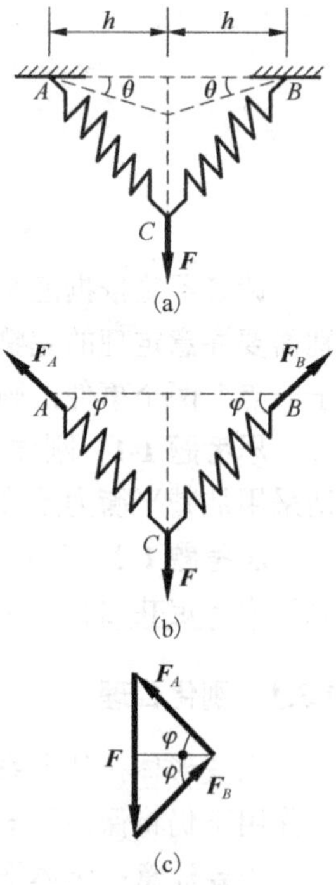

图 1-16

这是关于 φ 的非线性方程，给定 c、h、θ、F 的具体数值后，可用数值方法求得平衡时的角度 φ，再代入式(a)即可求得弹簧受力 $\boldsymbol{F}_A$、$\boldsymbol{F}_B$。而对于大多数刚体平衡问题，由平衡方程即可求得全部未知力，详见以后各章。

针对刚体模型，静力学完成了两项任务：力系的等效简化和平衡条件。后者已在变形体平衡时加以引用，那么前者如何？为此设想把图 1-16(b)中的 $\boldsymbol{F}_A$ 沿其作用线移到 C 点，反映在力学模型上，相当于弹簧 AC 在 A 点释放，同时在 C 点再施加一个主动力 $\boldsymbol{F}_A' = \boldsymbol{F}_A$，如图 1-17 所示。不难看出，与原来的问题相比，平衡方程相同，平衡时的角度及力 $\boldsymbol{F}_B$ 也无变化，然而弹簧 AC 的受力及变形则完全不同。由此可得出如下结论。

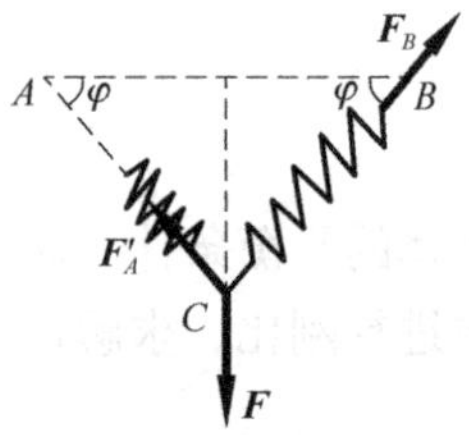

图 1-17

(1) 对于变形体，所受力系中各力的大小、方向、作用点以及分布力的分布规律不能轻易改动。例如，不要轻易把汇交力系转化成共点力系。

(2) 若出于某种需要，必须对力系进行等效转化处理，则必须对影响范围做到“心中有数”。例如，后续课程中对细长梁、薄板或壳体，就只能在其中的小尺度范围内对力系进行简化。

1.4　约束、约束反力

前面关于力系的讨论是在默认各力的要素(至少其作用点和方向)已知的前提下进行的。而实际上各力的要素是在建立力学模型的过程中经过分析得出的，为此就需要考察物体之间的相互关系。

1.4.1　自由体、非自由体、约束

有些物体在空间的位置或位移不受限制，如飞机、气球，这类物体称为**自由体**。与此不同的是，有些物体的位置或位移(包括转角)受到来自其他物体的强制性限制，这类物体称为**非自由体**。例如，秋千被绳索吊在支架上；火车车轮只能在路轨的限制下运动；滑轮通过销钉(轴)与支架连接，只允许自由转动而不允许轮心有任何位移；古栈道的横梁插在岩壁的方孔中，既不允许梁移动，也不允许梁转动。限制非自由体位置或位移(包括转角)的其他物体称为此非自由体的**约束**。对约束可以从不同的角度进行研究。

(1) 写出约束对非自由体位置或位移限制的数学表达式，并以此为依托进行进一步的研究。这一方法将在分析力学方法中采用。

(2) 分析约束所允许的位移或转角，用于运动学建模和运动分析。

(3) 分析约束能够限制的位移，将这种限制通过力来体现。约束作用于非自由体的力称为**约束力**或**约束反力**。约束反力的大小一般未知，而作用点和方向可能通过对约束的分析而定出。

工程中常见的约束可以归纳成如下七种类型，其他形式的约束可参照常见约束进行具体分析。

1.4.2　常见约束及其约束反力

1. 柔软不可伸长的绳索(包括链条、皮带)

理想化的绳索柔软不可伸长，只限制物体沿绳索伸长方向的位移，工程中简称为**柔索**。约束反力为沿绳索的拉力(图 1-18)。

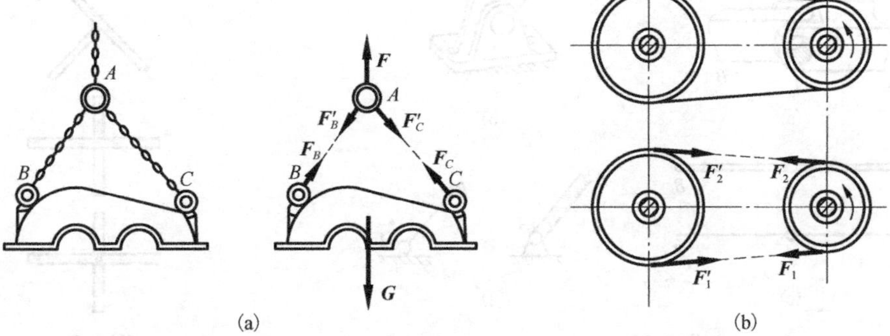

图 1-18

有弹性的绳索(包括弹簧)并未对所连接物体的位移构成强制性限制，有别于本书所指的柔软不可伸长的绳索。

2. 光滑接触面

所谓光滑，是指忽略了实际存在的摩擦因素，这是从力学模型角度进行的一种简化。

图 1-19(a)中约束面只限制物体沿法线方向指向约束面的位移，这种约束属于**单面约束**。约束反力过接触点、沿接触面公法线方向、指向被约束物体。

图 1-19(b)中物体被限制在两个约束面之间，沿接触面公法线两种指向的位移被限制，所受约束属于**双面约束**。约束反力沿约束面公法线方向，指向有两种可能。分析受力时可以假设一种指向，约定 $\boldsymbol{F}_A$ 可正可负，若为负则表示实际指向与图中假设的指向相反。而在图 1-19(a)所示的单面约束中必有 $\boldsymbol{F}_A \geqslant 0$。

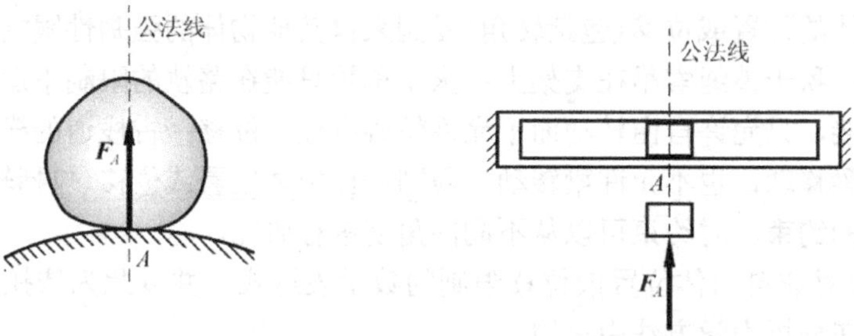

(a) $\boldsymbol{F}_A$ 非负值　　(b) $\boldsymbol{F}_A$ 可正可负

图 1-19

3. 光滑圆柱铰链和光滑球铰链

光滑圆柱铰链是以销、孔配合的方式把两个活动构件或一个活动构件与一个固定支座相连接的约束形式(图 1-20(a)、(b))。它们可表示为图 1-20(c)、(d)所示的简图。若无特别要求，销钉不必单独取出，而是依附于其中一个构件或支座上。

铰接点并不一定总位于构件的一端，图 1-21 给出了这类情况的表示方式，图中的圆圈或圆点即表示铰链连接。

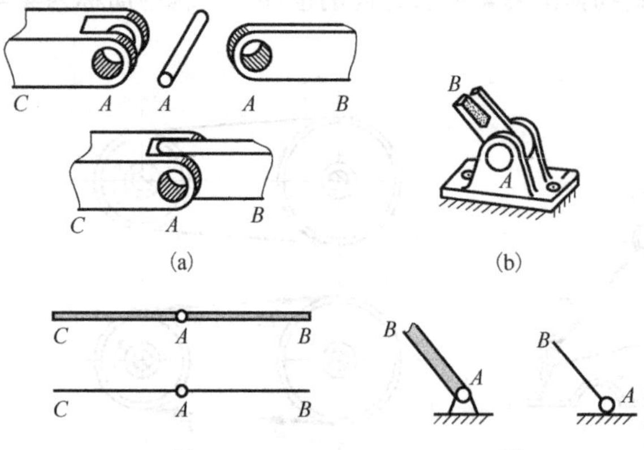

图 1-20

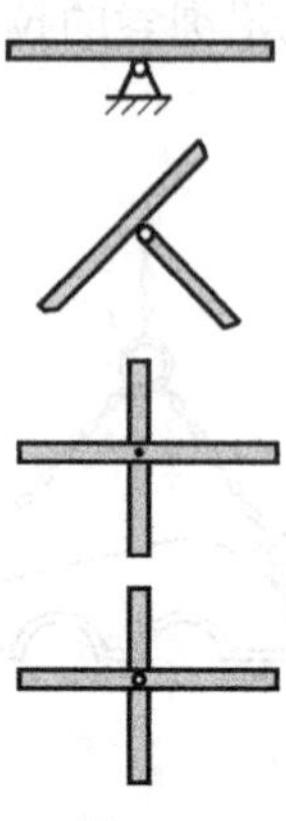

图 1-21

若在与销钉轴线垂直的平面 xy 内研究构件 AB，则约束允许构件在此平面内绕销钉轴线转动，不允许铰接点 A 在此平面内任意方向的位移。由此可知，铰链约束反力的作用线过销、孔中心，可在与销、孔轴线垂直的平面内取任何方向(图 1-22(a))，其中 θ 不代表 $\boldsymbol{F}_A$ 的真实方向，只表示 θ 可在 0°～360°内任意取值；也可以把此力分解为两个方向确定、大小未知的力(图 1-22(b))，力的指向为假设的，大小可正可负。其中图 1-22(a)仅是一种“过渡性”的表示法，意在考察物体的全部外力后，归结为二力平衡、三力平衡汇交等特殊情况，最终定出 $\boldsymbol{F}_A$ 的确切方向。

图 1-23 所示的三个杆件 AB、AC、AD 在 A 处用同一销钉相连。如果需要对三杆分别进行分析，销钉具体附在哪个杆件上可有三种不同的选择。图中以销钉附在杆件 AD 上为例，约束反力分析中需要注意作用反作用公理。

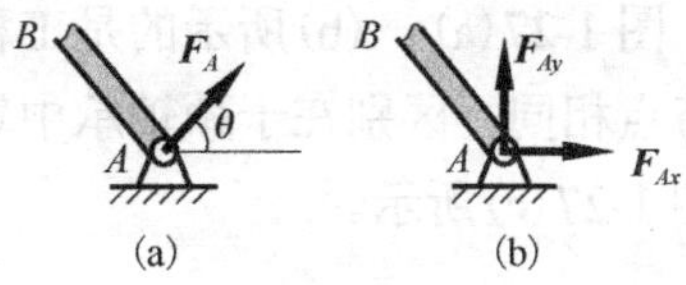

图 1-22

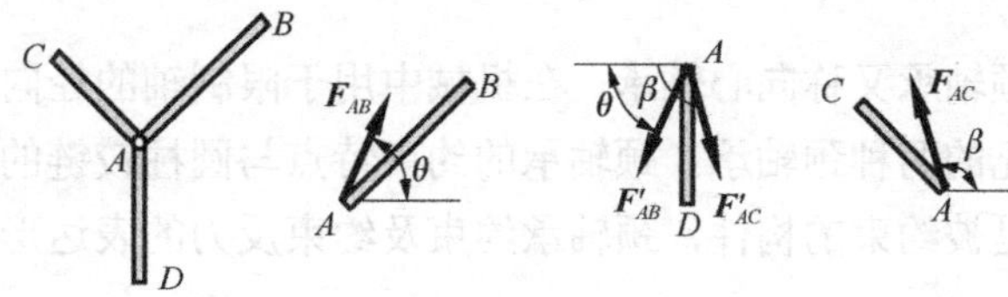

图 1-23

构件之间也可以通过球体与球窝之间的配合相连接(图 1-24(a)、(b))，不考虑摩擦时称为**光滑球铰链**。约束允许物体在空间自由转动，而不允许铰接点有任何方向的位移。约束反力作用线过球心，可以在空间取任何方向，也可以用三个方向确定、大小未知的力表示(图 1-24(c))。

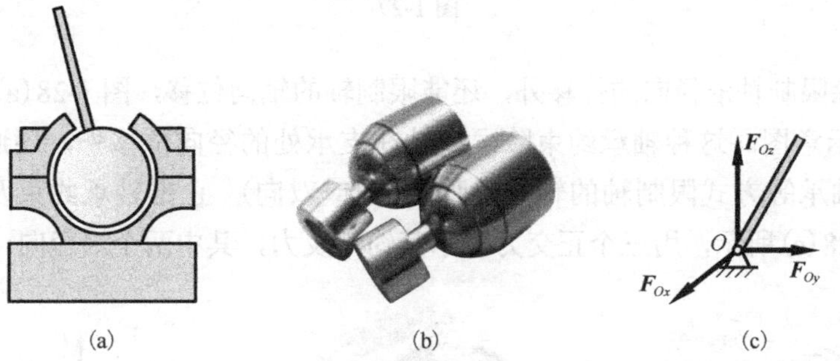

图 1-24

4. 滚动支座(辊轴支座)

滚动支座可看成光滑圆柱铰链与光滑接触面组合形成的约束(图 1-25(a))，简图可表示成图 1-25(b)所示的三种形式之一。

约束允许构件绕铰链中心自由转动且沿支承面自由运动，只限制沿支承面法线方向的位移。支承面可以是单面或双面约束，视工程需要而定。由此可知，约束反力作用线过铰链中心，沿支承面法线方向(图 1-25(c))。

对单跨度的梁桥，常常采用一个固定铰链支座和一个滚动支座相配合使用(图 1-26)，以确保温度变化时梁桥可以在水平方向自由伸缩。

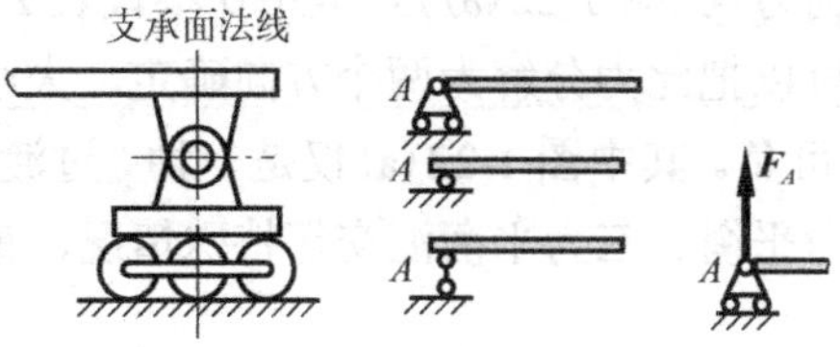

(a)　(b)　(c)

图 1-25

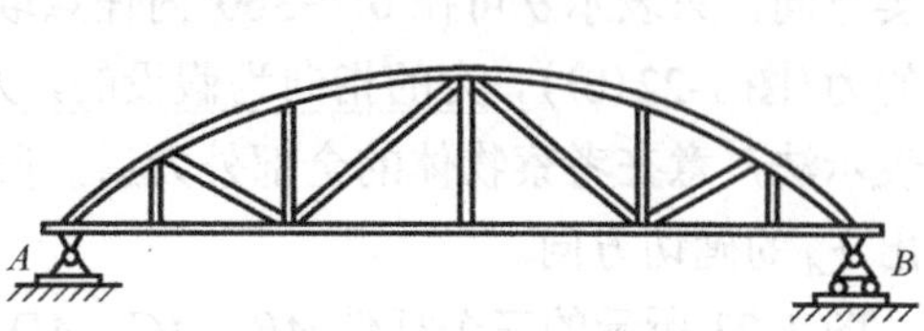

图 1-26

5. 颈轴承和止推轴承

颈轴承又称**向心轴承**，在机械中用于限制轴的径向位移，图 1-27(a)、(b)所示的是工程中常见的两种颈轴承。颈轴承的约束特点与圆柱铰链的约束特点相同，区别在于颈轴承中轴本身是被约束的构件，颈轴承约束及约束反力的表达形式如图 1-27(c)所示。

(a)　(b)　(c)

图 1-27

止推轴承除限制轴沿径向的位移外，还能限制轴的轴向位移，图 1-28(a)、(b)给出了两种止推轴承的示意图。这种轴承约束除限制轴在支承处的径向位移外，还通过轴肩与轴承的配合、锥形轴承等方式限制轴的轴向位移(单向或双向)。止推轴承约束及约束反力的表达形式如图 1-28(c)所示，用三个正交力表示其约束反力，其中两个沿径向，一个沿轴向。

(a)　(b)　(c)

图 1-28

工程中的转轴通常采用一只止推轴承与一只颈轴承配对安装。读者不难分析其中的原因。

6. 链杆(二力杆)

自重忽略不计的刚性直杆或曲杆仅在两处通过光滑铰链(圆柱铰链或球铰链)与其他物

体连接，且不再受其他力的作用，这样的杆件称为**链杆**(图 1-29)。取出 BC 杆单独分析。若把 B、C 处的铰链约束力按图 1-22(a)以一个力表示，则 BC 在两个力作用下平衡，$\boldsymbol{F}_B$、$\boldsymbol{F}_C$ 等值、反向，作用线沿铰链 B、C 的连线，具体指向可以假设。如果把链杆视为约束，则链杆给机身或物体 AC 的约束力的方向可据此定出。

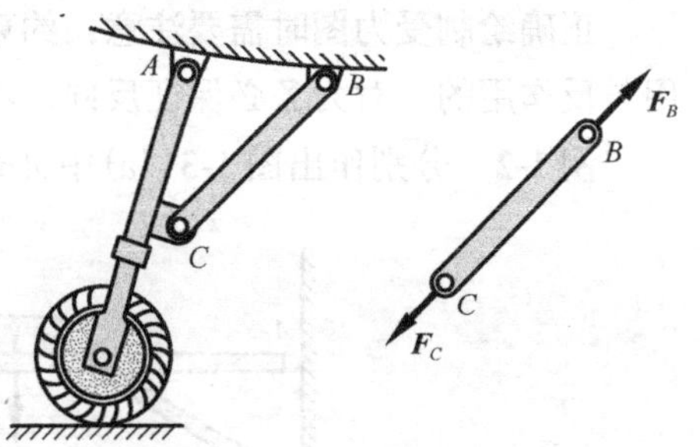

图 1-29

准确识别链杆约束和其他处于二力平衡的物体(统称为**二力构件**)在分析受力时十分重要。需要特别提醒，链杆约束力的特点是由二力平衡得出的，在动力学中不能简单套用。

7. 固定端

固定端约束(或称**插入端约束**)是工程中常见的一种约束形式。例如，摇臂钻床的立柱对于摇臂(图 1-30(a))、车床的卡盘对于工件(图 1-30(b))等都构成固定端约束。该约束限制了被约束物体任何方向的移动和转动。因此，对于空间问题，被约束物体在固定端受到约束力和约束力偶矩的作用，结果可用图 1-30(c)表示，包含三个方向的约束力和绕三个垂直轴的约束力偶矩。如果是平面问题，则约束作用退化，如图 1-30(d)所示。

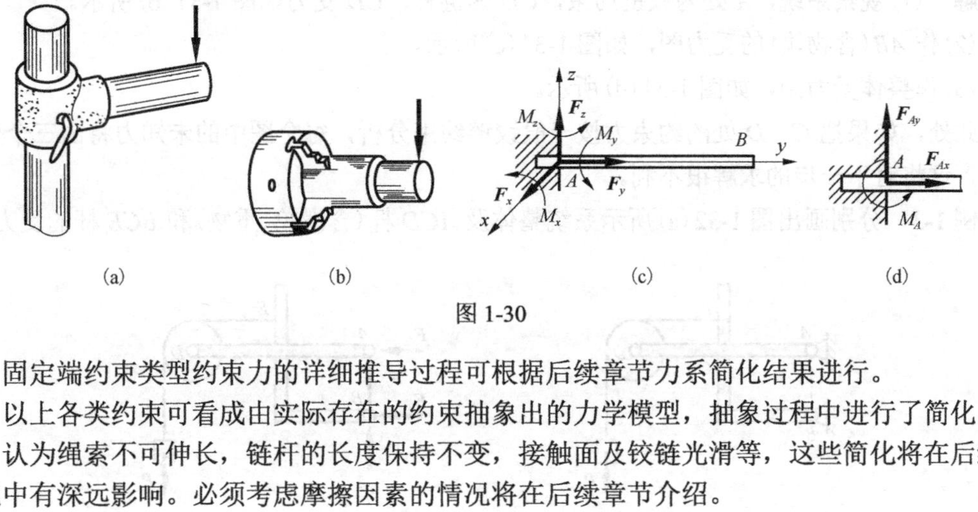

(a)　(b)　(c)　(d)

图 1-30

固定端约束类型约束力的详细推导过程可根据后续章节力系简化结果进行。

以上各类约束可看成由实际存在的约束抽象出的力学模型，抽象过程中进行了简化。例如，认为绳索不可伸长，链杆的长度保持不变，接触面及铰链光滑等，这些简化将在后续的研究中有深远影响。必须考虑摩擦因素的情况将在后续章节介绍。

1.5　受力分析、受力图

作用在物体上的力可分为两类：①若力的三要素不依赖其他作用力和物体运动状态，如重力，则这类力称为**主动力**；②若力的大小未知(依赖于其他作用力和物体运动状态)，作用点和方向由约束特征确定，则这类力称为**约束反力**。

解决工程中的静力学问题和动力学问题，必须清楚两个问题：①哪个物体是研究对象？即根据需要确定研究对象；②研究对象上受到哪些力的作用？即完成受力分析。为了清楚地表示研究对象的受力，需要将研究对象从周围物体中隔离出来，画**隔离体图**，在隔离体上画出所有力(主动力、约束力)。这种全面、形象反映物体全部受力的图形，称为**受力图**。

正确绘制受力图时需要注意：约束反力要与约束特征相一致；不同研究对象之间互为作用与反作用的一对力务必保证反向；不同研究对象的受力图必须单独绘制，不能混在一起。

例 1-2　分别作出图 1-31(a)中 AB(含物块)及整体的受力图。

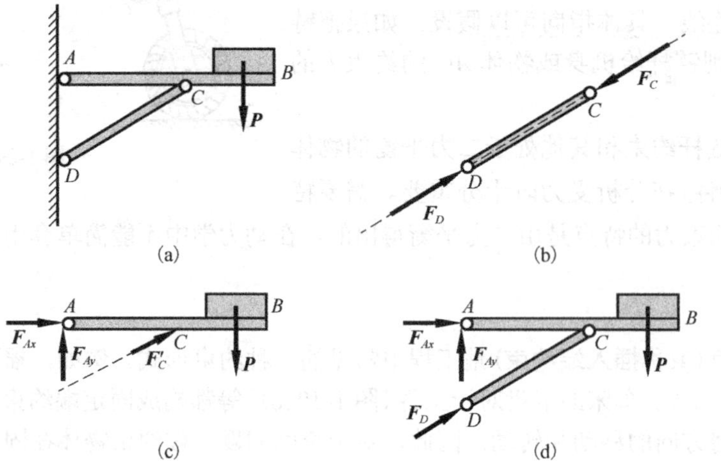

图 1-31

解　(1)观察系统，A 处为铰链约束，CD 为链杆，CD 受力如图 1-31(b)所示。

(2)作 AB(含物块)的受力图，如图 1-31(c)所示。

(3)作整体受力图，如图 1-31(d)所示。

此处，如果把 C、D 处的约束力按一般铰链约束分析，每个图中的未知力将由三个变为四个，这将对下一步的求解很不利。

例 1-3　分别画出图 1-32(a)所示系统整体及 ACD 杆(含滑轮、重物)和 BCE 杆的受力图。

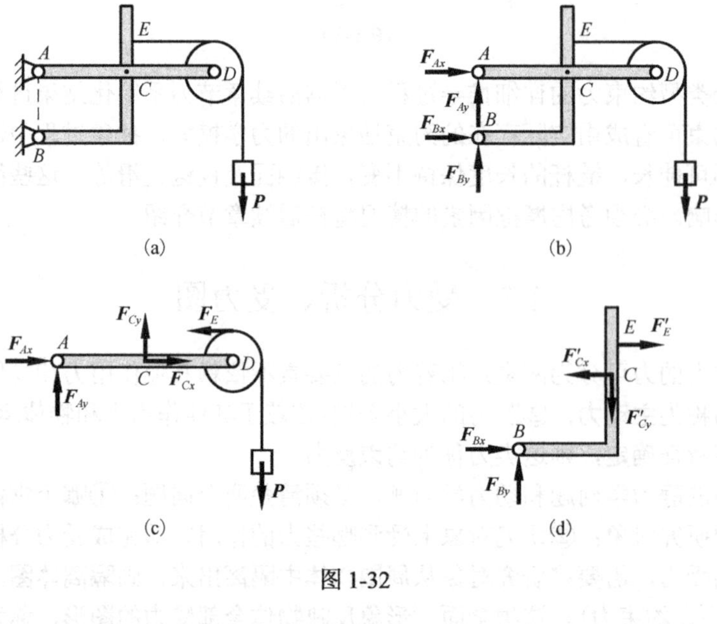

图 1-32

解　(1)观察系统，BCE 杆虽在 B、C 处与其他物体铰接，但 E 处尚有绳的约束反力，故 BCE 不是链杆。B、C、A 处铰链均按一般铰链处理。

(2)作整体受力图，如图 1-32(b)所示。

(3)作 ACD(含滑轮、重物)的受力图，如图 1-32(c)所示。

(4)作 BCE 的受力图，如图 1-32(d)所示。

思考题 1-3　将例 1-3 中的滑轮 D 单独隔离出来，分析其受力并画受力图。

例 1-4　分别画出图 1-33(a)所示系统的整体、AC、BC 的受力图。

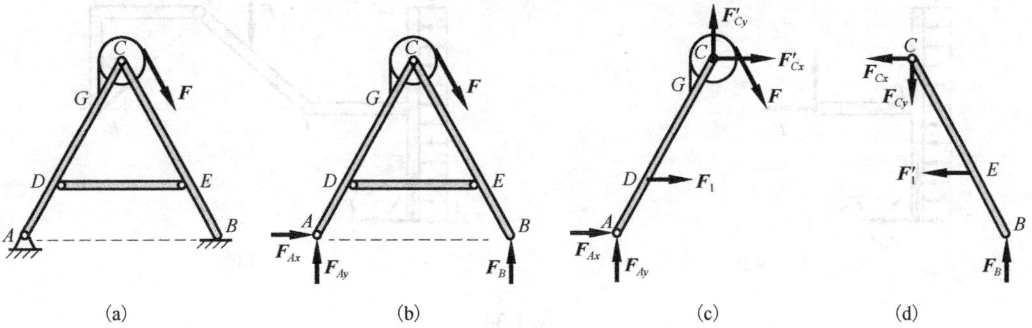

图 1-33

解　(1)观察系统，DE 为链杆，B 处为光滑接触。销钉 C 连接了 AC、BC、滑轮三个物体。一般情况，若无特别要求，滑轮及所带绳索不必单独隔离出作为研究对象。因为隔离出滑轮后，增加了未知力个数，对解决问题往往帮助不大。考虑到 AC 在 G 处尚有绳索与滑轮联系，故 AC、滑轮、绳索及销钉 C 组合在一起分析。

(2)作整体受力图，如 1-33(b)所示。

(3)作 AC(含滑轮、绳索及销钉 C)的受力图，如图 1-33(c)所示。

(4)作 BC 的受力图，如图 1-33(d)所示。

思考题 1-4　若将销钉 C 单独抽出来分析，图 1-33(d)中 BC 杆在铰链 C 处受到的力 $\boldsymbol{F}_{Cx}$ 和 $\boldsymbol{F}_{Cy}$ 是否是销钉作用在 BC 杆上的力？试画出 AC 杆、BC 杆、滑轮及销钉在 C 处的受力，并分析各力之间的相互关系。

例 1-5　如图 1-34 所示，平面结构由 T 形杆 ABC、直角杆 DE、直杆 CD 铰接而成，画出 CD 杆、ABC 杆及整体的受力图。

解　正确答案见图 1-34(b)～(d)。本题的关键点有两个：

(1)正确识别二力杆 DE，按照二力构件的受力特点，分析 D 点和 E 点的受力；

(2)正确分析固定端受力。固定端的约束力偶矩在分析中切勿漏掉。

此外，在分析受力时应特别注意作用力与反作用力的对应关系与表示方式。

思考题 1-5　例 1-5 中若在直角杆的角点处施加一水平力 $\boldsymbol{Q}$，则对 CD 杆与整体受力图有何影响？

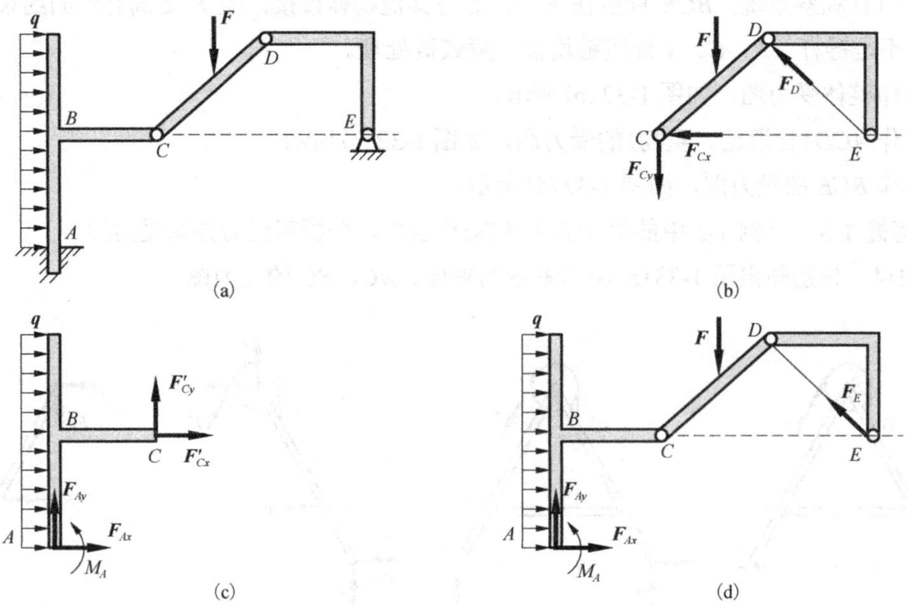

图 1-34

思考空间

本章主要介绍静力学公理、推论、基本约束及受力图。

(1)静力学公理及推论。

静力学公理及推论是对复杂力系进行等效简化的依据，是静力学和动力学分析的基础。本部分需注意各公理及推论适用的范围。

力的可传性只能在刚体内部滑移，跨刚体滑移后会改变原系统的受力；此外，在刚体内部力沿作用线滑移，滑移前后其作用效果实际还与约束相关联，只有在静定的刚体上，才可放心大胆地进行滑移，静定相关概念后续会解释。

三力平衡汇交定理给出了三个非平行力平衡的必要条件，该定理可进一步推广至3个以上非平行力平衡的条件，即刚体在 n 个力作用下平衡，其中 $(n-1)$ 个力汇交，则第 n 个力过汇交点。

公理部分最容易被忽视但总是在发挥作用的为作用反作用公理，需特别注意：作用力与反作用力等值、反向是正确分析隔离体受力的关键。

(2)基本约束及受力图。

基本约束及受力图可以说是理论力学后续分析的“灵魂”。对每个研究对象提供一个受力图，这是后续采用矢量力学方法建立方程(包含静力学方程及动力学方程)和正确理解答案(如对答案中力的大小为负值时的理解)的唯一依据。

链杆(二力构件)作为一种常见约束，正确识别出该约束是后续正确求解问题的基础。链杆的识别不能局限于两端受铰链约束，必须结合约束特征和二力平衡公理准确识别，如棘轮机构中的棘爪。

光滑圆柱铰链的分析最为灵活。它可能是一般性铰链，也可能出现在链杆、滚动支座之中。它还可以连接两个以上的物体，此种情况下当铰接处拆开时，应首先选择将所连接的物体分成两部分的方案(见例 1-4)，这样新增加未知力的个数较少，作用力与反作用力之间的关系也比较明确；在求得部分未知力后再视需要作进一步的拆解。

对于光滑接触面和滚动支座，应先确定接触面或支承面的公法线，再定约束反力的方向。

绳索的几何外观比较“细”，往往导致受力分析中将这种约束及其约束力“遗忘”。此外，固定端约束的约束力偶矩是最容易被漏掉的，建议受力分析时留意这两点。

习　题

1-1　画出图中所示各物体的受力图。其中的链杆不必单独作为研究对象，没有标出重力 $\boldsymbol{G}$ 的物体不考虑其重量。

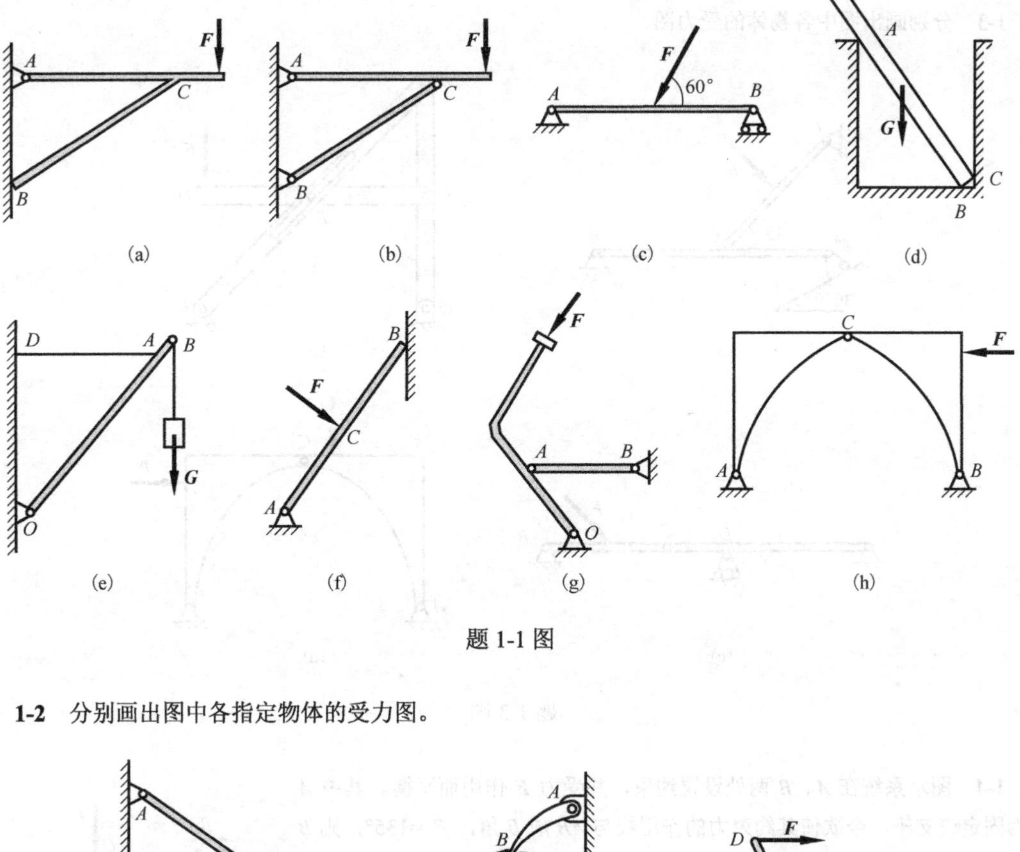

题 1-1 图

1-2　分别画出图中各指定物体的受力图。

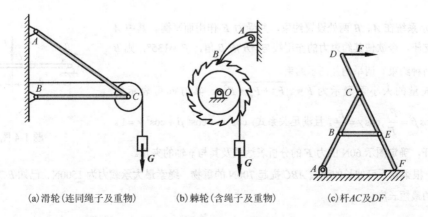

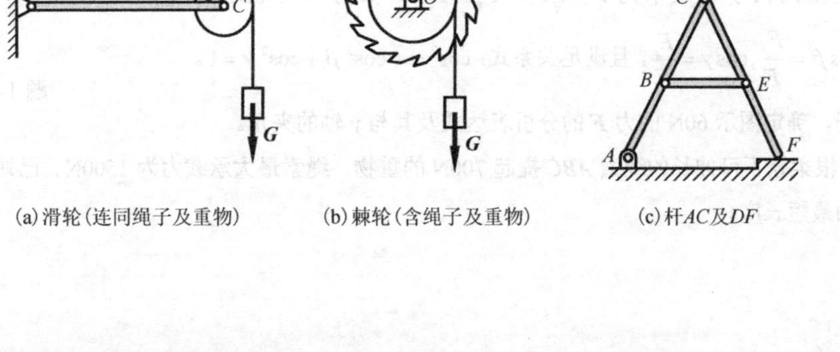

(a) 滑轮(连同绳子及重物)　(b) 棘轮(含绳子及重物)　(c) 杆 AC 及 DF

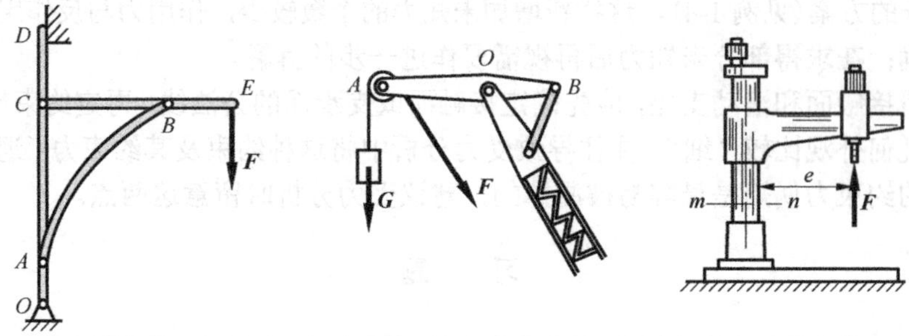

(d) 杆 OD 及 CE　　(e) 吊臂杆（含绳索及重物）　　(f) 钻床立柱（含横梁）

题 1-2 图

1-3　分别画出图中各物体的受力图。

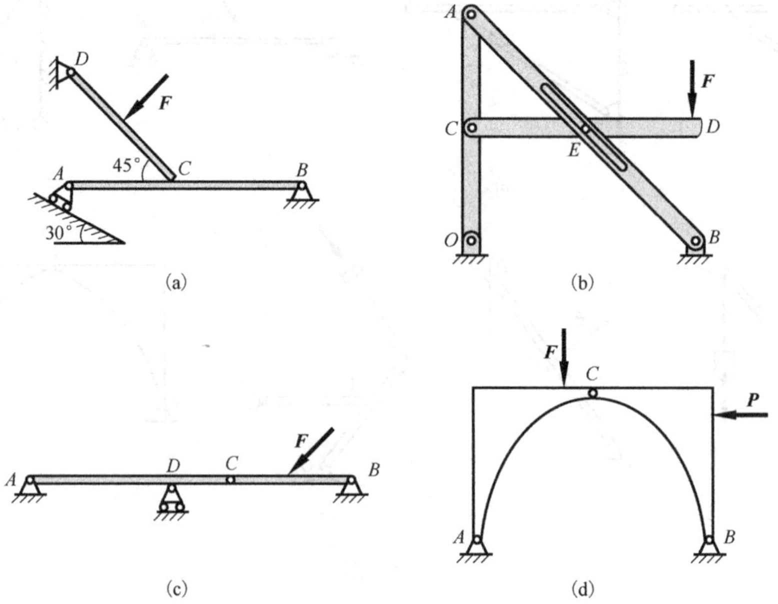

题 1-3 图

1-4　图示系统在 A、B 两处设置约束，并受力 $\boldsymbol{F}$ 作用而平衡。其中 A 处为固定铰支座，今欲使其约束力的作用线与 AB 成 β 角，$\beta=135°$，则 B 处应该设置何种约束？请举例并图示约束。

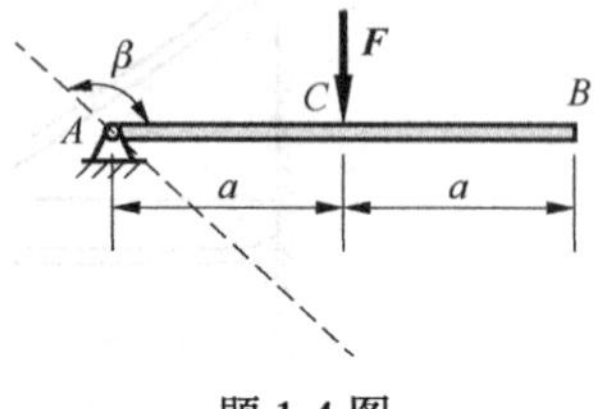

题 1-4 图

1-5　力矢量的大小可表示为 $F=\sqrt{F_x^2+F_y^2+F_z^2}$，其方向可表示为 $\cos\alpha=\dfrac{F_x}{F},\cos\beta=\dfrac{F_y}{F},\cos\gamma=\dfrac{F_z}{F}$，且满足关系式：$\cos^2\alpha+\cos^2\beta+\cos^2\gamma=1$。根据上述特征，确定图示 60N 的力 $\boldsymbol{F}$ 的分析表达式及其与 y 轴的夹角。

1-6　用一根柔软不可伸长的绳索 ABC 提起 700N 的重物，绳索最大承载力为 1500N。已知 BC=10m，确定所需绳索的最短长度。

1-7 高为 12m 的立柱，受三根绳索作用。绳索上 A、B、C 三点的坐标分别为 $A(10, 7.5, 0)$，$B(-3, 2, 0)$，$C(8, -9, 0)$，单位为 m。A、B、C 三根绳索上的力依次为 200N、400N、300N。计算绳索施加给立柱的合力，并给出其方向。

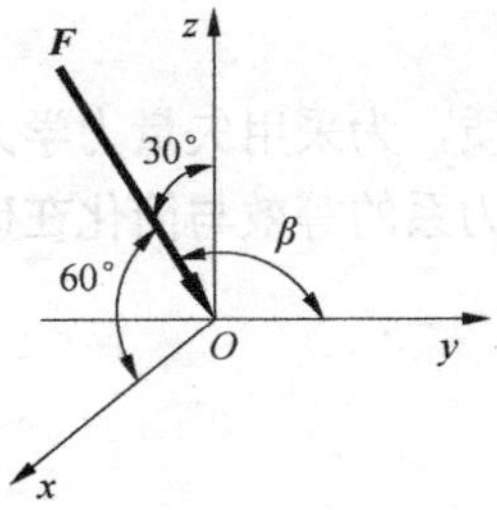

题 1-5 图

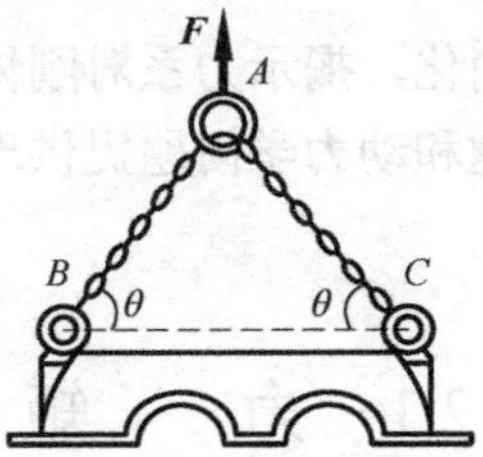

题 1-6 图

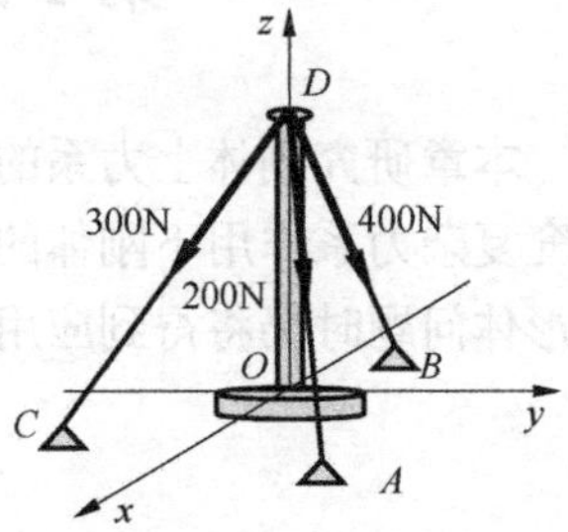

题 1-7 图

1-8 讨论分析本章的公理及推论的应用范围，即各公理适用于一般物体、刚体还是刚体系统。

拓展应用

1-9 游梁式抽油机俗称“磕头机”，广泛应用于油井上的采油作业。其主要构成部分如图所示。工作时，电机驱动皮带轮，经皮带传递运动，通过变速箱带动曲柄转动，经连杆和游梁将曲柄的整周运转变为驴头的上下运动，从而不断地把井中的原油抽出井筒。判断图示机构中各可动连接的约束类型，尝试画出曲柄、连杆、游梁的受力图。

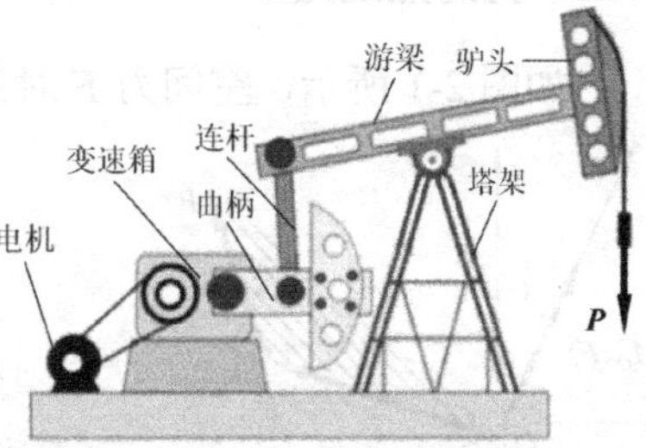

题 1-9 图

1-10 **柔性铰链**具有体积小、无机械摩擦、无间隙、运动灵活等特点，被广泛应用于陀螺仪、加速度计、精密天平、导弹控制仪等仪器仪表中，并获得了前所未有的高精度和稳定性。柔性铰链利用了弹性材料微小变形及自回复的特性，消除了传动过程中的空程和机械摩擦，能获得超高的位移分辨率。查阅文献了解柔性铰链，并对比柔性铰链与本章介绍的光滑圆柱铰链、光滑球铰链的区别与联系。

参考答案

第2章　刚体上力系的等效与简化

本章研究刚体上力系的等效与简化，揭示力系对刚体作用的本质，为采用矢量力学方法研究复杂力系作用下刚体的平衡问题和动力学问题提供理论依据。力系的等效与简化在研究变形体问题时仍将得到应用。

2.1　力　矩

力矩概念在物理学中已经给出。通常情况下，力对刚体有移动效应，也有使刚体绕点(或轴)转动的效应，如扳手拧螺帽、操纵汽车挡位杆等。对力的转动效应的度量，称为**力矩**。下面引入力矩的一般矢量表示，并进一步深入研究。

2.1.1　力对点之矩

如图2-1所示，空间力 $\boldsymbol{F}$ 对某点 O 之矩矢量 $\boldsymbol{M}_O(\boldsymbol{F})$ 定义为

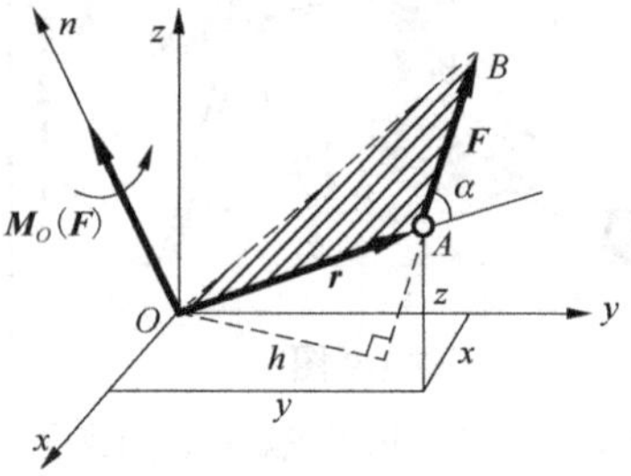

图2-1

$$\boldsymbol{M}_O(\boldsymbol{F})=\boldsymbol{r}\times\boldsymbol{F} \tag{2-1}$$

式中，O 称为矩心；$\boldsymbol{r}$ 为力 $\boldsymbol{F}$ 作用点相对矩心的矢径。力矩矢量与 $\boldsymbol{r}$ 和 $\boldsymbol{F}$ 所决定的平面相垂直，指向按右手螺旋法则确定。力矩矢量的模(即大小)为

$$|\boldsymbol{M}_O(\boldsymbol{F})|=Fr\sin\alpha=Fh=2S_{\triangle OAB} \tag{2-2}$$

式中，h 为矩心 O 至力 $\boldsymbol{F}$ 作用线的距离，称为力臂。

力矩矢量 $\boldsymbol{M}_O(\boldsymbol{F})$ 完整地表达了力使刚体绕 O 点的转动效应。由于其大小和方向均与矩心 O 的位置有关，因此，力矩是定位矢量，以矩心作为矢量的起点。在国际单位制中，力矩的单位是牛顿·米(N·m)。

以 O 为原点建立直角坐标系 $Oxyz$，如图2-1所示，则

$$\boldsymbol{r}=x\boldsymbol{i}+y\boldsymbol{j}+z\boldsymbol{k},\quad \boldsymbol{F}=F_x\boldsymbol{i}+F_y\boldsymbol{j}+F_z\boldsymbol{k}$$

代入式(2-1)，得力 $\boldsymbol{F}$ 对点 O 之矩的解析表达式为

$$\boldsymbol{M}_O(\boldsymbol{F})=\boldsymbol{r}\times\boldsymbol{F}=\begin{vmatrix}\boldsymbol{i} & \boldsymbol{j} & \boldsymbol{k}\\ x & y & z\\ F_x & F_y & F_z\end{vmatrix}=(yF_z-zF_y)\boldsymbol{i}+(zF_x-xF_z)\boldsymbol{j}+(xF_y-yF_x)\boldsymbol{k}$$

单位矢量 $\boldsymbol{i}$、$\boldsymbol{j}$、$\boldsymbol{k}$ 前面的系数为力矩矢量 $\boldsymbol{M}_O(\boldsymbol{F})$ 在 x、y、z 轴上的投影，即

$$\begin{aligned}[\boldsymbol{M}_O(\boldsymbol{F})]_x&=yF_z-zF_y\\ [\boldsymbol{M}_O(\boldsymbol{F})]_y&=zF_x-xF_z\\ [\boldsymbol{M}_O(\boldsymbol{F})]_z&=xF_y-yF_x\end{aligned} \tag{2-3}$$

2.1.2　力对轴之矩

力对轴之矩是一般情况下力使物体绕某轴转动效应的度量。

设刚体上作用一力 $\boldsymbol{F}$，而 z 轴与 $\boldsymbol{F}$ 的作用线既不平行，也不相交，如图 2-2 所示。通过力 $\boldsymbol{F}$ 的作用点作与 z 轴相垂直的平面，以 O 表示它们的交点，并将力 $\boldsymbol{F}$ 正交分解为两个分力 $\boldsymbol{F}_z$ 和 $\boldsymbol{F}_{xy}$。实践表明，$\boldsymbol{F}_z$ 不产生使刚体绕 z 轴的转动效应，所以分力 $\boldsymbol{F}_{xy}$ 对 O 点之矩就度量了力 $\boldsymbol{F}$ 使刚体绕 z 轴转动的效应。力对轴之矩的定义：力对轴之矩等于该力在垂直于该轴平面上的投影对轴与平面交点之矩。可表示为

$$M_z(\boldsymbol{F}) = M_O(\boldsymbol{F}_{xy}) = \pm F_{xy} \cdot h = \pm 2S_{\triangle OAB} \tag{2-4}$$

力对轴之矩是代数量，正负号约定：从 z 轴正向沿轴看去，力使刚体绕轴逆时针转动为正，反之为负。正负号的约定也可采用右手螺旋法则确定。

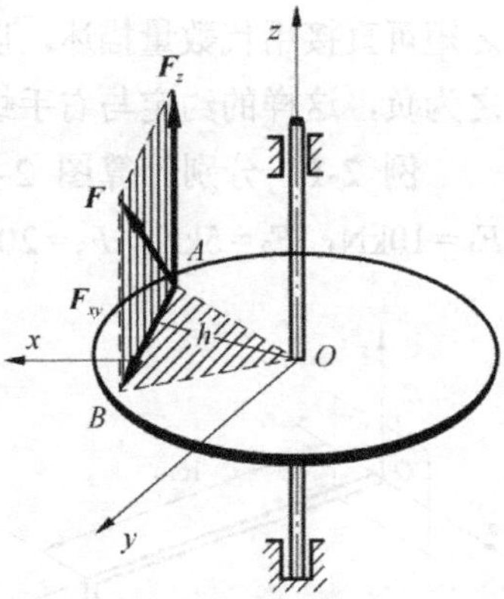

图 2-2

由式(2-4)可知，力对轴之矩等于零的情形为：①力与轴相交；②力与轴平行。可概括为：力与轴共面时，力对该轴之矩等于零。

力对轴之矩的计算在平衡问题中经常用到。直接应用式(2-4)时，建议先判断力矩的正负，再计算大小。

2.1.3　力对点之矩与力对轴之矩的关系

力对点之矩和力对轴之矩在数学上存在重要联系。设 O 点为 z 轴与平面 I 的交点，且 z 轴垂直于平面 I (图 2-3)。从几何角度看，有

$$|\boldsymbol{M}_O(\boldsymbol{F})| = 2S_{\triangle OAB}, \quad |M_z(\boldsymbol{F})| = |M_O(\boldsymbol{F}_{xy})| = 2S_{\triangle OA_1B_1}$$

而 $\triangle OA_1B_1$ 恰为 $\triangle OAB$ 在平面 I 上的投影；进一步可验证：当 $\boldsymbol{M}_O(\boldsymbol{F})$ 与 z 轴正向的夹角 γ 为锐角时 $M_z(\boldsymbol{F})$ 为正，而 γ 为钝角时 $M_z(\boldsymbol{F})$ 为负。故有

$$M_z(\boldsymbol{F}) = |\boldsymbol{M}_O(\boldsymbol{F})|\cos\gamma = [\boldsymbol{M}_O(\boldsymbol{F})]_z \tag{2-5}$$

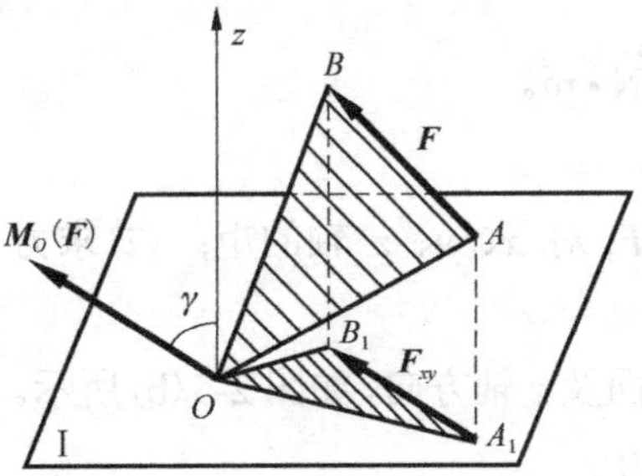

图 2-3

即力对点之矩矢量在经过该点的轴上的投影等于该力对该轴之矩。该结论又称为**力矩关系定理**。当 x、y、z 为过 O 点的三根坐标轴时，有

$$\begin{cases}[\boldsymbol{M}_O(\boldsymbol{F})]_x = M_x(\boldsymbol{F}) \\ [\boldsymbol{M}_O(\boldsymbol{F})]_y = M_y(\boldsymbol{F}) \\ [\boldsymbol{M}_O(\boldsymbol{F})]_z = M_z(\boldsymbol{F})\end{cases} \tag{2-6}$$

故力对点之矩的分析表达式又可直接表示为

$$\boldsymbol{M}_O(\boldsymbol{F}) = M_x(\boldsymbol{F})\boldsymbol{i} + M_y(\boldsymbol{F})\boldsymbol{j} + M_z(\boldsymbol{F})\boldsymbol{k} \tag{2-7}$$

力对点之矩和力对轴之矩可根据定义用几何方法进行计算，也可直接套用力矩的解析表达式，还可根据**合力矩定理**进行计算。

合力矩定理内容如下：共点两力合力的力矩等于两力分别对同一矩心的力矩矢量之和。对任意力系也有合力矩定理，其叙述见力系的简化一节。

当力的作用线与轴垂直时，力对轴之矩等价于平面内力对点之矩。因此，平面内力对点之矩可直接用代数量描述，以正负表示矩的转向，约定力使刚体逆时针转动时力矩为正，反之为负，这样的约定与右手螺旋法则判断力对轴之矩的正负结果相一致。

例 2-1　分别计算图 2-4 中作用于 A 点的力 $\boldsymbol{F}_1$、$\boldsymbol{F}_2$、$\boldsymbol{F}_3$ 对各坐标轴之矩的和。其中 $F_1=10\text{kN}$，$F_2=5\text{kN}$，$F_3=20\text{kN}$。尺寸如图所示。

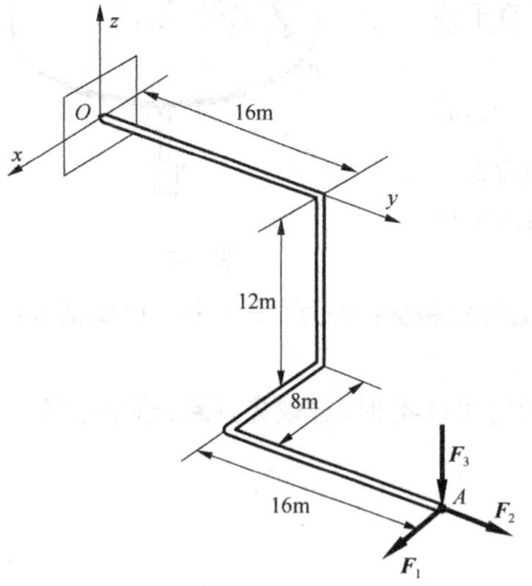

图 2-4

解　本题有两种解法。

(1) 直接根据力对轴之矩的定义计算。

$$\sum M_x(\boldsymbol{F})=M_x(\boldsymbol{F}_1)+M_x(\boldsymbol{F}_2)+M_x(\boldsymbol{F}_3)$$
$$=0+12F_2-32F_3=-580(\text{kN}\cdot\text{m})$$
$$\sum M_y(\boldsymbol{F})=M_y(\boldsymbol{F}_1)+M_y(\boldsymbol{F}_2)+M_y(\boldsymbol{F}_3)$$
$$=-12F_1+0+8F_3=40(\text{kN}\cdot\text{m})$$
$$\sum M_z(\boldsymbol{F})=M_z(\boldsymbol{F}_1)+M_z(\boldsymbol{F}_2)+M_z(\boldsymbol{F}_3)$$
$$=-32F_1+8F_2+0=-280(\text{kN}\cdot\text{m})$$

(2) 先计算力对点之矩，再利用力矩关系定理计算。

力作用点 A 的坐标为 $x=8\text{m}, y=32\text{m}, z=-12\text{m}$

力在坐标轴上的投影为

$$F_x=F_1=10\text{kN},\quad F_y=F_2=5\text{kN},\quad F_z=-F_3=-20\text{kN}$$

将以上数值代入式(2-3)，可得

$$\boldsymbol{M}_O(\boldsymbol{F})=\begin{vmatrix}\boldsymbol{i} & \boldsymbol{j} & \boldsymbol{k}\\ 8 & 32 & -12\\ 10 & 5 & -20\end{vmatrix}=-580\boldsymbol{i}+40\boldsymbol{j}-280\boldsymbol{k}(\text{kN}\cdot\text{m})$$

得 $M_x(\boldsymbol{F})=-580\text{kN}\cdot\text{m}$，$M_y(\boldsymbol{F})=40\text{kN}\cdot\text{m}$，$M_z(\boldsymbol{F})=-280\text{kN}\cdot\text{m}$。

两种方法结果相同。

例 2-2　某长方体受力情况如图 2-5(a)所示。(1)求力 $\boldsymbol{F}_1$ 对 x、y、z 轴的矩；(2)求力 $\boldsymbol{F}_2$ 对 z' 轴的矩。

解　(1)根据力对轴之矩的定义计算，将 $\boldsymbol{F}_1$ 分解到 xy 平面及 z 轴方向，如图 2-5(b)所示。

$$M_x(\boldsymbol{F}_1)=M_x(\boldsymbol{F}_{1z})+M_x(\boldsymbol{F}_{1xy})=bF_1\cos\theta+0$$
$$M_y(\boldsymbol{F}_1)=M_y(\boldsymbol{F}_{1z})+M_y(\boldsymbol{F}_{1xy})=-aF_1\cos\theta+0$$
$$M_z(\boldsymbol{F}_1)=0$$

式中，$\cos\theta=\dfrac{c}{\sqrt{a^2+b^2+c^2}}$。

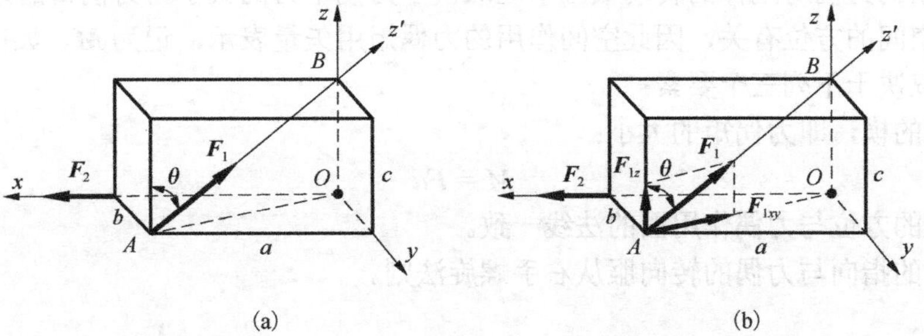

图 2-5

(2) 根据力对轴之矩与力对点之矩的关系，计算力 $\boldsymbol{F}_2$ 对 z' 轴的矩。先计算力 $\boldsymbol{F}_2$ 对 A 点的矩，再投影到 z' 轴上，即

$$M_A(\boldsymbol{F}_2)=F_2b\,,\quad M_{z'}(\boldsymbol{F}_2)=M_A(\boldsymbol{F}_2)\cos\theta=F_2b\cos\theta$$

2.2　力　　偶

2.2.1　力偶、力偶的性质

1. 力偶

大小相等、方向相反、作用线平行但不共线的两个力组成的力系称为**力偶**(图 2-6)，记作 $(\boldsymbol{F}, \boldsymbol{F}')$。例如，用双手转动方向盘的作用力 $(\boldsymbol{F}_1, \boldsymbol{F}_1')$ (图 2-7)、用双手转动绞杠的作用力 $(\boldsymbol{F}_2, \boldsymbol{F}_2')$ (图 2-8) 均为力偶。力偶的两力作用线之间的垂直距离 d 称为**力偶臂**，力偶中两力作用线所决定的平面称为**力偶的作用面**。

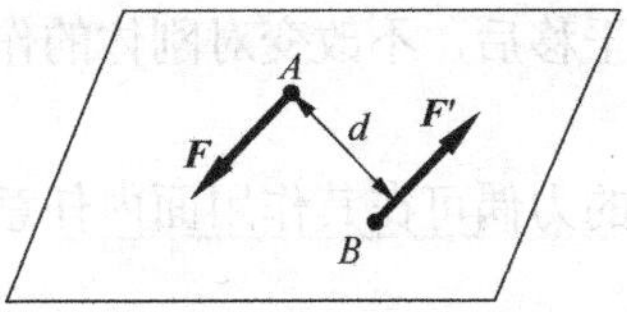

图 2-6

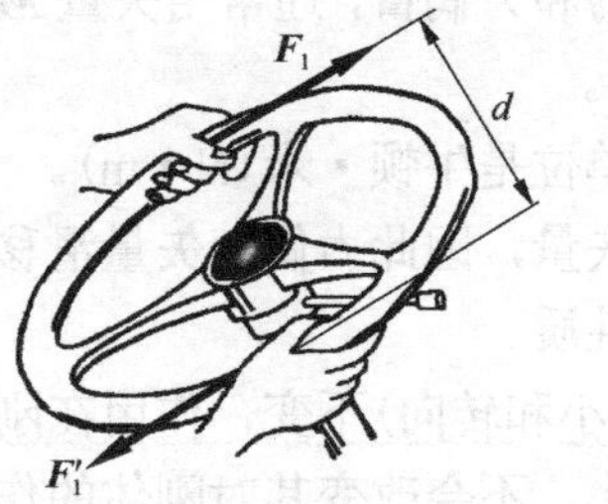

图 2-7

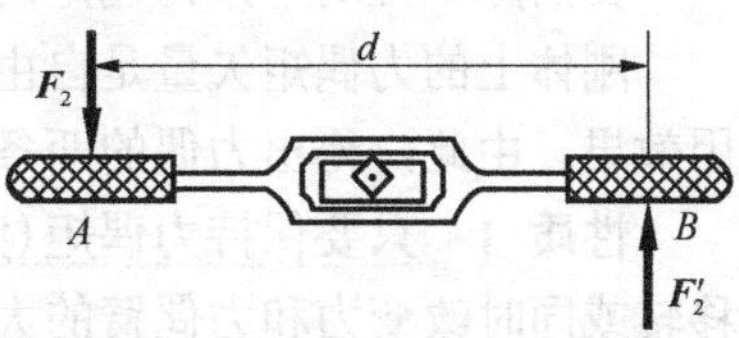

图 2-8

由于 $\boldsymbol{F}=-\boldsymbol{F}'$，且作用线不重合，所以 $\boldsymbol{F}$ 与 $\boldsymbol{F}'$ 既不平衡(不满足二力平衡条件)，又不能合成为一个力。由此可见，力偶不能用一个力来等效替换。因此，力偶和力是两个基本力学量。

2. 力偶的性质

作用于刚体的力偶只能改变刚体的转动状态，其作用效果用力偶矩进行度量。

空间作用的力偶对刚体的转动效应不但取决于力偶中力的大小与力偶臂的乘积，还与力偶作用面在空间的方位有关，因此空间作用的力偶矩用矢量表示，记为 $\boldsymbol{M}$。如图 2-9 所示，**力偶矩矢量**取决于下列三个要素：

(1) 矢量的模，即力偶矩的大小：

$$M = Fd \tag{2-8}$$

(2) 矢量的方位与力偶作用面的法线一致。

(3) 矢量的指向与力偶的转向服从右手螺旋法则。

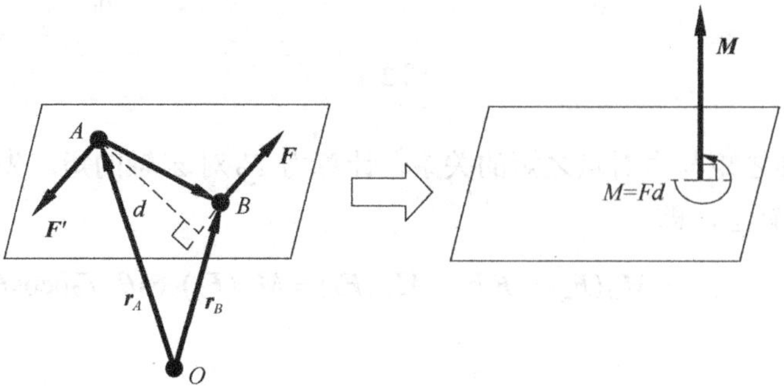

图 2-9

在同一平面内作用的力偶，各自的转向在其作用面内只有逆时针转向或顺时针转向两种可能，此时力偶矩可用代数量表示为

$$M = \pm Fd \tag{2-9}$$

并约定，力偶有使刚体做逆时针转动趋势时，力偶矩取正，反之则取负。

根据力对点之矩及力偶的概念，力偶 $(\boldsymbol{F}, \boldsymbol{F}')$ 对任意点 O 之矩为

$$\boldsymbol{M}(\boldsymbol{F},\boldsymbol{F}') = \boldsymbol{r}_B \times \boldsymbol{F} + \boldsymbol{r}_A \times \boldsymbol{F}' = \overrightarrow{AB} \times \boldsymbol{F} = \overrightarrow{BA} \times \boldsymbol{F}' \tag{2-10}$$

与矩心的位置无关，$\boldsymbol{M}(\boldsymbol{F},\boldsymbol{F}')$ 为力偶矩矢量，故刚体上的力偶矩矢量是自由矢量。在受力图中表示力偶时可不必画出具体的力和力偶臂，通常用矢量 $\boldsymbol{M}$ 表示，或者在其作用面内用带箭头的弧线表示其转向即可(图 2-9)。

在国际单位制中，力偶矩的单位是牛顿 · 米(N · m)。

刚体上的力偶矩矢量是自由矢量，因此力偶矩矢量滑移或者平移后，不改变对刚体的作用效果。由此，得出力偶的两条性质。

性质 1　只要保持力偶矩(大小和转向)不变，作用在刚体上的力偶可在其作用面内任意移转或同时改变力和力偶臂的大小，不会改变其对刚体的作用。

性质 2　可以将作用在刚体上的力偶搬移到刚体内与原力偶作用面平行的任一平面内，不会改变其对刚体的作用效果。

需要注意的是，上述性质仅针对刚体，作用在变形体上的力偶，不可轻易对其作用力进行滑移和平移。

2.2.2　力偶系的合成与平衡

刚体上作用的一群力偶称为力偶系。若力偶系中各力偶均位于同一平面内，则为平面力偶系，否则为空间力偶系。

1. 力偶系的合成

刚体在力偶系作用下，可以将各力偶用力偶矩矢量表示，然后将各力偶矩矢量平行搬移到同一点，成为共点矢量系($\boldsymbol{M}_1$，$\boldsymbol{M}_2$，…，$\boldsymbol{M}_n$)。仿照共点力系的合成法，将此矢量系中各力偶矩矢量逐个相加，最后得到一个合力偶矩矢量。若以 $\boldsymbol{M}$ 表示合力偶矩矢量，则

$$\boldsymbol{M}=\boldsymbol{M}_1+\boldsymbol{M}_2+\cdots+\boldsymbol{M}_n=\sum \boldsymbol{M}_i \tag{2-11}$$

即力偶系的合成结果是一个合力偶，合力偶矩矢量等于各分力偶矩的矢量和。

将式(2-11)投影到坐标轴 x、y、z 上，合力偶矩矢量 $\boldsymbol{M}$ 有如下投影式：

$$\begin{cases} M_x=\sum M_{ix} \\ M_y=\sum M_{iy} \\ M_z=\sum M_{iz} \end{cases} \tag{2-12}$$

合力偶矩矢量的分析表达式为 $$\boldsymbol{M}=M_x\boldsymbol{i}+M_y\boldsymbol{j}+M_z\boldsymbol{k} \tag{2-13}$$

合力偶矩矢量 $\boldsymbol{M}$ 的大小和方向可由以下公式确定：

$$M=\sqrt{M_x^2+M_y^2+M_z^2}=\sqrt{(\sum M_{ix})^2+(\sum M_{iy})^2+(\sum M_{iz})^2} \tag{2-14}$$

$$\cos(\boldsymbol{M},\boldsymbol{i})=\frac{M_x}{M},\quad \cos(\boldsymbol{M},\boldsymbol{j})=\frac{M_y}{M},\quad \cos(\boldsymbol{M},\boldsymbol{k})=\frac{M_z}{M} \tag{2-15}$$

若采用**几何方法**合成，则合力偶矩矢量等于各分力偶矩矢量所构成的矢量多边形的封闭边矢量。

例 2-3　横截面为等腰三角形的直三棱柱 $ABCDEF$ 的三个铅垂侧面内各作用一力偶(图 2-10(a))，力偶矩大小分别为：$M_1=M_2=50\text{N}\cdot\text{m}$，$M_3=50\sqrt{2}\text{N}\cdot\text{m}$，转向如图所示。求此力偶系的合成结果。

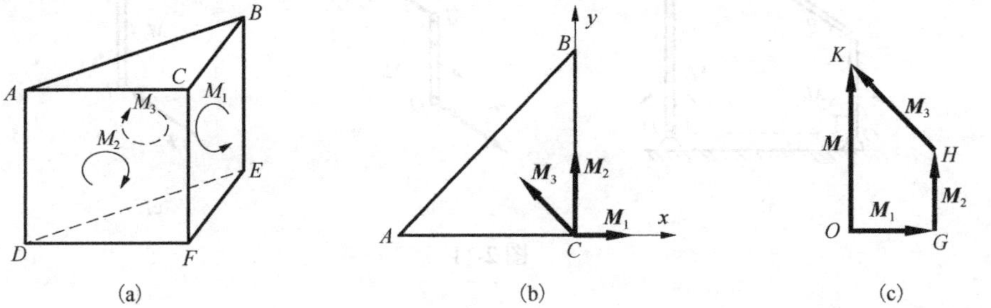

图 2-10

解　在 C 点作出三个力偶的力偶矩矢量 $\boldsymbol{M}_1$、$\boldsymbol{M}_2$、$\boldsymbol{M}_3$，它们恰好位于同一平面内，如图 2-10(b)所示。

取坐标系 Cxy，根据式(2-12)则有如下投影式：

$$M_x=\sum M_{ix}=M_1-M_3\cos45°=0$$

$$M_y=\sum M_{iy}=M_2+M_3\sin45°=100\text{N}\cdot\text{m}$$

故 $$\boldsymbol{M}=100\boldsymbol{j}$$

即合力偶矩矢量的大小为$100\text{N}\cdot\text{m}$，方向与 y 轴一致。

若采用几何方法合成，作图 2-10(c)所示的矢量多边形，多边形的封闭边即为合力偶矩矢量 $\boldsymbol{M}$。

2. 力偶系的平衡条件

作用于刚体上的力偶系可以合成为合力偶，因此力偶系平衡的必要和充分条件是：合力偶矩矢量等于零，即

$$\boldsymbol{M}=\sum \boldsymbol{M}_i=0 \tag{2-16}$$

对于空间力偶系，写成解析形式，有

$$\begin{cases}\sum M_{ix}=0\\ \sum M_{iy}=0\\ \sum M_{iz}=0\end{cases} \tag{2-17}$$

即空间力偶系平衡的分析条件是力偶系中所有力偶矩矢量分别在三个坐标轴上投影的代数和等于零。根据此平衡条件可求解三个未知量。

对于平面力偶系，由于各力偶用代数量表示即可，因此其平衡条件为

$$M=\sum M_i=0 \tag{2-18}$$

即平面力偶系平衡的必要和充分条件是：力偶系中各力偶矩的代数和等于零。式(2-18)只能求解一个未知量。

例 2-4 图 2-11(a)所示的铰链四连杆机构 $OABD$，在杆 OA 和 BD 上分别作用着矩为 M_1 和 M_2 的力偶，机构在图示位置处于平衡。已知 $OA=r$，$DB=2r$，$\theta=30°$，不计各杆重，求 M_1 和 M_2 的关系。

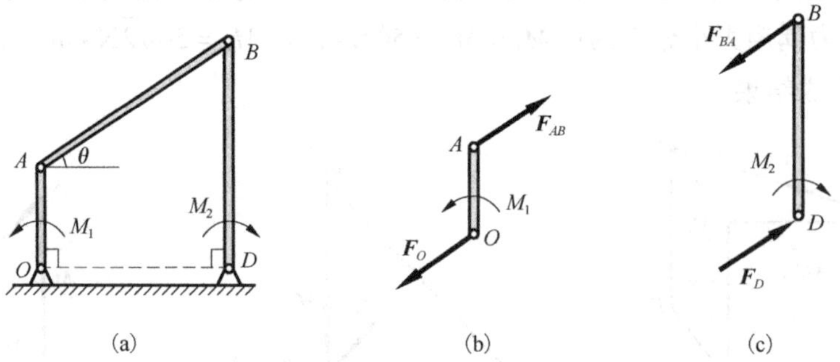

图 2-11

解 AB 为二力杆。分别以 OA 和 BD 杆为研究对象，画受力图。OA 杆在一个力偶和两个力作用下平衡，属于平面力偶系的平衡问题，BD 杆受力与 OA 杆受力性质相同。$F_{AB}=F_{BA}$，根据力偶系的平衡条件，列方程。

对 OA：　　$\sum M_i=0$，$M_1-r\cdot F_{AB}\cos\theta=0$

对 BD：　　$\sum M_i=0$，$-M_2+2r\cdot F_{AB}\cos\theta=0$

求解，得 $M_2=2M_1$。

思考题 2-1 例 2-4 中分析 OA 和 BD 受力时，O 点和 D 点的约束力采用两个正交分力进行描述是否可行？如果用正交分力描述 O 点和 D 点的约束力，平衡方程如何列写？

例 2-5 试验飞机发动机性能时，将机身水平放置，一轮搁在地秤上，如图 2-12(a)所示。当发动机匀角速度转动时，称得轮子对地秤的作用力为 6.4kN；当发动机关闭时，称得的作

用力为 4.6kN。已知 $l=2.5\text{m}$，机身重心在对称面内。试求当发动机转动时，空气作用于螺旋桨之力偶矩的值。

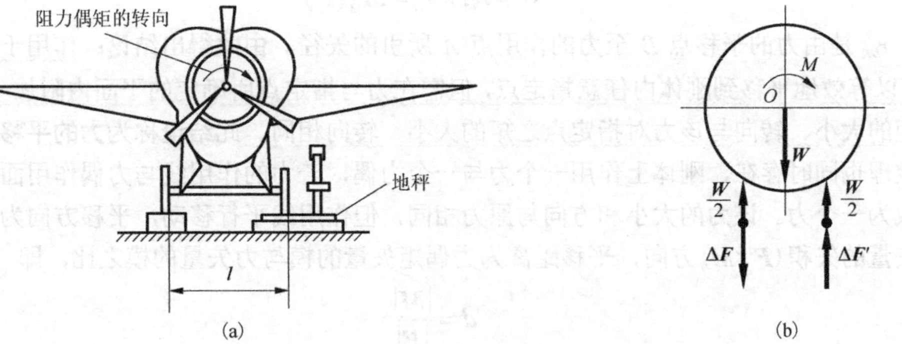

图 2-12

解　研究对象及受力分析如图 2-12(b)所示。根据发动机起闭前后的测量结果得到

$$\frac{W}{2}=4.6\text{kN}，\ \Delta F=6.4-4.6=1.8(\text{kN})$$

螺旋桨转动时，根据力偶系的平衡条件：

$$\sum M=0，\ \Delta F\cdot l-M=0$$

求解，得 $M=4.5\text{kN}\cdot\text{m}$。

该例题在分析过程中需要注意的是：发动机起动后两轮受到的约束力除去重力之外，左右两边的$\Delta \boldsymbol{F}$和$\Delta \boldsymbol{F}'$一定构成一对力偶，因为力偶只能通过力偶来平衡。

2.3　力系的简化

2.3.1　力的平移定理

作用在刚体上的力具有可传性，沿其作用线滑动而作用效果不变。倘若平行移动，则必须添加一定的附加条件才能保持等效。

设力 $\boldsymbol{F}$ 作用于 A 点(图 2-13(a))，B 为 $\boldsymbol{F}$ 作用线以外的任意确定点。在 B 点处增加一对力组成的平衡力系($\boldsymbol{F}'$，$\boldsymbol{F}''$)，令 $\boldsymbol{F}=\boldsymbol{F}'=-\boldsymbol{F}''$，则原力作用效果等价于由$(\boldsymbol{F},\boldsymbol{F}',\boldsymbol{F}'')$三个

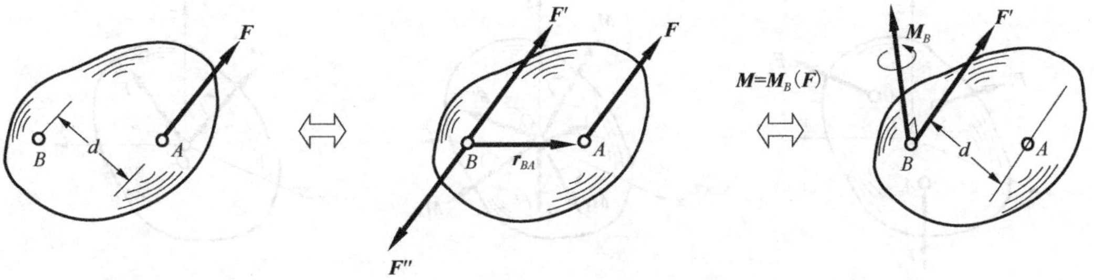

图 2-13

力组成的力系的作用效果，如图 2-13(b)所示。从另一角度看，这三个力相当于 $\boldsymbol{F}$ 由作用点 A 平移至点 B，再附加($\boldsymbol{F}$ ， $\boldsymbol{F}''$)构成的力偶，此力偶的力偶矩矢量为

$$\boldsymbol{M} = \boldsymbol{r}_{BA} \times \boldsymbol{F} = \boldsymbol{M}_B(\boldsymbol{F}) \tag{2-19}$$

式中， $\boldsymbol{r}_{BA}$ 是由力的平移点 B 至力的作用点 A 所引的矢径。由此得出结论：作用于刚体上的力，可以等效地平移到刚体内任意指定点，但需在力与指定点所确定的平面内附加一个力偶，力偶矩的大小、转向与该力对指定点之矩的大小、转向相同。此结论称为**力的平移定理**。它的逆定理也同时存在，刚体上作用一个力与一个力偶，若力的作用线与力偶作用面平行，则可合成为一个力。该力的大小和方向与原力相同，但作用线平行移动，平移方向为该力与力偶矩矢量的矢积($\boldsymbol{F}'\times\boldsymbol{M}$)方向，平移距离为力偶矩矢量的模与力矢量的模之比，即

$$d = \frac{|\boldsymbol{M}|}{|\boldsymbol{F}|}$$

力的平移定理是一般力系简化的基础。需要说明的是，平移定理仅适用于刚体。研究变形体的内力和变形时，力平移后内力和变形均会发生变化，不可轻易套用。

思考题 2-2 图 2-14 所示系统中，将力 $\boldsymbol{P}$ 的作用点从 D 点平移到 E 点，并附加力偶，使力偶矩大小 $M = P \cdot DE$ ，对吗？

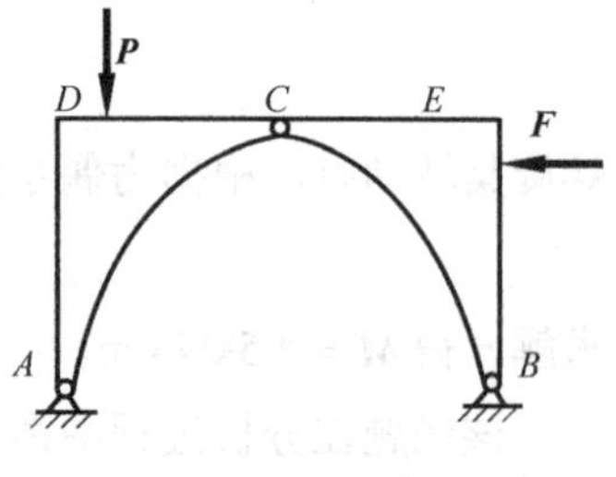

图 2-14

2.3.2 力系向指定点简化、主矢、主矩

力的作用线在空间任意分布的力系称为**空间任意力系**，它是力系中最一般的情况。力的作用线在同一平面内的**平面力系**、力的作用线相互平行的**平行力系**、力的作用线汇交于一点的**汇交力系**等均是它的特例。下面讨论空间任意力系的简化。

作用于刚体上的空间任意力系 $\boldsymbol{F}_1, \boldsymbol{F}_2, \cdots, \boldsymbol{F}_n$ 如图 2-15 所示。任选一指定点 O ，称为**简化中心**。将力系中各力平行移动到 O 点，根据力的平移定理，将得到一个作用于 O 点的共点力系 $\boldsymbol{F}_1', \boldsymbol{F}_2', \cdots, \boldsymbol{F}_n'$ 和一个由附加力偶组成的空间力偶系 $\boldsymbol{M}_1, \boldsymbol{M}_2, \cdots, \boldsymbol{M}_n$ 。其中：

$$\boldsymbol{F}_1' = \boldsymbol{F}_1, \quad \boldsymbol{F}_2' = \boldsymbol{F}_2, \quad \cdots, \quad \boldsymbol{F}_n' = \boldsymbol{F}_n$$

$$\boldsymbol{M}_1 = \boldsymbol{M}_O(\boldsymbol{F}_1), \quad \boldsymbol{M}_2 = \boldsymbol{M}_O(\boldsymbol{F}_2), \quad \cdots, \quad \boldsymbol{M}_n = \boldsymbol{M}_O(\boldsymbol{F}_n)$$

共点力系可合成为作用于简化中心 O 的一个力 $\boldsymbol{F}_O$ ，其大小和方向为

$$\boldsymbol{F}_O = \sum \boldsymbol{F}_i' = \sum \boldsymbol{F}_i$$

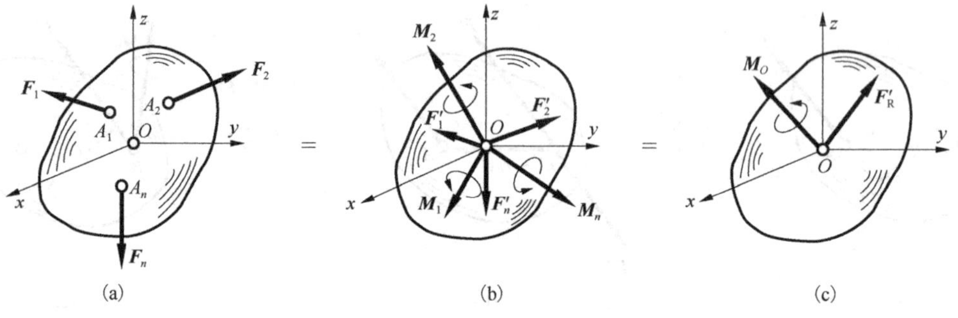

图 2-15

力偶系可合成为一个力偶，其力偶矩矢量为

$$\boldsymbol{M}_O = \sum \boldsymbol{M}_i = \sum \boldsymbol{M}_O(\boldsymbol{F}_i)$$

为了能用原力系的特征量表示力系向 O 点简化的结果，引入表征力系特征的两个矢量：**主矢和主矩**。

主矢：力系各力的矢量和称为力系的主矢，即

$$\boldsymbol{F}'_{\mathrm{R}} = \sum \boldsymbol{F}_i \tag{2-20}$$

对于给定的力系，主矢的大小和方向仅与力系中各力的大小和方向有关，与简化中心的选择及各力的作用点无关。

主矩：力系中各力对简化中心 O 之矩的矢量和称为力系对简化中心的主矩，即

$$\boldsymbol{M}_O = \sum \boldsymbol{M}_O(\boldsymbol{F}_i) \tag{2-21}$$

力系的主矩一般随简化中心选取的不同而改变。

由此可见：空间任意力系向任一指定点简化，一般情况下可得到一个力 $\boldsymbol{F}_O$ 和一个力偶 $\boldsymbol{M}_O$，该力作用于简化中心 O，其大小和方向等于力系的主矢 $\boldsymbol{F}'_{\mathrm{R}}$；该力偶的力偶矩矢量等于该力系对简化中心的主矩 $\boldsymbol{M}_O$。主矢与简化中心的选取无关，主矩一般与简化中心的选取有关。这里，力系对简化中心的主矩与简化所得力偶的力偶矩使用了同一名称 $\boldsymbol{M}_O$。

思考题 2-3　根据力系简化过程，试分析固定端约束类型以约束力和约束力偶矩表示约束作用的正确性。

2.3.3　力系的合成结果

一般情况下，力系向任意点简化得到一个力和一个力偶。简化结果能否进一步合成为最简形式？包括哪些特殊形式？下面根据主矢和主矩的不同分情况讨论。

1. 空间任意力系合成为一合力偶的情形

当主矢 $\boldsymbol{F}'_{\mathrm{R}} = 0$，主矩 $\boldsymbol{M}_O \neq 0$ 时，空间任意力系的最终简化结果是一个力偶，其力偶矩就是力系对简化中心的主矩。在这种情况下，主矩及合成结果与简化中心的选择无关。

2. 空间任意力系合成为一合力的情形

(1) 当主矢 $\boldsymbol{F}'_{\mathrm{R}} \neq 0$，主矩 $\boldsymbol{M}_O = 0$ 时，空间任意力系的简化结果为一力 $\boldsymbol{F}_O$，该力通过简化中心 O，大小和方向等于力系的主矢 $\boldsymbol{F}'_{\mathrm{R}}$。

(2) 当主矢 $\boldsymbol{F}'_{\mathrm{R}} \neq 0$，主矩 $\boldsymbol{M}_O \neq 0$，且 $\boldsymbol{F}'_{\mathrm{R}} \perp \boldsymbol{M}_O$ 时，如图 2-16 所示。根据力平移定理的逆过程，可进一步简化成经过 O' 的力 $\boldsymbol{F}_{\mathrm{R}}$，且 $\boldsymbol{F}_{\mathrm{R}} = \boldsymbol{F}'_{\mathrm{R}}$，$OO' = d = M_O / F'_{\mathrm{R}}$。

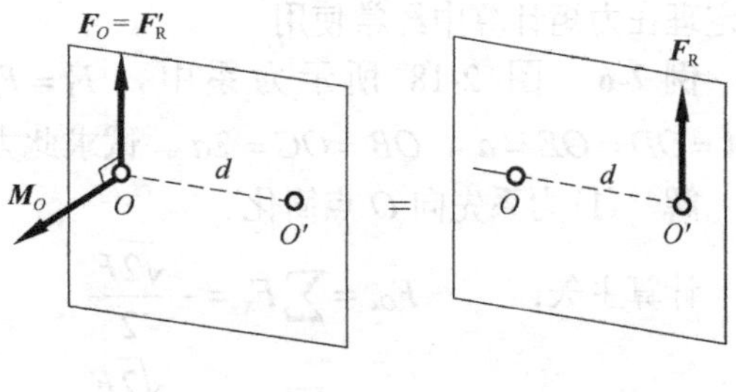

图 2-16

3. 空间任意力系合成为力螺旋

当主矢 $\boldsymbol{F}_R' \neq 0$，主矩 $\boldsymbol{M}_O \neq 0$，且 $\boldsymbol{F}_R'$ 不垂直 $\boldsymbol{M}_O$ 时，如图 2-17 所示。在 $\boldsymbol{M}_O$ 与 $\boldsymbol{F}_O$ 组成的平面内，将 $\boldsymbol{M}_O$ 分解为沿 $\boldsymbol{F}_O$ 与垂直 $\boldsymbol{F}_O$ 的两个分量 $\boldsymbol{M}_O'$ 与 $\boldsymbol{M}_O''$，由前面可知 $\boldsymbol{M}_O''$ 与 $\boldsymbol{F}_O$ 可进一步简化为经过作用点 O' 的一个力 $\boldsymbol{F}_R$，且

$$\boldsymbol{F}_R = \boldsymbol{F}_O = \boldsymbol{F}_R', \quad OO' = d = \frac{M_O''}{F_R'} = \frac{M_O \sin\varphi}{F_R'}$$

再将力偶矩矢量 $\boldsymbol{M}_O'$ 移到 O' 点，于是力系最终简化为一个力和一个力偶，且力偶矩矢量与力矢量共线，称为**力螺旋**。所谓力螺旋，就是由一个力和一个力偶组成的力系，其中力垂直于力偶作用面。当力和力偶矩矢量同向时为右手力螺旋，反之为左手力螺旋。力的作用线称为力螺旋中心轴。

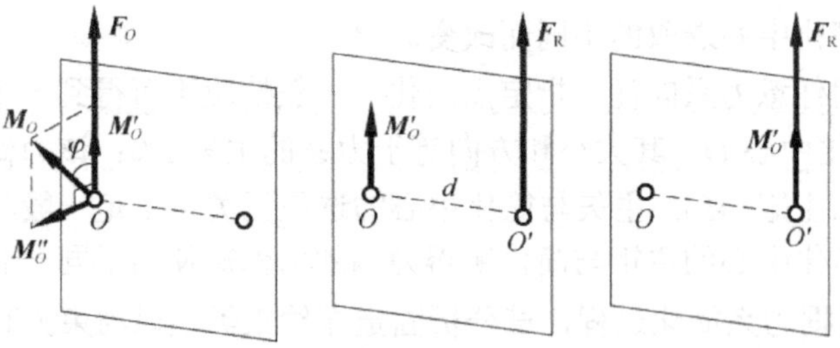

图 2-17

思考题 2-4 若力系的主矢、主矩正交，则力系可进一步合成。如何判断主矢、主矩是否正交？若主矢、主矩不正交，力系最终合成的力螺旋中力的作用线（力螺旋中心线）方程如何确定？

4. 空间任意力系平衡

当主矢 $\boldsymbol{F}_R' = 0$，主矩 $\boldsymbol{M}_O = 0$ 时，空间任意力系为平衡力系。因此，主矢和主矩同时等于零是空间任意力系平衡的充分且必要条件。

上述关于力系最简结果的讨论中，用到了**合力矩定理**，即力系的合力对某点的矩等于力系中各力对该点之矩的矢量和，数学描述为

$$\boldsymbol{M}_O(\boldsymbol{F}_R) = \sum \boldsymbol{M}_O(\boldsymbol{F}_i) \tag{2-22}$$

该定理在力矩计算中经常使用。

例 2-6 图 2-18 所示力系中，$F_1 = F_2 = F$，$M = Fa$，且 $OA = OD = OE = a$，$OB = OC = 2a$。试求此力系的最简结果。

解 (1) 力系先向 O 点简化。

计算主矢：
$$F_{Ox} = \sum F_x = -\frac{\sqrt{2}F}{2}$$
$$F_{Oy} = \sum F_y = -\frac{\sqrt{2}F}{2}$$
$$F_{Oz} = \sum F_z = \frac{\sqrt{2}F}{2} + \frac{\sqrt{2}F}{2} = \sqrt{2}F$$

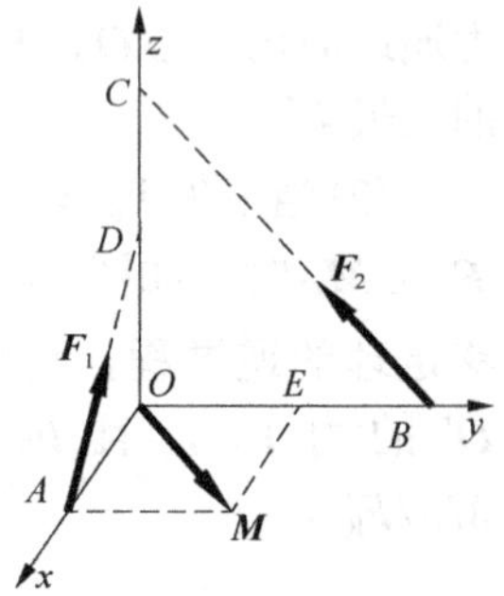

图 2-18

故力系的主矢为 $$\boldsymbol{F}_{\mathrm{R}}=-\frac{\sqrt{2}F}{2}\boldsymbol{i}-\frac{\sqrt{2}F}{2}\boldsymbol{j}+\sqrt{2}F\boldsymbol{k}$$

计算主矩：

$$M_x=\frac{\sqrt{2}F_2}{2}\times 2a+\frac{\sqrt{2}M}{2}=\frac{3\sqrt{2}}{2}Fa,\quad M_y=-\frac{\sqrt{2}F_1}{2}\times a+\frac{\sqrt{2}M}{2}=0,\quad M_z=0$$

故力系的主矩为 $$\boldsymbol{M}_O=\frac{3\sqrt{2}}{2}Fa\boldsymbol{i}$$

(2) 最终合成结果讨论。

由于 $$\boldsymbol{F}_{\mathrm{R}}\cdot\boldsymbol{M}_O\neq 0$$

即主矢与主矩不垂直，因此力系最终合成为力螺旋。力螺旋中的力偶矩为

$$\boldsymbol{M}'=\frac{\boldsymbol{F}_{\mathrm{R}}\cdot\boldsymbol{M}_O}{F_{\mathrm{R}}^2}\cdot\boldsymbol{F}_{\mathrm{R}}=\frac{-\frac{3}{2}F^2a}{3F^2}\left(-\frac{\sqrt{2}F}{2}\boldsymbol{i}-\frac{\sqrt{2}F}{2}\boldsymbol{j}+\sqrt{2}F\boldsymbol{k}\right)=\frac{\sqrt{2}}{4}Fa\boldsymbol{i}+\frac{\sqrt{2}}{4}Fa\boldsymbol{j}-\frac{\sqrt{2}}{2}Fa\boldsymbol{k}$$

(3) 力螺旋中心线方程。

力系简化结果中与主矢垂直的力偶矩表示为 $\boldsymbol{M}''$，设力螺旋中心线上某一点的坐标为 (x,y,z)，其矢径为 $\boldsymbol{r}$，则 $\boldsymbol{r}\times\boldsymbol{F}_{\mathrm{R}}=\boldsymbol{M}''$，即

$$\boldsymbol{M}''=\boldsymbol{r}\times\boldsymbol{F}_{\mathrm{R}}=\begin{vmatrix}\boldsymbol{i} & \boldsymbol{j} & \boldsymbol{k}\\ x & y & z\\ F_{\mathrm{R}x} & F_{\mathrm{R}y} & F_{\mathrm{R}z}\end{vmatrix}=(yF_{\mathrm{R}z}-zF_{\mathrm{R}y})\boldsymbol{i}+(zF_{\mathrm{R}x}-xF_{\mathrm{R}z})\boldsymbol{j}+(xF_{\mathrm{R}y}-yF_{\mathrm{R}x})\boldsymbol{k}$$

$\boldsymbol{M}'=\boldsymbol{M}_O-\boldsymbol{M}''$，由 $\boldsymbol{M}'$ 与主矢共线，有

$$\frac{M_Ox-M''_x}{F_{\mathrm{R}x}}=\frac{M_Oy-M''_y}{F_{\mathrm{R}y}}=\frac{M_Oz-M''_z}{F_{\mathrm{R}z}}$$

将上述各项的值代入后整理，得

$$2z+3x=y$$
$$3a-2y-2z=2x$$

令 $x=0$，得 $y=a$，$z=\frac{1}{2}a$，中心轴通过 $\left(0,a,\frac{1}{2}a\right)$ 点。

思考题 2-5　力系给定后，有三个不变量，其中主矢为第一不变量，主矢、主矩的点积为第二不变量，请给出第三不变量。

2.3.4　平行力系的简化、重心、质心与形心

平行力系作为空间任意力系的特殊情况，其简化结果在物体重心、质心和形心确定方面具有广泛应用，因此单独进行讨论。

设 $\boldsymbol{F}_1,\boldsymbol{F}_2,\cdots,\boldsymbol{F}_n$ 构成平行力系(图 2-19)，力系中各力作用线与 z 轴平行，各力在 z 轴方向有正有负。力系的主矢为

$$\boldsymbol{F}'_{\mathrm{R}}=\sum\boldsymbol{F}_i=\left(\sum F_i\right)\boldsymbol{k}\tag{2-23}$$

式中，$\boldsymbol{k}$ 为 z 轴的单位矢量。力系主矢的方向与力系各力作用线平行，大小等于力系中各力的代数和。

对于 O 点，力系的主矩为

$$\boldsymbol{M}_O=\sum \boldsymbol{r}_i\times\boldsymbol{F}_i=\sum(F_i\boldsymbol{r}_i)\times\boldsymbol{k} \tag{2-24}$$

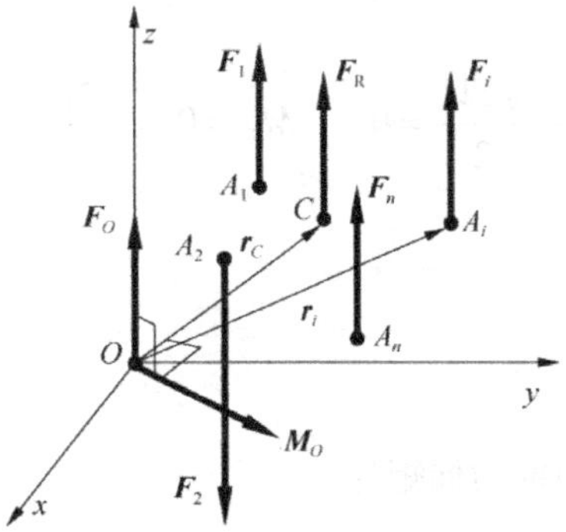

图 2-19

由于力系中各力平行于 z 轴，因此主矩与 z 轴垂直。力系向 O 点简化，主矢若等于零，力系平衡或者简化成力偶，该力偶矩与简化中心无关，力偶矩矢量等于主矩。一般情况下，主矢、主矩不等于零，且主矢、主矩垂直，如图 2-19 所示，则力系的最简合成结果为一个合力，假设合力过 C 点，则根据合力矩定理有

$$\boldsymbol{r}_C\times\boldsymbol{F}_R=\sum \boldsymbol{r}_i\times\boldsymbol{F}_i$$

即

$$F_R\boldsymbol{r}_C\times\boldsymbol{k}=\sum F_i\boldsymbol{r}_i\times\boldsymbol{k}$$

故

$$(F_R\boldsymbol{r}_C-\sum F_i\boldsymbol{r}_i)\times\boldsymbol{k}=0$$

所以

$$\boldsymbol{r}_C=\frac{\sum F_i\boldsymbol{r}_i}{F_R} \tag{2-25}$$

需要说明的是，平行力系中各力大小已知，且都作用在已知点上，无论力系方向如何改变，其合力作用点始终不变，合力作用点称为**平行力系的中心**。式(2-25)即为平行力系的中心 C 点的矢径计算公式。力系中心点的位置坐标公式可通过投影得到：

$$x_C=\frac{\sum F_ix_i}{F_R},\quad y_C=\frac{\sum F_iy_i}{F_R},\quad z_C=\frac{\sum F_iz_i}{F_R} \tag{2-26}$$

物体重力可近似看成一组平行力系，力系中各力的大小对应物体各组成部分的重力 $\boldsymbol{G}_i$，如图 2-20 所示。若物体的比重为坐标的连续函数，物体细分的块数 $n\to\infty$，每块的重量 $G_i\to 0$ 并以 $\mathrm{d}G$ 表示，则**重心**的位置坐标公式为

$$x_C=\frac{\int_V x\mathrm{d}G}{G},\quad y_C=\frac{\int_V y\mathrm{d}G}{G},\quad z_C=\frac{\int_V z\mathrm{d}G}{G} \tag{2-27}$$

将 $\mathrm{d}G=g\mathrm{d}m,\ G=mg$ 代入式(2-27)，可得到**质心**的位置坐标公式。

如果物体质量均匀分布且比重为常数，则物体重量与其体积 V 成比例，代入式(2-27)可得

$$x_C=\frac{\int_V x\mathrm{d}V}{V},\quad y_C=\frac{\int_V y\mathrm{d}V}{V},\quad z_C=\frac{\int_V z\mathrm{d}V}{V} \tag{2-28}$$

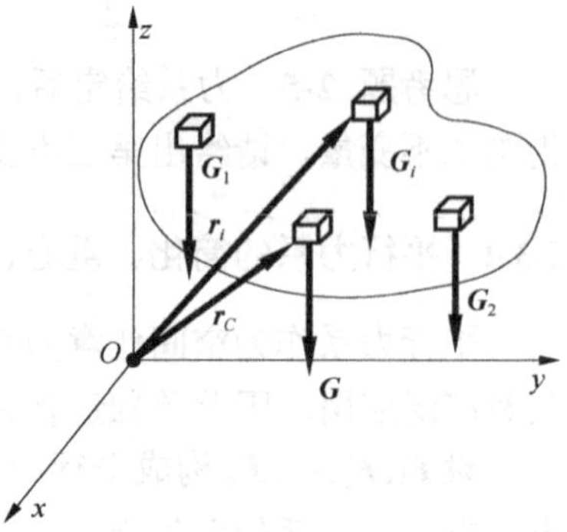

图 2-20

即匀质物体的重心与比重无关，只与物体的几何形状有关，此时物体的重心即为物体几何形体的中心——**形心**。

需要注意的是，物体的**重心**、**质心**和**形心**是三个相互独立的中心，只有在一定条件下才会彼此重合。对于常见形状的物体，其重心位置坐标可扫码查阅。

思考题 2-6　给出重心、质心和形心重合的条件；思考夹层板(每层密度不同)的重心位置确定方法。

思考题 2-7　思考下面线性分布力(图 2-21(a)、(b))以及抛物线形分布载荷(图 2-21(c))的合力作用点。

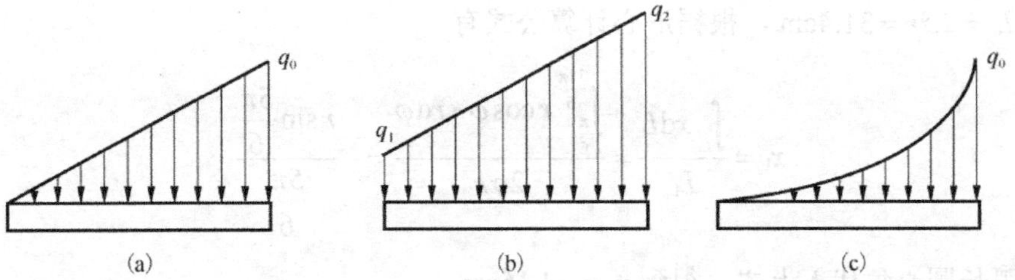

图 2-21

例 2-7　求半圆形的形心位置。

解　建立 Oxy 坐标系，如图 2-22 所示。$x_C = 0$，取平行于 x 轴、高度为 $\mathrm{d}y$ 的条状面元，则

$$b(y) = 2\sqrt{R^2 - y^2}$$

面元的面积为　$\mathrm{d}A = b(y)\mathrm{d}y = 2\sqrt{R^2 - y^2}\mathrm{d}y$

根据形心计算公式有

$$y_C = \frac{\sum A_i y_i}{A} = \frac{\int_A y\mathrm{d}A}{A} = \frac{\int_0^R 2y\sqrt{R^2 - y^2}\mathrm{d}y}{A}$$

$$= \frac{-\frac{2}{3}(R^2 - y^2)^{\frac{3}{2}}\Big|_0^R}{A} = \frac{4R}{3\pi}$$

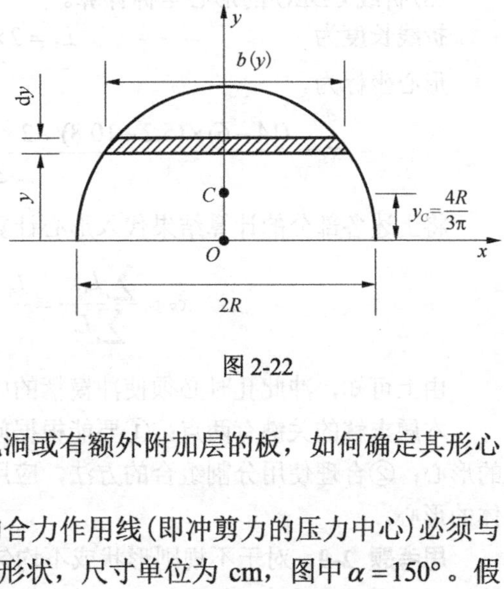

图 2-22

上述计算中，A 为半圆形的面积；$\int_A y\mathrm{d}A$ 称为半圆对 x 轴的静矩，相当于面积对 x 轴取矩。

思考题 2-8　对于边缘形状不规则且板上有孔洞或有额外附加层的板，如何确定其形心位置？

例 2-8　在冲床上冲剪工件时，要求冲剪力的合力作用线(即冲剪力的压力中心)必须与冲模柄的中心轴线重合。图 2-23 为工件上冲孔的形状，尺寸单位为 cm，图中 $\alpha = 150°$。假设冲剪力沿孔的轮廓线均匀分布，试计算其压力中心。

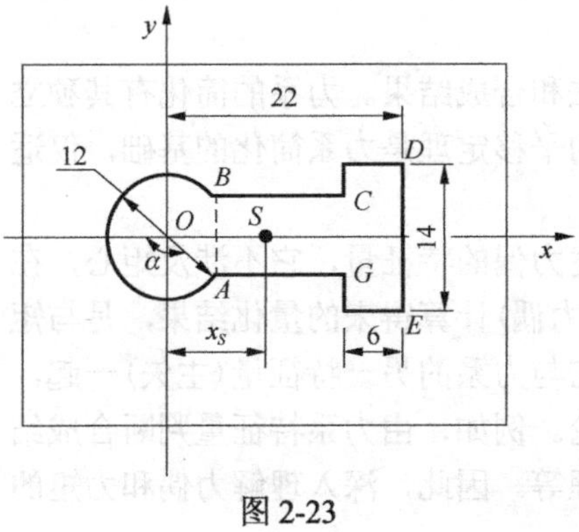

图 2-23

解　根据题意，应由工件上冲孔的形状计算冲剪力的合力及其压力中心。由于冲剪力沿孔轮廓线均匀分布，因而计算压力中心就成为求冲孔轮廓线的形心问题。

建立坐标系 Oxy，如图 2-23 所示。由于冲孔轮廓线对称于 x 轴，因此压力中心 S 的纵坐标 $y_S = 0$，只需求横坐标 x_S。

按照分割组合的方法将冲孔轮廓线分为三部分计算，分别为：①弧线 AB 部分；②BC 和平行线 AG；③折线 $CDEG$。

(1)弧线部分的形心坐标计算。

根据图示几何关系，求得 A 点的坐标 $x_A = 5.2\text{cm}$，$y_A = -3\text{cm}$；$\alpha = \frac{5}{6}\pi\,\text{rad}$，故弧线 AB 的长度为 $L_1 = 2\alpha r = 31.4\text{cm}$，根据形心计算公式有

$$x_1 = \frac{\int_{L_1} x\text{d}L}{L_1} = \frac{\int_{\frac{\pi}{6}}^{\frac{11\pi}{6}} r\cos\varphi \cdot r\text{d}\varphi}{2\alpha r} = -\frac{r\sin\frac{5\pi}{6}}{\frac{5\pi}{6}}$$

将半径和弧长圆心角代入上式，得到 $x_1 = -1.15\text{cm}$。

(2) BC 和平行线 AG 的形心坐标计算。

两平行线长度均为 $l = 22 - 5.2 - 6 = 10.8(\text{cm})$，总长 $L_2 = 21.6\text{cm}$。形心坐标为

$$x_2 = 5.2 + \frac{10.8}{2} = 10.6(\text{cm})$$

(3)折线 $CDEG$ 的形心坐标计算。

折线长度为　　$L_3 = 2\times 6 + 2\times 14 - 6 = 34(\text{cm})$

形心坐标为

$$x_3 = \frac{(14-6)\times(5.2+10.8) + 2\times 6\times(5.2+10.8+3) + 14\times 22}{34} = 19.5(\text{cm})$$

将上述各部分的计算结果代入形心计算公式，得到轮廓线的形心：

$$x_S = \frac{\sum L_i x_i}{\sum L_i} = \frac{L_1x_1 + L_2x_2 + L_3x_3}{L_1 + L_2 + L_3} = 9.84\text{cm}$$

由上可知，冲此孔时必须使冲模柄的中心轴线通过工件上的 S 点。

本题求解的关键有两点：①要能根据问题的叙述将求解压力中心问题转换为求解轮廓线的形心；②合理使用分割组合的方法，应用形心计算公式，先计算各部分的形心，再计算总体的形心。

思考题 2-9　对于不规则形状或不均匀物体，确定其重心位置，除了采用数学计算的方法，还可采用实验法。设计一种实验方案，测试物体的重心位置。

思 考 空 间

本章讨论了作用在刚体上任意力系的等效与简化方法和合成结果。力系的简化有其独立应用的价值，也是后续平衡分析的基础。需要指出，力的平移定理是力系简化的基础，仅适用于刚体，在变形体上要谨慎使用。

力偶是一种特殊力系；力偶矩(矢量或代数量)是描述力偶的特征量，它不涉及矩心，在空间为自由矢量。力矩则是当指定矩心后，由力系(包括力偶)计算得来的量化结果，是与矩心紧密相关的定位矢量，也是一般力系的特征量之一，它与力系的另一特征量(主矢)一起，从量化的角度描述一些最终的、可直接应用的判据和结论。例如，由力系特征量判断合成结果，表述力系的平衡条件以及后续动力学中的动量矩定理等。因此，深入理解力偶和力矩的概念、熟练掌握力偶和力矩的计算非常重要。

依据力系合成结果得到的以主矢、主矩表示的力系平衡条件，是采用矢量力学方法解决平衡问题的主要工具。该平衡条件除了可以解决刚体平衡问题，也是解决变形体平衡问题的基础。

习　题

2-1　直三棱柱上作用着三个力偶$(\boldsymbol{F}_1,\boldsymbol{F}_1')$、$(\boldsymbol{F}_2,\boldsymbol{F}_2')$、$(\boldsymbol{F}_3,\boldsymbol{F}_3')$，如图所示。已知$F_1=F_1'=5\text{N}$，$F_2=F_2'=10\text{N}$，$F_3=F_3'=10\sqrt{2}\text{N}$，$a=0.2\text{m}$，求三个力偶的合成结果。

2-2　用组合钻钻孔时，部件作用力偶的力偶矩如图所示。已知：$M_1=M_3=M_4=M$，$M_2=\sqrt{2}M$，$\theta=45°$。试求组合钻对工件的合力偶矩的大小和方位。

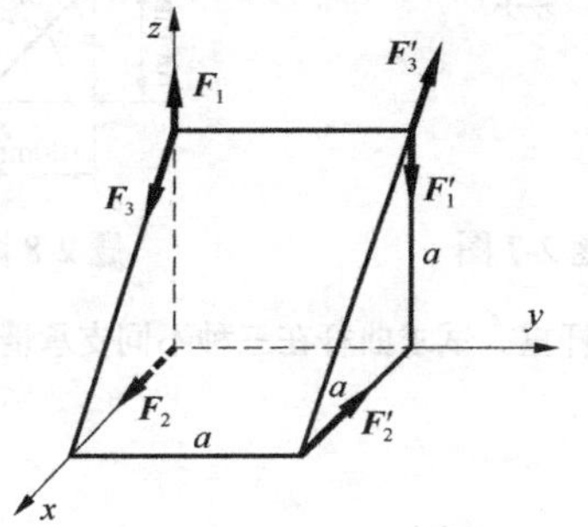

题 2-1 图

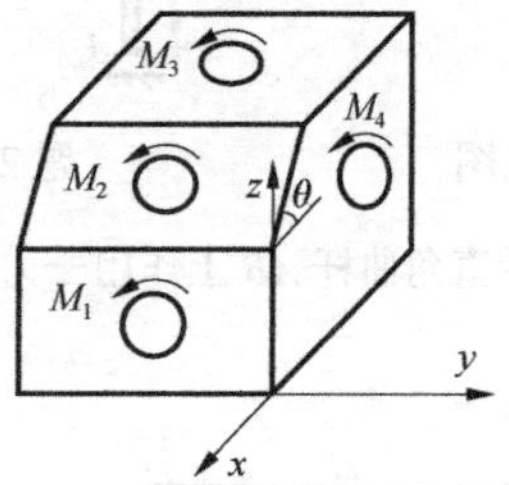

题 2-2 图

2-3　齿轮箱受三个力偶的作用。求此力偶系的合力偶。

2-4　图示三个圆盘A、B和C的半径分别为150mm、100mm和50mm。三轴OA、OB和OC在同一平面内，$\angle AOB$为直角。在这三个圆盘上分别作用力偶，组成各力偶的力作用在轮缘上，它们的大小分别等于10N、20N和F。若这三个圆盘所构成的系统是自由的且不计其重量，求能使此物体平衡的力$\boldsymbol{F}$的大小和角度α。

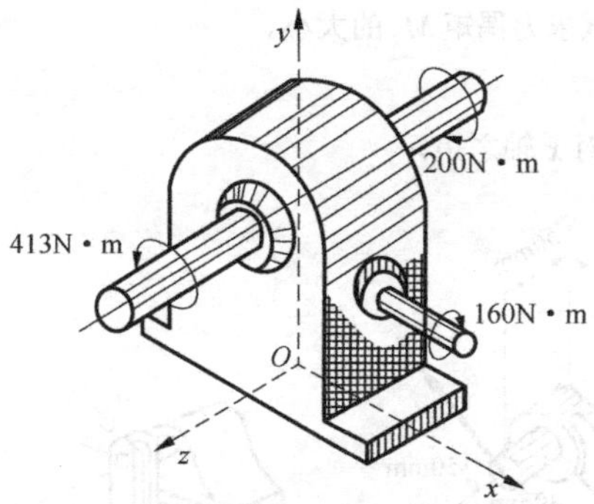

题 2-3 图

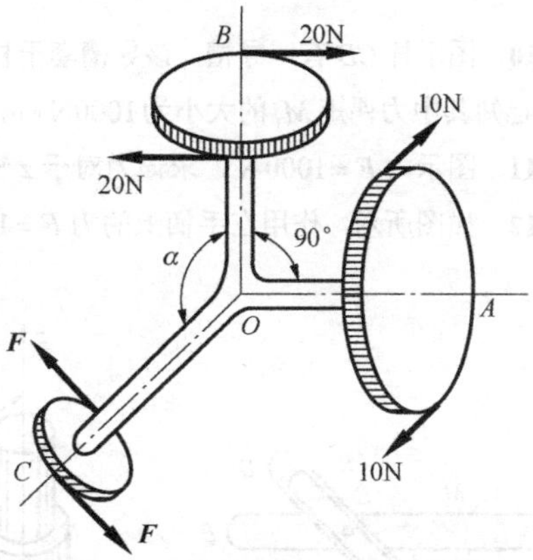

题 2-4 图

2-5　在图示机构中，套筒A穿过摆杆O_1B，用销钉连接于曲柄OA上。已知$OA=a$，其上作用有力偶矩M_1，在图示位置时$\alpha=30°$，OA处于水平位置，机构能维持平衡，则应在摆杆O_1B上加多大的力偶矩M_2(不计各构件的重量)？

2-6　在图示结构中，两曲杆自重不计，曲杆AB上作用有主动力偶M。试求A和C处的约束力。

2-7　四连杆机构在图示位置平衡，已知$OA=60\text{cm}$，$BC=40\text{cm}$，作用在BC上力偶的力偶矩$M_2=1\text{N}\cdot\text{m}$。试求作用在$OA$上力偶的力偶矩$M_1$的大小和$AB$所受的力$F_{AB}$(各杆重量不计)。

2-8　曲柄连杆活塞机构的活塞上受力 $F = 400\text{N}$。若不计所有构件的重量，试问在曲柄上应加多大的力偶矩 M 方能使机构在图示位置平衡？

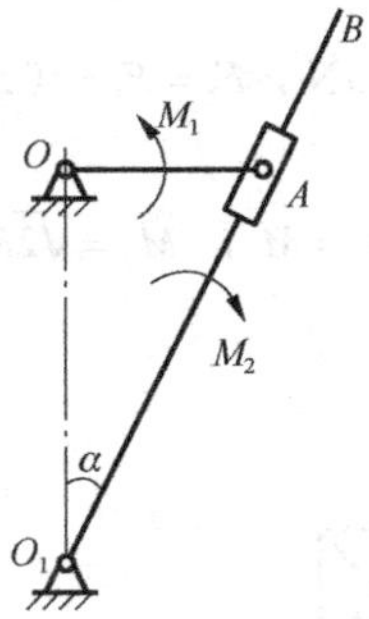

题 2-5 图

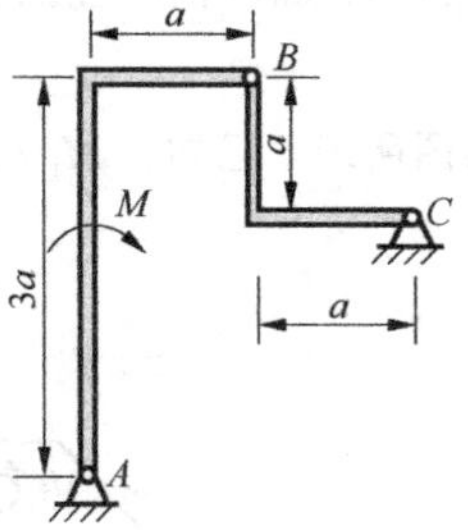

题 2-6 图

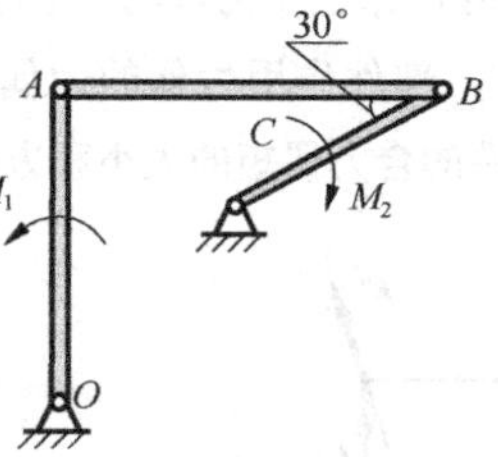

题 2-7 图

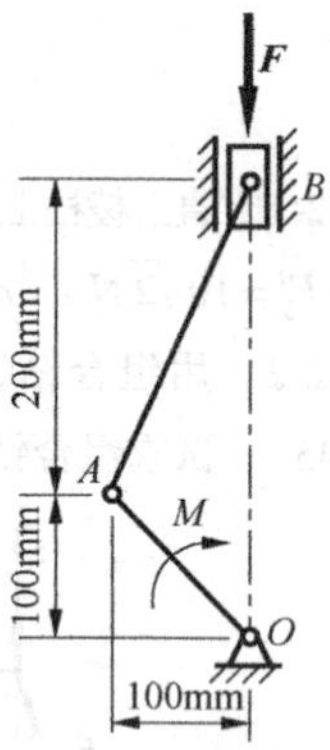

题 2-8 图

2-9　图示直角曲杆 AB 上作用一力偶矩为 M 的力偶，不计杆重。试求曲杆在三种不同支承情况下所受的约束反力。

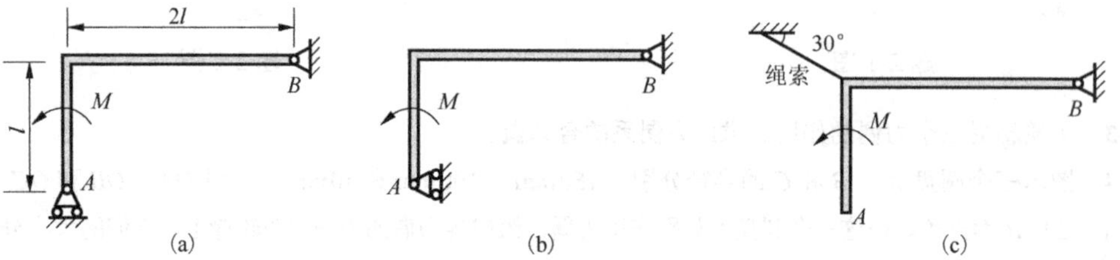

题 2-9 图

2-10　图示杆 CD 有一导槽，该导槽套于杆 AB 的销钉 E 上。今在杆 AB、CD 上分别作用一力偶，如图所示，已知其中力偶矩 M_1 的大小为 $1000\text{N}\cdot\text{m}$，不计杆重。试求力偶矩 M_2 的大小。

2-11　图示力 $F = 1000\text{N}$，求该力对于 z 轴的力矩 M_z。

2-12　如图所示，作用在手柄上的力 $F = 100\text{N}$，求力 $\boldsymbol{F}$ 对 x 轴之矩。

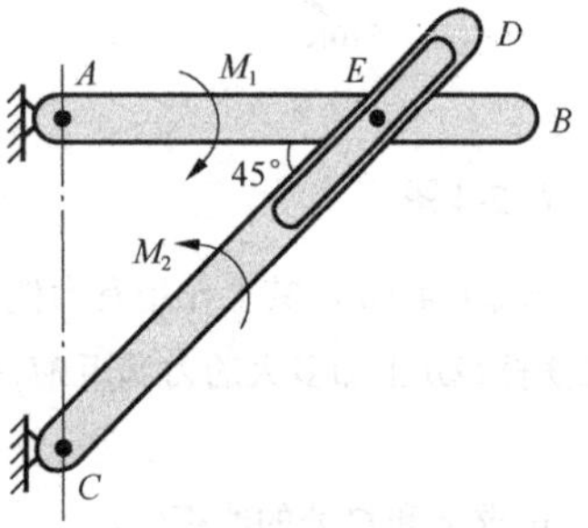

题 2-10 图

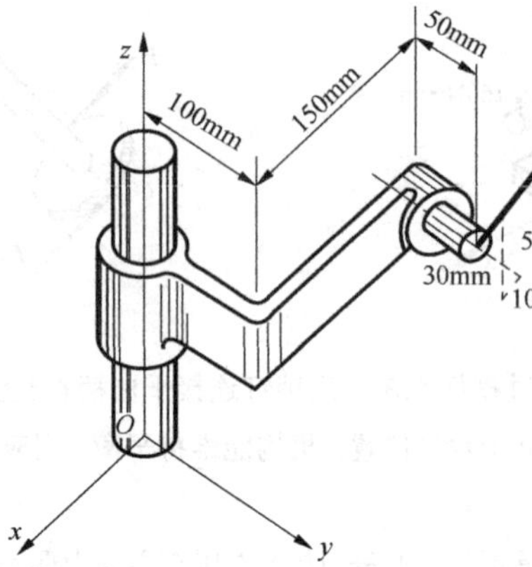

题 2-11 图

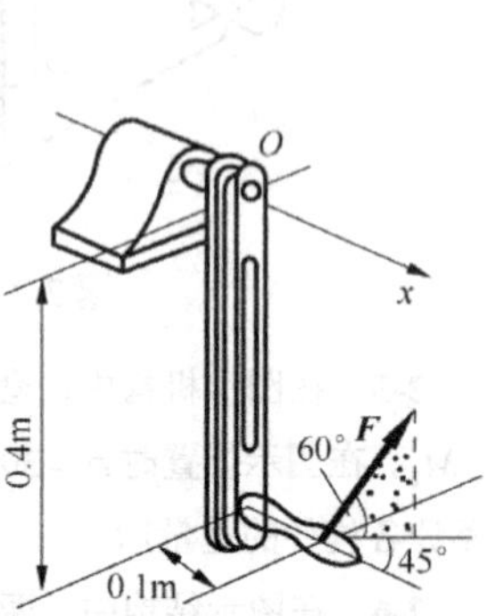

题 2-12 图

2-13　力 $\boldsymbol{F}$ 作用于水平圆盘边缘上一点，并垂直于半径，如图所示，其作用线在过该点而与圆周相切的平面内。已知圆盘半径为 r，$OO_1 = a$。试求力 $\boldsymbol{F}$ 对 x、y、z 轴之矩。

2-14　立柱 OAB 垂直固定在地面上，柱上作用两力的大小分别为 $F_1 = 4\text{kN}$，$F_2 = 6\text{kN}$。结构和受力情况如图所示。设 $a = 3\text{m}$。试分别求这两力对 O 点之矩。

2-15　半圆形曲梁位于水平面内，半径为 R，材料的线密度为 ρ，计算梁的自重对固定端 O 点的力矩。若曲梁上水平面内作用有切线方向的均布载荷，其大小为 q N/m。计算均布载荷向 B 点简化的结果。

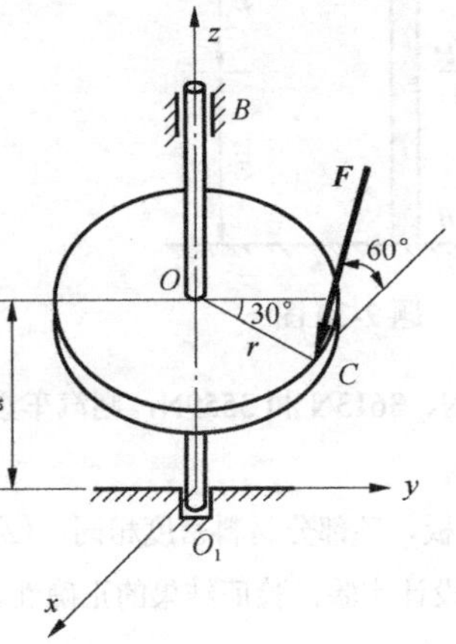

题 2-13 图

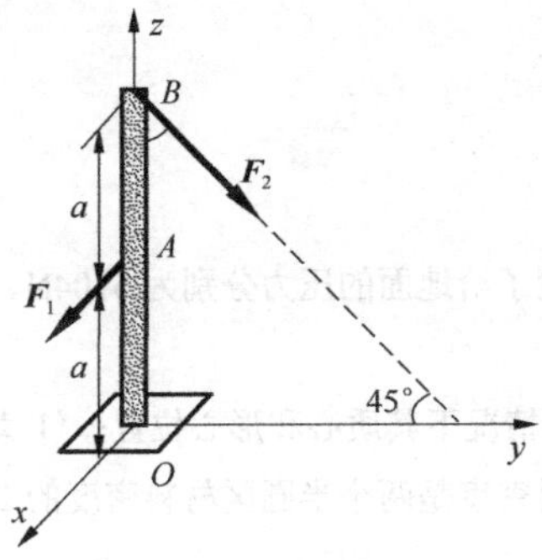

题 2-14 图

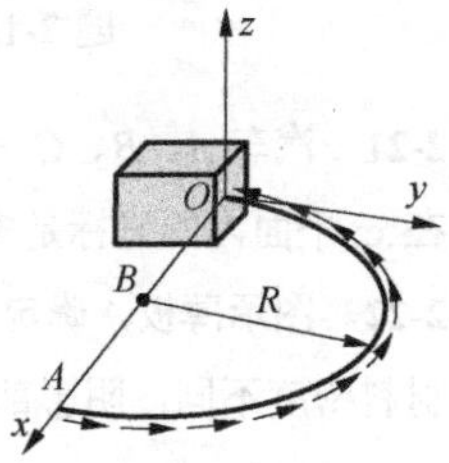

题 2-15 图

2-16　图示载荷 $F_1 = 100\sqrt{2}\,\text{N}$，$F_2 = 200\sqrt{3}\,\text{N}$，分别作用在正方体的顶点 A 和 B 处。试将此力系向 O 简化，并求其最简合成结果。

2-17　一空间力系如图所示。已知：$F_1 = F_2 = 100\text{N}$，$M = 20\text{N·m}$，$b = 300\text{mm}$，$l = h = 400\text{mm}$。(1)求力系的最简合成结果；(2)求力 $\boldsymbol{F}_2$ 对 z' 轴的矩。

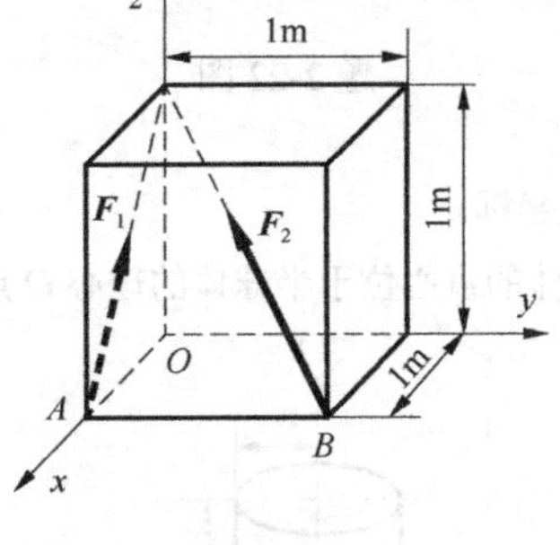

题 2-16 图

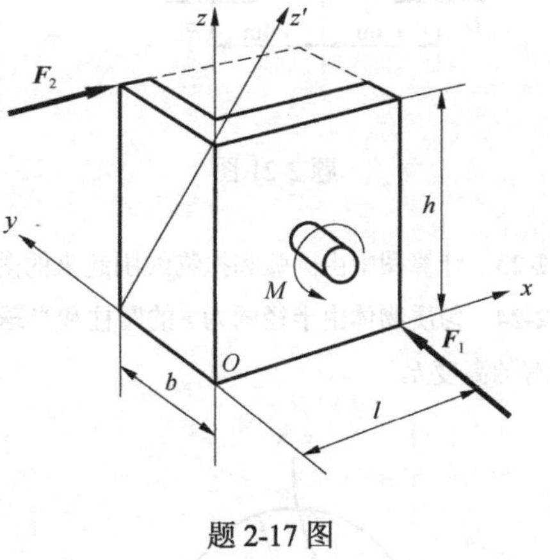

题 2-17 图

2-18　沿直棱边作用 5 个力，如图所示，$F_1 = F_3 = F_4 = F_5 = F$，$F_2 = \sqrt{2}F$，$OA = OC = a$，$OB = 2a$。求此力系的简化结果。

2-19　刚体上作用 $\boldsymbol{F}_A$、$\boldsymbol{F}_B$ 两个力，作用点位置坐标分别为 $A(0,20,-10)$、$B(-10,10,-40)$。如何判断两力能否合成为一个力？给出两力最终的合成结果及合力作用线方程。

2-20　图示水闸门长 50m，高 14m，闸门上下游水面至闸顶的距离分别为 2m 和 8m，水的密度为 1000kg/m^3。试求水闸门上受到水压力的合力大小、方向及作用线位置。

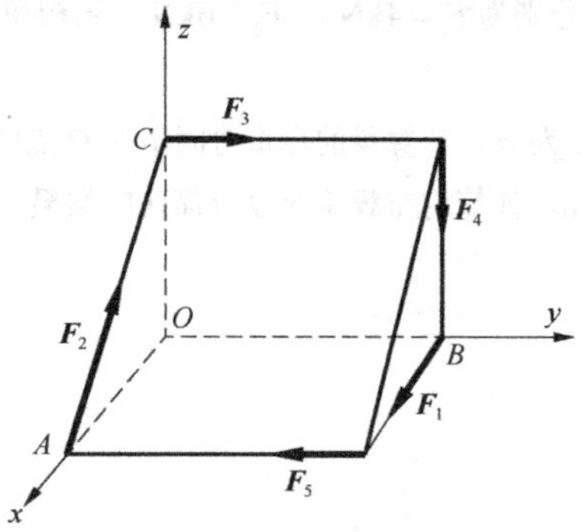

题 2-18 图

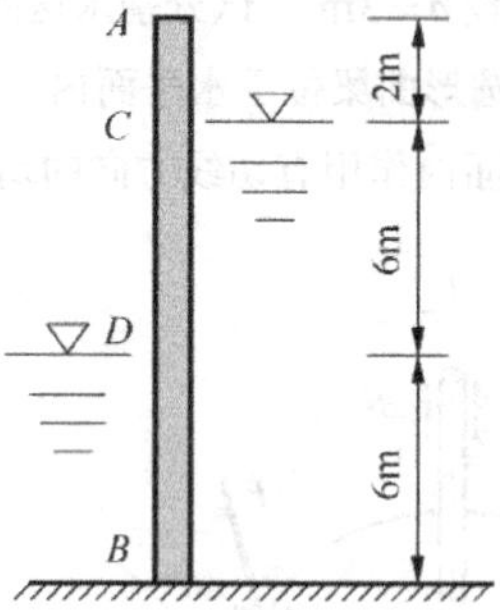

题 2-20 图

2-21　汽车 A、B、C、D 四个轮子给地面的压力分别为 5104N、5027N、3613N 和 3559N，则汽车重心位置在 xz 平面内的坐标是多少？

2-22　图示薄板，确定下述两种情况下其质心和形心位置：(1) 均质薄板，各部分材料密度相同；(2) 各部分材料密度不同，阴影部分的材料密度是两个半圆区材料密度的 2 倍。设计实验，验证结果的正确性。

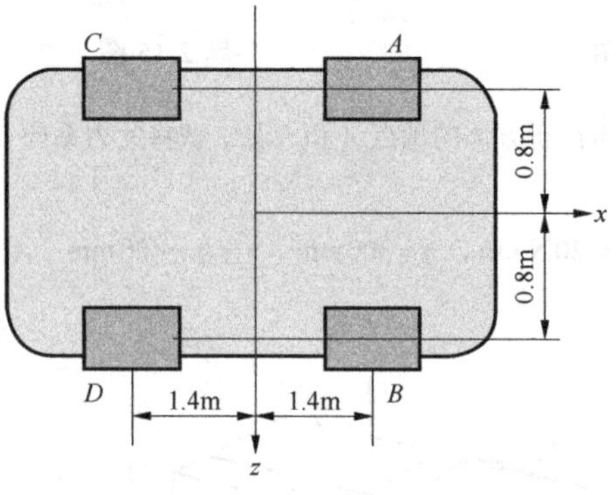

题 2-21 图

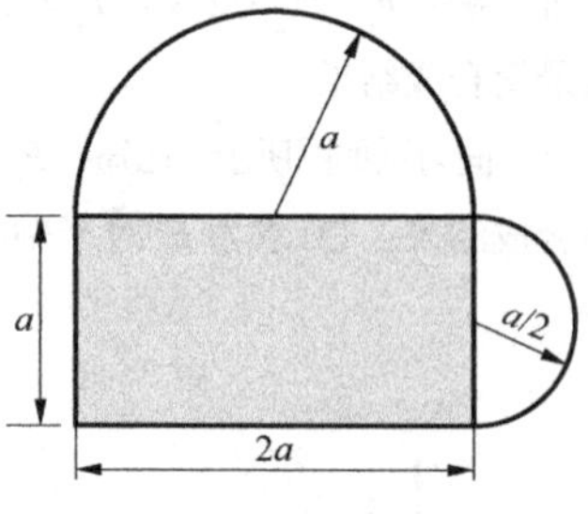

题 2-22 图

2-23　计算图中由圆弧和抛物线围起来的阴影部分的质心位置坐标。

2-24　匀质物体由半径同为 r 的圆柱和半球体组成。要使此物体的重心位于半球体的球心 O 点，求圆柱体应有的高度 h。

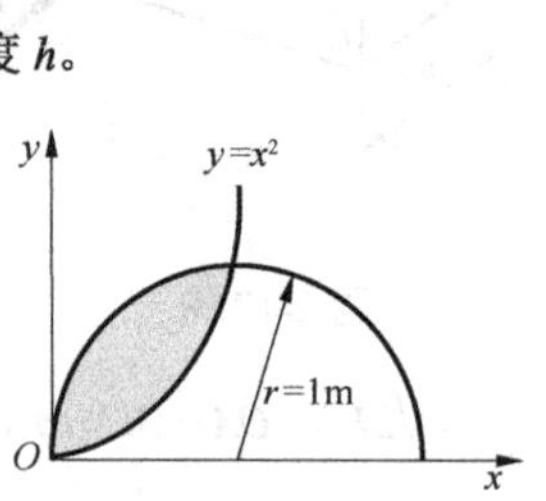

题 2-23 图

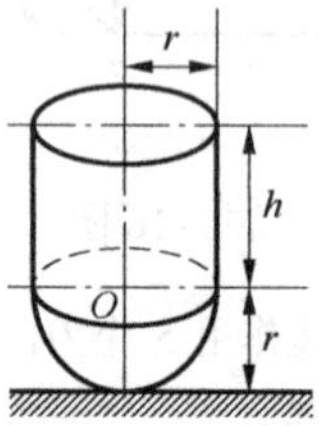

题 2-24 图

拓展应用

2-25　古尔亭定理又称帕普斯几何中心定理，其定理的内容可分别表述为：(1) xy 平面内的曲线绕着曲线平面内与曲线不相交的轴线旋转，得到的旋转曲面的面积等于曲线的长度与几何中心经过的距离的乘积。如图(a)所示，曲线长度为 L，形心位置坐标为 $(\bar{x},\bar{y})$，则得到的旋转曲面(图(b))面积为 $A=2\pi\bar{y}L$。(2) 平面图形绕着和它同平面但不相交的轴线旋转产生旋转体，旋转体的体积等于平面图形的面积与图形几何中心经过的距离的乘积。如图(c)所示，平面图形面积为 A，形心位置坐标为 $(\bar{x},\bar{y})$，则得到的旋转体(图(d))体积为 $V=2\pi\bar{y}A$。

对上述定理进行证明。

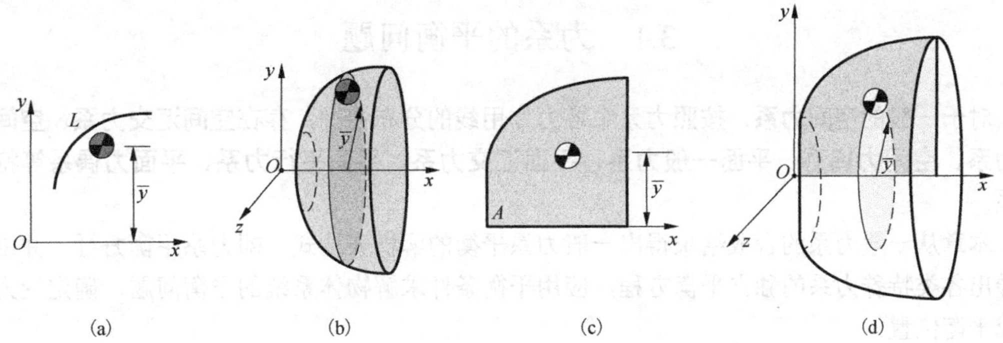

题 2-25 图

2-26　力对轴之矩的三重标积表示法。根据力对点之矩与力对轴之矩的关系，综合矢量运算规则，力对轴之矩可使用三重标积表示。力 $\boldsymbol{F}$ 对 y 轴的矩表示为 $M_y(\boldsymbol{F})=\boldsymbol{j}\cdot\boldsymbol{M}_O(\boldsymbol{F})=\boldsymbol{j}\cdot(\boldsymbol{r}\times\boldsymbol{F})$，其中 $\boldsymbol{j}$ 为 y 轴上的单位矢量。将上述方法推广至一般情况，假设 $\boldsymbol{u}_a$ 为给定的 a 轴的单位矢量，则力 $\boldsymbol{F}$ 对 a 轴的力矩 $M_a(\boldsymbol{F})=\boldsymbol{u}_a\cdot\boldsymbol{M}_O(\boldsymbol{F})=\boldsymbol{u}_a\cdot(\boldsymbol{r}\times\boldsymbol{F})$。所有矢量都在同一笛卡儿坐标系下表示，则力 $\boldsymbol{F}$ 对 a 轴之矩为

$$M_a(\boldsymbol{F})=[u_{ax}\boldsymbol{i}+u_{ay}\boldsymbol{j}+u_{az}\boldsymbol{k}]\cdot\begin{vmatrix}\boldsymbol{i} & \boldsymbol{j} & \boldsymbol{k}\\ r_x & r_y & r_z\\ F_x & F_y & F_z\end{vmatrix}=(r_yF_z-r_zF_y)u_{ax}+(r_zF_x-r_xF_z)u_{ay}+(r_xF_y-r_yF_x)u_{az}$$

式中，u_{ax}、u_{ay}、u_{az} 是给定轴 a 的单位矢量在 x、y、z 轴上的投影；r_x、r_y、r_z 是从给定轴 a 上任意一点 O 到力作用线上任意一点的 A 矢径在 x、y、z 轴上的投影；F_x、F_y、F_z 是力矢量在 x、y、z 轴上的投影。求解得到的标量 $M_a(\boldsymbol{F})$ 为负表明 $\boldsymbol{M}_a$ 与单位矢量 $\boldsymbol{u}_a$ 方向相反。

请根据上述矢量计算方法，重新计算例 2-2 的第二问。

参考答案

高频问题及典型例题 1

第 3 章　力系的平衡

本章基于力系平衡条件和物体受力图，求解平衡问题。平衡问题是静力学的核心内容。对于工程实际中的平衡问题，通过对结构、约束、载荷进行必要且合理的简化，得到理想的理论模型。理论模型若为静定的刚体、刚体系统，则力系的平衡条件是求解问题的充分且必要条件；对于变形体及超静定系统，平衡条件仅为求解问题的必要条件，并不充分。本章的方法在后续考虑摩擦的平衡求解中依然适用；此外，力系的平衡方程可视为动力学方程的特例。

3.1　力系的平衡问题

对于一般的**空间力系**，按照力系中各力作用线的分布情况，存在**空间汇交力系**、**空间平行力系**、**空间力偶系**、**平面一般力系**、**平面汇交力系**、**平面平行力系**、**平面力偶系**等特殊力系。

本章从一般力系的合成结果得出一般力系平衡的解析表达式，即**力系平衡方程**，并由此推导出各类特殊力系的独立平衡方程，应用平衡条件求解物体系统的平衡问题，确定受力状态或平衡位置。

3.1.1　一般力系的平衡条件

根据力系的简化与合成，空间一般力系平衡的必要和充分条件是力系的主矢和力系对任一点 O 的主矩均等于零，即

$$\begin{cases} \boldsymbol{F}_{\mathrm{R}}' = \sum \boldsymbol{F}_i = 0 \\ \boldsymbol{M}_O = \sum \boldsymbol{M}_O(\boldsymbol{F}_i) = 0 \end{cases} \tag{3-1}$$

设 x、y、z 为过 O 点的三个正交坐标轴，将式(3-1)分别向 x、y、z 轴投影，简化起见，略去下标 i，应用力矩关系定理，得空间一般力系的平衡方程：

$$\begin{cases} \sum F_x = 0, \quad \sum F_y = 0, \quad \sum F_z = 0 \\ \sum M_x(\boldsymbol{F}) = 0, \quad \sum M_y(\boldsymbol{F}) = 0, \quad \sum M_z(\boldsymbol{F}) = 0 \end{cases} \tag{3-2}$$

由于投影轴和矩心可以任取，故对同一空间平衡力系而言，可列出无数个平衡方程，其中有许多方程并不独立，空间一般力系具有 6 个独立平衡方程。通常，上述 6 个方程用于单个刚体时，可以解 6 个未知量。此外，一般力系的平衡方程还有四矩式(4 个矩方程、2 个投影方程)、五矩式和六矩式，这些方程组的独立补充条件比较复杂，不过在求解具体的平衡问题时，若所列的 6 个平衡方程能解出 6 个未知量，则它们彼此就一定是独立的，附加条件并不重要。

3.1.2　特殊力系的平衡条件

各种力系的平衡条件都可以从空间一般力系的平衡条件导出，只需从式(3-2)中去掉那些由特殊力系的几何性质所自动满足的方程。

1. 平面一般力系的平衡方程

平面一般力系中各力作用线位于同一平面，假设力的作用线均位于 Oxy 平面，则 $\sum F_z \equiv 0$，$\sum M_x \equiv 0$ 和 $\sum M_y \equiv 0$ 成立。从式(3-2)中划掉自动满足的方程，得到平面一般力系的平衡方程：

$$\begin{cases} \sum F_x = 0 \\ \sum F_y = 0 \\ \sum M_O(\boldsymbol{F}) = 0 \end{cases} \tag{3-3}$$

式(3-3)称为**平面一般力系的平衡方程**。平面一般力系的平衡方程为三个独立的代数方程，可求解三个未知量。这种**两投影一矩式**是平面一般力系平衡方程的基本形式。由于投影轴和矩心可任意选取，平衡方程可有多种形式，除式(3-3)外，还有以下表达形式：

$$\begin{cases} \sum F_x = 0 \\ \sum M_A(\boldsymbol{F}) = 0 \\ \sum M_B(\boldsymbol{F}) = 0 \end{cases} \tag{3-4}$$

式(3-4)称为**两矩一投影式**，三个方程彼此独立的条件是：A、B 两点的连线不能与 x 轴垂直。

除了上述两种平衡条件，还可以列写**三矩式**平衡方程：

$$\begin{cases} \sum M_A(\boldsymbol{F}) = 0 \\ \sum M_B(\boldsymbol{F}) = 0 \\ \sum M_C(\boldsymbol{F}) = 0 \end{cases} \tag{3-5}$$

式(3-5)中三个方程彼此独立的条件是：A、B、C 三点不共线。

思考题 3-1　为什么平面一般力系仅满足式(3-4)或者式(3-5)不能保证力系平衡？

2. 空间平行力系的平衡方程

各力作用线平行的空间力系，称为**空间平行力系**。取 z 轴与各力平行，则有 $\sum F_x \equiv 0$，$\sum F_y \equiv 0$，$\sum M_z(\boldsymbol{F}) \equiv 0$。故空间平行力系的独立平衡方程只有三个，为

$$\begin{cases} \sum F_z = 0 \\ \sum M_x(\boldsymbol{F}) = 0 \\ \sum M_y(\boldsymbol{F}) = 0 \end{cases} \tag{3-6}$$

3. 平面平行力系的平衡方程

对于平面平行力系，若取 x 轴与平面平行力系各力作用线平行，由于各力作用线与 y 轴垂直，有 $\sum F_y \equiv 0$，故平面平行力系只有两个独立的平衡方程：

$$\begin{cases} \sum F_x = 0 \\ \sum M_O(\boldsymbol{F}) = 0 \end{cases} \tag{3-7}$$

平面平行力系的平衡方程也可写成两矩式：

$$\begin{cases}\sum M_A(\boldsymbol{F})=0\\ \sum M_B(\boldsymbol{F})=0\end{cases} \tag{3-8}$$

式(3-8)中 2 个方程彼此独立的条件是：A、B 两点的连线与力的作用线不平行。

汇交力系与力偶系的平衡条件在前面章节已阐明，也可由式(3-2)推导得到。

需要指出的是，在研究平衡力系时，由于力系中各力在任何方向的投影之和及对任何轴的力矩之和均为零，因此平衡方程的形式可以任意选取，只要解出所求量即可。注意在选择投影轴和力矩轴时不能违反平衡条件的附加条件，要确保所列的平衡方程相互独立。独立平衡方程的个数是判断平衡问题是否可解的重要依据，这在分析问题时常常用到。

例 3-1 梁 AC 重 $W=6\text{kN}$，作用力 $P=6\text{kN}$，力偶矩 $M=4\text{kN}\cdot\text{m}$，均布载荷集度 $q=2\text{kN/m}$。若 $\theta=30°$，如图 3-1(a)所示，求支座 A、B 的约束反力。

解 以梁 AC 为研究对象，取坐标系 Cxy 如图 3-1(b)所示，作 AC 的受力图。铰链 A 处的约束反力大小用 F_{Ax}、F_{Ay} 表示，指向是假设的，B 处的约束反力大小为 F_B。分布力 q 可用一个作用于 BC 中点、大小为 $F_1=q\cdot BC$ 的力代替。

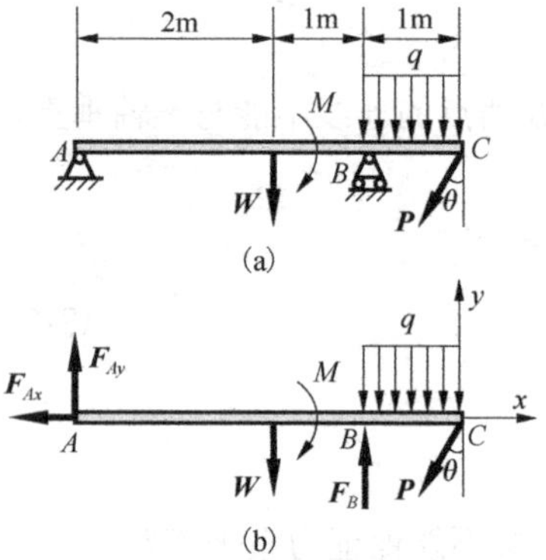

图 3-1

根据上述受力图，以 A 为矩心列出以下平衡方程：

$$\sum M_A(\boldsymbol{F})=0,\qquad 2W+M-3F_B+3.5F_1+4P\cos\theta=0$$

$$\sum F_x=0,\qquad -F_{Ax}-P\sin\theta=0$$

$$\sum F_y=0,\qquad F_{Ay}-W+F_B-F_1-P\cos\theta=0$$

解上述平衡方程，得

$$F_B=\frac{23+12\sqrt{3}}{3}\text{kN}=14.6\text{kN}$$

$$F_{Ax}=-3\text{kN},\quad F_{Ay}=\frac{1-3\sqrt{3}}{3}\text{kN}=-1.4\text{kN}$$

负号表示 $\boldsymbol{F}_{Ax}$、$\boldsymbol{F}_{Ay}$ 的真实方向与受力图中假设的指向相反。

思考题 3-2 对于图 3-1 所示的梁，若在 AB 段某处沿轴线垂直方向将梁截开，截面上的受力如何分析？截面位置对截面上约束力的大小有无影响？如果改变力偶矩 M 的位置，对计算结果有无影响？

例 3-2 塔式起重机如图 3-2 所示，已知机身重 $G=220\text{kN}$，平衡块重 $Q=100\text{kN}$，最大起吊重量 $P=50\text{kN}$，尺寸如图所示。试求：

(1) 当起重机满载时，轨道对轮子的作用力；

(2) 保证起重机工作时不致翻倒所容许的平衡块重量。

解 (1) 以整体为研究对象。分析受力：起重机受到的重力与约束力构成平面平行力系。系统有两个独立平衡方程，在每种工况下都可以求解两个未知量。

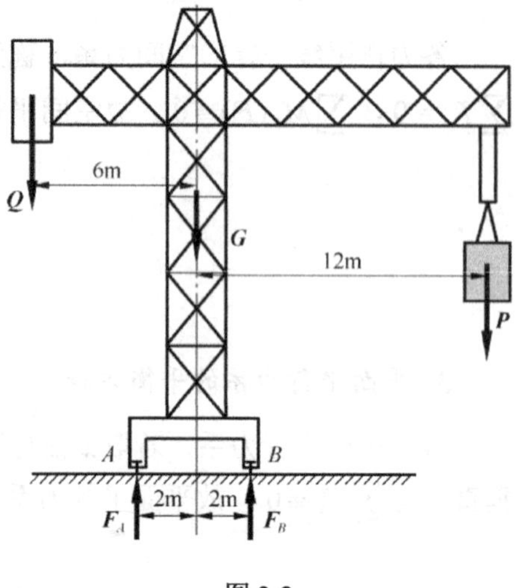

图 3-2

根据平衡条件列平衡方程：

$$\sum M_A(\boldsymbol{F})=0,\quad Q(6-2)-2G+4F_B-P(12+2)=0$$
$$\sum M_B(\boldsymbol{F})=0,\quad Q(6+2)+2G-4F_A-P(12-2)=0$$

求解得到 $F_B=185\text{kN}$，$F_A=185\text{kN}$。

(2) 要保证起重机不翻倒，即满载时不能绕 B 点翻倒，空载时不能绕 A 点翻倒。

满载时，起重机处于绕 B 点翻倒的临界平衡状态，$P=50\text{kN}$，$F_A=0$，可求得平衡块的最小值 $Q_{\min}$，平衡方程为

$$\sum M_B(\boldsymbol{F})=0,\quad Q_{\min}(6+2)+2G-P(12-2)=0$$
$$Q_{\min}=(10P-2G)/8=7.5\text{kN}$$

空载时，起重机处于绕 A 点翻倒的临界平衡状态：$P=0$，$F_B=0$，可求得平衡块的最大值 $Q_{\max}$，平衡方程为

$$\sum M_A(\boldsymbol{F})=0,\quad Q_{\max}(6-2)-2G=0$$
$$Q_{\max}=2G/4=110\text{kN}$$

对于求解平衡范围的题目，建立临界平衡解状态的力学条件是求解问题的关键。

例 3-3 如图 3-3(a) 所示的柔索在工程上有广泛应用。假设柔索悬挂于重力场，单位长度的重量为 q，试求平衡时索的形状。

解 索虽可视为柔性体，但平衡时仍然满足平衡条件。在平衡位置处将其刚化，取最低点为坐标原点，研究任意弧段 OA，设其长度为 s，其受力如图 3-3(b) 所示。求索的形状即求解函数 $y(x)$ 的表达式。根据平衡条件列平衡方程：

$$\sum F_x=0,\quad F_T(x)\frac{\mathrm{d}x}{\mathrm{d}s}=F_{TO} \tag{a}$$

$$\sum F_y=0,\quad F_T(x)\frac{\mathrm{d}y}{\mathrm{d}s}=qs \tag{b}$$

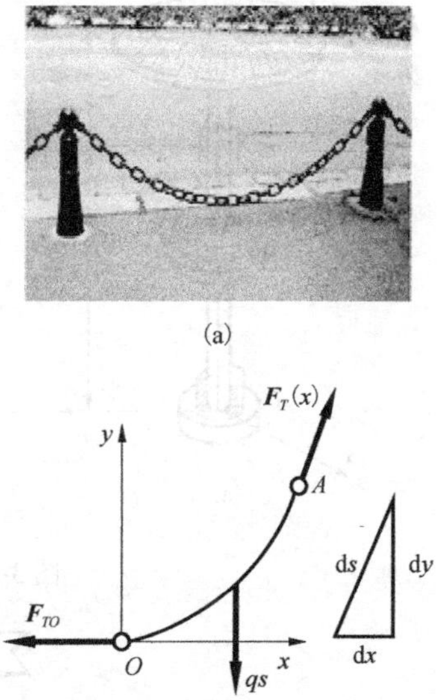

(a)
(b)
图 3-3

将式 (a) 代入式 (b)，消去 $F_T(x)$，得

$$y'=\frac{\mathrm{d}y}{\mathrm{d}x}=\frac{qs}{F_{TO}}=as$$

式中，$a=q/F_{TO}$，两边对 x 求导，得

$$\frac{\mathrm{d}y'}{\mathrm{d}x}=a\frac{\mathrm{d}s}{\mathrm{d}x}=a\sqrt{1+(y')^2}$$

令 $\sigma=\dfrac{\mathrm{d}y}{\mathrm{d}x}=\tan\theta$，为弧段 x 位置处的斜率，则得到

$$\frac{\mathrm{d}\sigma}{\mathrm{d}x}=a\sqrt{1+\sigma^2},\quad \frac{\mathrm{d}\sigma}{\sqrt{1+\sigma^2}}=a\mathrm{d}x$$

当 $x=0$ 时，$\sigma=0$，对得到的式子积分：

$$\int_0^{\sigma}\frac{\mathrm{d}\sigma}{\sqrt{1+\sigma^2}}=\int_0^{x}a\mathrm{d}x,\quad \sigma=\frac{\mathrm{d}y}{\mathrm{d}x}=\frac{1}{2}(\mathrm{e}^{ax}-\mathrm{e}^{-ax})=\sinh(ax)$$

上式再对 x 进行积分，得到函数 $y(x)$ 的表达式：

$$y=\frac{1}{2a}(\mathrm{e}^{ax}+\mathrm{e}^{-ax}-2)=\frac{1}{a}[\cosh(ax)-1]$$

上式即为**悬链线**方程。方程中系数 a 为常数。

悬链线上各截面上的张力大小可由方程(a)、(b)求得：

$$F_T=\frac{F_{TO}}{\cos\theta}=F_{TO}\frac{\mathrm{d}s}{\mathrm{d}x}=F_{TO}\sqrt{1+\sigma^2}$$

将 σ 代入，得
$$F_T=F_{TO}\sqrt{1+\frac{1}{4}(\mathrm{e}^{ax}-\mathrm{e}^{-ax})^2}=F_{TO}\cosh(ax)$$

F_{TO} 可由悬链线最低点到悬挂点的弧段的平衡条件得到。

思考题 3-3　如图 3-4 所示的悬索桥(载荷沿水平方向均匀分布)，求主索的曲线形状。

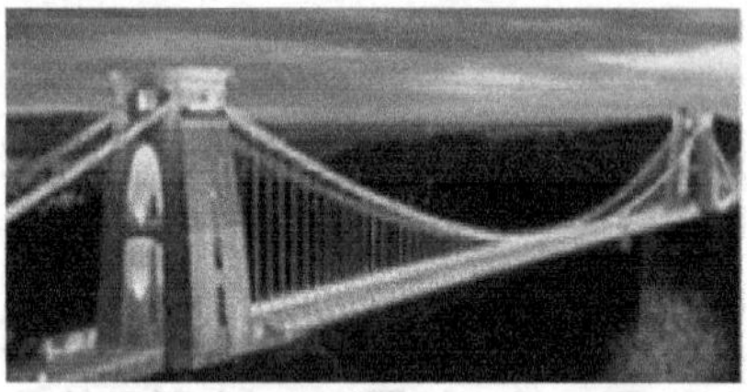

图 3-4

例 3-4　图 3-5(a)为水轮机涡轮转子结构。已知大锥齿轮 D 上受的啮合反力可分解为圆周力 $\boldsymbol{F}_t$、轴向力 $\boldsymbol{F}_a$、径向力 $\boldsymbol{F}_r$，且有比例关系 $F_t : F_a : F_r=1 : 0.32 : 0.17$；转动所需扭矩 $M_z=1.2\text{kN}\cdot\text{m}$。转动轴及附件的总重 $G=12\text{kN}$；锥齿轮的平均半径为 $DE=r=0.6\text{m}$，其余尺寸如图所示。试求 A、B 两轴承处的约束反力。

解　(1)选取整体为研究对象，建立直角坐标系。A 处为止推轴承，B 处为颈轴承，受力分析如图 3-5(b)所示。先对过 A、B 两点的 z 轴列力矩方程，求出 F_t：

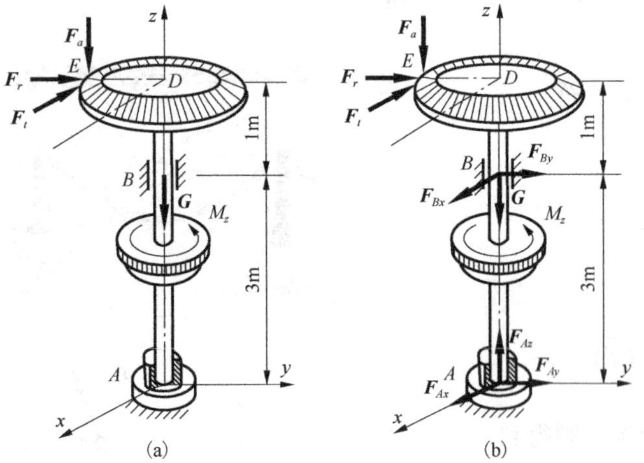

图 3-5

$$\sum M_z(\boldsymbol{F})=0$$

$$M_z-F_t\cdot r=0$$

$$F_t=\frac{M_z}{r}=\frac{1.2}{0.6}=2(\text{kN})$$

由三个力之间的比例关系可解得

$$F_a=0.32F_t=0.64\text{kN}$$

$$F_r=0.17F_t=0.34\text{kN}$$

(2)继续利用力矩式平衡方程的优势，列出只含一个未知力的平衡方程，并逐个求解。

$$\sum M_y(\boldsymbol{F})=0,\quad 3F_{Bx}-4F_t=0$$

$$\sum M_x(\boldsymbol{F})=0,\quad 0.6F_a-4F_r-3F_{By}=0$$

求得
$$F_{Bx}=2.67\text{kN},\quad F_{By}=-0.325\text{kN}$$

(3) 求得 3 个未知力后，再列出三个投影方程：

$$\sum F_z = 0, \quad F_{Az} - F_a - G = 0$$

$$\sum F_x = 0, \quad F_{Ax} + F_{Bx} - F_t = 0$$

$$\sum F_y = 0, \quad F_{Ay} + F_{By} + F_r = 0$$

求解，得 F_{Az}=12.64kN，F_{Ax}=－0.67kN，F_{Ay}=－0.015kN。

需要说明的是，对于空间力系，6 个平衡方程列写的顺序依题而定，力求求解方便，避免联立求解。

3.2　静定、静不定问题

根据平衡条件求解平衡问题，首先需要判断未知约束力能否仅根据平衡方程全部求出。只有在全部未知约束力个数等于独立平衡方程数且都能够由平衡方程解出的前提下，才能够按照刚体或者刚体系统进行建模。

在工程实际中，有时为了提高结构的可靠性，会采用增加约束的方法，以致结构中未知约束力的个数多于可列的独立平衡方程个数，仅用系统平衡方程不能求出所有未知量。根据未知约束力个数和独立平衡方程个数的关系，将静力学平衡问题分为**静定问题**和**静不定问题**。

静定问题：平衡问题中所含未知约束力的个数等于独立平衡方程的个数，且所有未知约束力能够由平衡条件求得。

静不定问题：系统中包含多余约束，未知约束力个数大于独立平衡方程的个数。静不定问题也称为**超静定问题**。未知约束力个数与系统独立平衡方程数之差称为**静不定次数或超静定次数**。

例如，图 3-6(a) 所示水平梁，在平面力系作用下平衡，受力分析如图 3-6(b) 所示，可列 3 个独立平衡方程，而所含未知约束力(力偶)有 4 个，故属于静不定问题，静不定次数为 1。若去掉 B 处的约束，悬臂梁 AB 的平衡问题则属于静定问题。

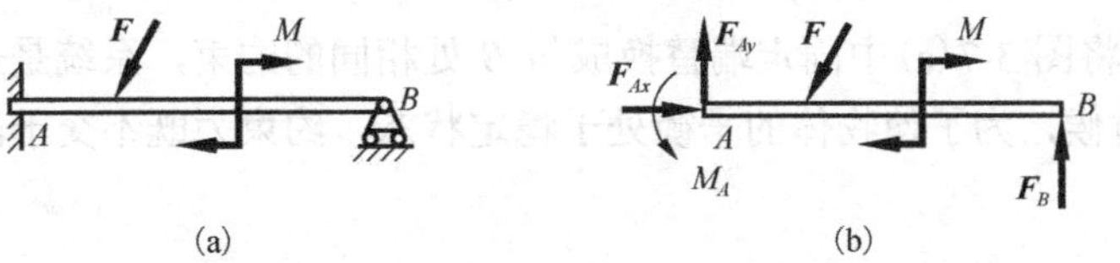

图 3-6

又如，图 3-7(a) 所示空间曲梁，A 处为固定端、B 处为光滑球铰链约束，其受力如图 3-7(b) 所示。曲梁在空间力系作用下平衡，未知约束力(力偶)共有 9 个，而独立的平衡方程只有 6 个，故此时为静不定问题，静不定次数为 3。若撤掉 B 处约束，则系统变为静定问题。

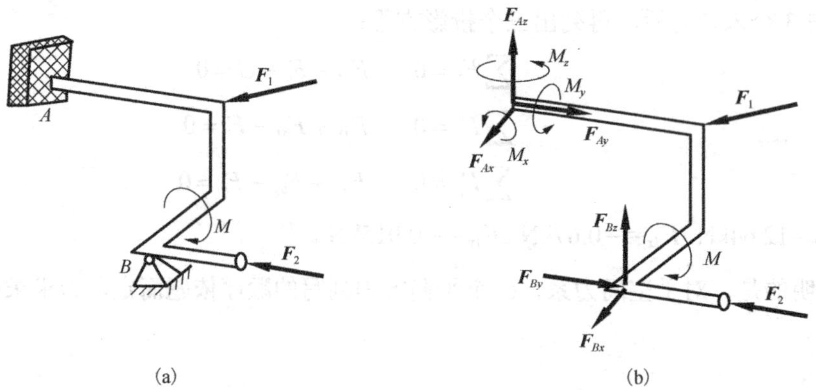

图 3-7

对于由 n 个承受平面力系的构件组成的平面平衡系统，其独立平衡方程的个数为 $3n$，若系统全部未知量个数等于 $3n$，则系统静定。若未知量数目小于 $3n$，则系统欠约束，需要补充约束条件，系统才能平衡。若未知量数目大于 $3n$，则未知量个数与 $3n$ 的差即为系统超静定次数。对于超静定问题的求解，必须考虑物体的变形，列出相应的补充方程，进而全部求解。此类问题将在材料力学、结构力学等后续课程中研究讨论。系统的静定、超静定问题是建立力学模型必须考虑的问题。

需要指明的是，独立平衡方程个数与未知力个数相等时，系统未必在任何载荷作用下都平衡，这种情况是因为系统受到**不完全约束**。如图 3-8(a)所示，梁在 A、B 两处受到铰链和可动铰支座约束，在主动力 $\boldsymbol{F}$ 作用下，$\sum M_A \neq 0$。图 3-8(b)所示三角板，在 A、B 处受光滑球铰链约束，约束力均交于 AB 轴，在主动力 $\boldsymbol{F}$ 作用下 $\sum M_{AB} \neq 0$。

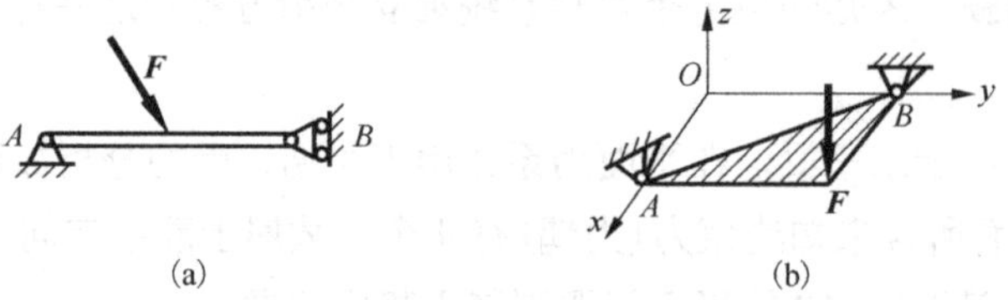

图 3-8

思考题 3-4　将图 3-7(a)中固定端替换成与 B 处相同的约束，系统是否静定？工程实际中，设计约束的时候，为了使物体的平衡处于稳定状态，约束力既不交于同一轴，也不互相平行，为什么？

3.3　刚体系统的平衡

刚体系统是指由多个刚体连接而成的系统。**刚体系统平衡**是指组成该系统的每一个刚体都处于平衡状态。这类问题在工程实际中经常遇到，如车辆、机器、桥梁的平衡，在初步建模时都可按照刚体系统平衡进行简化分析。系统以外的刚体作用于系统上的力，称为**系统外力**；组成系统的各刚体间相互作用的力，称为**系统内力**。显然，系统内力总是成对出现，且每一对内力必然满足大小相等、方向相反而且共线。

求解刚体系统平衡问题，最简单的方法是将整个系统拆成单个刚体，分别列出各自相应的平衡方程，然后联立求解全部的未知量。这种解决问题的方法具有程式化特点，可编程处理，求出所有连接处的约束力，但缺乏针对性，增加了求解工作量和难度。当只需求出某几个未知量时，往往需要根据待求量和已知条件，通过先分析整体后考虑局部，或者先分析局部再研究整体的思路，灵活选取研究对象，合理运用求解技巧，只列出少数必需的方程，解出所需结果。下面通过例题说明。

例3-5 已知三铰拱架如图3-9(a)所示(左右刚架对称，刚架之间为铰链连接)，A、B为固定铰支座，两刚架各重$\boldsymbol{P}$，左刚架在高h处受水平力$\boldsymbol{F}$作用，其他尺寸如图所示。求铰链A、B处的约束反力。

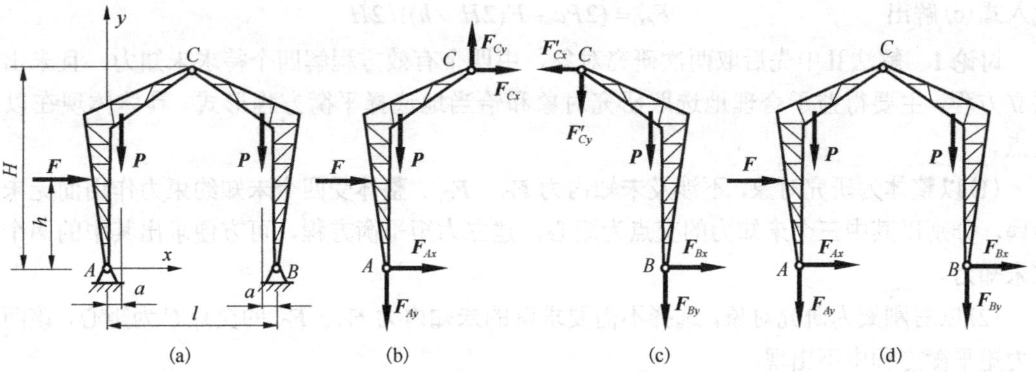

图3-9

解 本题是由两个刚体组成的系统平衡问题。

解法Ⅰ (1)选取左刚架为研究对象，受力如图3-9(b)所示。取C为矩心列平衡方程：

$$\sum F_x = 0, \quad F_{Ax} + F + F_{Cx} = 0$$
$$\sum F_y = 0, \quad -F_{Ay} - P + F_{Cy} = 0$$
$$\sum M_C(\boldsymbol{F}) = 0, \quad F_{Ax} \cdot H + F_{Ay} \cdot l/2 + P \cdot (l/2 - a) + F(H - h) = 0$$

(2)选取右刚架为研究对象，受力如图3-9(c)所示。左右刚架间的相互作用力应满足作用反作用公理。取C为矩心列平衡方程：

$$\sum F_x = 0, \quad F_{Bx} - F'_{Cx} = 0$$
$$\sum F_y = 0, \quad -F_{By} - P - F'_{Cy} = 0$$
$$\sum M_C(\boldsymbol{F}) = 0, \quad F_{Bx} \cdot H - F_{By} \cdot l/2 - P \cdot (l/2 - a) = 0$$

每个方程中都包含两个未知数，联立求解上述六个方程，同时考虑作用力与反作用力大小相等，可得待求的四个未知力：

$$F_{Ax} = (2Pa - F(2H - h))/2H$$
$$F_{Ay} = Fh/l - P$$
$$F_{Bx} = -(Fh + 2Pa)/2H$$
$$F_{By} = -P - Fh/l$$

解法Ⅱ (1)以整体为研究对象，受力如图3-9(d)所示。分别以A、B为矩心列平衡方程：

$$\sum M_B(\boldsymbol{F})=0,\quad F_{Ay}\cdot l+P\cdot(l-a)+P\cdot a-F\cdot h=0 \tag{a}$$

$$\sum M_A(\boldsymbol{F})=0,\quad F_{By}\cdot l+P\cdot(l-a)+P\cdot a+F\cdot h=0 \tag{b}$$

$$\sum F_x=0,\quad F+F_{Ax}+F_{Bx}=0 \tag{c}$$

由式(a)解出 $F_{Ay}=-P+Fh/l$

由式(b)解出 $F_{By}=-Fh/l-P$

(2)选取右刚架为研究对象，受力如图3-9(c)所示，列平衡方程：

$$\sum M_C(\boldsymbol{F})=0,\quad F_{Bx}\cdot H-F_{By}\cdot l/2+P\cdot(l/2-a)=0 \tag{d}$$

由式(d)解出 $F_{Bx}=-(Fh+2Pa)/2H$

代入式(c)解出 $F_{Ax}=(2Pa-F(2H-h))/2H$

讨论1 解法Ⅱ中先后取两次研究对象，由四个有效方程解四个待求未知力，且未出现联立方程，主要得益于合理地选取研究对象和恰当地选择平衡方程形式。具体体现在以下几点。

(1)以整体为研究对象，不涉及未知内力$\boldsymbol{F}_{Cx}$、$\boldsymbol{F}_{Cy}$；整体受四个未知约束力作用而无未知力偶，分别以其中三个未知力的交点为矩心，建立力矩平衡方程，可方便求出其中的两个待求未知力。

(2)以右刚架为研究对象，选择不需要求解的未知内力$\boldsymbol{F}_{Cx}$、$\boldsymbol{F}_{Cy}$的交点C为矩心，该两力在力矩平衡方程中不出现。

(3)求得三个未知力后，即可代入形式比较简单的方程(c)，求得最后的待求未知力$\boldsymbol{F}_{Ax}$。

讨论2 若以整体为研究对象，建立四个平衡方程，这样取一次研究对象就能解出待求的四个未知力吗？若分别取整体、左刚架、右刚架为研究对象，就可列出9个平衡方程，它们之间相互独立吗？请读者认真思考。

例3-6 图3-10所示平面结构由AC刚架与BC梁铰接而成，自重不计。已知：$P=100\text{kN}$，$q=50\text{kN/m}$，$M=40\text{kN}\cdot\text{m}$，$l=1\text{m}$。试求固定端$A$处的约束反力。

解 A处为平面插入端约束，其“约束反力”既包括力$\boldsymbol{F}_{Ax}$、$\boldsymbol{F}_{Ay}$，也包括力偶M_A。系统整体受力如图3-10(b)所示，显然以整体为研究对象无法求解。

(1)选取梁BC为研究对象，受力如图3-10(c)所示。取C为矩心列平衡方程：

$$\sum M_C(\boldsymbol{F})=0,\quad -F_B\cdot 2l+P\cdot\sqrt{2}l=0$$

求得 $F_B=50\sqrt{2}\text{kN}$

(2)选取整体为研究对象，受力如图3-10(b)所示。分布力q可用一个作用于AD中点、大小为$F_1=q\cdot AD$的力代替。列平衡方程：

$$\sum F_x=0,\quad F_{Ax}+2ql-\sqrt{2}P/2=0$$

$$\sum F_y=0,\quad F_{Ay}-\sqrt{2}P/2+F_B=0$$

$$\sum M_A(\boldsymbol{F})=0,\quad -F_B\cdot 4l+P\cdot\sqrt{2}l+M+\frac{1}{2}q(2l)^2+M_A=0$$

求解，得 $M_A=1.4\text{kN}\cdot\text{m}$，$F_{Ax}=-29.3\text{kN}$，$F_{Ay}=0$

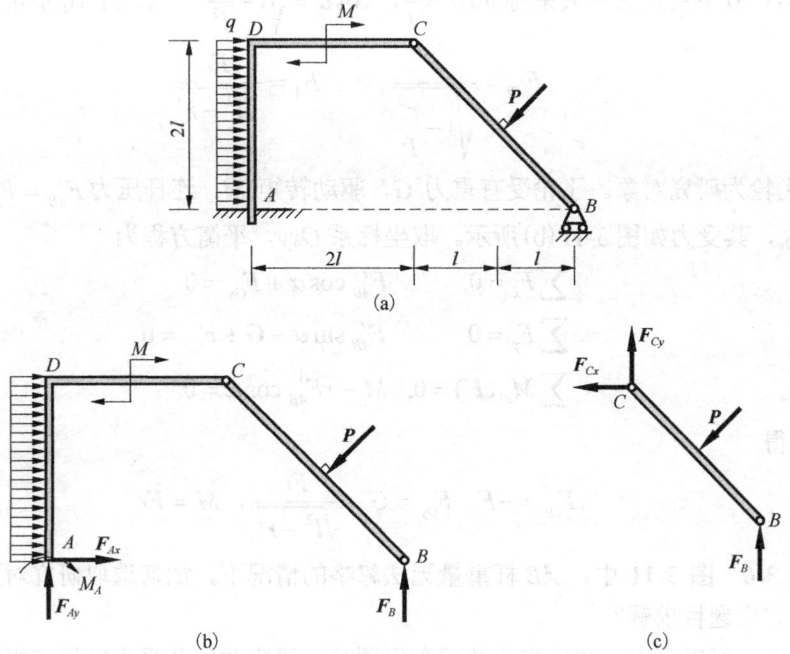

图 3-10

思考题 3-5　例 3-6 中力偶矩 M 若移至 AD 段，对结果有无影响？若移至 BC 段，对结果有无影响？

例 3-7　如图 3-11(a)所示，曲柄压力机由飞轮 1、连杆 2 和滑块 3 组成。O、A、B 处均为铰接，飞轮在驱动转矩 M 作用下，通过连杆推动滑块在水平导轨中移动。已知滑块受到工件的阻力为 $\boldsymbol{F}$，连杆长为 l，曲柄半径 $OB=r$，飞轮重为 G，连杆和滑块的重量及各处摩擦均不计。求在图示位置($\angle AOB=90°$)平衡时，作用于飞轮的驱动转矩 M 以及连杆 2、轴承 O、滑块 3 处的导轨所受的力。

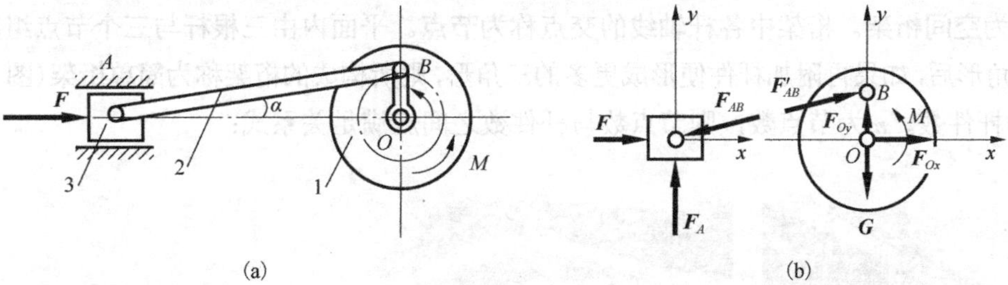

图 3-11

解　(1) 取滑块 3 为研究对象。连杆(二力杆)受压，滑块 3 所受的力有工件阻力 $\boldsymbol{F}$、连杆压力 $\boldsymbol{F}_{AB}$ 和导轨约束力 $\boldsymbol{F}_A$，如图 3-11(b)所示。取坐标系 Axy，其平衡方程为

$$\sum F_x=0,\qquad F-F_{AB}\cos\alpha=0 \tag{a}$$

$$\sum F_y=0,\qquad F_A-F_{AB}\sin\alpha=0 \tag{b}$$

由图 3-11(a)中直角三角关系得$\sin\alpha=\dfrac{r}{l}$，$\cos\alpha=\sqrt{1-\dfrac{r^2}{l^2}}$，代入上式可得

$$F_{AB}=\frac{F}{\sqrt{1-\dfrac{r^2}{l^2}}},\qquad F_A=\frac{Fr}{\sqrt{l^2-r^2}}$$

(2)以飞轮为研究对象。飞轮受有重力 G、驱动转矩 M、连杆压力$F'_{AB}=F_{AB}$、轴承约束力F_{Ox}和F_{Oy}，其受力如图 3-11(b)所示。取坐标系 Oxy，平衡方程为

$$\sum F_x=0,\qquad F'_{AB}\cos\alpha+F_{Ox}=0 \tag{c}$$

$$\sum F_y=0,\qquad F'_{AB}\sin\alpha-G+F_{Oy}=0 \tag{d}$$

$$\sum M_O(\boldsymbol{F})=0,\quad M-rF'_{AB}\cos\alpha=0 \tag{e}$$

解以上各式得

$$F_{Ox}=-F,\ F_{Oy}=G-\frac{Fr}{\sqrt{l^2-r^2}},\ M=Fr$$

思考题 3-6　图 3-11 中，AB 杆重量无法忽略的情况下，如何选取研究对象和列写平衡方程，才能完成题目求解？

由以上例题可以看出，在研究系统平衡问题时，研究对象及平衡方程应根据题意灵活选取，以便用最简便的方法求得待求的未知量。

3.4　平面桁架内力计算

桁架是由若干直杆在两端通过焊接、铆接所构成的几何形状不变的工程承载结构。其优点在于能够充分发挥一般钢材抗拉、压性能强的优势，用料省、自重小、承载能力强，因此在工程中应用广泛(图 3-12)。铁路桥梁、机场顶棚、起重机塔吊吊臂、高压线塔等，多采用这种结构。

各杆件轴线都在同一平面内的桁架，称为**平面桁架**；各杆件轴线不在同一平面内的桁架，称为**空间桁架**。桁架中各杆轴线的交点称为**节点**。平面内由三根杆与三个节点组成一个基本三角形后，如果再附加杆件便形成更多的三角形，则所构成的桁架称为**简单桁架**(图 3-13)。令 m 为杆件数，n 为节点数，则节点数与杆件数之间应满足关系式：

(a)　　(b)

图 3-12　桁架结构工程应用

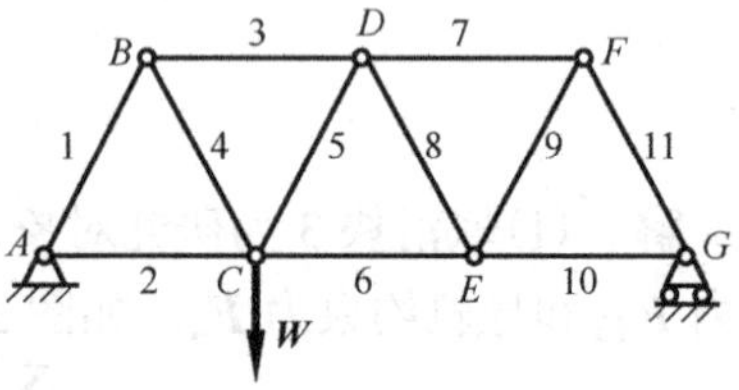

图 3-13

$$m = 2n - 3 \text{（适用于简单平面桁架）}$$

$$m = 3n - 6 \text{（适用于简单空间桁架）}$$

上述关系式是在静定桁架情况下给出的。

3.4.1　理想桁架模型的建立

工程实际中，组成桁架的杆件连接形式各不相同，有铆接、焊接等方式。考虑桁架结构承载的特点，为了简化理论分析和计算，建立桁架的力学模型时，采用如下假设。

(1) 构成桁架的杆件都是直杆。

(2) 桁架中每根杆件的两端由光滑铰链连接。

(3) 所有外力(载荷及支座反力)都作用在节点上。

(4) 各杆自重与节点外力相比可以略去不计。

满足以上假设的桁架称为**理想桁架**。由此建立的桁架力学模型中，各杆件均为二力杆，只产生拉、压变形。

由理想桁架的建模假设，可以看出理想桁架与实际的工程桁架在结构上存在着一定的差别，因此，理论计算结果与实际测量结果也必然存在着一定的误差。若这种差异处于工程允许范围之内，由此所建立的力学模型和对该模型的分析、计算就有工程应用价值。桁架各杆内力可以通过实验手段测得，实验结果表明：理想模型的理论计算与实际测量结果接近，将工程中桁架各构件间的相互约束方式用光滑铰链代替是可行的。

思考题 3-7　请尝试设计实验方案，测量图 3-13 所示平面桁架中各杆的内力，并分析影响内力测量结果的因素。

思考题 3-8　平面理想桁架，未知约束力个数为 3，杆件数 m 和节点数 n 满足 $m = 2n - 3$ 的关系，是否一定可以保证结构静定？

3.4.2　理想桁架的内力计算

桁架内力计算的目的是要求出桁架结构中杆件的内力大小及受力特性(拉力或压力)，从而为杆件材料及尺寸选取、承载能力的校核(强度、刚度和稳定性)提供依据。对于简单理想桁架，各杆件内力均可通过力系平衡方程计算。通常采用的方法有**节点法**与**截面法**两种。无论采用哪种方法，一般都应首先求得支座约束反力。为了便于通过计算结果的正、负号来判断各杆件的受力特性，在分析受力时，一般事先假定各杆件均承受拉力。

节点法是以节点作为研究对象求解各杆件受力的方法。其要点是：依次取各节点为研究对象并画出相应的受力图；应用汇交力系的平衡条件列平衡方程，求出各杆件的未知力。该方法一般适用于桁架的设计计算。对于空间理想桁架，各节点受空间汇交力系作用，对应有 3 个平衡方程；对于平面理想桁架，各节点受平面汇交力系作用，对应有 2 个平衡方程。因此，应注意正确选取研究节点的顺序，使所取节点既有已知力作用，又使未知力数目与平衡方程数目相等，从而避免求解联立方程，简化计算过程。

截面法是假想通过一个截面截取桁架的某一部分作为研究对象，求解被截杆件的受力的求解方法。此时被截杆件的内力作为研究对象的外力，可应用相应力系的平衡条件列平衡方程求出。该方法一般适用于桁架的校核或某些指定杆件内力的计算。对于空间理想桁架，研究对象受空间一般力系作用，对应有 6 个平衡方程；对于平面理想桁架，研究对象受平面一般力系作用，对应有 3 个平衡方程。因此，一般说来，被截杆件的数目不应超过相应的平衡方程个数。

例 3-8　试用节点法和截面法求出图 3-13 所示的平面桁架中 7、8 杆件的内力，并假设各杆件的长度为 a。

解　(1) 求支座约束反力。以整体作为研究对象，受力分析如图 3-14 所示。

由平面力系的平衡条件列平衡方程：

$$\sum M_A(\boldsymbol{F})=0,\quad 3aF_G-aW=0$$

得

$$F_G=W/3$$

(2) 节点法。依次取节点 G、F、E、D、C、B 为研究对象，受力分析分别如图 3-15 所示。

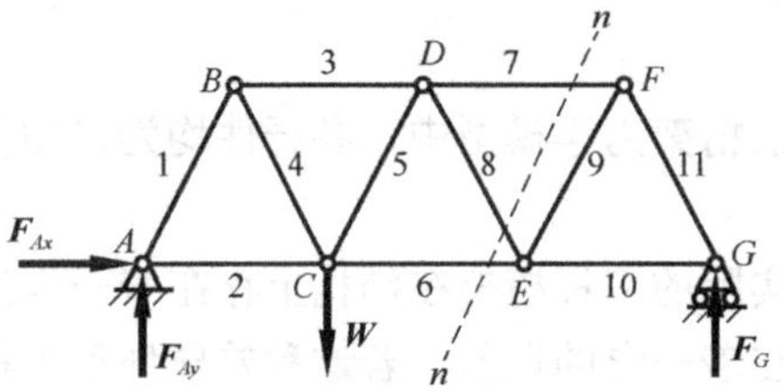

图 3-14

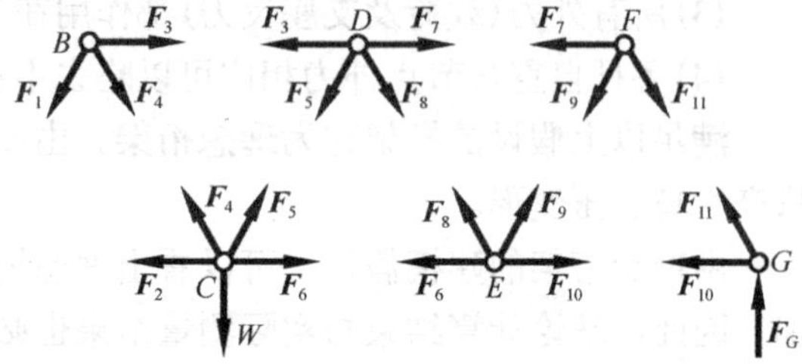

图 3-15

对节点 G，由平面汇交力系的平衡条件列平衡方程：

$$\sum F_y=0,\quad F_G+F_{11}\sin 60^\circ=0$$

$$\sum F_x=0,\quad -F_{10}-F_{11}\cos 60^\circ=0$$

得

$$F_{11}=-\frac{F_G}{\sin 60^\circ}=-\frac{2}{9}\sqrt{3}W,\qquad F_{10}=\frac{1}{9}\sqrt{3}W$$

对节点 F，由平面汇交力系的平衡条件列平衡方程：

$$\sum F_y=0,\qquad -F_{11}\sin 60^\circ-F_9\sin 60^\circ=0$$

$$\sum F_x=0,\qquad F_{11}\cos 60^\circ-F_7-F_9\cos 60^\circ=0$$

得

$$F_9=-F_{11}=\frac{2}{9}\sqrt{3}W,\quad F_7=-\frac{2}{9}\sqrt{3}W$$

对节点 E，由平面汇交力系的平衡条件列平衡方程：

$$\sum F_y=0,\qquad F_8\sin 60^\circ+F_9\sin 60^\circ=0$$

$$\sum F_x=0,\qquad F_{10}+F_9\cos 60^\circ-F_6-F_8\cos 60^\circ=0$$

得

$$F_8=-F_9=-\frac{2}{9}\sqrt{3}W,\quad F_6=\frac{1}{3}\sqrt{3}W$$

依次对节点 D、C、B 列平衡方程，即可求得全部杆件的内力。

(3) 截面法。用假想截面 n-n 将整个桁架分为两个部分，如图 3-14 所示，取右边部分作为研究对象，受力分析如图 3-16 所示。

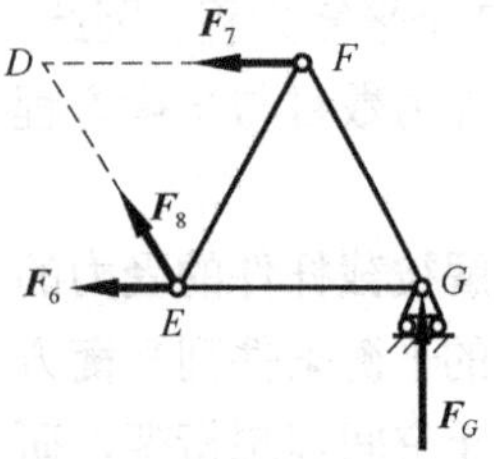

图 3-16

分别以未知力的汇交点 D、E 为矩心列两矩一投影式的平衡方程：

$$\sum M_D(\boldsymbol{F})=0,\quad 1.5aF_G-\frac{\sqrt{3}}{2}aF_6=0$$

$$\sum M_E(\boldsymbol{F})=0,\quad aF_G+\frac{\sqrt{3}}{2}aF_7=0$$

$$\sum F_x=0,\quad -F_6-F_7-F_8\cos 60^\circ=0$$

求解，得 $F_6=\sqrt{3}W/3$，$F_7=-2\sqrt{3}W/9$，$F_8=-2\sqrt{3}W/9$。

思考题 3-9　图 3-17 所示桁架结构中有无零力杆(内力为零的杆)？如何根据结构和载荷特征识别零力杆？杆长 a_1 变化是否影响 BC、GK、BK 三杆的内力？绘制 $a=1.5\text{m}$，a_1 从零变化至 2m 时 BC、GK、BK 三杆的内力。

思考题 3-10　用截面法求解桁架杆件内力，是不是每次最多只能截断 3 根杆？图 3-18 所示的平面桁架结构，要求 1、2、3、4 杆的受力，截面如何选取？

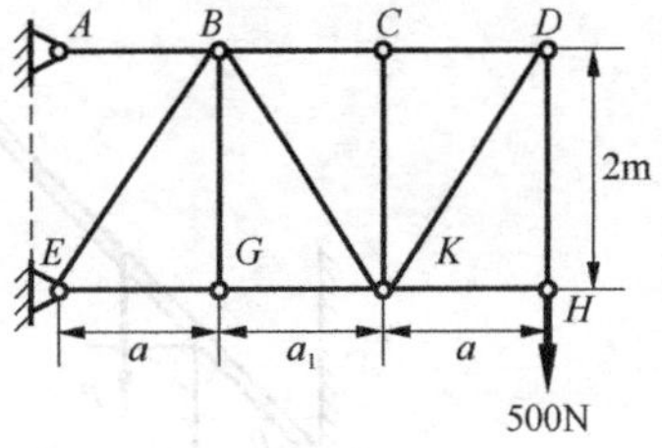

图 3-17

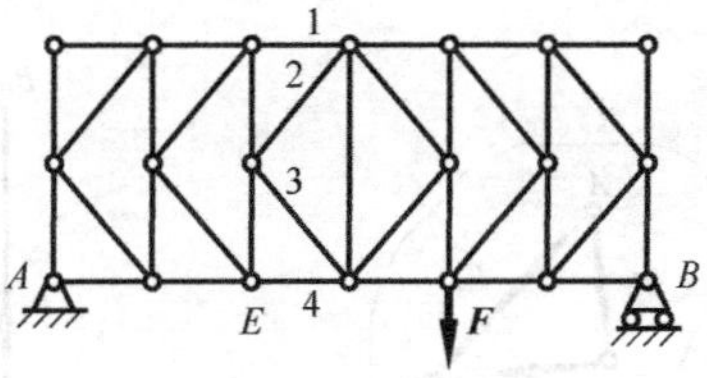

图 3-18

思 考 空 间

本章求解的均为静定系统的平衡问题。对于超静定系统，仅靠平衡方程无法求解，还需要补充变形协调条件(材料力学课程处理)。

对于静定的平衡问题，空间力系是最一般的力系。空间平衡问题与平面平衡问题相比，空间几何关系给力的投影和力矩的计算增加了一定的难度，求解时需注意以下几点：

(1) 由于空间直角坐标的选择具有多种可能性，所以在空间物体的受力图上，要清楚地标明直角坐标系的原点及各坐标轴的具体方向。

(2) 对力系中各力作用点的位置及力在空间的方位要准确判断，受力图应该在研究对象的空间示意图上进行。

(3) 准确无误地计算力在轴上的投影及力对轴的矩，是解决空间问题的关键，为此要求熟练掌握直接投影法和二次投影法，合理应用合力矩定理。

(4) 充分利用矩方程，尽可能使一个方程只含一个未知数，避免联立求解；此外，投影轴不一定非得相互垂直，能解决问题即可。

系统的平衡问题通常需要取多次研究对象才能求解。取 2～3 次研究对象才能求解的平面力系的平衡问题是静力学的重点内容。系统平衡问题求解的关键有以下几点：

(1) 合理选取研究对象(可以是整体、几个刚体的组合或其中某个刚体)，尽量以最少的研究对象达到求解问题之目的。

(2) 正确分析研究对象的受力，在研究对象的隔离体上画全主动力(矩)、约束力(矩)。注意约束力既要满足约束特点，也要符合静力学公理，其中二力平衡、作用反作用公理最易被忽视。

(3) 合理选择投影轴及矩心列写平衡方程，尽可能使一个平衡方程中只含一个未知量，方便求解，切忌对一次研究对象列写的方程互不独立。

(4) 细心求解平衡方程，得到正确结果，必要时对结果进行讨论及解释。

习　题

3-1　如图所示刚体在 A、B、C 三点分别作用着力 $\boldsymbol{F}_1$、$\boldsymbol{F}_2$、$\boldsymbol{F}_3$，已知此三力的大小之比与力作用线所在的 $\triangle ABC$ 的相应边长之比相等，判断该力系是否平衡？为什么？

3-2　如图所示正方形各边长为 1m，受三力作用。已知各力的大小均为 10N。求此力系向 A 点简化的结果，并给出此力系最终的合成结果。

3-3　如图所示长 $2l$、重 $\boldsymbol{P}$ 的匀质杆靠在光滑墙上。求平衡位置时的 θ 及 A、B 处的约束反力。设所有接触面都是光滑的。

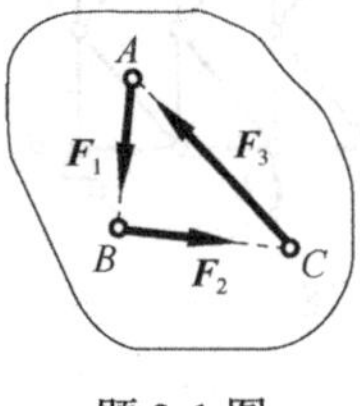

题 3-1 图

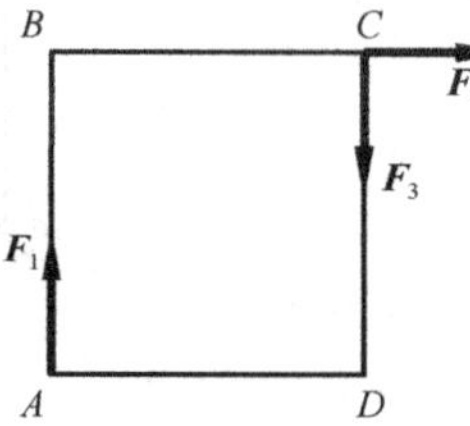

题 3-2 图

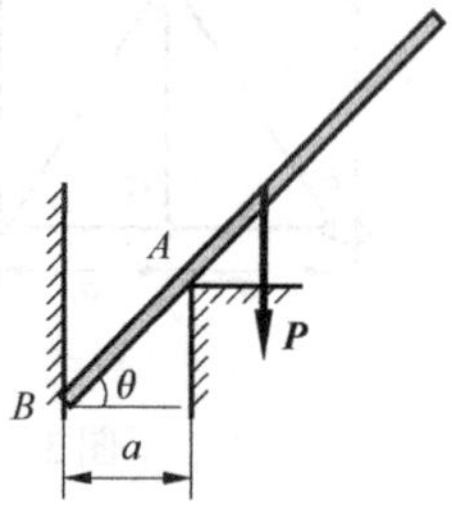

题 3-3 图

3-4　如图所示长为 l、重为 $\boldsymbol{G}$ 的匀质细杆放置在两相互垂直的光滑斜面上，其中一个斜面的倾角为 θ，求细杆平衡时与水平线的夹角 β。

3-5　水平梁 AB 由铰链 A 和柔索 BC 所支持，如图所示。在梁上 D 处用销安装半径为 $r = 0.1\text{m}$ 的滑轮。有一跨过滑轮的绳子，其一端水平地系于墙上，另一端悬挂有重 $G = 1800\text{N}$ 的重物。若 $AD = 0.2\text{m}$，$BD = 0.4\text{m}$，$\alpha = 45°$，且不计梁、滑轮和绳子的重量。求铰链 A 和柔索 BC 对梁的约束反力。

3-6　如图所示，已知 $F = 1.5\text{kN}$，$q = 0.5\text{kN/m}$，$M = 2\text{kN}\cdot\text{m}$，$a = 2\text{m}$。求支座 B、C 上的约束反力。

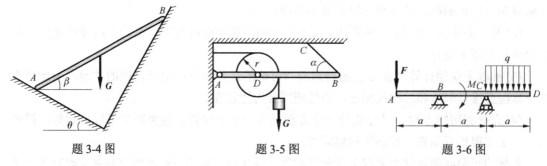

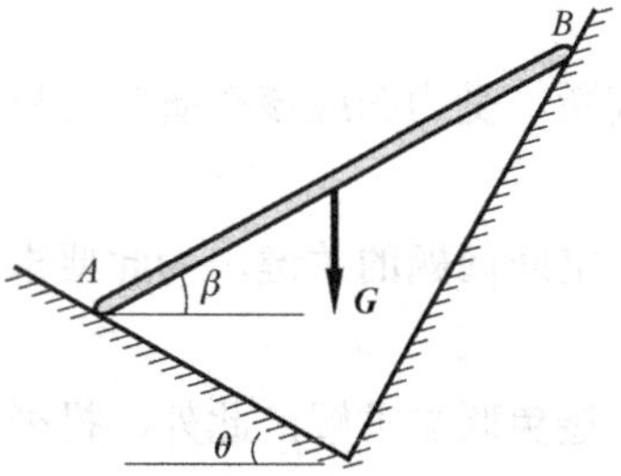

题 3-4 图

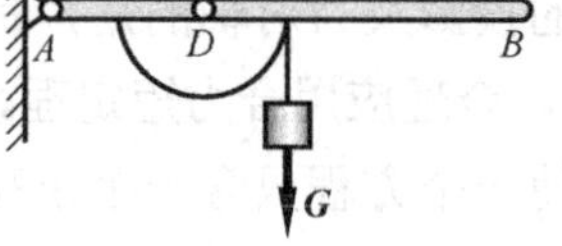

题 3-5 图

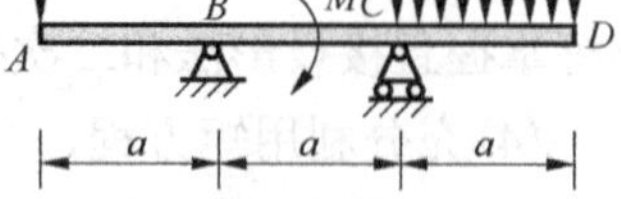

题 3-6 图

3-7　已知均质物体重 $G = 10\text{kN}$，水平力 $F = 3\text{kN}$，各杆重量不计，有关尺寸如图所示。求杆 AC、BD、BC 的受力。

3-8　如图所示两根相同的匀质棒，重量均为 $\boldsymbol{P}$，长为 $2l$，以铰链 C 互相连接并靠在水平面内半径为 r 的光滑固定圆柱上。求系统平衡时角度 θ 所满足的方程及铰链 C 处的约束反力。

3-9　不计自重的梯子两部分 AB 和 AC 在点 A 铰接，在 D、E 两点用水平绳连接，如图所示。梯子放在光滑的水平面上，其一边作用有铅垂力 $\boldsymbol{F}$，几何尺寸如图所示。求绳的张力大小。

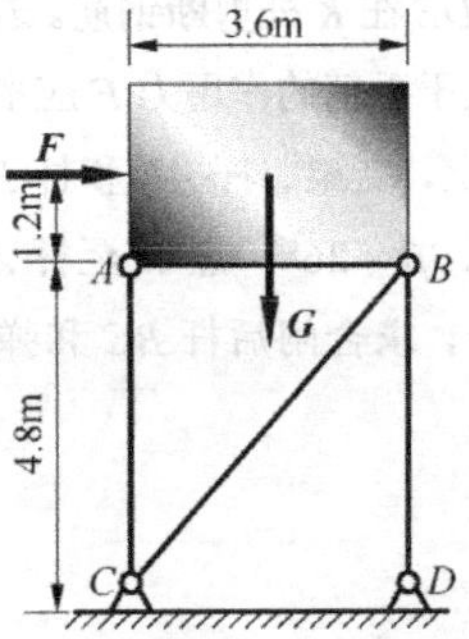

题 3-7 图

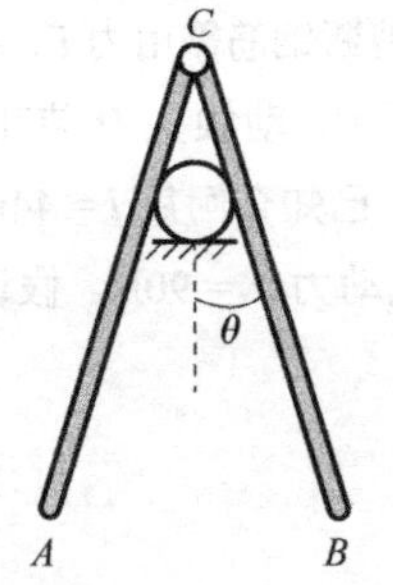

题 3-8 图

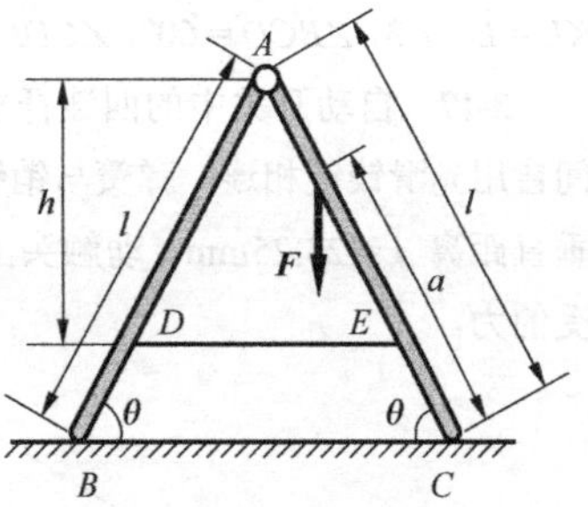

题 3-9 图

3-10　组合梁的支承及载荷如图所示。求 A、B、D 处的约束反力。

3-11　组合梁 ABC 上作用一集中力 $\boldsymbol{F}$ 和三角形分布载荷，最大载荷集度为 $q = 2F/a$，其支承及载荷如图所示。求 A、C 处的约束反力。

3-12　三铰刚架的尺寸、支承及载荷如图所示。已知 $F_1 = 10\text{kN}$，$F_2 = 12\text{kN}$，力偶矩 $M = 25\text{kN}\cdot\text{m}$，均布载荷集度 $q = 2\text{kN/m}$，$\theta = 60°$。不计构件自重，求 A、B 处的约束反力。

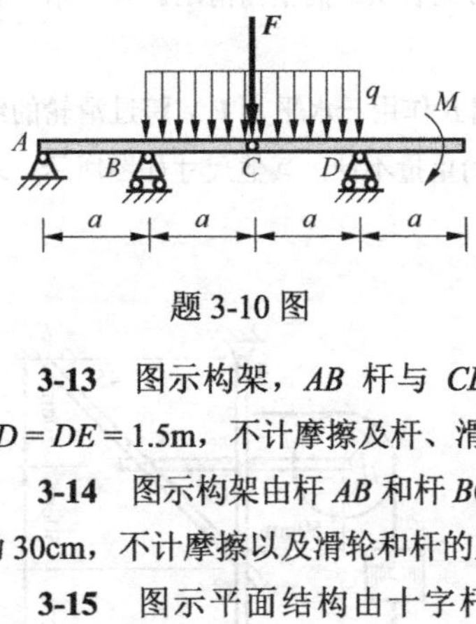

题 3-10 图

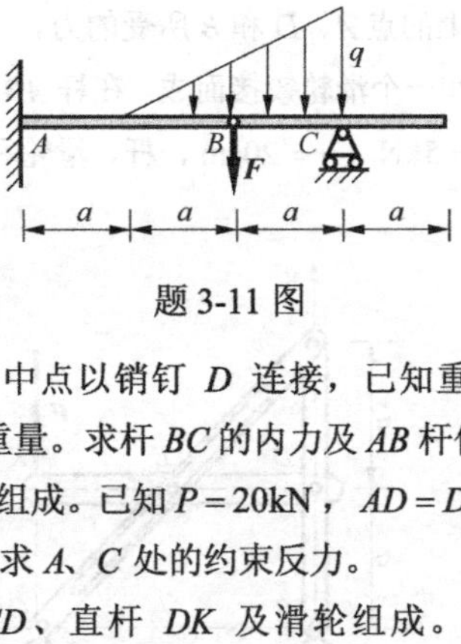

题 3-11 图

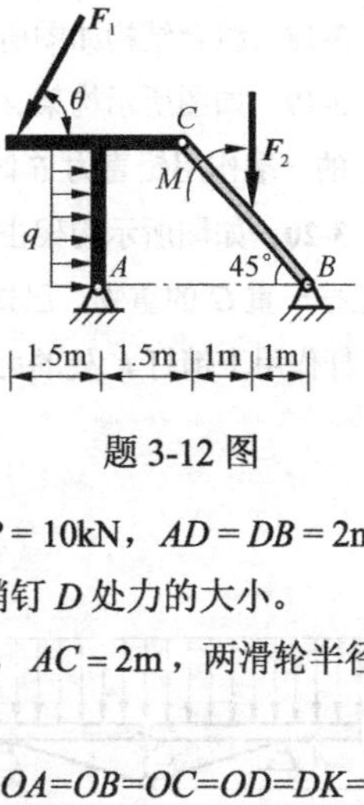

题 3-12 图

3-13　图示构架，AB 杆与 CE 杆在中点以销钉 D 连接，已知重物重 $P = 10\text{kN}$，$AD = DB = 2\text{m}$，$CD = DE = 1.5\text{m}$，不计摩擦及杆、滑轮的重量。求杆 BC 的内力及 AB 杆作用于销钉 D 处力的大小。

3-14　图示构架由杆 AB 和杆 BC 铰接组成。已知 $P = 20\text{kN}$，$AD = DB = 1\text{m}$，$AC = 2\text{m}$，两滑轮半径皆为 30cm，不计摩擦以及滑轮和杆的重量。求 A、C 处的约束反力。

3-15　图示平面结构由十字杆 $ABCD$、直杆 DK 及滑轮组成。已知：$OA=OB=OC=OD=DK=2L$，$M = 30\sqrt{3}\ \text{kN}\cdot\text{m}$，$L = 1\text{m}$，滑轮半径 $r = L/2$，物块 E 重 $G = 20\text{kN}$，最大分布载荷集度 $q = 20\text{kN/m}$，不计绳、各杆及滑轮自重。求：(1) 支座 K 处的约束反力；(2) 固定端 A 处的约束反力；(3) 当绳子在 AB 杆上的悬挂点下移，夹角由 60°增加到 90°时，固定端 A 处的受力是否变化？

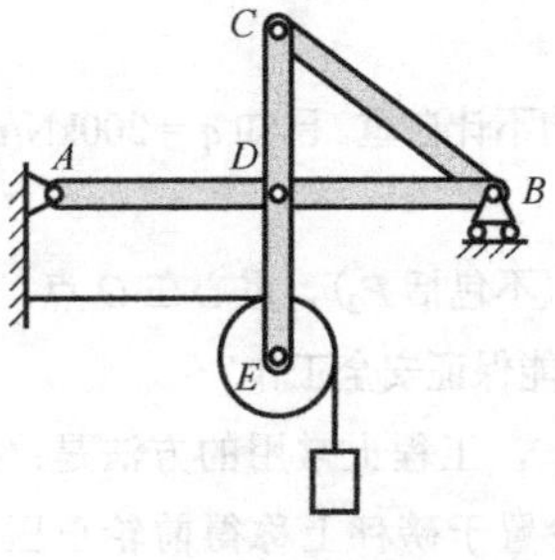

题 3-13 图

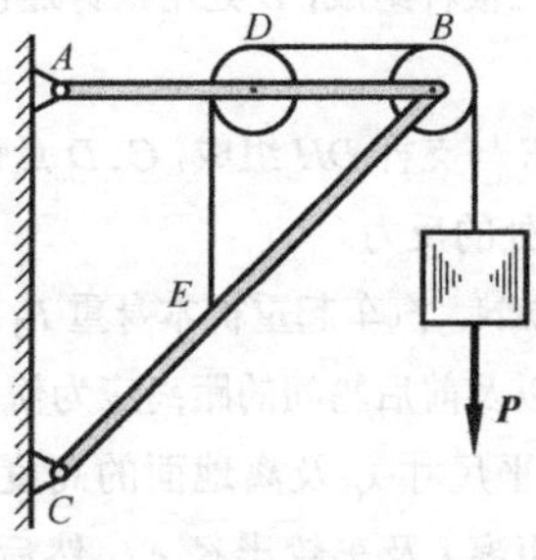

题 3-14 图

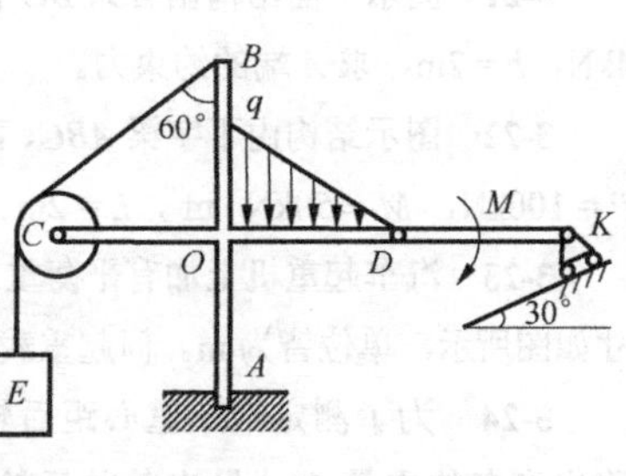

题 3-15 图

3-16　剪床机构如图所示。作用在手柄 A 上的力 $\boldsymbol{F}$ 通过连杆机构带动刀片 DE 在 K 处剪断钢筋。若已知 $KE = DE / 3$，$\angle BCD = 60°$，$\angle CDE = 90°$。若剪断钢筋需用力 $F_K = 6\text{kN}$，试求垂直于手柄的作用力 $\boldsymbol{F}$ 应多大？

3-17　自动开关中的四连杆机构如图所示，动触头 D 装在触头支架 OE 上，支架、杆 AB 和杆 BC 之间皆用光滑铰链相连，弹簧与销钉 B 相连。已知合闸后 $l = 44\text{mm}$，$\alpha = 19.5°$，$\beta = 26°$，点 O 至杆 AB 的垂直距离 $d = 23.25\text{mm}$，动触头上作用有电动力 $F = 90\text{N}$。假设各杆自重不计，求合闸后杆 BC 和弹簧所受的力。

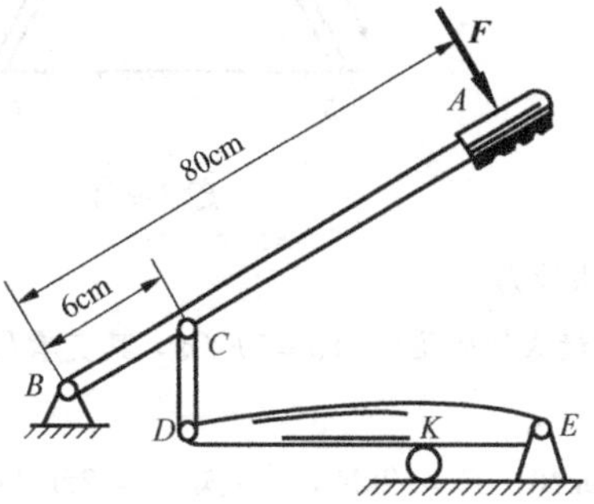

题 3-16 图

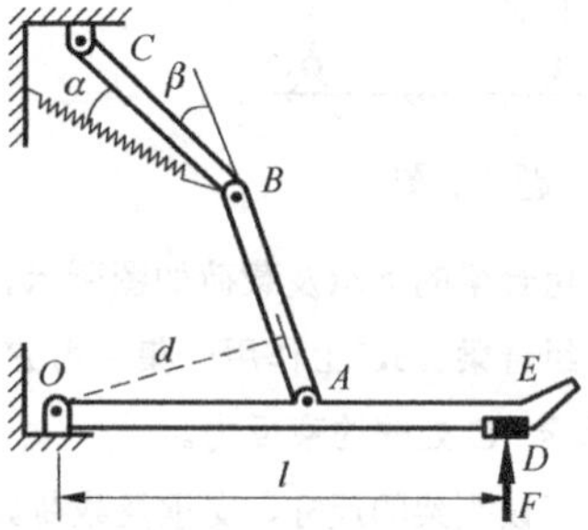

题 3-17 图

3-18　组合结构如图所示。已知 $q = 2\text{kN/m}$，求 AD、CD、BD 三杆的内力大小。

3-19　如图所示构架 ABC 由 AB、AC 和 DF 组成，DF 上的销钉 E 可在 AC 的槽内滑动。求在水平杆 DK 的一端作用铅直力 $\boldsymbol{F}$ 时，AB 上的点 A、D 和 B 所受的力。

3-20　如图所示构架由三根杆和一个滑轮铰接而成。在杆 AB 的下端 B 作用一水平力 $\boldsymbol{F}$，跨过滑轮的绳索上挂一重 $\boldsymbol{G}$ 的重物。已知 $F = G = 5\text{kN}$，$r = 20\text{cm}$，杆、滑轮和绳索的重量不计，其他尺寸如图所示。求 CE 杆作用于销钉 K 处的力。

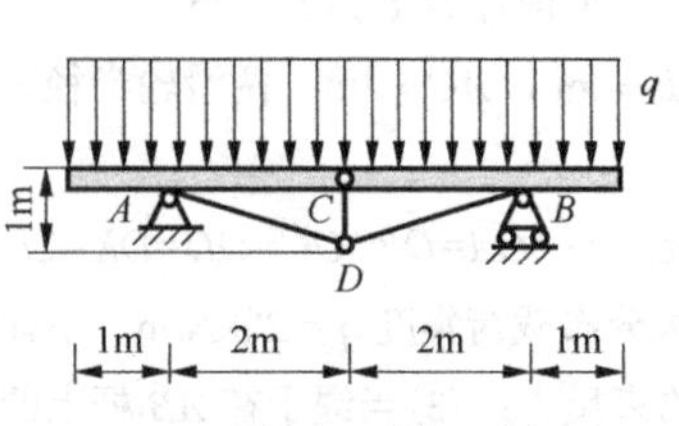

题 3-18 图

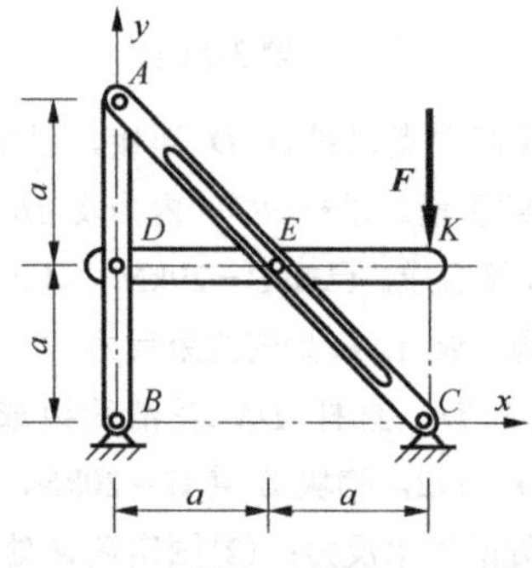

题 3-19 图

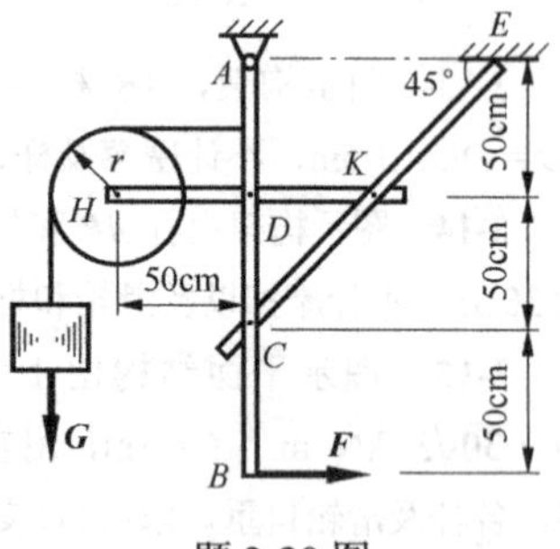

题 3-20 图

3-21　图示平面结构由 AB、BC 和 BD 三根杆组成，B 处用销钉连接。已知 $q = 4\text{kN/m}$，$M = 8\text{kN·m}$，$F = 4\text{kN}$，$b = 2\text{m}$，求 A 端的约束力。

3-22　图示结构由丁字梁 ABC、直梁 CE 与支杆 DH 组成，C、D 点铰接，均不计自重。已知 $q = 200\text{kN/m}$，$P = 100\text{kN}$，$M = 50\text{kN·m}$，$L = 2\text{m}$。求 A 处的反力。

3-23　汽车起重机上加有平衡重 $P_2 = 20\text{kN}$，汽车起重机本身重 $P_1 = 20\text{kN}$(不包括 P_2)，重心在 O 点，尺寸如图所示，单位皆为m。问起重载荷 P_3 以及前后轮间的距离应为何值，才能保证安全工作？

3-24　为了测定汽车重心距后轮的水平尺寸 x_C 及离地面的高度尺寸 z_C，工程上常用的方法是：先称出汽车的重量 $\boldsymbol{P}$，量出其前后轮间的距离 l 及车轮半径 r；然后将前轮置于磅秤上称得前轮正压力 $\boldsymbol{P}_1$ (图(a))，再将后轮抬高 H (图(b))，又称得此时的前轮正压力 $\boldsymbol{P}_2$。试用这些数据推算出 x_C 及 z_C。

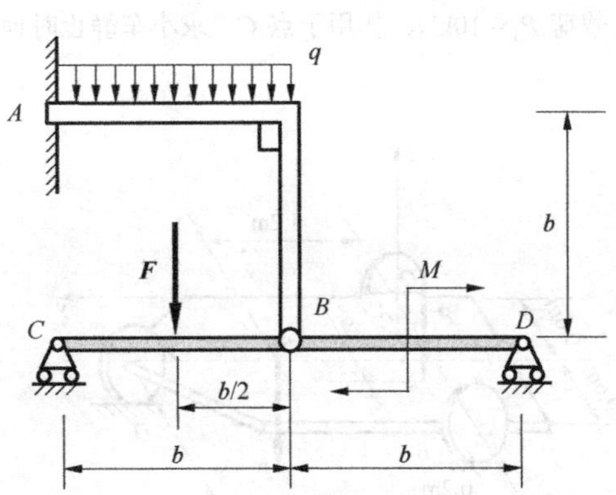

题 3-21 图

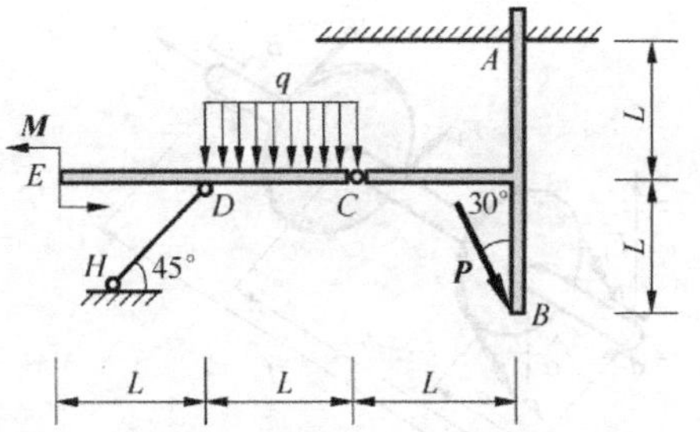

题 3-22 图

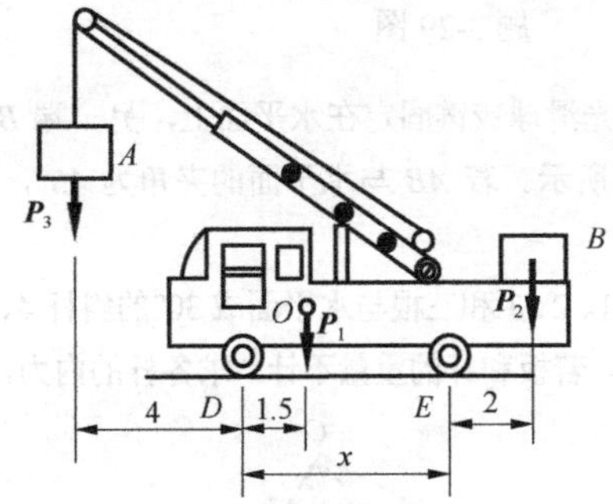

题 3-23 图

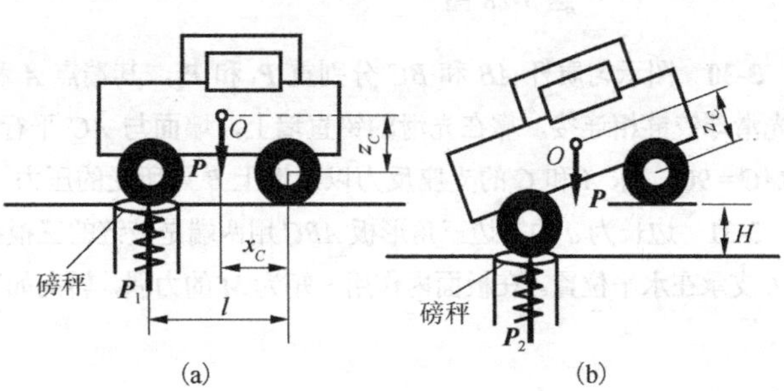

题 3-24 图

3-25　质量均匀分布的书，每本重量均为 G，书的宽度为 l。按图示方式摞起来，计算最上层的书能够伸出来的最大距离 s。

3-26　图示三角圆桌的半径 $r=50\text{cm}$，重量 $P=600\text{N}$。其三脚 A、B、C 形成等边三角形。若在 A 角中线 AOM 上的 M 点作用铅垂力 $Q=1500\text{N}$，求圆桌不翻倒的距离 a（$a=OM$）的最大值。

3-27　无底圆柱形空筒放在光滑的固定面上，内放两个重球。设每个球的重量为 P，半径为 r，圆筒半径为 R（$r<R<2r$）。不计各接触面之间的摩擦，试求圆筒不致翻倒的最小重量 $Q_{\min}$。

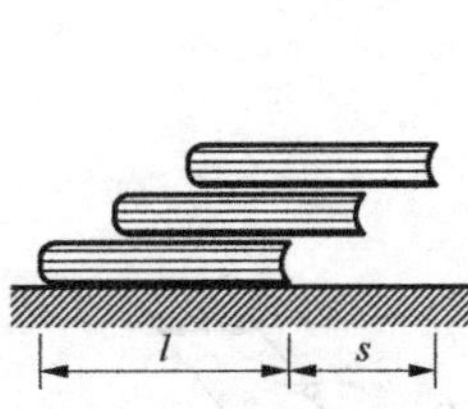

题 3-25 图

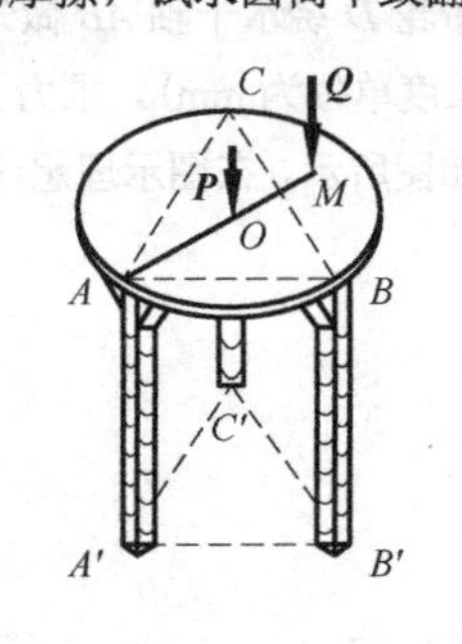

题 3-26 图

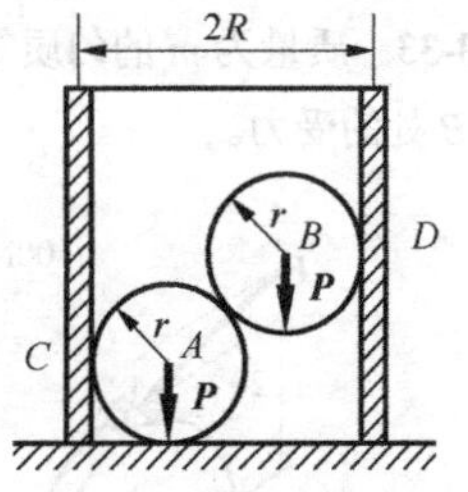

题 3-27 图

3-28　水平传动轴上装有两皮带轮，其直径 $D_1=40\text{cm}$，$D_2=50\text{cm}$。与轴承 A 的距离各为 $a=1\text{m}$，$b=3\text{m}$。轴承 A 与 B 间的距离 $l=4\text{m}$，均为向心轴承。轮 1 上的皮带与铅垂线的夹角 $\alpha=20°$，轮 2 上的皮带水平放置。已知皮带张力 $F_1=200\text{N}$，$F_2=400\text{N}$，$F_3=500\text{N}$。设工作时传动轴受力平衡，轴及带轮的自重略去不计。试求张力 F_4 及两轴承反力。

3-29 图示的三轮小车，自重 $P=8\text{kN}$，作用于点 E，载荷 $P_1=10\text{kN}$，作用于点 C。求小车静止时地面对车轮的约束力。

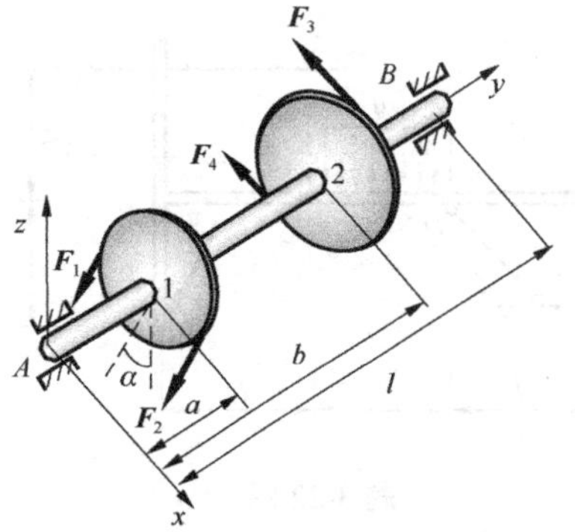

题 3-28 图

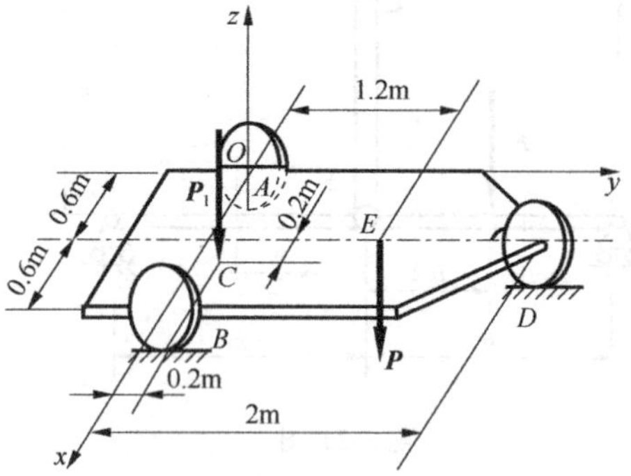

题 3-29 图

3-30 图示匀质杆 AB 和 BC 分别重 $\boldsymbol{P}_1$ 和 $\boldsymbol{P}_2$，其端点 A 和 C 用光滑球铰链固定在水平面上，另一端 B 由光滑球铰链相连接，靠在光滑的铅直墙上，墙面与 AC 平行，如图所示。若 AB 与水平面的夹角为 45°，$\angle BAC=90°$，求 A 和 C 的支座反力以及墙上 B 点所受的压力。

3-31 边长为 a 的等边三角形板 ABC 用两端是铰链的三根铅直杆 1、2、3 和三根与水平面成 30°的斜杆 4、5、6 支承在水平位置。在板面内作用一矩为 M 的力偶，转向如图所示。若板和杆的重量不计，求各杆的内力。

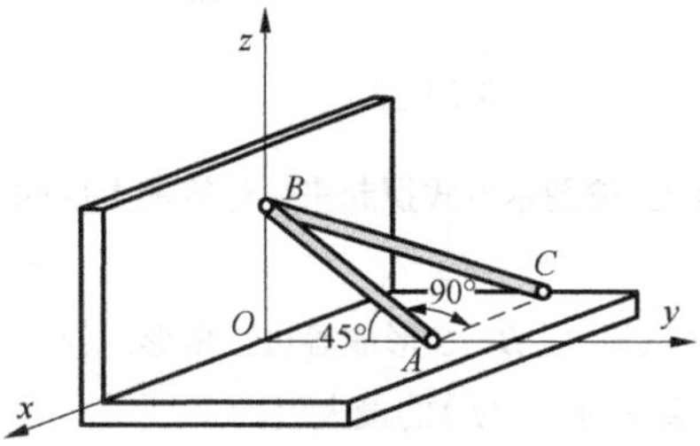

题 3-30 图

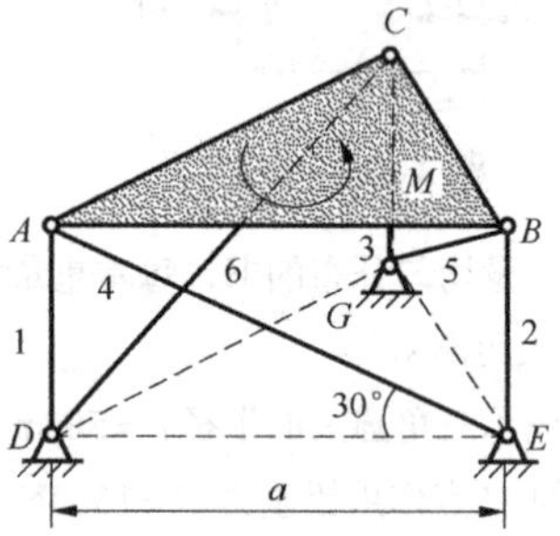

题 3-31 图

3-32 作用于齿轮上的啮合力 $\boldsymbol{F}$ 推动带轮 D 绕水平轴 AB 做匀速转动。已知紧边带的拉力为 200N，松边带的拉力为 100N，尺寸如图所示(图中长度单位为 mm)。求力 F 的大小和轴承 A、B 的约束力。

3-33 质量为 m 的匀质等厚度板尺寸如图所示。在图示理想约束情况下板水平且平衡。求绳索 DE 及铰支座 B 处的受力。

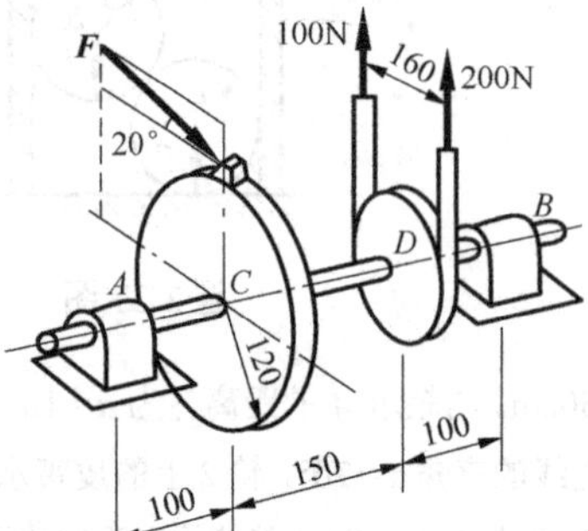

题 3-32 图

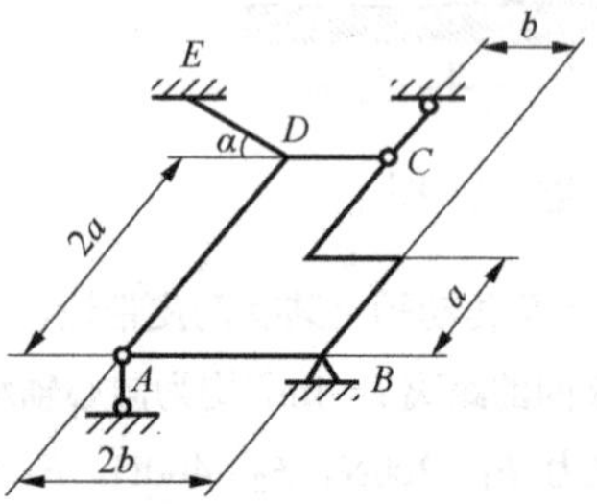

题 3-33 图

3-34　平面桁架结构如图所示。节点 D 上作用载荷 $\boldsymbol{P}$，求各杆内力。

3-35　试求图示桁架中 4、5、6 各杆内力(图中长度单位为 m)。

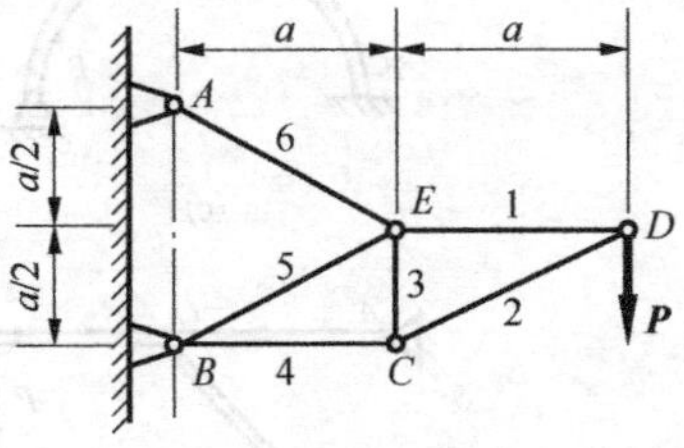

题 3-34 图

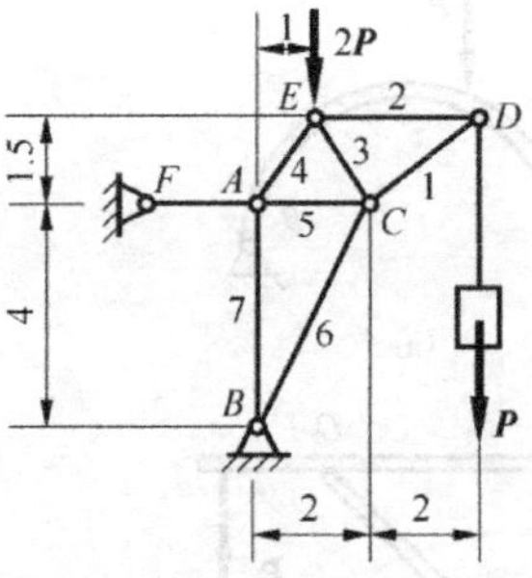

题 3-35 图

3-36　平面桁架尺寸及所受载荷如图所示。试求杆件 1、2 和 3 的内力。

3-37　桁架受力如图所示，已知 $F_1=10\text{kN}$，$F_2=F_3=20\text{kN}$。试求桁架 4、5、7、10 杆的内力。

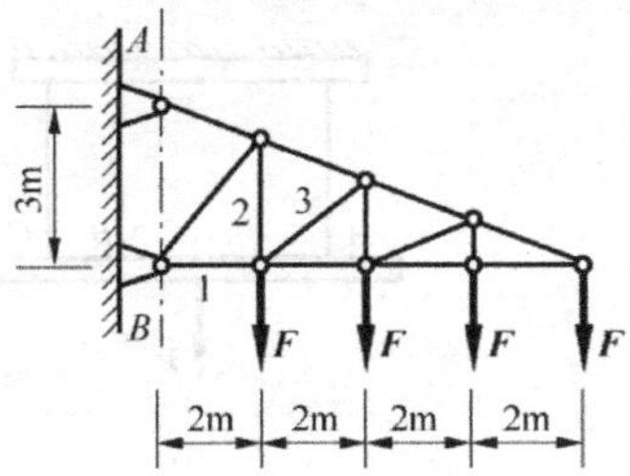

题 3-36 图

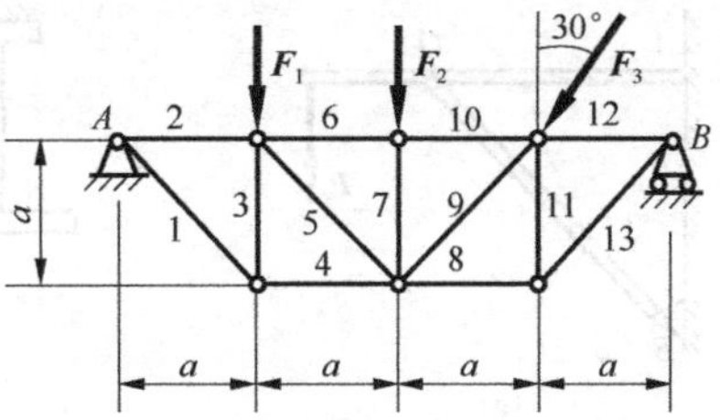

题 3-37 图

3-38　图示平面桁架结构中各杆件能够承受的最大拉力为 8kN，能够承受的最大压力为 3kN(此时压杆稳定)。确定节点 C 上能够加载的最大力 $\boldsymbol{F}$。

3-39　平面桁架结构尺寸如图所示，力 $\boldsymbol{F}$ 已知。求 1、2、3 杆的内力。

3-40　输电铁塔简化成图示桁架结构。塔端受一水平拉力 $\boldsymbol{F}$ 作用，各杆自重不计。求杆 4 和杆 1 的受力。

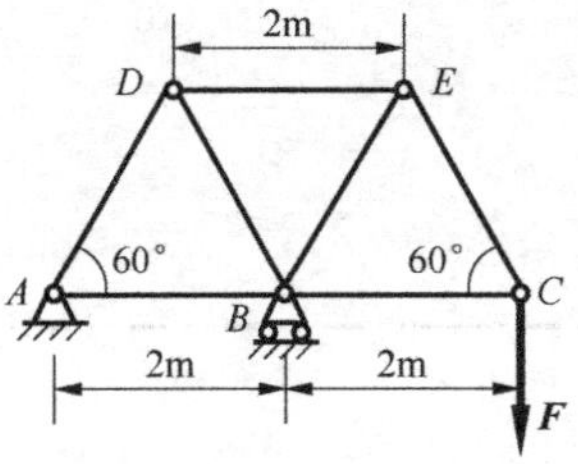

题 3-38 图

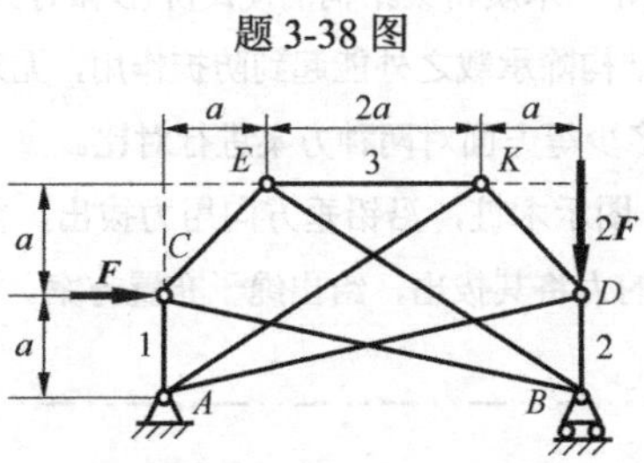

题 3-39 图

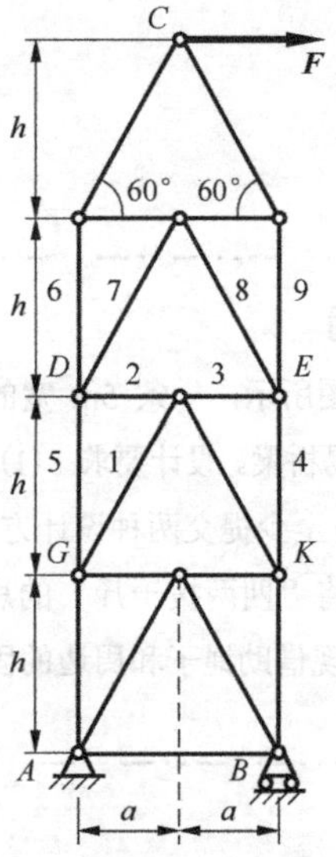

题 3-40 图

3-41　判断图示各平衡问题是静定的还是超静定的？若为超静定的，超静定次数是几？各杆重量略去不计。

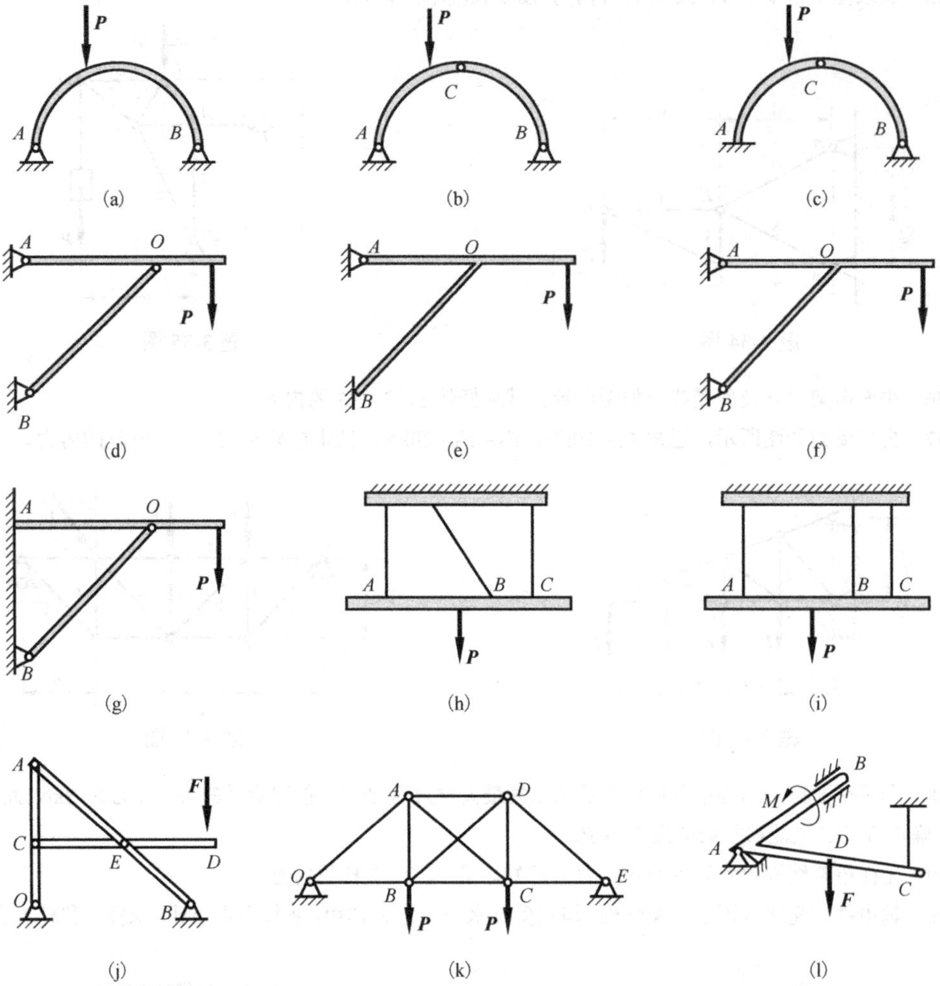

题 3-41 图

拓展应用

3-42　如图所示，一条 5m 宽的河穿村而过，请帮村民设计一木质桁架结构的便民桥(仅限行人通过)替代目前的简易桥梁。设计要求：(1)桥面平坦无障碍；(2)桁架结构除承载之外能起到防护作用，无须额外安装护栏；(3)至少提交两种设计方案，并从杆件内力、用料多少等方面对两种方案进行对比。

3-43　请将“四两拨千斤”的思想方法应用到拔桩问题。图示木桩，沿铅垂方向用力拔出，需施加 2000N 的力。现借助绳子和周边的固定框架，以不超过 200N 的力将其拔出，给出绳子布置方案。

题 3-42 图

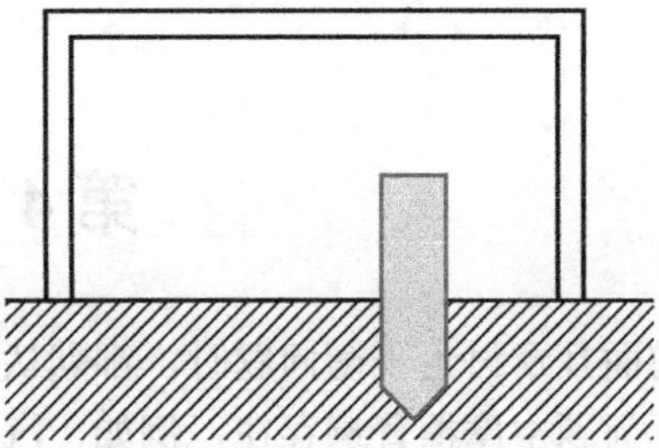

题 3-43 图

参考答案

高频问题及典型例题 2～3

第4章　摩　　擦

前面几章讨论平衡问题时，都默认物体间的接触完全光滑，忽略了摩擦的影响。但在工程实际问题中摩擦普遍存在，例如，汽车依靠主动轮与地面间的摩擦力向前行驶；制动器依靠摩擦力来实现制动；机械中的摩擦离合器与皮带传动，要依靠摩擦才能实现运动的传递；车床上的三爪卡盘以及许多机床夹具，要依靠摩擦才能使工件紧固等。很多情况下摩擦对物体的平衡有重要影响，必须加以考虑。本章在前一章平衡问题的基础上考虑摩擦的影响，介绍滑动摩擦和滚动摩擦的基本性质，着重介绍摩擦存在时物体及物体系统的平衡问题。

4.1　滑动摩擦、库仑摩擦定律

摩擦机理极其复杂，目前“摩擦学”已发展成为一个学科。本章仅介绍经典干摩擦理论，用于一般工程问题的分析与求解。所谓摩擦，是指两个相互接触的物体相对运动(或具有相对运动趋势)时，物体接触面上存在阻碍运动的相互作用(力或力偶)的现象，摩擦分为滑动摩擦和滚动摩擦两大类。

当物体间存在相对滑动趋势或发生相对滑动时，在其接触处的公切面上就会产生阻力，即**滑动摩擦力**。当物体间仅有相对滑动趋势时，该阻力称为**静摩擦力**；当物体间已发生相对滑动时，该阻力称为**动摩擦力**。

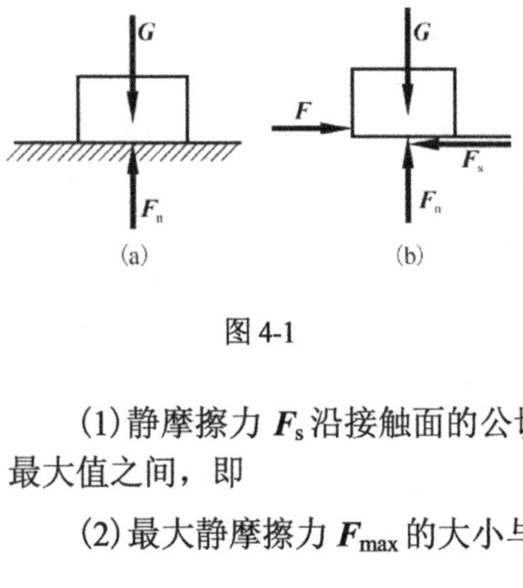

图 4-1

在图 4-1(a)中，将物块放在粗糙的水平面上，当物块静止时摩擦力等于零；而在图 4-1(b)中，对物块施加一个大小可变的水平力 $\boldsymbol{F}$，并由零逐渐增大，只要不超过某一临界值 F_C，物块仍将保持静止，但有滑动趋势。静摩擦力 $\boldsymbol{F}_s$ 与主动力 $\boldsymbol{F}$ 保持大小相等、方向相反。可见静摩擦力具有约束力的特征；当 $F = F_C$ 时，物块达到平衡的**临界状态**，此时的静摩擦力达到最大值，称为**最大静摩擦力**，以 $\boldsymbol{F}_{max}$ 表示。当 $F > F_C$ 后，物块开始滑动，此时的摩擦力为动摩擦力 $\boldsymbol{F}_d$。由此得出结论：

(1) 静摩擦力 $\boldsymbol{F}_s$ 沿接触面的公切线，方向与物块的相对滑动趋势方向相反；大小在零与最大值之间，即

$$0 \leqslant F_s \leqslant F_{max} \tag{4-1}$$

(2) 最大静摩擦力 $\boldsymbol{F}_{max}$ 的大小与正压力 $\boldsymbol{F}_n$ 的大小成正比，即

$$F_{max} = f_s F_n \tag{4-2}$$

式(4-2)称为**静摩擦定律或库仑摩擦定律**。式中，f_s 为无量纲比例常数，称为**静摩擦因数**，取决于两接触物体的材料和接触表面的状态(粗糙程度、温度、湿度等)，而与接触面积的大小无关，一般由实验测定。常用材料的静摩擦因数见表 4-1。

(3)动摩擦力 $\boldsymbol{F}_d$ 的方向与物块的相对滑动方向相反，大小与正压力 $\boldsymbol{F}_n$ 的大小成正比，即

$$F_d = f_d F_n \tag{4-3}$$

式中，f_d 为**动摩擦因数**。

图 4-2 给出了图 4-1(b)的滑动摩擦实验曲线。由图可以看出：动摩擦因数略小于静摩擦因数。工程中，常常忽略动摩擦因数与静摩擦因数的差别。

表 4-1　常用材料的静摩擦因数

接触物的材料	静摩擦因数
金属材料-冰	0.03～0.05
木材-木材	0.30～0.70
皮革-木材	0.20～0.50
皮革-金属	0.30～0.60
铝材-铝材	1.10～1.70

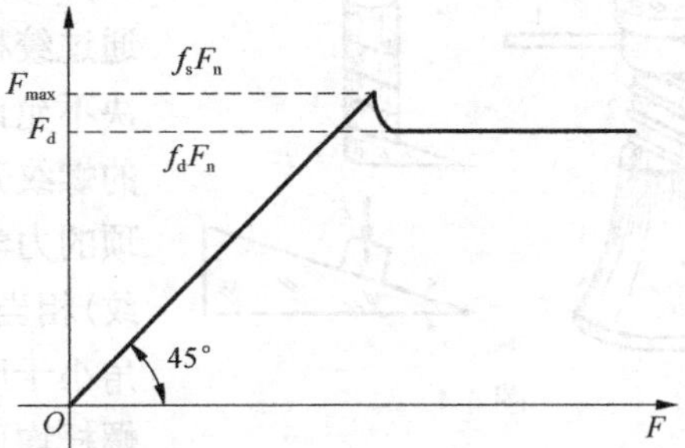

图 4-2

上述规律是法国物理学家库仑于 18 世纪总结的，称为**库仑摩擦定律**。

4.2　摩擦角、自锁现象

静摩擦力 $\boldsymbol{F}_s$ 与法向约束力 $\boldsymbol{F}_n$ 的合力 $\boldsymbol{F}_{Rs}$ 称为**全约束力**，全约束力与接触面的公法线成一偏角 α(图 4-3(a))，$\tan\alpha = F_s/F_n$ 。当物块处于平衡的临界状态时，静摩擦力达到最大值(图 4-3(b))，偏角 α 也达到最大值 φ。全约束力与公法线间的夹角的最大值 φ 称为**摩擦角**。以公法线为轴、2φ 为顶角的正圆锥称为摩擦锥。显然

$$\tan\varphi = \frac{F_{max}}{F_n} = \frac{f_s F_n}{F_n} = f_s \tag{4-4}$$

即摩擦角的正切值等于静摩擦因数。

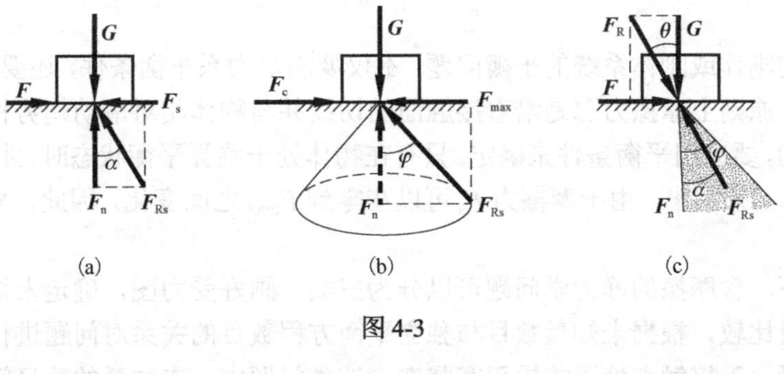

图 4-3

物体平衡时，静摩擦力 F_s 总是小于或等于最大静摩擦力 F_{max}，因而全约束力 $\boldsymbol{F}_{Rs}$ 与接触面公法线间的夹角 α 也总是小于或等于摩擦角 φ，即

$$\alpha \leqslant \varphi$$

上式表明，在任何载荷下，全约束力 $\boldsymbol{F}_{Rs}$ 的作用线永远处于摩擦锥之内。若作用于物体的主动力的合力 $\boldsymbol{F}_R$ 的作用线也落在摩擦锥之内，则无论其怎样增大，都不可能破坏物体的平衡。这种现象称为**自锁**。因为在此情况下，主动力的合力 $\boldsymbol{F}_R$ 与公法线间的夹角 $\theta<\varphi$，因此，$\boldsymbol{F}_R$ 和全约束力 $\boldsymbol{F}_{Rs}$ 必能满足二力平衡条件，且 $\theta=\alpha<\varphi$，如图 4-3(c) 所示。

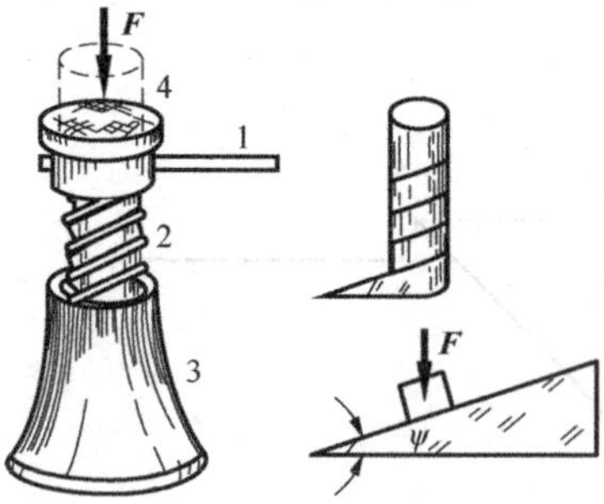

图 4-4

工程中常利用自锁条件来设计一些器械或夹具，使它们在工作时能自动"卡住"。如图 4-4 所示的螺旋千斤顶，通过绞杠 1 施力，使螺杆 2 升降。出于安全考虑，工作时决不允许所支起的重物 4 自动下落，为此，所设计的螺杆 2 的螺纹升角 ψ 必须小于螺杆与螺母 3 之间的摩擦角。千斤顶的力学模型中底座(内螺纹)相当于固定斜面，螺杆(外螺纹)相当于斜面上的物块，载荷相当于物块重量。当螺纹升角小于摩擦角时，千斤顶处于自锁状态，无论载荷多大，螺杆均可保持平衡。

思考题 4-1 电工攀登电线杆用的套钩如图 4-5 所示。套钩与电线杆间的摩擦因数为 f_s，不计套钩自重，保证登杆人安全的条件是 $l\geqslant\dfrac{h}{2f_s}$，请推导该条件。

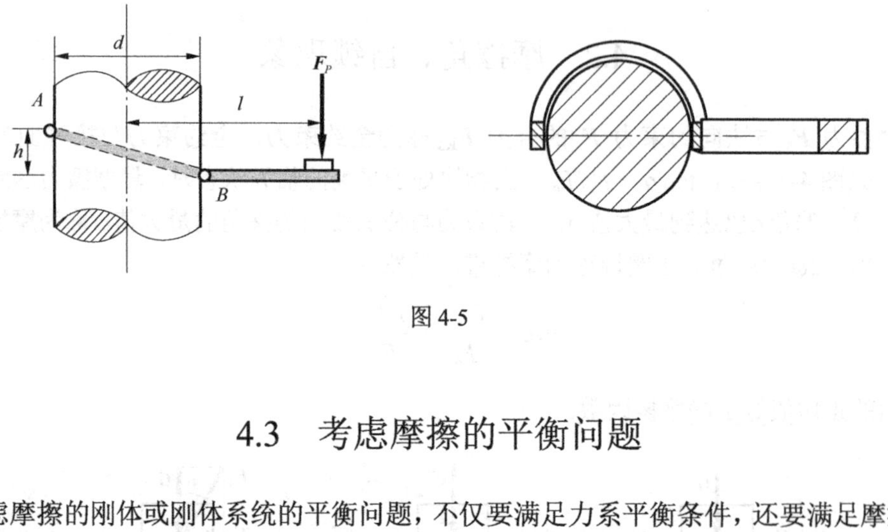

图 4-5

4.3 考虑摩擦的平衡问题

考虑摩擦的刚体或刚体系统的平衡问题，不仅要满足力系平衡条件，还要满足摩擦定律。在受力分析时，原则上摩擦力总是沿着接触面的切线并与物体相对滑动趋势相反，它的大小一般都是未知的，要应用平衡条件来确定。只有在物体处于临界平衡状态时，才可以由式(4-2)列出补充方程。必须指出，由于摩擦力 F_s 可以在零到 F_{max} 之间变化，因此，平衡条件变成一个范围值。

通常情况下，含摩擦的静力学问题可以分为三类。画好受力图，确定未知量数目并与独立平衡方程数目比较，根据未知量数目与独立平衡方程数目的关系对问题进行分类。

第一类问题：无接触点处于临界平衡状态。该类问题中，未知量的数目等于独立平衡方程数目，属于典型的平衡问题，根据平衡方程求解摩擦力 F 的大小，并且要确保 F 在零到 F_{max} 之间。否则，物体不能保持平衡，而是产生滑动。若要判断物体是否平衡，则先假设物体平衡，再按照上述思路求解。后面的例 4-1 属于该类题目。

第二类问题：所有接触点均处于临界平衡状态。该类问题中，未知量的数目是独立平衡方程数目与所有摩擦定律的补充方程 $F_{max}=f_sF_n$ 数目之和。此类题目中，所有接触点均达到临界平衡状态，物体才会滑动。后面的例 4-2 属于这类题目，受力图上 4 个未知力外加未知距离共有 5 个未知量，通过 3 个平衡方程和 2 个摩擦定律补充方程求解。

第三类问题：部分接触点处于临界平衡状态。该类问题中，未知量的数目小于独立平衡方程数目与所有摩擦定律的补充方程 $F_{max}=f_sF_n$ 数目或者翻倒条件方程数目之和。因此，存在多种可能运动或者临界平衡状态，求解时往往需要分情况讨论，判断实际运动状态。后面的例 4-4 属于该类问题，分了三种情况进行讨论，根据讨论结果判断实际运动状态。

例 4-1　重 $P=980\text{N}$ 的物块，放置在倾角 $\alpha=30°$ 的斜面上，已知接触面间的摩擦因数 $f_s=0.2$，若用大小为 $F=588\text{N}$ 的力沿斜面推物块(图 4-6(a))。试分析物块在斜面上处于静止还是运动?若静止，其摩擦力为多大?

解　本题需要判定物块是否平衡，并在判定的基础上求解摩擦力。

首先假定物块平衡，计算出静摩擦力 F_s 和最大摩擦力 F_{max}，比较 F_s 和 F_{max} 即可确定物体的运动状况。

研究对象：物块。

受力分析：物块受力 $\boldsymbol{P}$、$\boldsymbol{F}_s$、$\boldsymbol{F}_n$ 及 $\boldsymbol{F}$ 作用。假设物块静止但有下滑趋势，则静摩擦力 $\boldsymbol{F}_s$ 的方向应向上，其受力如图 4-6(b)所示。

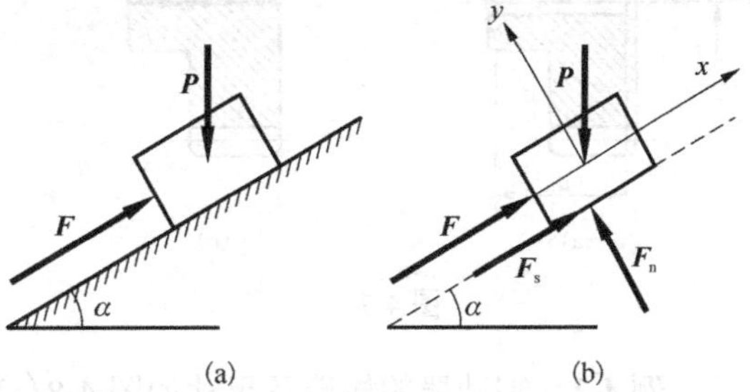

图 4-6

根据平衡条件列平衡方程：

$$\sum F_x=0,\quad F+F_s-P\sin\alpha=0 \qquad \text{(a)}$$

$$\sum F_y=0,\quad F_n-P\cos\alpha=0 \qquad \text{(b)}$$

由式(a)求得　$F_s=P\sin\alpha-F=-98\text{N}$

由式(b)求得　$F_n=P\cos\alpha=848.7\text{N}$

据此，得　$F_{max}=f_sF_n=169.74\text{N}$

因为　$|F_s|=98\text{N}<F_{max}=169.74\text{N}$

所以物块在斜面上处于静止，静摩擦力的大小 $F_s=98\text{N}$，方向沿斜面向下(与图设相反)。

思考题 4-2　例 4-1 中，推力 $\boldsymbol{F}$ 若沿水平方向，求解维持物块静止于斜面上的水平推力 $\boldsymbol{F}$ 的大小。

例 4-2　某变速机构中滑移齿轮如图 4-7(a)所示。已知齿轮孔与轴间的摩擦因数为 f_s，齿轮与轴接触面的长度为 b。问拨叉(图中未画出)作用在齿轮上的力 $\boldsymbol{F}$ 到轴线的距离 a 为多大，齿轮才不会被卡住。(齿轮的重量忽略不计。)

解　齿轮不被卡住，所有接触点均达到临界平衡状态，属于第二类问题。要求物体的平衡范围，一般先假定物体处于平衡的临界状态，此时的摩擦力达到最大值，大小由式(4-2)确定，方向与临界滑动的趋势方向相反，然后通过平衡方程和摩擦力补充方程求出对应的极值，再根据题意用不等式表示平衡的取值范围。

研究对象：齿轮。

受力分析：为实现滑动，齿轮孔与轴之间存在间隙，齿轮在拨叉的推动下要发生倾斜，此时齿轮与轴就在 A、B 两点接触。先考虑平衡的临界情况(即齿轮有向左移动趋势，处于将动而尚未动时)，A、B 两点的摩擦力均达到最大值，方向均水平向右。齿轮的受力如图 4-7(b)所示。

平衡方程为

$$\sum F_x = 0, \quad F_{sA} + F_{sB} - F = 0$$

$$\sum F_y = 0, \quad F_{nA} - F_{nB} = 0$$

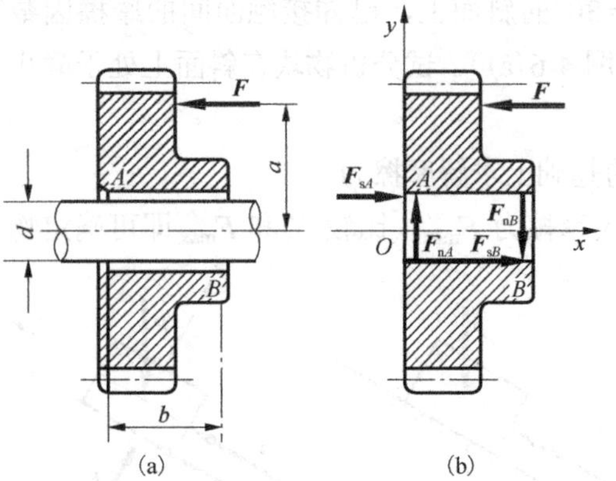

图 4-7

$$\sum M_O(\boldsymbol{F}) = 0, \quad Fa - F_{nB}b - F_{sA}\frac{d}{2} + F_{sB}\frac{d}{2} = 0$$

补充条件为

$$F_{sA} = f_s F_{nA}, \quad F_{sB} = f_s F_{nB}$$

联立以上五式，可解得 $a = \dfrac{b}{2f_s}$。

由经验可知，距离 a 取值越大，齿轮就越容易被卡住。因此，保证齿轮不被卡住的条件是 $a < \dfrac{b}{2f_s}$。

例 4-3　制动器的构造及尺寸如图 4-8(a)所示。制动块 C 与鼓轮表面间的摩擦因数为 f_s，试求制动鼓轮逆时针转动所需的最小力 $\boldsymbol{F}_{\min}$。

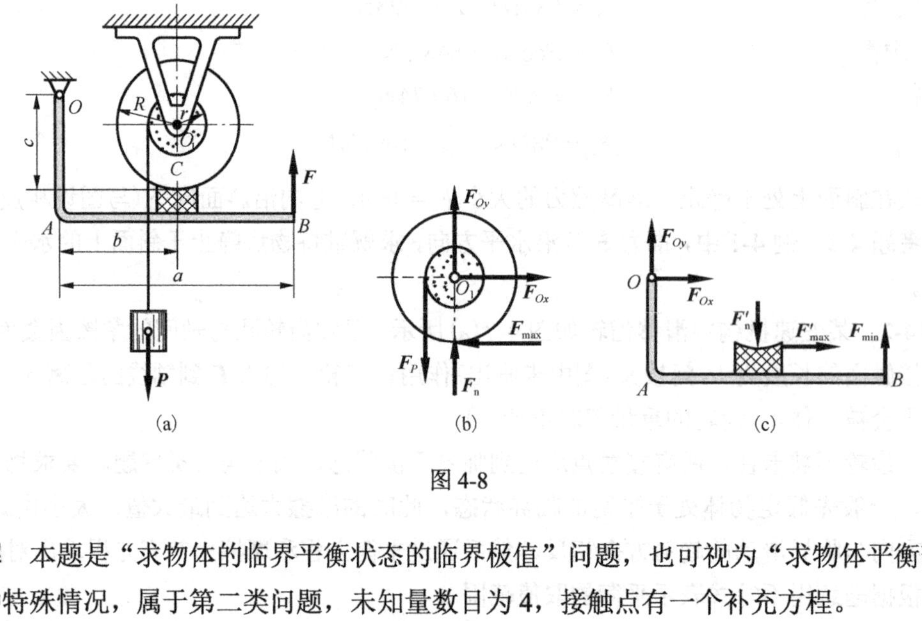

图 4-8

解　本题是“求物体的临界平衡状态的临界极值”问题，也可视为“求物体平衡范围”的一种特殊情况，属于第二类问题，未知量数目为 4，接触点有一个补充方程。

研究对象：鼓轮。

受力分析：如图 4-8(b)所示。注意当 **F** 为最小值时，鼓轮将处于临界平衡状态，有逆时针转动趋势；此时摩擦力达最大值，其方向水平向左。

平衡方程为　$\sum M_{O1}(\boldsymbol{F})=0,\quad F_P r-F_{\max}R=0$

研究对象：制动杆。

受力分析：如图 4-8(c)所示，对应临界平衡状态时的制动力为最小值。

平衡方程为　$\sum M_O(\boldsymbol{F})=0,\quad F_{\min}a+F'_{\max}c-F'_{\mathrm{n}}b=0$

补充条件为　$F_{\max}=F'_{\max}=f_{\mathrm{s}}F_{\mathrm{n}}$，$F'_{\mathrm{n}}=F_{\mathrm{n}}$，$F_P=P$

联立以上方程解得　$F_{\min}=\dfrac{Pr}{aR}\left(\dfrac{b}{f_{\mathrm{s}}}-c\right)$

例 4-4　物块 A 和 B 安置如图 4-9(a)所示，分别重 $G_A=100\mathrm{N}$，$G_B=60\mathrm{N}$。尺寸如图所示，A、B 分别受 **Q**、**P** 作用。已知 $Q=25\mathrm{N}$，A、B 接触面之间的静摩擦因数 $f_{AB}=0.3$，A 与水平面之间的静摩擦因数 $f_{AC}=0.25$，欲使物块保持静止，试确定水平作用力 **P** 的最大值。

解　假设 A 由于扁长无翻倒可能。物块发生运动有三种可能：①B 相对于 A 滑动而 A 不动；②B 相对于 A 翻倒而 A 不动；③A 沿水平面滑动而 B 相对于 A 不动。按照上述三种情况分别计算 **P** 值，其中的最小值即为题意中要求的。

情况①：B 相对于 A 滑动而 A 不动。

研究物块 B，受力如图 4-9(b)所示。其上 $\boldsymbol{F}_{\mathrm{n}B}$ 的作用线位置是未知量，$\boldsymbol{F}_{AB}$ 与滑动方向相反。建立图示坐标系，列平衡方程：

$$\sum F_x=0,\quad F_{AB}-P=0$$

$$\sum F_y=0,\quad F_{\mathrm{n}B}-G_B=0$$

由于 B 处于将发生滑动的临界情况，摩擦力 $\boldsymbol{F}_{AB}$ 达到静摩擦力，补充方程为

$$F_{AB}=f_{AB}F_{\mathrm{n}B}$$

解以上三方程，得　$F_{\mathrm{n}B}=G_B=60\mathrm{N}$，$P=F_{AB}=18\mathrm{N}$

情况②：B 相对于 A 翻倒而 A 不动。

研究物块 B。B 有向左翻倒的趋势，在此极限情况下，受力如图 4-9(c)所示。建立坐标系，列平衡方程：

$$\sum F_x=0,\quad F'_{AB}-P=0$$

$$\sum F_y=0,\quad F_{\mathrm{n}B}-G_B=0$$

$$\sum M_O(F)=0,\quad 20P-10G_B=0$$

解上述三个方程，得　$F_{\mathrm{n}B}=G_B=60\mathrm{N}$，$P=\dfrac{1}{2}G_B=30\mathrm{N}$，$F'_{AB}=P=30\mathrm{N}$

而 $F_{\max}=f_{AB}F_{\mathrm{n}B}=18\mathrm{N}$，$F'_{AB}$ 大于最大静摩擦力，因此不可能由于翻倒而破坏平衡。

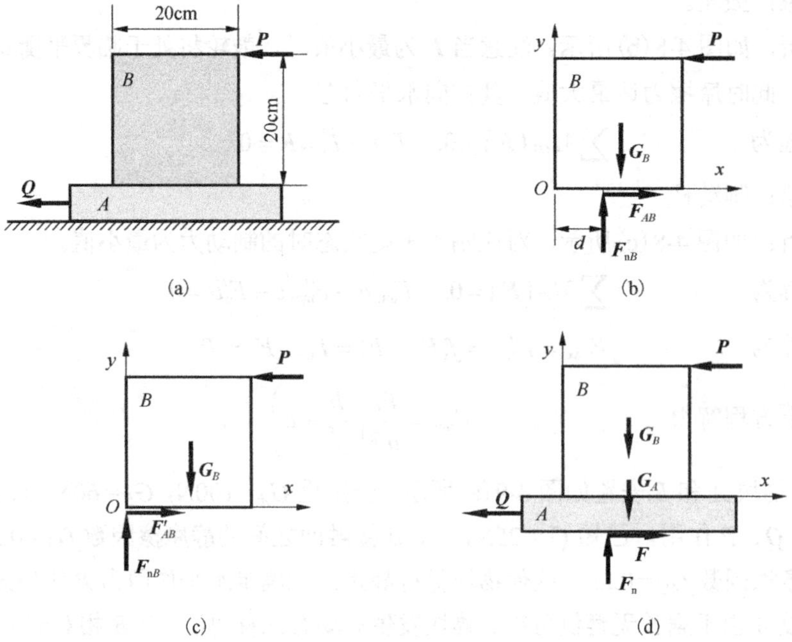

图 4-9

情况③：A 沿水平面滑动而 B 相对于 A 不动。

研究 A、B 整体。系统受力如图 4-9(d)所示，$\boldsymbol{F}_n$ 的作用线位置是未知量，$\boldsymbol{F}$ 与滑动方向相反。建立坐标系，列平衡方程：

$$\sum F_x = 0, \quad F - P - Q = 0$$

$$\sum F_y = 0, \quad F_n - G_B - G_A = 0$$

由于物块 A 沿水平面滑动，摩擦力达到最大值，故

$$F = f_{AC} F_n$$

解以上三方程，得　　$F_n = 160\text{N}$，$P = 15\text{N}$，$F = 40\text{N}$

显然，情况③的 P 值最小。由情况③可知，若 $P > 15\text{N}$，则两物块将一起滑动。欲使物块都保持静止，P 的最大值为 15N。

例 4-5　带传动是用挠性传动带做中间体而靠摩擦工作的一种传动，在工程中有广泛应用。如图 4-10(a)所示，当主动轮(一般是小轮)回转时，借助摩擦力的作用拖动带，而带又拖动从动轮回转，这样，就把主动轴的运动和动力传给了从动轴。传动过程中，两边皮带的张力不等，如图 4-10(b)所示，$F_1 > F_2$，当带轮与皮带处于打滑的临界状态时，$F_1 = F_2 e^{f\beta}$，其中 f 为静摩擦因数，β 为皮带在小轮上的包角。上述关系式为平带上临界平衡状态时的欧拉摩擦公式。试证明该公式。

证明：研究与带轮接触的皮带的平衡问题。皮带受力如图 4-10(b)所示(法向力未画)，其中圆心角为 $d\theta$ 的微元体的受力如图 4-10(c)所示。

在临界平衡状态，摩擦力达到极值。根据平衡条件列平衡方程：

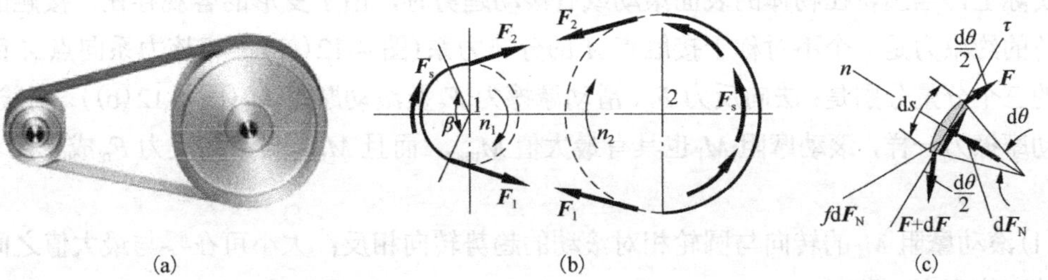

图 4-10

$$\sum F_\tau = 0,\ F\cos\left(\frac{d\theta}{2}\right) + f\,dF_N - (F + dF)\cos\left(\frac{d\theta}{2}\right) = 0$$

$$\sum F_n = 0,\ dF_N - (F + dF)\sin\left(\frac{d\theta}{2}\right) - F\sin\left(\frac{d\theta}{2}\right) = 0$$

由于 $d\theta$ 为无限小量，有

$$\sin\left(\frac{d\theta}{2}\right) \approx \frac{d\theta}{2},\quad \cos\left(\frac{d\theta}{2}\right) \approx 1$$

微元体平衡方程可进一步简化为

$$\sum F_\tau = 0,\ F + f\,dF_N - (F + dF) = 0$$

$$\sum F_n = 0,\ dF_N - (F + dF)\frac{d\theta}{2} - F\frac{d\theta}{2} = 0$$

略去高阶小量，方程简化为

$$f\,dF_N = dF$$

$$dF_N = F d\theta$$

因此，得

$$\frac{dF}{F} = f\,d\theta$$

在包角范围内积分，同时考虑边界条件 $F = F_2(\theta = 0),\ F = F_1(\theta = \beta)$，则

$$\int_{F_2}^{F_1} \frac{dF}{F} = \int_0^\beta f\,d\theta$$

得

$$\ln\frac{F_1}{F_2} = f\beta$$

即 $F_1 = F_2 e^{f\beta}$，得证。

思考题 4-3　V 带传动过程中带的两侧面与带轮上的槽面压紧，如图 4-11 所示，带轮的槽角大小为 φ。将例 4-5 中的平带替换成 V 带，推导 V 带两边最大拉力比满足 $F_1 = F_2 e^{f\beta/\sin(\varphi/2)}$。

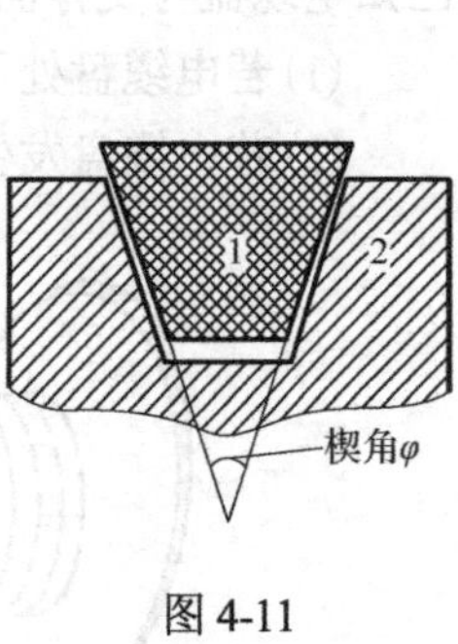

图 4-11

4.4　滚 动 摩 阻

当圆轮在物体的表面滚动或有滚动趋势时，将受到来自接触面的阻碍力偶的作用。该力偶称为**滚动摩阻**，简称**滚阻**。

实际上，当圆轮在物体的表面滚动或有滚动趋势时，由于变形的客观存在，接触面作用于圆轮的约束力是一个不对称于接触点 A 的分布力系(图 4-12(a))。将该力系向点 A 简化，得到的三个分量分别是：法向反力 $\boldsymbol{F}_n$、滑动摩擦力 $\boldsymbol{F}_s$ 及滚动摩阻 M_f(图 4-12(b))。实践证明，与滑动摩擦力一样，滚动摩阻 M_f 也具有最大值 M_{max}，而且 M_{max} 与法向反力 F_n 成正比。由此可知：

(1)滚动摩阻 M_f 的转向与圆轮相对滚动的趋势转向相反；大小可在零与最大值之间随主动力的变化而变，即

$$0 \leqslant M_f \leqslant M_{max} \tag{4-5}$$

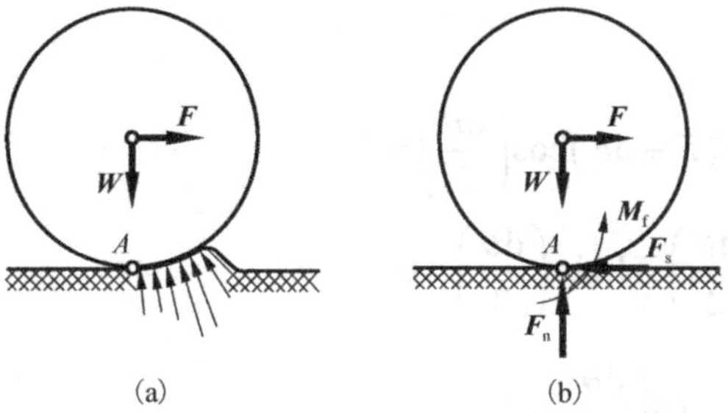

图 4-12

(2)最大滚动摩阻 M_{max} 的大小与正压力 $\boldsymbol{F}_n$ 的大小成正比，即

$$M_{max} = \delta F_n \tag{4-6}$$

式中，δ 称为**滚动摩阻因数**。与滑动摩擦因数不同，δ 具有长度的量纲，单位一般为 mm，可由实验测定。

求解有滚动摩阻的平衡问题与求解有滑动摩擦的平衡问题完全类似。在受力图中除出现滑动摩擦力外，还出现滚动摩阻；列方程时，除静力学平衡方程及滑动摩擦的物理条件(式(4-1)或式(4-2))外，还应补充滚动摩阻的物理条件(式(4-5)或式(4-6))。

由图 4-12(b)可以看出，欲使圆轮滚动，需 $Fr > M_{max} = \delta F_n$，或 $F > (\delta/r)F_n$ (r 为圆轮半径)；欲使圆轮滑动前进，须 $F > F_{max} = f_s F_n$。由于实际问题中 $\delta/r \ll f_s$，所以滚动前进比滑动前进容易得多。因此，在交通机械中，广泛采用轮子；在搬运重物时，常利用滚杠；在旋转机械中，大量采用滚珠轴承。

例 4-6 重为 $\boldsymbol{G}$ 的电缆盘位于水平面上(图 4-13(a))。离水平面高 h 处作用一水平力 $\boldsymbol{Q}$。已知电缆盘与支撑面间的滑动摩擦因数为 f，滚动摩阻因数为δ。试求：

(1)若电缆盘处于平衡，所受的滑动摩擦力和滚动摩擦力偶矩各为多少？

(2)若电缆盘发生运动，问电缆盘是滚动还是滑动？

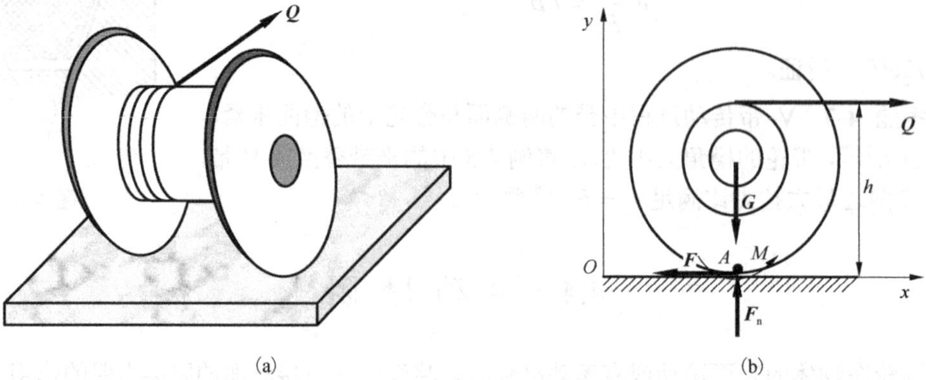

图 4-13

解 取电缆盘为研究对象。分析其受力并作受力图，如图4-13(b)所示。在力 $\boldsymbol{Q}$ 作用下，电缆盘有向右滑动和顺时针方向转动两种运动趋势，所以除受重力 $\boldsymbol{G}$ 和法向反力 $\boldsymbol{F}_{\mathrm{n}}$ 外，同时还受滑动摩擦力 $\boldsymbol{F}$ 和滚动摩阻(设其矩为 M)的作用，视作平面力系研究。

(1)若电缆盘处于平衡，但不一定是临界平衡状态，$\boldsymbol{F}$ 和 M 不一定达到最大值，将二者都当成未知量处理，方向先假定。取图示坐标系，建立平衡方程：

$$\sum F_x = 0, \qquad Q - F = 0 \tag{a}$$

$$\sum F_y = 0, \qquad F_{\mathrm{n}} - G = 0 \tag{b}$$

$$\sum M_A(\boldsymbol{F}) = 0, \qquad M - Qh = 0 \tag{c}$$

解得 $$F=Q,\quad M=Qh$$

(2)若电缆盘发生运动，则应分别就究竟滑动还是滚动进行研究。

若开始是滑动，必然有 $F = fF_{\mathrm{n}}$，方程(a)应为 $Q \geqslant F$。考虑式(b)，$Q \geqslant fG$。

若开始是滚动，必然有 $M = \delta F_{\mathrm{n}}$，方程(c)应为 $Qh \geqslant M$，考虑式(b)，$Q \geqslant \dfrac{\delta}{h}G$。

比较关于 Q 的两个不等式，可以看出：若 $f<\delta / h$，电缆盘将滑动；若 $f>\delta / h$，电缆盘将滚动；若 $f=\delta / h$，电缆盘又滚又滑。运动以后，应按照动力学理论建立动力学方程进一步研究。

实际问题中，δ / h 一般远小于 f，故物体总是先滚动。例如，若材料为钢对钢，则 $f=0.15$，$\delta=0.005\mathrm{cm}$，即使 $h=1\mathrm{cm}$，有 $f=30\delta / h$，电缆盘仍是滚动。

思考题 4-4 轮子沿地面纯滚动(只滚不滑)时，轮子与地面接触点除了滚动摩阻，是否还存在摩擦力？若存在摩擦力，摩擦力是静摩擦力还是动摩擦力？

思考空间

静摩擦力和滚动摩擦力偶矩是一个范围值，这导致考虑摩擦的平衡问题变得复杂。最大静摩擦力和最大滚动摩擦力偶矩的计算公式均基于摩擦实验，在应用时要特别注意其适用条件。

前面根据未知量数目与独立平衡方程数目的关系将考虑摩擦的问题分为三类。如果根据求解目标，可将其划分为如下两类。

(1)**判断物体是否平衡**。事先假定物体处于临界平衡状态，由平衡条件计算出平衡时需要的摩擦力的大小，再根据静摩擦力的最大值，确定 $\boldsymbol{F}$ 是否在零到 $F_{\max}$ 之间，从而判定物体是否平衡。

(2)**确定物体平衡条件**。关键是要确定平衡的极限值，极限值对应平衡的临界状态，摩擦力为最大静摩擦力。平衡范围可以是力的变化范围，也可以是距离或角度的变化范围。求解时，平衡方程与摩擦定律补充方程联立求解。

解决考虑摩擦的平衡问题的常见错误在于：尚未弄清楚物体是否处于临界平衡状态，便使用最大静摩擦力或最大滚动摩阻公式计算摩擦力和摩阻。需要明确，只有临界平衡状态，才能够应用摩擦定律计算摩擦力的大小，此时摩擦力的方向要根据运动趋势判断，不能任意假定。

滑动摩擦和滚动摩擦均可看成接触面对物体的约束作用，滑动摩擦的约束作用以摩擦力体现，滚动摩擦的约束作用以摩擦力偶体现。通常，有滚动摩擦的场合，总会存在滑动摩擦，但不一定是最大值；只滚不滑(纯滚动)的情况，仅有滚动摩阻达到了最大值；又滚又滑的情况，两者都达到了最大值。

习 题

4-1 图示斜面上的物块重 $W=980\text{N}$，物块与斜面间的静摩擦因数 $f_s=0.2$，动摩擦因数 $f_d=0.17$。当水平主动力分别为 $F=500\text{N}$ 和 $F=100\text{N}$ 两种情况时：(1)物块是否滑动；(2)求实际摩擦力的大小和方向。

4-2 一均匀平板利用两个支柱搁在粗糙的水平面上，若板重 $G=10\text{N}$，两支柱与固定平面的摩擦因数分别为 $f_{s1}=0.2$，$f_{s2}=0.3$。其尺寸如图所示，单位为 m。求平板仍处于平衡时的最大水平拉力 F。

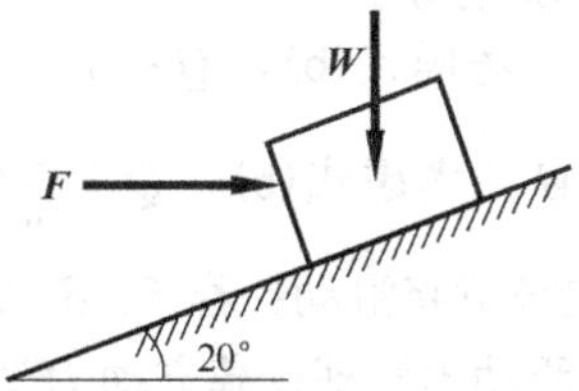

题 4-1 图

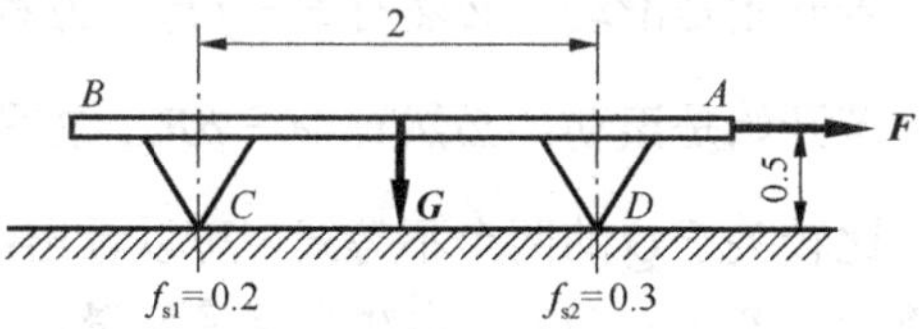

题 4-2 图

4-3 图示提砖用的砖夹由曲杆 AOC 和 $OEDB$ 铰接而成。设砖总厚为 $AB=25\text{cm}$，总重为 $\boldsymbol{Q}$。砖夹与砖之间的摩擦因数为 $f=0.5$，工人施力为 $\boldsymbol{P}$，且 $P=Q$。若不计杆重，试问保证能把砖匀速提起来的尺寸 b 应取为多少？

4-4 一匀质梯子 AB 重为 $\boldsymbol{P}$，上端靠在光滑的墙上，下端搁在不光滑的水平地板上，如图所示。梯子和地板的夹角为 α，摩擦因数为 f。问重量为 $\boldsymbol{Q}$ 的人要沿梯子安全爬上顶端，α 必须在怎样的范围内？

4-5 如图所示，球重 $W=400\text{N}$，折杆自重不计，所有接触面间的静摩擦因数均为 $f_s=0.2$，铅直力 $F=500\text{N}$，$a=20\text{cm}$。问力 $\boldsymbol{F}$ 作用在何处(即 x 为多大)时，球才不致下落？

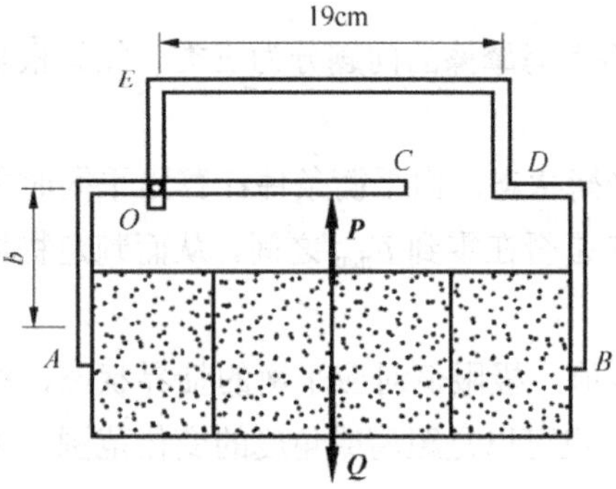

题 4-3 图

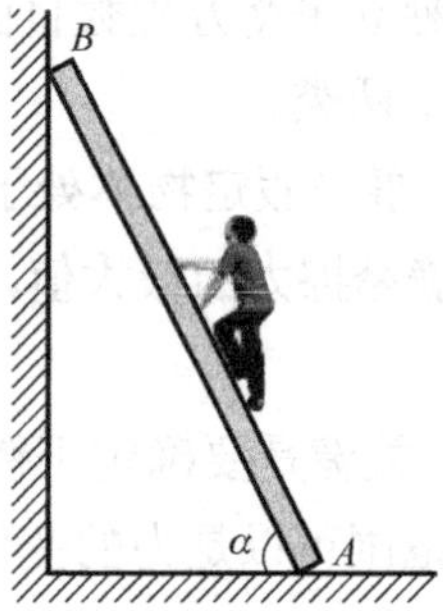

题 4-4 图

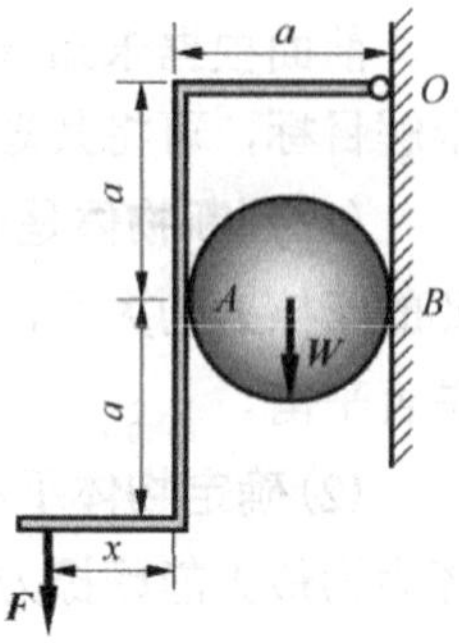

题 4-5 图

4-6 图示绞车的制动器由带制动块 D 的杠杆和鼓轮 C 组成，已知制动块与鼓轮间的摩擦因数为 f_s，提升的重物重 $\boldsymbol{G}$，不计杠杆及鼓轮重量，问在杆端 B 最少应加多大的铅垂力 $\boldsymbol{F}$ 方能安全制动？

4-7　图示为一机床夹具中常用的偏心夹紧装置，转动偏心轮手柄，就可升高 O_1 点，使杠杆压紧工件。已知偏心轮半径为 r，与台面间的摩擦因数为 f_s。若不计偏心轮自重，要在图示位置夹紧工件后不致自动松开，偏心距 e 应为多少？

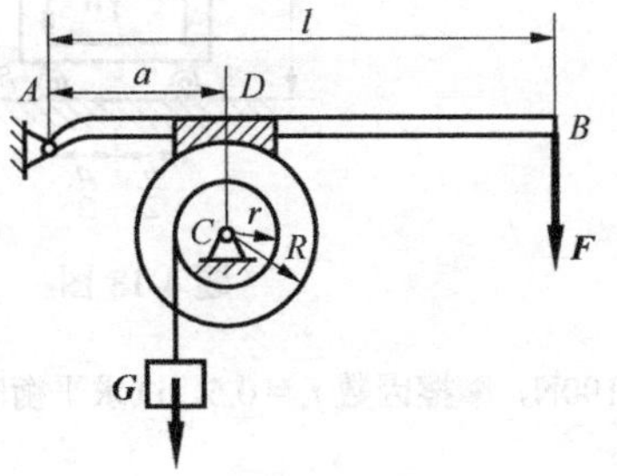

题 4-6 图

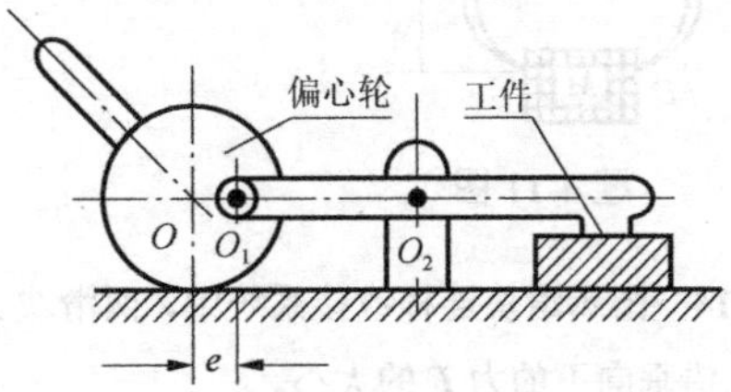

题 4-7 图

4-8　尖劈顶重装置如图所示。B 块受力 $\boldsymbol{F}_P$ 的作用。A 块与 B 块间的摩擦因数为 f_s(其他有滚珠处表示光滑)。若不计 A 块和 B 块的重量，求使系统保持平衡的力 $\boldsymbol{F}$ 的值。

4-9　使用楔块举起重物。楔角为 θ，楔块自重不计，重物重力为 W，各接触面上的摩擦角 φ 均相同。求推动楔块 A 所需的水平力 $\boldsymbol{F}$ 的最小值。

4-10　图示为一凸轮机构。已知偏心轮半径为 r，偏心距为 e，顶杆与导槽间的滑动摩擦因数为 f_s，力 $\boldsymbol{F}$ 与力偶矩 M 为常量。若不计顶杆与偏心轮的重量及它们之间的摩擦。为了不使顶杆被卡住，试求两导槽之间应有的最小距离 b。

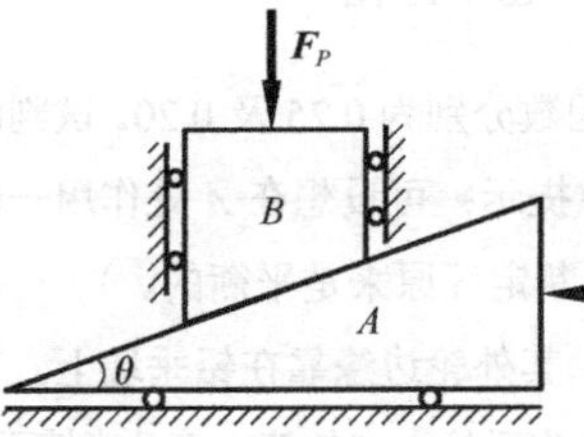

题 4-8 图

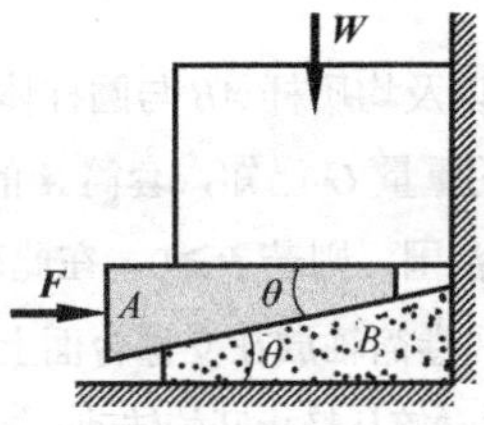

题 4-9 图

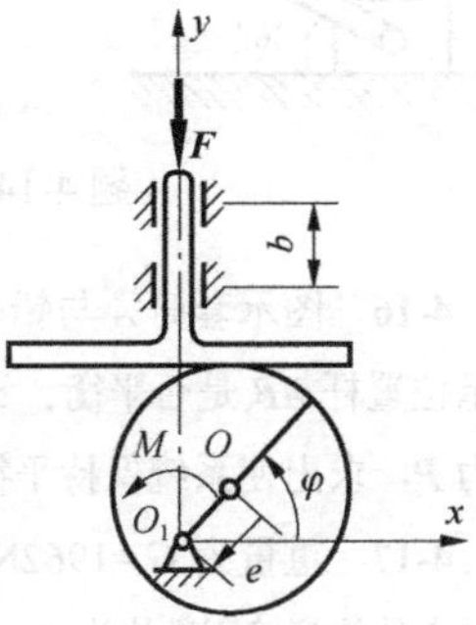

题 4-10 图

4-11　图示方箱 M 重 $\boldsymbol{G}$，借夹钳的摩擦力提起，若各尺寸分别为 $DE = 2a$，$AB = BC = 2a$。$H = 4a$，$\angle OAB = \angle OCB = 90°$，$\angle AOC = 120°$，不计夹钳重量。试求夹钳 D、E 端与方箱间的摩擦因数最少等于多少？

4-12　两夹板用铰链 C 固定于地面，两板之间夹一圆柱形工件，如图所示。圆柱形工件与夹板之间的滑动摩擦因数 $f_s = 0.3$，略去工件及夹板自重。试求能将工件夹持住的夹角 α 之值。

4-13 立柜重 $W = 1\text{kN}$，$h = 1.2\text{m}$，$a = 0.9\text{m}$，如图所示。设滚轮与地面间的滑动摩擦因数 $f_s = 0.3$，滚动摩擦不计。如果：(1)滚轮 A 不能自由转动；(2)滚轮 B 不能自由转动；(3)两轮都不能自由转动。试求这三种情况下推动该立柜所需的最小水平力 $\boldsymbol{P}$。

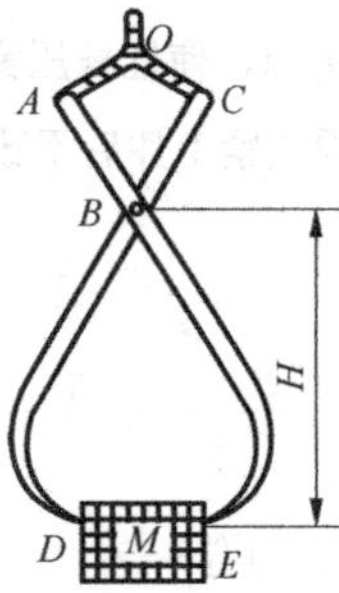

题 4-11 图

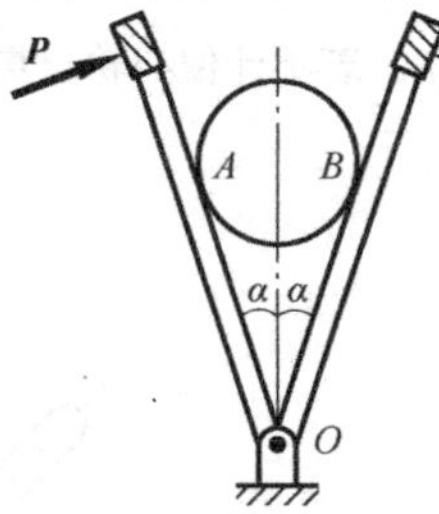

题 4-12 图

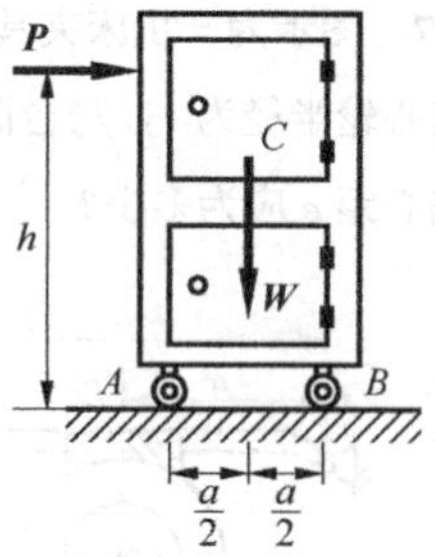

题 4-13 图

4-14 图示滑块连杆铰接系统中，两滑块 A、B 的重量均为 100N，摩擦因数 $f_s = 0.5$，试求平衡时作用在铰 C 的铅垂向下的力 $\boldsymbol{F}$ 的大小。

4-15 图中匀质杆 AB 长 l，重 $\boldsymbol{G}$。A 端由球形铰链支承在地面上，B 端自由地靠在铅垂墙上。墙面和铰链 A 的水平距离等于 a。图中 OB 线与铅垂线的交角为θ，AB 杆与墙面间的摩擦因数为 f_s，铰链的摩擦不计。试求要维持 AB 杆平衡，θ最大等于多少？

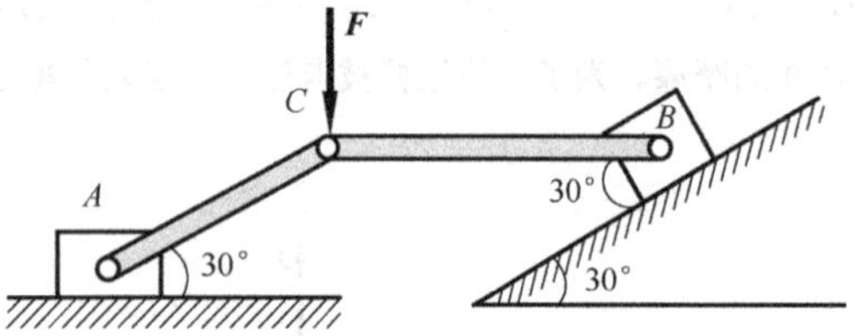

题 4-14 图

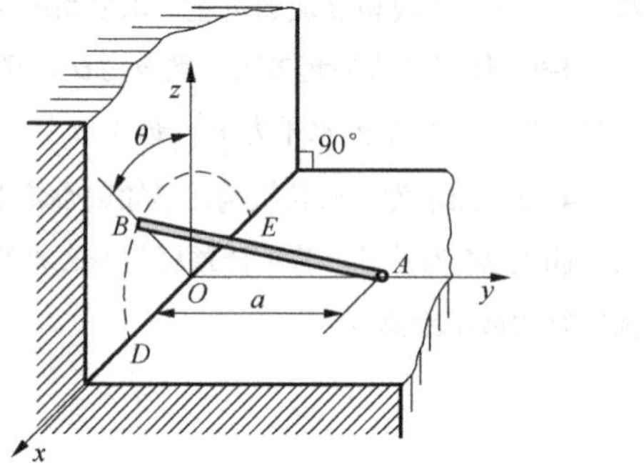

题 4-15 图

4-16 图示套筒 A 与铅垂杆之间以及均质杆 AB 与圆柱体之间的摩擦因数分别为 0.25 及 0.20。试判断在图示位置杆 AB 是否平衡。设 AB 杆的重量 G 已知，套筒 A 的重量不计。(提示：可设想在 A 处作用一向下的力 $\boldsymbol{P}$，求出使系统保持平衡的 $\boldsymbol{P}$ 的范围，则若 $P \geqslant 0$，在此范围内，即可断定杆原来是平衡的。)

4-17 重量为 G=1962N 的电缆线卷筒轴放在支撑台面上，如图所示。其外轮边缘靠在铅垂墙上。若各接触点处的摩擦因数均为$f_s = 0.6$，试求卷筒从静止开始转动，要加在轮缘上的水平拉力 T 的值。滚动摩擦不计。

4-18 已知船作用于绳子的拉力 $F_2 = 7500$N，工人作用于绳子的拉力 $F_1 = 150$N。绳绕揽桩两整圈，临界平衡时有关系式 $F_2 = F_1 e^{f_s \alpha}$，式中α为绳在缆桩上的包角。求：(1)绳子与揽桩间的静摩擦因数；(2)若绳子绕在桩上三圈整，工人的拉力仍为 150N，船作用于绳子的最大拉力可为多大？

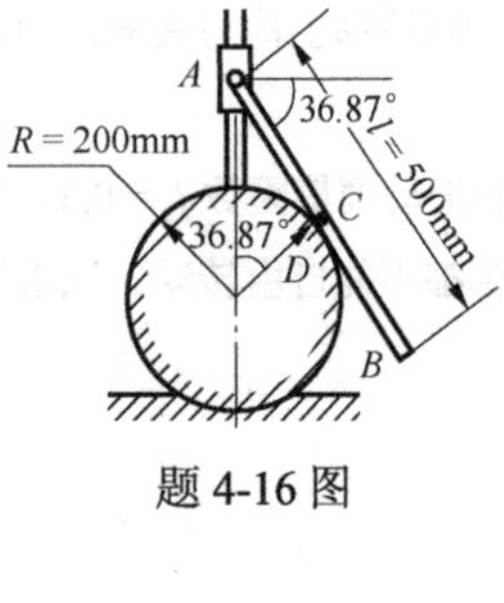

题 4-16 图

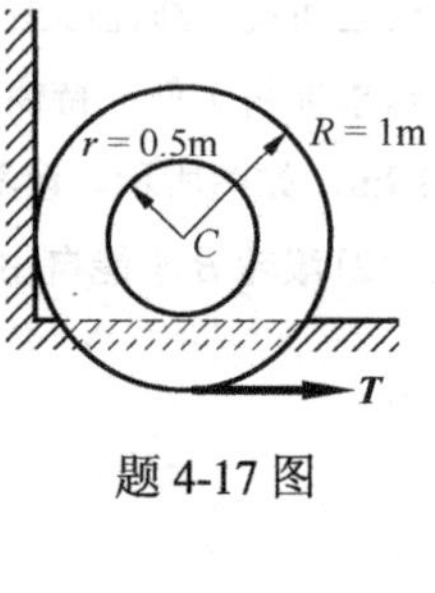

题 4-17 图

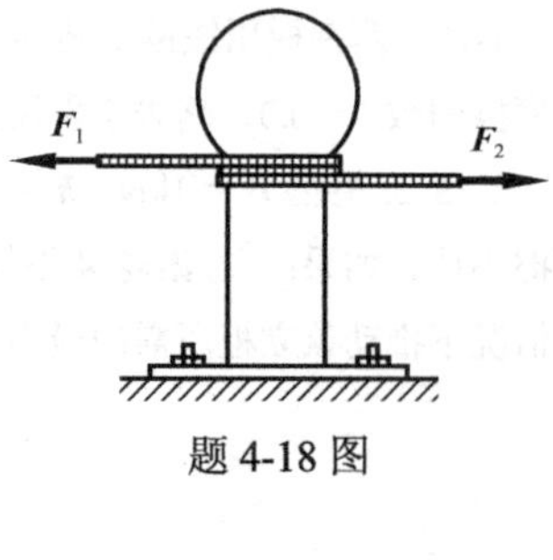

题 4-18 图

4-19 重量为 $\boldsymbol{Q}$、边长为 $3r$ 的正方形板由一根绳子系在角点 N，绳子跨过半径为 r 的固定圆柱体。板搭在光滑墙面上，KN 边与铅垂墙面间的夹角为 α。绳子与柱面间的摩擦因数为 f_s，绳子在轮面的包角 $\angle AOC=\dfrac{\pi}{2}+\alpha$。确定夹角 α 的大小及 AB 段绳子的拉力。

4-20 一半径为 R 的轮静止在水平面上，重为 $\boldsymbol{P}$，如图所示。在轮中央有一鼓轮半径为 r，其上缠有细绳，跨过光滑的滑轮 A，系一重为 $\boldsymbol{Q}$ 的物体。绳的 AB 段与铅垂线成 α 角。求轮与水平面接触点 C 处的滚动摩阻、滑动摩擦力和法向反力。

4-21 圆柱重 $P=200\text{N}$，半径 $R=10\text{cm}$，置于斜面上，如图所示。已知滑动摩擦因数 $f=0.30$，滚动摩阻因数 $\delta=0.1\text{cm}$。沿斜面方向离斜面 9cm 处，在圆柱上作用一力 $\boldsymbol{Q}$。试求平衡时力 $\boldsymbol{Q}$ 的最大值。

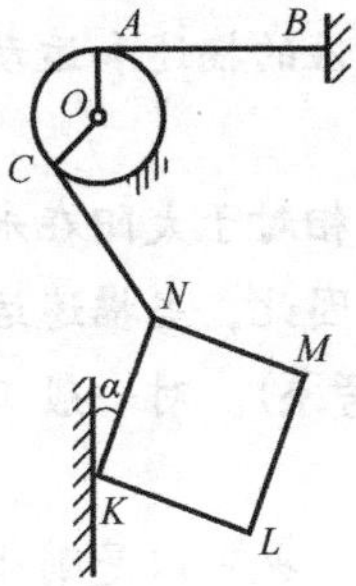

题 4-19 图

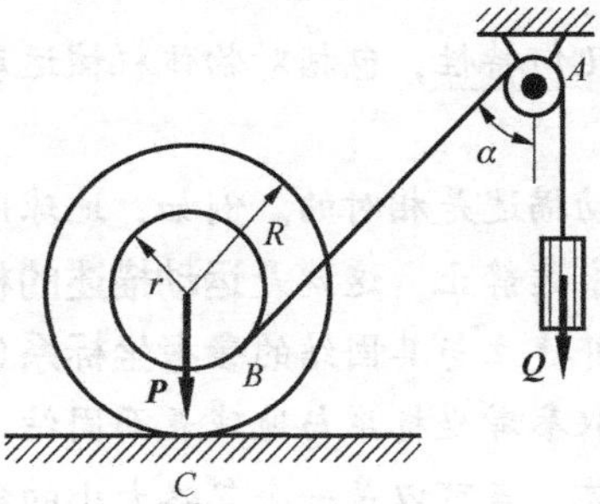

题 4-20 图

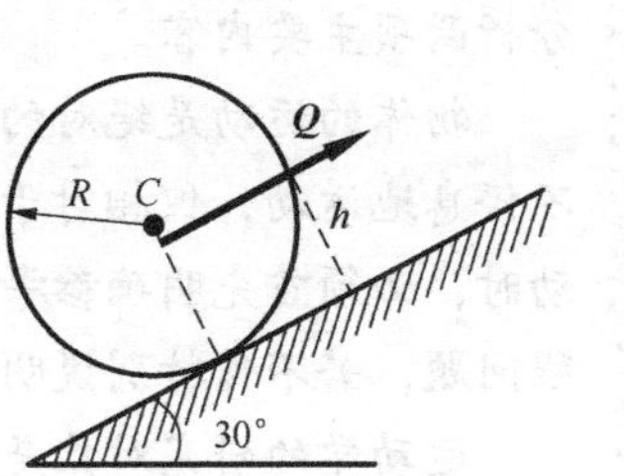

题 4-21 图

拓展应用

4-22 带传动装置中往往需要考虑张紧问题。在带的自动张紧装置中，将装有带轮的电动机安装在一端悬空的摆架 AB 上如图所示，利用电动机的自重，使带轮随同电动机一起绕固定轴 A 摆动，以自动保持皮带的张紧状态。不计摆架重量，电动机的重量为 $\boldsymbol{G}$，重心在 C 点，AC 连线水平方向投影值等于 s，铅垂方向投影值等于 h，带轮半径为 $R(h>2R)$，带与轮接触面的静摩擦因数为 f_s。若传动过程出现打滑现象，分析在打滑的临界状态下皮带承受的拉力与电动机自重之间的关系。

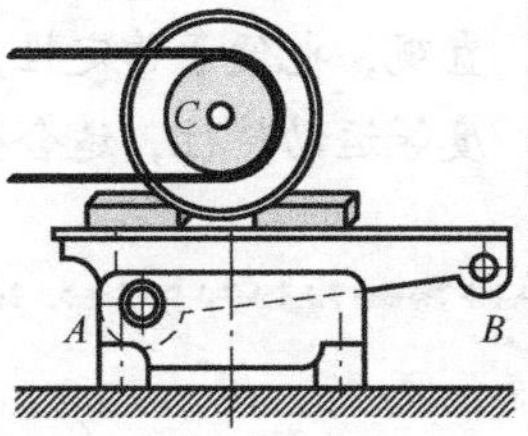

题 4-22 图

4-23 图 4-2 中给出的滑动摩擦实验曲线表明摩擦力与外力之间呈线性关系。这一结论具有局限性，试讨论该结论成立的条件(可参阅文献①)。

参考答案

① 温诗铸，黄平. 摩擦学原理. 3 版. 北京：清华大学出版社，2008.

第二篇　运　动　学

运动学揭示物体机械运动的几何特性，包括对物体机械运动几何特性的描述和运动分析两项主要内容。

物体的运动是绝对的，对运动描述是相对的。例如，地球同步卫星相对于太阳在永不停息地运动，但相对于地球却永远静止，这就是**运动描述的相对性**。因此，当描述运动时，必须首先明确**参考物体**，并建立与其固结的**参考坐标系**(简称**参考系**)。对一般工程问题，若不作特别说明，通常取参考坐标系与地球表面固结。

运动学的研究对象是**点**和**刚体**。点可以是一个忽略大小的独立物体，也可以是刚体上指定的点。变形体(如弹性体)运动的研究本质上归结为其上各点运动的研究。刚体的运动形式具有多样性，如风扇的旋转、车轮的滚动、导弹的飞行等，各自的运动形式和描述方法的差别甚大。点的运动与刚体运动的研究将相互渗透、互为依托，最终建立了描述机械运动的系统工具。

运动的描述方法可分为几何法和分析法两种形式。**几何法**建立某瞬时运动的位置矢径、速度、加速度等矢量之间的几何关系，适合于研究某一特定瞬时的运动性质，形象直观，也便于作定性分析。**分析法**从建立运动方程出发，通过数学求导获得速度、加速度等运动特性，适合研究运动的时间历程，也便于计算机求解。

第5章　运动学基础

本章作为运动学的基础，主要介绍点的运动及刚体的基本运动。其中涉及的基本概念和基本公式将渗透于整个运动学和动力学。

5.1　点 的 运 动

基于物理学中运动学的基础，本节重点介绍点的运动描述的常用方法，建立点的运动方程，确定其运动轨迹、速度及加速度。

5.1.1 矢径法

点在空间运动，取参考系上固定点 O 为坐标原点，从坐标原点 O 向动点 M 引位置矢径 $\boldsymbol{r}$，如图 5-1 所示。矢径 $\boldsymbol{r}$ 的大小和方向均随时间变化，是时间 t 的单值连续函数，可以写成

$$\boldsymbol{r}=\boldsymbol{r}(t) \tag{5-1}$$

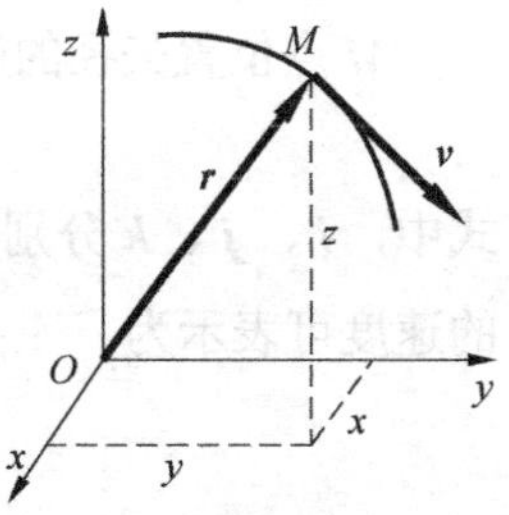

图 5-1

式(5-1)表明了点的位置随时间变化的规律，称为点的**矢量形式的运动方程**。矢径 $\boldsymbol{r}$ 的端点在参考系中描绘出的曲线称为**矢端曲线**，即为点的**运动轨迹**。

根据矢径与速度的物理意义，点的速度等于点的位置矢径对时间 t 的一阶导数，即

$$\boldsymbol{v}=\frac{\mathrm{d}\boldsymbol{r}}{\mathrm{d}t}=\dot{\boldsymbol{r}} \tag{5-2}$$

速度是矢量，它具有瞬时性，t 瞬时 M 点的速度沿轨迹上 M 点的切线方向，指向点的运动方向；大小等于 $\left|\frac{\mathrm{d}\boldsymbol{r}}{\mathrm{d}t}\right|$。

点的加速度是描述点的速度大小和方向变化率的物理量，点的加速度等于点的速度对时间的一阶导数，或是位置矢径对时间的二阶导数，即

$$\boldsymbol{a}=\frac{\mathrm{d}\boldsymbol{v}}{\mathrm{d}t}=\frac{\mathrm{d}^2\boldsymbol{r}}{\mathrm{d}t^2} \tag{5-3}$$

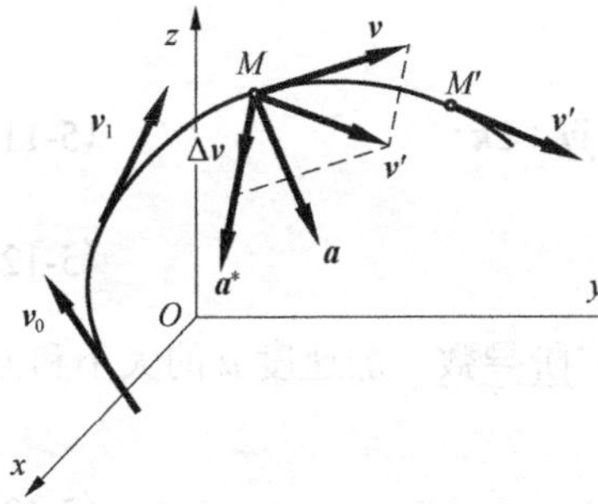

图 5-2

加速度也是矢量，它的大小等于 $\left|\frac{\mathrm{d}\boldsymbol{v}}{\mathrm{d}t}\right|$，方向沿 $\Delta\boldsymbol{v}$ 的极限方向($\Delta t\to 0$)，如图 5-2 所示，图中 $\boldsymbol{a}^*$ 可理解为与 $\Delta\boldsymbol{v}$ 对应的平均加速度，$\boldsymbol{a}$ 是 $\Delta t\to 0$ 时 $\boldsymbol{a}^*$ 所趋近的极限。

用矢径法描述点的运动表达形式简洁，常用于概念的定义及公式的推导和证明。

思考题 5-1　请指出 $\frac{\mathrm{d}\boldsymbol{r}}{\mathrm{d}t}$、$\left|\frac{\mathrm{d}\boldsymbol{r}}{\mathrm{d}t}\right|$、$\frac{\mathrm{d}|\boldsymbol{r}|}{\mathrm{d}t}$ 以及 $\frac{\mathrm{d}\boldsymbol{v}}{\mathrm{d}t}$、$\left|\frac{\mathrm{d}\boldsymbol{v}}{\mathrm{d}t}\right|$ 及 $\frac{\mathrm{d}|\boldsymbol{v}|}{\mathrm{d}t}$ 各自的物理含义及区别。

5.1.2 坐标法

常用于描述点的运动的坐标有直角坐标、自然坐标、柱坐标、球坐标、极坐标等。自然坐标、柱坐标、球坐标和极坐标常用于描述点的曲线运动。

1. 直角坐标法

建立直角坐标系 $Oxyz$，与参考体固连，如图 5-1 所示。动点 M 每一瞬时在直角坐标系 $Oxyz$ 中的位置可以用它的坐标 x、y、z 唯一确定。M 点运动时，三个坐标 x、y、z 均随时间变化，即

$$x=f_1(t),\quad y=f_2(t),\quad z=f_3(t) \tag{5-4}$$

方程组(5-4)描述了点在直角坐标系中的运动规律，称为点的**直角坐标形式的运动方程**。从方程组(5-4)中消去时间t，则得点的**轨迹方程**。

M点位置矢径的解析表达式为

$$\boldsymbol{r} = x\boldsymbol{i} + y\boldsymbol{j} + z\boldsymbol{k} \tag{5-5}$$

式中，$\boldsymbol{i}$、$\boldsymbol{j}$、$\boldsymbol{k}$分别为沿坐标轴x、y、z的单位矢量，大小、方向不随时间而改变。M点的速度可表示为

$$\boldsymbol{v} = \dot{\boldsymbol{r}} = \frac{\mathrm{d}x}{\mathrm{d}t}\boldsymbol{i} + \frac{\mathrm{d}y}{\mathrm{d}t}\boldsymbol{j} + \frac{\mathrm{d}z}{\mathrm{d}t}\boldsymbol{k} \tag{5-6}$$

速度向x、y、z轴投影得

$$\boldsymbol{v} = v_x\boldsymbol{i} + v_y\boldsymbol{j} + v_z\boldsymbol{k} \tag{5-7}$$

式中

$$v_x = \frac{\mathrm{d}x}{\mathrm{d}t} = \dot{x}, \quad v_y = \frac{\mathrm{d}y}{\mathrm{d}t} = \dot{y}, \quad v_z = \frac{\mathrm{d}z}{\mathrm{d}t} = \dot{z} \tag{5-8}$$

即点的速度在直角坐标轴上的投影等于对应坐标对时间的一阶导数。

已知点的速度沿三个坐标轴的投影，可以求得点的速度大小为

$$v = \sqrt{\dot{x}^2 + \dot{y}^2 + \dot{z}^2} \tag{5-9}$$

速度$\boldsymbol{v}$的方向余弦为

$$\cos(\boldsymbol{v}, \boldsymbol{i}) = \frac{v_x}{v}, \quad \cos(\boldsymbol{v}, \boldsymbol{j}) = \frac{v_y}{v}, \quad \cos(\boldsymbol{v}, \boldsymbol{k}) = \frac{v_z}{v} \tag{5-10}$$

直角坐标系中点的加速度表达式为

$$\boldsymbol{a} = \dot{\boldsymbol{v}} = \ddot{\boldsymbol{r}} = \frac{\mathrm{d}^2x}{\mathrm{d}t^2}\boldsymbol{i} + \frac{\mathrm{d}^2y}{\mathrm{d}t^2}\boldsymbol{j} + \frac{\mathrm{d}^2z}{\mathrm{d}t^2}\boldsymbol{k} = \ddot{x}\boldsymbol{i} + \ddot{y}\boldsymbol{j} + \ddot{z}\boldsymbol{k} \tag{5-11}$$

而且

$$a_x = \ddot{x}, \quad a_y = \ddot{y}, \quad a_z = \ddot{z} \tag{5-12}$$

即点的加速度在直角坐标轴上的投影等于对应坐标对时间的二阶导数。加速度$\boldsymbol{a}$的大小和方向余弦分别为

$$a = \sqrt{\ddot{x}^2 + \ddot{y}^2 + \ddot{z}^2} \tag{5-13}$$

$$\cos(\boldsymbol{a}, \boldsymbol{i}) = \frac{a_x}{a}, \quad \cos(\boldsymbol{a}, \boldsymbol{j}) = \frac{a_y}{a}, \quad \cos(\boldsymbol{a}, \boldsymbol{k}) = \frac{a_z}{a} \tag{5-14}$$

上述直角坐标法和矢量法描述点的运动方程、速度、加速度的表达形式，适用于一般空间曲线运动。当点做平面运动时，取点所在平面为Oxy，则$z(t)=0$，上述公式仍成立。

2. 自然坐标法

1) 自然坐标系

若点沿空间已知曲线运动，可采用沿曲线的弧坐标描述点的运动，为此建立**自然坐标系**。如图 5-3 所示，M点沿曲线运动，M点的切线沿$\boldsymbol{\tau}$方向，邻近点M_1的切线沿$\boldsymbol{\tau}_1$方向。一般情况下，这两条切线并不在同一平面内。过M点作切线$M_1\tau_1$的平行线$M\tau_1'$，则$M\tau$和$M\tau_1'$可确定一平面。当M_1点逐渐趋近于M点时，$M\tau_1'$随$M_1\tau_1$变化，$M\tau$和$M\tau_1'$所确定的平面将绕切线$M\tau$旋转，并逐渐趋近于一个极限位置，此极限平面称为曲线在M点的**密切面**。显然，平面曲线上任一点的密切面就是曲线所在平面；对于空间曲线，其上M点邻近的一段弧线在略

去高阶小量后可以看成是在 M 点的密切面内。过 M 点作垂直于切线 $M\tau$ 的平面，该平面称为曲线在 M 点的**法平面**。法平面和密切面的交线称为曲线在 M 点的**主法线**。法平面内过 M 点与主法线垂直的线称为曲线在 M 点的**副法线**。以 M 点为原点，曲线在该点的切线、主法线和副法线组成相互垂直的三个坐标轴，称为曲线在 M 点的**自然坐标系**。对自然坐标系上的单位矢量作如下规定：切线的单位矢量以 $\boldsymbol{\tau}$ 表示，指向与弧坐标正向一致；主法线的单位矢量用 $\boldsymbol{n}$ 表示，指向曲线内凹一侧；副法线的单位矢量用 $\boldsymbol{b}$ 表示，指向与 $\boldsymbol{\tau}$ 、$\boldsymbol{n}$ 构成右手系，即

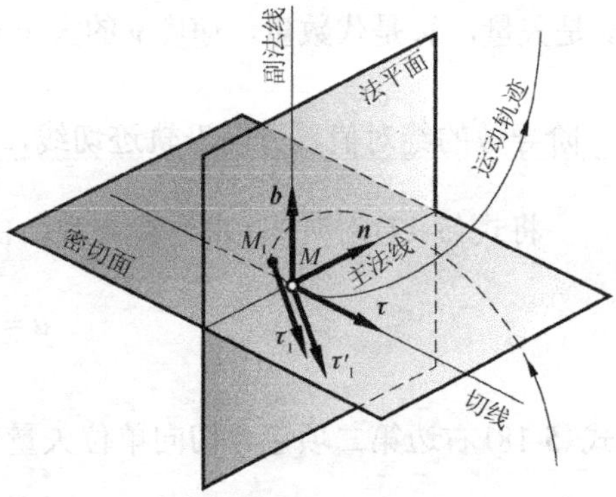

图 5-3

$$\boldsymbol{b}=\boldsymbol{\tau}\times\boldsymbol{n}$$

曲线在点 M 的自然坐标系是一类局部正交坐标系，随着 M 点在轨迹上位置的不同而变化，与坐标轴对应的单位矢量 $\boldsymbol{\tau}$ 、$\boldsymbol{n}$ 、$\boldsymbol{b}$ 的模均为单位 1，但它们的方向随 M 点在曲线上的位置不同而改变。

2) 运动方程、速度、加速度

在 M 点已知的运动轨迹上任取一固定点 O 为坐标原点，如图 5-4 所示，规定曲线某一方向为正，则弧长 OM 冠以适当的正负号，即称为点 M 的**弧坐标**。M 点在曲线上的位置由弧坐标唯一确定。点在运动过程中，弧坐标是时间的单值连续函数，即

$$s=s(t) \tag{5-15}$$

式(5-15)表示点沿已知轨迹的运动规律，称为**点的弧坐标形式的运动方程**。

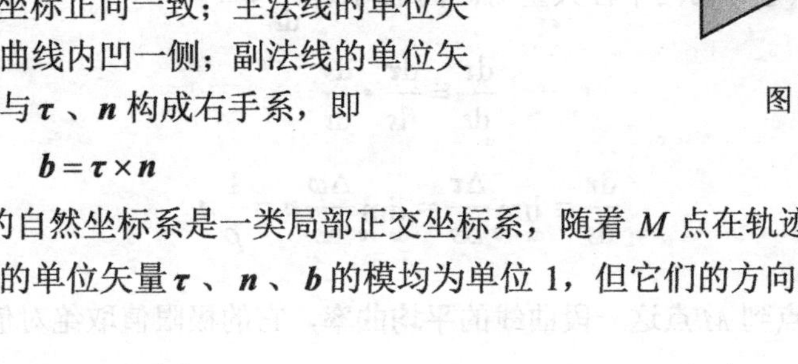

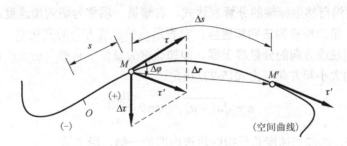

图 5-4

弧坐标法的特点是结合轨迹的自然形状来描述点沿轨迹运动的规律，故又称**自然坐标法**。

设动点 M 沿轨迹由 M 点运动到 M'点，经过 Δt 时间间隔，对应的位移为 $\Delta\boldsymbol{r}$ ，以 Δs 表示点在 Δt 时间间隔内弧坐标的增量(图 5-4)，根据点的速度的定义，有

$$\boldsymbol{v}=\frac{\mathrm{d}\boldsymbol{r}}{\mathrm{d}t}=\lim_{\substack{\Delta t\to 0\\ \Delta s\to 0}}\left(\frac{\Delta\boldsymbol{r}}{\Delta s}\cdot\frac{\Delta s}{\Delta t}\right)=\left(\lim_{\Delta s\to 0}\frac{\Delta\boldsymbol{r}}{\Delta s}\right)\left(\lim_{\Delta t\to 0}\frac{\Delta s}{\Delta t}\right)=\left(\lim_{\Delta s\to 0}\frac{\Delta\boldsymbol{r}}{\Delta s}\right)\frac{\mathrm{d}s}{\mathrm{d}t}=\frac{\mathrm{d}s}{\mathrm{d}t}\boldsymbol{\tau} \tag{5-16}$$

设速度 $\boldsymbol{v}$ 在切线方向的投影为 v_τ ，则

$$\boldsymbol{v}=v_\tau\boldsymbol{\tau}=\frac{\mathrm{d}s}{\mathrm{d}t}\boldsymbol{\tau} \tag{5-17}$$

$\boldsymbol{v}$ 是矢量，v_τ 是代数量，速度 $\boldsymbol{v}$ 的大小 $v=|v_\tau|=\left|\dfrac{\mathrm{d}s}{\mathrm{d}t}\right|$。即动点速度的大小等于弧坐标对时间的一阶导数的绝对值，方向沿轨迹切线，指向由 $\dfrac{\mathrm{d}s}{\mathrm{d}t}$ 的正负号决定。

将式(5-17)对时间 t 求一阶导数，由于 v_τ、$\boldsymbol{\tau}$ 均为变量，得到动点的加速度：

$$\boldsymbol{a}=\frac{\mathrm{d}\boldsymbol{v}}{\mathrm{d}t}=\frac{\mathrm{d}v_\tau}{\mathrm{d}t}\boldsymbol{\tau}+v_\tau\frac{\mathrm{d}\boldsymbol{\tau}}{\mathrm{d}t} \tag{5-18}$$

式(5-18)右边第二项包含切向单位矢量对时间的导数 $\dfrac{\mathrm{d}\boldsymbol{\tau}}{\mathrm{d}t}$，即

$$\frac{\mathrm{d}\boldsymbol{\tau}}{\mathrm{d}t}=\frac{\mathrm{d}\boldsymbol{\tau}}{\mathrm{d}s}\cdot\frac{\mathrm{d}s}{\mathrm{d}t} \tag{5-19}$$

由图 5-4 可知

$$\frac{\mathrm{d}\boldsymbol{\tau}}{\mathrm{d}s}=\lim_{\Delta s\to 0}\frac{\Delta\boldsymbol{\tau}}{\Delta s}=\lim_{\Delta s\to 0}\frac{\Delta\varphi}{\Delta s}\boldsymbol{n}=\frac{1}{\rho}\boldsymbol{n} \tag{5-20}$$

式中，$\dfrac{\Delta\varphi}{\Delta s}$ 称为 M 点到 M' 点这一段曲线的**平均曲率**，它的极限值取绝对值称为点 M 处的**曲率**。曲率的倒数称为**曲率半径**，用 ρ 表示。

综合式(5-19)和式(5-20)，可得

$$\frac{\mathrm{d}\boldsymbol{\tau}}{\mathrm{d}t}=\frac{\mathrm{d}\boldsymbol{\tau}}{\mathrm{d}s}\cdot\frac{\mathrm{d}s}{\mathrm{d}t}=\frac{\mathrm{d}s}{\mathrm{d}t}\cdot\frac{1}{\rho}\boldsymbol{n}=\frac{v_\tau}{\rho}\boldsymbol{n} \tag{5-21}$$

由式(5-18)和式(5-21)，可得

$$\boldsymbol{a}=\frac{\mathrm{d}v_\tau}{\mathrm{d}t}\boldsymbol{\tau}+\frac{v_\tau^2}{\rho}\boldsymbol{n}=\ddot{s}\boldsymbol{\tau}+\frac{v^2}{\rho}\boldsymbol{n}=a_\tau\boldsymbol{\tau}+a_n\boldsymbol{n} \tag{5-22}$$

式(5-22)是加速度沿自然坐标轴的分解表达式。右端第一项称为**切向加速度**，它表示点的速度大小的变化率；第二项称为**法向加速度**，它表示点的速度方向的变化率。从式(5-22)可以看出，加速度沿副法线方向的分量等于零。即加速度矢量位于轨迹上动点所在位置的密切面内，故全加速度的大小和方向可由式(5-23)决定：

$$a=\sqrt{a_\tau^2+a_n^2},\quad \tan\theta=\frac{|a_\tau|}{a_n} \tag{5-23}$$

由图 5-5 可知，法向加速度总是指向轨迹内凹的一侧，沿主法线正向，所以全加速度的方向也总是偏向轨迹内凹的一侧。

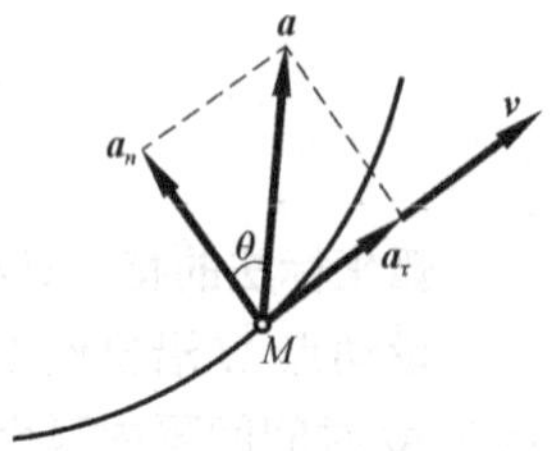

图 5-5

思考题 5-2　自然坐标系与直角坐标系有何异同？

思考题 5-3　根据 $\dfrac{\mathrm{d}\boldsymbol{\tau}}{\mathrm{d}t}=\dfrac{v_\tau}{\rho}\boldsymbol{n}$ 的推导结果，可否得出如下推论：变单位矢量对时间的导数等于一个与原方向垂直的矢量，该矢量的模值等于原矢量转动的角速度大小。

*3. 柱坐标法

点的运动也可用柱坐标 ρ、φ、z 进行描述。如图 5-6 所示，柱坐标的单位矢量取为 $\boldsymbol{\rho}_0$、$\boldsymbol{\varphi}_0$ 和 $\boldsymbol{k}$，分别指向三个坐标增大的方向。

M 点的运动方程为

$$\varphi=\varphi(t),\quad \rho=\rho(t),\quad z=z(t) \tag{5-24}$$

速度为

$$\boldsymbol{v}=\frac{\mathrm{d}\boldsymbol{r}}{\mathrm{d}t}=\frac{\mathrm{d}}{\mathrm{d}t}(\rho\boldsymbol{\rho}_0+z\boldsymbol{k})=\frac{\mathrm{d}\rho}{\mathrm{d}t}\boldsymbol{\rho}_0+\rho\frac{\mathrm{d}\boldsymbol{\rho}_0}{\mathrm{d}t}+\frac{\mathrm{d}z}{\mathrm{d}t}\boldsymbol{k} \tag{5-25}$$

式中，$\frac{\mathrm{d}\boldsymbol{\rho}_0}{\mathrm{d}t}=\frac{\mathrm{d}\varphi}{\mathrm{d}t}\boldsymbol{\varphi}_0$，故

$$\boldsymbol{v}=\frac{\mathrm{d}\rho}{\mathrm{d}t}\boldsymbol{\rho}_0+\rho\frac{\mathrm{d}\varphi}{\mathrm{d}t}\boldsymbol{\varphi}_0+\frac{\mathrm{d}z}{\mathrm{d}t}\boldsymbol{k}=v_\rho\boldsymbol{\rho}_0+v_\varphi\boldsymbol{\varphi}_0+v_z\boldsymbol{k} \tag{5-26}$$

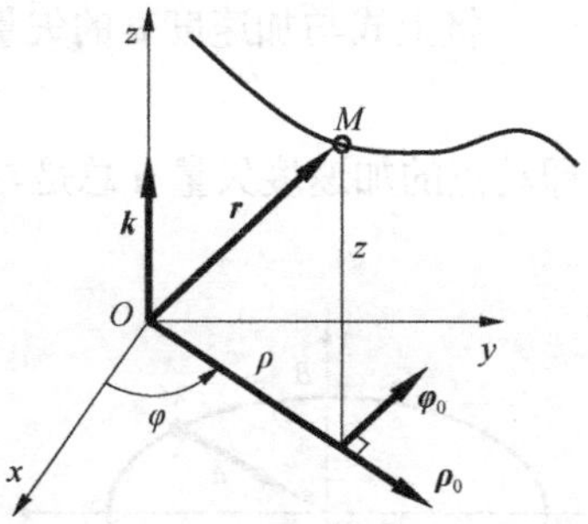

图 5-6

加速度为

$$\boldsymbol{a}=\frac{\mathrm{d}\boldsymbol{v}}{\mathrm{d}t}=\left(\frac{\mathrm{d}^2\rho}{\mathrm{d}t^2}\boldsymbol{\rho}_0+\frac{\mathrm{d}\rho}{\mathrm{d}t}\frac{\mathrm{d}\boldsymbol{\rho}_0}{\mathrm{d}t}\right)+\left(\frac{\mathrm{d}\rho}{\mathrm{d}t}\frac{\mathrm{d}\varphi}{\mathrm{d}t}\boldsymbol{\varphi}_0+\rho\frac{\mathrm{d}^2\varphi}{\mathrm{d}t^2}\boldsymbol{\varphi}_0+\rho\frac{\mathrm{d}\varphi}{\mathrm{d}t}\frac{\mathrm{d}\boldsymbol{\varphi}_0}{\mathrm{d}t}\right)+\left(\frac{\mathrm{d}^2z}{\mathrm{d}t^2}\boldsymbol{k}+\frac{\mathrm{d}z}{\mathrm{d}t}\frac{\mathrm{d}\boldsymbol{k}}{\mathrm{d}t}\right)$$

式中，$\frac{\mathrm{d}\boldsymbol{\rho}_0}{\mathrm{d}t}=\frac{\mathrm{d}\varphi}{\mathrm{d}t}\boldsymbol{\varphi}_0$，$\frac{\mathrm{d}\boldsymbol{\varphi}_0}{\mathrm{d}t}=-\frac{\mathrm{d}\varphi}{\mathrm{d}t}\boldsymbol{\rho}_0$，$\frac{\mathrm{d}\boldsymbol{k}}{\mathrm{d}t}=0$，故

$$\boldsymbol{a}=\left[\frac{\mathrm{d}^2\rho}{\mathrm{d}t^2}-\rho\left(\frac{\mathrm{d}\varphi}{\mathrm{d}t}\right)^2\right]\boldsymbol{\rho}_0+\left(2\frac{\mathrm{d}\rho}{\mathrm{d}t}\frac{\mathrm{d}\varphi}{\mathrm{d}t}+\rho\frac{\mathrm{d}^2\varphi}{\mathrm{d}t^2}\right)\boldsymbol{\varphi}_0+\frac{\mathrm{d}^2z}{\mathrm{d}t^2}\boldsymbol{k}=a_\rho\boldsymbol{\rho}_0+a_\varphi\boldsymbol{\varphi}_0+a_z\boldsymbol{k} \tag{5-27}$$

当点的运动轨迹为平面曲线时，$v_z=a_z=0$，**柱坐标简化为极坐标形式。对于有心力作用下点的平面曲线运动，可采用极坐标法进行运动描述和分析。**

思考题 5-4　试推导$\frac{\mathrm{d}\boldsymbol{\rho}_0}{\mathrm{d}t}=\frac{\mathrm{d}\varphi}{\mathrm{d}t}\boldsymbol{\varphi}_0$，$\frac{\mathrm{d}\boldsymbol{\varphi}_0}{\mathrm{d}t}=-\frac{\mathrm{d}\varphi}{\mathrm{d}t}\boldsymbol{\rho}_0$。这两个式子得出的结论与思考题 5-3 的结论是否一致？

例 5-1　点 M 在平面上运动，在任意时刻 t 其加速度 $\boldsymbol{a}=(-Aq^2\cos qt)\boldsymbol{i}+(-Bq^2\sin qt)\boldsymbol{j}$，式中，$A$、$B$ 和 q 皆为已知的正常数，且 $A>B$。M 点运动的初始条件是 $t=0$，$\boldsymbol{r}_0=A\boldsymbol{i}$，$\boldsymbol{v}_0=Bq\boldsymbol{j}$。求：(1) 任一瞬时 t，M 点 $\boldsymbol{v}$ 和 $\boldsymbol{r}$ 的表达式，并证明 M 点的加速度矢量 $\boldsymbol{a}$ 总是通过坐标原点；(2) 求 M 点的轨迹方程。

解　本题已知加速度，求解速度、位移和运动轨迹，属于运动学逆问题。采用直角坐标系，积分部分可直接采用矢量描述。

(1) 对加速度矢量式进行积分，得

$$\boldsymbol{v}=\int\boldsymbol{a}\mathrm{d}t+\boldsymbol{C}=(-Aq\sin qt)\boldsymbol{i}+(Bq\cos qt)\boldsymbol{j}+\boldsymbol{C}$$

将初始条件 $t=0$，$\boldsymbol{v}_0=Bq\boldsymbol{j}$ 代入上式，得积分常矢量 $\boldsymbol{C}=0$。即在任一瞬时 t，动点的速度 $\boldsymbol{v}$ 的表达式为

$$\boldsymbol{v}=(-Aq\sin qt)\boldsymbol{i}+(Bq\cos qt)\boldsymbol{j}$$

对速度矢量式进行积分，得

$$\begin{aligned}\boldsymbol{r}&=\int\boldsymbol{v}\mathrm{d}t+\boldsymbol{D}=\int[(-Aq\sin qt)\boldsymbol{i}+(Bq\cos qt)\boldsymbol{j}]\mathrm{d}t+\boldsymbol{D}\\&=(A\cos qt)\boldsymbol{i}+(B\sin qt)\boldsymbol{j}+\boldsymbol{D}\end{aligned}$$

将初始条件 $t=0$，$\boldsymbol{r}_0=A\boldsymbol{i}$ 代入上式，得积分常矢量 $\boldsymbol{D}=0$。得到在任一瞬时 t 动点的矢径 $\boldsymbol{r}$ 的表达式为

$$\boldsymbol{r}=(A\cos qt)\boldsymbol{i}+(B\sin qt)\boldsymbol{j}$$

将上式与加速度 $\boldsymbol{a}$ 的矢量表达式相比较，有

$$\boldsymbol{a}=-q^2\boldsymbol{r}$$

即动点的加速度矢量 $\boldsymbol{a}$ 总是与动点的矢径 $\boldsymbol{r}$ 共线并反向，故加速度矢量 $\boldsymbol{a}$ 总是通过坐标原点。

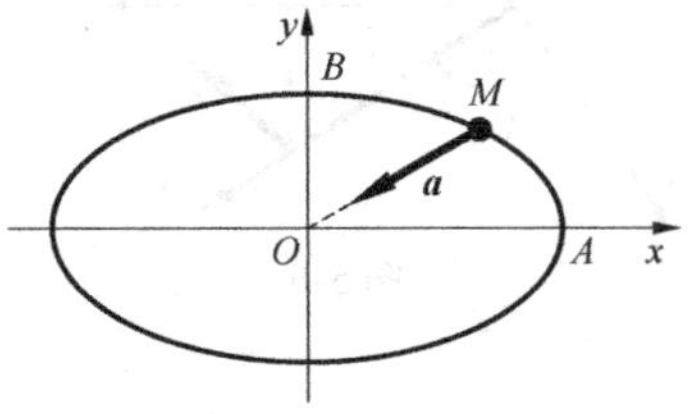

图 5-7

(2) 求解动点的运动轨迹，将任一瞬时 t 动点的矢径 $\boldsymbol{r}$ 投影到直角坐标轴上，直角坐标法描述的运动方程为

$$x=A\cos qt,\quad y=B\sin qt$$

从以上两式中消去时间 t，得动点的轨迹方程：

$$\frac{x^2}{A^2}+\frac{y^2}{B^2}=1$$

即动点在平面上运动的轨迹为具有半轴 A 和 B 的椭圆，如图 5-7 所示。

思考题 5-5 若点以恒定速率在图 5-7 所示的椭圆轨道上行驶，求其在 A、B 点处的加速度。

例 5-2 如图 5-8 所示，点 M 在螺旋线上运动，在直角坐标系中的运动方程为 $x=r\cos(\omega t)$，$y=r\sin(\omega t)$，$z=\mu t$。式中，r、ω、μ 为常数，长度单位为 m，时间单位为 s。求解点 M 运动加速度的大小、螺旋线的曲率半径。

解 在直角坐标系中，速度分量为

$$v_x=\dot{x}=-\omega r\sin(\omega t),\quad v_y=\dot{y}=\omega r\cos(\omega t),\quad v_z=\dot{z}=\mu$$

速度为

$$v=\sqrt{v_x^2+v_y^2+v_z^2}=\sqrt{\omega^2r^2+\mu^2}$$

加速度分量为

$$a_x=\ddot{x}=-\omega^2r\cos(\omega t),\quad a_y=\ddot{y}=-\omega^2r\sin(\omega t),\quad a_z=\ddot{z}=0$$

加速度为

$$a=\sqrt{a_x^2+a_y^2+a_z^2}=\omega^2r$$

其中，切向加速度为

$$a_\tau=\frac{\mathrm{d}v}{\mathrm{d}t}=\frac{\mathrm{d}\sqrt{\omega^2r^2+\mu^2}}{\mathrm{d}t}=0$$

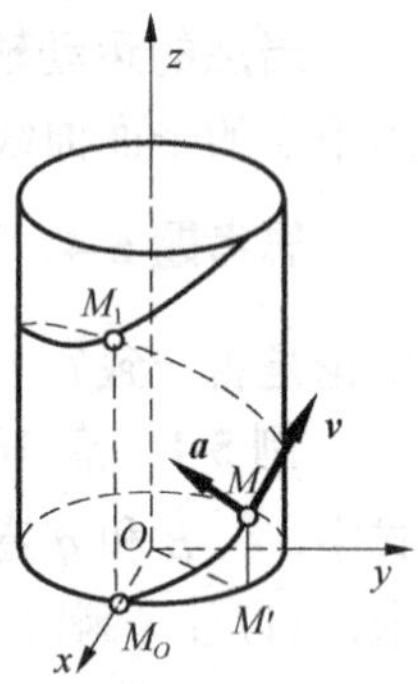

图 5-8

故法向加速度 $a_n=\sqrt{a^2-a_\tau^2}=a=\omega^2r$，轨迹曲率半径为

$$\rho=\frac{v^2}{a_n}=\frac{\omega^2r^2+\mu^2}{\omega^2r}=r\left[1+\left(\frac{\mu}{\omega r}\right)^2\right]$$

对于实际的螺旋线，升角（螺旋线的切线与端面间的锐角）往往给定，即半径 r 和螺距 h（相邻两圆的轴向距离）给定，因此 μ 和 ω 并不独立。如果给定参数 μ，则点运动一周后，z 方向的运动距离应为 h，故有关系式 $h/\mu=2\pi/\omega$，即 $\mu/\omega=h/(2\pi)$，将此代入曲率半径的表达式，得到

$$\rho=r\left[1+\left(\frac{h}{2\pi r}\right)^2\right]$$

上式表明在运动轨迹已知的情况下曲率半径与运动状态无关。

例 5-3 采用柱坐标法分析例 5-2 中 M 点的运动速度及加速度。

解 根据柱坐标法，在柱坐标系下，点的运动方程为

$$\rho=\sqrt{x^2+y^2}=r,\quad \varphi=\omega t,\quad z=\mu t$$

速度在柱坐标上的分量为

$$v_\rho = \dot{\rho} = 0\text{，}\quad v_\varphi = \rho\dot{\varphi} = \omega\rho\text{，}\quad v_z = \dot{z} = \mu$$

加速度分量为　$a_\rho = \ddot{\rho} - \rho\dot{\varphi}^2 = -\omega^2\rho$，$a_\varphi = 2\dot{\rho}\dot{\varphi} + \rho\ddot{\varphi} = 0$，$a_z = \ddot{z} = 0$

M 点的速度、加速度分别为

$$v = \sqrt{v_\rho^2 + v_\varphi^2 + v_z^2} = \sqrt{\omega^2\rho^2 + \mu^2} = \sqrt{\omega^2 r^2 + \mu^2}\text{，}\quad a = \sqrt{a_\rho^2 + a_\varphi^2 + a_z^2} = \omega^2\rho = \omega^2 r$$

思考题 5-6　例 5-2 和例 5-3 中 ρ 的物理含义是否相同?

例 5-4　固定不动的铁圈，半径为 R，其上套一小环 M，如图 5-9(a)所示。另一直杆 AB 穿入小环 M，并绕铁圈上的 A 轴逆时针转动($\varphi = \omega t$，其中 ω 为常量)。以铁圈为参考系求小环的速度和加速度。

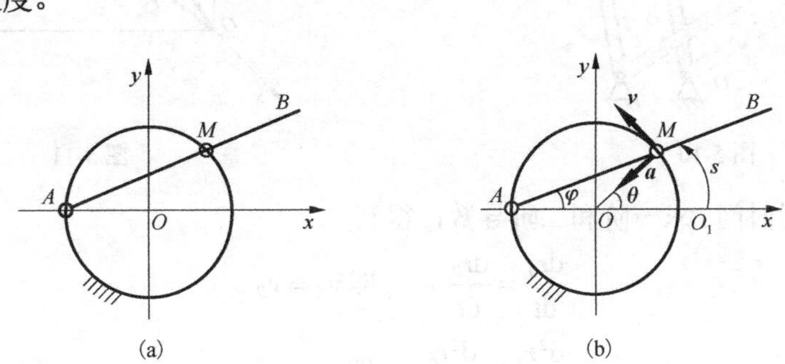

图 5-9

解　铁圈固定，小环 M 的运动轨迹是以 O 为圆心的圆弧，轨迹已知，因此选择自然坐标法求解。选 O_1 为参考点，规定正方向如图 5-9(b)所示。点的运动方程为

$$s = \theta R = 2\varphi R = 2R\omega t$$

M 点的速度为　$v = \dot{s} = 2R\omega$

M 点的加速度为　$a_\tau = \ddot{s} = 0$，$a_n = v^2/R = 4\omega^2 R$，$a = a_n = 4\omega^2 R$

速度方向始终沿轨迹切线指向正方向，加速度始终指向轨迹曲率中心 O 点。

思考题 5-7　采用直角坐标法求解例 5-4，并对比直角坐标法与自然坐标法两种求解方法的难易程度。

思考题 5-8　例 5-4 中，若以 AB 杆为参考系，求小环 M 的运动方程、速度和加速度。

5.2　刚体的基本运动

刚体的基本运动包括平行移动(简称平动)和定轴转动(简称转动)，是工程中最简单的刚体运动形式，也是研究刚体复杂运动的基础。

5.2.1　刚体的平动

刚体平动在工程上很常见，如活塞在汽缸中的运动、车床上刀架的运动和摆动式送料槽的运动(图 5-10)等。

刚体平动时其上各点的运动规律完全相同。如图 5-11 所示，在平动刚体内任取两点 A 和 B，在整个运动过程中矢量 $\overrightarrow{BA}$ 的长度、方向都不改变，即 $\overrightarrow{BA}$ 是常矢量。由图 5-11 可知

$$\boldsymbol{r}_A = \boldsymbol{r}_B + \overrightarrow{BA} \tag{5-28}$$

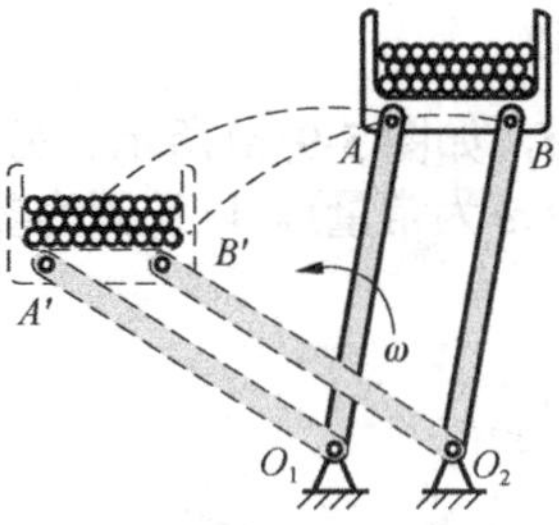

图 5-10

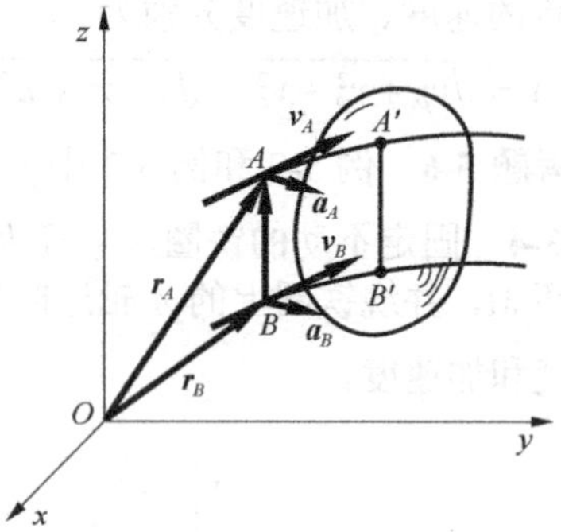

图 5-11

将式(5-28)对时间 t 求一阶和二阶导数，得到

$$\frac{\mathrm{d}\boldsymbol{r}_A}{\mathrm{d}t} = \frac{\mathrm{d}\boldsymbol{r}_B}{\mathrm{d}t}, \quad 即\ \boldsymbol{v}_A = \boldsymbol{v}_B \tag{5-29}$$

$$\frac{\mathrm{d}^2\boldsymbol{r}_A}{\mathrm{d}t^2} = \frac{\mathrm{d}^2\boldsymbol{r}_B}{\mathrm{d}t^2}, \quad 即\ \boldsymbol{a}_A = \boldsymbol{a}_B \tag{5-30}$$

这说明刚体平动时，在同一瞬时刚体内各点具有相同的速度和加速度。因此，刚体平动研究可简化为其上任意一点的运动研究。

解决刚体平动问题的关键在于正确识别出其运动形式并选择合适的点来描述刚体运动。对于平面内运动的刚体，在其运动平面的平行平面内若刚体上有一条直线方位始终不变，则刚体平动；对于空间运动的刚体，若其上有两条非平行直线方位始终不变，则可以判定刚体平动。根据平动刚体上点的运动轨迹的形状不同，刚体平动可分为直线平动、平面曲线平动和空间曲线平动。

思考题 5-9 列举刚体平动的工程实例，并设计实现刚体平动的机构。

5.2.2 刚体的定轴转动

刚体定轴转动的运动方程、角速度、角加速度分别为

$$\varphi = \varphi(t) \tag{5-31}$$

$$\omega = \frac{\mathrm{d}\varphi}{\mathrm{d}t} \tag{5-32}$$

$$\alpha = \frac{\mathrm{d}\omega}{\mathrm{d}t} = \frac{\mathrm{d}^2\varphi}{\mathrm{d}t^2} \tag{5-33}$$

如图 5-12 所示，刚体上 M 点的运动方程为

$$s = R\varphi \tag{5-34}$$

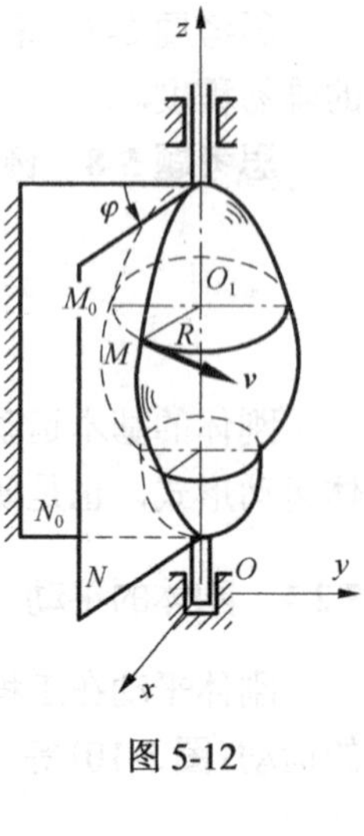

图 5-12

M 点的速度、加速度分别为

$$v=\frac{ds}{dt}=R\frac{d\varphi}{dt}=R\omega \tag{5-35}$$

$$a_\tau=\frac{dv}{dt}=R\frac{d\omega}{dt}=R\alpha \tag{5-36}$$

$$a_n=\frac{v^2}{\rho}=\frac{(R\omega)^2}{R}=R\omega^2 \tag{5-37}$$

式中，速度和切向加速度的方位沿轨迹切线，指向分别由 ω、α 的正负决定；法向加速度恒指向该点轨迹圆心，如图 5-13 所示。全加速度的大小和方向分别为

$$\begin{cases}a=\sqrt{a_\tau^2+a_n^2}=R\sqrt{\alpha^2+\omega^4}\\ \tan\theta=\dfrac{|a_\tau|}{a_n}=\dfrac{|R\alpha|}{R\omega^2}=\dfrac{|\alpha|}{\omega^2}\end{cases} \tag{5-38}$$

在每一瞬时，定轴转动刚体内各点的速度和加速度的大小分别与该点到转轴的垂直距离 R 成正比；在垂直于转轴的截面上，同一半径上各点的速度呈直角三角形分布，各点的加速度呈锐角三角形分布，如图 5-14 所示。

刚体的角速度和角加速度若采用矢量描述，则刚体内任一点的速度和加速度可以用矢积表示。

设 M 点是定轴转动刚体内任意一点，在转轴上任取一点 O 为原点，从 O 点作角速度矢量 $\boldsymbol{\omega}$ 以及矢径 $\boldsymbol{r}$，以 θ 表示 $\boldsymbol{\omega}$ 和 $\boldsymbol{r}$ 之间的夹角(图 5-15)，M 点的速度 $\boldsymbol{v}$ 的大小为

$$|\boldsymbol{v}|=R|\boldsymbol{\omega}|=r|\boldsymbol{\omega}|\sin\theta=|\boldsymbol{\omega}\times\boldsymbol{r}| \tag{5-39}$$

$\boldsymbol{v}$ 的方向也与矢积 $\boldsymbol{\omega}\times\boldsymbol{r}$ 的方向相同。因此，M 点的速度可表示为

$$\boldsymbol{v}=\boldsymbol{\omega}\times\boldsymbol{r} \tag{5-40}$$

M 点加速度的矢积表示为

$$\boldsymbol{a}=\frac{d\boldsymbol{v}}{dt}=\frac{d\boldsymbol{\omega}}{dt}\times\boldsymbol{r}+\boldsymbol{\omega}\times\frac{d\boldsymbol{r}}{dt}=\boldsymbol{\alpha}\times\boldsymbol{r}+\boldsymbol{\omega}\times\boldsymbol{v} \tag{5-41}$$

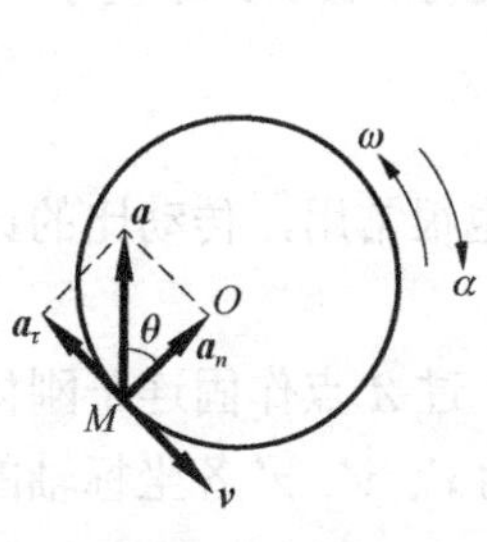

图 5-13

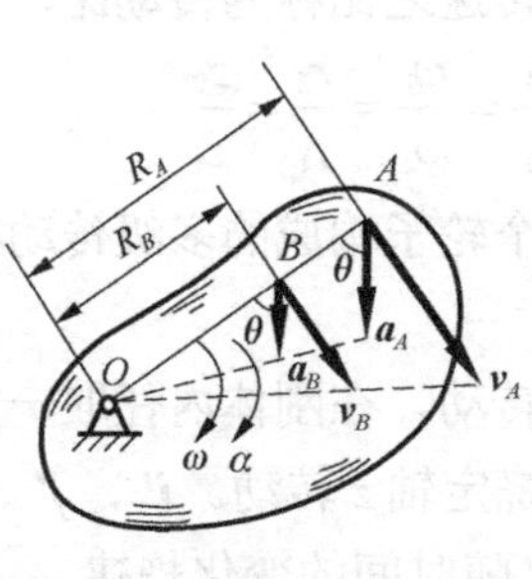

图 5-14

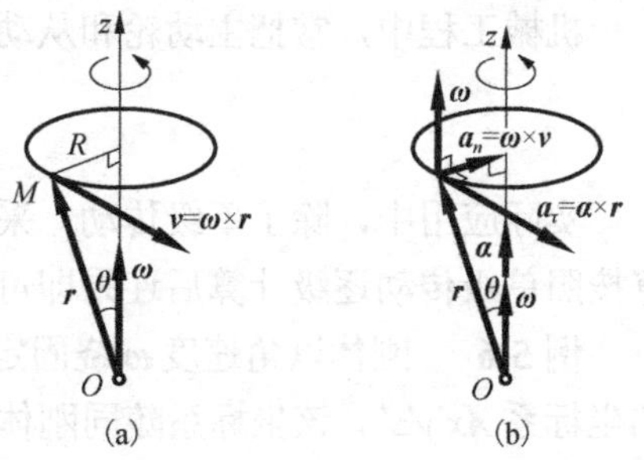

图 5-15

由图 5-15(b)可知，式(5-41)右边两项的大小分别为

$$|\boldsymbol{\alpha}\times\boldsymbol{r}|=|\boldsymbol{\alpha}|r\sin\theta=R|\boldsymbol{\alpha}|=|a_\tau|,\quad |\boldsymbol{\omega}\times\boldsymbol{v}|=|\omega v|\sin 90^\circ=R\omega^2=a_n$$

它们的方向分别与 M 点的切向加速度 $\boldsymbol{a}_\tau$ 和法向加速度 $\boldsymbol{a}_n$ 一致，因此，得

$$\boldsymbol{a}=\boldsymbol{a}_\tau+\boldsymbol{a}_n=\boldsymbol{\alpha}\times\boldsymbol{r}+\boldsymbol{\omega}\times\boldsymbol{v} \tag{5-42}$$

即定轴转动刚体内任一点的切向加速度等于刚体的角加速度矢量与该点矢径的矢积，法向加速度等于刚体的角速度矢量与该点速度的矢积。

例 5-5　图 5-16 表示一对外啮合的圆柱齿轮(图中只画出两齿轮的节圆轮廓)。设某瞬时，主动轮Ⅰ以角速度 ω_1 和角加速度 α_1 绕固定轴 O_1 转动，并与绕固定轴 O_2 转动的从动轮Ⅱ相啮合。设两齿轮的节圆半径分别为 r_1 和 r_2，齿数分别为 z_1 和 z_2。求从动轮Ⅱ的角速度和角加速度，并求两齿轮啮合点的速度和加速度。

解　齿轮传动时，两节圆接触点不发生相对滑动，故在给定时间间隔内，两齿轮节圆上滚过的弧长相等，即 $s_1=r_1\varphi_1=s_2=r_2\varphi_2$，所以有

$$r_1\varphi_1=r_2\varphi_2$$

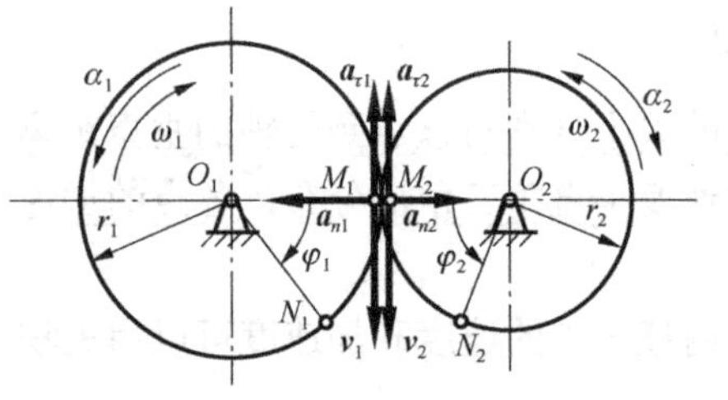

图 5-16

将上式对时间 t 求导，得

$$r_1\omega_1=r_2\omega_2,\quad \frac{\omega_2}{\omega_1}=\frac{r_1}{r_2}$$

$$r_1\alpha_1=r_2\alpha_2,\quad \frac{\alpha_2}{\alpha_1}=\frac{r_1}{r_2}$$

于是，从动轮Ⅱ的角速度和角加速度大小分别为

$$\omega_2=\frac{r_1}{r_2}\omega_1,\quad \alpha_2=\frac{r_1}{r_2}\alpha_1$$

因此，两齿轮啮合传动时，角速度之比和角加速度之比均与其节圆半径成反比。又因为齿轮节圆半径与齿数成正比，故有

$$\frac{\omega_1}{\omega_2}=\frac{\alpha_1}{\alpha_2}=\frac{r_2}{r_1}=\frac{z_2}{z_1}$$

由 $r_1\omega_1=r_2\omega_2$，$r_1\alpha_1=r_2\alpha_2$，可以得到

$$v_1=v_2,\quad a_{\tau_1}=a_{\tau_2}$$

即啮合点的速度相等，切向加速度也相等，但两点的法向加速度不相等，分别为

$$a_{n_1}=r_1\omega_1^2,\quad a_{n_2}=r_2\omega_2^2$$

机械工程中，常把主动轮和从动轮的转速之比称为**传动比**，并以符号 i 表示。本例中

$$i=\frac{n_1}{n_2}=\frac{\omega_1}{\omega_2}=\frac{r_2}{r_1}=\frac{z_2}{z_1}$$

实际应用中，除了单级传动，采用多个轮子构成的多级传动模式也很常用，传动比的计算按照单级传动逐级计算后连乘即可。

例 5-6　刚体以角速度 $\boldsymbol{\omega}$ 绕固定轴 z 转动，在刚体内任取一点 A，过 A 点作固连于刚体的坐标系 $Ax'y'z'$，该坐标系随同刚体一起绕定轴 z 转动。$\boldsymbol{i}'$、$\boldsymbol{j}'$、$\boldsymbol{k}'$ 为 x'、y'、z' 各坐标轴的单位矢量，如图 5-17 所示。求 $\boldsymbol{i}'$、$\boldsymbol{j}'$、$\boldsymbol{k}'$ 随时间的变化规律。

解　设 $\boldsymbol{i}'$ 的端点为 B，以 $\boldsymbol{r}_A$、$\boldsymbol{r}_B$ 分别表示 A 与 B 相对于转轴上点 O 的矢径，如图 5-17 所示，则有

$$\boldsymbol{i}'=\boldsymbol{r}_B-\boldsymbol{r}_A$$

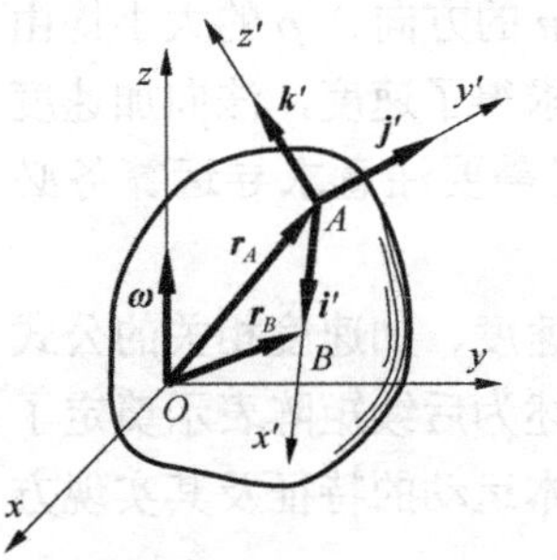

图 5-17

从而
$$\frac{\mathrm{d}\boldsymbol{i}'}{\mathrm{d}t}=\frac{\mathrm{d}\boldsymbol{r}_B}{\mathrm{d}t}-\frac{\mathrm{d}\boldsymbol{r}_A}{\mathrm{d}t}=\boldsymbol{v}_B-\boldsymbol{v}_A$$
因为点 A 和点 B 均位于定轴转动刚体上，故
$$\boldsymbol{v}_B=\boldsymbol{\omega}\times\boldsymbol{r}_B\text{ ,}\quad \boldsymbol{v}_A=\boldsymbol{\omega}\times\boldsymbol{r}_A$$
于是
$$\frac{\mathrm{d}\boldsymbol{i}'}{\mathrm{d}t}=\boldsymbol{\omega}\times\boldsymbol{r}_B-\boldsymbol{\omega}\times\boldsymbol{r}_A=\boldsymbol{\omega}\times(\boldsymbol{r}_B-\boldsymbol{r}_A)=\boldsymbol{\omega}\times\boldsymbol{i}'$$
对 $\boldsymbol{j}'$、$\boldsymbol{k}'$ 可作同样讨论，得类似的结论。于是有
$$\begin{cases}\dfrac{\mathrm{d}\boldsymbol{i}'}{\mathrm{d}t}=\boldsymbol{\omega}\times\boldsymbol{i}'\\ \dfrac{\mathrm{d}\boldsymbol{j}'}{\mathrm{d}t}=\boldsymbol{\omega}\times\boldsymbol{j}'\\ \dfrac{\mathrm{d}\boldsymbol{k}'}{\mathrm{d}t}=\boldsymbol{\omega}\times\boldsymbol{k}'\end{cases}\tag{5-43}$$

式(5-43)称为**泊松公式**，给出了转动参考系中单位矢量的导数计算公式，在随后的讨论中将多次被引用。

例 5-7 圆盘以恒定的角速度ω=40rad/s 绕垂直于盘面的中心轴转动，该轴在 Oyz 面内，如图 5-18 所示，倾斜角 $\theta=\arctan\dfrac{3}{4}$，圆盘上 A 点的矢径在图示瞬时为 $\boldsymbol{r}=150\boldsymbol{i}+160\boldsymbol{j}-120\boldsymbol{k}$ mm ,求点 A 的速度、加速度的矢量表达式。

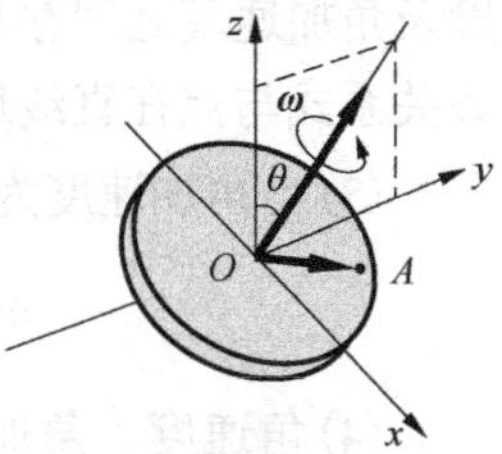

图 5-18

解 根据圆盘转轴的方位角，角速度$\boldsymbol{\omega}$的矢量表达式为
$$\boldsymbol{\omega}=40\left(\frac{3}{5}\boldsymbol{j}+\frac{4}{5}\boldsymbol{k}\right)=(24\boldsymbol{j}+32\boldsymbol{k})\text{ rad/s}$$
圆盘上 A 点的速度为
$$\boldsymbol{v}_A=\boldsymbol{\omega}\times\boldsymbol{r}_A=(24\boldsymbol{j}+32\boldsymbol{k})\times(0.15\boldsymbol{i}+0.16\boldsymbol{j}-0.12\boldsymbol{k})=(-8\boldsymbol{i}+4.8\boldsymbol{j}-3.6\boldsymbol{k})\text{ m/s}$$
A 点的加速度为
$$\begin{aligned}\boldsymbol{a}&=\boldsymbol{\alpha}\times\boldsymbol{r}_A+\boldsymbol{\omega}\times\boldsymbol{v}_A=\boldsymbol{0}+\boldsymbol{\omega}\times\boldsymbol{v}_A\\&=(24\boldsymbol{j}+32\boldsymbol{k})\times(-8\boldsymbol{i}+4.8\boldsymbol{j}-3.6\boldsymbol{k})=(-240\boldsymbol{i}-256\boldsymbol{j}+192\boldsymbol{k})\text{ m/s}^2\end{aligned}$$
求解完毕。

矢量法求解简洁方便。上述结果可通过定轴转动刚体上点的速度、加速度的求解公式进行验证。

思考题 5-10 设计一轮系传动系统，使得系统传动比达到 12，同时保证各轮子半径比值不大于 4。

思考题 5-11 设计一机构，将转动转换成一个杆件的往复移动。

思 考 空 间

本章是运动学的基础，内容看似简单，但对工程应用及后续内容的深入研究影响深远。

点的运动描述方法中，矢径法主要用于物理量的定义和理论推导，直角坐标法用于运动轨迹未知或虽然轨迹已知但比较复杂的情况，自然坐标法则适用于运动轨迹已知且不太复杂的情况(如圆周)。自然坐标法带有明显的瞬时性因素，$\boldsymbol{\tau}$ 的方向、$\boldsymbol{n}$ 的方向、ρ 的大小均由该瞬时点在轨迹上的具体位置决定；自然坐标法的另一特点是一旦求得了速度，法向加速度即为已知。柱坐标法和极坐标法多用于曲线运动的描述，在应用时需要注意求导运算务必完全。

平动和定轴转动是刚体运动的基本形式，角速度、角加速度、速度、加速度相关的公式除了描述刚体运动，也可用来描述参考系的运动；运动量的矢量描述为后续矩阵表示奠定了基础。复杂刚体运动可以由刚体的基本运动合成，熟练掌握刚体基本运动的特征及其实现方法，是后续分析复杂刚体运动及机构设计的基础。

此外，有以下几点需要提醒读者留意。

(1)如果需要对不同方法描述的速度、加速度进行转换，可充分利用物理含义，直角坐标法和自然坐标法之间有如下关系：$a_\tau = \dfrac{\boldsymbol{av}}{v} = \dfrac{a_x v_x + a_y v_y + a_z v_z}{\sqrt{v_x^2 + v_y^2 + v_z^2}}$；若点平面运动，运动方程已知，则 $\rho = \dfrac{(1+y'^2)^{\frac{3}{2}}}{|y''|} = \dfrac{(\dot{x}^2+\dot{y}^2)^{\frac{3}{2}}}{|\dot{x}\ddot{y}-\ddot{x}\dot{y}|}$，$\dot{x}$、$\dot{y}$、$\ddot{x}$、$\ddot{y}$ 分别表示点的速度、加速度分量。

(2)根据定轴转动刚体角速度、角加速度表达式(5-32)、式(5-33)，可得出角位移、角速度及角加速度之间存在如下关系：$\alpha \mathrm{d}\varphi = \omega \mathrm{d}\omega$，这一关系在后续动力学问题中也会有用到。该关系式与点在直线运动情况下的关系式具有相似性($v = \mathrm{d}s/\mathrm{d}t$, $a = \mathrm{d}v/\mathrm{d}t$, $a\mathrm{d}s = v\mathrm{d}v$)。

(3)当角加速度为常量时 $\alpha = \alpha_c$，对角速度、角加速度及其关系式积分后有

$$\omega = \omega_0 + \alpha_c t,\ \varphi = \varphi_0 + \omega_0 t + \frac{1}{2}\alpha_c t^2,\ \omega^2 = \omega_0^2 + 2\alpha_c(\varphi - \varphi_0)$$

(4)角速度、角加速度矢量虽然是沿转轴的滑动矢量，但在计算点的速度、加速度时，$\boldsymbol{\omega}$、$\boldsymbol{\alpha}$、$\boldsymbol{r}$ 应在同一参考系下定义和描述。

习 题

5-1 若 $v \neq 0$, $a \neq 0$，试指出图中所画点 M 沿曲线 AB 运动时的加速度情况是否可能，为什么？

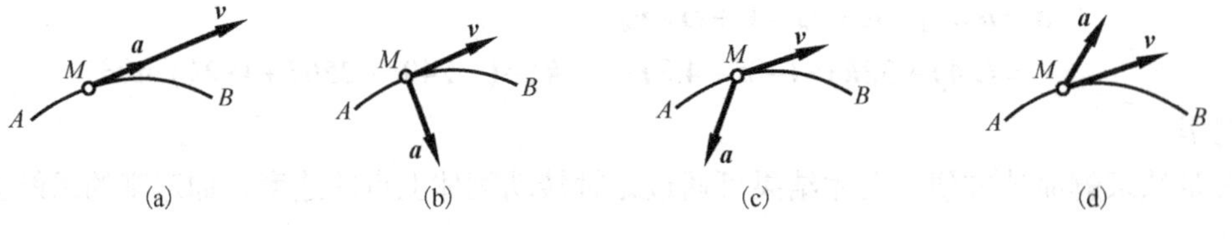

题 5-1 图

5-2 图 5-1 中若已知 M 点沿曲线做变速运动，在图示位置的速度为 3m/s，M 点的曲率半径为 2m，则切向加速度 $a_M^\tau = \dfrac{\mathrm{d}v_M}{\mathrm{d}t} = 0$，法向加速度 $a_M^n = \dfrac{v_M^2}{\rho} = 4.5\mathrm{m/s^2}$，对吗？

5-3 点做曲线运动时，其全加速度是否可能等于零？其法向加速度是否可能等于零？并指出在哪些情况下等于零。

5-4 点 M 沿螺旋线自外向内运动，如图所示，它走过的弧长与时间的一次方成正比，问点的加速度是越来越大还是越来越小？该点越跑越快还是越跑越慢？

5-5　投掷者在某处与水平面成45°角掷出一球，与斜坡相碰，如图所示，求球投掷时的速度和球在空间经历的时间。

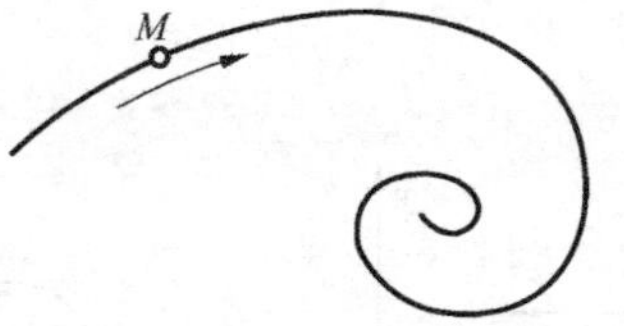

题 5-4 图

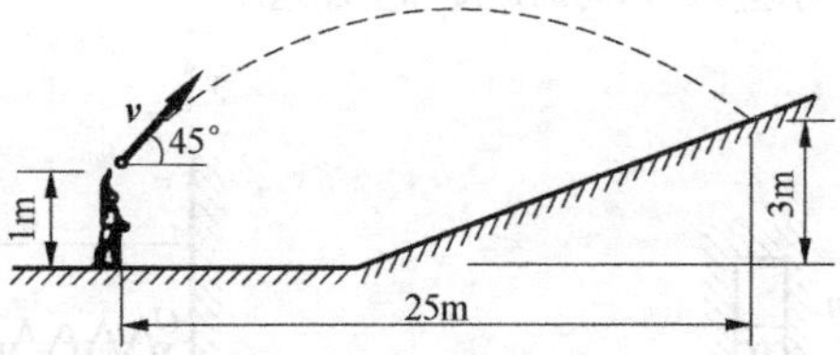

题 5-5 图

5-6　雪橇沿近似于抛物线 $y=0.25x^2$ 的轨迹下滑，如图所示，当雪橇上 B 点与曲线上 A 点（$x_A=2\text{m},\ y_A=1\text{m}$）重合时，$B$ 点的速率 $v_B=10\text{m/s}$，速率增加率 $\dot{v}_B=3\text{m/s}^2$，求 B 点的加速度。

5-7　飞机以恒定的速度 400m/s 飞行，如图所示，轨迹的切线与水平线夹角的变化率 $\dfrac{\mathrm{d}\theta}{\mathrm{d}t}=5°/\text{s}$。求：(1)飞行过程中的切向加速度和法向加速度；(2)图示瞬时飞行轨迹的曲率半径。

5-8　球以 8m/s 的初速度被踢出，初速度方向与水平方向的夹角为 40°。确定球的轨迹方程 $y=f(x)$；计算 0.25s 时球的切向、法向加速度。

5-9　图示曲线规尺，杆长 $OA=AB=200\text{mm}$，杆 CD、DE、AC、AE 等长，长度为 50mm。若杆 OA 以等角速度 $\omega=\pi/5\text{rad/s}$ 绕 O 轴转动，并且当运动开始时，杆 OA 水平向右。求尺上点 D 的运动方程和轨迹以及 B 点相对于机架和相对于 OA 杆的运动轨迹方程。

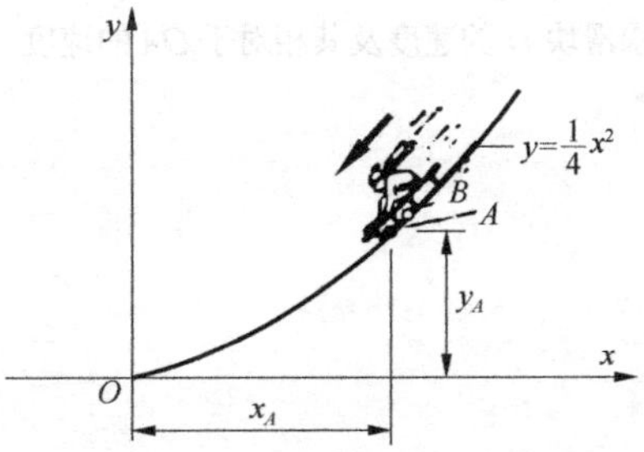

题 5-6 图

题 5-7 图

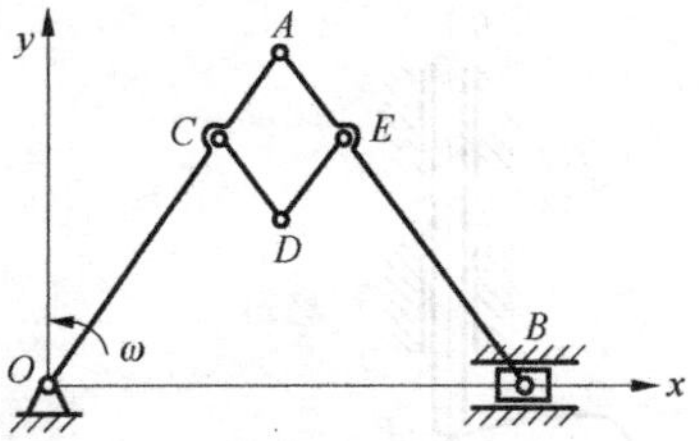

题 5-9 图

5-10　导杆机构由两平行轴 O 与 O_1、曲柄 OA、摇杆 O_1B、滑块 A 构成。设 $OA=r$，$OO_1=a$，曲柄的角速度 $\omega=$常数。求滑块 A 相对机架的运动规律、滑块 A 相对摇杆的运动规律。

5-11　图示半圆形凸轮以匀速 $v_0=1\text{cm/s}$ 向右做水平运动，带动活塞杆 AB 沿铅垂方向运动。$t=0$ 时，活塞杆 A 端在凸轮的最高点，凸轮半径 $R=8\text{cm}$，试求杆端点 A 的运动方程和 $t=3\text{s}$ 时的速度与加速度。

5-12　杆 AB 长 l，以匀角速度 ω 绕点 B 转动，角 φ 的变化规律为 $\varphi=\omega t$。与杆连接的滑块 D 按 $s=c+b\sin(\omega t)$ 沿水平方向做简谐运动，如图所示，其中 c 和 b 均为常数。求点 A 的轨迹。

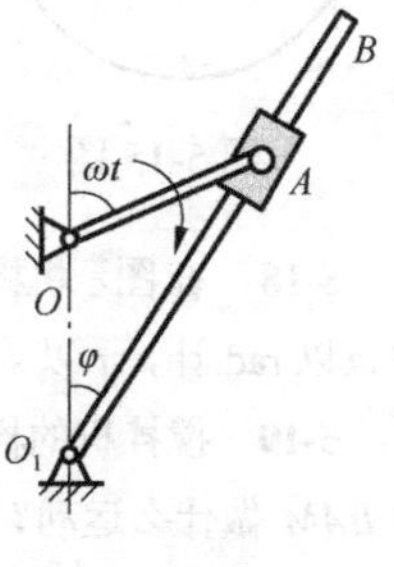

题 5-10 图

5-13　图示铁路轨道从直线到某一曲线的过渡部分由方程 $y=x^2/2000$ 来描述，式中，x、y 以 m 计。火车沿轨道的运动规律为 $s=t^2/10$，式中弧坐标 s 的原点在 $x=0$ 处，s 以 m 计，t 以 s 计。求当 $x=1000\text{m}$ 时火车的速度、切向加速度和全加速度。

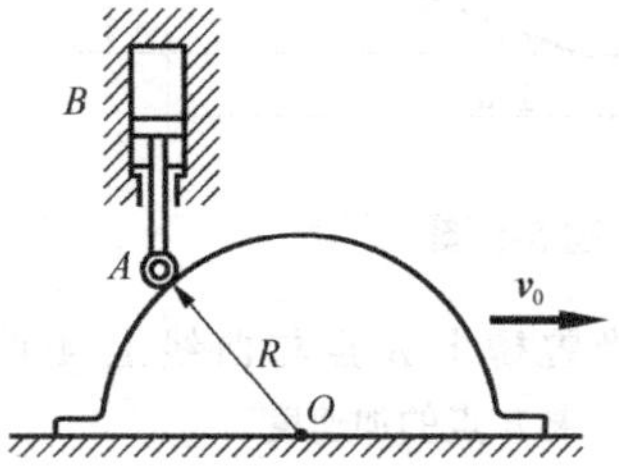

题 5-11 图

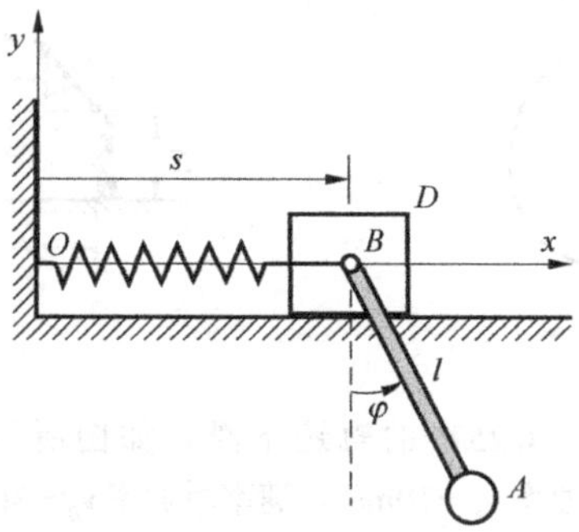

题 5-12 图

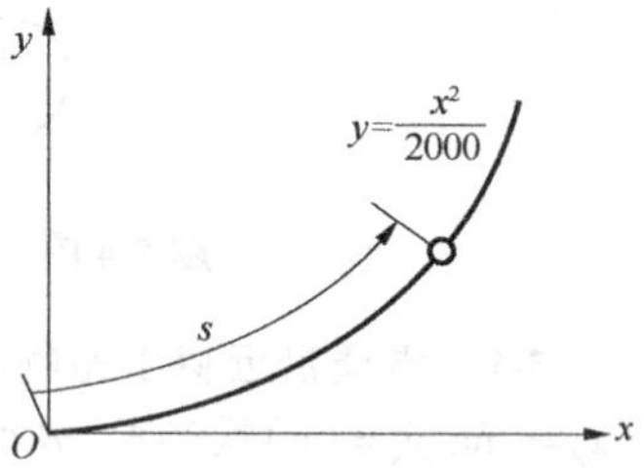

题 5-13 图

5-14　已知点的运动方程为 $x=L[bt-\sin(bt)]$，$y=L[L-\cos(bt)]$。其中，L、b 为大于零的常数。求该点运动轨迹的曲率半径。

5-15　图示凸轮顶杆机构，已知凸轮绕 O 轴转动的角速度 ω 为常数，顶杆 AB 与 O 共线，可沿滑槽上下运动，要使顶杆以匀速率 u 上升一段距离，试设计凸轮相应段 CD 的轮廓线。

5-16　宇航员训练用的某离心机如图所示。大臂可绕铅垂轴转动，左侧座舱中心距主轴的距离为 10m。若宇航员能够承受的总的作用力是身体重量的 5 倍，则稳态离心试验（匀速转动）允许的最大转速是多少？

5-17　如图所示，杆 OA 和 O_1B 分别绕 O 轴和 O_1 轴转动，用十字形滑块 D 将两杆连接。在运动过程中，两杆保持相交成直角。已知：$OO_1=a$，$\varphi=kt$，其中 k 为常数。求滑块 D 的速度及其相对于 OA 的速度。

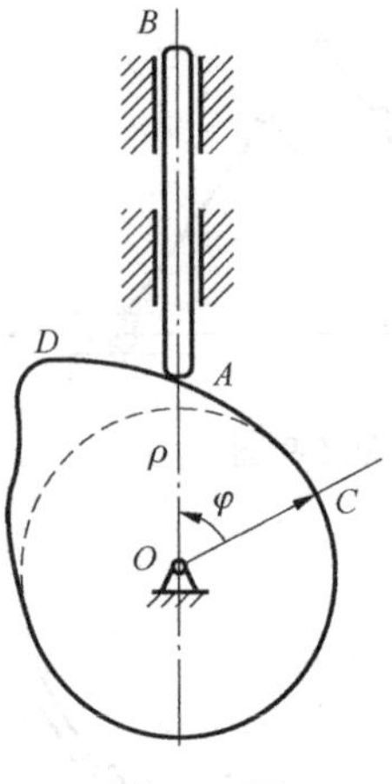

题 5-15 图

题 5-16 图

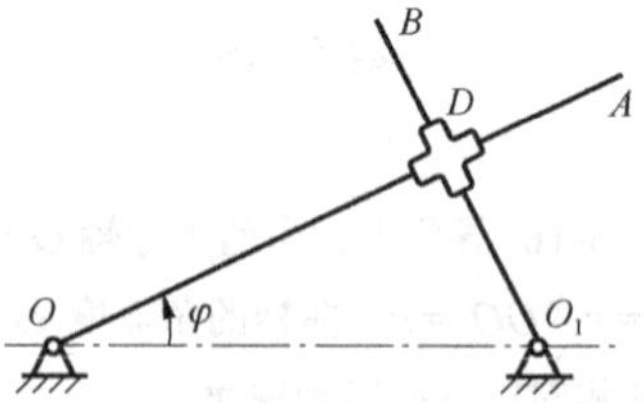

题 5-17 图

5-18　在图示机构中，已知 $O_1A=O_2B=AM=r=0.2\text{m}$，$O_1O_2=AB$。若 O_1 轮按 $\varphi=15\pi t$ 的规律转动，其中 φ 以 rad 计，t 以 s 计。试求 $t=0.5\text{s}$ 时，AB 杆上 M 点的位置以及速度和加速度，并图示其真实方向。

5-19　搅拌机的构造如图所示。已知 $O_1A=O_2B=R$，$AB=O_1O_2$，杆 O_1A 以不变的转速 n 转动。试问杆件 BAM 做什么运动？给出 M 点的运动轨迹并计算其速度和加速度。

5-20　如图所示，一皮带轮绕轴 O 转动，某瞬时轮缘上点 A 的速度大小为 $v_A=50\text{cm/s}$，加速度大小为 $a_A=150\text{cm/s}^2$；轮内另一点 B 的速度大小为 $v_B=10\text{cm/s}$。已知 A、B 两点到轮轴的距离相差 20cm。求该瞬时：(1)皮带轮的角速度；(2)皮带轮的角加速度及 B 点的加速度。

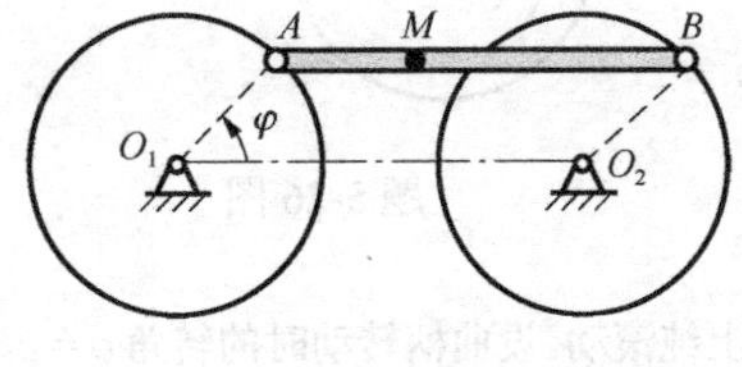

题 5-18 图

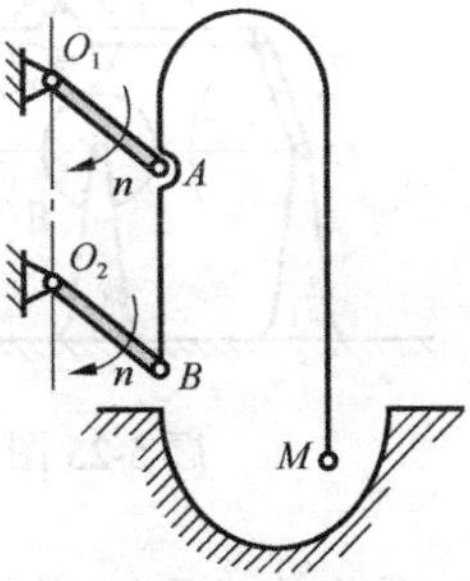

题 5-19 图

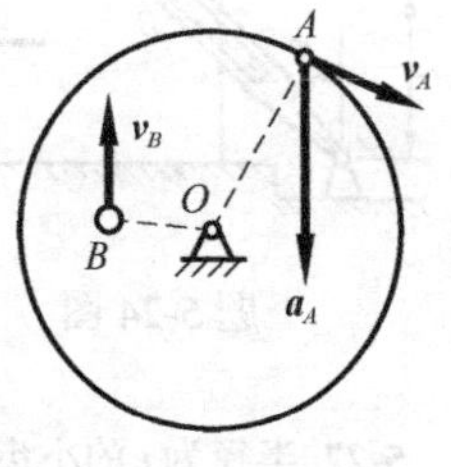

题 5-20 图

5-21　如图所示，时钟内由秒针 A 到分针 B 的齿轮传动机构由四个齿轮组成，轮Ⅱ和轮Ⅲ刚性连接，齿数分别为：$z_1=8$，$z_2=60$，$z_4=64$。求齿轮Ⅲ的齿数。

5-22　千斤顶机构如图所示。已知：手柄 A 与齿轮 1 固结，转速为30r/min，齿轮 1～4 的齿数分别为 $z_1=6$，$z_2=24$，$z_3=8$，$z_4=32$；齿轮 5 的半径为 $r_5=4\text{cm}$。试求齿条的速度。

5-23　如图所示，摩擦传动机构的主轴Ⅰ转速为 $n=600\text{r/min}$。轴Ⅰ的轮盘与轴Ⅱ的轮盘接触，接触点按箭头 A 所示方向移动，距离 d 的变化规律为 $d=100-5t$，其中 d 以 mm 计，t 以 s 计。已知 $r=50\text{mm}$，$R=150\text{mm}$。求：(1)轴Ⅱ的角加速度(表示成 d 的函数)；(2)当主动轮移动到 $d=r$ 时，轮 B 边缘上一点的全加速度。

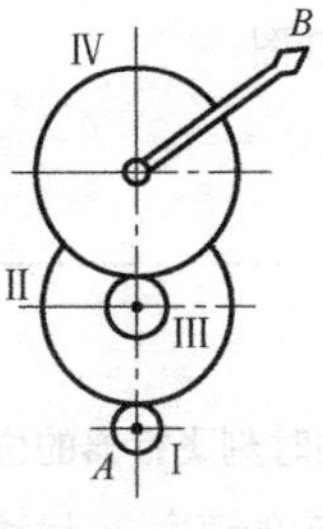

题 5-21 图

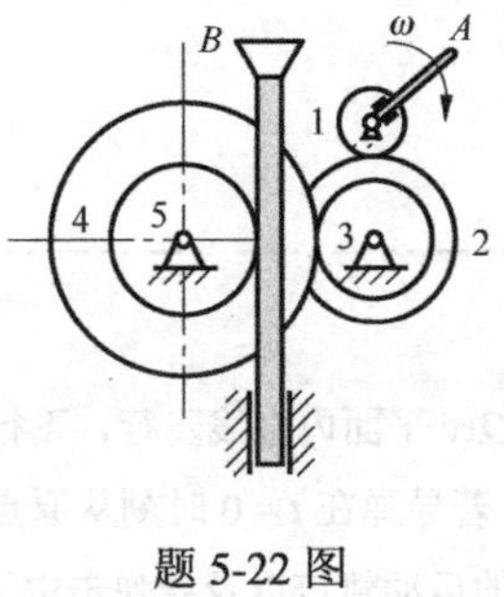

题 5-22 图

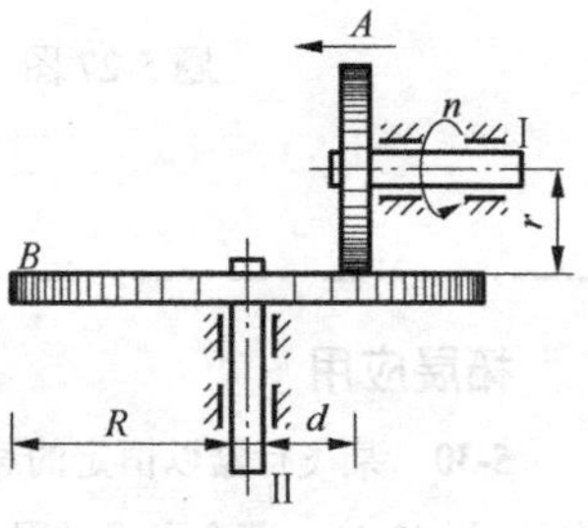

题 5-23 图

5-24　槽杆 OA 可绕垂直图面的轴 O 转动，固结在方块上的销钉 B 嵌在槽内。设方块以匀速 $\boldsymbol{v}$ 沿水平方向运动，$t=0$ 时，OA 恰在铅垂位置，并已知尺寸 b。求 OA 杆的角速度及角加速度。

5-25　如图所示，曲柄 O_1A 和 O_2B 的长度均等于 $2r$，并以相同的匀角速度 ω_0 分别绕 O_1 轴和 O_2 轴转动。通过固结在 AB 上的齿轮Ⅰ带动齿轮Ⅱ绕 O 轴转动。两齿轮半径均为 r。求Ⅰ和Ⅱ轮缘上任意一点的加速度。

***5-26**　如图所示，纸盘由厚度为 h 的纸条卷成，可绕其中心 O 转动，现以等速度 $\boldsymbol{v}$ 拉纸条，求纸盘的角加速度(表示成纸盘半径 r 的函数)。(提示：以面积变化率 $\dfrac{\mathrm{d}}{\mathrm{d}t}\left(\pi r^2\right)=-hv$ 作为补充关系。)

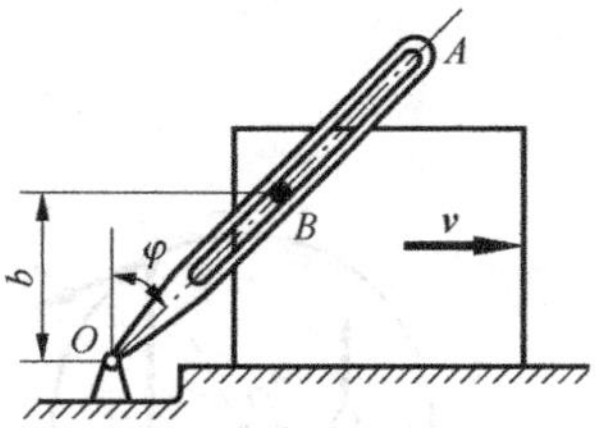

题 5-24 图

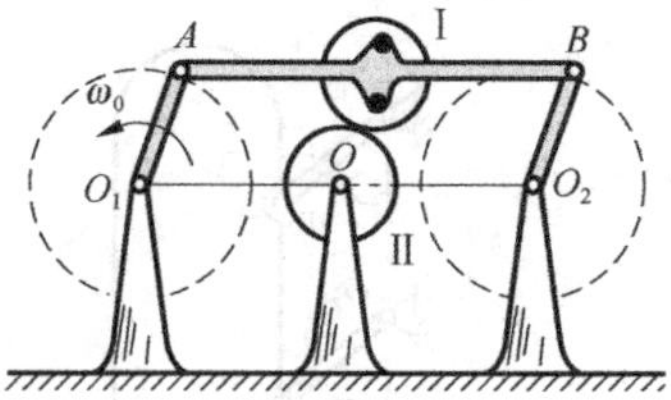

题 5-25 图

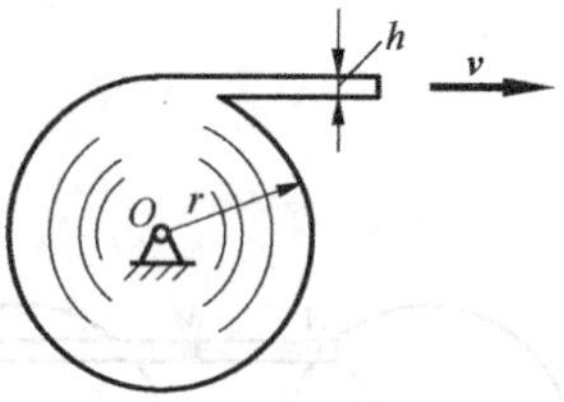

题 5-26 图

5-27 半径为r的小齿轮由曲柄OA带动，在半径为R的固定大齿轮上纯滚动。设曲柄转动时的转角$\varphi = at$，a为常数。试证明小齿轮上M点（$t=0$时与M_0重合）的速度始终垂直于CM连线。

5-28 某定轴转动刚体的角速度$\boldsymbol{\omega}=5\boldsymbol{j}$ rad/s，角加速度$\boldsymbol{\alpha}=8\boldsymbol{j}$ rad/s^2，刚体上C点的位置坐标为$(-0.4,0,0.3)$ m，求C点的速度、加速度。

5-29 长方体以匀角速度ω=7rad/s 绕固定轴CB转动，尺寸如图所示（以 cm 计）。求A点的速度、加速度（用矢量$\boldsymbol{i}$、$\boldsymbol{j}$、$\boldsymbol{k}$表示）。

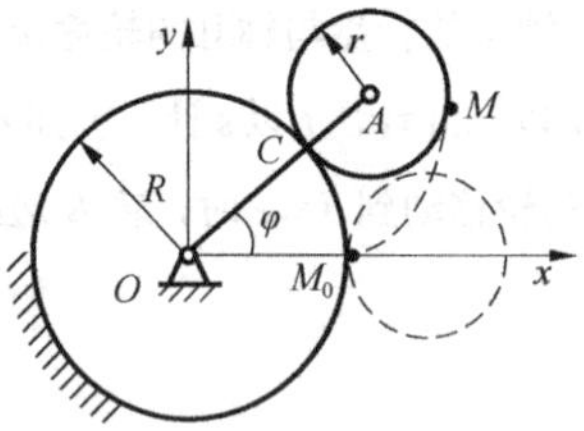

题 5-27 图

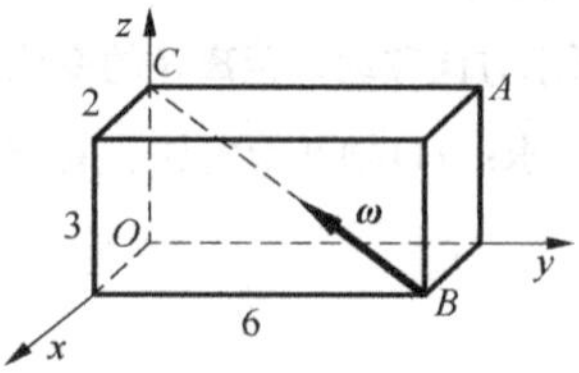

题 5-29 图

拓展应用

5-30 某飞行器以恒定的速率v在Oxy平面内直线飞行，飞行高度为h，初始时刻飞行器的位置坐标为$(x,y)=(0,h)$，整个飞行过程$y(t)=h$。若导弹在$t=0$时刻从原点O出发，以恒定的速率$2v$运动，运动方向始终指向飞行器，试分析计算导弹的运动轨迹以及导弹击中飞行器的时间。

5-31 描述运动除了用到速度、加速度的概念，对于加速度随时间变化的系统，还会用到加加速度的概念。加加速度是描述加速度变化快慢的物理量，由加速度的变化量和时间决定。例如，快速机动飞行中，飞行器的加速度可以高达 $10g$（g为重力加速度），加加速度对飞行器的影响在设计时必须加以考虑。此外，强地震观测，电梯、汽车和高速列车舒适度测量中的核心物理量也是加加速度。试根据加加速度的定义，分别采用直角坐标系和自然坐标系，推导加加速度的表达式，并分析各项的物理含义。

参考答案

第 6 章　点的复合运动

运动的描述具有相对性，在两个不同的参考系中观察同一个点的运动，其结果不同，但两结果之间存在必然联系。本章运用运动分解与合成的思想方法揭示点相对不同参考系的运动量之间的关系，重点介绍点相对不同参考系的速度、加速度之间的关系。

6.1　复合运动中的基本概念

6.1.1　工程中点的复合运动举例

工程中常会遇到点相对某参考系运动，而该参考系又相对另一个参考系运动的情况，此时点相对于第二个参考系的运动可看成复合运动。

图 6-1(a)所示直升机螺旋桨上的点 M 相对于机身做圆周运动，机身相对地面做空间飞行运动，因而螺旋桨上的点 M 相对于地面做复合的空间曲线运动。

图 6-1(b)中沿直线轨道滚动的车轮轮缘上点 M 相对车身做圆周运动，车身相对地面做直线平行移动，所以轮缘上 M 点相对地面做复合的平面旋轮线运动。

图 6-1(c)所示三自由度机械臂，有 1、2、3 三个转轴，大臂绕 1 号轴转动，小臂绕 2 号轴转动，抓手绕 3 号轴转动；2 号轴和 3 号轴分别位于大臂和小臂上。抓手上 A 点的运动为空间曲线，为多个运动的合成。

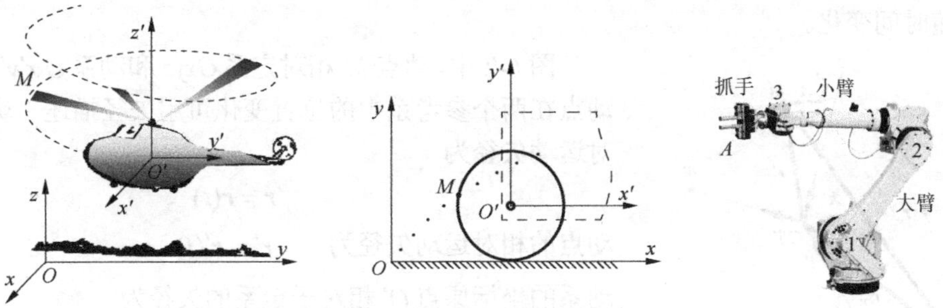

(a)　　(b)　　(c)

图 6-1

6.1.2　一点、两系、三种运动

为了研究点相对不同参考系运动量之间的关系，建立如下模型：一个**动点**(研究对象)、两个参考系(一个为**固定坐标系**，一个为**运动坐标系**)，简称**定系**和**动系**。动点、定系和动系三者呈现如下**三种运动**：动点相对于定系的运动，称为**绝对运动**；动点相对于动系的运动，称为**相对运动**；动系相对于定系的运动，称为**牵连运动**。

图 6-1(a)中，螺旋桨上 M 点为动点，固连于地球的 $Oxyz$ 为定系，固连于直升机的 $O'x'y'z'$ 为动系。动点 M 相对于定系 $Oxyz$ 的运动为空间曲线运动，动点 M 相对于动系 $O'x'y'z'$ 的运动为圆周运动，动系 $O'x'y'z'$ 相对于地面的运动为牵连运动。

需要明确的是：动点、动系、定系必须在三个不同的物体之上，动点相对于定系和动系有明确的运动存在。对于一般的工程问题，定系多固结于地面(或机架)上，如果地球的运动影响到问题的分析，则定系选取地球以外的参考系；有些问题包含多种运动的复合，需要逐次选取定系与不同的物体固结，分析时需要注意。

此外，动点的绝对运动和相对运动都是点的运动，可能是直线运动或曲线运动；而牵连运动则是刚体运动，可能是平动、转动或其他较复杂的刚体运动形式。

思考题 6-1　针对图 6-1(b)和(c)，确定动点、动系和定系，分析三种运动形式。

6.1.3　动点的运动方程、三种速度与加速度

为了明确动点相对定系和相对动系的运动量之间的关系，引入**牵连点**的概念。动系的牵连运动是刚体的运动，一般情况下其上各点的速度、加速度都各不相同。动系上能对动点的运动起“牵连”作用的是与动点重合的点，故定义某瞬时动系上与动点重合的点为该瞬时**动点的牵连点**；牵连点相对定系的速度、加速度分别称为动点的**牵连速度**和**牵连加速度**，分别用 $\boldsymbol{v}_e$ 和 $\boldsymbol{a}_e$ 表示。应当特别注意：不同瞬时牵连点是动系上不同的点；动点与牵连点虽然位置重合，但位于两个不同物体上。

例如，旅客在行驶中的轮船甲板上散步，将动系固连在轮船上，定系固连在堤岸上，则旅客(动点)某瞬时的牵连点就是其所站立的甲板上的一点。甲板上这一点的速度和加速度就是旅客的牵连速度和牵连加速度。旅客在甲板上走动，不同瞬时在甲板上的站立点不同，即牵连点随时间变化。

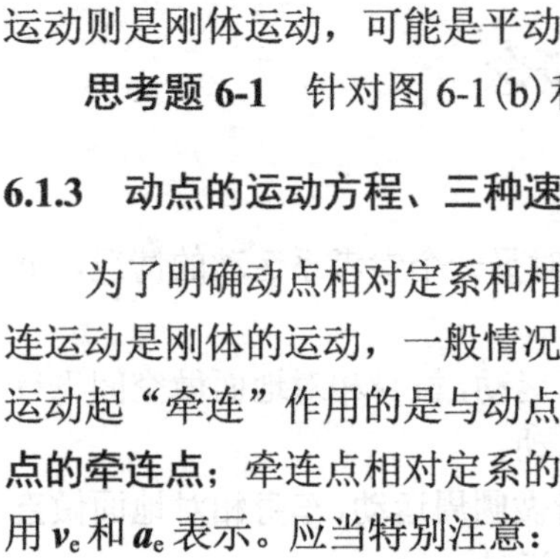

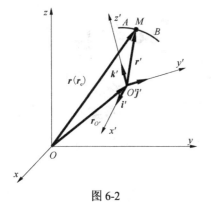

图 6-2

图 6-2 中，动点 M 相对定系 $Oxyz$ 和动系 $O'x'y'z'$ 运动。动点在两个参考系中的位置变化可用矢径描述。动点的绝对运动矢径为

$$\boldsymbol{r}=\boldsymbol{r}(t) \tag{6-1}$$

动点的相对运动矢径为　$$\boldsymbol{r}'=\boldsymbol{r}'(t) \tag{6-2}$$

动系的坐标原点 O' 相对于定系的矢径为

$$\boldsymbol{r}_{O'}=\boldsymbol{r}_{O'}(t) \tag{6-3}$$

任一瞬时，上述矢径之间存在如下关系：

$$\boldsymbol{r}(t)=\boldsymbol{r}_{O'}(t)+\boldsymbol{r}'(t) \tag{6-4}$$

式(6-4)即为动点 M 的**矢量形式的运动方程**。

在直角坐标系下，动点的绝对运动方程为

$$x=x(t),\ \ y=y(t),\ \ z=z(t) \tag{6-5}$$

动点的相对运动方程为

$$x'=x'(t),\ \ y'=y'(t),\ \ z'=z'(t) \tag{6-6}$$

根据绝对运动和相对运动的定义，动点相对于定系运动的速度、加速度分别定义为动点的

绝对速度和**绝对加速度**，用 $\boldsymbol{v}_{\mathrm{a}}$ 和 $\boldsymbol{a}_{\mathrm{a}}$ 表示；动点相对于动系运动的速度、加速度分别定义为动点的**相对速度**、**相对加速度**，用 $\boldsymbol{v}_{\mathrm{r}}$ 和 $\boldsymbol{a}_{\mathrm{r}}$ 表示。由速度、加速度与矢径的关系，可得

$$\boldsymbol{v}_{\mathrm{a}}=\frac{\mathrm{d}\boldsymbol{r}}{\mathrm{d}t}=\frac{\mathrm{d}\boldsymbol{r}_{O'}}{\mathrm{d}t}+\frac{\mathrm{d}\boldsymbol{r}'}{\mathrm{d}t} \tag{6-7}$$

$$\boldsymbol{a}_{\mathrm{a}}=\frac{\mathrm{d}^2\boldsymbol{r}}{\mathrm{d}t^2}=\frac{\mathrm{d}^2\boldsymbol{r}_{O'}}{\mathrm{d}t^2}+\frac{\mathrm{d}^2\boldsymbol{r}'}{\mathrm{d}t^2} \tag{6-8}$$

$$\boldsymbol{v}_{\mathrm{r}}=\frac{\mathrm{d}\boldsymbol{r}'}{\mathrm{d}t}\bigg|_{\boldsymbol{i}',\boldsymbol{j}',\boldsymbol{k}'\text{为常矢量}}=\dot{x}'\boldsymbol{i}'+\dot{y}'\boldsymbol{j}'+\dot{z}'\boldsymbol{k}' \tag{6-9}$$

$$\boldsymbol{a}_{\mathrm{r}}=\frac{\mathrm{d}^2\boldsymbol{r}'}{\mathrm{d}t^2}\bigg|_{\boldsymbol{i}',\boldsymbol{j}',\boldsymbol{k}'\text{为常矢量}}=\ddot{x}'\boldsymbol{i}'+\ddot{y}'\boldsymbol{j}'+\ddot{z}'\boldsymbol{k}' \tag{6-10}$$

$$\boldsymbol{v}_{\mathrm{e}}=\frac{\mathrm{d}\boldsymbol{r}}{\mathrm{d}t}\bigg|_{x',y',z'\text{为常数}}=\dot{\boldsymbol{r}}_{O'}+x'\dot{\boldsymbol{i}}'+y'\dot{\boldsymbol{j}}'+z'\dot{\boldsymbol{k}}' \tag{6-11}$$

$$\boldsymbol{a}_{\mathrm{e}}=\frac{\mathrm{d}^2\boldsymbol{r}}{\mathrm{d}t^2}\bigg|_{x',y',z'\text{为常数}}=\ddot{\boldsymbol{r}}_{O'}+x'\ddot{\boldsymbol{i}}'+y'\ddot{\boldsymbol{j}}'+z'\ddot{\boldsymbol{k}}' \tag{6-12}$$

此处特别说明的是：同一个矢量相对于不同参考系求导的结果并不相同。式(6-7)、式(6-8)与式(6-9)、式(6-10)中均含有 $\boldsymbol{r}'$，但含义完全不同，在 $\boldsymbol{v}_{\mathrm{a}}$ 和 $\boldsymbol{a}_{\mathrm{a}}$ 的定义式中，$\boldsymbol{r}'$ 是在定系下描述的一个矢量，其表达式 $\boldsymbol{r}'=x'\boldsymbol{i}'+y'\boldsymbol{j}'+z'\boldsymbol{k}'$ 中位置坐标和单位矢量均随时间变化；而在 $\boldsymbol{v}_{\mathrm{r}}$ 和 $\boldsymbol{a}_{\mathrm{r}}$ 的定义式中，$\boldsymbol{r}'$ 是在动系下定义的矢量，表达式形式虽然没变，但单位矢量 $\boldsymbol{i}'$、$\boldsymbol{j}'$、$\boldsymbol{k}'$ 为常矢量，仅有位置坐标 x'、y'、z' 随时间变化。

此外，需要说明的是：牵连点的运动是相对于定系的运动，而且牵连点具有瞬时性，牵连点的矢径 $\boldsymbol{r}_{\mathrm{e}}$ 虽然与动点的绝对运动矢径 $\boldsymbol{r}$ 重合，但其在动系下的位置坐标不再随时间变化。因此式(6-11)、式(6-12)中矢量 $\boldsymbol{r}$ 的求导与式(6-7)、式(6-8)中的求导不同。式(6-7)、式(6-8)进一步的求导结果如下：

$$\boldsymbol{v}_{\mathrm{a}}=\frac{\mathrm{d}\boldsymbol{r}}{\mathrm{d}t}=\frac{\mathrm{d}\boldsymbol{r}_{O'}}{\mathrm{d}t}+\frac{\mathrm{d}\boldsymbol{r}'}{\mathrm{d}t}=\dot{\boldsymbol{r}}_{O'}+x'\dot{\boldsymbol{i}}'+y'\dot{\boldsymbol{j}}'+z'\dot{\boldsymbol{k}}'+\dot{x}'\boldsymbol{i}'+\dot{y}'\boldsymbol{j}'+\dot{z}'\boldsymbol{k}' \tag{6-13}$$

$$\boldsymbol{a}_{\mathrm{a}}=\frac{\mathrm{d}^2\boldsymbol{r}}{\mathrm{d}t^2}=\frac{\mathrm{d}^2\boldsymbol{r}_{O'}}{\mathrm{d}t^2}+\frac{\mathrm{d}^2\boldsymbol{r}'}{\mathrm{d}t^2}=\ddot{\boldsymbol{r}}_{O'}+x'\ddot{\boldsymbol{i}}'+y'\ddot{\boldsymbol{j}}'+z'\ddot{\boldsymbol{k}}'+\ddot{x}'\boldsymbol{i}'+\ddot{y}'\boldsymbol{j}'+\ddot{z}'\boldsymbol{k}'+2(\dot{x}'\dot{\boldsymbol{i}}'+\dot{y}'\dot{\boldsymbol{j}}'+\dot{z}'\dot{\boldsymbol{k}}') \tag{6-14}$$

思考题 6-2　根据式(6-4) $\boldsymbol{r}(t)=\boldsymbol{r}_{O'}(t)+\boldsymbol{r}'(t)$，两边对时间求导，认为 $\dot{\boldsymbol{r}}_{O'}$ 为牵连速度，$\dot{\boldsymbol{r}}'$ 为相对速度，即得到 $\boldsymbol{v}_{\mathrm{a}}=\boldsymbol{v}_{\mathrm{e}}+\boldsymbol{v}_{\mathrm{r}}$ 的结论，这一推理是否正确？

思考题 6-3　用复合运动的思想方法，分析图 6-3 所示盘形凸轮机构中顶杆 AB 端点 A 的运动、图 6-4 所示曲柄摇杆机构中滑块 A 的运动以及图 6-5 所示转动圆环内小球 M 的运动。

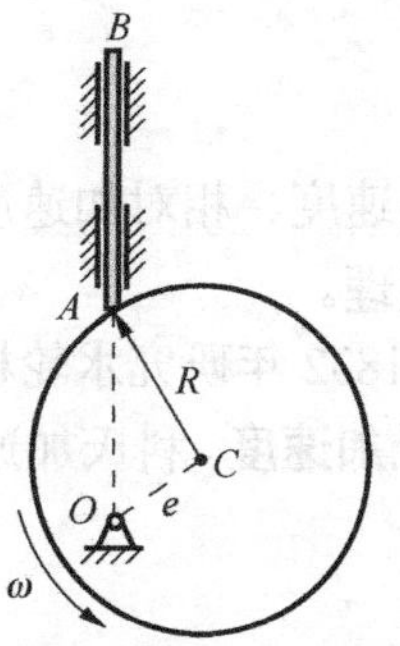

图 6-3

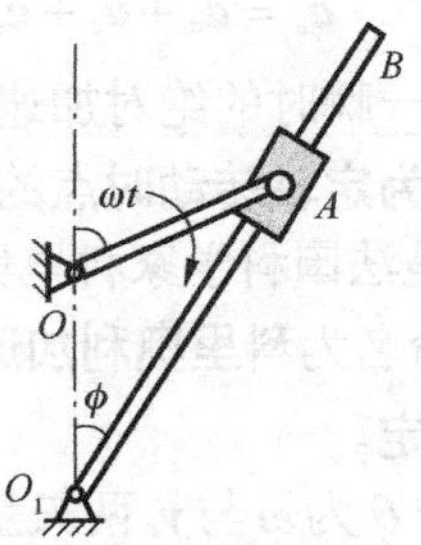

图 6-4

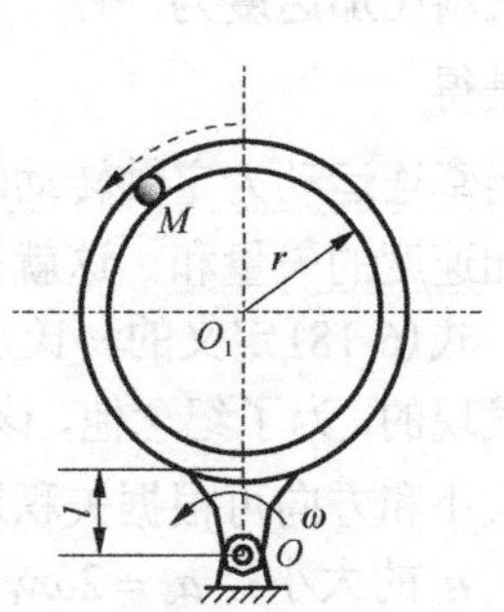

图 6-5

6.2 点的速度合成定理与加速度合成定理

6.2.1 速度合成定理

根据动点相对不同参考系的运动描述及速度、加速度的定义，由式(6-9)、式(6-11)和式(6-13)，动点的绝对速度、牵连速度与相对速度之间的关系为

$$\boldsymbol{v}_{\mathrm{a}}=\boldsymbol{v}_{\mathrm{e}}+\boldsymbol{v}_{\mathrm{r}} \tag{6-15}$$

即动点在某瞬时的绝对速度等于它在该瞬时的牵连速度与相对速度的矢量和，这就是点的**速度合成定理**。动点的绝对速度可以由牵连速度与相对速度所构成的平行四边形的对角线来确定。该平行四边形称为**速度平行四边形**，绝对速度矢量始终位于平行四边形的对角线上。

在推导速度合成定理时，对动系的运动形式未做任何要求，因此这个定理适用于任何形式的牵连运动，即动系可做平动、转动或其他任何复杂的刚体运动。

6.2.2 加速度合成定理

根据加速度定义式，动点绝对加速度与牵连加速度、相对加速度之间的关系为

$$\boldsymbol{a}_{\mathrm{a}}=\boldsymbol{a}_{\mathrm{e}}+\boldsymbol{a}_{\mathrm{r}}+2(\dot{x}'\dot{\boldsymbol{i}}'+\dot{y}'\dot{\boldsymbol{j}}'+\dot{z}'\dot{\boldsymbol{k}}') \tag{6-16}$$

1. 动系平动

当动系平动时，$\boldsymbol{i}'$、$\boldsymbol{j}'$、$\boldsymbol{k}'$是常矢量，$\dot{\boldsymbol{i}}'=\dot{\boldsymbol{j}}'=\dot{\boldsymbol{k}}'=0$，则

$$\boldsymbol{a}_{\mathrm{a}}=\boldsymbol{a}_{\mathrm{e}}+\boldsymbol{a}_{\mathrm{r}} \tag{6-17}$$

即当牵连运动为平动时，动点任一瞬时的绝对加速度等于牵连加速度与相对加速度的矢量和。这就是**牵连运动为平动时点的加速度合成定理**。

2. 动系转动

当动系转动时，$\boldsymbol{i}'$、$\boldsymbol{j}'$、$\boldsymbol{k}'$是变量，根据泊松公式，有

$$\frac{\mathrm{d}\boldsymbol{i}'}{\mathrm{d}t}=\boldsymbol{\omega}\times\boldsymbol{i}',\quad \frac{\mathrm{d}\boldsymbol{j}'}{\mathrm{d}t}=\boldsymbol{\omega}\times\boldsymbol{j}',\quad \frac{\mathrm{d}\boldsymbol{k}'}{\mathrm{d}t}=\boldsymbol{\omega}\times\boldsymbol{k}'$$

因此式(6-16)等号右端除$\boldsymbol{a}_{\mathrm{e}}$和$\boldsymbol{a}_{\mathrm{r}}$外的多项式为

$$2(\dot{x}'\dot{\boldsymbol{i}}'+\dot{y}'\dot{\boldsymbol{j}}'+\dot{z}'\dot{\boldsymbol{k}}')=2\boldsymbol{\omega}\times(\dot{x}'\boldsymbol{i}'+\dot{y}'\boldsymbol{j}'+\dot{z}'\boldsymbol{k}')=2\boldsymbol{\omega}\times\boldsymbol{v}_{\mathrm{r}}$$

定义**科氏加速度**为

$$\boldsymbol{a}_{\mathrm{c}}=2\boldsymbol{\omega}\times\boldsymbol{v}_{\mathrm{r}} \tag{6-18}$$

于是得

$$\boldsymbol{a}_{\mathrm{a}}=\boldsymbol{a}_{\mathrm{e}}+\boldsymbol{a}_{\mathrm{r}}+\boldsymbol{a}_{\mathrm{c}} \tag{6-19}$$

即当牵连运动为定轴转动时，动点任一瞬时的绝对加速度等于牵连加速度、相对加速度和科氏加速度的矢量和。这就是**牵连运动为定轴转动时点的加速度合成定理**。

式(6-18)定义的科氏加速度$\boldsymbol{a}_{\mathrm{c}}$，是法国科学家科里奥利(Coriolis)1832年研究水轮机转动时发现的，为了纪念他，该加速度被命名为**科里奥利加速度**，简称**科氏加速度**。科氏加速度$\boldsymbol{a}_{\mathrm{c}}$的大小和方向可根据矢积运算规则确定。

$\boldsymbol{a}_{\mathrm{c}}$的大小：$a_{\mathrm{c}}=2\omega v_{\mathrm{r}}\sin\theta$，其中$\theta$为$\boldsymbol{\omega}$与$\boldsymbol{v}_{\mathrm{r}}$两矢量间的夹角。

$\boldsymbol{a}_{\mathrm{c}}$的方向：垂直于$\boldsymbol{\omega}$与$\boldsymbol{v}_{\mathrm{r}}$所组成的平面，指向按右手螺旋法则确定，如图6-6所示。

特殊情况(1)：当 $\boldsymbol{\omega}$ 与 $\boldsymbol{v}_r$ 平行时($\theta=0°$ 或 $180°$)，$\boldsymbol{a}_c=0$。

特殊情况(2)：绝对运动与相对运动在同一平面内(如工程中常见的平面机构的运动情况)，$\boldsymbol{\omega}$ 与 $\boldsymbol{v}_r$ 垂直($\theta=90°$)，此时

$\boldsymbol{a}_c$ 的大小：$a_c=2\omega v_r$。

$\boldsymbol{a}_c$ 的方向：只要将 $\boldsymbol{v}_r$ 按 $\boldsymbol{\omega}$ 转向转动 90°就是 $\boldsymbol{a}_c$ 的方向，如图 6-7 所示。

科氏加速度在自然现象中也有所表现。地球绕地轴转动，当地球上物体相对于地球运动时，就形成了牵连运动为转动的合成运动。地球自转角速度很小，一般情况下其自转的影响可略去不计；但是在长时间、大范围运动时，必须给予考虑。例如，在北半球，河水向北流动时，河水的科氏加速度 $\boldsymbol{a}_c$ 向西，即指向左侧，如图 6-8 所示。

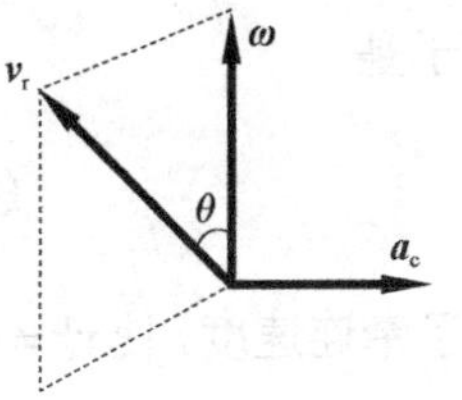

图 6-6

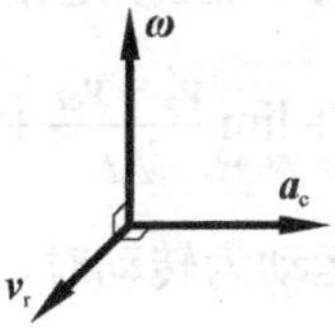

图 6-7

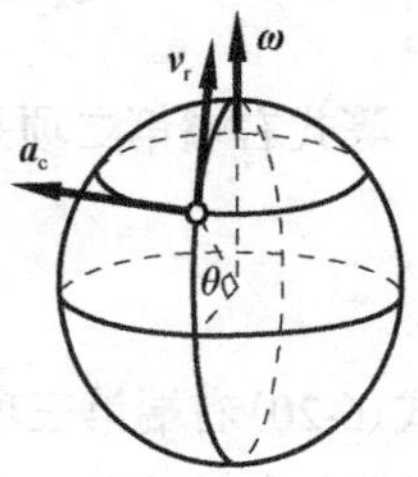

图 6-8

由动力学可知，有向左的加速度，河水必受到来自右岸向左的作用力。根据作用反作用公理，河水必对右岸有反作用力。因此，在北半球的江河，其右岸都受到较明显的冲刷。这是地理学中的一项规律。

思考题 6-4　在南半球，火车由南向北行驶时，科氏加速度 $\boldsymbol{a}_c$ 方向如何？哪一侧铁轨磨损严重？

思考题 6-5　观察水池落水口水流的旋向，解释这一现象产生的原因。

思考题 6-6　当牵连运动为其他形式的刚体运动时，可以证明泊松公式仍然成立，此种情况下式(6-19)所示的加速度合成定理表达式是否仍然成立？科氏加速度的大小和方向如何确定？

6.2.3　几何特例证明加速度合成定理

在加速度合成定理的推导中，当牵连运动为转动时，出现了科氏加速度 $\boldsymbol{a}_c$，下面通过特例来说明 $\boldsymbol{a}_c$ 产生的原因。

如图 6-9 所示，设直杆 OA 绕 O 轴做定轴转动，角速度为 ω。动点 M 沿直杆做直线运动。将动系与杆 OA 固连，在 t 瞬时，动点在杆 OA 上的位置为 M，设此时牵连速度为 $\boldsymbol{v}_e$，相对速度为 $\boldsymbol{v}_r$；经过 Δt 时间间隔，到了 t' 瞬时，杆 OA 转过 $\Delta\theta$，而杆上 t 瞬时与动点重合的点(即瞬时 t 的牵连点)到达点 M_1。同时，由于相对运动，动点到达新的位置 M'，这时的牵连速度设为 $\boldsymbol{v}'_e$，相对速度设为 $\boldsymbol{v}'_r$。

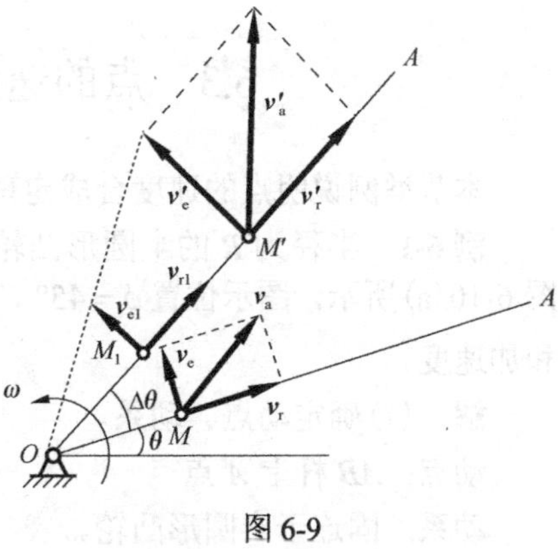

图 6-9

根据各加速度的定义，在 t 瞬时，有

$$\boldsymbol{a}_{\mathrm{a}}=\lim_{\Delta t\to 0}\frac{\boldsymbol{v}_{\mathrm{a}}'-\boldsymbol{v}_{\mathrm{a}}}{\Delta t},\quad \boldsymbol{a}_{\mathrm{e}}=\lim_{\Delta t\to 0}\frac{\boldsymbol{v}_{\mathrm{e1}}-\boldsymbol{v}_{\mathrm{e}}}{\Delta t},\quad \boldsymbol{a}_{\mathrm{r}}=\lim_{\Delta t\to 0}\frac{\boldsymbol{v}_{\mathrm{r}}'-\boldsymbol{v}_{\mathrm{r1}}}{\Delta t}$$

根据速度合成定理，有　$\boldsymbol{v}_{\mathrm{a}}'=\boldsymbol{v}_{\mathrm{e}}'+\boldsymbol{v}_{\mathrm{r}}'$，　$\boldsymbol{v}_{\mathrm{a}}=\boldsymbol{v}_{\mathrm{e}}+\boldsymbol{v}_{\mathrm{r}}$

所以

$$\boldsymbol{a}_{\mathrm{a}}=\lim_{\Delta t\to 0}\frac{\boldsymbol{v}_{\mathrm{a}}'-\boldsymbol{v}_{\mathrm{a}}}{\Delta t}=\lim_{\Delta t\to 0}\frac{(\boldsymbol{v}_{\mathrm{e}}'-\boldsymbol{v}_{\mathrm{e}})+(\boldsymbol{v}_{\mathrm{r}}'-\boldsymbol{v}_{\mathrm{r}})}{\Delta t}=\lim_{\Delta t\to 0}\frac{\boldsymbol{v}_{\mathrm{e}}'-\boldsymbol{v}_{\mathrm{e}}}{\Delta t}+\lim_{\Delta t\to 0}\frac{\boldsymbol{v}_{\mathrm{r}}'-\boldsymbol{v}_{\mathrm{r}}}{\Delta t}$$

由图 6-9 可见，$\boldsymbol{v}_{\mathrm{e}}'\neq\boldsymbol{v}_{\mathrm{e1}}$，$\boldsymbol{v}_{\mathrm{r}}'\neq\boldsymbol{v}_{\mathrm{r1}}$，上式右端两项并不是 $\boldsymbol{a}_{\mathrm{e}}$ 及 $\boldsymbol{a}_{\mathrm{r}}$ 所定义的表达式。为此将上式改写为

$$\boldsymbol{a}_{\mathrm{a}}=\lim_{\Delta t\to 0}\frac{\boldsymbol{v}_{\mathrm{e}}'-\boldsymbol{v}_{\mathrm{e1}}}{\Delta t}+\lim_{\Delta t\to 0}\frac{\boldsymbol{v}_{\mathrm{e1}}-\boldsymbol{v}_{\mathrm{e}}}{\Delta t}+\lim_{\Delta t\to 0}\frac{\boldsymbol{v}_{\mathrm{r}}'-\boldsymbol{v}_{\mathrm{r1}}}{\Delta t}+\lim_{\Delta t\to 0}\frac{\boldsymbol{v}_{\mathrm{r1}}-\boldsymbol{v}_{\mathrm{r}}}{\Delta t}$$

显然，等式右端第二项是牵连加速度 $\boldsymbol{a}_{\mathrm{e}}$，第三项是相对加速度 $\boldsymbol{a}_{\mathrm{r}}$，于是

$$\boldsymbol{a}_{\mathrm{a}}=\boldsymbol{a}_{\mathrm{e}}+\boldsymbol{a}_{\mathrm{r}}+\lim_{\Delta t\to 0}\frac{\boldsymbol{v}_{\mathrm{e}}'-\boldsymbol{v}_{\mathrm{e1}}}{\Delta t}+\lim_{\Delta t\to 0}\frac{\boldsymbol{v}_{\mathrm{r1}}-\boldsymbol{v}_{\mathrm{r}}}{\Delta t}\tag{6-20}$$

式(6-20)右端第三项，是由于牵连运动为转动时，相对运动影响了牵连速度，使 $\boldsymbol{v}_{\mathrm{e}}'\neq\boldsymbol{v}_{\mathrm{e1}}$ 而引起的附加加速度的一部分，其大小为

$$\lim_{\Delta t\to 0}\left|\frac{\boldsymbol{v}_{\mathrm{e}}'-\boldsymbol{v}_{\mathrm{e1}}}{\Delta t}\right|=\lim_{\Delta t\to 0}\frac{(r+\Delta r)\omega-r\omega}{\Delta t}=\lim_{\Delta t\to 0}\frac{\Delta r\bullet\omega}{\Delta t}=\lim_{\Delta t\to 0}\frac{\Delta r}{\Delta t}\omega=v_{\mathrm{r}}\omega$$

方向与 $\boldsymbol{v}_{\mathrm{r}}$ 顺 ω 转过 90°的方向一致。

式(6-20)右端第四项，是由于牵连运动为转动时，牵连运动影响了相对速度的方向，使 $\boldsymbol{v}_{\mathrm{r1}}\neq\boldsymbol{v}_{\mathrm{r}}$ 而引起的附加加速度的另一部分，其大小为

$$\lim_{\Delta t\to 0}\left|\frac{\boldsymbol{v}_{\mathrm{r1}}-\boldsymbol{v}_{\mathrm{r}}}{\Delta t}\right|=\lim_{\Delta t\to 0}\frac{v_{\mathrm{r}}\bullet\Delta\theta}{\Delta t}=v_{\mathrm{r}}\lim_{\Delta t\to 0}\frac{\Delta\theta}{\Delta t}=v_{\mathrm{r}}\omega$$

方向也与 $\boldsymbol{v}_{\mathrm{r}}$ 顺 ω 转过 90°的方向一致。

在此特例中，这两部分附加加速度合成的大小为 $2\omega v_{\mathrm{r}}$，方向由 $\boldsymbol{v}_{\mathrm{r}}$ 矢量顺 ω 转过 90°确定。这两部分加速度合成结果就是科氏加速度 $\boldsymbol{a}_{\mathrm{c}}$。此时，绝对加速度为

$$\boldsymbol{a}_{\mathrm{a}}=\boldsymbol{a}_{\mathrm{e}}+\boldsymbol{a}_{\mathrm{r}}+\boldsymbol{a}_{\mathrm{c}}$$

可见，科氏加速度产生的原因在于牵连运动与相对运动的相互影响。

6.3　点的速度、加速度合成定理的应用

本节举例说明点的速度合成定理及加速度合成定理的应用。

例 6-1　半径为 R 的半圆形凸轮沿水平方向向右移动，使顶杆 AB 沿铅垂导轨滑动。如图 6-10(a)所示，图示位置 $\phi=45°$，凸轮具有速度 $\boldsymbol{v}_O$ 和加速度 $\boldsymbol{a}_O$，求该瞬时顶杆 AB 的速度和加速度。

解　(1)确定动点、动系。

动点：AB 杆上 A 点。

动系：固连于半圆形凸轮。

(2)运动分析。

绝对运动：沿铅垂方向的直线运动。

相对运动：以 O 为圆心、R 为半径的圆周运动。

牵连运动：随半圆形凸轮沿水平方向的平动。

(3)速度分析。

绝对速度 $\boldsymbol{v}_a$：大小未知，方向沿铅垂方向。

相对速度 $\boldsymbol{v}_r$：大小未知，方向垂直于 AO。

牵连速度 $\boldsymbol{v}_e$：$\boldsymbol{v}_e=\boldsymbol{v}_O$，大小和方向均已知。

根据速度合成定理 $\boldsymbol{v}_a=\boldsymbol{v}_e+\boldsymbol{v}_r$ 作速度平行四边形，如图 6-10(a)所示，求得

$$v_r=\frac{v_e}{\sin\phi}=\frac{v_O}{\sin 45°}=\sqrt{2}v_O,\quad v_a=v_e/\tan\phi=v_O$$

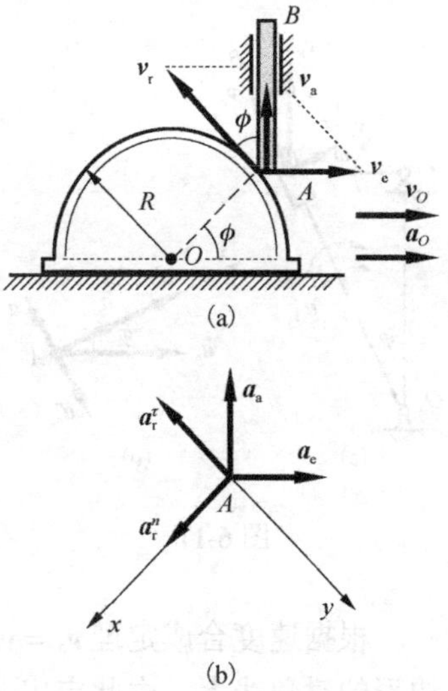

图 6-10

因为顶杆 AB 做平动，故 $\boldsymbol{v}_a$ 即为顶杆运动的速度。

(4)加速度分析。

根据牵连运动为平动时的加速度合成定理：

$$\boldsymbol{a}_a=\boldsymbol{a}_e+\boldsymbol{a}_r$$

式中，绝对加速度 $\boldsymbol{a}_a$：大小未知，方向沿铅垂方向，指向假设向上。

相对加速度 $\boldsymbol{a}_r$：分为切向加速度 $\boldsymbol{a}_r^\tau$ 和法向加速度 $\boldsymbol{a}_r^n$，且 $\boldsymbol{a}_r^\tau$ 大小未知，方向沿 A 点切线方向，指向假设；$a_r^n=\dfrac{v_r^2}{R}=\dfrac{2v_O^2}{R}$，方向沿半径 AO，指向圆心 O。

牵连加速度：$\boldsymbol{a}_e=\boldsymbol{a}_O$。

作加速度矢量图，如图 6-10(b)所示，将加速度矢量式在 Ax 轴上投影得

$$-a_a\sin\phi=-a_e\cos\phi+a_r^n$$

当 $\phi=45°$ 时，解出动点 A 的绝对加速度，有

$$a_a=a_O\cot\phi-\frac{2v_O^2}{R\sin\phi}=a_O-\frac{2\sqrt{2}v_O^2}{R}$$

因为顶杆 AB 做平动，故 $\boldsymbol{a}_a$ 就是顶杆的加速度。

若 $a_O>\dfrac{2\sqrt{2}v_O^2}{R}$，则 $\boldsymbol{a}_a$ 为正值，方向如图 6-10(b)所示；反之，若 $a_O<\dfrac{2\sqrt{2}v_O^2}{R}$，则 a_a 为负值，$\boldsymbol{a}_a$ 的指向与图示假设相反，即铅垂向下。

若将加速度矢量式在 Ay 轴上投影，可求得动点的相对切向加速度 a_r^τ 的大小。

思考题 6-7　若例 6-1 以凸轮圆心 O 为动点，动系固连于顶杆 AB，是否可行？

例 6-2　刨床急回机构由滑块 A、曲柄 OA 与摇杆 O_1B 所组成，如图 6-11 所示。曲柄的 A 端与滑块以铰链连接，滑块 A 可在 O_1B 杆上滑动。设 $OA=r$，$OO_1=l$，曲柄以匀角速度 ω 绕固定轴 O 转动。求当曲柄在水平位置时摇杆的角速度 ω_1 及角加速度 α_1。

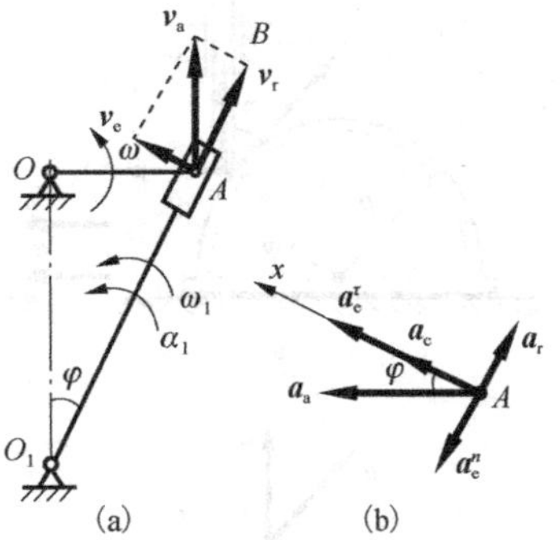

图 6-11

解　(1)动点、动系选取。

动点：滑块 A。

动系：固连于摇杆 O_1B 上。

(2)运动分析。

绝对运动：滑块 A 相对机架的圆周运动。

相对运动：滑块 A 相对摇杆 O_1B 的直线运动。

牵连运动：摇杆 O_1B 的定轴转动。

(3)速度分析。

绝对速度 $\boldsymbol{v}_a$：大小 $v_a = r\omega$，方向已知，与曲柄 OA 垂直。

相对速度 $\boldsymbol{v}_r$：大小未知，方向沿 O_1B。

牵连速度 $\boldsymbol{v}_e$：大小未知，方向垂直于 O_1B。

根据速度合成定理 $\boldsymbol{v}_a = \boldsymbol{v}_e + \boldsymbol{v}_r$ 作速度平行四边形，如图 6-11(a)所示。注意 $\boldsymbol{v}_a$ 位于平行四边形的对角线上，由此定出 $\boldsymbol{v}_e$、$\boldsymbol{v}_r$ 的指向。

由速度平行四边形几何关系，可求出图示位置的牵连速度：

$$v_e = v_a \sin\varphi = r\omega\frac{r}{\sqrt{r^2+l^2}} = \frac{r^2\omega}{\sqrt{r^2+l^2}}$$

设摇杆 O_1B 在图示瞬时的角速度为 ω_1，则 $v_e = O_1A \cdot \omega_1$，由此得摇杆的角速度为

$$\omega_1 = \frac{v_e}{O_1A} = \frac{r^2\omega}{r^2+l^2}$$

ω_1 的转向为逆时针方向(由 v_e 的方向确定)。

(4)加速度分析。

根据牵连运动为转动时的加速度合成定理，有

$$\boldsymbol{a}_a^\tau + \boldsymbol{a}_a^n = \boldsymbol{a}_e^n + \boldsymbol{a}_e^\tau + \boldsymbol{a}_r + \boldsymbol{a}_c$$

式中：

因为 ω 为常量，所以绝对加速度大小为 $a_a = a_a^n = r\omega^2$，方向沿 AO 指向 O 点；

相对加速度：大小未知，方向沿 O_1B，指向假设向上；

牵连加速度：法向分量 $\boldsymbol{a}_e^n$ 的大小 $a_e^n = O_1A \cdot \omega_1^2$，方向沿 AO_1 指向 O_1 点；切向分量 $\boldsymbol{a}_e^\tau$ 的大小未知，方向垂直于 O_1B；

科氏加速度：大小为 $a_c = 2\omega_1 v_r$，方向为 $\boldsymbol{v}_r$ 顺 ω_1 转过 90° 的方向。

加速度矢量如图 6-11(b)所示。

选取投影轴 Ax，将加速度矢量式向 Ax 轴上投影，得

$$a_a \cos\varphi = a_e^\tau + a_c$$

解出

$$a_e^\tau = a_a\cos\varphi - a_c = r\omega^2\cos\varphi - 2\omega_1 v_r$$

由于

$$a_e^\tau = O_1A \cdot \alpha_1$$

于是可得摇杆的角加速度：

$$\alpha_1 = \frac{rl\omega^2(l^2-r^2)}{(r^2+l^2)^2}$$

上式为正值，则 α_1 转向与假设相同，为逆时针。

思考题 6-8　例 6-2 中根据速度合成定理求解得到摇杆的角速度之后，若直接对角速度求导得到所谓的角加速度显然与题目分析结果不符，原因何在？要根据角速度求导得到角加速度，条件是什么？

例 6-3　顶杆 AB 可在铅垂滑槽 K 内滑动，其下端由凸轮推动，如图 6-12(a)所示。凸轮绕 O 轴以匀角速度 ω 转动。设图示瞬时，$OA = r$，凸轮轮缘与 A 接触点的曲率半径为 ρ，其法线与 OA 成 θ 角。试求此瞬时顶杆 AB 的速度和加速度。

解　(1)动点、动系选取。

动点：AB 杆上 A 点。

动系：与凸轮固连。

定系：与机架固连。

(2)运动分析。

绝对运动：沿铅垂方向的直线运动。

相对运动：以凸轮轮廓为相对轨迹的曲线运动。

牵连运动：凸轮的转动。

(3)速度分析。

绝对速度 $\boldsymbol{v}_a$：大小未知，方向沿铅垂方向。

相对速度 $\boldsymbol{v}_r$：大小未知，方向沿凸轮过 A 点的切线。

牵连速度 $\boldsymbol{v}_e$：大小为 $v_e = r\omega$，方向垂直于 OA。

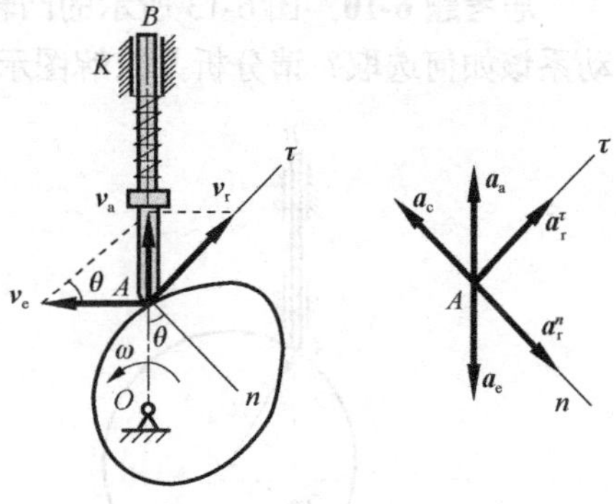

(a)　(b)

图 6-12

根据速度合成定理 $\boldsymbol{v}_a = \boldsymbol{v}_e + \boldsymbol{v}_r$ 作速度平行四边形，如图 6-12(a)所示，可得顶杆的绝对速度为

$$v_a = v_e \tan\theta = r\omega \tan\theta$$

相对速度为

$$v_r = \frac{v_e}{\cos\theta} = r\omega \sec\theta$$

(4)加速度分析。

根据牵连运动为转动时加速度合成定理，有

$$\boldsymbol{a}_a = \boldsymbol{a}_e + \boldsymbol{a}_r + \boldsymbol{a}_c$$

因为相对运动为曲线运动，所以相对加速度分为切向加速度和法向加速度，同时牵连运动为转动，牵连加速度也分为切向加速度和法向加速度。又因为凸轮做匀角速度转动，所以 $a_e^\tau = 0$，故有

$$\boldsymbol{a}_a = \boldsymbol{a}_e^n + \boldsymbol{a}_r^\tau + \boldsymbol{a}_r^n + \boldsymbol{a}_c$$

式中，$\boldsymbol{a}_a$ 大小未知，方向假设铅垂向上；$a_e = a_e^n = r\omega^2$，方向由 A 指向 O 点；$a_r^n = \dfrac{v_r^2}{\rho} = \dfrac{r^2\omega^2}{\rho}\sec^2\theta$，方向沿凸轮轮廓线在 A 点的法线，指向曲率中心；$\boldsymbol{a}_r^\tau$ 大小未知，方位垂直于凸轮轮廓在 A 点的法线，指向假设；科氏加速度 $\boldsymbol{a}_c$ 大小 $a_c = 2\omega v_r = 2r\omega^2 \sec\theta$，方向由 $\boldsymbol{v}_r$ 矢量顺 ω 转过 90°得出。作加速度矢量，如图 6-12(b)所示。

将加速度矢量式在 An 轴上投影，得

$$-a_a \cos\theta = a_e \cos\theta + a_r^n - a_c$$

解得

$$a_a = \frac{1}{\cos\theta}\left(2r\omega^2 \sec\theta - \frac{r^2\omega^2}{\rho}\sec^2\theta - r\omega^2\cos\theta\right) = r\omega^2\left(2\sec^2\theta - \frac{r}{\rho}\sec^3\theta - 1\right)$$

因为 AB 杆做平动，故 $\boldsymbol{a}_a$ 就是 AB 杆的加速度。

将加速度矢量式在 $A\tau$ 轴上投影，可求得 $\boldsymbol{a}_r^\tau$ 的大小，读者可自行分析。

思考题 6-9 图 6-12 所示的凸轮机构，若对其构件的形状进行改变，变换为图 6-13 所示的半径为 R、偏心距为 e 的盘形凸轮机构，分别采用如下三种方案分析其运动：(1)杆上 A 为动点，动系与偏心盘固结；(2)杆上 A 为动点，动系为原点在盘心 C 的平动系；(3)盘心 C 为动点，动系固结于 AB 杆。完成图示位置处动点的速度矢量图和加速度矢量图。

思考题 6-10 图 6-13 所示的凸轮机构，若变换成图 6-14 所示的平底凸轮机构，动点、动系该如何选取？请分析并求解图示位置处顶杆的速度和加速度。

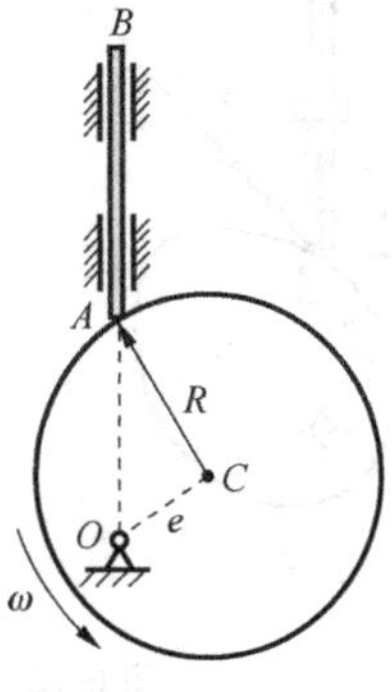

图 6-13

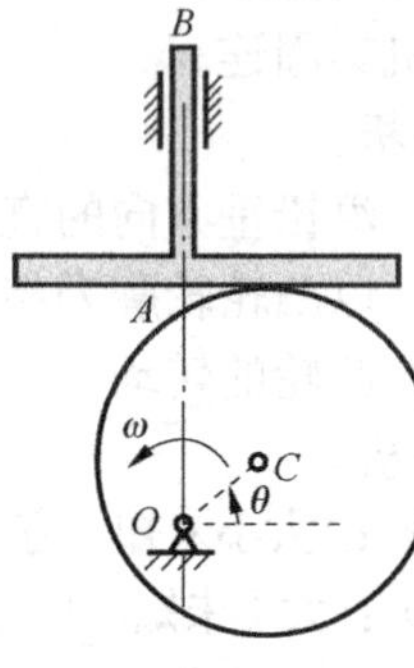

图 6-14

例 6-4 两轮船 A 和 B 分别以匀速度 $v_A = v_B = 36\text{km/h}$ 行驶，如图 6-15(a)所示。A 船沿直线向东，B 船则沿以 O 为圆心、ρ 为半径的圆弧行驶。已知 $\rho = 100\text{m}$。设在图示瞬时，$\phi = 30°$，$s = 50\text{m}$。试求此瞬时：(1)B 船相对于 A 船的速度；(2)A 船相对于 B 船的速度。

解 (1)求 B 船相对于 A 船的速度。

① 运动分析。

动点：取 B 船为动点。

动系：固连于 A 船(A 视为刚体)。

绝对运动：以 O 为圆心、ρ 为半径的圆周运动。

相对运动：平面曲线运动。

牵连运动：直线平动。

② 速度分析。

绝对速度 $\boldsymbol{v}_a$：$\boldsymbol{v}_a = \boldsymbol{v}_B$。

相对速度 $\boldsymbol{v}_r$：大小、方向均未知。

牵连速度 $\boldsymbol{v}_e$：$\boldsymbol{v}_e = \boldsymbol{v}_A$。

根据速度合成定理 $\boldsymbol{v}_a = \boldsymbol{v}_e + \boldsymbol{v}_r$ 作速度平行四边形，如图 6-15(b)所示。

根据几何关系可得 B 船相对于 A 船的速度大小为

$$v_r = 2v_a\cos 30° = 17.3\text{m/s}$$

方向为西偏北 30°。

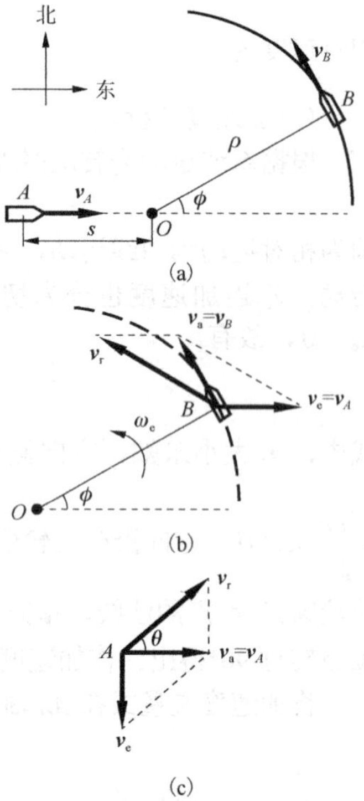

图 6-15

(2)求 A 船相对于 B 船的速度。

① 运动分析。

动点：取 A 船为动点。

动系：固连于 B 船(B 视为刚体)。

绝对运动：匀速直线运动。

相对运动：平面曲线运动。

牵连运动：绕 O 轴转动，转动角速度为

$$\omega_e = \frac{v_B}{\rho} = 0.1\text{rad/s}\ (\text{转向逆时针})$$

② 速度分析。

绝对速度 $\boldsymbol{v}_a$：$\boldsymbol{v}_a = \boldsymbol{v}_A$。

相对速度 $\boldsymbol{v}_r$：大小、方向均未知。

牵连速度 $\boldsymbol{v}_e$：该瞬时的牵连点是动系(B 船延拓部分)上与动点 A 相重合的点，所以牵连速度的大小为

$$v_e = OA \cdot \omega_e = s\omega_e = 5\text{m/s}$$

方向垂直于 AO，指向如图 6-15(c)所示。

根据速度合成定理 $\boldsymbol{v}_a = \boldsymbol{v}_e + \boldsymbol{v}_r$ 作速度平行四边形，如图 6-15(c)所示。

根据几何关系可得 A 船相对于 B 船的速度大小为

$$v_r = \sqrt{v_a^2 + v_e^2} = \sqrt{v_A^2 + v_e^2} = 11.18\text{m/s}$$

方向为东偏北，以 θ 表示 $\boldsymbol{v}_r$ 与 $\boldsymbol{v}_a$ 的夹角，则

$$\cos\theta = \frac{v_a}{v_r} = 0.8945, \quad \theta = 26.56°\ (\text{东偏北})$$

由例 6-4 可见：A 船相对于 B 船的速度与 B 船相对于 A 船的速度有严格的运动学定义，两者之间不存在直观想象的“等值、反向”关系。

例 6-5　摆杆机构如图 6-16(a)所示。摆杆 CD 与杆 CE 铰接，并可在套筒 AB 内滑动，又随套筒绕固定轴 O 摆动。已知 $l = 30\text{cm}$，在图示位置时，$\phi = 30°$，CE 杆具有速度 $v = 10\text{cm/s}$，加速度 $a = 5\text{cm/s}^2$。试求该瞬时：(1)套筒 AB 摆动的角速度 ω_{AB} 与角加速度 α_{AB}；(2) CD 杆上与 O 点相重合之点 O_1 的速度 $\boldsymbol{v}_{O1}$ 和加速度 $\boldsymbol{a}_{O1}$。

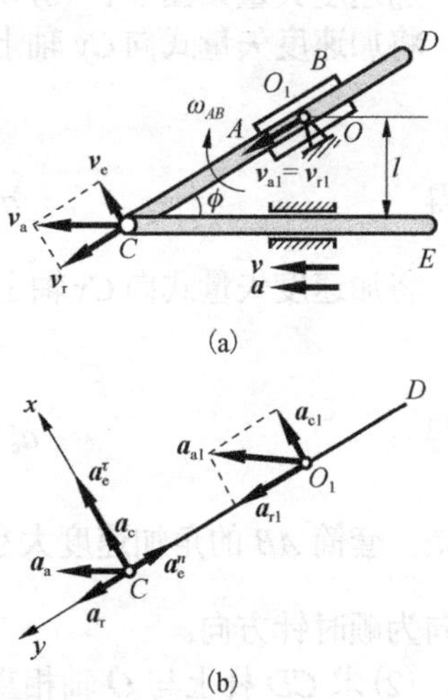

图 6-16

解　(1)求套筒 AB 摆动的角速度 ω_{AB} 与角加速度 α_{AB}。

① 选取动点、动系及运动分析。

动点：铰接点 C。

动系：与套筒 AB 固连。

定系：与机架固连。

绝对运动：沿水平方向的直线运动。

相对运动：沿套筒 AB 方向的直线运动。

牵连运动：定轴转动。

② 角速度分析。

绝对速度 $\boldsymbol{v}_{\mathrm{a}}$：$\boldsymbol{v}_{\mathrm{a}}=\boldsymbol{v}$，方向沿水平方向。

相对速度 $\boldsymbol{v}_{\mathrm{r}}$：大小未知，方向沿 CD 线。

牵连速度 $\boldsymbol{v}_{\mathrm{e}}$：由于牵连运动为转动，该瞬时的牵连点是套筒 AB 的延拓部分上与动点 C 相重合之点，所以 $\boldsymbol{v}_{\mathrm{e}}$ 大小未知，方向垂直于 OC。

根据速度合成定理 $\boldsymbol{v}_{\mathrm{a}}=\boldsymbol{v}_{\mathrm{e}}+\boldsymbol{v}_{\mathrm{r}}$ 作速度平行四边形，如图 6-16(a)所示，可求出

$$v_{\mathrm{r}}=v_{\mathrm{a}}\cos\phi=v\cos\phi=8.66\mathrm{cm/s}$$

$$v_{\mathrm{e}}=v_{\mathrm{a}}\sin\phi=v\sin\phi=5\mathrm{cm/s}$$

于是，套筒 AB 的角速度大小为

$$\omega_{AB}=\frac{v_{\mathrm{e}}}{CO}=\frac{v\sin^2\phi}{l}=0.083\mathrm{rad/s}$$

转向为顺时针方向。

③ 角加速度分析。

根据牵连运动为转动时加速度合成定理，有

$$\boldsymbol{a}_{\mathrm{a}}=\boldsymbol{a}_{\mathrm{e}}^{n}+\boldsymbol{a}_{\mathrm{e}}^{\tau}+\boldsymbol{a}_{\mathrm{r}}+\boldsymbol{a}_{\mathrm{c}}$$

式中：

绝对加速度 $\boldsymbol{a}_{\mathrm{a}}$：$\boldsymbol{a}_{\mathrm{a}}=\boldsymbol{a}$，水平方向；

相对加速度 $\boldsymbol{a}_{\mathrm{r}}$：大小未知，方向沿 CD，指向假设；

牵连加速度 $\boldsymbol{a}_{\mathrm{e}}$：法向分量 $a_{\mathrm{e}}^{n}=CO\cdot\omega_{AB}^{2}=0.417\mathrm{cm/s^2}$，方向沿 CO；切向分量 $\boldsymbol{a}_{\mathrm{e}}^{\tau}$ 大小未知，方向垂直于 CD，指向假设；

科氏加速度 $\boldsymbol{a}_{\mathrm{c}}$：$a_{\mathrm{c}}=2\omega_{AB}v_{\mathrm{r}}=1.44\mathrm{cm/s^2}$，方向由 $\boldsymbol{v}_{\mathrm{r}}$ 顺 ω_{AB} 转过 90° 的方向。

加速度矢量如图 6-16(b)所示。

将加速度矢量式向 Cy 轴上投影，得

$$a_{\mathrm{a}}\cos\phi=-a_{\mathrm{e}}^{n}+a_{\mathrm{r}}$$

解得

$$a_{\mathrm{r}}=a\cos\phi+\frac{v^2\sin^3\phi}{l}=4.74\mathrm{cm/s^2}$$

将加速度矢量式向 Cx 轴上投影，得

$$a_{\mathrm{a}}\sin\phi=a_{\mathrm{e}}^{\tau}+a_{\mathrm{c}}$$

解得

$$a_{\mathrm{e}}^{\tau}=a\sin\phi-\frac{2v^2\sin^2\phi}{l}\cos\phi=1.06\mathrm{cm/s^2}$$

于是，套筒 AB 的角加速度大小为

$$\alpha_{AB}=\frac{a_{\mathrm{e}}^{\tau}}{CO}=0.0177\mathrm{rad/s^2}$$

转向为顺时针方向。

(2) 求 CD 杆上与 O 轴相重合之点 O_1 的速度 $\boldsymbol{v}_{O1}$ 和加速度 $\boldsymbol{a}_{O1}$。

① 运动分析。

动点：CD 杆上与 O 轴相重合之点 O_1。

动系：与套筒 AB 固连。

定系：与机架固连。

绝对运动：平面曲线运动。

相对运动：沿套筒 AB 方向的直线运动。

牵连运动：定轴转动。

② 速度分析。

绝对速度 $\boldsymbol{v}_a$：大小、方向均未知。

相对速度 $\boldsymbol{v}_r$：因为 CD 杆相对套筒做平动，所以杆上各点相对套筒的速度相等，则有 $v_{r1}=v_r=v\cos\phi=8.66\ \text{cm/s}$。

牵连速度 $\boldsymbol{v}_{e1}$：该瞬时动点 O_1 的牵连点在套筒转轴 O 上，因此有 $\boldsymbol{v}_{e1}=0$。

根据速度合成定理 $\boldsymbol{v}_{a1}=\boldsymbol{v}_{e1}+\boldsymbol{v}_{r1}$ 可得 $\boldsymbol{v}_{a1}=\boldsymbol{v}_{r1}$。

所以，CD 杆上与 O 轴重合之点的绝对速度大小为

$$v_{O_1}=v_{r1}=8.66\ \text{cm/s}$$

方向沿 OC，如图 6-16(a) 所示。

③ 加速度分析。

根据牵连运动为转动时加速度合成定理，有

$$\boldsymbol{a}_{a1}=\boldsymbol{a}_{e1}+\boldsymbol{a}_{r1}+\boldsymbol{a}_{c1}$$

式中：

绝对加速度 $\boldsymbol{a}_{a1}$：大小、方向均未知；

相对加速度 $\boldsymbol{a}_{r1}$：大小、方向与 C 点 $\boldsymbol{a}_r$ 相同，已经求出；

牵连加速度 $\boldsymbol{a}_{e1}$：该瞬时动点 O_1 的牵连点在套筒转轴 O 上，因此 $\boldsymbol{a}_{e1}=0$；

科氏加速度 $\boldsymbol{a}_{c1}$：大小、方向与 C 点的 $\boldsymbol{a}_c$ 相同，已经求出。

O_1 点的加速度矢量如图 6-16(b) 所示。由矢量图求得 CD 杆上与 O 轴重合之点 O_1 的绝对加速度大小为

$$a_{O_1}=a_{a1}=\sqrt{a_{r1}^2+a_{c1}^2}=\sqrt{4.74^2+1.44^2}=4.95\ (\text{cm/s}^2)$$

方向如图 6-16(b) 所示。

思考题 6-11　图 6-17 所示平面机构，销钉 M 可沿半圆形导槽 CD 和铅垂导杆 ABE 滑动，导槽和导杆的运动已知。如何确定运动某瞬时销钉的绝对速度和加速度？

综合上述问题，根据点的速度、加速度合成定理，分析求解复合运动相关问题的基本方法及思路如下。

(1) 明确研究对象（确定动点、动系及定系）。通常，定系固结于地面（机架），动点、动系、定系应位于三个不同的物体上。动点可以是不计大小的指定物体，也可以是平动或定轴转动刚体上的某一特殊点；动系与另外一个做平动、定轴转动或复杂运动的刚体固连，确保相对运动存在，而且相对运动轨迹尽可能简单，便于确定相对速度、相对加速度的方位。

(2) 分析三种运动。基于确定的动点、动系和定系，分析绝对运动、相对运动和牵连运动的形式，绝对运动和相

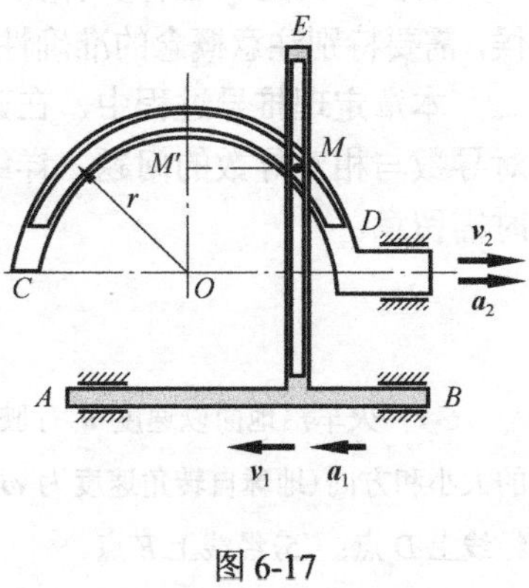

图 6-17

对运动属于点的运动，牵连运动属于刚体运动。相对运动与绝对运动在地位上是等价的；在判断相对运动时需要“置身于动系上，换位观察”。

(3) 完成速度、加速度矢量图。根据运动形式和运动轨迹画出动点的速度矢量图或加速度矢量图。需要注意：绝对速度矢量一定是在速度矢量平行四边形的对角线上；牵连速度和牵连加速度的确定离不开牵连点的准确定位，牵连点是动系上的点，具有瞬时性，动系的运动形式决定了牵连点的速度、加速度的大小和方位。

(4) 根据速度、加速度合成定理求解问题。速度合成定理涉及 3 个速度矢量，速度合成式包含大小、方向 6 个要素，知道其中 4 个，就可以求出另外 2 个；应用速度合成定理求解问题，通常根据矢量法就可完成，必要的时候采用投影法，建立投影方程求解即可。加速度合成定理在应用时，往往涉及 3 个以上加速度矢量(法向分量、切向分量)，直接用矢量法求解不便，多采用投影法求解；投影轴选取的时候应尽量避免不需要的未知量出现在投影方程中，同时注意加速度矢量式中各项在投影方程中的正负。

思考空间

点的复合运动是研究点的运动的另一种方法，也是运动学中的综合性模块之一。应用点的复合运动的方法研究问题，除了应用第 5 章中点的运动分析方法，还要用到刚体运动的研究方法。随着后续对刚体运动研究的深入，本模块的内涵可不断扩充，即动系的运动并不局限于刚体的基本运动，可以是任何形式的刚体运动。

点的复合运动分析方法不是公式的简单套用，而是系统性的分析方法，包含了丰富的运动学内涵，在逻辑上环环相扣，应用过程中的关键环节是：

(1) 正确选取动点、动系；

(2) 正确分析三种运动，找准牵连点，确定牵连速度、牵连加速度；

(3) 绘制速度、加速度矢量图；

(4) 注意判断科氏加速度是否存在并确定其大小和方向，平面机构中相对速度矢量顺着动系转动角速度转过 90° 即得到科氏加速度的方位和指向。

根据点的速度合成定理和加速度合成定理建立动点在给定位置上(或给定瞬时)各速度之间、各加速度之间的关系，是**瞬时关系**；这种关系一般不再适用于动点的其他位置。因此，由速度合成定理所求得的各种速度与相应的加速度之间一般并不存在导数关系，通过速度求导求取加速度的方法要谨慎使用。

若同一问题中包含多种复合运动，则需要逐次选取动点、动系和定系，在运动分析的时候，需要特别注意概念的准确性，厘清前一次得到的速度、加速度在后续分析中所扮演的角色。

本章定理推导过程中，在建立不同参考系下速度、加速度之间的关系时，实际上涉及绝对导数与相对导数的问题，详细公式在刚体定点运动和刚体一般运动一章有介绍，求导运算时需留意。

习　题

6-1　火车沿地面以速度 $\boldsymbol{u}$ 行驶。取地球为动系，试求火车沿下列轨道运动到图示位置时，科氏加速度的大小和方向(地球自转角速度为 ω)。(1) 赤道上 A 点；(2) 纬线(北纬 30°) 上 B 点；(3) 经线上 C 点；(4) 经线上 D 点；(5) 经线上 E 点。

6-2　图示为自动切料机构。凸轮 B 沿水平方向做往复移动，通过滑块 C 使切刀 A 的推杆在固定滑道内滑动，从而实现切刀的切料动作。设凸轮的移动速度为 $\boldsymbol{v}$，凸轮斜槽与水平方向的夹角为 φ，试求切刀的速度。

6-3　图示曲柄滑道机构中，杆 BC 水平，而杆 DE 保持铅垂，曲柄长 $OA = 10\text{cm}$，并以等角速度 $\omega = 20\text{rad/s}$ 绕 O 轴顺时针转动，通过滑块 A 使杆 BC 做往复运动。求当曲柄与水平线的夹角分别为 $\varphi = 0°$、30°、90°时杆 BC 的速度。

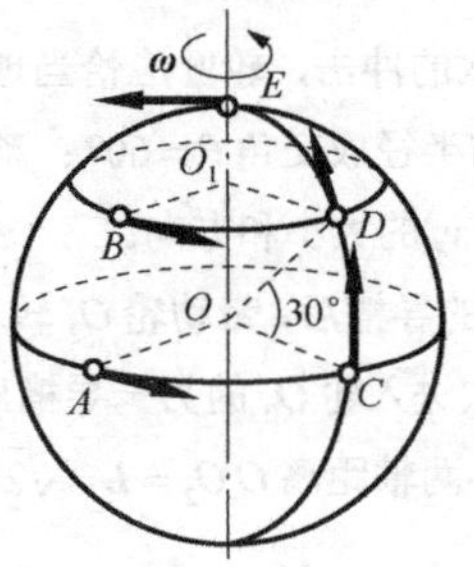

题 6-1 图

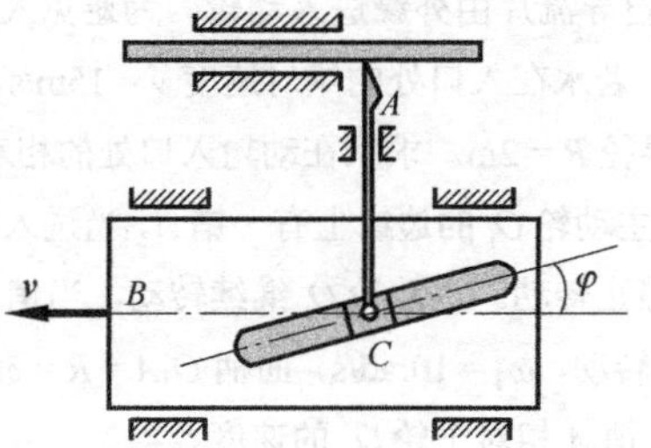

题 6-2 图

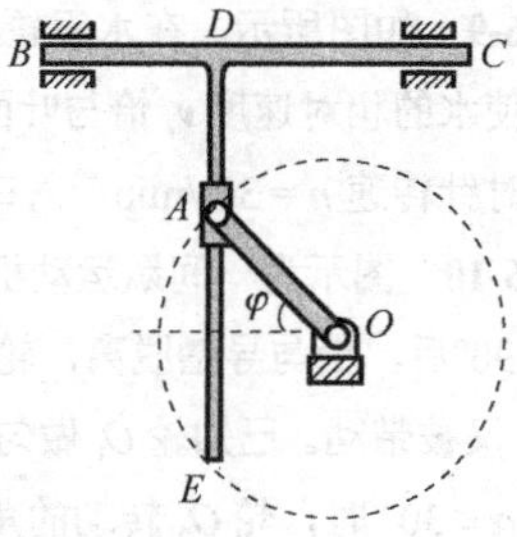

题 6-3 图

6-4　在滑道连杆机构中，当曲柄 OC 绕垂直于图面的轴 O 摆动时，滑块 A 就在曲柄 OC 上滑动，并带动连杆 AB 铅垂运动。设 $OK = l$，试求：滑块 A 对机架及对曲柄 OC 的速度。曲柄的角速度 ω 与转角 φ 已知，ω 为逆时针方向。

6-5　车厢在弯道上行驶，轨道平均曲率半径为 R，图中车上一点 D 的速度为 $\boldsymbol{u}$。在直路 AB 上有一自行车也以速度 $\boldsymbol{u}$ 运动。将自行车视为动点，车厢视为刚体，求当 ODM 成一直线，$OM \perp AB$ 时，自行车相对于车厢的速度(已知 $DM = c$)。

6-6　图示平面凸轮机构，曲柄 OA 及 O_1B 可分别绕水平轴 O 及 O_1 转动。带动三角形平板 ABC 运动，平板的斜面 BC 又推动顶杆 DE 沿导轨做铅垂运动。已知 $OA = O_1B$，$AB = OO_1$。在图示位置时，OA 铅垂，$AB \perp OA$，OA 的角速度 $\omega_0 = 2\text{rad/s}$，逆时针转动。图中尺寸的单位为 cm，试计算图示瞬时 DE 杆上 D 点的速度。

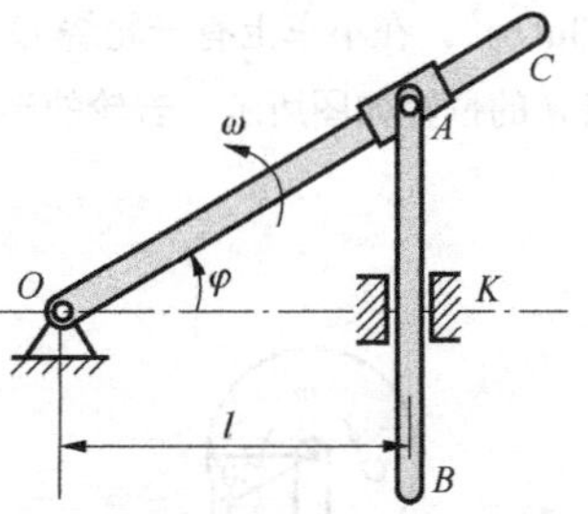

题 6-4 图

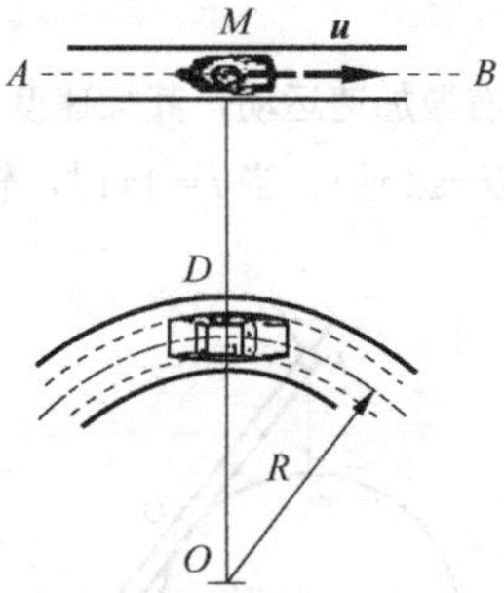

题 6-5 图

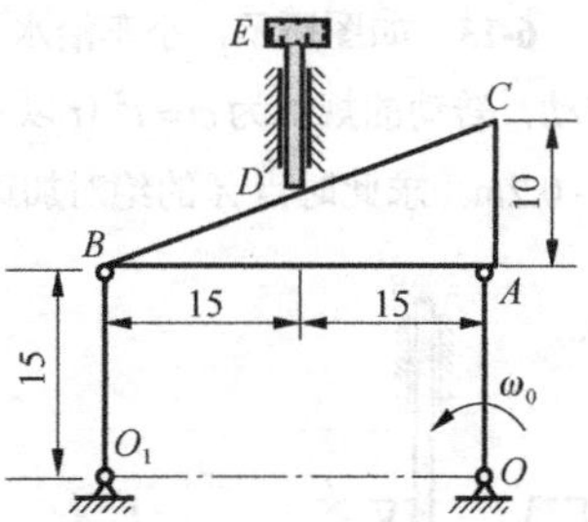

题 6-6 图

6-7 如图所示，车床主轴的转速 $n=30\text{r/min}$，工件的直径 $d=4\text{cm}$，若车刀轴向走刀速度为 $v=1\text{cm/s}$，求车刀对工件的相对速度(大小及方向)。

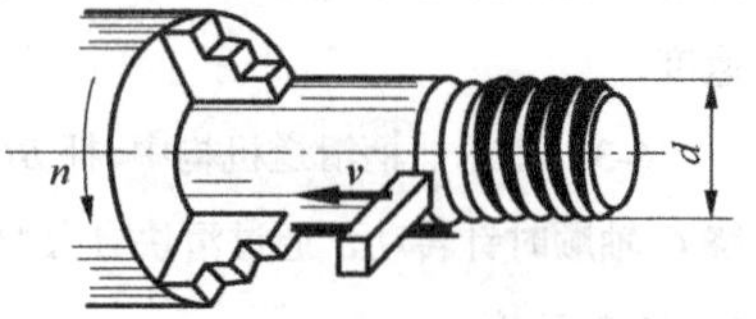

题 6-7 图

6-8 如图所示，矿砂从传送带 A 落到另一传送带 B 的绝对速度为 $v_1=4\text{m/s}$，其方向与铅垂线成 30°角。设传送带 B 与水平面成 15°角，其速度为 $v_2=2\text{m/s}$。求：(1)矿砂对于传送带 B 的相对速度 $\boldsymbol{v}_r$；(2)当传送带 B 的速度为多大时，矿砂的相对速度才能与它垂直。

6-9 如图所示，在水涡轮中，水自导流片由外缘进入动轮。为避免入口处水的冲击，轮叶应恰当地安装，使水的相对速度 $\boldsymbol{v}_r$ 恰与叶面相切。若水在入口处的绝对速度 $v=15\text{m/s}$，并与半径成交角 $\theta=60°$；动轮的顺时针转速 $n=30\text{r/min}$，入口处的半径 $R=2\text{m}$。求水在动轮入口处的相对速度 $\boldsymbol{v}_r$ 的大小和方向。

6-10 图示为一间歇运动机构。在主动轮 O_1 的边缘上有一销 A，当进入轮 O_2 的导槽后，带动轮 O_2 转动。转过 90°后，销与导槽脱离，轮 O_2 就停止转动。主动轮 O_1 继续转动，当销 A 再次进入轮 O_2 的另一导槽后，轮 O_2 又被带动。已知轮 O_1 做匀角速度转动，$\omega_1=10\text{rad/s}$，曲柄 $O_1A=R=50\text{mm}$，两轴距离 $O_1O_2=L=\sqrt{2}R$。求当 $\alpha=30°$ 时，轮 O_2 转动的角速度及销 A 相对于轮 O_2 的速度。

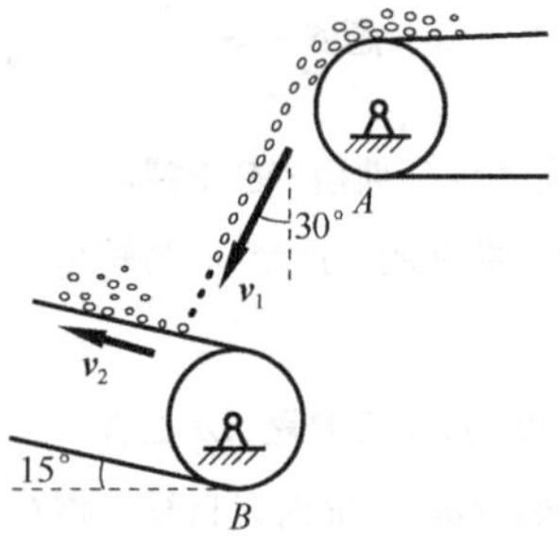

题 6-8 图

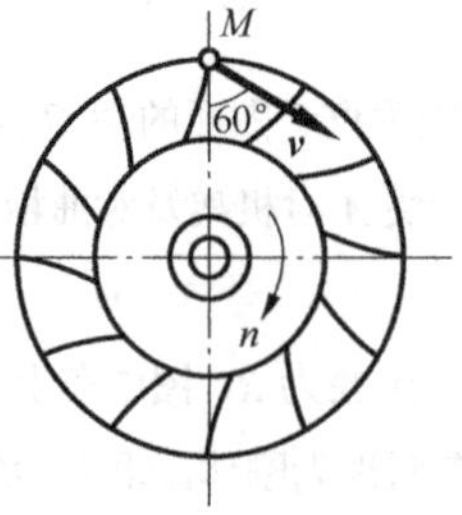

题 6-9 图

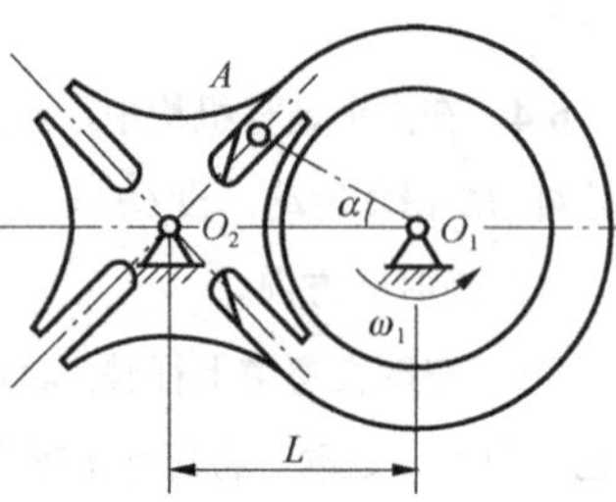

题 6-10 图

6-11 具有半径 $R=0.2\text{m}$ 的半圆形槽的滑块如图所示，以速度 $v_0=1\text{m/s}$、加速度 $a_0=2\text{m/s}^2$ 水平向右运动，推动杆 AB 沿铅垂方向运动。试求在图示位置 $\varphi=60°$时，杆 AB 的速度和加速度。

6-12 平面机构如图所示。半径为 r 的圆盘绕边缘上轴 A 转动，带动直杆 BC 绕轴 B 转动，且杆与圆盘始终相切。已知：$AB=3r$，在图示位置时，圆盘角速度为ω，角加速度为α。求该瞬时直杆的角速度和角加速度。

6-13 如图所示，小车沿水平方向向右做加速运动，其加速度 $a=0.493\text{m/s}^2$。在小车上有一轮绕 O 轴转动，转动的规律为 $\varphi=t^2$ (t 以 s 计，φ 以 rad 计)。当 $t=1\text{s}$ 时，轮缘上点 A 的位置如图所示。若轮的半径 $r=0.2\text{m}$，求此时点 A 的绝对加速度。

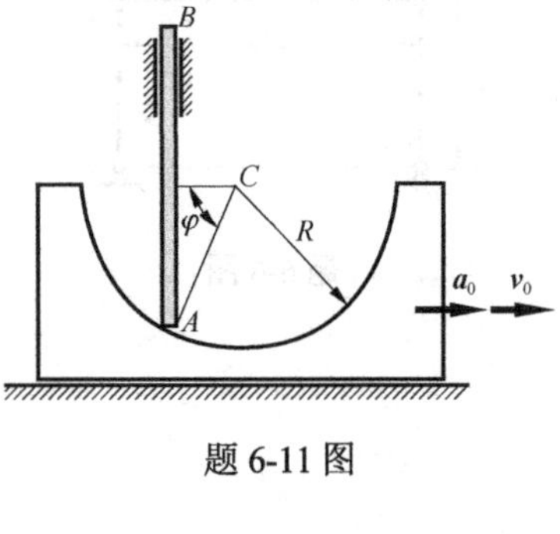

题 6-11 图

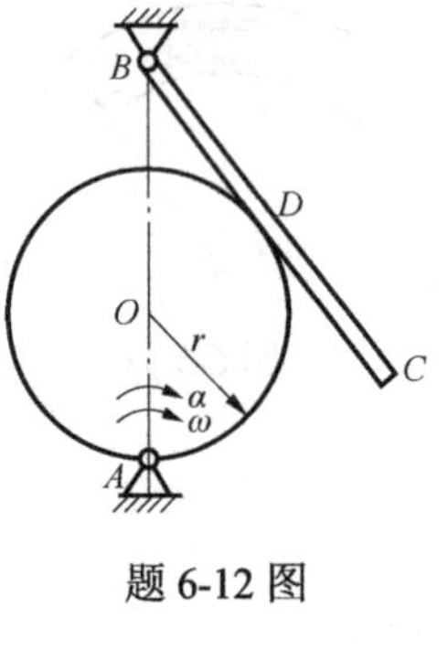

题 6-12 图

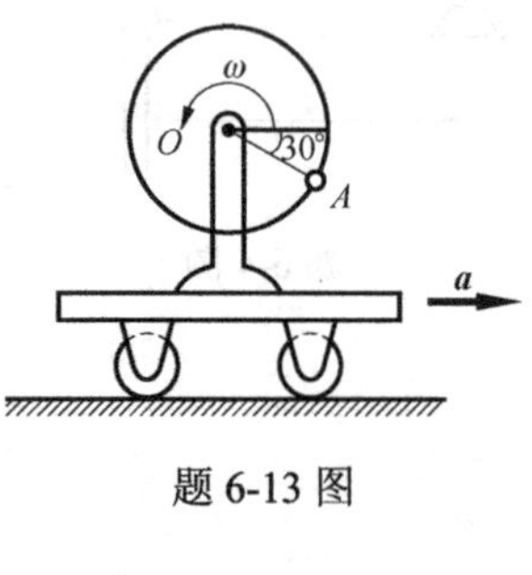

题 6-13 图

6-14　倾角 $\varphi=30°$ 的尖劈以匀速 $v=20\text{cm/s}$ 沿水平面向右运动，如图所示，使杆 OB 绕轴 O 转动，$l=20\sqrt{3}\text{cm}$。试求 $\theta=\varphi$ 时，杆 OB 的角速度和角加速度。

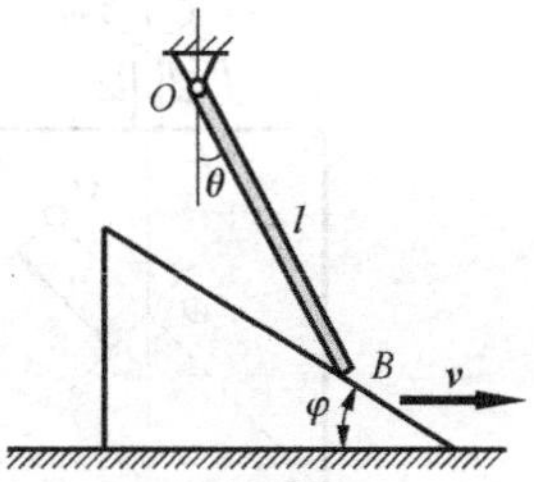

题 6-14 图

6-15　图示机构中，$AB=CD=EG=r$。设在图示位置，$\theta=\varphi=45°$，杆 EG 的角速度为 ω，角加速度为零。试求此时杆 AB 的角速度与角加速度。

6-16　两圆盘绕垂直于盘面过盘心的轴转动，角速度为 ω。其中一个盘上有一距盘心为 r 的直槽，另一盘上有一半径为 r 的圆环槽。动点分别沿两个槽运动，在图示位置，两种情况相对速度都等于 $\boldsymbol{u}(u=r\omega)$，问点的绝对速度、绝对加速度是否相同？

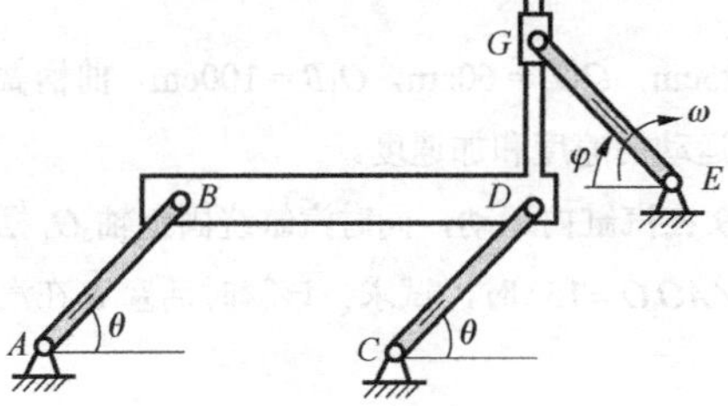

题 6-15 图

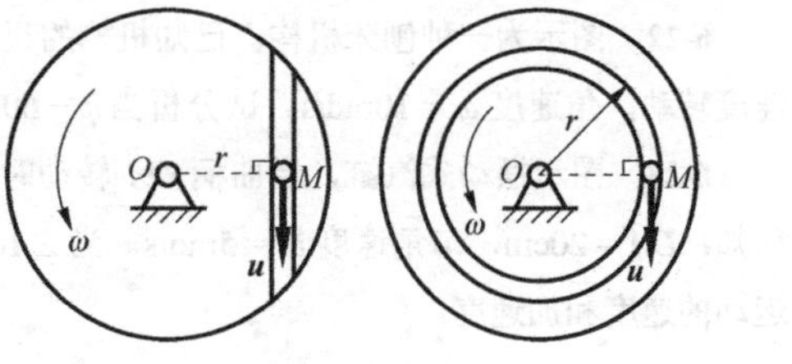

题 6-16 图

6-17　图示杆 AB 可在管 OC 内滑动，其 A 端的销钉可在半径为 R 的固定圆槽内运动；当 OC 与铅垂线的夹角为 θ 时，其角速度为 ω。若取管 OC 为动系，试求该瞬时销钉 A 的科氏加速度。

6-18　如图所示，曲杆 OBC 绕 O 轴转动，使套在其上的小环 M 沿固定直杆 OA 滑动。已知：$OB=10\text{cm}$，OB 与 BC 垂直，曲杆 OBC 的角速度 $\omega=0.5\text{rad/s}$，求：$\phi=60°$ 时，小环 M 的速度和加速度。

6-19　图示半径为 r 的空心圆环固结于 AB 轴上，并与轴线在同一平面内。圆环内充满液体，液体按箭头方向以相对速度 $\boldsymbol{u}$ 在环内做匀速运动。若从点 B 顺轴向点 A 看去，AB 轴以匀角速度 ω 逆时针旋转。求在 1、2、3、4 各点处液体的绝对加速度。

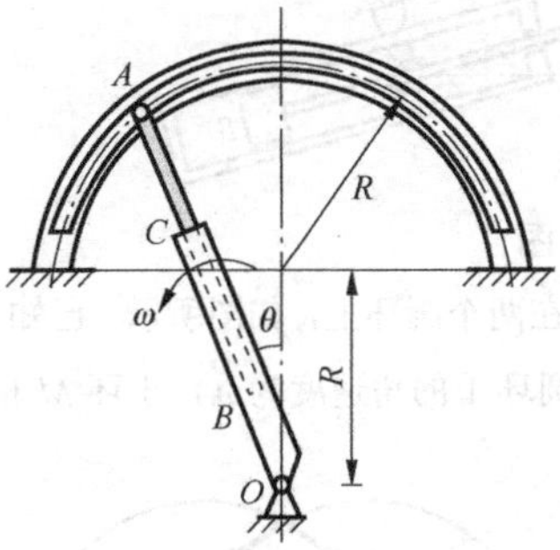

题 6-17 图

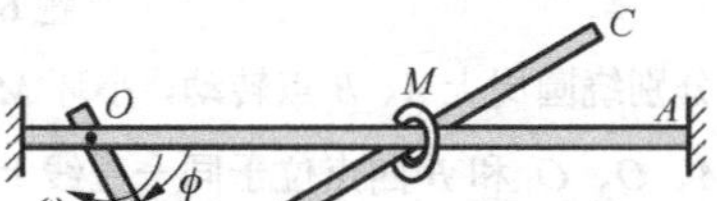

题 6-18 图

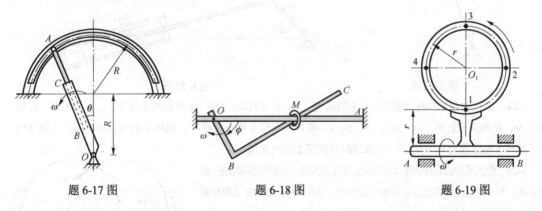

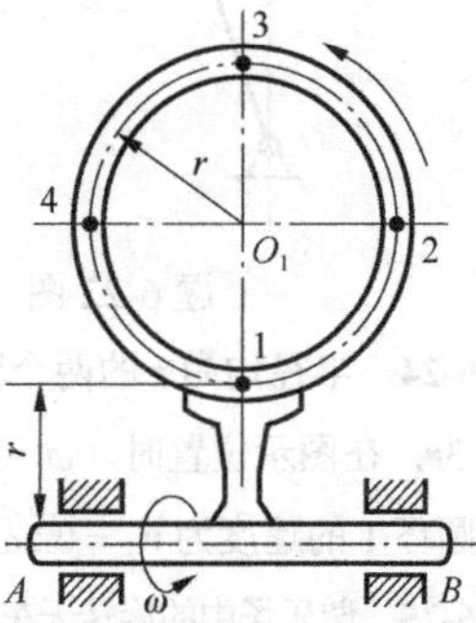

题 6-19 图

6-20　如图所示，正方形平板边长 $2l=80\text{cm}$，绕铅垂轴 AB 转动，其角速度 $\omega=\pi t\text{rad/s}$。在平板对角线上有一动点 M 按 $x_1=l\sin\dfrac{\pi}{2}t\,\text{cm}$ 的规律运动。试求：当 $t=1\text{s}$ 和 $t=2\text{s}$ 时，动点的绝对加速度。

6-21　图示机构中，圆盘 O_1 绕其中心以匀角速度 $\omega_1=3\text{rad/s}$ 转动。当圆盘转动时，通过圆盘上的销 M_1 与导槽 CD 带动水平杆 AB 往复运动。同时，在 AB 杆上有一销 M_2 带动杆 O_2E 绕 O_2 轴摆动。设 $\theta=30°$，$\phi=30°$，求此瞬时杆 O_2E 的角速度与角加速度。已知 $r=20\text{cm}$，$l=30\text{cm}$。

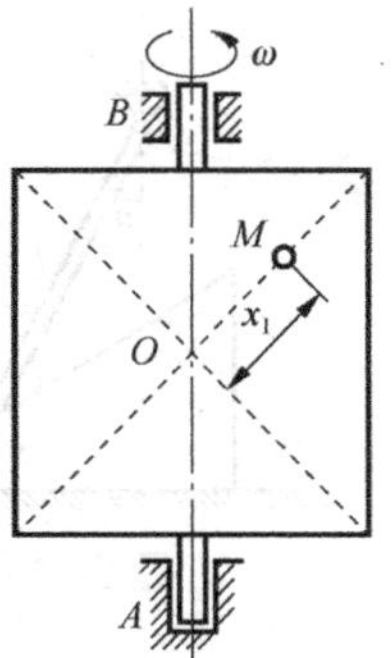

题 6-20 图

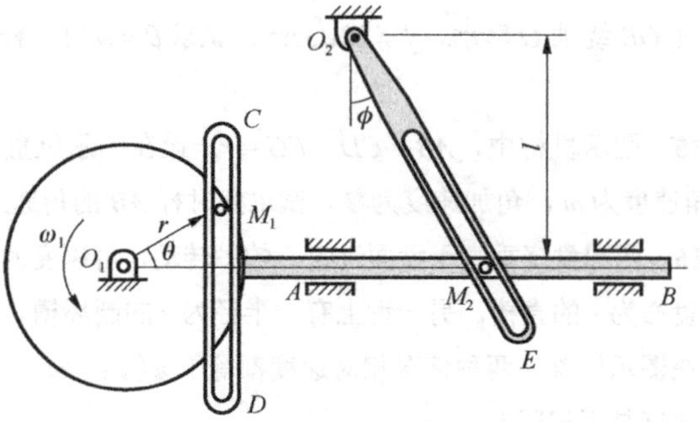

题 6-21 图

6-22　图示为一种刨床机构。已知机构的尺寸为：$OA = 25\text{cm}$，$OO_1 = 60\text{cm}$，$O_1B = 100\text{cm}$。曲柄做匀角速度转动，角速度 $\omega = 10\text{rad/s}$。试分析当 $\varphi = 60°$，刨头 CD 运动的速度和加速度。

6-23　图示摆动式汽缸，当曲柄 OA 转动时，带动活塞 B 在汽缸内运动，同时汽缸绕固定轴 O_1 摆动。已知：$OA = 20\text{cm}$，匀角速度 $\omega = 5\text{rad/s}$。当 $\angle AOO_1 = 45°$，$\angle AO_1O = 15°$ 时，试求：该瞬时活塞 B 在汽缸内运动的速度和加速度。

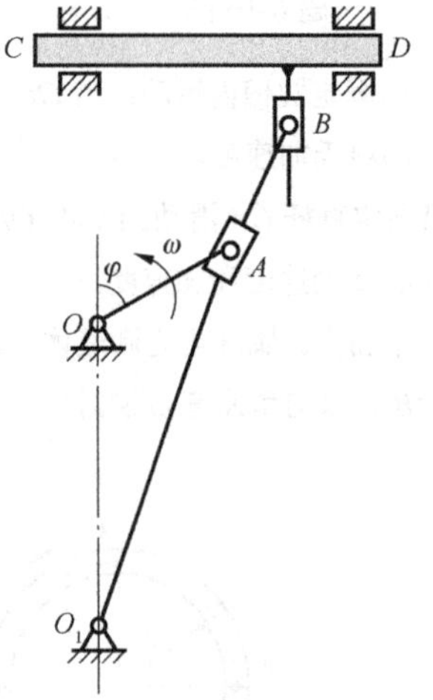

题 6-22 图

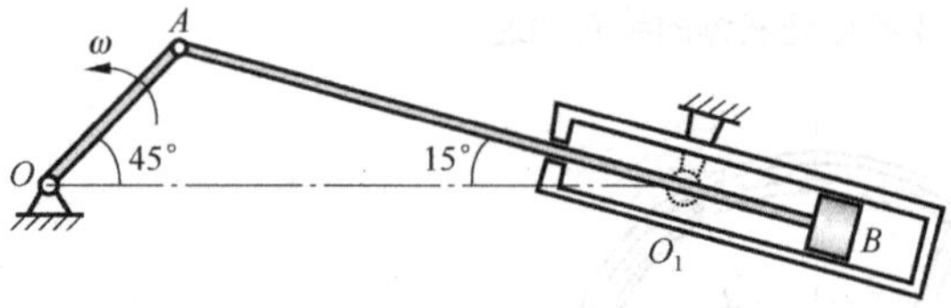

题 6-23 图

6-24　半径均为 r 的两个圆环，分别绕圆周上 A、B 点转动，小环 M 穿在两个圆环上，如图所示。已知：$AB = 3r$，在图示位置时，$\varphi = 30°$，A、O、O_1 和 B 四点位于同一直线上，圆环 1 的角速度为 ω_1，小环 M 相对于圆环 1 的速度为 $v_{1r} = 0.5\omega_1 r$ 。求该瞬时圆环 2 的角速度。

6-25　游乐场中的旋转天车如图所示。车斗及其拉杆由销钉连接在柱 AB 的 A 端。车斗及拉杆可绕过点 A 的水平轴转动，转角为 θ。柱 AB 又可绕铅垂轴匀速转动，转速 $n = 15\text{r/min}$。在某瞬时，$\theta = 30°$，$\dot{\theta} = 0.5\text{rad/s}$，$\ddot{\theta} = -1\text{rad/s}^2$，求人乘坐的点 P 的加速度 $\boldsymbol{a}_P$，并在图示的 $Axyz$（z 轴向外未画出）坐标系中表示。

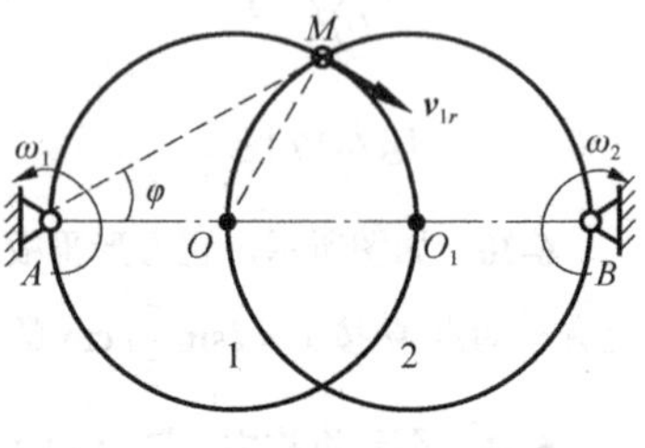

题 6-24 图

6-26　如图所示，望远镜以 4r/h（每小时转动 4 周）的角速度绕铅垂轴转动，倾角的摆动规律为 $\theta = \dfrac{\pi}{3}\sin\dfrac{\pi t}{7200}\text{rad}$，$t$ 以 s 计，镜筒半径

垂轴转动，倾角的摆动规律为$\theta=\dfrac{\pi}{3}\sin\dfrac{\pi t}{7200}\text{rad}$，$t$ 以 s 计，镜筒半径 $R=0.9\text{m}$。求 C、D 两点的速度和加速度。

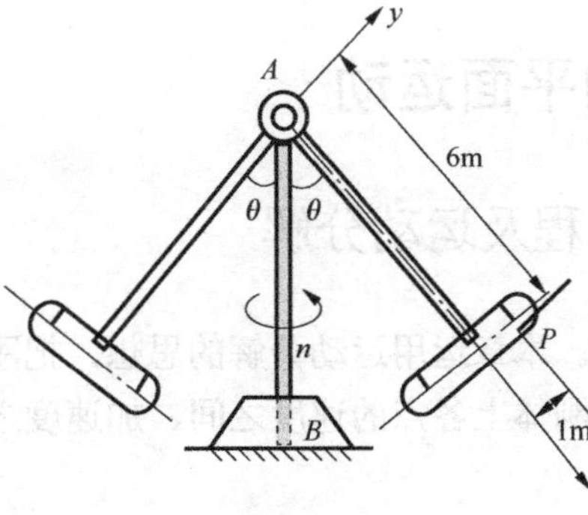

题 6-25 图

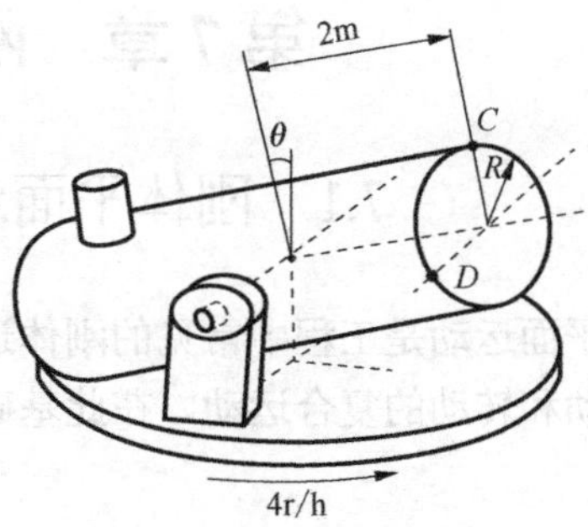

题 6-26 图

拓展应用

6-27　20 世纪 90 年代，基于我国载人航天事业发展的需要，中航工业直升机设计研究所于 1998 年为总装航天医学工程研究所建成了一台两自由度 HYG08 型载人离心机，如图所示，用于航天员训练，为我国载人航天事业发挥了重大作用。

试分析宇航员在训练过程中头部承受的加速度及其变化规律。

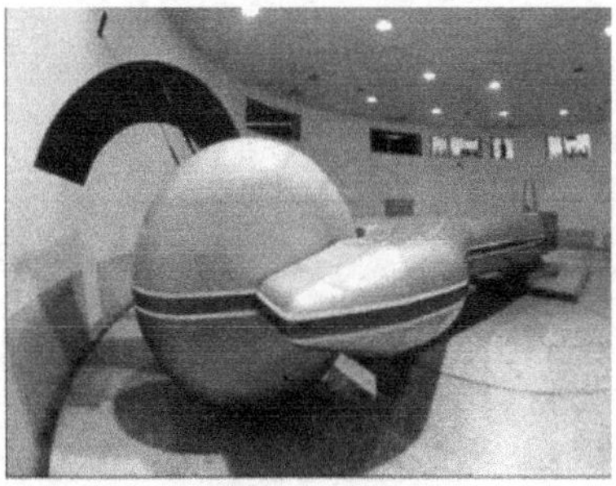

题 6-27 图

6-28　机械臂在工程中有着广泛应用。通常，机械臂末端执行器要达到的一系列目标点是已知的，需要根据已知的目标点确定机械臂的运动参数，这类问题可视为运动学逆问题。已知机械臂各轴的运动参数，求解机械臂末端运动参数的问题为运动学正问题。本章是机械臂运动学问题处理的基础，对于图 6-1(c)所示机械臂，尝试建立机械臂末端 A 点的运动方程，分析 A 点的速度、加速度与各关节运动参数之间的关系。

参考答案

高频问题及典型例题 4～6

第 7 章　刚体的平面运动

7.1　刚体平面运动方程及运动分解

刚体的平面运动是工程中常见的刚体运动形式。本章运用运动分解的思想，把刚体平面运动看成平动和转动的复合运动，在此基础上讨论刚体上各点的速度之间、加速度之间的运动关系。

7.1.1　平面运动方程

刚体在运动过程中，如果其上任一点至某固定平面间的距离保持不变，则称刚体(相对于固定平面)做平面运动。刚体上每一点的运动轨迹均为平面曲线。如图 7-1 中沿直线轨道滚动的车轮，曲柄连杆机构中的连杆 AB 以及平面四连杆机构中的连杆 AB 等，均做平面运动。

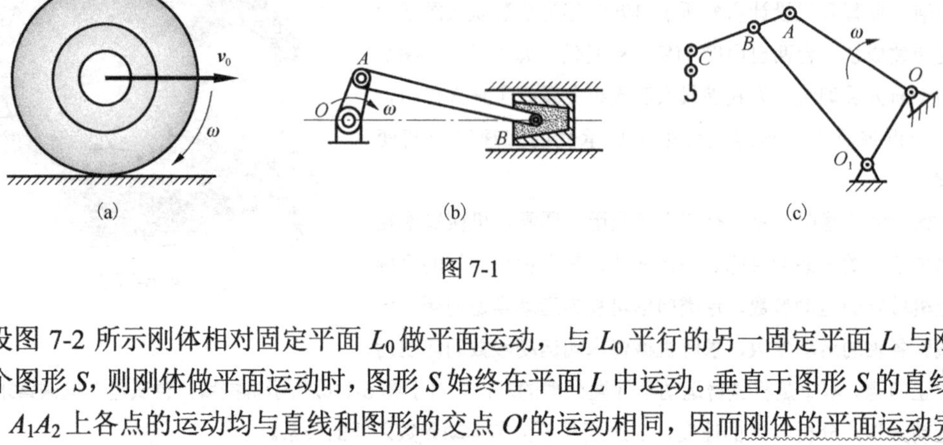

图 7-1

设图 7-2 所示刚体相对固定平面 L_0 做平面运动，与 L_0 平行的另一固定平面 L 与刚体交成一个图形 S，则刚体做平面运动时，图形 S 始终在平面 L 中运动。垂直于图形 S 的直线 A_1A_2 平动，A_1A_2 上各点的运动均与直线和图形的交点 O' 的运动相同，因而刚体的平面运动完全可以用平面图形 S 的运动代表。

为了确定平面图形 S 在任意瞬时的位置，在平面图形上任取一点 O'，称为**基点**；再取一直线段 $O'A$。如果直线段 $O'A$ 的位置确定，那么图形 S 的位置也就确定了。如图 7-3 所示，在 L 平面上取固定坐标系 Oxy，过基点 O' 作平动系 $O'\xi\eta$，使 $O'\xi$ 轴始终与 Ox 轴保持平行，这样，线段 $O'A$ 的位置可以由基点 O' 的坐标 $x_{O'}$、$y_{O'}$ 以及线段 $O'A$ 与 $O'\xi$ 轴的夹角 φ 来确定。$x_{O'}$、$y_{O'}$ 及 φ 称为平面运动刚体的广义坐标，即平面运动的刚体具有三个自由度。

当图形 S 运动时，坐标 $x_{O'}$、$y_{O'}$ 及 φ 都是时间 t 的单值连续函数，可表示为

$$x_{O'} = f_1(t),\quad y_{O'} = f_2(t),\quad \varphi = f_3(t) \tag{7-1}$$

方程(7-1)完全确定了图形 S 的运动，也就完全确定了平面运动刚体的运动，称为**刚体平面运动方程**。

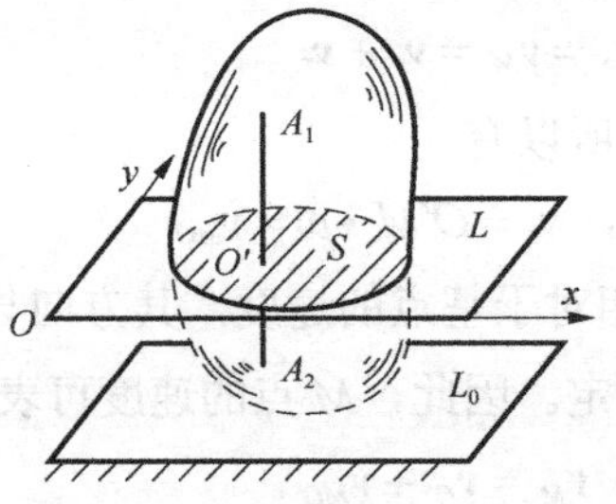

图 7-2

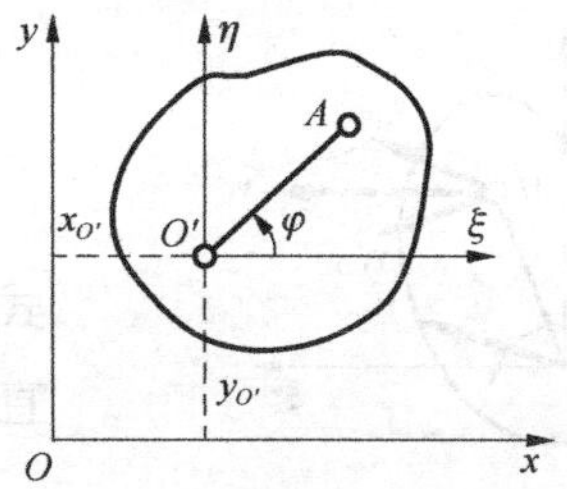

图 7-3

式(7-1)中，若φ不随时间变化，则刚体运动简化为平动；若基点O'的位置坐标保持不变，则刚体运动简化为绕基点的转动。利用刚体平面运动方程，可以用分析的方法求得刚体内各点的速度和加速度。因此，一般情况下，刚体的平面运动分解为随着基点(固结在基点的平动系)的平动和绕着基点的转动。对式(7-1)求导，可得到刚体随基点平动的速度、加速度分量以及绕基点转动的角速度和角加速度为

$$\dot{x}_{O'}=\dot{f}_1(t),\quad \dot{y}_{O'}=\dot{f}_2(t),\quad \dot{\varphi}=\dot{f}_3(t) \tag{7-2}$$

$$\ddot{x}_{O'}=\ddot{f}_1(t),\quad \ddot{y}_{O'}=\ddot{f}_2(t),\quad \ddot{\varphi}=\ddot{f}_3(t) \tag{7-3}$$

式(7-1)～式(7-3)可看成描述刚体平面运动的分析方法，在建立动力学方程时会用到。需要强调的是，为了后续分析问题的便捷，上述方程建立的时候固结于基点的坐标系一定是平动系。

7.1.2　刚体平面运动分解为平动和转动

图 7-3 中，基点O'可以任意选取，但选取不同的基点，对运动的分解有影响。如图 7-4 所示，平面图形由位置Ⅰ运动到位置Ⅱ，图形上的直线AB随之运动到$A'B'$。若以A点为基点，图形的平面运动就可以看成随A点平移到$A'B''$，同时绕A'点逆时针转过$\Delta\varphi_A$角度到达$A'B'$位置；若以B点为基点，图形的平面运动则可看成随B点平移到$B'A''$，同时绕B'点逆时针转过$\Delta\varphi_B$角度到达$A'B'$位置。一般情况下，

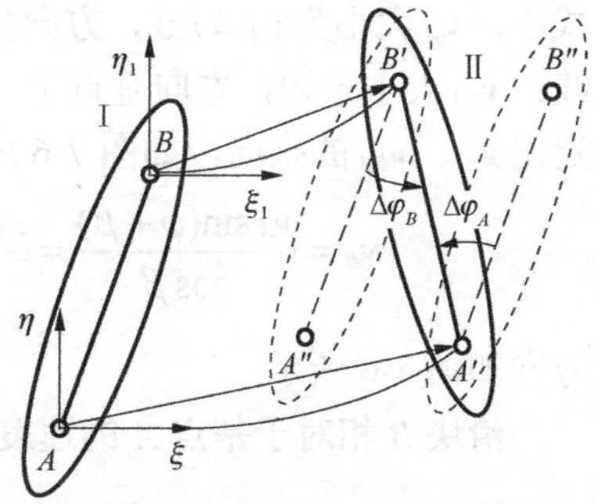

图 7-4

A、B两点的位移不相等，即$\overrightarrow{AA'}\neq\overrightarrow{BB'}$，故图形随基点的平动部分与基点的选择有关；另外，由于相对基点所转过的角度无论大小还是转向都相同，即$\Delta\varphi_A=\Delta\varphi_B=\Delta\varphi$，从而有$\omega=\dot{\varphi}$，$\alpha=\ddot{\varphi}$，因此相对基点的转动部分与基点的选择无关。角速度与角加速度无须指明是相对于哪个基点而言的，泛称为**刚体平面运动的角速度**和**角加速度**，又称为绝对角速度和绝对角加速度。

7.2　刚体平面运动的速度分析

7.2.1　速度合成法(基点法)

如图 7-5 所示，设平面图形在任一瞬时的角速度为ω。在图形内任取一点O'为基点，该点此瞬时的速度为$\boldsymbol{v}_{O'}$。由于平面图形相对于平动系$O'\xi\eta$的运动是绕基点O'的转动，所以，平面图形上任一点M相对于平动系的运动就是以O'为圆心、$O'M$为半径的圆周运动。根据点的复合运动的速度合成定理，有

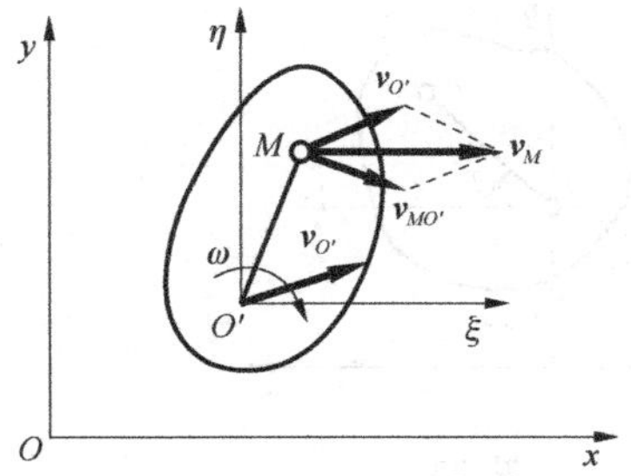

图 7-5

$$\boldsymbol{v}_a = \boldsymbol{v}_M = \boldsymbol{v}_e + \boldsymbol{v}_r$$

由于动系做平动，所以有

$$\boldsymbol{v}_e = \boldsymbol{v}_{O'}, \quad v_r = O'M \cdot \omega = v_{MO'}$$

式中，$v_{MO'}$称为 M 点相对于基点的速度，其方向与$O'M$垂直，指向由ω的转向确定。因此，M点的速度可表示为

$$\boldsymbol{v}_M = \boldsymbol{v}_{O'} + \boldsymbol{v}_{MO'} \tag{7-4}$$

即平面图形上任一点的速度等于基点的速度与该点相对于基点(严格讲，应为相对于以基点为原点的平动系)的速度的矢量和。该方法是求解平面图形上任一点的速度的基本方法，称为**速度合成法或基点法**。

式(7-4)是一个平面矢量方程。一般取速度已知的点为基点，可解出两个未知量。

例 7-1　曲柄滑块机构如图 7-6 所示。已知曲柄$OA=r$，以匀角速度ω转动，连杆AB长为l。求图示位置(φ、β为已知)滑块B的速度$\boldsymbol{v}_B$及连杆AB的角速度ω_{AB}。

解　(1)机构运动分析。

连杆AB做平面运动，曲柄OA做定轴转动，A点运动已知，B点做直线运动。

(2)速度分析。

研究AB杆，取A点为基点，分析B点(即滑块)的速度，根据速度合成法有

$$\boldsymbol{v}_B = \boldsymbol{v}_A + \boldsymbol{v}_{BA}$$

式中，$\boldsymbol{v}_A$大小为$v_A = r\omega$，方向垂直于OA，指向如图 7-6 所示；$\boldsymbol{v}_B$大小未知，方向沿OB直线；$\boldsymbol{v}_{BA}$大小未知，方向垂直于AB杆。在B点作速度平行四边形，使$\boldsymbol{v}_B$位于对角线，由此定出$\boldsymbol{v}_B$、$\boldsymbol{v}_{BA}$的指向，如图 7-6 所示。由几何关系可求得滑块B的速度大小为

$$v_B = \frac{v_A \sin(\varphi+\beta)}{\cos\beta} = \frac{r\omega\sin(\varphi+\beta)}{\cos\beta}$$

方向如图 7-6 所示。

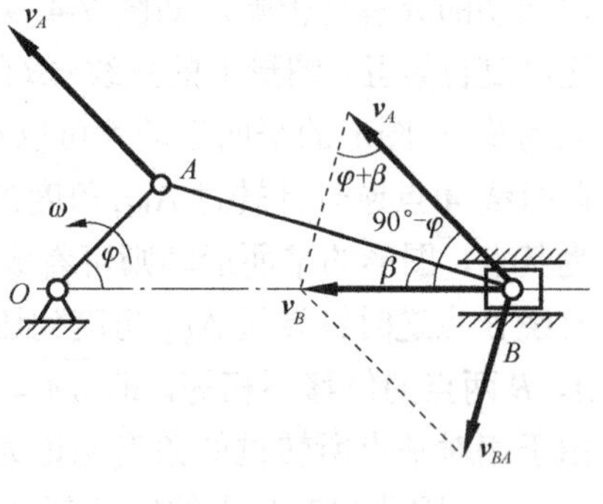

图 7-6

滑块B相对于基点A的速度大小为

$$v_{BA} = \frac{v_A\cos\varphi}{\cos\beta} = \frac{r\omega\cos\varphi}{\cos\beta}$$

因为$v_{BA} = l \cdot \omega_{AB}$，所以，连杆$AB$的角速度大小为

$$\omega_{AB} = \frac{r\omega\cos\varphi}{l\cos\beta}$$

由基点A的位置及$\boldsymbol{v}_{BA}$的方向，可确定出ω_{AB}的转向为顺时针。

(3)求得ω_{AB}后，即可进一步求AB上其他点(如AB中点C)的速度。读者可自行分析求解。

思考题 7-1　例 7-1 中，试分析在$\varphi=90°$、$0°$瞬时位置时，滑块B的速度及连杆AB的角速度。

思考题 7-2　例 7-1 能否选B点作为基点并应用速度合成法进行分析求解？对比不同基点求解的异同。

思考题 7-3　例 7-1 中，AB 杆相对于 OA 杆的角速度与基点法求得的角速度是否相同？若不同，差异何在？

思考题 7-4　例 7-1 中，若 $\varphi=\omega t$，试导出 v_B、ω_{AB} 的解析表达式(以时间 t 为自变量)。

例 7-2　四连杆机构如图 7-7 所示。设曲柄 $OA=0.5\text{m}$，连杆 $AB=1\text{m}$，曲柄以匀角速度 $\omega=4\text{rad/s}$ 做顺时针转动。求图示瞬时($AB\perp BC$)B 点的速度、连杆 AB 及摇杆 BC 的角速度。

解　(1)机构运动分析。

连杆 AB 做平面运动，曲柄 OA 及摇杆 BC 做定轴转动；A 点运动已知，B 点做圆周运动。

(2)速度分析。

研究连杆 AB，取 A 点为基点，分析 B 点的速度，根据速度合成法有

$$\boldsymbol{v}_B=\boldsymbol{v}_A+\boldsymbol{v}_{BA}$$

式中，$\boldsymbol{v}_A$ 大小为 $v_A=OA\cdot\omega=2\text{m/s}$，方向垂直于 OA，指向如图 7-7 所示；$\boldsymbol{v}_B$ 大小未知，方向垂直于 BC 杆；$\boldsymbol{v}_{BA}$ 大小未知，方向垂直于 AB 杆；在 B 点作速度平行四边形，由几何关系得到此瞬时 B 点的速度大小为

$$v_B=v_A\cos30^\circ=1.732\text{m/s}$$

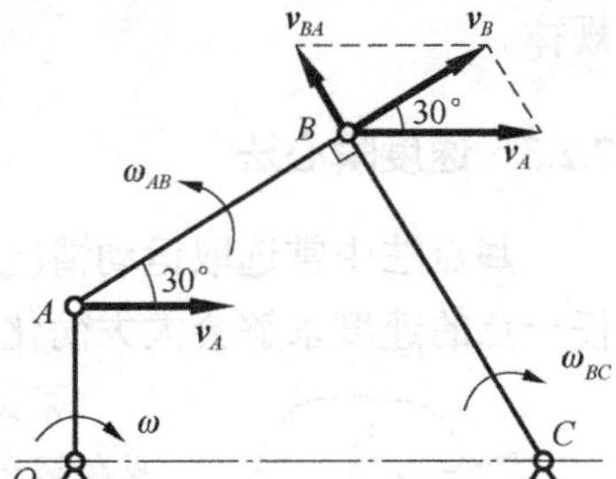

图 7-7

BC 杆此瞬时的角速度大小为

$$\omega_{BC}=\frac{v_B}{BC}=1.5\text{rad/s}$$

其中，$BC=1.15\text{m}$，ω_{BC} 转向为顺时针。

B 点相对于基点 A 的速度大小为

$$v_{BA}=v_A\sin30^\circ=1\text{m/s}$$

因为 $v_{BA}=AB\cdot\omega_{AB}$，得 AB 杆在此瞬时的角速度大小为

$$\omega_{AB}=\frac{v_{BA}}{AB}=1\text{rad/s}$$

转向为逆时针。

本题也可以取 B 点为基点分析求解。读者可自行分析求解。

7.2.2　速度投影法

将式(7-4)的两端各速度矢量分别向 O' 与 M 两点的连线上投影，并注意到 $\boldsymbol{v}_{MO'}\perp O'M$，则有

$$[\boldsymbol{v}_M]_{O'M}=[\boldsymbol{v}_{O'}]_{O'M} \tag{7-5}$$

即平面图形内任意两点的速度在这两点连线上的投影相等，称为**速度投影定理**。应用速度投影定理求平面图形上一点的速度的方法称为**速度投影法**。应用该方法有时会使问题求解更方便。例如，图 7-7 所示机构中，已知点 A 的速度 $\boldsymbol{v}_A$ 和点 B 的速度 $\boldsymbol{v}_B$ 的方位，应用速度投影定理即可方便地求出 $\boldsymbol{v}_B$ 的大小为：$v_B=v_A\cos30^\circ$。

应用速度投影定理时应注意以下几点。

(1)该定理反映了刚体形状不变的特性，故适用于做任何运动的刚体。

(2)速度投影方程不出现动点相对于基点的速度，故不能用此方法求解刚体平面运动的角速度。

(3)当平面图形内两点的速度与其连线垂直时，速度投影方程为恒等式，速度投影法失效。

(4)当平面图形内两点的速度平行、同向且与这两点的连线不垂直时，如图 7-8 所示，由 $v_A\cos\theta = v_B\cos\theta$，得

$$\boldsymbol{v}_B = \boldsymbol{v}_A\,,\quad \boldsymbol{v}_{BA} = \boldsymbol{0}$$

即该瞬时刚体运动的角速度等于零，刚体上各点速度相同，若该瞬时刚体的角加速度不为零，则称刚体做**瞬时平动**。

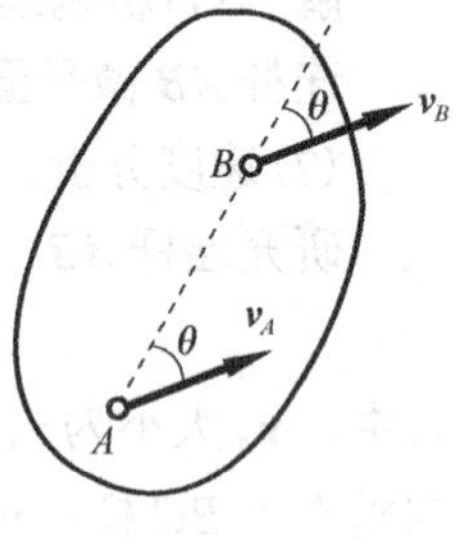

图 7-8

思考题 7-5 用速度投影法求解例 7-1 中滑块 B 的速度。

思考题 7-6 指出图 7-6 所示曲柄滑块机构中 AB 杆瞬时平动时曲柄的位置；判断图 7-7 所示平面四连杆机构中 AB 杆是否会出现瞬时平动。

思考题 7-7 对比瞬时平动与平动刚体上点的速度、加速度的分布规律。

7.2.3 速度瞬心法

基点法中常选取运动情况已知的点为基点，若选取速度为零的点为基点，则平面图形上任一点的速度求解会大大简化。

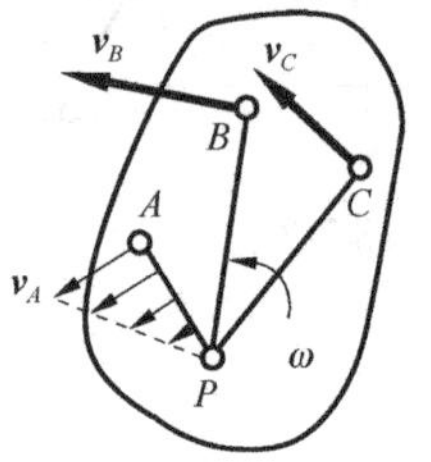

图 7-9

某瞬时平面图形内(或其延拓部分上)速度为零的点 P，称为平面图形在该瞬时的**瞬时速度中心**，简称**速度瞬心**。如果取 P 点作为基点，因为基点的速度 $\boldsymbol{v}_P = 0$，所以图形内任一点的速度是该点绕速度瞬心 P 做圆周运动的速度。即此时图形上各点的速度分布与图形绕速度瞬心做定轴转动的情况完全相同(图 7-9)。利用速度瞬心求解平面图形内点的速度的方法称为**速度瞬心法**，简称**瞬心法**。可以证明，在角速度不等于零的任意瞬时，平面图形的速度瞬心唯一存在。

如图 7-10 所示，设某瞬时平面图形的角速度为ω，其上一点 O'的速度为 $\boldsymbol{v}_{O'}$。过 O' 点作 $\boldsymbol{v}_{O'}$的垂线，并在由 $\boldsymbol{v}_{O'}$顺 ω 转向转过 90°的一侧上取一点 P，使 $O'P = v_{O'}/\omega$。以点 O' 为基点，点 P 为动点，由速度合成法，得

$$v_P = v_{O'} - v_{PO'} = v_{O'} - O'P \cdot \omega = 0$$

可见，点 P 即为该瞬时平面图形的速度瞬心。

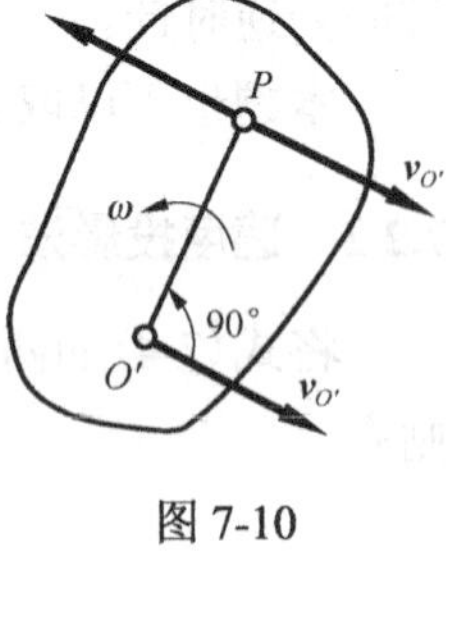

图 7-10

运用速度瞬心法求解的关键在于找到速度瞬心。几种常用方法如下。

(1)当平面图形沿某一固定面做纯滚动时，图形上与固定面的接触点 P 的速度为零，接触点即为平面图形的速度瞬心(图 7-11(a))。

(2)某瞬时平面图形上任意两点 A、B 的速度方向已知，并且两点速度互不平行(图 7-11(b))，此时，过 A、B 两点分别作两点速度的垂线，其交点 P 即为平面图形的速度瞬心。

(3)如果某瞬时，平面图形上 A、B 两点的速度垂线重合(图 7-11(c))，则两速度矢端的连线与垂线 AB 的交点 P，即为速度瞬心。

(4)若图形做瞬时平动，则速度瞬心趋向无穷远处。

必须指出：在不同的瞬时，图形有不同的速度瞬心；速度瞬心的加速度并不为零。

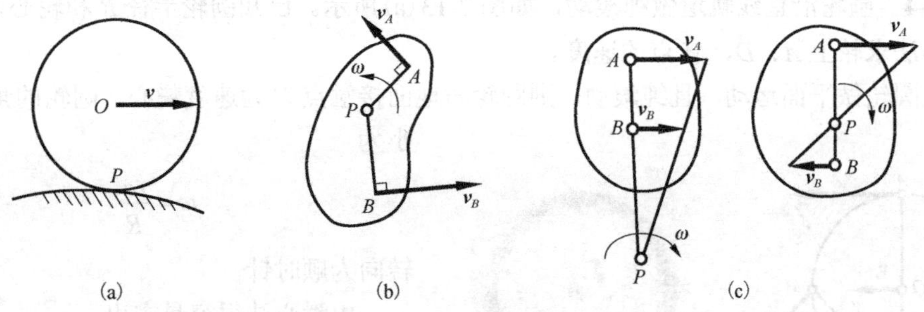

图 7-11

例 7-3　用瞬心法解例 7-1，求连杆 AB 的角速度 ω_{AB} 及滑块 B 的速度 $\boldsymbol{v}_B$。

解　连杆 AB 做平面运动，曲柄 OA 做定轴转动。A 点的速度 $\boldsymbol{v}_A$ 的大小为 $r\omega$，方向垂直于曲柄 OA；B 点的速度方向沿 OB 直线。过 A、B 两点分别作其速度的垂线，相交的 C 点就是连杆 AB 在图示瞬时的速度瞬心，如图 7-12(a) 所示。

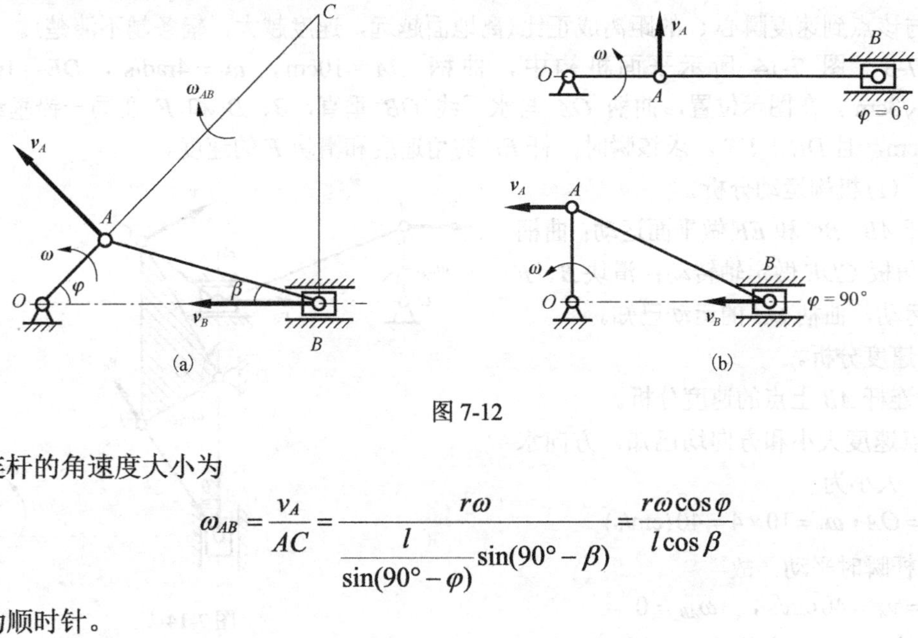

图 7-12

连杆的角速度大小为

$$\omega_{AB}=\frac{v_A}{AC}=\frac{r\omega}{\dfrac{l}{\sin(90^\circ-\varphi)}\sin(90^\circ-\beta)}=\frac{r\omega\cos\varphi}{l\cos\beta}$$

转向为顺时针。

杆上 B 点(即滑块 B)的速度大小为

$$v_B=BC\cdot\omega_{AB}=\frac{l\sin(\varphi+\beta)}{\sin(90^\circ-\varphi)}\frac{r\omega\cos\varphi}{l\cos\beta}=\frac{r\omega\sin(\varphi+\beta)}{\cos\beta}$$

方向水平向左。

可见，只要找到速度瞬心，应用瞬心法求解速度非常方便。

如果机构处于图 7-12(b) 所示位置。在 $\varphi=0^\circ$ 瞬时：连杆 AB 的速度瞬心恰好在 B 点，此时 $\boldsymbol{v}_B=0$；连杆 AB 的角速度 $\omega_{AB}=\dfrac{v_A}{l}=\dfrac{r}{l}\omega$，转向为顺时针。在 $\varphi=90^\circ$ 瞬时：$\boldsymbol{v}_A=\boldsymbol{v}_B$，连杆 AB 做瞬时平动，$\omega_{AB}=0$。

由此可见，同一构件在不同瞬时的速度瞬心位置不同。

例 7-4　圆轮沿直线轨道做纯滚动，如图 7-13(a)所示。已知圆轮半径 R 和轮心速度 $\boldsymbol{v}_O$，试用瞬心法求轮上 A、D、M 点的速度。

解　圆轮做平面运动，且纯滚动，则圆轮与地面接触点 C 为速度瞬心，圆轮的角速度大小为

$$\omega=\frac{v_O}{R}$$

转向为顺时针。

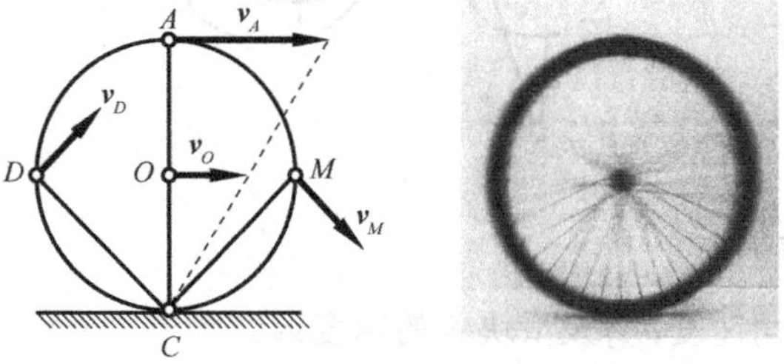

(a)　　(b)

图 7-13

由瞬心法很容易求出

$$v_A = CA\cdot\omega = 2R\omega = 2v_O$$

$$v_D = CD\cdot\omega = \sqrt{2}R\omega = \sqrt{2}v_O$$

$$v_M = CM\cdot\omega = \sqrt{2}R\omega = \sqrt{2}v_O$$

各点速度方向如图 7-13(a)所示。

图 7-13(b)为沿地面滚动的自行车车轮照片，照片上辐条的清晰度反映出轮上各点的速度大小与该点到速度瞬心 C 的距离成正比(离地面越远，速度越大，辐条越不清楚)。

例 7-5　图 7-14 所示平面机构中，曲柄 $OA=10\text{cm}$，$\omega_0=4\text{rad/s}$，$DE=10\text{cm}$，$EF=10\sqrt{3}\text{cm}$。在图示位置，曲柄 OA 与水平线 OB 垂直，B、D 和 F 在同一铅垂线上，$BD=10\text{cm}$，且 $DE\perp EF$。求该瞬时，杆 EF 的角速度和滑块 F 的速度。

解　(1)机构运动分析。

连杆 AB、BC 和 EF 做平面运动；曲柄 OA、三角板 CDE 做定轴转动；滑块 B、F 做直线运动，曲柄 OA 的运动已知。

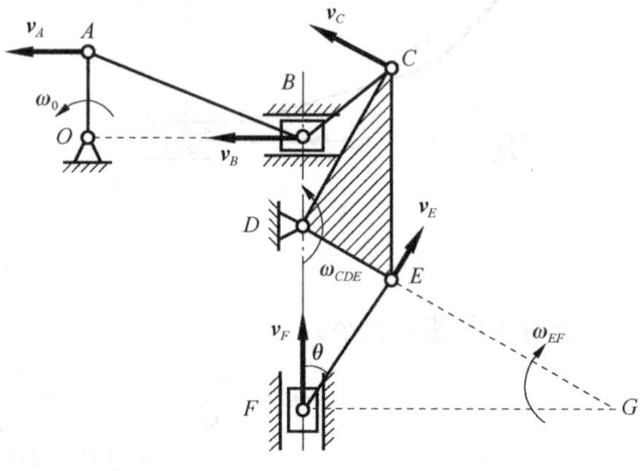

图 7-14

(2)速度分析。

① 连杆 AB 上点的速度分析。

A 点速度大小和方向均已知，方向水平向左，大小为

$$v_A = OA\cdot\omega_0 = 10\times4 = 40(\text{cm/s})$$

AB 杆瞬时平动，故

$$v_B = v_A = 40\,\text{cm/s},\quad \omega_{AB}=0$$

② 连杆 BC 上点的速度分析。

C 点的速度方位可由板 CDE 确定，$\boldsymbol{v}_C$ 必垂直于 DC，作 $\boldsymbol{v}_B$、$\boldsymbol{v}_C$ 的垂线，可知 D 点恰好就是连杆 BC 的速度瞬心。这样，连杆 BC 的角速度大小为

$$\omega_{BC}=\frac{v_B}{BD}=\frac{40}{10}=4(\text{rad/s})$$

转向为逆时针。故 C 点的速度大小为

$$v_C = CD\cdot\omega_{BC}$$

③ 三角板 CDE 的角速度分析。

三角板 CDE 做定轴转动，C 点的速度已求得，故

$$\omega_{CDE}=\frac{v_C}{CD}=\omega_{BC}=4\text{rad/s}$$

转向为逆时针。

E 点速度大小为　$v_E = DE \cdot \omega_{CDE} = 10 \times 4 = 40(\text{cm/s})$

方向垂直于 DE。

④ 连杆 EF 上点的速度分析。

连杆 EF 做平面运动，E 点速度已求出，F 点速度沿铅垂线。由 E、F 点分别作速度的垂线，得交点 G，即为 EF 杆的速度瞬心。在图示位置由几何关系得

$$\tan\theta = \frac{DE}{EF} = \frac{10}{10\sqrt{3}}，即 \theta = 30°$$

$$EG = EF \cdot \tan 60° = 10\sqrt{3} \times \sqrt{3} = 30(\text{cm})$$

杆 EF 的角速度大小为　$\omega_{EF} = \dfrac{v_E}{EG} = \dfrac{40}{30} = 1.33(\text{rad/s})$

转向为顺时针。

杆 EF 上 F 点的速度即滑块的速度大小为

$$v_F = FG \cdot \omega_{EF} = \frac{EG}{\sin 60°} \cdot \omega_{EF} = 30 \times \frac{2}{\sqrt{3}} \times \frac{40}{30} = 46.18(\text{cm/s})$$

方向铅垂向上。

从本例可见，在同一瞬时，各平面运动刚体有各自的速度瞬心，不能混淆。

7.3　刚体平面运动的加速度分析

设某瞬时，平面图形的角速度为ω，角加速度为α，图形内一点 O'的加速度为 $\boldsymbol{a}_{O'}$(图 7-15)。以 O'点为基点，则平面图形内 M 点的运动就可以视为随基点 O'的运动与绕基点 O'的圆周运动的合成。随基点的运动相当于牵连运动。根据牵连运动为平动时的加速度合成定理 $\boldsymbol{a}_\text{a} = \boldsymbol{a}_\text{e} + \boldsymbol{a}_\text{r}$，有

$$\boldsymbol{a}_M = \boldsymbol{a}_{O'} + \boldsymbol{a}_{MO'}$$

式中，$\boldsymbol{a}_{MO'}$ 是 M 点相对于基点 O' 的加速度，可分为切向加速度与法向加速度两项。切向加速度 $\boldsymbol{a}_{MO'}^{\tau}$ 的大小为 $a_{MO'}^{\tau} = O'M \cdot \alpha$，方向垂直于 $O'M$，指向由角加速度 α 的转向确定；法向加速度 $\boldsymbol{a}_{MO'}^{n}$ 的大小为 $a_{MO'}^{n} = O'M \cdot \omega^2$，方向沿 $O'M$，指向 O' 点。于是，得到 M 点的加速度公式(基点法)：

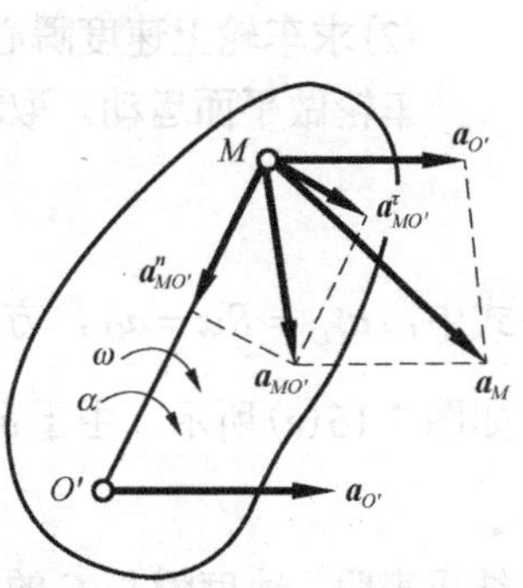

图 7-15

$$\boldsymbol{a}_M = \boldsymbol{a}_{O'} + \boldsymbol{a}_{MO'}^{\tau} + \boldsymbol{a}_{MO'}^{n} \tag{7-6}$$

即平面图形上任一点的加速度，等于基点的加速度与该点相对于基点的法向加速度和切向加速度的矢量和。

式(7-6)为平面内的矢量方程，矢量个数一般多于三个，故多用投影法求解。具体应用时，可将式(7-6)向任选的两个坐标轴投影，得到两个代数方程，从而求出未知量。

与讨论速度瞬心的情况一样，可以证明，在平面图形的角加速度不等于零的任一瞬时，平面图形上必有一点的加速度等于零，这点称为**加速度瞬心**。若取加速度瞬心为基点，则有

可能简化加速度计算。但在一般情况下，由于确定平面图形的加速度瞬心位置远不及确定速度瞬心那样直观，故加速度瞬心法的实用性受到了限制，在此不作详细讨论。

应该注意，速度瞬心与加速度瞬心通常是不重合的。一般情况下，速度瞬心的加速度不为零，加速度瞬心的速度不为零。例如，车轮沿直线轨道做匀速纯滚动时，车轮与地面的接触点 C 是速度瞬心；而轮心的加速度为零，轮心 O 是加速度瞬心。显然，速度瞬心与加速度瞬心不是同一点。平面图形上点的加速度多用式(7-6)所示基点法求解。

例 7-6 车轮沿直线轨道做纯滚动，如图 7-16 所示。已知车轮半径为 R，轮心 O 的速度为 $\boldsymbol{v}_O$，加速度为 $\boldsymbol{a}_O$。试求速度瞬心 C 点的加速度以及轮缘上 A 点的加速度。

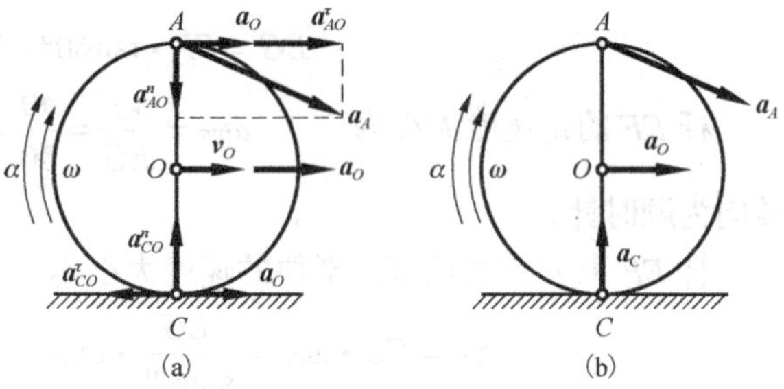

图 7-16

解 (1) 求车轮的角速度 ω 和角加速度 α。

车轮纯滚动时，速度瞬心为 C 点，角速度为

$$\omega = \frac{v_O}{R}$$

转向由 $\boldsymbol{v}_O$ 的方向确定为顺时针。上述关系不仅在图示瞬时成立，而且在任一瞬时均成立，故可求导。因为轮心 O 做直线运动，故有 $\frac{\mathrm{d}v_O}{\mathrm{d}t} = a_O$。则车轮的角加速度为

$$\alpha = \frac{\mathrm{d}\omega}{\mathrm{d}t} = \frac{\mathrm{d}}{\mathrm{d}t}\left(\frac{v_O}{R}\right) = \frac{1}{R}\frac{\mathrm{d}v_O}{\mathrm{d}t} = \frac{a_O}{R}$$

转向与 ω 相同。

(2) 求车轮上速度瞬心 C 的加速度。

车轮做平面运动。取轮心 O 为基点，按照加速度公式可得 C 点的加速度为

$$\boldsymbol{a}_C = \boldsymbol{a}_O + \boldsymbol{a}_{CO}^\tau + \boldsymbol{a}_{CO}^n$$

式中，$a_{CO}^\tau = R\alpha = a_O$，方向水平向左；$a_{CO}^n = \omega^2 R = \frac{v_O^2}{R}$，方向由 C 指向轮心 O，加速度矢量如图 7-16(a)所示。由于 $\boldsymbol{a}_O$ 与 $\boldsymbol{a}_{CO}^\tau$ 的大小相等、方向相反，故合成结果是

$$a_C = a_{CO}^n = R\omega^2$$

结果表明，速度瞬心 C 的加速度不等于零。当车轮沿地面只滚不滑时，速度瞬心 C 的加速度指向轮心 O，如图 7-16(b)所示。

(3) 求车轮轮缘上 A 点的加速度。

仍取轮心 O 为基点(也可以取 C 点)，按照加速度公式可得 A 点的加速度为

$$\boldsymbol{a}_A = \boldsymbol{a}_O + \boldsymbol{a}_{AO}^\tau + \boldsymbol{a}_{AO}^n$$

式中，$a_{AO}^\tau = AO \cdot \alpha = R\alpha$，方向垂直于 AO，即沿 A 点切线；$a_{AO}^n = AO \cdot \omega^2 = R\omega^2$，方向沿 AO，指向 O 点，A 点加速度矢量如图 7-16(a)所示。将矢量式向水平和铅垂方向分别投影得

$$a_{Ax} = a_O + a_{AO}^{\tau}\ ,\quad a_{Ay} = -a_{AO}^{n}$$

A 点全加速度可由 a_{Ax}、a_{Ay} 确定，如图 7-16(b)所示。

思考题 7-8　车轮做纯滚动的另外两种情况，即沿内凹型和外凸型的弧形轨道纯滚动，车轮的角速度与轮心速度的关系 $\omega = \dfrac{v_O}{R}$ 是否成立？试加以证明。

例 7-7　求例 7-2 机构中图示瞬时($\theta = 30°$)，B 点的加速度、连杆 AB 及杆 CB 的角加速度。

解　AB 杆做平面运动，由例 7-2 的速度分析已经求得 ω_{AB}、ω_{BC}(或 v_B)。

A 点加速度已知。取 A 点为基点，分析 B 点的加速度。根据加速度基点法：

$$\boldsymbol{a}_B^{\tau} + \boldsymbol{a}_B^{n} = \boldsymbol{a}_A + \boldsymbol{a}_{BA}^{\tau} + \boldsymbol{a}_{BA}^{n}$$

式中

$$a_A = a_A^n = OA \cdot \omega^2 = 0.5 \times 4^2 = 8(\text{m/s}^2)$$

$$a_B^n = CB \cdot \omega_{BC}^2 = 1.15 \times 1.5^2 = 2.6(\text{m/s}^2)$$

$$a_{BA}^n = AB \cdot \omega_{AB}^2 = 1 \times 1^2 = 1(\text{m/s}^2)$$

$\boldsymbol{a}_B^{\tau}$、$\boldsymbol{a}_{BA}^{\tau}$ 大小未知，方向假设如图 7-17 所示。作 B 点加速度矢量，如图 7-17 所示。

取投影轴 Bx、By，并将加速度矢量式向两轴分别投影，得

$$a_B^{\tau} = -a_A \sin\theta - a_{BA}^n$$

$$-a_B^n = -a_A \cos\theta + a_{BA}^{\tau}$$

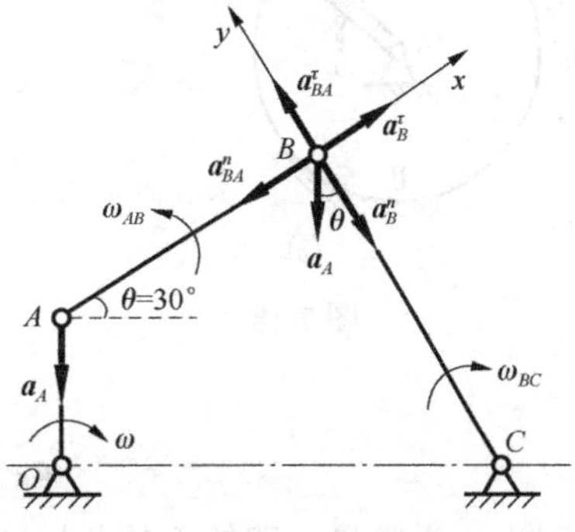

图 7-17

代入数值，解得

$$a_B^{\tau} = -a_A \sin\theta - a_{BA}^n = -5\text{m/s}^2$$

式中负号说明 $\boldsymbol{a}_B^{\tau}$ 与图中假设方向相反。

$$a_{BA}^{\tau} = a_A \cos\theta - a_B^n = 4.3\text{m/s}^2$$

则 B 点的全加速度大小为

$$a_B = \sqrt{(a_B^{\tau})^2 + (a_B^n)^2} = \sqrt{(-5)^2 + (4.3)^2} = 6.6(\text{m/s}^2)$$

杆 AB 的角加速度大小为　$\alpha_{AB} = \dfrac{a_{BA}^{\tau}}{AB} = \dfrac{4.3}{1} = 4.3(\text{rad/s}^2)$

转向为逆时针。

杆 CB 的角加速度大小为　$\alpha_{CB} = \dfrac{|a_B^{\tau}|}{CB} = \dfrac{5}{1.15} = 4.3(\text{rad/s}^2)$

转向为逆时针。

例 7-8　外啮合行星齿轮机构中，半径为 r 的行星齿轮 I 由曲柄 O_1O 带动，在固定齿轮 II 上做纯滚动。已知：曲柄 O_1O 长为 l，以匀角速度 ω_1 绕固定轴 O_1 转动，设在图 7-18 所示位置时，行星齿轮轮缘上的 A 点在 O_1O 的延长线上，而 B 点在垂直于 O_1O 的半径上。求此时：(1) A、B 两点速度及轮 I 的角速度；(2) A、B 两点的加速度及轮 I 的角加速度。

解　(1)速度分析。

曲柄 O_1O 以匀角速度 ω_1 做定轴转动。轮心 O 点的速度为

$$v_O = l \cdot \omega_1$$

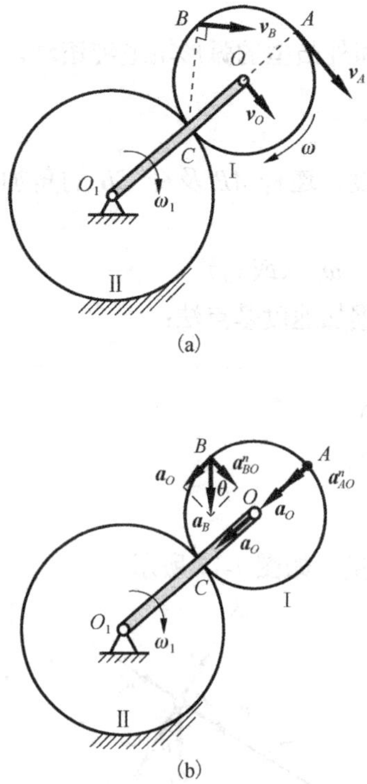

图 7-18

行星齿轮 I 沿固定齿轮 II 纯滚动(平面运动)，两轮的接触点 C 为行星齿轮 I 在该瞬时的速度瞬心。设轮 I 的角速度为 ω，则轮心 O 点的速度大小为

$$v_O = CO \cdot \omega = r\omega$$

故得

$$\omega = \frac{v_O}{r} = \frac{l\omega_1}{r}$$

转向为顺时针。因为 ω_1 为常量，所以 ω 也为常量，即轮 I 以匀角速度做纯滚动。

根据速度瞬心法，轮 I 上 A 点的速度大小为

$$v_A = AC \cdot \omega = 2r\omega$$

方向垂直于 AC。

轮 I 上 B 点的速度大小为

$$v_B = BC \cdot \omega = \sqrt{2}\, r\omega$$

方向垂直于 BC。各点的速度矢量如图 7-18(a)所示。

(2)加速度分析。

根据曲柄 O_1O 的运动可得轮心 O 点的加速度大小为

$$a_O = l\omega_1^2$$

方向沿 OO_1。

取 O 点为基点，研究 A 点和 B 点的加速度，根据基点法有

$$\boldsymbol{a}_A = \boldsymbol{a}_O + \boldsymbol{a}^\tau_{AO} + \boldsymbol{a}^n_{AO},\quad \boldsymbol{a}_B = \boldsymbol{a}_O + \boldsymbol{a}^\tau_{BO} + \boldsymbol{a}^n_{BO}$$

因为 ω 为常量，即轮 I 的角加速度 $\alpha = 0$，所以 $a^\tau_{AO} = a^\tau_{BO} = 0$，则有

$$\boldsymbol{a}_A = \boldsymbol{a}_O + \boldsymbol{a}^n_{AO},\quad \boldsymbol{a}_B = \boldsymbol{a}_O + \boldsymbol{a}^n_{BO}$$

A 点、B 点加速度矢量如图 7-18(b)所示。其中

$$a^n_{AO} = a^n_{BO} = r\omega^2 = \frac{l^2}{r}\omega_1^2$$

于是得

$$a_A = a_O + a^n_{AO} = l\omega_1^2 + \frac{l^2}{r}\omega_1^2 = l\omega_1^2\left(1 + \frac{l}{r}\right)$$

方向与 $\boldsymbol{a}_O$ 相同

$$a_B = \sqrt{a_O^2 + (a^n_{BO})^2} = l\omega_1^2\sqrt{1 + \frac{l^2}{r^2}}$$

各点的加速度矢量如图 7-18(b)所示。

思考题 7-9　试用点的复合运动的分析方法求解例 7-8。

思考题 7-10　平面运动刚体上任意两点 A、B 的加速度在其连线上的投影值并不相等，两者之差是多少？

例 7-9　曲柄 OB 绕 O 轴转动，通过连杆 ABD 带动滑块 A 在铅垂导槽内平动，并通过 D 端滑块，带动有径向滑槽的圆盘也绕 O 轴转动(图 7-19(a))。已知：OB = 5cm，匀角速度

$\omega_0 = 1\text{rad/s}$；$AD = 15\text{cm}$，$BD = 5\text{cm}$。在图示瞬时，$\angle AOB = 90°$。试求此瞬时，圆盘 E 的角速度 ω_E 及角加速度 α_E。

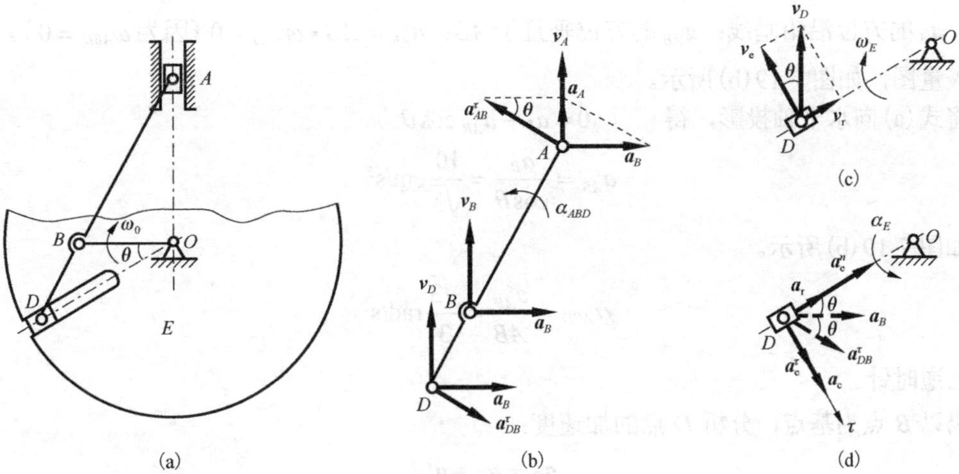

图 7-19

解　(1)运动分析。

连杆 ABD 做平面运动，A 点运动受滑道约束，做铅垂直线运动；D 点是 ABD 上的点，相对圆盘做直线运动，同时带动圆盘 E 转动。故可先用平面运动方法，分析连杆 ABD 的运动，得出滑块 D 的速度和加速度；再用点的复合运动方法，以滑块 D 为动点，动系固连于圆盘 E，从而求得圆盘的角速度和角加速度。

(2)速度分析。

曲柄 OB 做定轴转动，B 点的速度大小为

$$v_B = OB \cdot \omega_0 = 5\text{cm/s}$$

方向铅垂向上，如图 7-19(b)所示。

根据 A、B 两点的速度方位(两者平行)，可判断此瞬时 ABD 做瞬时平动，角速度 $\omega_{ABD} = 0$。连杆 ABD 上各点速度相等，即

$$v_D = v_B = v_A = 5\text{cm/s}$$

方向铅垂向上。

取滑块 D 为动点，动系固连于圆盘 E，定系固连于机架。绝对运动为平面曲线运动，相对运动为沿滑槽的直线运动，牵连运动是定轴转动。由点的复合运动速度合成定理 $\boldsymbol{v}_a = \boldsymbol{v}_e + \boldsymbol{v}_r$，且 $\boldsymbol{v}_a = \boldsymbol{v}_D$，作速度平行四边形，如图 7-19(c)所示，并求得

$$v_r = v_D \cdot \sin\theta = 2.5\text{cm/s}，\quad v_e = v_D \cdot \cos\theta = 2.5\sqrt{3}\text{cm/s}$$

圆盘的角速度大小为　$$\omega_E = \frac{v_e}{OD} = \frac{v_e}{2OB \cdot \cos\theta} = 0.5\text{rad/s}$$

转向为顺时针。

(3)加速度分析。

由曲柄 OB 匀角速度转动，求得 B 点的加速度大小为

$$a_B = OB \cdot \omega_0^2 = 5\text{cm/s}^2$$

方向沿 BO。

连杆 ABD 做瞬时平动，取 B 点为基点，分析 A 点的加速度：

$$\boldsymbol{a}_A = \boldsymbol{a}_B + \boldsymbol{a}_{AB}^n + \boldsymbol{a}_{AB}^\tau \tag{a}$$

式中，$\boldsymbol{a}_A$ 的方位沿铅垂线；$\boldsymbol{a}_{AB}^\tau$ 的方位垂直于 AB；$a_{AB}^n = AB \cdot \omega_{ABD}^2 = 0$（因为 $\omega_{ABD} = 0$）。作加速度矢量图，如图 7-19(b) 所示。

将式(a)向水平轴投影，得　　$0 = a_B - a_{AB}^\tau \cos\theta$

解得

$$a_{AB}^\tau = \frac{a_B}{\cos\theta} = \frac{10}{\sqrt{3}} \text{cm/s}^2$$

方向如图 7-19(b) 所示。

$$\alpha_{ABD} = \frac{a_{AB}^\tau}{AB} = \frac{\sqrt{3}}{3} \text{rad/s}^2$$

转向为逆时针。

仍以 B 点为基点，分析 D 点的加速度：

$$\boldsymbol{a}_D = \boldsymbol{a}_B + \boldsymbol{a}_{DB}^\tau \tag{b}$$

取滑块 D 为动点，圆盘为动系，由牵连运动为转动时的加速度合成定理有

$$\boldsymbol{a}_D = \boldsymbol{a}_e^n + \boldsymbol{a}_e^\tau + \boldsymbol{a}_r + \boldsymbol{a}_c \tag{c}$$

联立式(b)、式(c)，得

$$\boldsymbol{a}_B + \boldsymbol{a}_{DB}^\tau = \boldsymbol{a}_e^n + \boldsymbol{a}_e^\tau + \boldsymbol{a}_r + \boldsymbol{a}_c \tag{d}$$

式中，$\boldsymbol{a}_B$ 已求得；

$a_{DB}^\tau = DB \cdot \alpha_{ABD} = \dfrac{5}{\sqrt{3}} \text{cm/s}^2$，方向垂直于 DB；

$a_e^n = OD \cdot \omega_E^2 = 2\,OB \cdot \cos\theta \cdot \omega_E^2 = \dfrac{5}{4}\sqrt{3} \text{cm/s}^2$，方向沿 DO；

$\boldsymbol{a}_e^\tau$ 方向垂直于 OD；

$\boldsymbol{a}_r$ 方向沿 DO，指向预先假设方向；

$a_c = 2\omega_E v_r = 2 \times 0.5 \times 2.5 = 2.5(\text{cm/s}^2)$，方向由 $\boldsymbol{v}_r$ 顺 ω_E 转向转过 90°决定。

各矢量如图 7-19(d) 所示。

将式(d)在 $D\tau$ 方向上投影，得

$$a_B \sin\theta + a_{DB}^\tau \cdot \sin 2\theta = a_e^\tau + a_c$$

解得

$$a_e^\tau = 5\sin 30° + \frac{5}{\sqrt{3}} \sin 60° - 2.5 = 2.5(\text{cm/s}^2)$$

圆盘的角加速度大小为

$$\alpha_E = \frac{a_e^\tau}{OD} = \frac{a_e^\tau}{2OB \cdot \cos\theta} = 0.289 \text{rad/s}^2$$

转向为逆时针。

思考题 7-11　当牵连运动为平面运动时，采用加速度合成法分析动点的加速度，科氏加速度是否存在？若存在，则科氏加速度的大小和方向如何确定？

例 7-10　如图 7-20(a) 所示，曲柄连杆机构带动摇杆 EH 转动，在连杆 ABD 上装有滑块 B 和套筒 D，滑块 B 沿水平槽滑动，而套筒 D 则沿摇杆 EH 滑动。已知：曲柄 OA 以匀角速

度 ω 逆时针转动，$OA = AB = BD = r$ 。在图示位置，$\theta = 30°$ ，$EH \perp OE$ 。试求该瞬时摇杆 EH 的角速度 ω_E 和角加速度 α_E 。

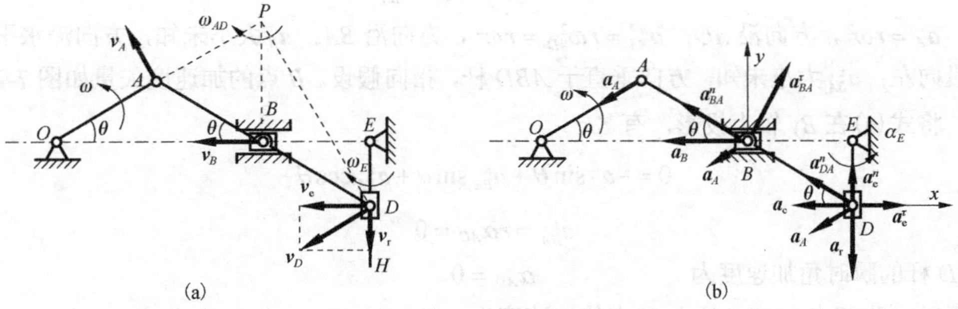

图 7-20

解　连杆 ABD 做平面运动，A 点运动已知，B 点运动受滑道约束，做水平直线运动；D 既是 ABD 杆上一点，又相对 EH 做直线运动。可先用平面运动方法求 ABD 杆的角速度和角加速度，再求出套筒 D 的速度和加速度。而后用点的复合运动方法，以套筒 D 为动点，摇杆 EH 为动系，求摇杆的角速度和角加速度。

(1)速度分析，求摇杆 EH 的角速度 ω_E 。

① 连杆 ABD 做平面运动，杆上 A 点的速度大小为

$$v_A = r\omega$$

方向垂直于 OA。

滑块 B 的速度沿水平方向，ABD 杆的速度瞬心为 P，则 ABD 杆的角速度大小为

$$\omega_{AD} = \frac{v_A}{PA} = \frac{r\omega}{r} = \omega$$

转向为顺时针。

D 点的速度大小为　$$v_D = PD \cdot \omega_{AD} = 2r\cos 30° \cdot \omega = \sqrt{3} r\omega$$

方向垂直于 PD。

② 取套筒 D 为动点，动系固连于摇杆 EH。绝对运动就是 ABD 杆上 D 点的曲线运动，相对运动是 D 点沿 EH 杆的直线运动，牵连运动是动系随 EH 杆绕 E 轴的转动，根据速度合成定理，有

$$\boldsymbol{v}_a = \boldsymbol{v}_e + \boldsymbol{v}_r$$

式中，绝对速度 $\boldsymbol{v}_a = \boldsymbol{v}_D$ ，已求出；相对速度 $\boldsymbol{v}_r$ 的方向沿 EH 杆；牵连速度 $\boldsymbol{v}_e$ 的方向垂直于 EH 杆。根据图 7-20(a)所示的速度平行四边形关系，得

$$v_r = v_D \sin\theta = \frac{\sqrt{3}}{2} r\omega ，\quad v_e = v_D \cos\theta = \frac{3}{2} r\omega$$

EH 杆的角速度大小为　$$\omega_E = \frac{v_e}{ED} = \frac{3r\omega}{2r\sin\theta} = 3\omega$$

转向为顺时针。

(2)加速度分析，求摇杆 EH 的角加速度 α_E。

① 对 ABD 杆，取 A 点为基点，则 B 点的加速度为

$$\boldsymbol{a}_B = \boldsymbol{a}_A + \boldsymbol{a}_{BA}^n + \boldsymbol{a}_{BA}^\tau \tag{a}$$

式中，$a_A = r\omega^2$，方向沿 AO；$a_{BA}^n = r\omega_{AD}^2 = r\omega^2$，方向沿 BA；$\boldsymbol{a}_B$ 大小未知，方向沿水平，指向假设向左；$\boldsymbol{a}_{BA}^\tau$ 大小未知，方向垂直于 ABD 杆，指向假设。B 点的加速度矢量如图 7-20(b)所示，将式(a)在 By 轴上投影，有

$$0 = -a_A \sin\theta + a_{BA}^n \sin\theta + a_{BA}^\tau \cos\theta$$

解得
$$a_{BA}^\tau = r\alpha_{AD} = 0$$

即 ABD 杆的瞬时角加速度为
$$\alpha_{AD} = 0$$

再以 A 为基点，ABD 杆上 D 点的加速度为

$$\boldsymbol{a}_D = \boldsymbol{a}_A + \boldsymbol{a}_{DA}^n \tag{b}$$

式中，$a_{DA}^n = 2a_{BA}^n = 2r\omega^2$，方向沿 DA。

② 以套筒 D 为动点，牵连运动为定轴转动，根据加速度合成定理有

$$\boldsymbol{a}_\mathrm{a} = \boldsymbol{a}_\mathrm{e}^\tau + \boldsymbol{a}_\mathrm{e}^n + \boldsymbol{a}_\mathrm{r} + \boldsymbol{a}_\mathrm{c} = \boldsymbol{a}_D \tag{c}$$

式(b)与式(c)联立得
$$\boldsymbol{a}_A + \boldsymbol{a}_{DA}^n = \boldsymbol{a}_\mathrm{e}^\tau + \boldsymbol{a}_\mathrm{e}^n + \boldsymbol{a}_\mathrm{r} + \boldsymbol{a}_\mathrm{c} \tag{d}$$

式中，$\boldsymbol{a}_\mathrm{e}^\tau$ 大小未知，方向垂直于 EH 杆，指向假设如图 7-20(b)所示；$a_\mathrm{e}^n = ED \cdot \omega_E^2 = \dfrac{9}{2}r\omega^2$，方向沿 DE，指向 E 点；$\boldsymbol{a}_\mathrm{r}$ 大小未知，方向沿 EH 杆，指向假设如图 7-20(b)所示；$a_\mathrm{c} = 2\omega_E v_\mathrm{r} = 3\sqrt{3}r\omega^2$，方向水平向左。

将加速度矢量式(d)在 Dx 轴上投影，有

$$-a_A\cos\theta - a_{DA}^n\cos\theta = a_\mathrm{e}^\tau - a_\mathrm{c}$$

解得
$$a_\mathrm{e}^\tau = a_\mathrm{c} - (a_A + a_{DA}^n)\cos\theta = \frac{3\sqrt{3}}{2}r\omega^2$$

EH 杆的角加速度大小为
$$\alpha_E = \frac{a_\mathrm{e}^\tau}{ED} = \frac{3\sqrt{3}r\omega^2}{2r\sin\theta} = 5.19\omega^2$$

转向为逆时针。

思考题 7-12　对于复杂机构的运动分析，有时需综合应用点的复合运动与刚体平面运动的分析方法，复合运动分析中的动系与平面运动基点法中的动系有何区别？

*7.4　刚体绕平行轴转动的合成

前面对刚体平面运动进行了分解，将平面运动分解为随基点的平动和绕基点的转动，固结在基点上的动系始终做平动。这一分解方法将延续到动力学问题的分析求解。

刚体平面运动的分解，也可选择将动系固结在转动刚体上。例如，对于绕平行轴转动的刚体(图 7-21(a))，其合成运动为平面运动，刚体的运动学模型描述如下：**$Oxyz$ 为定系，$O'x_1y_1z_1$ 为动系，Oz 轴与 $O'z_1$ 轴平行，动系相对定系的运动为绕定轴 Oz 转动，同时刚体相**

对动系的运动为绕 $O'z_1$ 轴转动。此时刚体相对定系做平面运动，可用一个平面图形的运动代表刚体运动(图 7-21(b))，相应地有 3 个角速度，分别是刚体相对定系的**绝对角速度** ω_a、刚体相对动系的**相对角速度** ω_r 以及动系相对定系的**牵连角速度** ω_e。图 7-21(b) 中 $O'\xi\eta$ 为平动系。

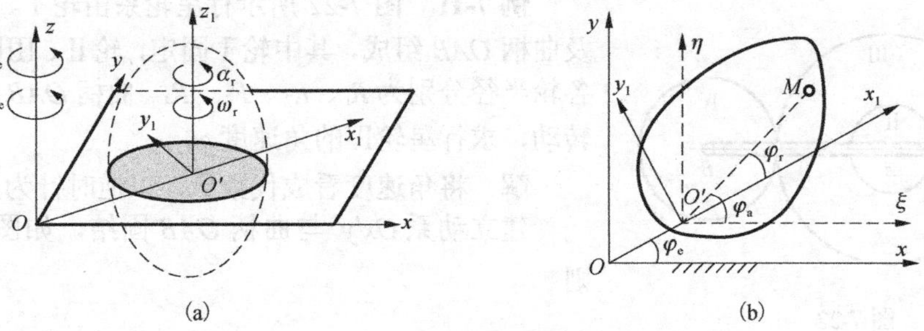

图 7-21

动系在定系中的位置由角 φ_e 确定，刚体相对动系的位置由线段 $O'M$ 与 $O'x_1$ 轴的夹角 φ_r 确定，刚体相对定系的转角用 φ_a 表示，如图 7-21(b)所示。

牵连角速度 ω_e、牵连角加速度 α_e 以及相对角速度 ω_r、相对角加速度 α_r 可表示为

$$\omega_e = \frac{d\varphi_e}{dt}, \quad \alpha_e = \frac{d\omega_e}{dt} = \frac{d^2\varphi_e}{dt^2} \tag{7-7}$$

$$\omega_r = \frac{\tilde{d}\varphi_r}{dt} = \tilde{\dot{\varphi}}_r, \quad \alpha_r = \frac{\tilde{d}\omega_r}{dt} = \frac{\tilde{d}^2\varphi_r}{dt^2} = \tilde{\ddot{\varphi}}_r \tag{7-8}$$

式中，$\frac{\tilde{d}}{dt}$、$\tilde{\dot{\varphi}}_r$、$\tilde{\ddot{\varphi}}_r$ 表示相对导数，在动系下求导。根据几何关系有

$$\varphi_a = \varphi_e + \varphi_r \tag{7-9}$$

刚体的有限角位移不是矢量，但无限小角位移满足矢量运算规则。式(7-9)中三个转角无限小时，φ_a、φ_e 矢量对应的单位矢量为 $\boldsymbol{k}$，方向沿 Oz 轴；φ_r 矢量对应的单位矢量为 $\boldsymbol{k}_1$，方向沿 $O'z_1$ 轴。按照矢量求导规则，有

$$\dot{\varphi}_a\boldsymbol{k} = \dot{\varphi}_e\boldsymbol{k} + \tilde{\dot{\varphi}}_r\boldsymbol{k}_1 + \varphi_r\dot{\boldsymbol{k}}_1 \tag{7-10}$$

由于刚体平面运动，$O'z_1$ 轴的方位始终保持不变，$\boldsymbol{k}_1 = \boldsymbol{k}$，为常矢量，故有

$$\omega_a = \omega_e + \omega_r \tag{7-11}$$

同理，有

$$\alpha_a = \alpha_e + \alpha_r \tag{7-12}$$

即绝对角速度 ω_a 等于牵连角速度 ω_e 和相对角速度 ω_r 的代数和；绝对角加速度 α_a 等于牵连角加速度 α_e 和相对角加速度 α_r 的代数和。

下面以角速度合成为例，对合成结果进行讨论。

(1) 当 ω_e 与 ω_r 转向相同时，ω_a 的转向也与它们的转向相同。

(2) 当 ω_e 与 ω_r 转向相反、绝对值不相等时，ω_a 的转向与其中绝对值较大者的转向一致。

(3) 当 ω_e 与 ω_r 转向相反、绝对值总保持相等时，ω_a 恒为零，即刚体做曲线平动；各点运动轨迹为半径相等的圆。

采用上述转动合成的方法研究刚体平面运动，在求解轮系的角速度和角加速度时有一定的优越性。求得角速度和角加速度后，可再次回到基点法，用基点法对刚体上各点进行速度、加速度分析，并可进一步转入动力学运动量计算。

例 7-11 图 7-22 所示行星轮系由轮Ⅰ、Ⅱ、Ⅲ、Ⅳ及曲柄 OAB 组成，其中轮Ⅰ固定，轮Ⅱ、Ⅲ固连在一起，各轮半径分别为 R_1、R_2、R_3、R_4。曲柄 OAB 以角速度 ω_0 转动，求行星轮Ⅳ的角速度 ω_4。

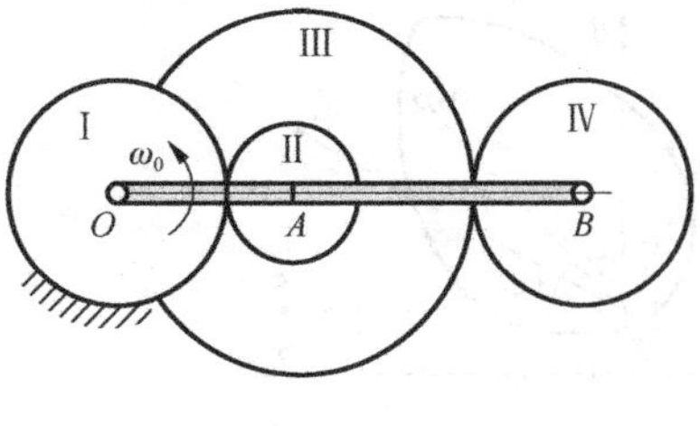

图 7-22

解 将角速度看成代数量，以逆时针为正。

建立动系 $Ox'y'$ 与曲柄 OAB 固结，如图 7-23 所示，则

$$\omega_e = \omega_0$$

各轮相对于动系均做定轴转动，其轮系传动比为

$$\frac{\omega_{1r}}{\omega_{4r}} = \frac{\omega_{1r}}{\omega_{2r}}\frac{\omega_{3r}}{\omega_{4r}} = \left(-\frac{R_2}{R_1}\right)\left(-\frac{R_4}{R_3}\right) = \frac{R_2R_4}{R_1R_3}$$

因为轮Ⅰ固定，故有 $\omega_1 = \omega_e + \omega_{1r} = 0$，$\omega_{1r} = -\omega_0$

因而
$$\omega_{4r} = -\frac{R_1R_3}{R_2R_4}\omega_0$$

行星轮Ⅳ的绝对角速度为

$$\omega_4 = \omega_e + \omega_{4r} = \left(1-\frac{R_1R_3}{R_2R_4}\right)\omega_0$$

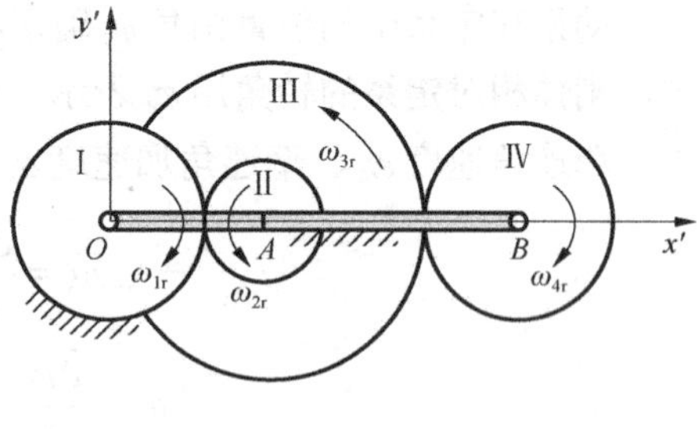

图 7-23

分析相对运动时，将动系视为固定，其他轮的运动均为相对运动，原来固定的轮Ⅰ成了反转的主动轮，故本方法称为**“反转法”**，又称**维利斯法**，轮系运动分析中经常用到该方法。

例 7-12 差动齿轮机构如图 7-24 所示。齿轮Ⅰ以匀角速度 ω_1 绕 O 轴逆时针转动，内齿轮Ⅱ以匀角速度 $\omega_2=1.5\omega_1$ 顺时针转动。三个半径均为 r 的行星轮中心 A、B、C 与三根等长的杆铰接。已知：$R=2r$，$OM=AM$。求在图示瞬时：(1)行星轮Ⅲ的角速度；(2)杆 CA 的角速度；(3)杆 CA 上点 M 的速度和加速度。

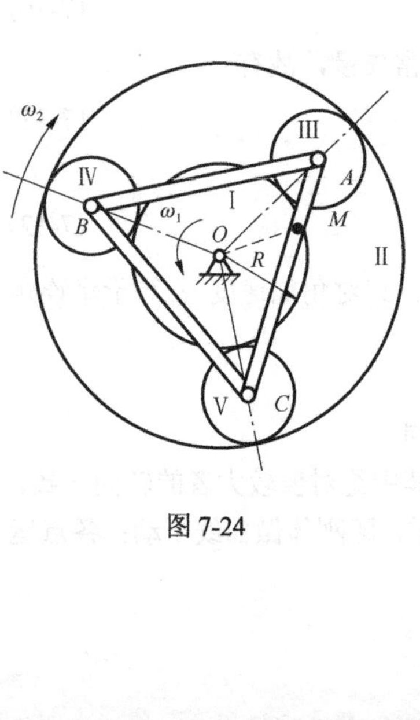

图 7-24

解 三杆铰接，可视为同一刚体，该刚体定轴转动，设其角速度为 ω（可理解为 CA 杆、OA 假想杆的角速度），行星轮的角速度为 ω_3，逆时针为正。

动系与 ABC 三杆铰接的刚体固结，相对于动系，有如下关系：

$$\frac{\omega_{1r}}{\omega_{3r}} = \frac{\omega_1-\omega}{\omega_3-\omega} = -\frac{r}{R}$$

$$\frac{\omega_{3r}}{\omega_{2r}} = \frac{\omega_3-\omega}{-\omega_2-\omega} = \frac{R+2r}{r}$$

由上面两式，得 $\omega = \dfrac{-2\omega_1}{3}$ （顺时针）

将上式代入第一个关系式，得

$$\omega_3 = -4\omega_1 \qquad \text{（顺时针）}$$

根据三杆做定轴转动，如图7-25所示，有

$$v_M = OM \cdot \omega = 1.15r\omega_1,\quad a_M = OM \cdot \omega^2 = 0.77r\omega_1^2$$

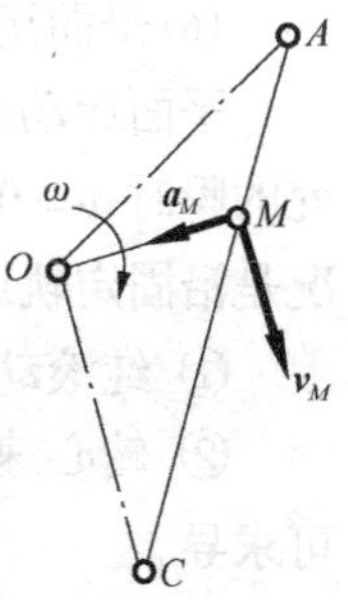

图7-25

本节分析表明，在求解多级行星轮系传动角速度时，将平面运动分解为绕平行轴的转动，结合反转法，相对运动均为定轴转动，使用多级传动比的公式，有一定的优越性。求解的关键是动系的选择以及各轮相对角速度的确定，在绝对量与相对量转换时务必注意正负。

思考题7-13　利用反转法求解例7-8中轮I的角速度，给出采用瞬心法求解角速度和反转法求解角速度时动系的区别，总结反转法求解问题的过程。

思考空间

(1)一般机构的平面运动分析求解不再是问题。

刚体平面运动是继平动、定轴转动基本运动形式之后的一种重要运动形式。平面运动速度、加速度分析采用的基点法，可看作刚体复杂运动分析的通用方法。刚体平面运动的研究方法与点的复合运动方法以及第5章中的基本方法综合运用，可以解决一般平面机构的运动分析问题，在工程实际中有重要应用。

(2)动系并不总是要固结于具体的运动刚体，动系的运动完全可以独立于刚体。

基点(平动系)的引进，突破了动系与具体运动刚体固连(点的复合运动分析中常这样选取)的常用模式，使动系的选取方法具有更大的灵活性。

(3)点的复合运动分析中，动系运动不受限制，平面运动为牵连运动时有科氏加速度。

在点的复合运动分析中把动系固连于某个做平面运动的刚体上，则动系平动部分不改变其坐标轴单位矢量$\boldsymbol{i}'$、$\boldsymbol{j}'$、$\boldsymbol{k}'$的方向，故影响它们方向的只是转动部分。设动系做平面运动的角速度为ω，则泊松公式同样成立，复合运动的加速度合成公式$\boldsymbol{a}_a = \boldsymbol{a}_e + \boldsymbol{a}_r + \boldsymbol{a}_c$，$\boldsymbol{a}_c = 2\boldsymbol{\omega} \times \boldsymbol{v}_r$可推广应用。

(4)刚体平面运动速度分析的基点法、瞬心法、投影法各有特色，形成互补。

基点法比较容易用来建立一般性运动关系，是速度分析的基础；瞬心法是基点法的特例；瞬心法和投影法直观性强，是分析瞬时运动关系的常用方法。瞬心法的关键是确定瞬心位置，而后才可方便地求瞬时角速度及任一点的速度；刚体做瞬时平动时瞬心法失效。投影法虽然无法直接用于求解角速度，但在判断刚体是否为瞬时平动方面总是发挥作用，与瞬心法形成互补关系。

(5)加速度分析方法除了基点法，也有瞬心法，加速度瞬心有别于速度瞬心。

本章只提供了加速度求解的基点法，所求结果多为瞬时性结果。也可采用加速度瞬心法求解加速度。若给定瞬时平面运动刚体的角速度和角加速度中至少有一个非零，则加速度瞬心存在且具有唯一性。基点加速度为$\boldsymbol{a}_{O'}$，刚体瞬时角速度ω、角加速度α已知，则根据基点法描述加速度瞬心Q点的加速度，$\boldsymbol{a}_Q = \boldsymbol{a}_{O'} + \boldsymbol{\alpha} \times \overrightarrow{O'Q} + \boldsymbol{\omega} \times (\boldsymbol{\omega} \times \overrightarrow{O'Q}) = \boldsymbol{0}$，满足该矢量方程的$Q$点即为加速度瞬心。

(6)平面运动的轮子轮心速度、加速度对求解刚体角速度、角加速度很关键。

平面运动刚体中有两种特殊情况值得特别注意：一种情况是做瞬时平动的刚体，在所研究的瞬时 $\omega=0$，各点速度相同，但 α 一般不为零，因此各点加速度一般不相同；另一种情况是沿固定轨道(静止不动的物体)做纯滚动的轮子，分析时有如下三个特点。

① 纯滚动接触点为速度瞬心，但接触点加速度未知。

② 轮心速度 $\boldsymbol{v}_{O'}$ 与角速度 ω 之间存在关系 $v_{O'}=R\omega$ 或 $\omega=v_{O'}/R$，对任何瞬时都成立，故可求导。

当 O' 做直线运动时有 $\dfrac{d\omega}{dt}=\dfrac{1}{R}\dfrac{dv_{O'}}{dt}$，即 $\alpha=\dfrac{a_{O'}}{R}$；

当 O' 做曲线运动时有 $\dfrac{dv_{O'}}{dt}=a_{O'}^{\tau}$，得 $\alpha=\dfrac{a_{O'}^{\tau}}{R}$。

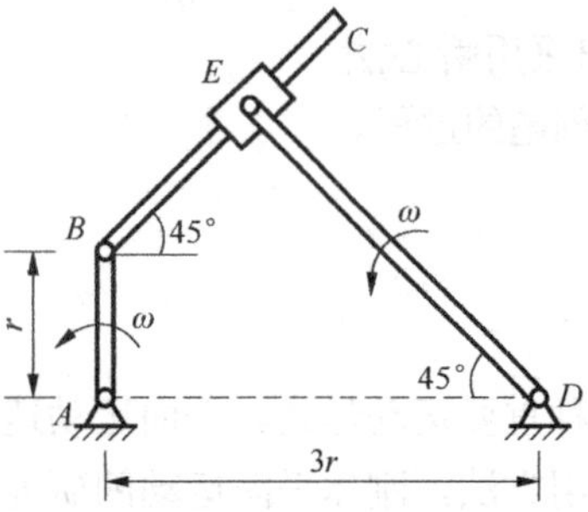

图 7-26

③ 轮心 O' 的运动轨迹比其他点简单，一般取轮心为加速度分析的基点。

(7)机构运动分析中，自由度的问题不可回避，自由度的计算在虚位移原理一章有专门的视频进行讲解；机构要有确定的运动，给定的运动条件(约束)需等于系统自由度，否则无法给出确定的解，如图 7-26 所示，机构有 2 个自由度，要求图示瞬时机构的运动，则需要给出 2 个运动约束。图中给了 AB、DE 两杆的角速度，可顺利求解，若只给一根杆的角速度，则题目无法求解，习题部分配置了相应的题目，供读者思考和练习。

习　题

7-1　如图所示，拖车的车轮 A 与垫滚 B 的半径均为 r。问当拖车以速度 $\boldsymbol{v}$ 前进时，车轮 A 与垫滚的角速度是否相等(设 A、B 与地面间无滑动)？

7-2　如图所示，平面运动刚体(平面图形)上 B 点的速度为 $\boldsymbol{v}_B$，若以 A 点为基点，则 B 点绕 A 点(相对于以基点 A 为原点的平动坐标系)做圆周运动的速度 $\boldsymbol{v}_{BA}$ 的值是否等于 $v_B\sin\beta$？为什么？若 A 点速度已知，$\boldsymbol{v}_{BA}$ 应如何求得？

7-3　判断下列结论正确与否，并说明原因。

(1)速度瞬心的加速度一定等于零。

(2)平动与定轴转动都不过是平面运动的特殊情况。

7-4　试证明平面运动刚体(平面图形)上任意两点 A、B 的加速度在 AB 连线上的投影并不相等，即 $a_A\cos\varphi\neq a_B\cos\beta$，且二者之差等于 $AB\cdot\omega^2$。

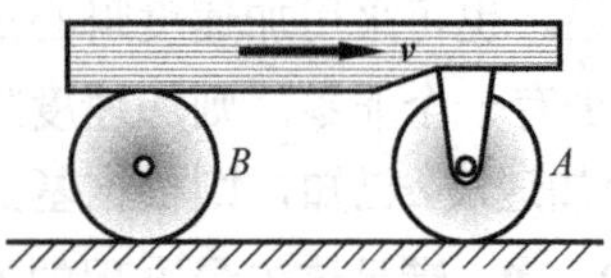

题 7-1 图

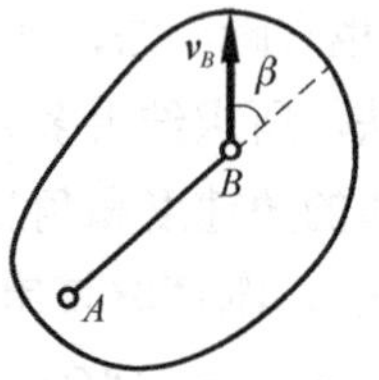

题 7-2 图

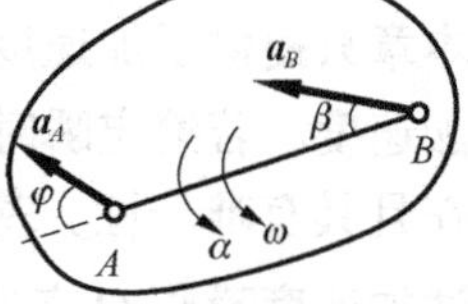

题 7-4 图

7-5　如图所示，两平板以匀速 $v_1 = 6\text{m/s}$ 与 $v_2 = 2\text{m/s}$ 做同方向运动，平板间夹一半径 $r = 0.5\text{m}$ 的圆盘，圆盘在平板间滚动而不滑动，求圆盘的角速度及其中心 O 的速度。

7-6　如图所示，火车车轮在钢轨上滚动不滑动，轮心速度为 $\boldsymbol{v}_O$。设车轮直径为 $2r$，凸缘直径为 $2R$，试求轮周上 A、B 点及凸缘上 C、D 点的速度。

7-7　试求出下列各图中平面运动刚体在图示位置的速度瞬心，并确定角速度的转向以及 M 点速度的方向。

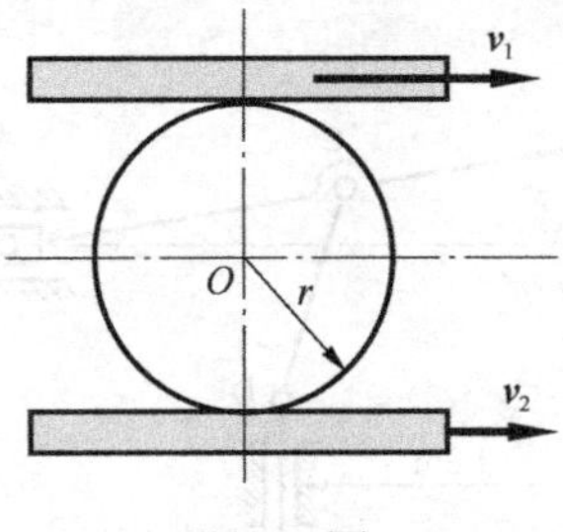

题 7-5 图

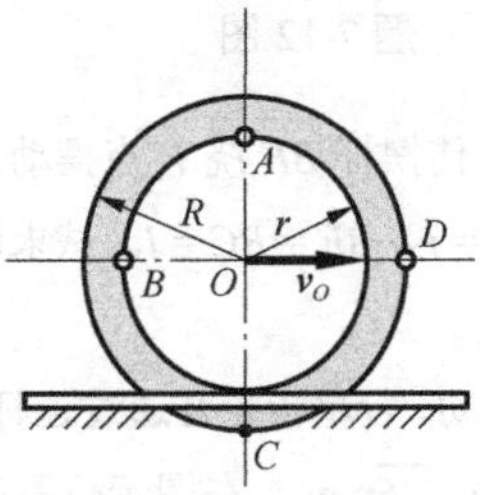

题 7-6 图

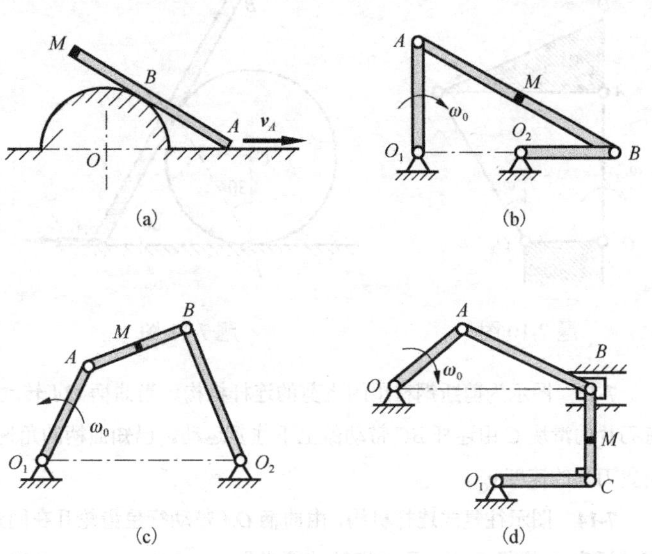

题 7-7 图

7-8　已知曲柄滑块机构如图所示，曲柄长为 r，连杆长为 l，曲柄的角速度 ω_0 为常量，试求图示两特殊位置时，连杆的角速度和角加速度。

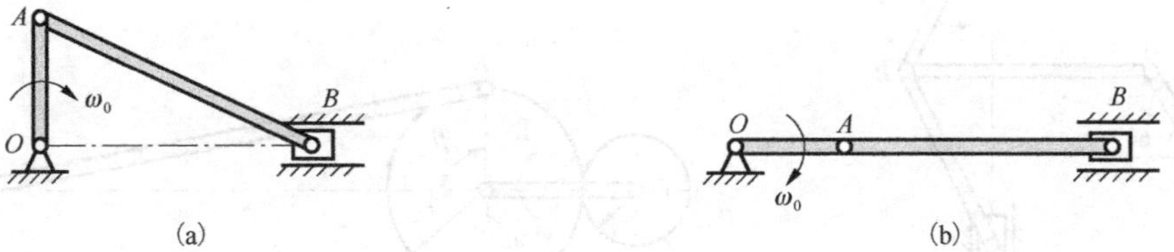

题 7-8 图

7-9　图示筛动机构中，筛子由曲柄连杆机构带动而做平动。已知曲柄 OA 的转速 $n_{OA} = 40\text{r/min}$，$OA = 30\text{cm}$。当筛子 BC 运动到与点 O 在同一水平线上时，$\angle BAO = 90°$。求此瞬时筛子 BC 的速度。

7-10　如图所示，四连杆机构由曲柄 O_1A 带动。已知：$\omega_{O_1A} = 2\text{rad/s}$，$O_1A = 10\text{cm}$，$O_1O_2 = 5\text{cm}$，$AD = 5\text{cm}$。当 O_1A 铅垂时，AB 平行于 O_1O_2，且 AD 与 O_1A 在同一直线上，$\varphi = 30°$。试求三角板 ABD 的角速度和 D 点的速度。

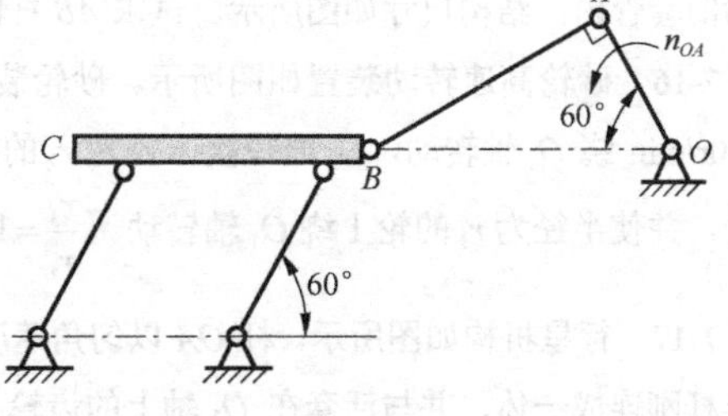

题 7-9 图

7-11　如图所示，直杆 AB 与圆柱 C 相切，A 点以匀速 60cm/s 沿水平线向右滑动。圆柱在水平面上滚动，直径为 20cm。假设杆与圆柱之间及圆柱与地面之间均无滑动，试求在图示位置时圆柱的角速度。

7-12　图示配气机构，曲柄 OA 以匀角速度 ω=20rad/s 转动。已知：$OA = 40\text{cm}$，$AC = CB = 20\sqrt{37}\text{cm}$。求当 $\varphi = 90°$ 和 $\varphi = 0°$ 时，配气机构中气阀杆 DE 的速度。

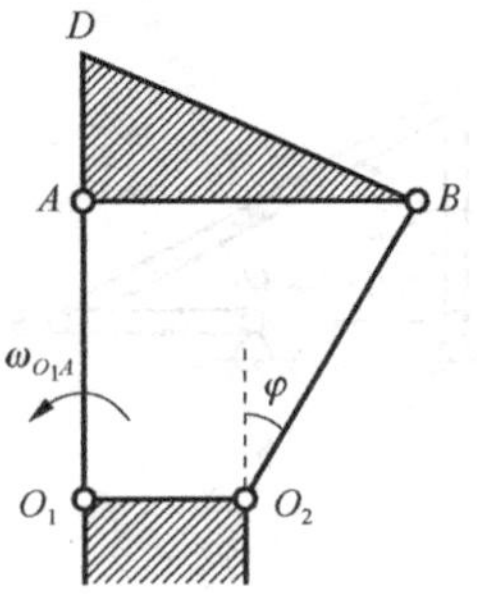

题 7-10 图

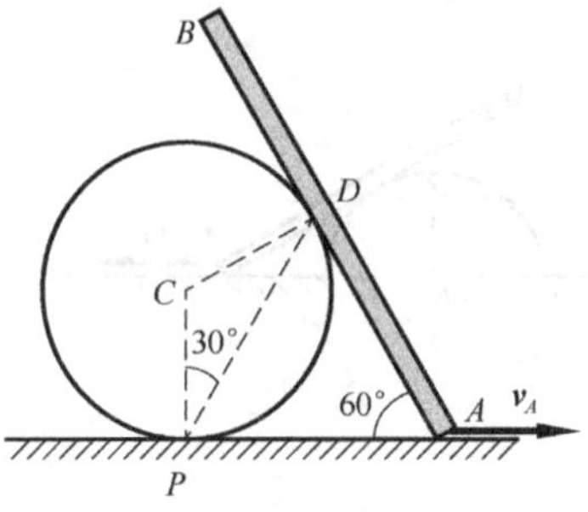

题 7-11 图

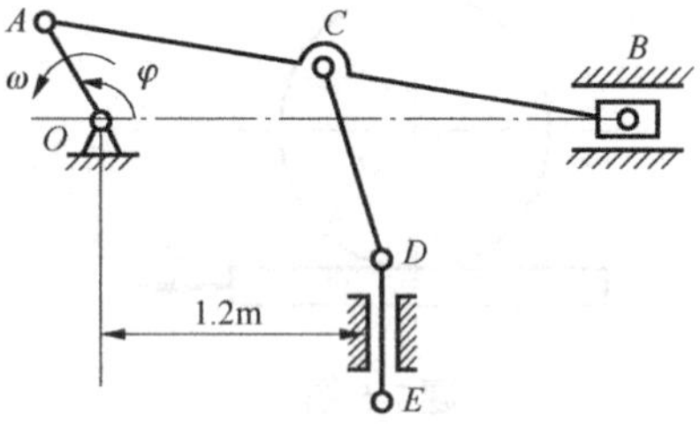

题 7-12 图

7-13　图示为剪断钢材用的飞剪的连杆机构。当曲柄 OA 转动时，连杆 AB 使摆杆 BF 绕 F 点摆动，装有刀片的滑块 C 由连杆 BC 带动做上下往复运动。已知曲柄的角速度为 ω，$OA = r$，$BF = BC = l$。试求图示位置刀片的速度 $\boldsymbol{v}_C$。

7-14　图示往复式连杆机构，由曲柄 OA 带动行星齿轮Ⅱ在固定齿轮Ⅰ上滚动。行星齿轮Ⅱ通过连杆 BC 带动活塞 C 往复运动。已知齿轮节圆半径 $r_1 = 100\text{mm}$，$r_2 = 200\text{mm}$，$BC = 200\sqrt{26}\text{mm}$。在图示位置时，$\beta = 90°$，$\omega_{OA} = 0.5\text{rad/s}$。试求连杆的角速度及 B 点与 C 点的速度。

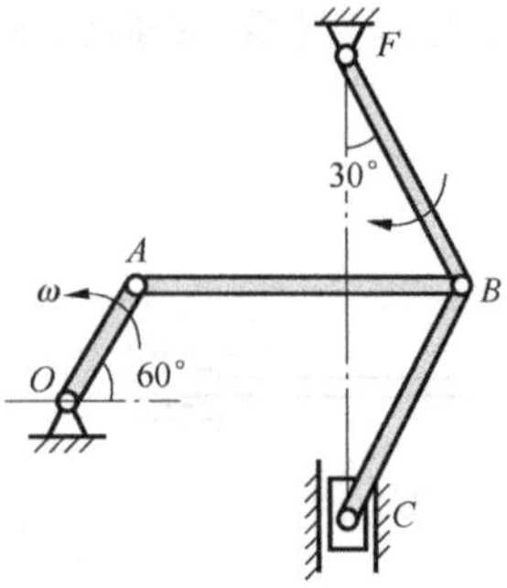

题 7-13 图

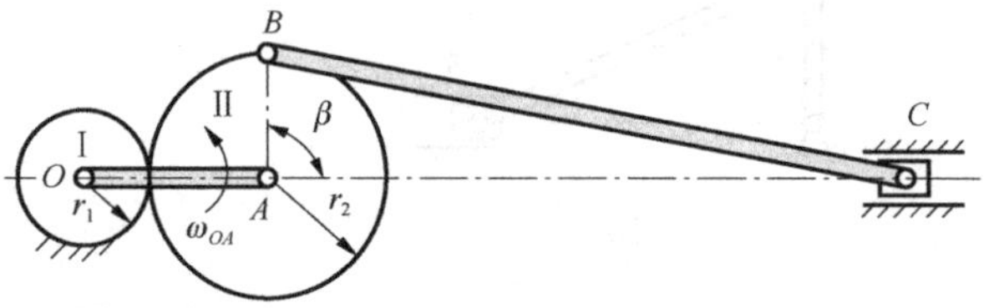

题 7-14 图

7-15　图示机构中，AB 杆一端连接的滚子 A 以 v_A= 16cm/s 沿水平方向匀速运动，中间活套在可绕 O 轴转动的套管内，结构尺寸如图所示。试求 AB 杆的角速度与另一端 B 的速度。

7-16　砂轮高速转动装置如图所示。砂轮装在轮Ⅰ上，可随轮Ⅰ高速转动。已知：杆 O_1O_2 以转速 n_4 = 900r/min 绕 O_1 轴转动，O_2 处铰接半径为 r_2 的轮Ⅱ，当杆 O_1O_2 转动时，轮Ⅱ在半径为 r_3 的固定内齿轮上滚动，并使半径为 r_1 的轮Ⅰ绕 O_1 轴转动。$\dfrac{r_3}{r_1}=11$。求轮Ⅰ的转速。

7-17　行星机构如图所示。杆 OA 以匀角速度 ω_0 绕 O 轴逆时针转动，借连杆 AB 带动曲柄 O_1B；齿轮Ⅱ与连杆刚连成一体，并与活套在 O_1 轴上的齿轮Ⅰ相啮合。已知：齿轮半径 $r_1 = r_2 = 30\sqrt{3}\text{cm}$，$OA = 75\text{cm}$，$AB = 150\text{cm}$，$\omega_0 = 6\text{rad/s}$。求当 $\theta = 60°$、$\beta = 90°$时，曲柄 O_1B 及齿轮Ⅰ的角速度。

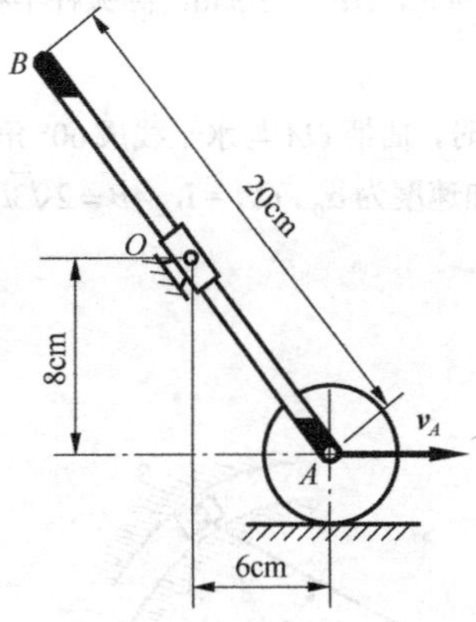

题 7-15 图

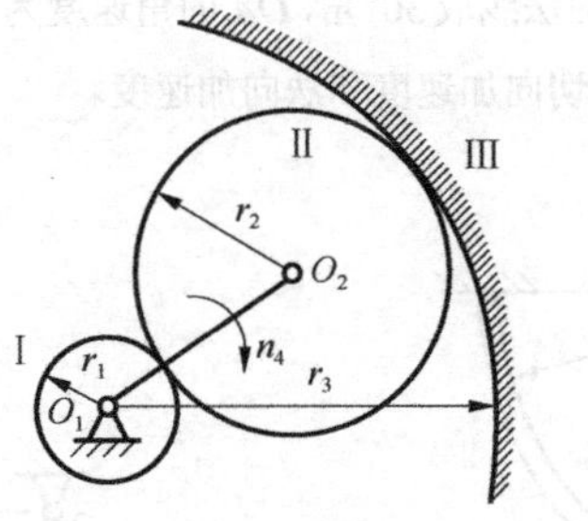

题 7-16 图

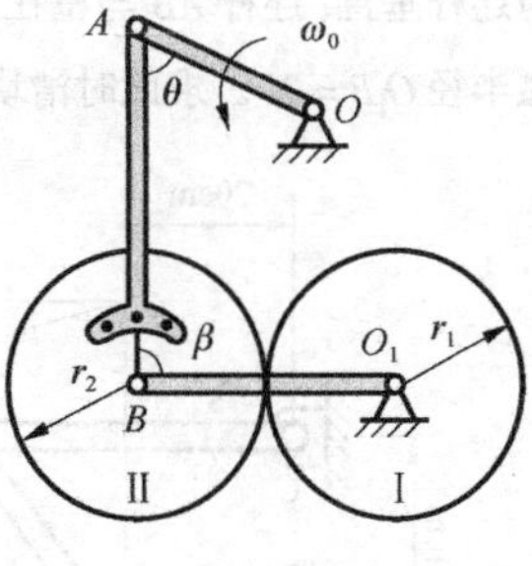

题 7-17 图

7-18　如图所示，半径为 R 的绕线轮沿水平面滚动而不滑动，线绕在半径为 r 的圆柱部分上。设某瞬时，线的 B 端以速度 $\boldsymbol{v}$ 与加速度 $\boldsymbol{a}$ 沿水平方向运动。求轮心 O 的速度和加速度。

7-19　四连杆机构 $ABCD$ 的尺寸及位置如图所示。设 AB 杆以匀角速度 $\omega=1\text{rad/s}$ 做顺时针转动。试求 C 点的速度、CD 杆的角速度、C 点的加速度、CD 杆的角加速度（图中长度尺寸以 cm 计）。

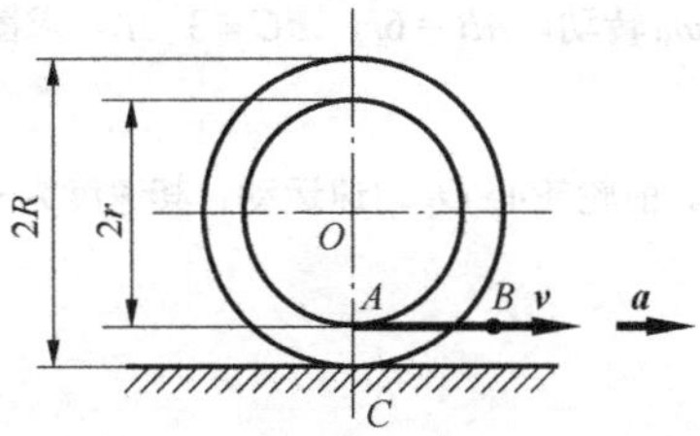

题 7-18 图

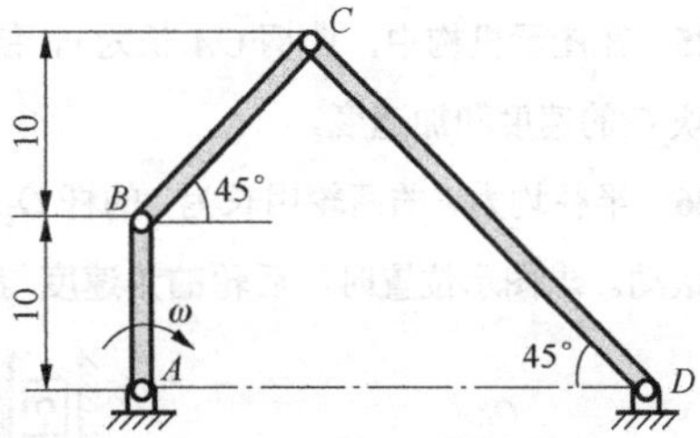

题 7-19 图

7-20　如图所示，曲柄 OA 长为 20cm，以匀角速度 $\omega=10\text{rad/s}$ 转动，带动长为 100cm 的连杆 AB，使滑块 B 沿铅垂方向运动。求当曲柄与连杆相互垂直，并与水平线各成角 $\theta=45°$ 与 $\beta=45°$ 时，连杆的角速度、角加速度以及滑块 B 的加速度。

7-21　直角尺 BCD 的两端 B、D 分别与直杆 AB、DE 铰接，而 AB、DE 可分别绕 A、E 轴转动。设在图示位置时，AB 杆的角速度为 ω、角加速度为零。求此时 DE 杆的角速度与角加速度。

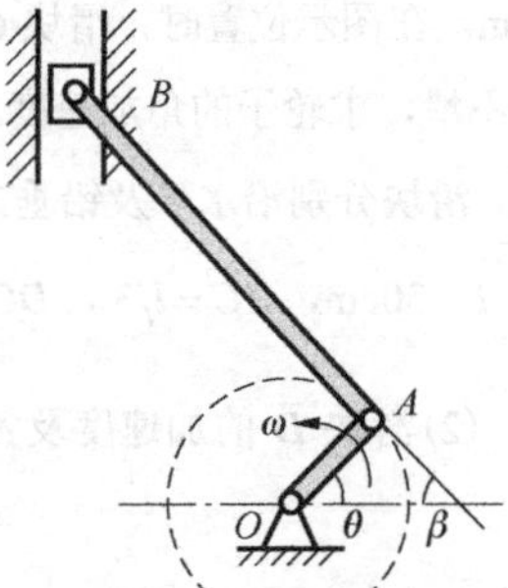

题 7-20 图

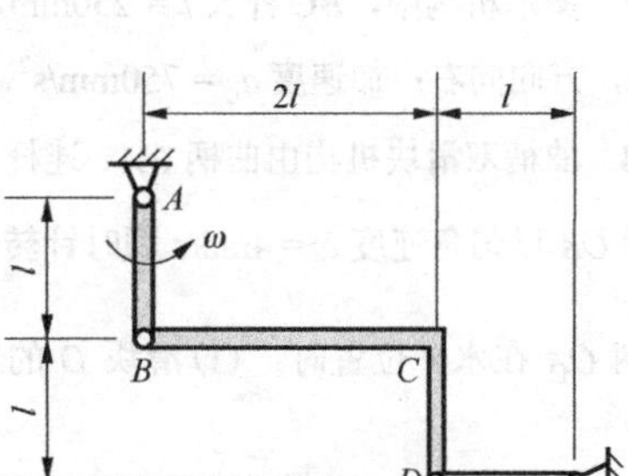

题 7-21 图

7-22 已知：杆 BC 以匀转速 $n = 90\text{r/min}$ 绕 C 轴逆时针转动。$BC = 38\text{cm}$，$AB = 30\text{cm}$，圆弧杆半径 $R = 40\text{cm}$。试求图示位置时，套筒 A 的加速度。

7-23 曲柄连杆机构如图所示，滑块 B 可在圆弧形槽内滑动。在图示瞬时，曲柄 OA 与水平线成60°角，且与连杆垂直；连杆 AB 与槽在 B 点的法线成30°角，OA 的角速度为 ω_0，角加速度为 α_0，$OA = l$，$AB = 2\sqrt{3}l$；圆弧半径 $O_1B = 2l$。求此时滑块 B 的切向加速度和法向加速度。

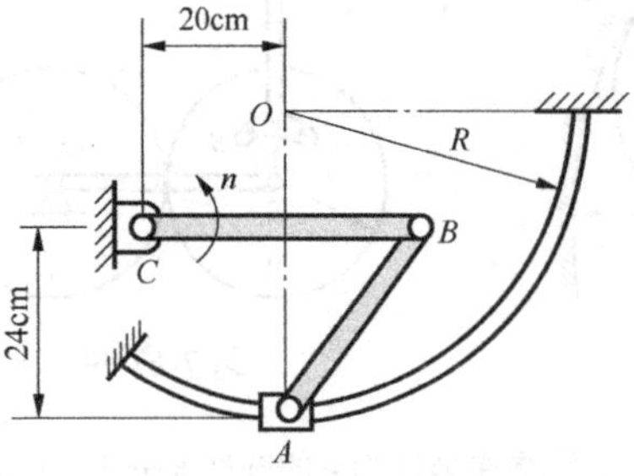

题 7-22 图

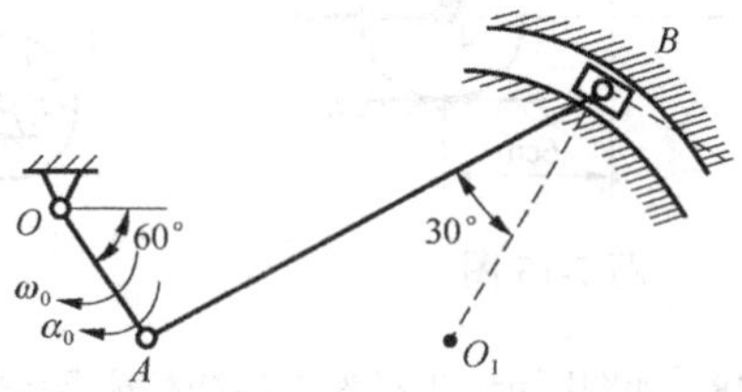

题 7-23 图

7-24 图示曲柄 OA 以恒定的角速度 $\omega = 2\text{rad/s}$ 绕轴 O 转动，并借助连杆 AB 驱动半径为 r 的轮子在半径为 R 的圆弧槽中做无滑动的滚动。设 $OA = AB = R = 2r = 1\text{m}$，求图示瞬时点 B 和点 C 的速度与加速度。

7-25 在图示机构中，曲柄 OA 长为 r，绕 O 轴以等角速度 ω_0 转动，$AB = 6r$，$BC = 3\sqrt{3}l$。求图示位置时，滑块 C 的速度和加速度。

7-26 半径均为 r 的两轮用长为 l 的杆 O_2A 相连，如图所示。前轮轮心 O_1 匀速运动，其速度为 $\boldsymbol{v}$，两轮皆做纯滚动。求图示位置时，后轮的角速度与角加速度。

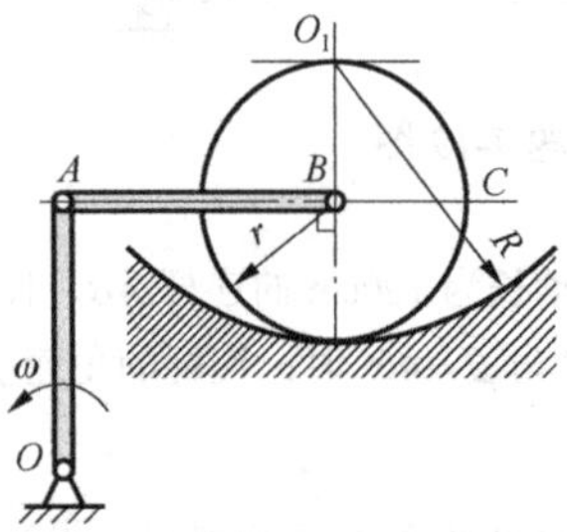

题 7-24 图

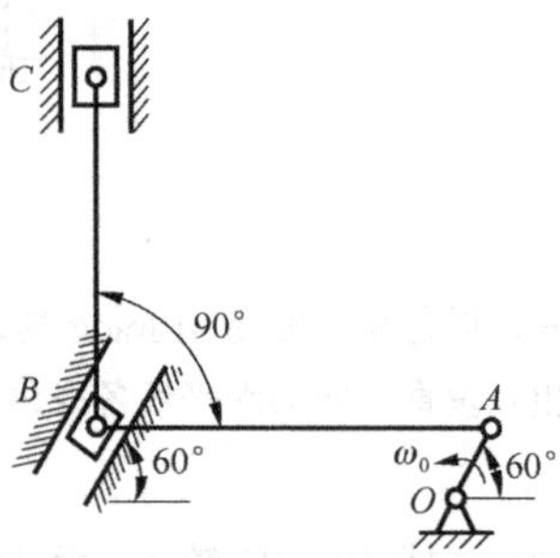

题 7-25 图

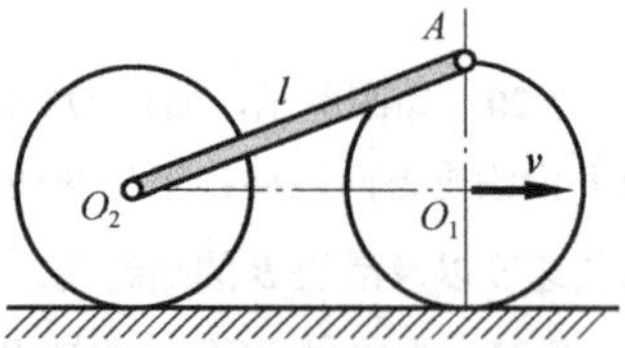

题 7-26 图

7-27 图示机构中，BC 杆长 $l = 250\text{mm}$，$r = 125\text{mm}$，$R = 375\text{mm}$。在图示位置时，滑块 C 的速度 $v_C = 750\text{mm/s}$，方向向右；加速度 $a_C = 750\text{mm/s}^2$，方向向左。若轮子只滚不滑，求轮子的角加速度。

7-28 曲柄双滑块机构由曲柄 OA、连杆 AB 及 CD 与两滑块组成，滑块分别沿水平及铅垂方向滑动。已知：曲柄 OA 以匀角速度 $\omega = 4\text{rad/s}$ 顺时针转动，$OA = r = 15\text{cm}$，$AB = l = 30\text{cm}$，$AC = l/3$，$DC = 2\left(r + \dfrac{l}{3}\right)$。求当曲柄 OA 在水平位置时：(1)滑块 D 的速度及各连杆的角速度；(2)滑块 D 的加速度及各连杆的角加速度。

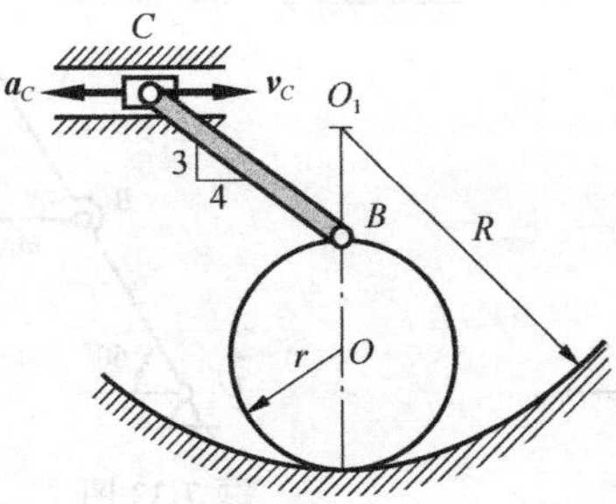

题 7-27 图

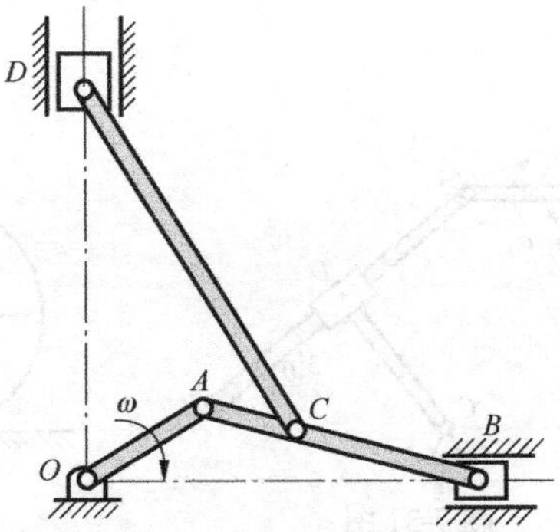

题 7-28 图

7-29　图示机构，套筒 C 可沿杆 AB 滑动，并与 DC 杆在 C 处铰接，DC 杆长为 150cm。已知：滑块 A 以匀速 60cm/s 向下运动。求在图示位置时，AB 及 DC 两杆的角速度。

7-30　如图所示，绕 A 轴转动的 AB 杆带动圆轮 O 在圆弧轨道上做纯滚动。已知：圆轮半径 $r = 10\text{cm}$，圆弧轨道半径 $R = 30\text{cm}$。在图示位置时，AB 的角速度 $\omega = 5\text{rad/s}$，角加速度 $\alpha = 0$，$AO = R - r$。求此时圆轮的速度瞬心 C 点的加速度。

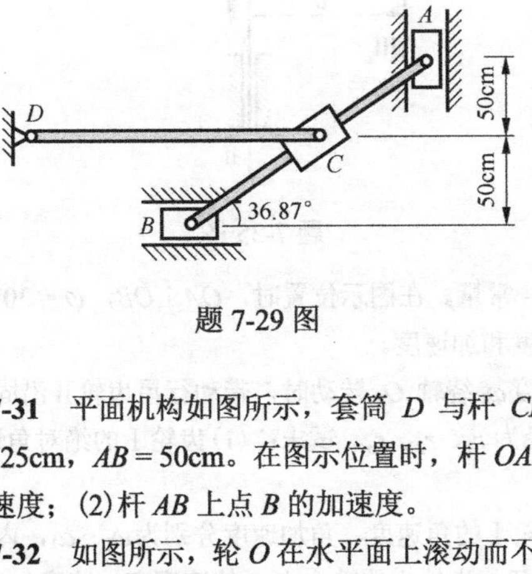

题 7-29 图

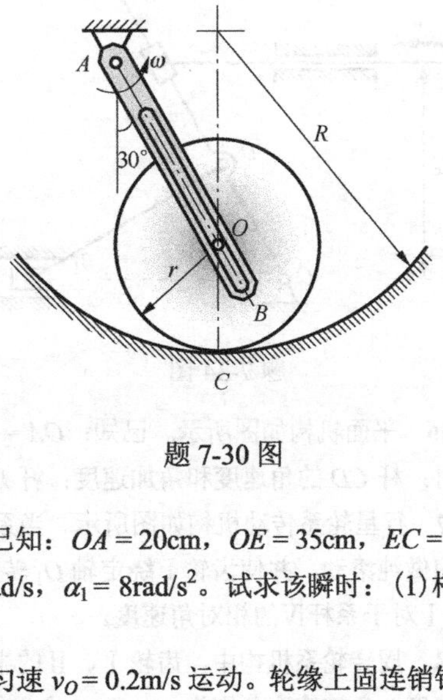

题 7-30 图

7-31　平面机构如图所示，套筒 D 与杆 CD 垂直刚连。已知：$OA = 20\text{cm}$，$OE = 35\text{cm}$，$EC = 25\text{cm}$，$CD = 25\text{cm}$，$AB = 50\text{cm}$。在图示位置时，杆 OA 水平，$\omega_1 = 2\text{rad/s}$，$\alpha_1 = 8\text{rad/s}^2$。试求该瞬时：(1)杆 CD 的角加速度；(2)杆 AB 上点 B 的加速度。

7-32　如图所示，轮 O 在水平面上滚动而不滑动，轮心以匀速 $v_O = 0.2\text{m/s}$ 运动。轮缘上固连销钉 B，此销钉在摇杆 O_1A 的槽内滑动，并带动摇杆绕 O_1 轴转动。已知：轮的半径 $R = 0.5\text{m}$，在图示位置时，AO_1 是轮的切线，摇杆与水平面间的夹角为 60°。求摇杆在该瞬时的角速度和角加速度。

***7-33**　轻型杠杆式推钢机如图所示，曲柄 OA 借连杆 AB 带动摇杆 O_1B 绕 O_1 轴摆动，杆 EC 以铰链与滑块 C 相连，滑块 C 可沿杆 O_1B 滑动；摇杆摆动时带动杆 EC 推动钢材。已知：$OA = r$，$AB = \sqrt{3}r$，$O_1B = \dfrac{2}{3}l$，其中 $r = 0.2\text{m}$，$l = 1\text{m}$，$\omega_{OA} = \dfrac{1}{2}\text{rad/s}$。在图示位置时，$BC = \dfrac{4}{3}l$。求：(1)滑块 C 的绝对速度和相对于摇杆 O_1B 的速度；(2)滑块 C 的绝对加速度和相对于摇杆 O_1B 的加速度。

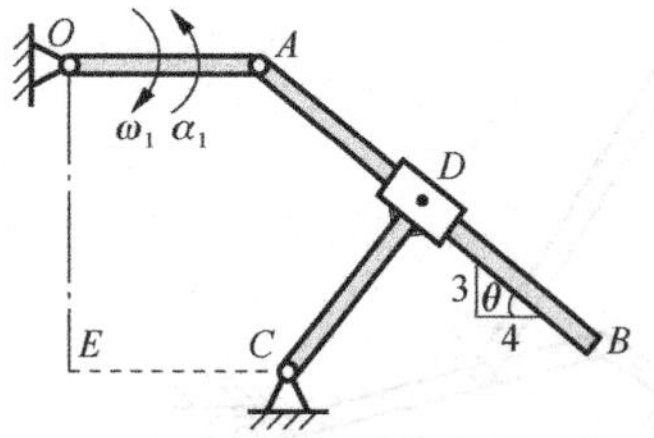

题 7-31 图

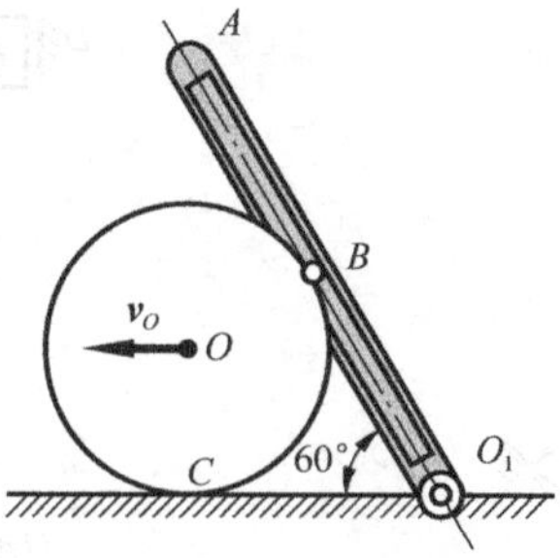

题 7-32 图

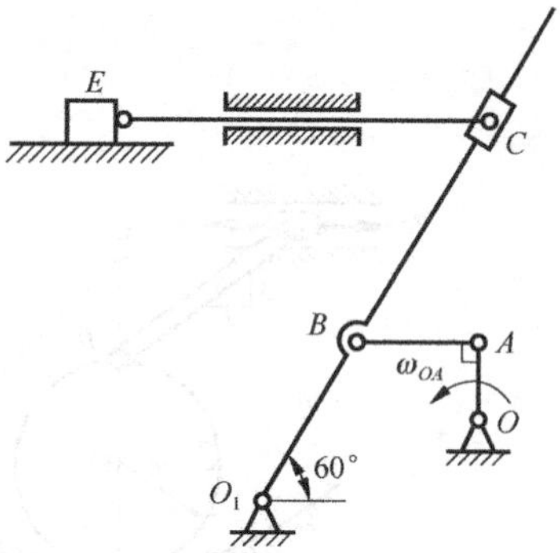

题 7-33 图

***7-34** 图示平面机构中，杆 AB 以不变的速度 $\boldsymbol{v}$ 沿水平方向运动，套筒 B 与杆 AB 的端点铰接，并套在绕 O 轴转动的杆 OC 上，可沿该杆滑动。已知 AB 和 OE 两平行线间的垂直距离为 b。求在图示位置($\gamma=60°$，$\beta=30°$，$OD=BD$)时杆 OC 的角速度和角加速度、滑块 E 的速度和加速度。

***7-35** 图示放大机构中，杆Ⅰ和杆Ⅱ分别以速度 $\boldsymbol{v}_1$ 和 $\boldsymbol{v}_2$ 沿箭头方向运动，其位置分别以 x 和 y 表示。如果杆Ⅱ与杆Ⅲ平行，其间距离为 a，求杆Ⅲ的速度和滑道Ⅳ的角速度。

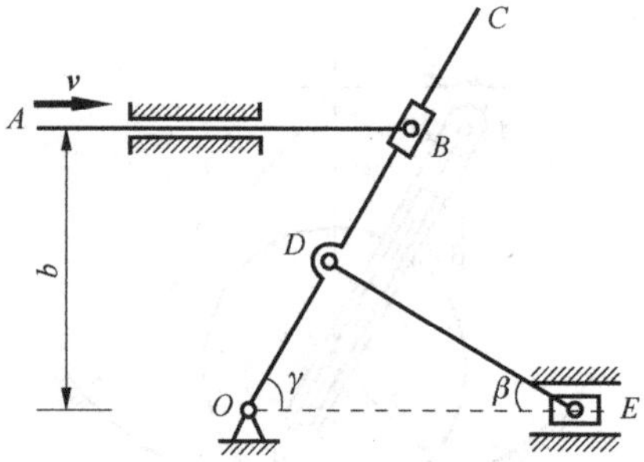

题 7-34 图

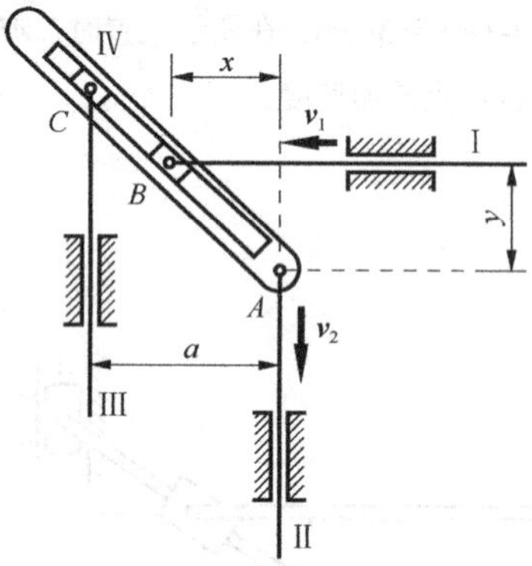

题 7-35 图

***7-36** 平面机构如图所示。已知：$OA=R$，$L=4R$，$\omega=$常量。在图示位置时，$OA\perp OB$，$\varphi=30°$。试求该瞬时：杆 CD 的角速度和角加速度；杆 DE 上点 E 的速度和加速度。

7-37 行星轮系传动机构如图所示。当系杆Ⅳ以匀角速度 ω_4 绕轴 O_1 转动时，带动行星齿轮Ⅱ沿固定的内齿轮Ⅲ做纯滚动，并使齿轮Ⅰ绕定轴 O_1 转动。各齿轮半径为 r_1、r_2、r_3。试求：(1)齿轮Ⅰ的绝对角速度；(2)齿轮Ⅰ对于系杆Ⅳ的相对角速度。

7-38 周转轮系机构中，齿轮Ⅰ、Ⅱ的半径均为 R，齿轮Ⅰ的角速度、角加速度分别为 ω_1、α_1，内齿轮Ⅲ的角速度、角加速度分别为 ω_3、α_3。试求在图示瞬时齿轮Ⅱ与齿轮Ⅰ的啮合点 B 的速度和加速度。

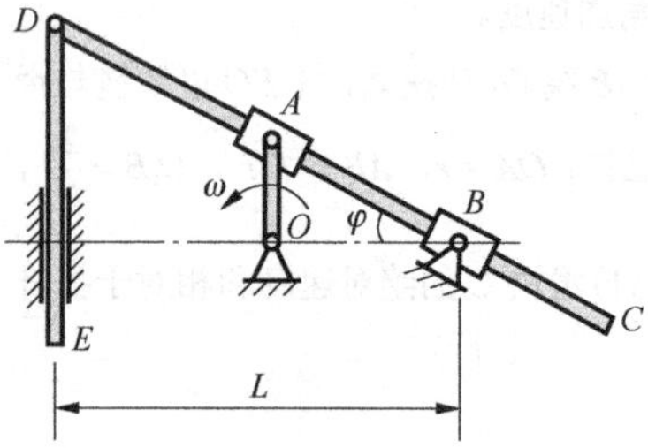

题 7-36 图

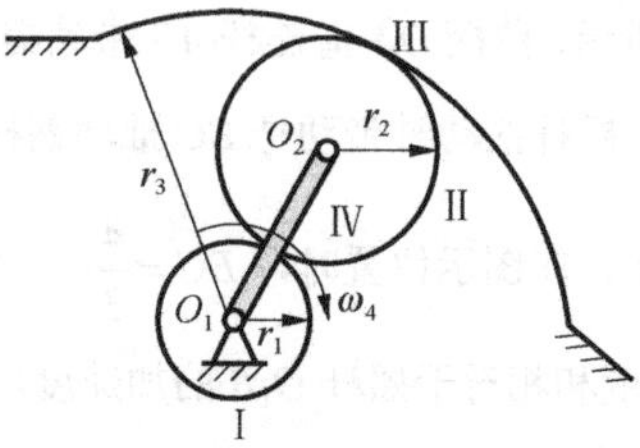

题 7-37 图

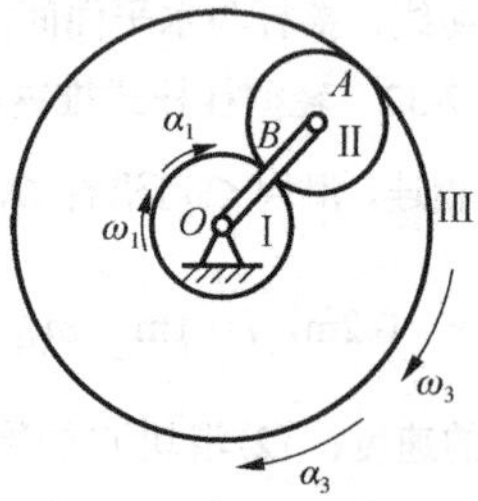

题 7-38 图

拓展应用

7-39　偏置式曲柄滑块机构中各构件位置如图所示，要保证滑块 B 在 CD 间运行：

(1) 设计曲柄 OA 和连杆 AB 的长度；

(2) 以曲柄的角速度 ω 为自变量，画出滑块 B 的速度、加速度曲线；

(3) 如果滑块 B 的加速度不能大于 100m/s^2，设置曲柄的最大角速度。

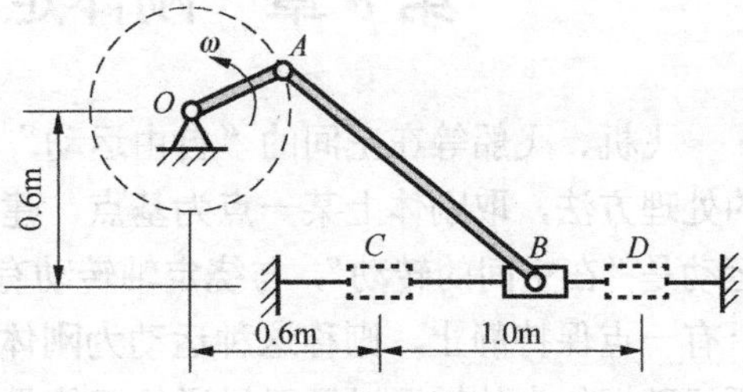

题 7-39 图

参考答案

高频问题及典型例题 7～10

*第 8 章　刚体定点运动和刚体一般运动

飞机、飞船等在空间的“自由运动”是刚体运动最一般的形式。如果沿用刚体平面运动的处理方法，取刚体上某一点为基点，建立随基点的平动参考系，则刚体相对平动参考系的运动是“在空间的转动”，与绕定轴转动有明显区别。当刚体运动时，刚体或刚体的延拓部分上有一点保持静止，则称这种运动为**刚体绕定点运动**(简称**定点运动或绕定点转动**)，图 8-1 所示陀螺仪中的转子以及卫星通信天线是定点运动的典型实例。刚体绕相交轴转动的合成结果也可归结为定点运动。在研究定点运动时，除使用矢量工具外，通常还要使用矩阵工具。

(a)　　　　(b)

图 8-1

8.1　定点运动刚体的位置描述、欧拉角、瞬时转轴

以固定点 O 为原点建立**定坐标系** $Oxyz$，单位矢量为 $\boldsymbol{i}$、$\boldsymbol{j}$、$\boldsymbol{k}$。同样以 O 为原点建立与刚体固结的坐标系 $Ox'y'z'$，称为**结体坐标系**，单位矢量为 $\boldsymbol{i}'$、$\boldsymbol{j}'$、$\boldsymbol{k}'$ (图 8-2)。描述运动的量均相对定坐标系而言。刚体上的一点相对结体坐标系的坐标 (x',y',z') 是不变量，但结体坐标系的单位矢量 $\boldsymbol{i}'$、$\boldsymbol{j}'$、$\boldsymbol{k}'$ 相对定坐标系却不是常矢量(方向在变化)。

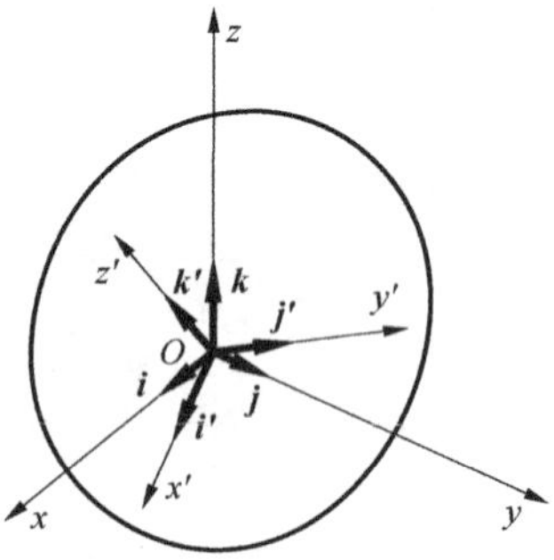

图 8-2

8.1.1　方向余弦矩阵

刚体的位置(更确切说是方位)完全由 $\boldsymbol{i}'$、$\boldsymbol{j}'$、$\boldsymbol{k}'$ 的方向余弦所确定，即 $\boldsymbol{i}'$、$\boldsymbol{j}'$、$\boldsymbol{k}'$ 与 $Oxyz$ 中各坐标轴之间有 9 个夹角，相应的 9 个方向余弦组成**方向余弦矩阵 $\boldsymbol{A}$**。

$$\begin{Bmatrix} \boldsymbol{i}' \\ \boldsymbol{j}' \\ \boldsymbol{k}' \end{Bmatrix} = \begin{bmatrix} l_{11} & l_{12} & l_{13} \\ l_{21} & l_{22} & l_{23} \\ l_{31} & l_{32} & l_{33} \end{bmatrix} \begin{Bmatrix} \boldsymbol{i} \\ \boldsymbol{j} \\ \boldsymbol{k} \end{Bmatrix} = \boldsymbol{A} \begin{Bmatrix} \boldsymbol{i} \\ \boldsymbol{j} \\ \boldsymbol{k} \end{Bmatrix} \tag{8-1}$$

由于 $\boldsymbol{i}'$、$\boldsymbol{j}'$、$\boldsymbol{k}'$ 的长度为 1，且相互垂直，因此方向余弦矩阵 $\boldsymbol{A}$ 的 9 个元素满足如下解析关系：

$$l_{11}^2+l_{12}^2+l_{13}^2=1，\quad l_{21}^2+l_{22}^2+l_{23}^2=1，\quad l_{31}^2+l_{32}^2+l_{33}^2=1 \tag{8-2}$$

$$l_{11}l_{21}+l_{12}l_{22}+l_{13}l_{23}=0，\quad l_{21}l_{31}+l_{22}l_{32}+l_{23}l_{33}=0，\quad l_{31}l_{11}+l_{32}l_{12}+l_{33}l_{13}=0 \tag{8-3}$$

因此，余弦矩阵 $\boldsymbol{A}$ 的 9 个元素只有三个独立，即定点运动刚体有三个自由度。

8.1.2　欧拉角

设在刚体的当前位置上，$Ox'y'$ 平面与 Oxy 平面的交线为 ON，称为**节线**。ON 与 Ox 轴的夹角 ψ 称为**进动角**；Oz' 轴与 Oz 轴的夹角 θ 称为**章动角**；Ox' 轴与 ON 的夹角 φ 称为**自转角**(图 8-3)。ψ、θ、φ 统称为**欧拉角(经典欧拉角)**，可作为描述定点运动刚体的广义坐标。在 $Ox'y'$ 平面内还有一条与节线 ON 垂直的线 OM，在图 8-6 中将用到此线。给定 ψ、θ、φ 随时间 t 变化的规律：

$$\begin{cases}\psi=f_1(t)\\ \theta=f_2(t)\\ \varphi=f_3(t)\end{cases} \tag{8-4}$$

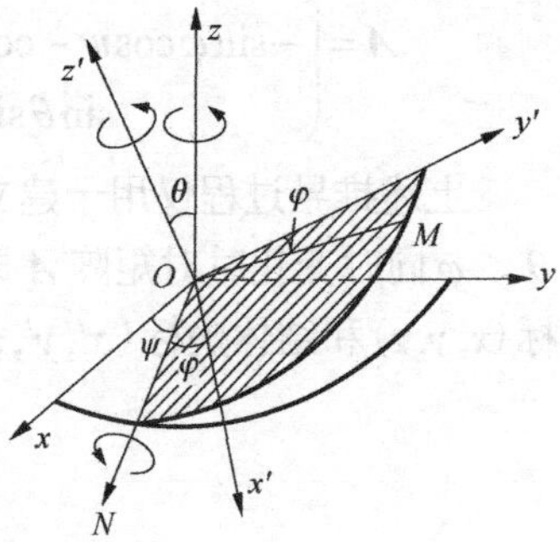

图 8-3

就完全可以确定刚体在任一瞬时的位置，式(8-4)称为**刚体定点运动的运动方程**。

方向余弦矩阵 $\boldsymbol{A}$ 可用 ψ、θ、φ 表示。设想 $\boldsymbol{i}_0'$、$\boldsymbol{j}_0'$、$\boldsymbol{k}_0'$ 分别与 Ox、Oy、Oz 轴重合，现令 $\boldsymbol{i}_0'$、$\boldsymbol{j}_0'$、$\boldsymbol{k}_0'$ 同时绕 Oz 轴转 ψ 角，得到 $\boldsymbol{i}_1'$、$\boldsymbol{j}_1'$、$\boldsymbol{k}_1'$，如图 8-4(a)所示。这时 $\boldsymbol{k}_0'$ 实际未变，$\boldsymbol{i}_1'$ 的位置即节线 ON 的位置，则有关系：

$$\begin{Bmatrix}\boldsymbol{i}_1'\\ \boldsymbol{j}_1'\\ \boldsymbol{k}_1'\end{Bmatrix}=\begin{bmatrix}\cos\psi & \sin\psi & 0\\ -\sin\psi & \cos\psi & 0\\ 0 & 0 & 1\end{bmatrix}\begin{Bmatrix}\boldsymbol{i}_0'\\ \boldsymbol{j}_0'\\ \boldsymbol{k}_0'\end{Bmatrix}=\boldsymbol{A}_{10}\begin{Bmatrix}\boldsymbol{i}\\ \boldsymbol{j}\\ \boldsymbol{k}\end{Bmatrix}$$

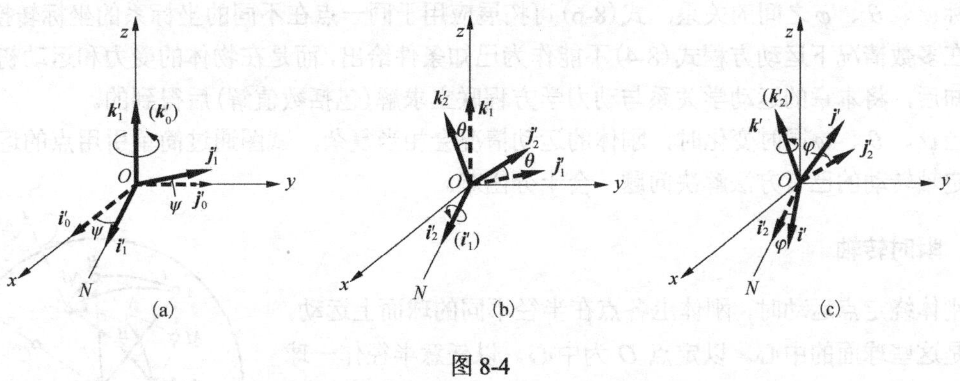

图 8-4

再设想 $\boldsymbol{i}_1'$、$\boldsymbol{j}_1'$、$\boldsymbol{k}_1'$ 绕 $\boldsymbol{i}_1'$ 转过 θ 角，达到 $\boldsymbol{i}_2'$、$\boldsymbol{j}_2'$、$\boldsymbol{k}_2'$(图 8-4(b))，则有

$$\begin{Bmatrix}\boldsymbol{i}_2'\\ \boldsymbol{j}_2'\\ \boldsymbol{k}_2'\end{Bmatrix}=\begin{bmatrix}1 & 0 & 0\\ 0 & \cos\theta & \sin\theta\\ 0 & -\sin\theta & \cos\theta\end{bmatrix}\begin{Bmatrix}\boldsymbol{i}_1'\\ \boldsymbol{j}_1'\\ \boldsymbol{k}_1'\end{Bmatrix}=\boldsymbol{A}_{21}\begin{Bmatrix}\boldsymbol{i}_1'\\ \boldsymbol{j}_1'\\ \boldsymbol{k}_1'\end{Bmatrix}=\boldsymbol{A}_{21}\boldsymbol{A}_{10}\begin{Bmatrix}\boldsymbol{i}\\ \boldsymbol{j}\\ \boldsymbol{k}\end{Bmatrix}$$

再让 i_2'、j_2'、k_2' 绕 k_2' 转过 φ 角，即达到由 ψ、θ、φ 角所确定的结体坐标系的当前位置(图 8-4(c))，则有

$$\begin{Bmatrix} \boldsymbol{i}' \\ \boldsymbol{j}' \\ \boldsymbol{k}' \end{Bmatrix} = \begin{bmatrix} \cos\varphi & \sin\varphi & 0 \\ -\sin\varphi & \cos\varphi & 0 \\ 0 & 0 & 1 \end{bmatrix} \begin{Bmatrix} \boldsymbol{i}_2' \\ \boldsymbol{j}_2' \\ \boldsymbol{k}_2' \end{Bmatrix} = \boldsymbol{A}_{32} \begin{Bmatrix} \boldsymbol{i}_2' \\ \boldsymbol{j}_2' \\ \boldsymbol{k}_2' \end{Bmatrix} = \boldsymbol{A}_{32}\boldsymbol{A}_{21}\boldsymbol{A}_{10} \begin{Bmatrix} \boldsymbol{i} \\ \boldsymbol{j} \\ \boldsymbol{k} \end{Bmatrix}$$

三个矩阵的乘积结果 $\boldsymbol{A}_{32}\boldsymbol{A}_{21}\boldsymbol{A}_{10}$ 即方向余弦矩阵 $\boldsymbol{A}$：

$$\boldsymbol{A} = \begin{pmatrix} \cos\varphi\cos\psi - \sin\varphi\cos\theta\sin\psi & \cos\varphi\sin\psi + \sin\varphi\cos\theta\cos\psi & \sin\varphi\sin\theta \\ -\sin\varphi\cos\psi - \cos\varphi\cos\theta\sin\psi & -\sin\varphi\sin\psi + \cos\varphi\cos\theta\cos\psi & \cos\varphi\sin\theta \\ \sin\theta\sin\psi & -\sin\theta\cos\psi & \cos\theta \end{pmatrix} \tag{8-5}$$

上述推导过程仅用于建立几何关系，并不代表真实运动过程。只有式(8-5)才反映了 ψ、θ、φ 同时变化时对矩阵 $\boldsymbol{A}$ 即对刚体运动的综合影响。对刚体上任一点的位置可分别用定坐标 (x, y, z) 和结体坐标 (x', y', z') 表示，且有关系：

$$\boldsymbol{r} = (\boldsymbol{i} \quad \boldsymbol{j} \quad \boldsymbol{k}) \begin{Bmatrix} x \\ y \\ z \end{Bmatrix} = (\boldsymbol{i}' \quad \boldsymbol{j}' \quad \boldsymbol{k}') \begin{Bmatrix} x' \\ y' \\ z' \end{Bmatrix}$$

把式(8-1)转置后代入得

$$(\boldsymbol{i} \quad \boldsymbol{j} \quad \boldsymbol{k}) \begin{Bmatrix} x \\ y \\ z \end{Bmatrix} = (\boldsymbol{i} \quad \boldsymbol{j} \quad \boldsymbol{k}) \boldsymbol{A}^{\mathrm{T}} \begin{Bmatrix} x' \\ y' \\ z' \end{Bmatrix}$$

即

$$\begin{Bmatrix} x \\ y \\ z \end{Bmatrix} = \boldsymbol{A}^{\mathrm{T}} \begin{Bmatrix} x' \\ y' \\ z' \end{Bmatrix} \tag{8-6}$$

这样借助方向余弦矩阵就可以描述刚体上任何指定点(如质心)在定坐标系中的位置及其与广义坐标 ψ、θ、φ 之间的关系。式(8-6)可拓展应用于同一点在不同的坐标系的坐标转换。

在多数情况下运动方程式(8-4)不能作为已知条件给出，而是在物体的受力和运动初始条件已知后，将本章的运动学关系与动力学方程联立求解(包括数值解)后得到的。

当 ψ、θ、φ 同时变化时，刚体的运动情况会相当复杂，试图通过简单引用点的运动和刚体定轴转动的已有方法解决问题，会十分困难。

8.1.3 瞬时转轴

刚体绕定点运动时，刚体上各点在半径不同的球面上运动，定点是这些球面的中心。以定点 O 为中心，以任意半径作一球面，此球面在刚体上截得球面图形 S。显然，图形 S 的位置确定了刚体的位置。在图形 S 上取大圆弧 $\overset{\frown}{AB}$，$\overset{\frown}{AB}$ 在球面上的位置即确定了 S 在刚体的位置。这样，刚体位置的确定归结为确定 $\overset{\frown}{AB}$ 的位置(图 8-5)。

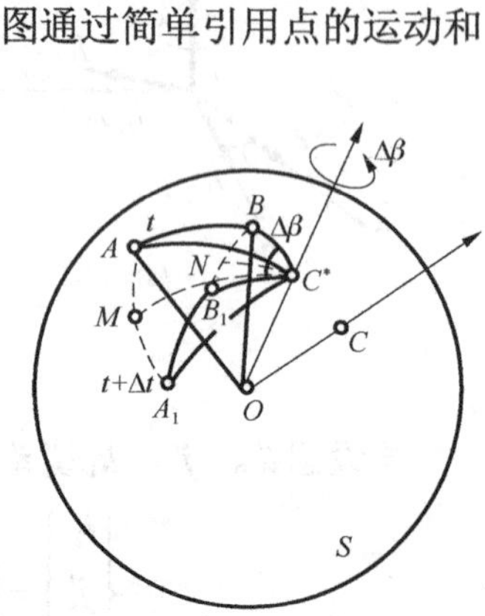

图 8-5

设从 t 到 $t+\Delta t$ 时间间隔内 $\overset{\frown}{AB}$ 运动到 $\overset{\frown}{A_1B_1}$。分别作过 A、A_1 及 B、B_1 的大圆弧 $\overset{\frown}{AA_1}$ 与 $\overset{\frown}{BB_1}$（一般说它们并不是 A、B 点的运动轨迹）。过 $\overset{\frown}{AA_1}$ 中点 M 及 $\overset{\frown}{BB_1}$ 中点 N 分别作与 $\overset{\frown}{AA_1}$、$\overset{\frown}{BB_1}$ 垂直的大圆弧，设两垂直大圆弧相交于球面上的 C^* 点(若两大圆弧重合，则另取一段大圆弧代替 $\overset{\frown}{AB}$ 重新讨论)。

作大圆弧 $\overset{\frown}{AC^*}$、$\overset{\frown}{BC^*}$、$\overset{\frown}{A_1C^*}$、$\overset{\frown}{B_1C^*}$。由于 $\overset{\frown}{AC^*}=\overset{\frown}{A_1C^*}$，$\overset{\frown}{BC^*}=\overset{\frown}{B_1C^*}$，$\overset{\frown}{AB}=\overset{\frown}{A_1B_1}$，故球面三角形 ABC^* 与三角形 $A_1B_1C^*$ 全等。

连接 OC^*，则 OC^* 与 $\overset{\frown}{AC^*}$、$\overset{\frown}{BC^*}$、$\overset{\frown}{A_1C^*}$、$\overset{\frown}{B_1C^*}$ 垂直。若 $\overset{\frown}{C^*B}$ 与 $\overset{\frown}{C^*B_1}$ 的夹角为 $\Delta\beta$，当球面三角形 ABC^* 绕 OC^* 转过 $\Delta\beta$ 角，大圆弧 $\overset{\frown}{BC^*}$ 与 $\overset{\frown}{B_1C^*}$ 重合时，球面三角形 ABC^* 也与球面三角形 $A_1B_1C^*$ 完全重合，即 $\overset{\frown}{AB}$ 到达 $\overset{\frown}{A_1B_1}$ 位置。

位移定理：定点运动的刚体由某一位置到另一位置的任何位移，总可以绕通过定点的某一轴的一次转动来实现。位移定理又称**欧拉定理**或**达朗贝尔-欧拉定理**。

上述转动与刚体的真实运动情况是有差别的。但是当 Δt 很小时，这种差别为高阶小量。在 Δt 减小的过程中，$\overset{\frown}{A_1B_1}$ 的位置也随之变化而逐步靠近 $\overset{\frown}{AB}$，OC^* 的方位也同时改变。当 $\Delta t\to 0$ 时，OC^* 的极限位置 OC 称为刚体在 t 瞬时的**瞬时转动轴**(简称**瞬时转轴**)。在不同瞬时，瞬时转轴的方位不同，但总通过固定点。刚体定点运动可看成刚体绕一系列瞬时转轴的连续转动。

8.2　定点运动刚体的角速度、刚体上各点的速度

8.2.1　定点运动刚体的角速度

设刚体在 t 到 $t+\Delta t$ 时间间隔内的微小角位移为 $\Delta\boldsymbol{\beta}$，则矢量 $\boldsymbol{\omega}^*=\dfrac{\Delta\boldsymbol{\beta}}{\Delta t}$，称为刚体在 Δt 内的平均角速度。令 $\Delta t\to 0$，平均角速度 $\boldsymbol{\omega}^*$ 的极限称为刚体在 t 瞬时的**瞬时角速度**：

$$\boldsymbol{\omega}=\lim_{\Delta t\to 0}\frac{\Delta\boldsymbol{\beta}}{\Delta t}=\frac{\mathrm{d}\boldsymbol{\beta}}{\mathrm{d}t} \tag{8-7}$$

矢量 $\boldsymbol{\omega}$ 的起点为固定点 O，方位即瞬时转轴 OC 的方位，其大小则描述刚体在此瞬时运动的快、慢(图 8-6)。

无限小角位移矢量及其表达

对于无限小转角，角位移矢量满足矢量规则(具体证明可扫码查询)，因此定点运动刚体的角速度矢量 $\boldsymbol{\omega}$ 与欧拉角之间的矢量关系可表述为

$$\boldsymbol{\omega}=\dot{\boldsymbol{\psi}}+\dot{\boldsymbol{\theta}}+\dot{\boldsymbol{\varphi}} \tag{8-8}$$

角速度是相对定坐标系的，其分析表达既可用定坐标系的单位矢量 $\boldsymbol{i}$、$\boldsymbol{j}$、$\boldsymbol{k}$ 表示，也可以用结体坐标系的单位矢量 $\boldsymbol{i}'$、$\boldsymbol{j}'$、$\boldsymbol{k}'$ 表示

$$\boldsymbol{\omega}=\omega_{x'}\boldsymbol{i}'+\omega_{y'}\boldsymbol{j}'+\omega_{z'}\boldsymbol{k}'$$

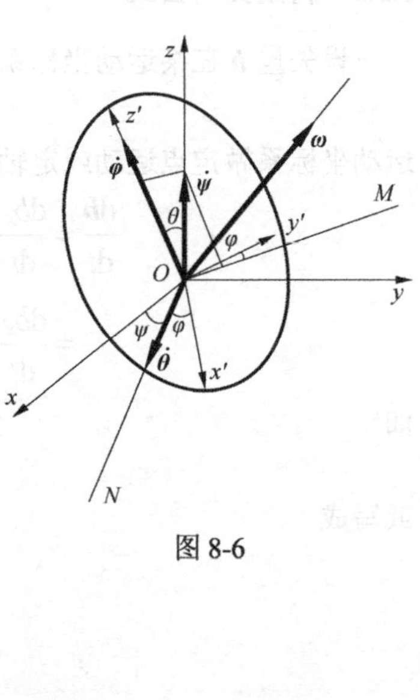

图 8-6

图 8-6 中，$\dot{\boldsymbol{\varphi}}$ 总沿 Oz' 轴，可写成 $\dot{\varphi}\boldsymbol{k}'$。$\dot{\boldsymbol{\theta}}$ 沿节线 ON，可写成

$$\dot{\boldsymbol{\theta}}=\dot{\theta}\cos\varphi\boldsymbol{i}'-\dot{\theta}\sin\varphi\boldsymbol{j}'$$

$\dot{\boldsymbol{\psi}}$ 总沿 Oz 轴方向，它可先分解为沿 Oz' 及 OM 的两个分量。其中 OM 在 $Ox'y'$ 平面内，与节线 ON 垂直，再分解到 Ox'、Oy' 方向，可得

$$\dot{\boldsymbol{\psi}} = \dot{\psi}\sin\theta(\sin\varphi\boldsymbol{i}' + \cos\varphi\boldsymbol{j}') + \dot{\psi}\cos\theta\boldsymbol{k}'$$

将 $\dot{\boldsymbol{\theta}}$、$\dot{\boldsymbol{\psi}}$、$\dot{\boldsymbol{\varphi}}$ 代入式(8-8)最后得到

$$\begin{cases}\omega_{x'} = \dot{\psi}\sin\theta\sin\varphi + \dot{\theta}\cos\varphi \\ \omega_{y'} = \dot{\psi}\sin\theta\cos\varphi - \dot{\theta}\sin\varphi \\ \omega_{z'} = \dot{\psi}\cos\theta + \dot{\varphi}\end{cases} \tag{8-9}$$

反解出 $\dot{\psi}$、$\dot{\theta}$、$\dot{\varphi}$

$$\begin{cases}\dot{\psi} = (\omega_{x'}\sin\varphi + \omega_{y'}\cos\varphi)/\sin\theta \\ \dot{\theta} = \omega_{x'}\cos\varphi - \omega_{y'}\sin\varphi \\ \dot{\varphi} = \omega_{z'} - (\omega_{x'}\sin\varphi + \omega_{y'}\cos\varphi)\cot\theta\end{cases} \tag{8-10}$$

式(8-10)描述了角速度与欧拉角之间的解析关系，称为**欧拉运动学方程**。式(8-10)与动力学方程联立，成为描述刚体定点运动动力学问题的基本方程。需要注意，在 $\theta=0$ 附近，关系式出现奇异性。

8.2.2 刚体上各点的速度

设 t 瞬时刚体的瞬时转轴为 OC，任一点的矢径为 $\boldsymbol{r}$，则 M 点的速度表达式为

$$\boldsymbol{v} = \lim_{\Delta t\to 0}\frac{\Delta\boldsymbol{r}}{\Delta t} = \lim_{\Delta t\to 0}\left(\frac{\Delta\boldsymbol{\beta}}{\Delta t}\times\boldsymbol{r}\right) = \boldsymbol{\omega}\times\boldsymbol{r} \tag{8-11}$$

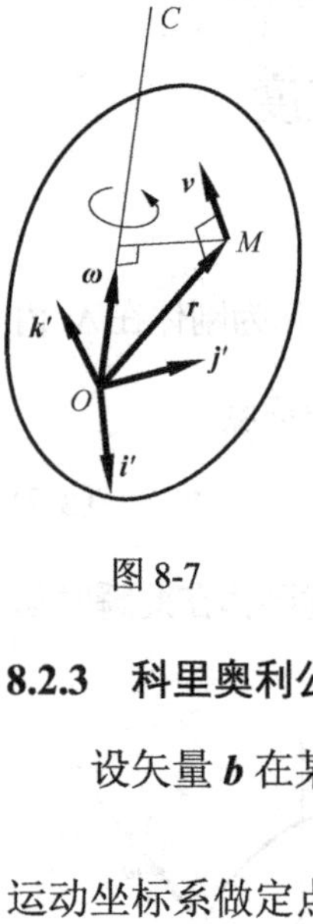

图 8-7

如图 8-7 所示，式(8-11)与刚体做定轴转动时的速度表达式形式相同，因此泊松公式在刚体做定点运动的情况下也适用，即

$$\begin{cases}\dfrac{\mathrm{d}\boldsymbol{i}'}{\mathrm{d}t} = \boldsymbol{\omega}\times\boldsymbol{i}' \\ \dfrac{\mathrm{d}\boldsymbol{j}'}{\mathrm{d}t} = \boldsymbol{\omega}\times\boldsymbol{j}' \\ \dfrac{\mathrm{d}\boldsymbol{k}'}{\mathrm{d}t} = \boldsymbol{\omega}\times\boldsymbol{k}'\end{cases} \tag{8-12}$$

8.2.3 科里奥利公式

设矢量 $\boldsymbol{b}$ 在某运动坐标系中的分析表达式为

$$\boldsymbol{b} = b_{x'}\boldsymbol{i}' + b_{y'}\boldsymbol{j}' + b_{z'}\boldsymbol{k}'$$

运动坐标系做定点运动或定轴转动，瞬时角速度矢量为 $\boldsymbol{\omega}$，则有

$$\begin{aligned}\frac{\mathrm{d}\boldsymbol{b}}{\mathrm{d}t} &= \frac{\mathrm{d}b_{x'}}{\mathrm{d}t}\boldsymbol{i}' + \frac{\mathrm{d}b_{y'}}{\mathrm{d}t}\boldsymbol{j}' + \frac{\mathrm{d}b_{z'}}{\mathrm{d}t}\boldsymbol{k}' + b_{x'}\frac{\mathrm{d}\boldsymbol{i}'}{\mathrm{d}t} + b_{y'}\frac{\mathrm{d}\boldsymbol{j}'}{\mathrm{d}t} + b_{z'}\frac{\mathrm{d}\boldsymbol{k}'}{\mathrm{d}t} \\ &= \frac{\mathrm{d}b_{x'}}{\mathrm{d}t}\boldsymbol{i}' + \frac{\mathrm{d}b_{y'}}{\mathrm{d}t}\boldsymbol{j}' + \frac{\mathrm{d}b_{z'}}{\mathrm{d}t}\boldsymbol{k}' + \boldsymbol{\omega}\times(b_{x'}\boldsymbol{i}' + b_{y'}\boldsymbol{j}' + b_{z'}\boldsymbol{k}')\end{aligned}$$

即

$$\dot{\boldsymbol{b}} = \dot{b}_{x'}\boldsymbol{i}' + \dot{b}_{y'}\boldsymbol{j}' + \dot{b}_{z'}\boldsymbol{k}' + \boldsymbol{\omega}\times\boldsymbol{b}$$

或写成

$$\frac{\mathrm{d}\boldsymbol{b}}{\mathrm{d}t} = \frac{\mathrm{d}\tilde{\boldsymbol{b}}}{\mathrm{d}t} + \boldsymbol{\omega}\times\boldsymbol{b} \tag{8-13}$$

式(8-13)称为**科里奥利公式**。式中

$$\frac{\mathrm{d}\tilde{\boldsymbol{b}}}{\mathrm{d}t}=\dot{b}_{x'}\boldsymbol{i}'+\dot{b}_{y'}\boldsymbol{j}'+\dot{b}_{z'}\boldsymbol{k}'$$

称为矢量 $\boldsymbol{b}$ 的相对导数。式(8-13)将用于角速度、动量矩等矢量的求导。

8.2.4　速度的矩阵表示法

设式(8-11)中矢量 $\boldsymbol{\omega}$、$\boldsymbol{r}$、$\boldsymbol{v}$ 在结体坐标系中的分析表达式为

$$\boldsymbol{\omega}=\omega_{x'}\boldsymbol{i}'+\omega_{y'}\boldsymbol{j}'+\omega_{z'}\boldsymbol{k}'$$

$$\boldsymbol{r}=x'\boldsymbol{i}'+y'\boldsymbol{j}'+z'\boldsymbol{k}'$$

$$\boldsymbol{v}=v_{x'}\boldsymbol{i}'+v_{y'}\boldsymbol{j}'+v_{z'}\boldsymbol{k}'$$

则根据 $\boldsymbol{v}=\boldsymbol{\omega}\times\boldsymbol{r}$，有

$$\begin{aligned}v_{x'}&=\omega_{y'}z'-\omega_{z'}y'\\v_{y'}&=\omega_{z'}x'-\omega_{x'}z'\\v_{z'}&=\omega_{x'}y'-\omega_{y'}x'\end{aligned}$$

以矩阵形式表示成

$$\begin{Bmatrix}v_{x'}\\v_{y'}\\v_{z'}\end{Bmatrix}=\begin{pmatrix}0&-\omega_{z'}&\omega_{y'}\\\omega_{z'}&0&-\omega_{x'}\\-\omega_{y'}&\omega_{x'}&0\end{pmatrix}\begin{Bmatrix}x'\\y'\\z'\end{Bmatrix}\tag{8-14}$$

或

$$\begin{Bmatrix}v_{x'}\\v_{y'}\\v_{z'}\end{Bmatrix}=-\begin{pmatrix}0&-z'&y'\\z'&0&-x'\\-y'&x'&0\end{pmatrix}\begin{Bmatrix}\omega_{x'}\\\omega_{y'}\\\omega_{z'}\end{Bmatrix}\tag{8-15}$$

也可写成

$$\boldsymbol{v}=\tilde{\boldsymbol{\omega}}\boldsymbol{r},\quad \boldsymbol{v}=-\tilde{\boldsymbol{r}}\boldsymbol{\omega}$$

上述表达形式适用于任何矢量的叉乘。其中矩阵 $\tilde{\boldsymbol{\omega}}$、$\tilde{\boldsymbol{r}}$ 为由矢量 $\boldsymbol{\omega}$、$\boldsymbol{r}$ 的分量组成的反对称方阵。

矩阵表达形式的优点是，在分析表达式中清晰地体现了各因素的影响，并可灵活运用矩阵相乘的结合律，为计算定点运动刚体的动量矩及动能带来方便。

8.3　定点运动刚体的角加速度、刚体上各点的加速度

8.3.1　定点运动刚体的角加速度

定点运动刚体瞬时角速度 $\boldsymbol{\omega}$ 的大小和方向随时间 t 变化，为描述这种变化引入角加速度的概念。角加速度矢量 $\boldsymbol{\alpha}$ 的起点在固定点 O(图 8-8)，大小等于角速度矢量 $\boldsymbol{\omega}$ 对时间的导数，即

$$\boldsymbol{\alpha}=\frac{\mathrm{d}\boldsymbol{\omega}}{\mathrm{d}t}\tag{8-16}$$

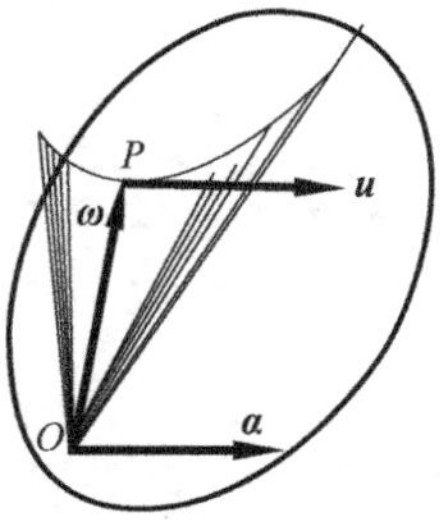

图 8-8

若矢量$\boldsymbol{\omega}$的端点为P，则$\boldsymbol{\alpha}$的大小、方向恰与P点在空间移动速度$\boldsymbol{u}$(称为$\boldsymbol{\omega}$的矢端速度)相同。这一几何解释有助于从几何角度定出$\boldsymbol{\alpha}$的大小、方向。但不要忘记$\boldsymbol{\alpha}$的起点在固定点O，且$\boldsymbol{\alpha}$不一定沿瞬时转轴，即一般不与$\boldsymbol{\omega}$共线。

对$\boldsymbol{\omega}$的分析表达式求导，可得$\boldsymbol{\alpha}$的分析表达式。由**科里奥利公式**，有

$$\boldsymbol{\alpha}=\dot{\boldsymbol{\omega}}=\dot{\omega}_{x'}\boldsymbol{i}'+\dot{\omega}_{y'}\boldsymbol{j}'+\dot{\omega}_{z'}\boldsymbol{k}'+\boldsymbol{\omega}\times\boldsymbol{\omega}=\dot{\omega}_{x'}\boldsymbol{i}'+\dot{\omega}_{y'}\boldsymbol{j}'+\dot{\omega}_{z'}\boldsymbol{k}'$$

即

$$\begin{cases}\alpha_{x'}=\dot{\omega}_{x'}\\ \alpha_{y'}=\dot{\omega}_{y'}\\ \alpha_{z'}=\dot{\omega}_{z'}\end{cases}\tag{8-17}$$

将式(8-10)代入式(8-17)，可得到用ψ、θ、φ表示的角加速度的分析表达式。

8.3.2 刚体上各点的加速度

对式(8-11)求导，可得刚体上各点的加速度表达式：

$$\boldsymbol{a}=\frac{\mathrm{d}\boldsymbol{v}}{\mathrm{d}t}=\frac{\mathrm{d}\boldsymbol{\omega}}{\mathrm{d}t}\times\boldsymbol{r}+\boldsymbol{\omega}\times\frac{\mathrm{d}\boldsymbol{r}}{\mathrm{d}t}$$

即

$$\boldsymbol{a}=\boldsymbol{\alpha}\times\boldsymbol{r}+\boldsymbol{\omega}\times\boldsymbol{v}\tag{8-18}$$

或

$$\boldsymbol{a}=\boldsymbol{\alpha}\times\boldsymbol{r}+\boldsymbol{\omega}\times(\boldsymbol{\omega}\times\boldsymbol{r})$$

如果把$\boldsymbol{a}$分解成两个成分： $\boldsymbol{a}=\boldsymbol{a}_B+\boldsymbol{a}_N$

其中 $\boldsymbol{a}_B=\boldsymbol{\alpha}\times\boldsymbol{r}$， $\boldsymbol{a}_N=\boldsymbol{\omega}\times\boldsymbol{v}$

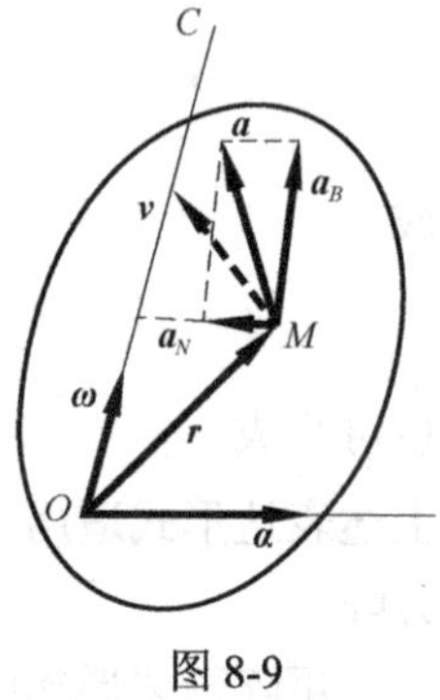

图 8-9

$\boldsymbol{a}_B$称为**转动加速度**，与$\boldsymbol{\alpha}$、$\boldsymbol{r}$垂直，但一般不与$\boldsymbol{\omega}$(即瞬时转轴)垂直，也不一定沿点运动轨迹的切向；$\boldsymbol{a}_N$沿$\boldsymbol{\omega}$、$\boldsymbol{v}$的公垂线方向，指向瞬时转轴，称为**向轴加速度**，它虽与速度$\boldsymbol{v}$垂直，但不一定沿主法线方向，故一般不等于点的法向加速度(图 8-9)。式(8-18)称为**里瓦斯公式**。可以用矩阵写出加速度$\boldsymbol{a}$的分析表达式：

$$\boldsymbol{a}=\tilde{\boldsymbol{\alpha}}\boldsymbol{r}+\tilde{\boldsymbol{\omega}}\tilde{\boldsymbol{\omega}}\boldsymbol{r}$$

或

$$\begin{Bmatrix}a_{x'}\\a_{y'}\\a_{z'}\end{Bmatrix}=\begin{pmatrix}0&-\alpha_{z'}&\alpha_{y'}\\\alpha_{z'}&0&-\alpha_{x'}\\-\alpha_{y'}&\alpha_{x'}&0\end{pmatrix}\begin{Bmatrix}x'\\y'\\z'\end{Bmatrix}+\begin{pmatrix}0&-\omega_{z'}&\omega_{y'}\\\omega_{z'}&0&-\omega_{x'}\\-\omega_{y'}&\omega_{x'}&0\end{pmatrix}\begin{pmatrix}0&-\omega_{z'}&\omega_{y'}\\\omega_{z'}&0&-\omega_{x'}\\-\omega_{y'}&\omega_{x'}&0\end{pmatrix}\begin{Bmatrix}x'\\y'\\z'\end{Bmatrix}\tag{8-19}$$

矩阵表达形式便于借助计算机的标准程序进行数值计算。

刚体做定点运动时，描述刚体运动的量是刚体的角速度(矢量)和角加速度(矢量)。它们都是相对定坐标系的，为了强调这一点，有时也称它们为**绝对角速度**和**绝对角加速度**。

以上介绍的是描述刚体定点运动的运动学主体方法，在动力学建模中会用到。

8.4　刚体绕相交轴转动的合成

刚体相对某个动参考系做定轴转动，同时此动参考系又相对定参考系做定轴转动，且两转轴交于一点，这样的刚体运动称为**刚体绕相交轴转动**。刚体绕相交轴的转动是刚体定点运动的特例。

如图 8-10(a)所示的转子 2 相对支架 1 做定轴转动，支架 1 相对定参考系也做定轴转动，转轴 AB 与 CD 相交于 O 点。若以转子上的 O 点为动点，则由点的复合运动方法不难得出，在任一瞬时，有

$$v_e = 0, \quad v_r = 0$$

由

$$\boldsymbol{v}_a = \boldsymbol{v}_e + \boldsymbol{v}_r$$

有

$$v_a = 0$$

即 O 点保持静止，转子相对定参考系的运动为定点运动(自由度为 2)。但由于对运动的描述方法与上面描述定点运动的方法不同(使用了动参考系和运动合成的观点)，因而所得公式的内涵也不同。

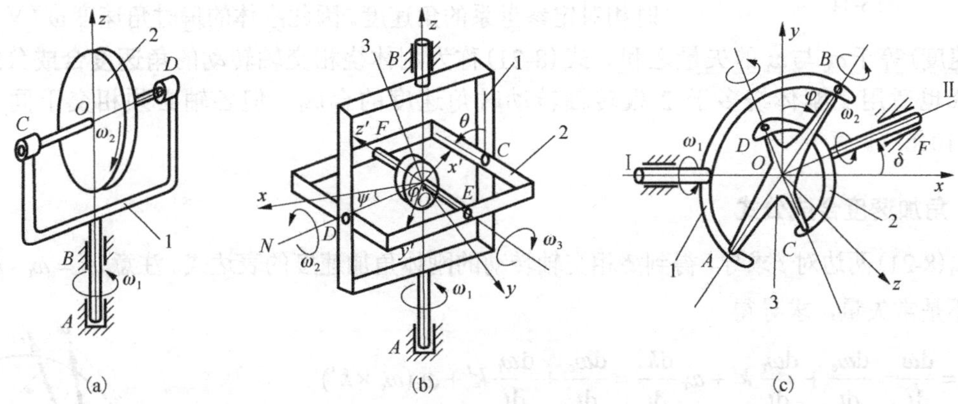

图 8-10

在图 8-10(b)中，转子 3 相对内环 2、内环 2 相对外环 1 以及外环 1 相对定参考系均为定轴转动，轴 AB、CD、EF 相交于一点 O。由点的复合运动方法可得 O 点保持静止，转子相对定参考系做定点运动，自由度为 3。如果设计中使 $CD \perp AB$、$EF \perp CD$，并取 OB 为定坐标系的 Oz 轴，OF 为转子结体坐标系的 Oz' 轴，则 OD 恰为节线。外环平面与 Ox 轴的夹角(即节线 ON 与 Ox 轴的夹角)为 ψ，内环平面与外环平面的夹角(即 Oz' 轴与 Oz 轴的夹角)为 θ，Ox' 轴与 OD 的夹角(即 Ox' 轴与节线的夹角)为 φ。这样，图 8-10(b)所示特例中结构不仅提供了一个实现刚体定点运动的真实模型(静止点可在刚体内部)，而且欧拉角 $\psi(t)$、$\theta(t)$、$\varphi(t)$ 又恰好分别对应于外环相对定参考系、内环相对外环以及转子相对内环的位置角。

图 8-10(c)所示结构称为**万向联轴节**，可以方便地实现不共线、但相交的两根轴之间的传动。叉形架 1、2 分别绕轴 I、II 做定轴转动，十字形架 3 可分别相对两叉形架做定轴转动，且轴 I、轴 II、AB、CD 相交于一点 O。这样，十字形架做定点运动；如果取叉形架 1 或 2 为动参考系，也可将十字架看成绕相交轴转动。

8.4.1 角速度合成公式

设刚体相对动参考系 $Ox'y'z'$ 做定轴转动，转轴为 Oz'，角速度为 ω_r。动参考系 $Ox'y'z'$ 相对定参考系做定轴转动，转轴为 Oz，角速度为 ω_e。其合成结果为刚体的定点运动。以刚体上一点 M 为动点，由点的复合运动方法有

$$\begin{cases} \boldsymbol{v}_e = \boldsymbol{\omega}_e \times \boldsymbol{r} \\ \boldsymbol{v}_r = \boldsymbol{\omega}_r \times \boldsymbol{r} \\ \boldsymbol{v} = \boldsymbol{v}_a = \boldsymbol{v}_e + \boldsymbol{v}_r = (\boldsymbol{\omega}_e + \boldsymbol{\omega}_r) \times \boldsymbol{r} \end{cases} \tag{8-20}$$

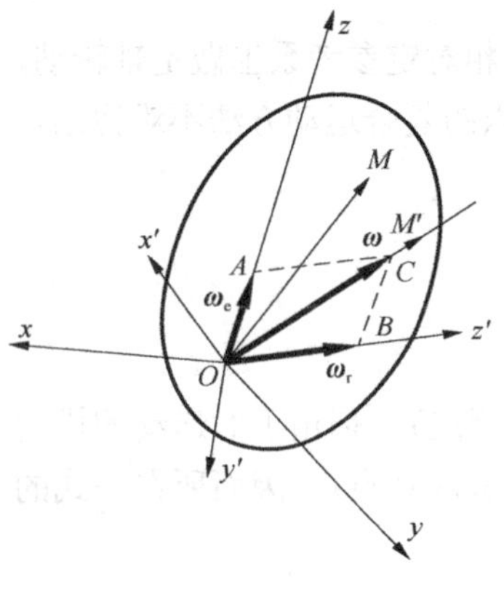

图 8-11

以 $\boldsymbol{\omega}_e$、$\boldsymbol{\omega}_r$ 为边作平行四边形 $AOBC$(图 8-11)，其对角线 OC 记为矢量 $\boldsymbol{\omega}$，则

$$\boldsymbol{\omega} = \boldsymbol{\omega}_e + \boldsymbol{\omega}_r \tag{8-21}$$

$$\boldsymbol{v} = \boldsymbol{\omega} \times \boldsymbol{r} \tag{8-22}$$

对直线 OC 上的任一点 M' 有：$\boldsymbol{v}_{M'} = \boldsymbol{\omega} \times \overrightarrow{OM'} = 0$。即 OC 所在直线为定点运动刚体的瞬时转轴。比较式(8-22)与式(8-11)可知，由式(8-21)得到的和矢量 $\boldsymbol{\omega}$ 即为定点运动刚体在此瞬时相对定参考系的角速度。因此刚体的瞬时角速度 $\boldsymbol{\omega}$(又称绝对角速度)等于 $\boldsymbol{\omega}_e$ 与 $\boldsymbol{\omega}_r$ 的矢量之和。式(8-21)称为刚体绕相交轴转动的**角速度合成公式**。此公式也适用于刚体绕多于 2 根转轴转动时角速度的合成，但各轴必须相交于同一点(图 8-10(b))。

8.4.2 角加速度合成公式

式(8-21)两边对 t 求导，得到绕相交轴转动的刚体角加速度的表达式。注意 $\boldsymbol{\omega}_r = \omega_r \cdot \boldsymbol{k}'$ 中的 $\boldsymbol{k}'$ 不是常矢量，求导得

$$\begin{aligned} \boldsymbol{\alpha} &= \frac{d\boldsymbol{\omega}}{dt} = \frac{d\boldsymbol{\omega}_e}{dt} + \frac{d\omega_r}{dt}\boldsymbol{k}' + \omega_r \frac{d\boldsymbol{k}'}{dt} = \frac{d\boldsymbol{\omega}_e}{dt} + \frac{d\omega_r}{dt}\boldsymbol{k}' + \omega_r(\boldsymbol{\omega}_e \times \boldsymbol{k}') \\ &= \frac{d\boldsymbol{\omega}_e}{dt} + \frac{d\omega_r}{dt}\boldsymbol{k}' + \boldsymbol{\omega}_e \times (\omega_r \boldsymbol{k}') = \frac{d\boldsymbol{\omega}_e}{dt} + \frac{d\omega_r}{dt}\boldsymbol{k}' + \boldsymbol{\omega}_e \times \boldsymbol{\omega}_r \end{aligned}$$

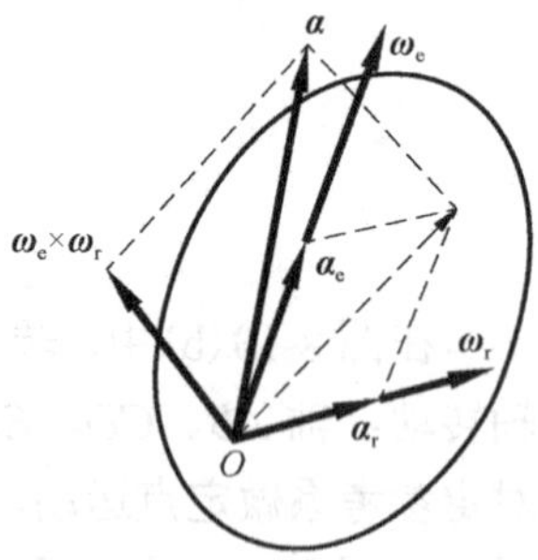

图 8-12

式中，$\dfrac{d\boldsymbol{\omega}_e}{dt}$ 为动参考系的角加速度 $\boldsymbol{\alpha}_e$；$\dfrac{d\omega_r}{dt}\boldsymbol{k}'$ 为刚体相对动参考系的角加速度 $\boldsymbol{\alpha}_r$(图 8-12)，则有

$$\boldsymbol{\alpha} = \boldsymbol{\alpha}_e + \boldsymbol{\alpha}_r + \boldsymbol{\omega}_e \times \boldsymbol{\omega}_r \tag{8-23}$$

式(8-23)称为**刚体绕相交轴转动的角加速度合成公式**。当 $\boldsymbol{\omega}_e$、$\boldsymbol{\omega}_r$ 大小为常数时，有

$$\boldsymbol{\alpha} = \boldsymbol{\omega}_e \times \boldsymbol{\omega}_r \tag{8-24}$$

例 8-1 轴 OA 以匀角速度 ω_1 绕沿垂轴 O_1O 转动，$OA \perp O_1O$，$OA = L$。圆盘与 OA 垂直，半径为 R，以匀角速度 ω_2 绕 OA 转动。求圆盘的角速度、角加速度以及盘上最高点 B 的速度、加速度(图 8-13)。

解 盘的运动可看成绕相交轴转动的合成。坐标系 $Ox_1y_1z_1$ 如图所示，单位矢量分别为 $\boldsymbol{i}$、$\boldsymbol{j}$、$\boldsymbol{k}$。则依题意有

$$\boldsymbol{\omega}_e=\omega_1\boldsymbol{k},\ \ \boldsymbol{\omega}_r=\omega_2\boldsymbol{j},\ \ \boldsymbol{\omega}=\boldsymbol{\omega}_e+\boldsymbol{\omega}_r=\omega_2\boldsymbol{j}+\omega_1\boldsymbol{k}$$

角速度 ω_1、ω_2 为常量，故盘的角加速度为

$$\boldsymbol{\alpha}=\boldsymbol{\omega}_e\times\boldsymbol{\omega}_r=\omega_1\boldsymbol{k}\times\omega_2\boldsymbol{j}=-\omega_1\omega_2\boldsymbol{i}$$

由式(8-11)，可得 B 点的速度为

$$\boldsymbol{v}_B=\boldsymbol{\omega}\times\boldsymbol{r}_B=(\omega_2\boldsymbol{j}+\omega_1\boldsymbol{k})\times(L\boldsymbol{j}+R\boldsymbol{k})=(R\omega_2-L\omega_1)\boldsymbol{i}$$

由式(8-18)，可得 B 点的加速度为

$$\begin{aligned}\boldsymbol{a}_B&=\boldsymbol{\alpha}\times\boldsymbol{r}_B+\boldsymbol{\omega}\times\boldsymbol{v}_B\\&=-\omega_1\omega_2\boldsymbol{i}\times(L\boldsymbol{j}+R\boldsymbol{k})+(\omega_2\boldsymbol{j}+\omega_1\boldsymbol{k})\times(R\omega_2-L\omega_1)\boldsymbol{i}\\&=(2R\omega_1\omega_2-L\omega_1^2)\boldsymbol{j}-R\omega_2^2\boldsymbol{k}\end{aligned}$$

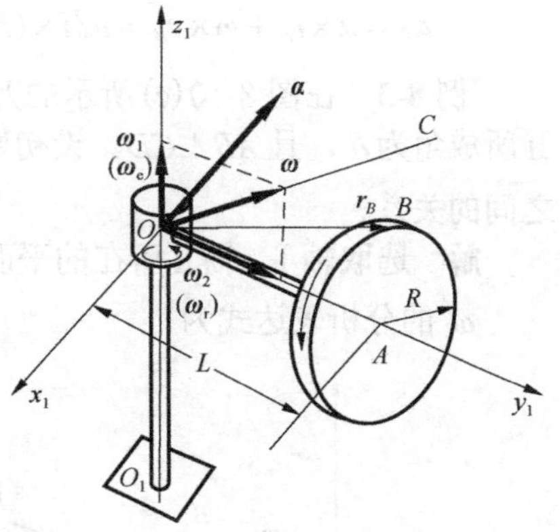

图 8-13

本题的已知条件是以刚体绕相交轴转动的形式给定的，可依据刚体绕相交轴转动的合成求得刚体的角速度和角加速度。求 B 点的速度和加速度有两种解法可供选择：一种是刚体定点运动的方法(即本例中所用方法)；另一种是点的复合运动方法。读者可自行对两种方法加以比较。

例 8-2　曲柄 OA 以匀角速度 ω_0 做定轴转动，锥齿轮 1 在曲柄 OA 带动下沿静止的锥齿轮 2 做纯滚动(图 8-14(a))。$BC=2R$，锥齿轮顶角 $2\beta=90°$。求锥齿轮 1 的角速度、角加速度以及 B 点的速度、加速度。

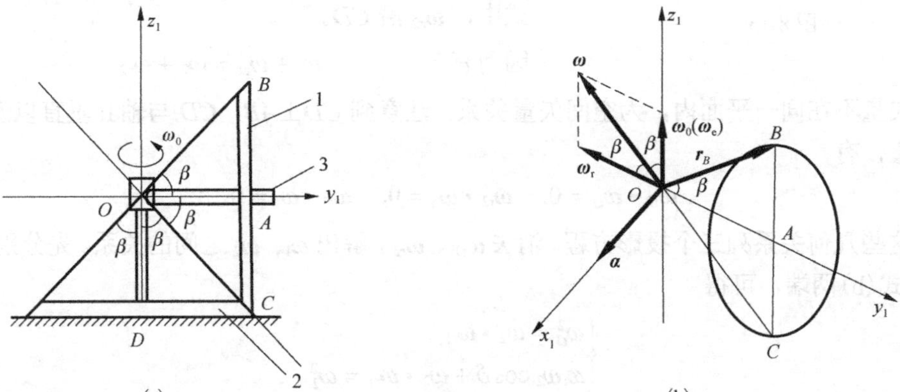

(a)　(b)

图 8-14

解　锥齿轮 1 的运动可看成绕相交轴转动的合成。锥齿轮 1 与锥齿轮 2 的接触点 C 的速度为零，故 OC 所在直线为瞬时转轴。取坐标系 $Ox_1y_1z_1$ 如图 8-14(b)所示，各轴单位矢量分别为 $\boldsymbol{i}$、$\boldsymbol{j}$、$\boldsymbol{k}$。则 $\boldsymbol{\omega}_e=\omega_0\boldsymbol{k}$，大小方向已知，$\boldsymbol{\omega}_r$ 沿 OA 所在直线，$\boldsymbol{\omega}$ 沿 OC 所在直线。由 $\boldsymbol{\omega}=\boldsymbol{\omega}_e+\boldsymbol{\omega}_r$ 作矢量平行四边形(图 8-14(b))。由 $\beta=45°$ 可求得

$$\omega_r=\omega_e=\omega_0\ (\text{常数}),\ \ \omega=\sqrt{2}\omega_e=\sqrt{2}\omega_0$$

其矢量分析表达式则为　$\boldsymbol{\omega}_r=-\omega_0\boldsymbol{j}$，　$\boldsymbol{\omega}=-\omega_0\boldsymbol{j}+\omega_0\boldsymbol{k}$

$\boldsymbol{\omega}_e$、$\boldsymbol{\omega}_r$ 的大小不变，故锥齿轮 1 的角加速度为

$$\boldsymbol{\alpha}=\boldsymbol{\omega}_e\times\boldsymbol{\omega}_r=\omega_0\boldsymbol{k}\times(-\omega_0\boldsymbol{j})=\omega_0^2\boldsymbol{i}$$

B 点的速度为　$\boldsymbol{v}_B=\boldsymbol{\omega}\times\boldsymbol{r}_B=(-\omega_0\boldsymbol{j}+\omega_0\boldsymbol{k})\times(R\boldsymbol{j}+R\boldsymbol{k})=-2R\omega_0\boldsymbol{i}$

B 点的加速度为

$$\boldsymbol{a}_B=\boldsymbol{\alpha}\times\boldsymbol{r}_B+\boldsymbol{\omega}\times\boldsymbol{v}_B=\omega_0^2\boldsymbol{i}\times(R\boldsymbol{j}+R\boldsymbol{k})+(-\omega_0\boldsymbol{j}+\omega_0\boldsymbol{k})\times(-2R\omega_0\boldsymbol{i})=-3R\omega_0^2\boldsymbol{j}-R\omega_0^2\boldsymbol{k}$$

***例 8-3** 在图 8-10(c)所示的万向联轴节中 AB 与轴 I 垂直、CD 与轴 II 垂直，轴 I 与轴 II 所成角为 δ，且 $AB\perp CD$。设初始时刻 AB 与轴 I、轴 II 共面，求轴 I 转过 φ 角时 ω_1、ω_2 之间的关系。

解 选取轴 I、轴 II 所在的平面为 xy 平面，Ox 轴沿轴 I，建立定坐标系 $Oxyz$ (图 8-15)。

ω_2 的分析表达式为

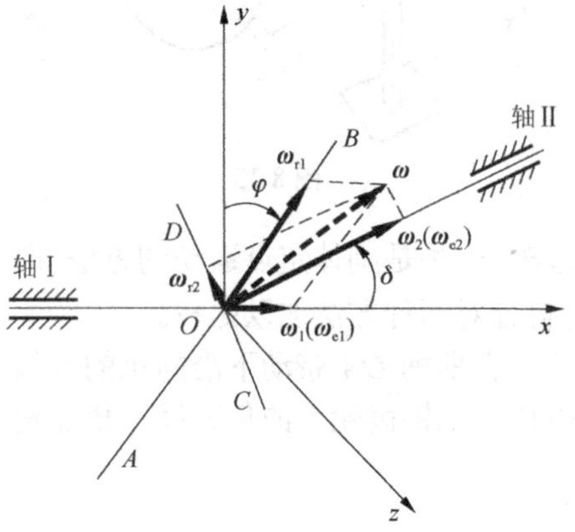

图 8-15

$$\boldsymbol{\omega}_2=\omega_2(\cos\delta\boldsymbol{i}+\sin\delta\boldsymbol{j}) \tag{a}$$

初始时刻 AB 轴在 Oxy 平面内沿 Oy 的方向，当轴 I 转过 φ 角时，AB 在 Oxy 平面内，与 y 轴夹角为 φ。

先把十字形架看成绕相交轴 AB、轴 I 转动的合成，则有

$$\boldsymbol{\omega}=\boldsymbol{\omega}_{e1}+\boldsymbol{\omega}_{r1}=\boldsymbol{\omega}_1+\boldsymbol{\omega}_{r1}$$

式中，$\boldsymbol{\omega}_{r1}$ 沿 AB(图 8-15)。

再把十字形架看成绕相交轴 CD、轴 II 转动的合成，则有

$$\boldsymbol{\omega}=\boldsymbol{\omega}_{e2}+\boldsymbol{\omega}_{r2}=\boldsymbol{\omega}_2+\boldsymbol{\omega}_{r2}$$

式中，$\boldsymbol{\omega}_{r2}$ 沿 CD。

因而有

$$\boldsymbol{\omega}_1+\boldsymbol{\omega}_{r1}=\boldsymbol{\omega}_2+\boldsymbol{\omega}_{r2} \tag{b}$$

这四个矢量不在同一平面内，为空间矢量关系。注意到 $CD\perp AB$，CD 与轴 II 垂直以及 AB 与轴 I 垂直，有

$$\boldsymbol{\omega}_{r2}\cdot\boldsymbol{\omega}_{r1}=0,\quad \boldsymbol{\omega}_{r2}\cdot\boldsymbol{\omega}_2=0,\quad \boldsymbol{\omega}_{r1}\cdot\boldsymbol{\omega}_1=0$$

可利用这些几何关系列三个投影方程。消去 $\boldsymbol{\omega}_{r1}$、$\boldsymbol{\omega}_{r2}$，解出 ω_1、ω_2 之间的关系。先分别以 $\boldsymbol{\omega}_{r1}$、$\boldsymbol{\omega}_2$ 点乘式(b)两端，可得

$$\begin{cases}\omega_{r1}^2=\boldsymbol{\omega}_2\cdot\boldsymbol{\omega}_{r1}\\ \omega_1\omega_2\cos\delta+\boldsymbol{\omega}_2\cdot\boldsymbol{\omega}_{r1}=\omega_2^2\end{cases} \tag{c}$$

在所分析的位置上，$\boldsymbol{\omega}_{r1}$ 与 x 轴垂直，其分析表达式为

$$\boldsymbol{\omega}_{r1}=\omega_{r1}\cos\varphi\boldsymbol{j}+\omega_{r1}\sin\varphi\boldsymbol{k}$$

与式(a)作点乘，求得

$$\boldsymbol{\omega}_{r1}\cdot\boldsymbol{\omega}_2=(\omega_{r1}\cos\varphi\boldsymbol{j}+\omega_{r1}\sin\varphi\boldsymbol{k})\cdot(\omega_2\cos\delta\boldsymbol{i}+\omega_2\sin\delta\boldsymbol{j})=\omega_{r1}\omega_2\cos\varphi\sin\delta$$

代入式(c)得

$$\begin{cases}\omega_{r1}^2=\omega_{r1}\omega_2\cos\varphi\sin\delta\\ \omega_1\omega_2\cos\delta+\omega_{r1}\omega_2\cos\varphi\sin\delta=\omega_2^2\end{cases}$$

化简为

$$\begin{cases}\omega_{r1}=\omega_2\cos\varphi\sin\delta\\ \omega_1\cos\delta+\omega_2\cos^2\varphi\sin^2\delta=\omega_2\end{cases}$$

由第二式解得
$$\omega_2=\frac{\cos\delta}{1-\sin^2\varphi\sin^2\delta}\omega_1$$

不难看出，当轴 I 的转速 ω_1 为常量时，轴 II 的转速 ω_2 是变化的。δ 越大，ω_2 的波动性越大。

例 8-4　图 8-16(a)所示差速传动齿轮系中，锥齿轮 1、2 的节圆半径为 R，锥齿轮 3 的节圆半径为 r。锥齿轮 1、2 及曲柄 OA 可绕 Oz 轴独立转动，锥齿轮 3 可绕曲柄 OA 转动，并与锥齿轮 1、2 啮合。锥齿轮 1、2 的角速度分别为 ω_1、ω_2，如图 8-16(a)所示。求曲柄角速度 ω_4 及锥齿轮 3 的角速度 ω_3。

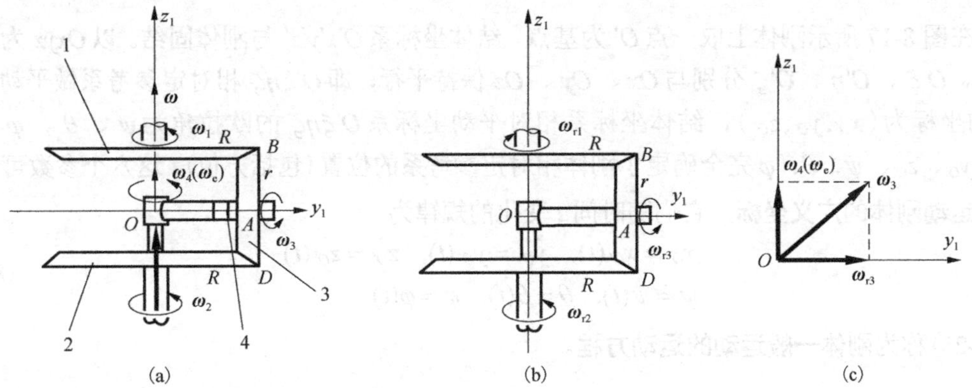

图 8-16

解　本题中锥齿轮 1、2 及曲柄 OA 均做定轴转动，锥齿轮 3 做定点运动。若取动参考系固结于曲柄 OA，则锥齿轮 1、2 及 3 相对动参考系均为定轴转动，相对角速度 ω_{r1}、ω_{r2}、ω_{r3} 的转向如图 8-16(b)所示。由
$$v_B=R\omega_{r1}=r\omega_{r3},\quad v_D=R\omega_{r2}=r\omega_{r3}$$

求得
$$\omega_{r1}=\omega_{r2},\quad \omega_{r3}=\frac{R}{r}\omega_{r2}$$

写成矢量分析表达式为
$$\boldsymbol{\omega}_{r2}=\omega_{r2}\boldsymbol{k},\quad \boldsymbol{\omega}_{r1}=-\omega_{r2}\boldsymbol{k},\quad \boldsymbol{\omega}_{r3}=\frac{R}{r}\omega_{r2}\boldsymbol{j}$$

设曲柄角速度 ω_4 的转向如图 8-16(a)所示，则有
$$\begin{cases}\boldsymbol{\omega}_e=\boldsymbol{\omega}_4=\omega_4\boldsymbol{k}\\ \boldsymbol{\omega}_1=\boldsymbol{\omega}_e+\boldsymbol{\omega}_{r1}=(\omega_4-\omega_{r2})\boldsymbol{k}\\ \boldsymbol{\omega}_2=\boldsymbol{\omega}_e+\boldsymbol{\omega}_{r2}=(\omega_4+\omega_{r2})\boldsymbol{k}\\ \boldsymbol{\omega}_3=\boldsymbol{\omega}_e+\boldsymbol{\omega}_{r3}=\omega_4\boldsymbol{k}+\dfrac{R}{r}\omega_{r2}\boldsymbol{j}\end{cases}$$

解出
$$\omega_{r2}=\frac{1}{2}(\omega_2-\omega_1),\quad \omega_4=\frac{1}{2}(\omega_1+\omega_2),\quad \boldsymbol{\omega}_3=\frac{R(\omega_2-\omega_1)}{2r}\boldsymbol{j}+\frac{1}{2}(\omega_1+\omega_2)\boldsymbol{k}$$

方向如图 8-16(c)所示。

8.5　刚体一般运动

刚体一般运动指刚体既可在空间自由移动，又可在空间自由转动，如飞机、舰艇等的整体运动。有些非自由刚体的运动需要用刚体一般运动的方法才能描述，如保龄球的运动，机器人前臂、手部的运动，卫星天线的运动等，其中某些运动可看成刚体绕相错轴(既不平行又不交于同一点)转动的合成。

8.5.1　广义坐标、运动方程

在图 8-17 所示刚体上取一点 O' 为基点，结体坐标系 $O'x'y'z'$ 与刚体固结。以 $Oxyz$ 为定参考系。$O'\xi$、$O'\eta$、$O'\zeta$ 分别与 Ox、Oy、Oz 保持平行，即 $O'\xi\eta\zeta$ 相对定参考系做平动。若 O' 的坐标为($x_{O'},y_{O'},z_{O'}$)，结体坐标系相对平动坐标系 $O'\xi\eta\zeta$ 的欧拉角为 ψ、θ、φ，则 $x_{O'}$、$y_{O'}$、$z_{O'}$、ψ、θ、φ 完全确定了刚体相对定参考系的位置(包括方位)。这六个参数可作为**一般运动刚体的广义坐标**，它们随时间 t 变化的规律为

$$\begin{aligned}&x_{O'}=x_{O'}(t),\quad y_{O'}=y_{O'}(t),\quad z_{O'}=z_{O'}(t)\\&\psi=\psi(t),\quad \theta=\theta(t),\quad \varphi=\varphi(t)\end{aligned}\tag{8-25}$$

式(8-25)称为**刚体一般运动的运动方程**。

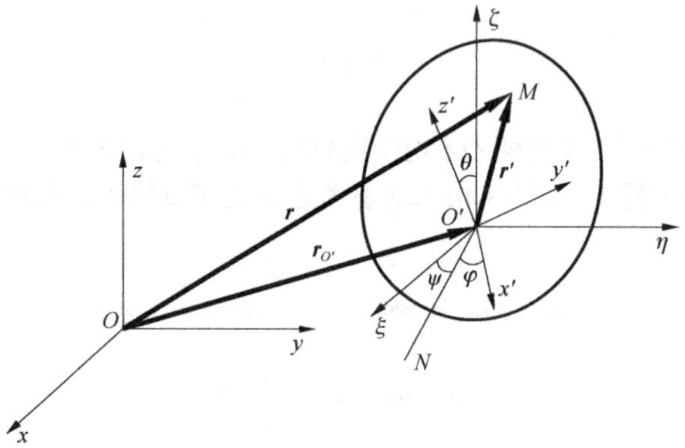

图 8-17

刚体上一点 M 的位置可由矢量 $\boldsymbol{r}=\overrightarrow{OM}$ 确定，由图 8-17 可知

$$\boldsymbol{r}=\boldsymbol{r}_{O'}+\boldsymbol{r}'$$

用矩阵表示为

$$(\boldsymbol{i}\quad \boldsymbol{j}\quad \boldsymbol{k})\begin{Bmatrix}x\\y\\z\end{Bmatrix}=(\boldsymbol{i}\quad \boldsymbol{j}\quad \boldsymbol{k})\begin{Bmatrix}x_{O'}\\y_{O'}\\z_{O'}\end{Bmatrix}+(\boldsymbol{i}'\quad \boldsymbol{j}'\quad \boldsymbol{k}')\begin{Bmatrix}x'\\y'\\z'\end{Bmatrix}=(\boldsymbol{i}\quad \boldsymbol{j}\quad \boldsymbol{k})\begin{Bmatrix}x_{O'}\\y_{O'}\\z_{O'}\end{Bmatrix}+(\boldsymbol{i}\quad \boldsymbol{j}\quad \boldsymbol{k})\boldsymbol{A}^{\mathrm{T}}\begin{Bmatrix}x'\\y'\\z'\end{Bmatrix}$$

因此

$$\begin{Bmatrix}x\\y\\z\end{Bmatrix}=\begin{Bmatrix}x_{O'}\\y_{O'}\\z_{O'}\end{Bmatrix}+\boldsymbol{A}^{\mathrm{T}}\begin{Bmatrix}x'\\y'\\z'\end{Bmatrix}\tag{8-26}$$

式中，$\boldsymbol{A}$ 是结体坐标系单位矢量 $\boldsymbol{i}'$、$\boldsymbol{j}'$、$\boldsymbol{k}'$ 的方向余弦矩阵，它的元素可用欧拉角 ψ、θ、φ 表示(见式(8-5))。对式(8-26)求导，可求得刚体上任一点的速度、加速度。

采用上述分析方法虽然可得到一般运动刚体上点的速度、加速度，但相当烦琐。

8.5.2　一般运动分解为平动与定点运动，刚体上一点的速度、加速度

应用运动分解合成的思想，刚体一般运动可看成随基点(如取 O' 点为基点)的平动和绕基点定点运动的合成，需要注意的是，基点上固结的是一个平动坐标系($O'\xi\eta\zeta$)。平动运动部分可用基点的速度 $\boldsymbol{v}_{O'}$、加速度 $\boldsymbol{a}_{O'}$ 描述；定点运动部分可由角速度 $\boldsymbol{\omega}$、角加速度 $\boldsymbol{\alpha}$ 描述，$\boldsymbol{\omega}$、$\boldsymbol{\alpha}$ 矢量的起点为基点 O' (图 8-18)。

以刚体上一点 M 为动点，矢量 $\overrightarrow{O'M}=\boldsymbol{r}'$。由于动参考系 $O'\xi\eta\zeta$ 做平动，牵连速度 $\boldsymbol{v}_{\mathrm{e}}$、牵连加速度 $\boldsymbol{a}_{\mathrm{e}}$ 分别等于基点的速度 $\boldsymbol{v}_{O'}$、加速度 $\boldsymbol{a}_{O'}$。点 M 相对平动坐标系的速度 $\boldsymbol{v}_{\mathrm{r}}$ 可由刚体定点运动公式求得

$$\boldsymbol{v}_{\mathrm{r}}=\boldsymbol{\omega}\times\boldsymbol{r}'$$

由点的复合运动速度合成定理，M 点相对定参考系的速度为

$$\boldsymbol{v}=\boldsymbol{v}_{O'}+\boldsymbol{v}_{\mathrm{r}}=\boldsymbol{v}_{O'}+\boldsymbol{\omega}\times\boldsymbol{r}' \tag{8-27}$$

各速度矢量的几何关系示于图 8-19。动点 M 相对平动坐标系的加速度为 $\boldsymbol{a}_{\mathrm{r}}=\boldsymbol{\alpha}\times\boldsymbol{r}'+\boldsymbol{\omega}\times\boldsymbol{v}_{\mathrm{r}}$，由牵连运动为平动时的加速度合成定理，$M$ 点相对定参考系的加速度为

$$\boldsymbol{a}=\boldsymbol{a}_{O'}+\boldsymbol{a}_{\mathrm{r}}=\boldsymbol{a}_{O'}+\boldsymbol{\alpha}\times\boldsymbol{r}'+\boldsymbol{\omega}\times\boldsymbol{v}_{\mathrm{r}}$$

或

$$\boldsymbol{a}=\boldsymbol{a}_{O'}+\boldsymbol{\alpha}\times\boldsymbol{r}'+\boldsymbol{\omega}\times(\boldsymbol{\omega}\times\boldsymbol{r}') \tag{8-28}$$

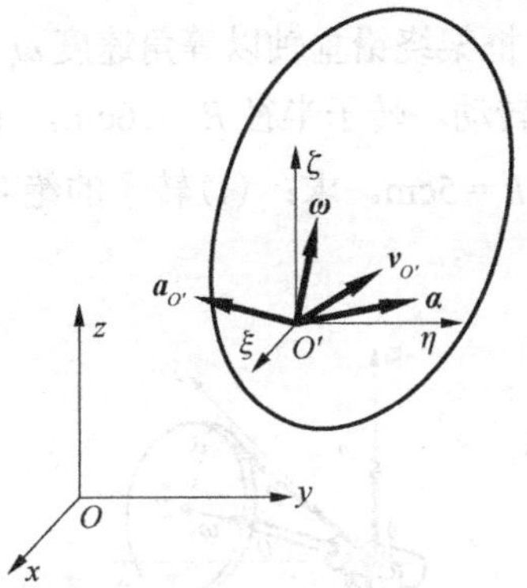

图 8-18

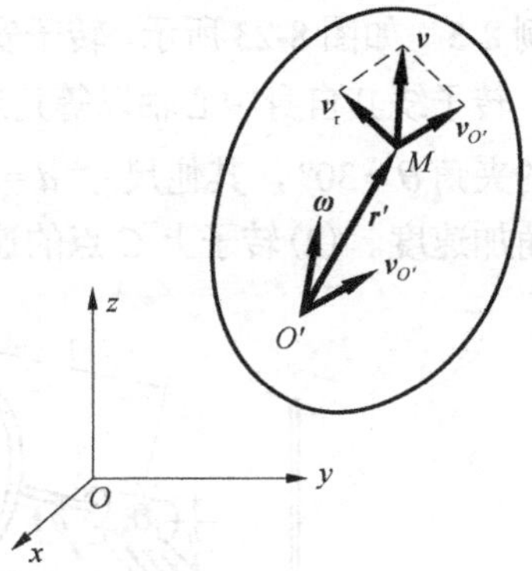

图 8-19

各加速度矢量的几何关系如图 8-20 所示。

刚体一般运动与刚体平面运动之间有着共同之处。由于规定动参考系做平动，所以平动部分的速度 $\boldsymbol{v}_{O'}$、加速度 $\boldsymbol{a}_{O'}$ 与基点的选取有关，定点运动部分角速度矢量 $\boldsymbol{\omega}$、角加速度矢量 $\boldsymbol{\alpha}$ 与基点的选取无关。如图 8-21 所示，同一刚体上两点 A、B 的速度 $\boldsymbol{v}_A$、$\boldsymbol{v}_B$ 满足速度投影定理：

$$(\boldsymbol{v}_A)_{AB}=(\boldsymbol{v}_B)_{AB}$$

或

$$v_A\cos\theta=v_B\cos\beta$$

在 $\omega \neq 0$ 且 $\boldsymbol{\omega} \perp \boldsymbol{v}_{O'}$ 的瞬时，在过 O' 与 $\boldsymbol{v}_{O'}$ 垂直的平面内，总可以找到一根与 $\boldsymbol{\omega}$ 平行的轴 l(图 8-22)，该轴到 O' 点的距离为

$$d = \frac{v_{O'}}{\omega}$$

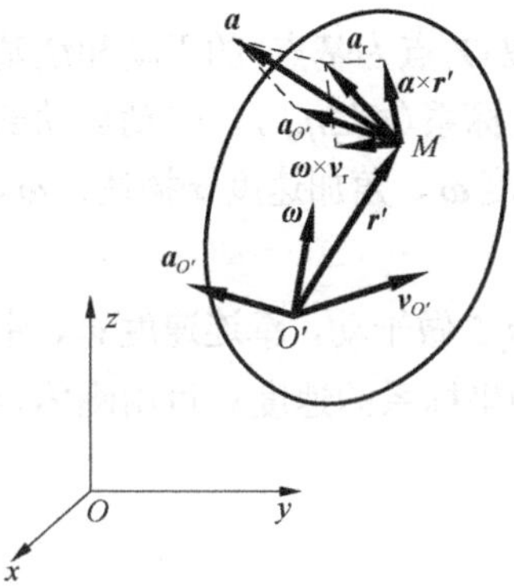

图 8-20

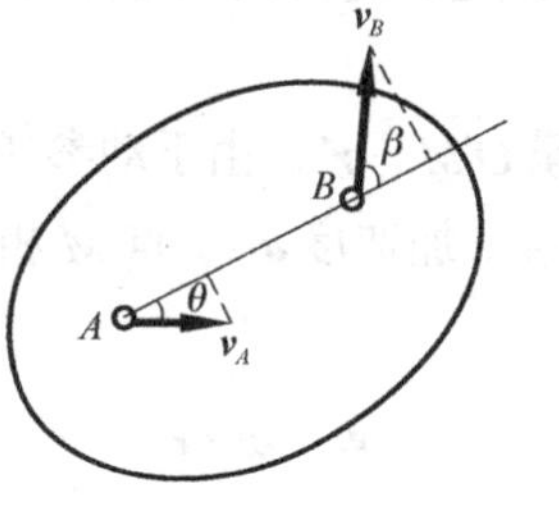

图 8-21

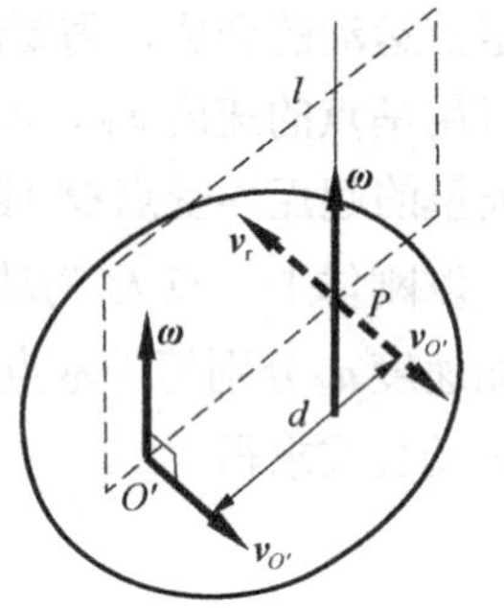

图 8-22

对于轴 l 上的任一点 P，有

$$\boldsymbol{v}_P = \boldsymbol{v}_{O'} + \boldsymbol{v}_r = \boldsymbol{v}_{O'} + \boldsymbol{\omega} \times \overrightarrow{O'P} = 0$$

于是，刚体的一般运动就转化为绕 l 轴的瞬时转动，但轴 l 的位置及方位均随时间 t 而变化。在 $\boldsymbol{\omega} \cdot \boldsymbol{v}_{O'} \neq 0$ 的瞬时，无论如何选取基点，刚体在此瞬时的运动总包含平动与定点运动两种成分。

例 8-5　如图 8-23 所示，转子安装于框架 OA 内，框架绕铅垂轴以等角速度 $\omega_1 = \pi/3\,\text{rad/s}$ 转动，转子绕其自身中心轴以等角速度 $\omega_2 = 10\pi\,\text{rad/s}$ 转动，转子半径 $R = 6\text{cm}$，中心轴与水平线的夹角 $\theta = 30°$，其他尺寸 $d = 12\text{cm}$，$l = 15\text{cm}$，$h = 5\text{cm}$。求：(1) 转子的绝对角速度和绝对角加速度。(2) 转子上 C 点的速度和加速度。

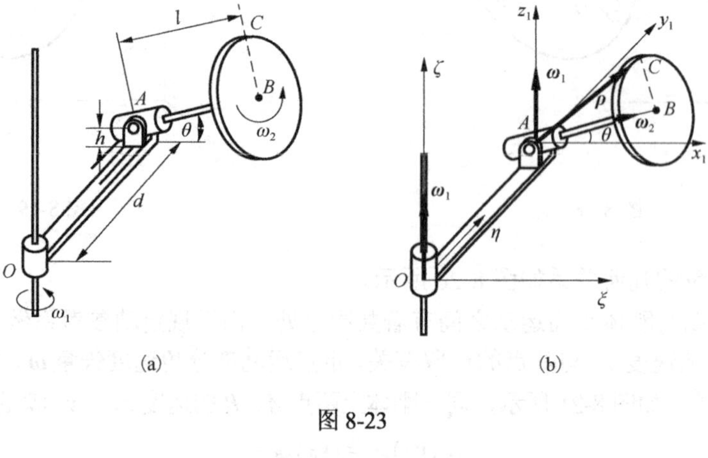

图 8-23

解：以转子为研究对象，转子做一般刚体运动(绕不相交的两根轴转动)。

(1)角速度、角加速度。

以 A 为基点，建立平动坐标系 $Ax_1y_1z_1$，运动过程中 Ay_1 与 OA 不再共线。

转子的角速度为 $\boldsymbol{\omega}=\boldsymbol{\omega}_1+\boldsymbol{\omega}_2=\omega_2\cos\theta\boldsymbol{i}+(\omega_1+\omega_2\sin\theta)\boldsymbol{k}$

角加速度为 $\boldsymbol{\alpha}=\dfrac{\mathrm{d}\boldsymbol{\omega}}{\mathrm{d}t}=\boldsymbol{\omega}_1\times\boldsymbol{\omega}_2=\omega_1\omega_2\cos\theta\boldsymbol{j}$

代入具体数据，得

$$\boldsymbol{\omega}=(27.19\boldsymbol{i}+16.75\boldsymbol{k})\text{rad/s}\text{，}\quad \boldsymbol{\alpha}=28.46\boldsymbol{j}\,\text{rad/s}^2$$

(2)C 点的速度、加速度。

$$\boldsymbol{v}_A=-\omega_1 d\boldsymbol{i}=-12.56\boldsymbol{i}\,\text{cm/s}\text{，}\quad \boldsymbol{a}_A=-\omega_1^2 d\boldsymbol{j}=-13.14\boldsymbol{j}\,\text{cm/s}^2$$

C 点在平动坐标系下的位置坐标为

$$\boldsymbol{\rho}=(l\cos\theta-R\sin\theta)\boldsymbol{i}+(l\sin\theta+R\cos\theta)\boldsymbol{k}=(9.99\boldsymbol{i}+12.7\boldsymbol{k})\text{cm}$$

根据刚体一般运动的速度、加速度合成公式：

$$\begin{aligned}\boldsymbol{v}_C&=\boldsymbol{v}_A+\boldsymbol{v}_\text{r}=\boldsymbol{v}_A+\boldsymbol{\omega}\times\boldsymbol{\rho}\\&=-12.56\boldsymbol{i}+(27.19\boldsymbol{i}+16.75\boldsymbol{k})\times(9.99\boldsymbol{i}+12.7\boldsymbol{k})\\&=(-12.56\boldsymbol{i}-177.98\boldsymbol{j})\text{cm/s}\end{aligned}$$

$$\begin{aligned}\boldsymbol{a}_C&=\boldsymbol{a}_A+\boldsymbol{a}_\text{r}=\boldsymbol{a}_A+\boldsymbol{\alpha}\times\boldsymbol{\rho}+\boldsymbol{\omega}\times(\boldsymbol{\omega}\times\boldsymbol{\rho})\\&=-13.14\boldsymbol{j}+[28.46\boldsymbol{j}\times(9.99\boldsymbol{i}+12.7\boldsymbol{k})]\\&\quad+(27.19\boldsymbol{i}+16.75\boldsymbol{k})\times[(27.19\boldsymbol{i}+16.75\boldsymbol{k})\times(9.99\boldsymbol{i}+12.7\boldsymbol{k})]\\&=(334.6\boldsymbol{i}-13.16\boldsymbol{j}-5128\boldsymbol{k})\text{cm/s}^2\end{aligned}$$

(3)讨论。

除了采用上述方法，C 点的速度、加速度也可采用复合运动分析的方法，此种情况下动系与 OA 相固结，牵连运动为定轴转动，牵连角速度为 $\boldsymbol{\omega}_1$，相对运动为定轴转动，相对角速度为 $\boldsymbol{\omega}_2$，加速度分析除了考虑相对加速度与牵连加速度，还需要考虑科氏加速度。

思 考 空 间

(1)刚体定点运动和刚体一般运动是运动学内容的提高部分，运动学基础一章，将刚体运动的角速度、角加速度表述从代数量上升到了矢量描述，本章则进一步将矢量描述上升到了矩阵描述，式(8-14)、式(8-15)、式(8-19)建立了矩阵形式的速度、加速度与角速度、角加速度之间的关系。本章是复杂刚体运动分析及动力学分析的基础。几个值得注意的要点如下。

① 描述定点运动刚体位置和运动的广义坐标常取为经典欧拉角 ψ、θ、φ，其优点是几何意义直观。一般性的运动学方程和后面的动力学方程常以欧拉角的形式表述。但欧拉角既非唯一，也非万能，$\theta=0$，进动角和自转角失去意义，运动学方程存在奇异性，欧拉角描述方法失效，需另选参数作为广义坐标。

② 描述定点运动刚体瞬时运动特征的是刚体的角速度 $\boldsymbol{\omega}$ 和角加速度 $\boldsymbol{\alpha}$，用一个随刚体运动的结体坐标系 $Ox'y'z'$ 表示 $\boldsymbol{\omega}$、$\boldsymbol{\alpha}$ 以及刚体上各点速度 $\boldsymbol{v}$、加速度 $\boldsymbol{a}$。后面动力学中要求结体坐标系的坐标轴沿刚体的惯性主轴。

(2)刚体绕相交轴转动的合成虽为刚体定点运动的特例，但运动的描述与刚体定点运动的描述方法不同，角速度关系式(8-21)与式(8-8)相似，角加速度关系式(8-23)与式(8-17)则有明显区别。对这类问题应注意具体的工程背景，在正确分析运动的前提下引用有关矢量公式。当各角速度矢量位于同一平面时，几何关系比较简单；当各矢量不在同一平面时，需要列出空间投影关系(可用矢量点乘实现)，从而转化为投影方程求解。

(3)在第 6 章点的复合运动中只研究了动参考系平动和定轴转动两种情况。可以毫无困难地证明，在动参考系做平面运动、定点运动、一般运动的情况下，速度合成定理和加速度合成定理同样成立。其中 $\boldsymbol{v}_{\mathrm{e}}$、$\boldsymbol{a}_{\mathrm{e}}$ 的计算需引用对应的“刚体上各点的速度、加速度”计算公式；而科氏加速度 $\boldsymbol{a}_{\mathrm{C}}=2\boldsymbol{\omega}\times\boldsymbol{v}_{\mathrm{r}}$ 中的 $\boldsymbol{\omega}$，则为动系绕固定点或基点的角速度矢量。

习　　题

8-1　圆盘以角速度 ω_1 绕水平轴 CD 转动，同时 CD 轴又以角速度 ω_2 绕通过圆盘中心 O 点的铅垂轴 AB 转动。若 $\omega_1=5\mathrm{rad/s}$，$\omega_2=3\mathrm{rad/s}$，求圆盘的瞬时角速度 ω 和瞬时角加速度 α 的大小和方向。

8-2　圆锥 A 每分钟在固定圆锥 B 上滚动 120 次，圆锥高为 $OO_1=10\mathrm{cm}$。求：圆锥的瞬时角速度 ω 和瞬时角加速度 α。

8-3　具有固定顶点 O 的圆锥在平面上滚动而不滑动。圆锥高 $OC=18\mathrm{cm}$，顶角 $\angle AOB=90°$。圆锥底面的中心 C 做匀速运动，每过一秒回到原处一次。求：(1)直径 AB 上一端点 B 的速度；(2)圆锥的角加速度和 A、B 两点的加速度。

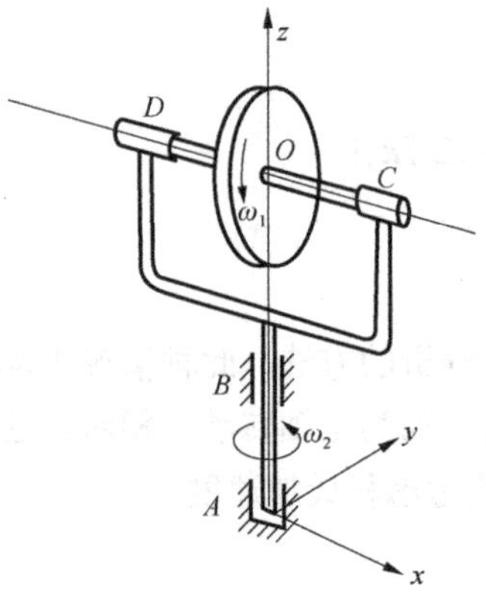

题 8-1 图

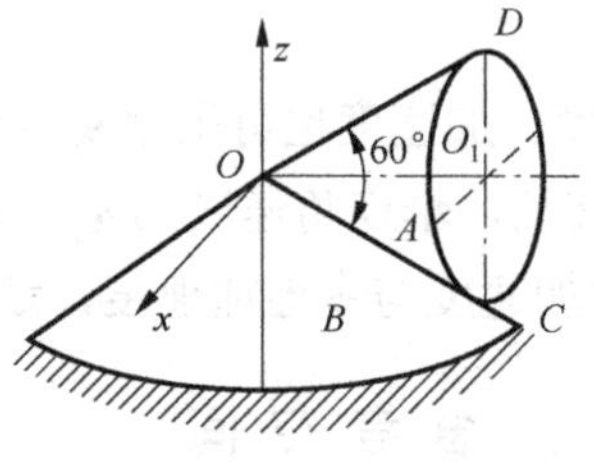

题 8-2 图

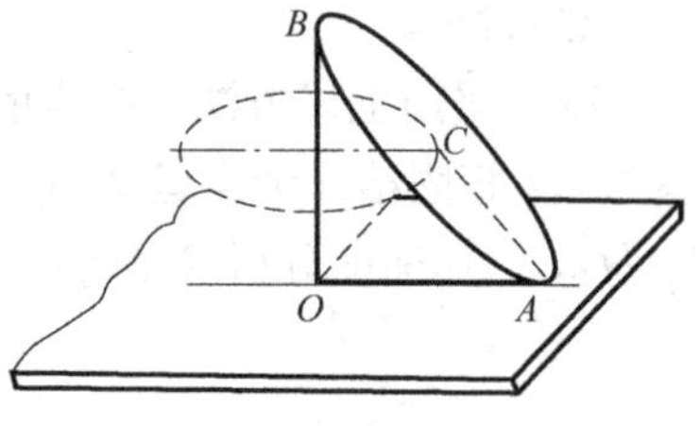

题 8-3 图

8-4　圆锥滚子在水平圆锥环形支座上滚动而不滑动，滚子底面半径 $R=10\sqrt{2}$ cm，顶角 $2\alpha=90°$，滚子中心 A 沿其轨迹运动的速度 $v_A=20\mathrm{cm/s}$。求圆锥滚子上 C 点和 B 点的速度和加速度。

8-5　如图所示，差速传动由活动地装在曲柄Ⅳ上的锥齿轮(行星齿轮)Ⅲ所形成，而曲柄可绕固定轴 CD 转动。行星齿轮与锥齿轮Ⅰ、Ⅱ啮合，锥齿轮Ⅰ、Ⅱ分别以角速度 $\omega_1=5\mathrm{rad/s}$ 与 $\omega_2=3\mathrm{rad/s}$ 绕同一轴线 CD 转动，且转动方向相同。行星齿轮半径 $r=2\mathrm{cm}$，锥齿轮Ⅰ、Ⅱ的半径均为 $R=7\mathrm{cm}$。求 A 点的速度、曲柄Ⅳ的角速度 ω_4 及行星齿轮相对曲柄的角速度 ω_{34}。

8-6　图示圆锥Ⅱ在固定圆锥Ⅰ内纯滚动，顶角 $\varphi=2\theta=90°$。圆锥Ⅱ高度 $OC=100\mathrm{cm}$，底面中心点 C 每经过 0.5s 回到原处一次。求图示位置圆锥Ⅱ的绝对角速度、圆锥Ⅱ对于轴 OC 的相对角速度。

8-7　半径 $R=20\mathrm{cm}$ 的圆盘绕其对称轴 AB 转动，匀角速度 $\omega_{\mathrm{r}}=10\mathrm{rad/s}$，$AB=100\mathrm{cm}$。在图示位置时，轴 AB 与铅垂线的夹角 $\theta=30°$，轴 AB 绕水平轴 ED 转动的角速度 $\omega_1=5\mathrm{rad/s}$，角加速度 $\alpha_1=20\mathrm{rad/s^2}$，圆盘边缘上点 C 的坐标为(100, 0, 20) cm。试求该瞬时：(1)圆盘的角速度和角加速度；(2)圆盘边缘上点 C 的速度和加速度。

8-8　套筒 A、B 沿六面体的两个棱边运动，六面体几何尺寸如图所示，单位为 m。两套筒之间通过球铰

链与 AB 杆铰接。图示瞬时套筒 A 的速度为 3m/s，$OA = 1$m，套筒 B 恰好运动至棱边的中点处。求图示瞬时套筒 B 的速度以及 AB 杆的角速度。若套筒 A、B 速度已知，AB 杆可伸缩，如何求解某瞬时杆的角速度？

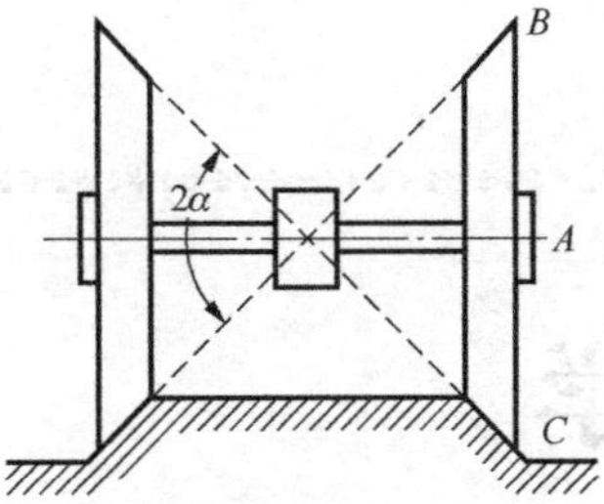

题 8-4 图

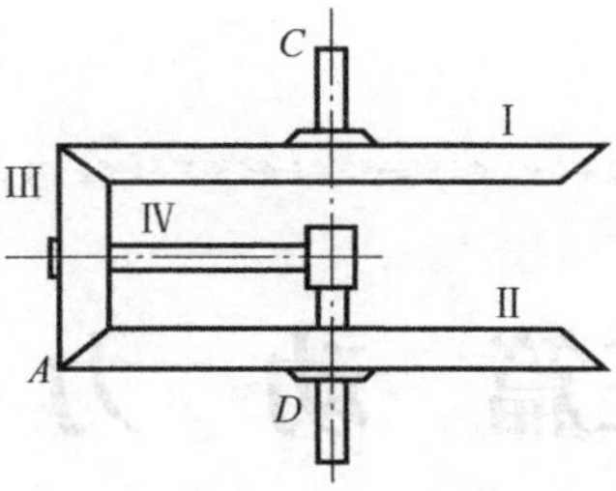

题 8-5 图

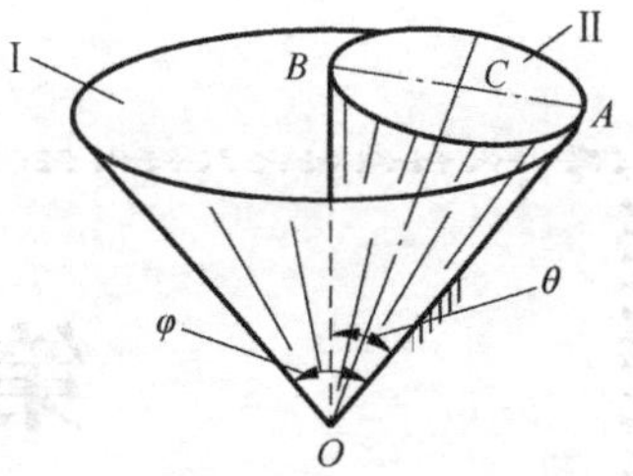

题 8-6 图

8-9　图示瞬时，天线绕 z 轴转动，角速度 $\omega_1 = 3$rad/s，角加速度 $\alpha_1 = 2$rad/s^2。天线馈源 A 距离 O 点 3m，此时 OA 与 y 轴的夹角 $\theta = 30°$，天线绕 x 轴的角速度 $\omega_2 = 1.5$rad/s，角加速度 $\alpha_2 = 4$rad/s^2。求此瞬时 A 点的速度、加速度。

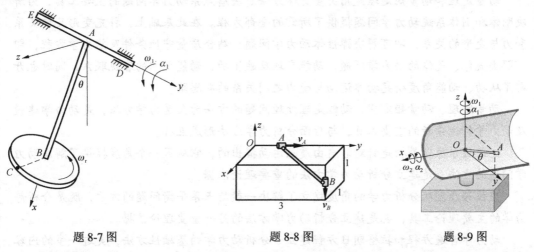

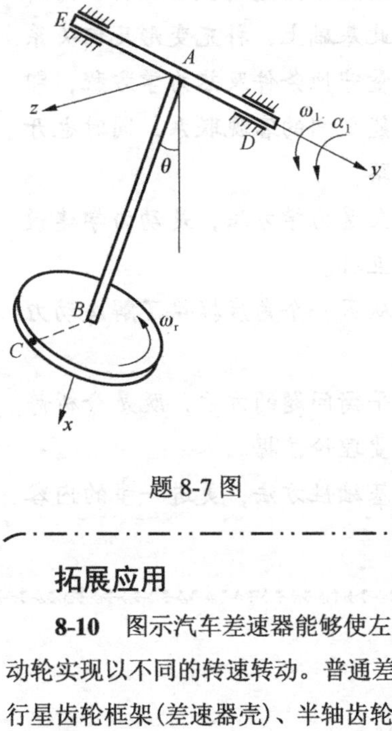

题 8-7 图

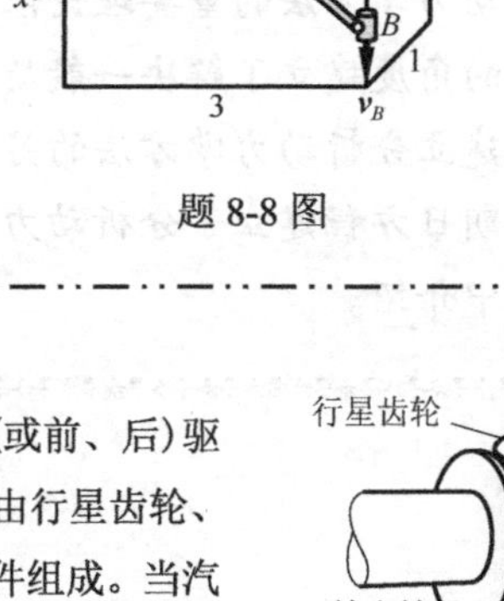

题 8-8 图

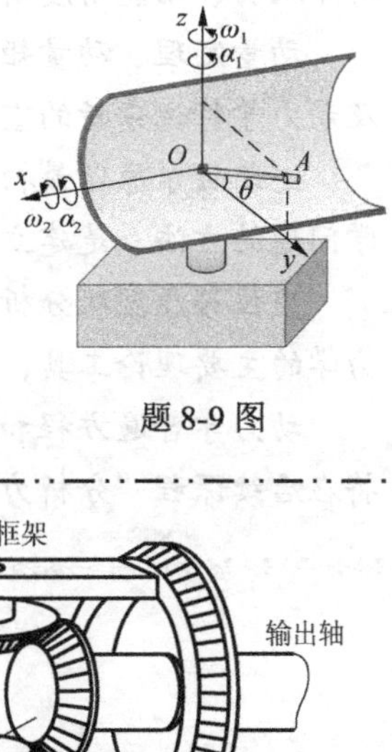

题 8-9 图

拓展应用

8-10　图示汽车差速器能够使左、右(或前、后)驱动轮实现以不同的转速转动。普通差速器由行星齿轮、行星齿轮框架(差速器壳)、半轴齿轮等零件组成。当汽车转弯行驶或在不平路面上行驶时，使左、右车轮以不同转速滚动，即保证两侧驱动车轮做纯滚动运动。若输入轴的角速度为 ω，当转弯半径为 R 时，分析两侧输出轴的角速度 ω_1、ω_2 与转弯半径之间的关系。

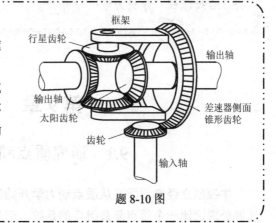

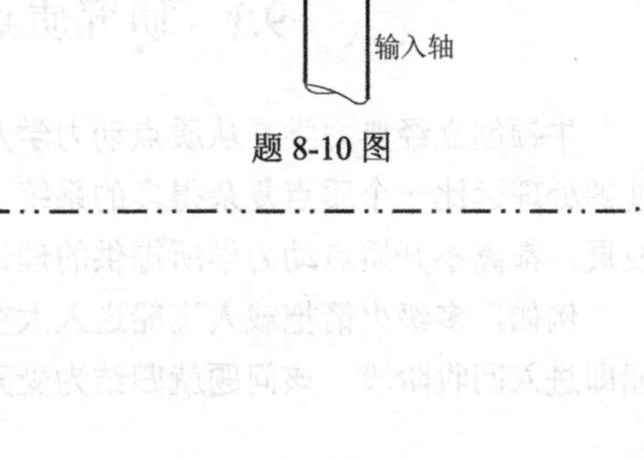

题 8-10 图

参考答案

第三篇　动　力　学

动力学的任务是研究物体的机械运动与受力之间的关系。针对工程中研究对象的多样性(质点、刚体、弹性体、流体、气体、一般质点系)和运动形式的复杂性，动力学提供了多种理论工具，构成了理论力学的核心内容。

动量定理和动量矩定理是用矢量力学方法解决质点系动力学问题的主要工具，为解决刚体和刚体系统动力学问题提供了所需的全部方程。在此基础上，补充变形几何关系和力与变形的关系，即可解决弹性体动力学问题；结合质量守恒条件及热力学方程，即可解决流体、气体的动力学问题。动能定理反映了功、动能之间的客观联系，同时也开辟了从功、动能角度研究物体运动与受力之间关系的新思路。

动量定理、动量矩定理、动能定理处理问题的方法为矢量力学方法，是动力学建模及动力学特性分析的重要工具，与后面分析力学方法形成互补。

达朗贝尔原理最初是针对非自由质点运动提出的，它从另一个角度提供了解决动力学问题的方法，是建立分析动力学方法的重要理论依据。

虚位移原理从分析力学的角度建立了解决一般质点系平衡问题的方法，既是分析静力学的主要理论工具，也是建立分析动力学方法的另一重要理论依据。

动力学普遍方程和拉格朗日方程建立了分析动力学的基础性方法，更进一步的内容将在后续课程“分析力学”中介绍。

第9章　质点动力学

9.1　研究质点动力学的意义和方法

牛顿创立经典力学是从质点动力学开始的。三百多年来，随着科学技术的发展，力学已能够处理远比一个质点复杂得多的系统。但是，无论解决工程实际问题还是力学学科本身的发展，都离不开质点动力学所提供的理论基础及研究方法。

例如，多级火箭把载人飞船送入太空，在完成了预定任务后，回收舱与推进舱分离，飞船即进入回收阶段。该问题就归结为受万有引力和气动阻力作用、在给定初始条件下的质点动力学问题。只有解决好力学建模、数学建模、方程求解，控制好返回参数，掌握气象条件，才能对着陆点做出准确的预测。又如图 9-1(a)所示的大型转子的滑动轴承，润滑油由转轴运动带动形成油楔，将轴托起，如图 9-1(b)所示。油楔作用于轴的合力 $\boldsymbol{F}$ 称为油膜力，与轴承的设计参数、轴的转速以及轴心 C 的位置、速度等因素有关，可通过数值计算求得。建立轴承的受力与运动之间的关系，研究轴承的动力学特性就归结为一个质点动力学问题，既可研究轴心在自重和油膜力作用下的平衡位置及稳定性，也可研究轴心运动。

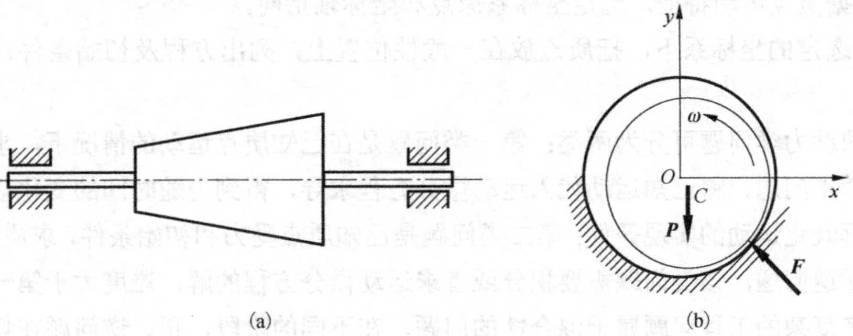

图 9-1

质点的力学模型比较简单，物理课程中直接由牛顿定律求质点的运动或受力，由动量定理研究质点的碰撞问题，由动量矩定理(或守恒)研究质点在有心力作用下的运动，由动能定理(或机械能守恒)研究质点运动与位置的关系。这些方法物理意义清晰，后面三种方法进一步发展成为质点系三大定理。目前，研究质点动力学的主体工具是由牛顿定律得出的质点运动微分方程；前述各种方法可理解为特定情况下质点运动微分方程的积分方法。

9.2　质点运动微分方程

若质点的质量为 m，作用于质点的各力组成汇交力系，其合力为 $\boldsymbol{F}$，质点相对惯性系原点的矢径为 $\boldsymbol{r}$，则根据牛顿定律，有

$$m\frac{\mathrm{d}^2\boldsymbol{r}}{\mathrm{d}t^2}=\boldsymbol{F} \tag{9-1}$$

这就是质点运动微分方程的矢量形式。投影到惯性系的 x、y、z 轴，有

$$m\frac{\mathrm{d}^2x}{\mathrm{d}t^2}=F_x,\quad m\frac{\mathrm{d}^2y}{\mathrm{d}t^2}=F_y,\quad m\frac{\mathrm{d}^2z}{\mathrm{d}t^2}=F_z \tag{9-2}$$

得到**质点运动微分方程的直角坐标形式**。若质点相对惯性系的运动轨迹已知，质点所在位置自然坐标系的单位矢量为 $\boldsymbol{\tau}$、$\boldsymbol{n}$、$\boldsymbol{b}$，将式(9-1)投影到 $\boldsymbol{\tau}$、$\boldsymbol{n}$、$\boldsymbol{b}$ 方向得

$$m\frac{\mathrm{d}v}{\mathrm{d}t}=F_\tau,\quad m\frac{v^2}{\rho}=F_n,\quad F_b=0 \tag{9-3}$$

这就是**质点运动微分方程的自然坐标形式**，其中 $\boldsymbol{b}$ 方向的外力自相平衡。质点受力可以是常力(重力)、时间 t 的函数、位置的函数(万有引力、弹性力)、速度的函数(阻力)。

除了式(9-2)、式(9-3)所示的运动微分方程，也可根据具体问题选择柱坐标、球坐标、极坐标等形式描述其运动微分方程。上面的运动微分方程仅为理论形式，要建立具体问题的微分方程，还需在以下几方面细化。

(1)分析质点的运动特点(运动轨迹、复合运动)，确定描述质点运动的具体方法，包括点的复合运动方法。

(2)分析质点受力的函数表达式，确定所研究问题的基本未知量。

(3)根据质点运动特征，选定坐标系原点和坐标轴指向。

(4)在选定的坐标系下，把质点放在一般性位置上，列出方程及初始条件；必要时分情况讨论。

质点的动力学问题可分为两类：第一类问题是在已知质点运动的情况下，求质点受力，属于动力学正问题，将已知运动代入运动微分方程求导，得到力随时间的变化规律，这类问题用于求解既定运动的实现条件；第二类问题是已知质点受力和初始条件，求质点运动规律，属于动力学逆问题，该类问题需要积分或者求运动微分方程的解，难度大于第一类问题。实际上，很多复杂的工程问题属于混合性的问题，在不同的阶段，正、逆问题在切换。

例 9-1 已知圆盘绕铅垂轴做定轴转动，质量为m的滑块沿直径槽做直线运动。若滑块通过转轴时相对盘的速度为$\boldsymbol{u}$，此瞬时盘的角速度为ω(图 9-2(a))。求此时滑块对槽侧壁的压力。

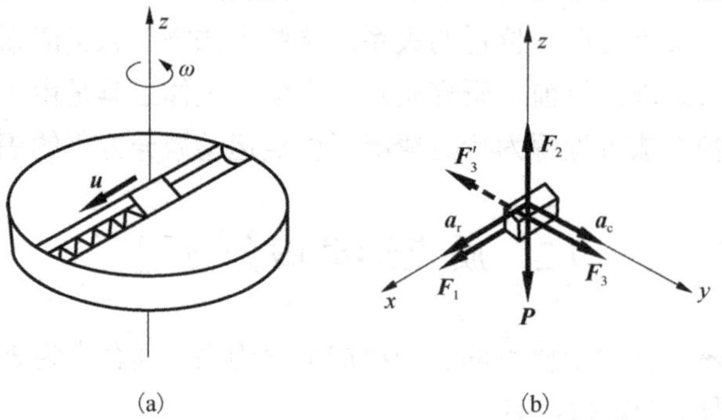

图 9-2

解 这是已知运动求力的问题。在滑块通过转轴的位置处进行分析，以滑块为动点，圆盘为动参考系，则有

$$a_e = 0,\ \boldsymbol{a}_a = \boldsymbol{a}_e + \boldsymbol{a}_r + \boldsymbol{a}_c = \boldsymbol{a}_r + \boldsymbol{a}_c$$

滑块受弹簧力$\boldsymbol{F}_1$、重力$\boldsymbol{P}$、槽底面反力$\boldsymbol{F}_2$、槽侧面反力$\boldsymbol{F}_3$，如图 9-2(b)所示。由

$$m(\boldsymbol{a}_r + \boldsymbol{a}_c) = \boldsymbol{F}_1 + \boldsymbol{F}_2 + \boldsymbol{F}_3 + \boldsymbol{P}$$

沿图示y轴投影：

$$ma_c = F_3$$

求得

$$F_3 = 2m\omega u$$

滑块作用于槽侧壁的力$\boldsymbol{F}_3'$与$\boldsymbol{F}_3$大小相等、方向相反，指向如图 9-2(b)所示。

已知运动求力的问题，只要方程列正确，求解的难度并不大。而已知力求运动的问题，不但列方程有一定难度，解方程的难度相对也更大一些。只在一些特殊情况下才能人工求解析解。这些情况是：

(1) 归结为常系数线性方程或方程组。例如

$$m\ddot{x} + c\dot{x} + kx = F_0 \sin(\omega t)$$

本书将在第 16 章讨论这一类问题。

(2) 合力只是时间的函数。这一情况下可直接对方程的矢量形式或投影形式积分，并用初始条件定出积分常数。当函数 $F(t)$ 为分段表达的函数时，积分也需分段进行。

(3) 质点做直线运动，合力只是速度的函数。可用分离变量法对运动微分方程积分一次(见例 9-2)。

(4) 运动轨迹已知，合力只是质点位置的函数。可用“动能积分”的方法对运动微分方程积分一次(见例 9-3)。

目前数值方法越来越成熟，运动微分方程的求解原则上没有困难。

例 9-2　跳伞员同装备的总质量 $m = 75\,\text{kg}$。从气球跳出后立即张伞，可粗略地认为张伞时初速度为零。空气阻力与速度平方成正比，即 $F = kv^2$，k 为常数，当 $v = 1\,\text{m/s}$ 时 $F = 29.4\text{N}$。求张伞后的运动规律以及 t 足够长后的极限速度。

解　以张伞后的人及伞为研究对象，视为质点，做直线运动。阻力与重力的合力只是速度的函数，故先以速度为基本未知量。

以张伞时人所在位置为坐标原点，x 轴向下为正(图 9-3)，在一般位置上做出受力图，列出运动学关系、运动微分方程及初始条件。

$$v = v_x = \frac{\mathrm{d}x}{\mathrm{d}t} \tag{a}$$

$$m\frac{\mathrm{d}v}{\mathrm{d}t} = \sum F_x = mg - kv^2 \tag{b}$$

$$v\big|_{t=0} = 0 \tag{c}$$

$$x\big|_{t=0} = 0 \tag{d}$$

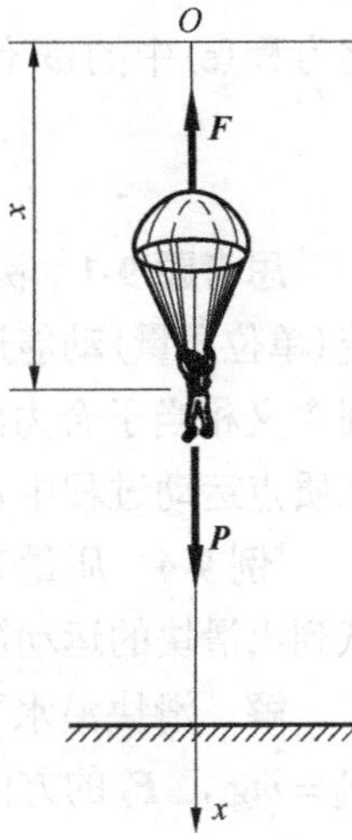

图 9-3

由式(b)分离变量，引入 $\sigma^2 = \dfrac{k}{m}$ 得 $\dfrac{\mathrm{d}v}{g - \sigma^2 v^2} = \mathrm{d}t$

积分，反解出 v，并由式(c)定出积分常数：

$$v = \frac{\sqrt{g}}{\sigma}\frac{1 - \mathrm{e}^{-2\sigma\sqrt{g}t}}{1 + \mathrm{e}^{-2\sigma\sqrt{g}t}} = \frac{\sqrt{g}}{\sigma}\tanh(\sigma\sqrt{g}t) \tag{e}$$

由运动学关系式(a)得

$$\frac{\mathrm{d}x}{\mathrm{d}t} = v = \frac{\sqrt{g}}{\sigma}\tanh(\sigma\sqrt{g}t)$$

积分，并用式(d)定出积分常数得

$$x = \frac{1}{\sigma^2}\ln\cosh(\sigma\sqrt{g}t)$$

式中，$\sigma\sqrt{g}=\sqrt{\dfrac{kg}{m}}=1.96$。当 $t=2\text{s}$ 时，$\tanh(3.92)=0.9992$。$\dfrac{\sqrt{g}}{\sigma}$ 称为极限速度，当 $t>2\text{s}$ 后 v 与极限速度的偏差小于 0.0008。本题中极限速度 $\dfrac{\sqrt{g}}{\sigma}=5\text{m/s}$。

例 9-3　质量为 m 的质点初始静止在半径为 r 的光滑球面最高处，如图 9-4 所示。受到扰动后质点自静止开始运动，求质点离开球面的位置。

解　采用自然坐标系描述质点的运动，选 θ 描述质点运动过程中的任一位置。对质点进行受力分析和加速度分析，结果如图 9-4 所示。

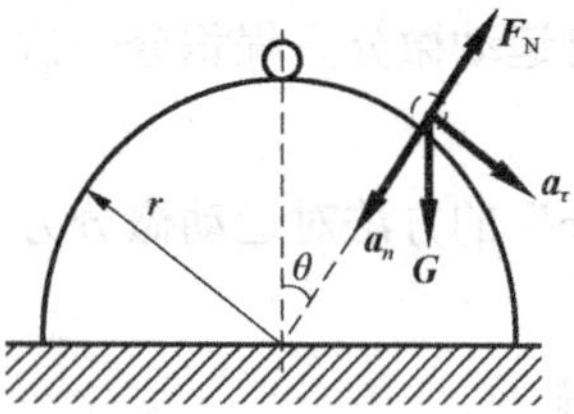

图 9-4

$$a_n=\omega^2 r,\ a_\tau=\alpha r=r\mathrm{d}\omega/\mathrm{d}t$$

列写质点运动微分方程：

$$ma_n=mg\cos\theta-F_N \tag{a}$$

$$ma_\tau=mg\sin\theta \tag{b}$$

上述 2 个方程有 3 个未知量，求解需引入第三个关系式：

$$\alpha\mathrm{d}\theta=\omega\mathrm{d}\omega \tag{c}$$

该关系式在运动学基础一章的思考空间有介绍。可通过对 $\omega=\mathrm{d}\theta/\mathrm{d}t$、$\alpha=\mathrm{d}\omega/\mathrm{d}t$ 两式消去 $\mathrm{d}t$ 得到。

方程(b)进一步写成 $\alpha=(g/r)\sin\theta$，代入方程(c)进行积分，得到

$$\int_0^\theta \frac{g}{r}\sin\theta\mathrm{d}\theta=\int_0^\omega \omega\mathrm{d}\omega,\ 即\quad \frac{g}{r}(1-\cos\theta)=\frac{1}{2}\omega^2 \tag{d}$$

质点离开球面时法向力 $\boldsymbol{F}_N=0$，此时方程(a)变为

$$m\omega^2 r=mg\cos\theta,\ 即\quad \omega^2=\frac{g}{r}\cos\theta \tag{e}$$

将方程(e)中的 ω^2 代入方程(d)，得到质点离开球面时有

$$\frac{g}{r}(1-\cos\theta)=\frac{1}{2}\frac{g}{r}\cos\theta,\ 即\cos\theta=\frac{2}{3},\quad \theta=48.2^\circ$$

思考题 9-1　例 9-3 求解过程中引入方程(c)，并对方程(c)进行积分，其实质相当于对系统(单位质量)动能进行积分，得到从初始位置到任意位置时动能的变化量，方程(d)左端的物理含义相当于合力的功。也可直接通过对方程(b)左右两边同乘以 $\mathrm{d}\theta$ 得到方程(d)，从而建立质点运动过程中 ω、θ 之间的关系。请按照该思路完成题目。

***例 9-4**　质量为 m 的滑块沿水平直线运动，设滑动摩擦因数为 f，弹簧刚度系数为 k。试列出滑块的运动微分方程。

解　滑块沿水平直线运动，水平方向的力有弹性力 $\boldsymbol{F}_1$ 和滑动摩擦力 $\boldsymbol{F}_2$。易知法向反力 $F_n=mg$，$\boldsymbol{F}_2$ 的方向与滑块运动方向相反，大小为

$$F_2=f\cdot F_n=fmg\quad（当滑块速度不为零时）$$

$$F_2\leqslant fmg\quad（当滑块处于静止时）$$

以弹簧处于自然长度时滑块所在位置为坐标原点 O，x 轴向右为正。把物块置于平衡点右侧(即 $x>0$)的一般位置上。根据摩擦力特点，分四种情况讨论(图 9-5)，受力如图所示。

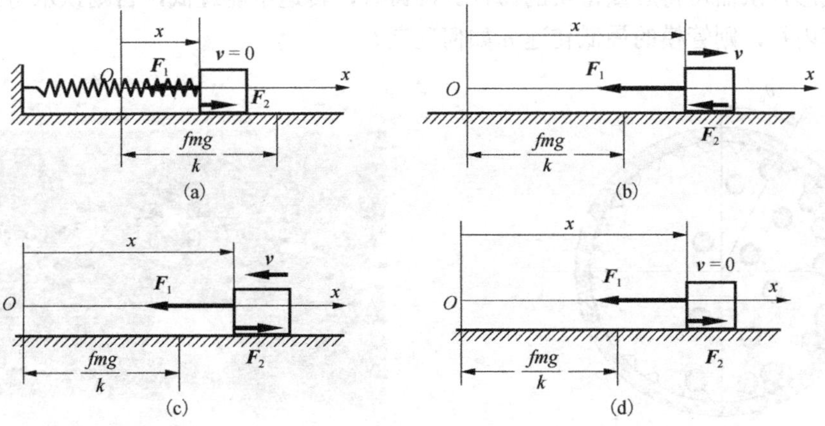

图 9-5

对于图 9-5(a)所示情况：　$\dot{x}=0$，$|x|\leqslant\dfrac{fmg}{k}$，$F_2=k|x|\leqslant fmg$

滑块处于平衡。

对于图 9-5(b)所示情况：　$\dot{x}>0$，$F_{1x}+F_{2x}=-kx-fmg$

对于图 9-5(c)所示情况：　$\dot{x}<0$，$F_{1x}+F_{2x}=-kx+fmg$

图 9-5(d)所示情况可看成由 $\dot{x}>0$ 到 $\dot{x}<0$ 的转折点。此时滑块速度为零，但可以由加速度方向判断滑动趋势的方向，从而定出摩擦力的方向

$$\dot{x}=0,\quad x>\frac{fmg}{k}$$

$$F_{1x}+F_{2x}=-kx+fmg$$

对滑块位于平衡位置左侧(即 $x<0$)情况，可作类似分析。最后归纳成滑块的运动微分方程

$$m\ddot{x}=-kx-fmg\quad（当\dot{x}>0时）$$
$$m\ddot{x}=-kx+fmg\quad（当\dot{x}<0时）$$
$$m\ddot{x}=-kx+fmg\quad（当\dot{x}=0,\ 且x>\frac{fmg}{k}时）$$
$$m\ddot{x}=-kx-fmg\quad（当\dot{x}=0,\ 且x<\frac{fmg}{k}时）$$

滑块在给定位置处于平衡　（当 $\dot{x}=0$，且 $|x|\leqslant\dfrac{fmg}{k}$ 时）

可见滑动摩擦力会明显增加数学模型的复杂性以及用数值方法求方程解的难度。

思考题 9-2　如图 9-6 所示，粉碎机滚筒半径为 R，绕过中心的水平轴匀速转动，筒内铁球由筒壁上的凸棱带着上升。为了使铁球获得粉碎矿石的能量，铁球应在 $\theta=\theta_0$ 时才掉下来。求滚筒的转速。

思考题 9-3　图 9-7 所示拖轮式离心浇铸装置，电动机带动下面的两拖轮做同向转动，管模放在两拖轮上靠摩擦转动，铁水注入后，由于离心力的作用，铁水均匀地紧靠在管模的内壁上自动成形，从而可得质量密实的铸件。浇铸时，转速不能过低，否则铁水将脱离模壁。若已知管模内径，则管模的最低转速 n 如何确定？

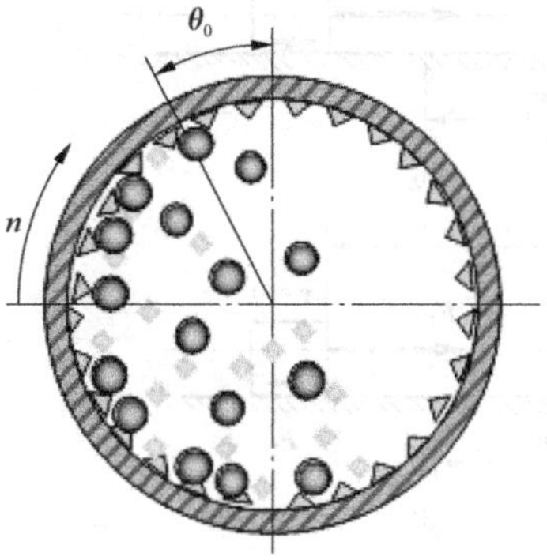

图 9-6

图 9-7

*9.3　质点在非惯性系中的运动

牛顿定律只对惯性系才成立，而地球由于自转运动并非惯性系。载人飞船入轨后，相对惯性空间的运动轨迹是椭圆或圆，本来并不复杂。但人们需要知道飞船相对于地球的运动规律，了解飞船经过地球表面各点上空的时刻，以便进行通信和测控；飞船回收阶段的气动力也需要表示为相对地球的速度的函数。该问题中，固结于地球表面的参考系不是惯性系，但必须以此为参考系，建立方程进行求解。类似的，相对于非惯性系的研究还有很多需求背景。

9.3.1　质点相对运动微分方程

以所研究的质点 M 为动点，所受外力的合力为 $\boldsymbol{F}$ 。以惯性系 $O_1\xi\eta\zeta$ 为定参考系，非惯性系 $Oxyz$ 为动参考系。动参考系相对定参考系做定轴转动、平面运动、定点运动或空间一般运动(图 9-8)。由牛顿定律可知

$$m\boldsymbol{a}_{\mathrm{a}} = \boldsymbol{F}$$

由点的加速度合成定理可知

$$\boldsymbol{a}_{\mathrm{a}} = \boldsymbol{a}_{\mathrm{e}} + \boldsymbol{a}_{\mathrm{r}} + \boldsymbol{a}_{\mathrm{c}}$$

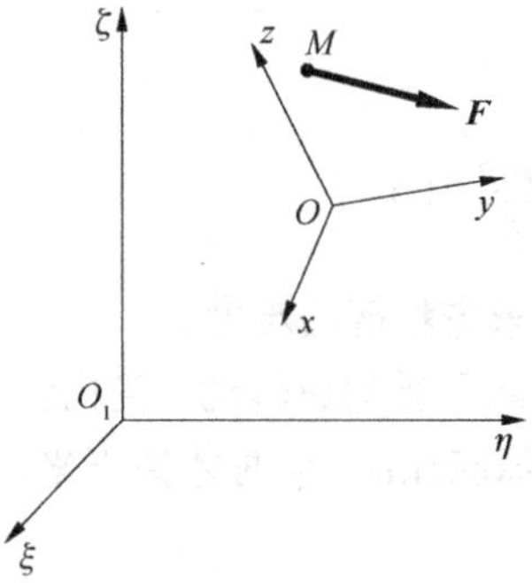

图 9-8

代入后整理可得　$m\boldsymbol{a}_{\mathrm{r}} = \boldsymbol{F} - m\boldsymbol{a}_{\mathrm{e}} - m\boldsymbol{a}_{\mathrm{c}}$

引入**牵连惯性力**：　$\boldsymbol{F}_{\mathrm{Ie}} = -m\boldsymbol{a}_{\mathrm{e}}$

科氏惯性力：　$\boldsymbol{F}_{\mathrm{Ic}} = -m\boldsymbol{a}_{\mathrm{c}}$

可得

$$m\boldsymbol{a}_{\mathrm{r}} = \boldsymbol{F} + \boldsymbol{F}_{\mathrm{Ie}} + \boldsymbol{F}_{\mathrm{Ic}} \tag{9-4}$$

式(9-4)为**质点在非惯性系下的动力学基本方程**。

若以 $\boldsymbol{r}'$表示质点在非惯性系中的位置矢径，则方程(9-4)可写成微分形式：

$$m\frac{\mathrm{d}^2\boldsymbol{r}'}{\mathrm{d}t^2} = \boldsymbol{F} + \boldsymbol{F}_{\mathrm{Ie}} + \boldsymbol{F}_{\mathrm{Ic}} \tag{9-5}$$

方程(9-5)称为**质点相对运动微分方程**。

研究物体相对非惯性系的问题，只要列出方程、初始条件以及约束条件即可求解(包括求数值解)，进而研究质点的运动规律。

9.3.2 考虑地球自转时地球表面附近物体的运动

地球自转角速度约为　$\omega = 0.72722\times10^{-4}\ \text{rad/s}$

地球的半径约为　$R = 6378164\text{m}$

质量为 m 的物体位于地球赤道时的牵连惯性力 $\boldsymbol{F}_{\text{Ie}}$ 达到最大，即

$$F_{\text{Ie}} = m\omega^2 R = 0.03373m$$

与物体自重相比　$\dfrac{F_{\text{Ie}}}{mg} = 0.00344$

可见物体的牵连惯性力远小于其重力，且与运动无关。故可忽略牵连惯性力或将其合并入重力，只考虑科氏惯性力。

例 9-5　自由落体运动。

此例为自由质点的代表。以质点初始位置为坐标原点，Oz 轴沿地球半径方向，Oy 轴沿纬线切线向东，Ox 轴沿经线切线向南(图 9-9)。

忽略牵连惯性力，由质点相对运动动力学基本方程有

$$m\boldsymbol{a}_{\text{r}} = \boldsymbol{P} + \boldsymbol{F}_{\text{Ic}} \tag{a}$$

设质点所在位置纬度为φ，则有

$$\boldsymbol{\omega} = -\omega\cos\varphi\boldsymbol{i} + \omega\sin\varphi\boldsymbol{k}$$

$$\boldsymbol{v}_{\text{r}} = \dot{x}\boldsymbol{i} + \dot{y}\boldsymbol{j} + \dot{z}\boldsymbol{k}$$

$$\boldsymbol{F}_{\text{Ic}} = -m\cdot 2\boldsymbol{\omega}\times\boldsymbol{v}_{\text{r}} = 2m\omega\left[\dot{y}\sin\varphi\boldsymbol{i} - (\dot{x}\sin\varphi + \dot{z}\cos\varphi)\boldsymbol{j} + \dot{y}\cos\varphi\boldsymbol{k}\right]$$

式(a)投影到 x、y、z 轴，得

$$\ddot{x} = 2\omega\dot{y}\sin\varphi \tag{b}$$

$$\ddot{y} = -2\omega(\dot{x}\sin\varphi + \dot{z}\cos\varphi) \tag{c}$$

$$\ddot{z} = -g + 2\omega\dot{y}\cos\varphi \tag{d}$$

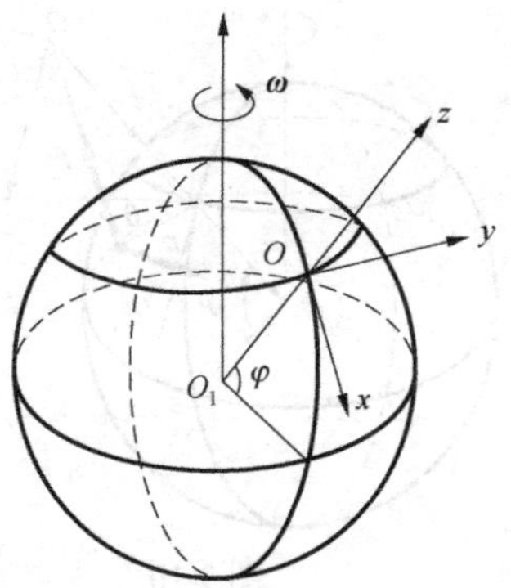

图 9-9

初始条件为

$$\begin{cases} x\big|_{t=0} = 0, & y\big|_{t=0} = 0, & z\big|_{t=0} = 0 \\ \dot{x}\big|_{t=0} = 0, & \dot{y}\big|_{t=0} = 0, & \dot{z}\big|_{t=0} = 0 \end{cases}$$

方程(d)中 ω、$\dot{y}$ 均为小量，与 g 相比，略去右端第二项，得

$$\ddot{z} = -g$$

积分并考虑初始条件得

$$\begin{cases} \dot{z} = -gt \\ z = -\dfrac{1}{2}gt^2 \end{cases}$$

方程(c)中 $\dot{x}$ 相对 $\dot{z}$ 为小量，可以略去，得到

$$\ddot{y} = -2\omega\dot{z}\cos\varphi = 2\omega gt\cos\varphi$$

积分并考虑初始条件得
$$\begin{cases}\dot{y}=g\omega t^2\cos\varphi\\ y=\dfrac{1}{3}g\omega t^3\cos\varphi\end{cases}$$

代入方程(b)得
$$\ddot{x}=2\omega\dot{y}\sin\varphi=g\omega^2t^2\sin(2\varphi)$$

积分并考虑初始条件得
$$\begin{cases}\dot{x}=\dfrac{1}{3}g\omega^2t^3\sin(2\varphi)\\ x=\dfrac{1}{12}g\omega^2t^4\sin(2\varphi)\end{cases}$$

在北半球$\sin(2\varphi)>0$，物体在下落过程中有少量偏东，更少量偏南。南半球则是少量偏东，更少量偏北。

***例 9-6**　傅科摆。

1851 年法国科学家傅科用一个摆锤质量为 28kg、摆长 67m 的单摆，通过实验证实了地球的自转。此例为非自由质点的代表。以悬挂点为坐标原点，Oz 轴指向地心，Oy 轴沿经线切线向南，Ox 轴沿纬线切线向东(图 9-10)，分析质点运动。

设单摆所在纬度为φ。由质点运动微分方程有
$$m\boldsymbol{a}_{\mathrm{r}}=\boldsymbol{P}+\boldsymbol{F}+\boldsymbol{F}_{\mathrm{Ic}} \tag{a}$$

其中约束力为
$$\boldsymbol{F}=-\frac{x}{l}F\boldsymbol{i}-\frac{y}{l}F\boldsymbol{j}-\frac{z}{l}F\boldsymbol{k}$$

科氏惯性力为
$$\begin{aligned}\boldsymbol{F}_{\mathrm{Ic}}&=-m\times2\boldsymbol{\omega}\times\boldsymbol{v}_{\mathrm{r}}\\&=2m\omega\left[(-\dot{y}\sin\varphi+\dot{z}\cos\varphi)\boldsymbol{i}+\dot{x}\sin\varphi\boldsymbol{j}-\dot{x}\cos\varphi\boldsymbol{k}\right]\end{aligned}$$

本例所取坐标系与例 9-5 不同，Oz 轴方向相反，Ox、Oy 轴对调。式(a)投影到x、y、z轴，得

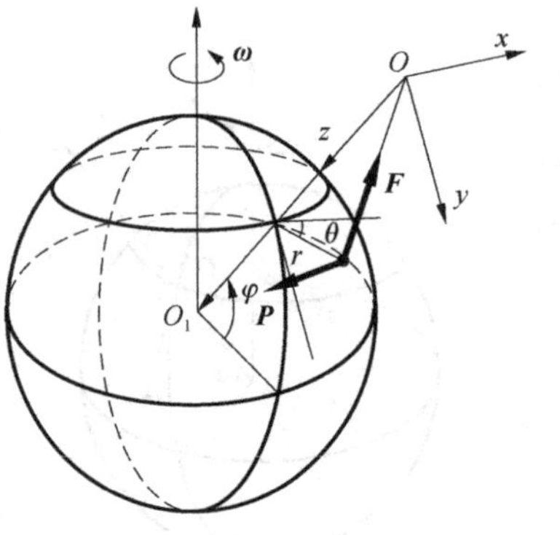

图 9-10

$$\ddot{x}=-\frac{F}{lm}x-2\omega(\dot{y}\sin\varphi-\dot{z}\cos\varphi) \tag{b}$$
$$\ddot{y}=-\frac{F}{lm}y+2\omega\dot{x}\sin\varphi \tag{c}$$
$$\ddot{z}=g-\frac{F}{lm}z-2\omega\dot{x}\cos\varphi \tag{d}$$

约束条件为　　$x^2+y^2+z^2=l^2$
$$z=\sqrt{l^2-x^2-y^2}\approx l\left[1-\frac{1}{2}\left(\frac{x^2}{l^2}+\frac{y^2}{l^2}\right)\right]$$

当x、y为小量时，z与常量l之差为二阶小量，方程(b)中的$\dot{z}$也为二阶小量，相对$\dot{y}$可以略去，得到
$$\ddot{x}=-\frac{F}{lm}x-2\omega\dot{y}\sin\varphi \tag{e}$$

$$\ddot{y} = -\frac{F}{lm}y + 2\omega\dot{x}\sin\varphi \tag{f}$$

$x\times$式(f)$-y\times$式(e)，消去未知力 $\boldsymbol{F}$①，并加入辅助项 $\dot{x}\dot{y}$，得

$$\begin{gathered} x\ddot{y} + \dot{x}\dot{y} - \dot{x}\dot{y} - \ddot{x}y = 2\omega\sin\varphi(x\dot{x} + y\dot{y}) \\ \frac{\mathrm{d}}{\mathrm{d}t}(x\dot{y} - y\dot{x}) = \omega\sin\varphi\frac{\mathrm{d}}{\mathrm{d}t}(x^2 + y^2) \end{gathered} \tag{g}$$

引入变换(相当于采用柱坐标系)： $\begin{cases} x = r\cos\theta \\ y = r\sin\theta \end{cases}$

θ 为质点与 z 轴所确定平面与 x 轴所夹的角。式(g)化为

$$\frac{\mathrm{d}}{\mathrm{d}t}\left(r^2\frac{\mathrm{d}\theta}{\mathrm{d}t}\right) = \omega\sin\varphi\frac{\mathrm{d}}{\mathrm{d}t}(r^2) \tag{h}$$

取初始条件为 $\begin{cases} x\,|_{t=0} = 0, & y\,|_{t=0} = 0 \\ \dot{x}\,|_{t=0} = v_0, & \dot{y}\,|_{t=0} = 0 \end{cases}$

相当于 $$r\,|_{t=0} = 0\,,\quad \theta\,|_{t=0} = 0 \tag{i}$$

对式(h)积分，并由式(k)定出积分常数得

$$r^2\frac{\mathrm{d}\theta}{\mathrm{d}t} = \omega\sin\varphi\cdot r^2$$

即 $$\frac{\mathrm{d}\theta}{\mathrm{d}t} = \omega\sin\varphi = 常数$$

这表明，摆的振动平面相对地面以等角速度绕 z 轴转动。在北半球 $\sin\varphi > 0$，角速度矢量 $\dot{\boldsymbol{\theta}}$ 与 Oz 轴方向相同(即指向地心)。南半球正好相反。转动一周所需时间为 $\dfrac{2\pi}{\omega|\sin\varphi|} = \dfrac{24}{|\sin\varphi|}\mathrm{h}$。

思考题 9-4 某封闭舱体以匀加速度运动，请舱体内的人尝试设计一简单实验，测定舱体的运行加速度。

思 考 空 间

(1)质点运动微分方程是目前解决质点动力学问题的主要工具，求解问题的步骤为：建立坐标系；隔离质点画其受力图；分析质点加速度并画出加速度矢量图(若加速度方向未知，则按照坐标轴正向预设其加速度)；列写质点运动微分方程；求解方程(包括数值方法)。

(2)建立方程时，若涉及三维复杂几何关系，通常采用解析法进行处理，此外，柱坐标系、极坐标系等建系方法也会涉及。质点若受到摩擦力，滑动摩擦力计算时要用到滑动摩擦因数和法向正压力，法向正压力未必总是常量；质点若与弹簧连接，须正确计算弹簧伸长量，确保弹性力正确。

(3)若质点加速度是时间的函数，则通过对 $a = \mathrm{d}v/\mathrm{d}t$、$v = \mathrm{d}s/\mathrm{d}t$ 积分得到质点速度、位移；若加速度是位置的函数，则通过对 $a\mathrm{d}s = v\mathrm{d}v$ 积分得到速度与位置之间的关系(如例 9-3)，此种积分的物理含义相当于动能积分。

① 这实际上是式(e)、式(f)两端对 z 轴的取矩运算，即质点对轴的动量矩定理。

(4)牛顿定律只适用于惯性系。当需要研究质点在非惯性系中的运动时，需要附加牵连惯性力和科氏惯性力，建立质点相对非惯性系的运动微分方程。

习　题

9-1　如图所示，一质量为3kg的小球连于绳的一端，可以在铅垂面内摆动，绳长$l=0.8\text{m}$，已知当$\theta=60°$时绳内张力为25N，求此瞬时小球的速度和加速度。

9-2　如图所示，两根钢丝AC和BC的一端固定于铅垂轴线AB上，另一端均连于5kg的小球C。小球以匀速3.6m/s在水平面内绕AB做圆周运动。求每根钢丝的张力。

9-3　汽车质量为m，以匀速v驶过桥，桥面ACB呈抛物线形，其尺寸如图所示，求汽车过C点时对桥的压力(提示：抛物线在C点的曲率半径$\rho_C=\dfrac{l^2}{8h}$)。

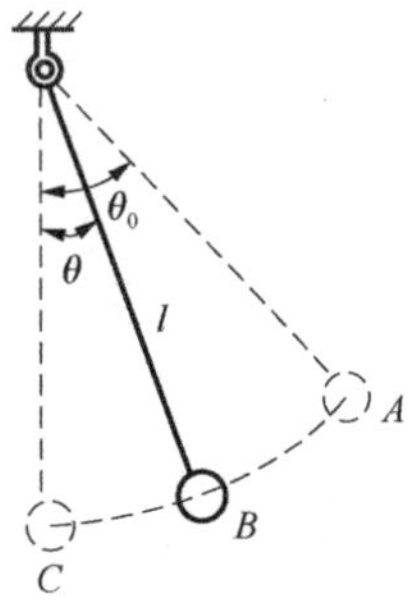

题9-1图

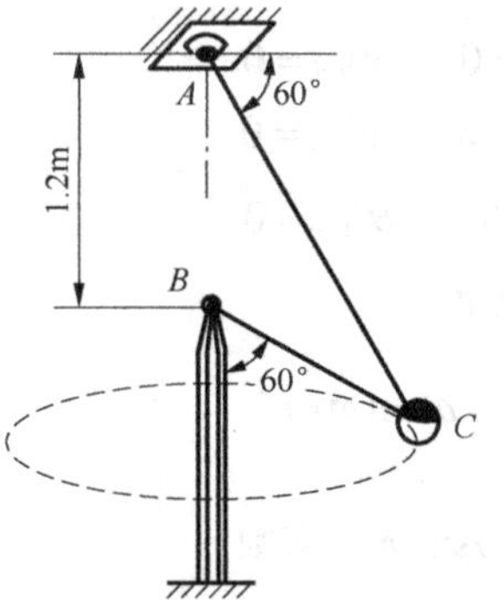

题9-2图

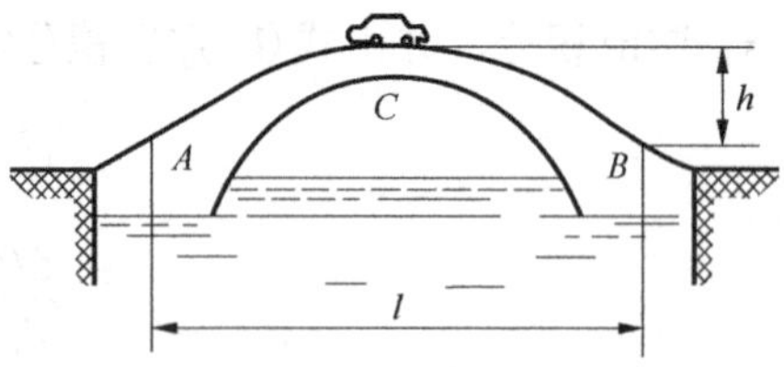

题9-3图

9-4　如图所示，一质量为m的物体放在匀速转动的水平转台上，物体与转轴的距离为r。若物体与转台表面的摩擦因数为f，求物体不致因转台旋转而滑出的最大转速。

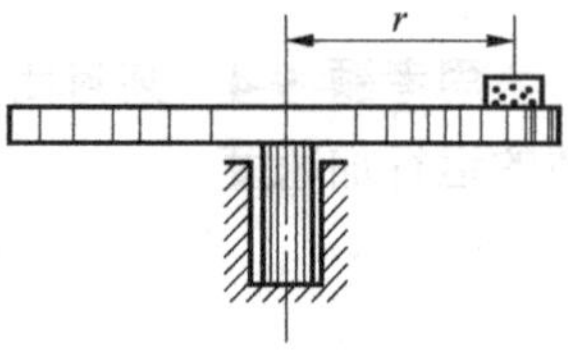

题9-4图

9-5　如图所示，质量为300kg的导弹从速度为1200km/h的飞机上发射，此瞬时飞机高度为300m；设发射后的导弹由自身发动机获得一不变的水平推力600N，并保持水平方位，求：(1)落地前导弹飞过的水平距离；(2)落地瞬时导弹的速度。

9-6　如图所示，物体自高度h处以速度v_0水平抛出。若空气阻力与速度的一次方成正比，即$R=kmv$，其中m为物体的质量，v为物体的速度，k为比例系数，方向与速度v相反。求物体的运动方程和轨迹。

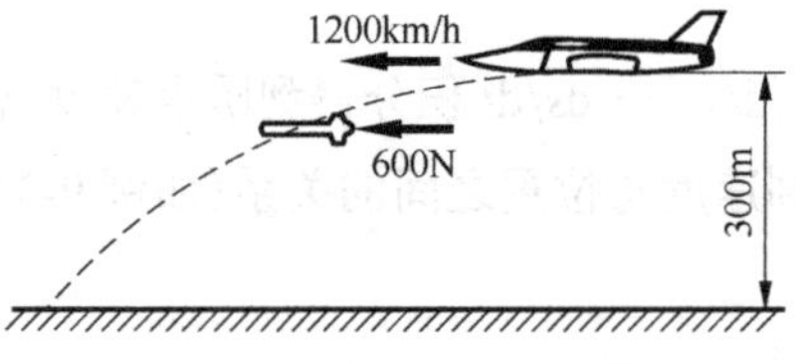

题9-5图

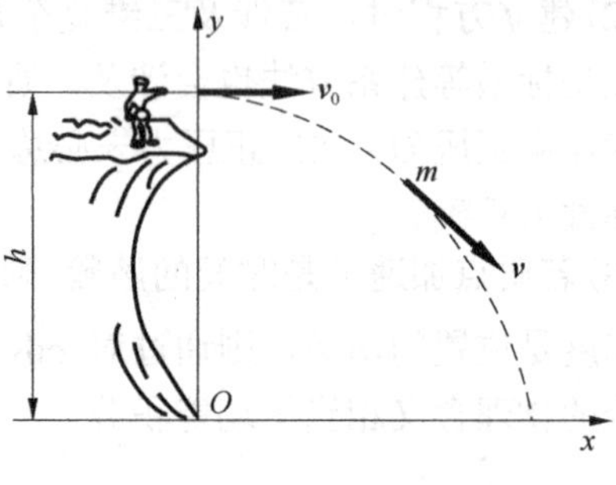

题9-6图

9-7　质量为 m 的质点带有电荷 e，以初速度 v_0 进入电场强度按照 $E=A\cos(kt)$（A、k 为已知常数）变化的均匀电场中，初速度方向与电场强度方向垂直。质点在电场中受力 $\boldsymbol{F}=-e\boldsymbol{E}$ 的作用，如图所示。设电场强度不受电荷 e 的影响，并不计质点重力。求质点的运动轨迹。

9-8　物块 A、B 的质量分别为 $m_A=20\text{kg}$，$m_B=40\text{kg}$，两物块用弹簧连接，如图所示。已知物块 A 沿铅垂方向的运动规律为 $y=\sin(8\pi t)$，其中 y 以 cm 计，t 以 s 计。试求支承面 CD 的压力，并求它的最大值与最小值（弹簧质量略去不计）。

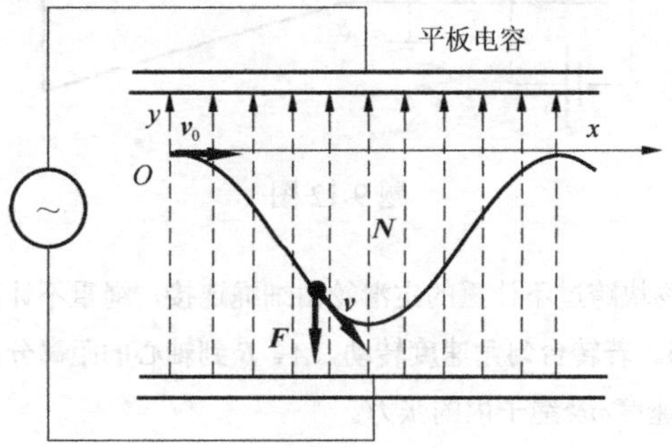

题 9-7 图

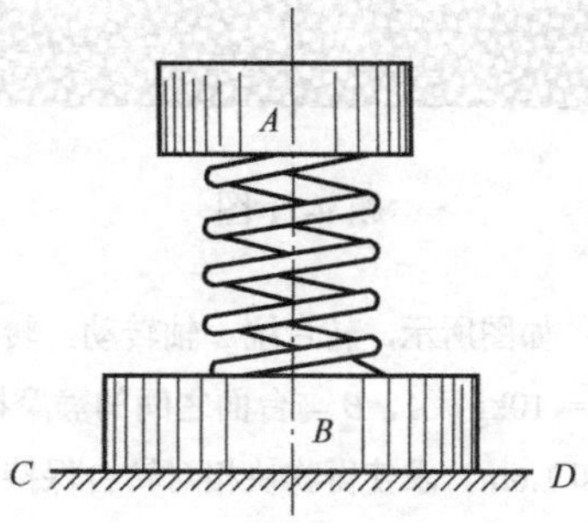

题 9-8 图

9-9　图示为桥式起重机，其上小车吊一质量为 m 的重物，沿横向做匀速平动，速度为 v_0。由于突然紧急制动，重物因惯性绕悬挂点 O 做圆周运动。设绳长为 l，试求钢丝绳的最大拉力。

9-10　质量 $m=2.5\text{kg}$ 的包裹放在传送带上，如图所示，若包裹与传送带之间的摩擦因数 $f_s=0.3$。传送带由静止开始，在 $t=2\text{s}$ 内速度匀加速增加到 $v=0.75\text{m/s}$。为使包裹不致在倾斜的传送带表面向下滑动，求传送带倾角 θ 的最大值。传送带以等速度 $v=0.75\text{m/s}$ 运动后，包裹在什么位置，即 φ 为多少时开始脱离传送带滑出（设 $r=350\text{mm}$）。

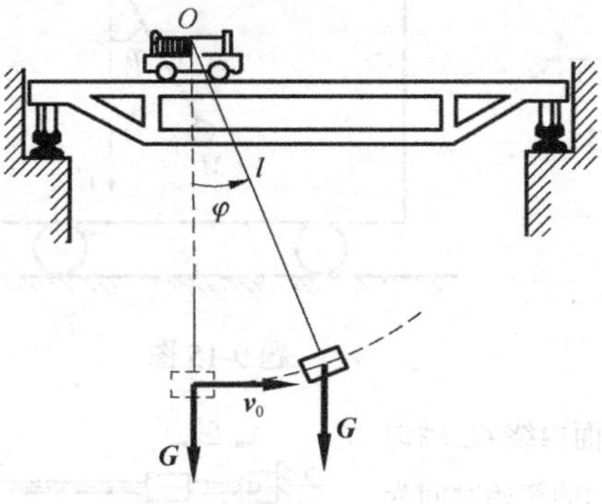

题 9-9 图

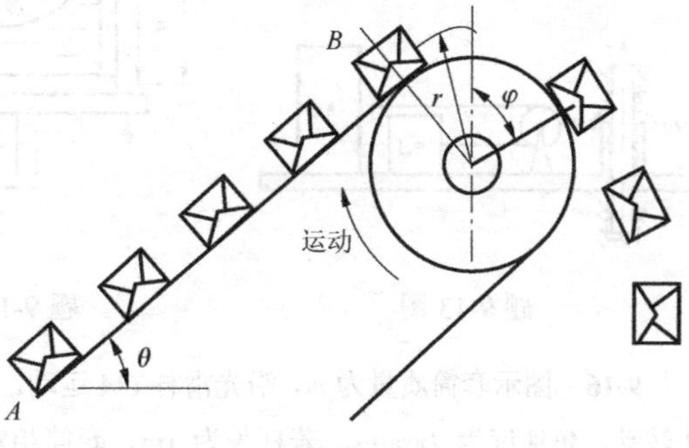

题 9-10 图

9-11　如图所示，为了使列车对铁路路轨的压力垂直于路基，在铁路弯曲部分，外轨要比内轨高。试就如下数据求外轨高于内轨的高度 h。路轨曲率半径 $R=400\text{m}$，列车速度为 60km/h，铁轨间的距离 $b=1.435\text{m}$。若轨道间距不变，内外轨道高度差不变，在此路段设计高铁轨道，按 360km/h 设计，轨道曲率半径应为多大？

9-12　图示阴极射线示波器中的电子通过带电平板 A、B 之间的空间时，受到平板电场力的作用，力的大小为 $F=\dfrac{eV}{d}$，方向垂直于平板，指向正极平板一方。式中 V 是带电平板间的电位差，e 是电子的电荷，d 是平板间的距离。电子质量为 m，设电子自阴极射出通过阳极的速度为 u，不考虑万有引力的影响，试推导电子射到荧光屏的点 M 偏离中心 O 的距离 δ 与 V、u 的关系。

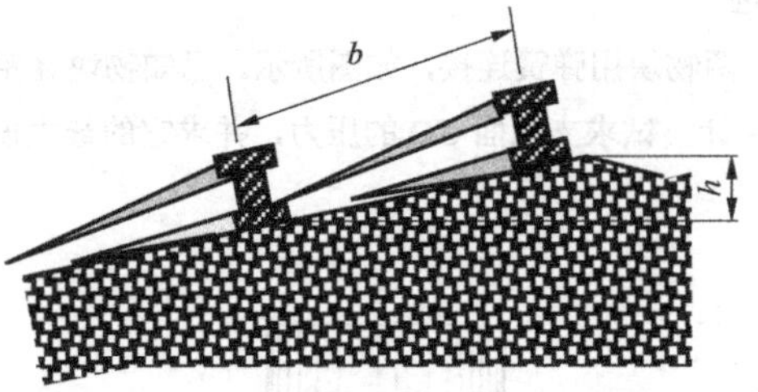

题 9-11 图

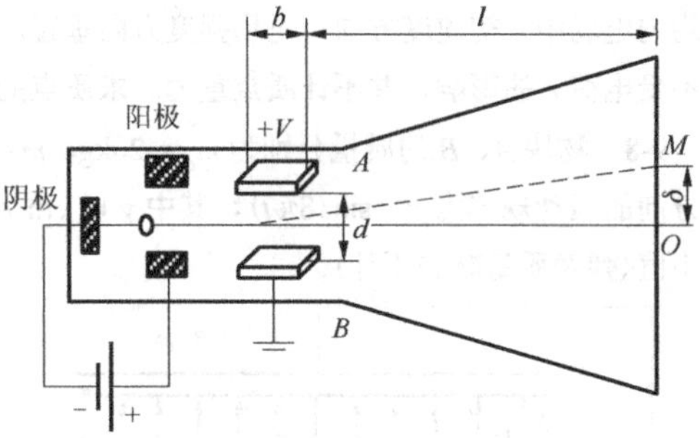

题 9-12 图

9-13　如图所示，转台绕 z 轴转动，转台上 A、B 两物块跨过不计重的定滑轮由细绳连接，绳重不计。$m_B = 2m_A = 10\text{kg}$，A、B 与台面之间的静摩擦因数 $f_s = 0.35$。若转台匀角速度转动，A、B 到轴心的距离分别为 1.2m 和 1.6m。求使得物块相对转台保持静止的最大角速度 ω 及绳子内的张力。

9-14　一离心式分离机如图所示，圆筒形鼓室半径为 R，高为 H，以匀角速度 ω 绕铅垂轴 y 转动。试求：(1)鼓室旋转时，在 Oxy 平面内液面所形成的曲线形状；(2)当鼓室无盖时，为使被分离的液体不致溢出，注入液体的最大高度 h 是多少？

9-15　如图所示，车厢以匀加速度 $\boldsymbol{a}$ 水平运行，在其顶部挂一质量为 m、摆长为 l 的单摆。求单摆相对车厢静止时的角度 θ 及绳的张力 $\boldsymbol{F}$ 和微小振动周期 T。

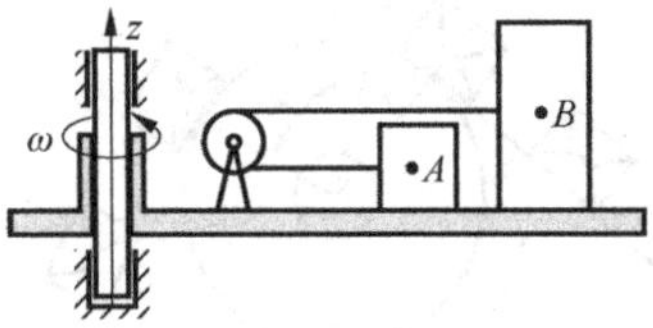

题 9-13 图

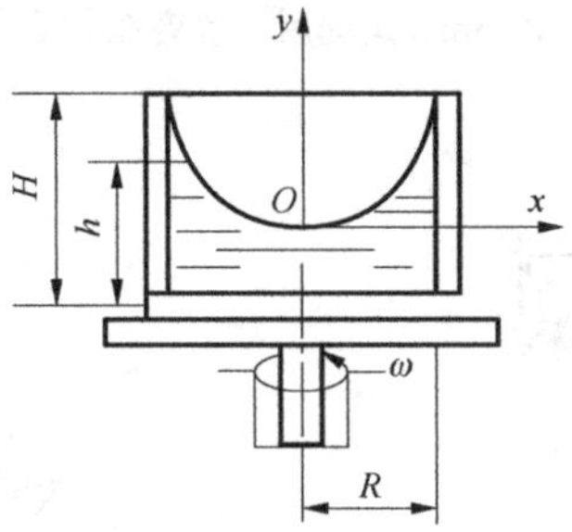

题 9-14 图

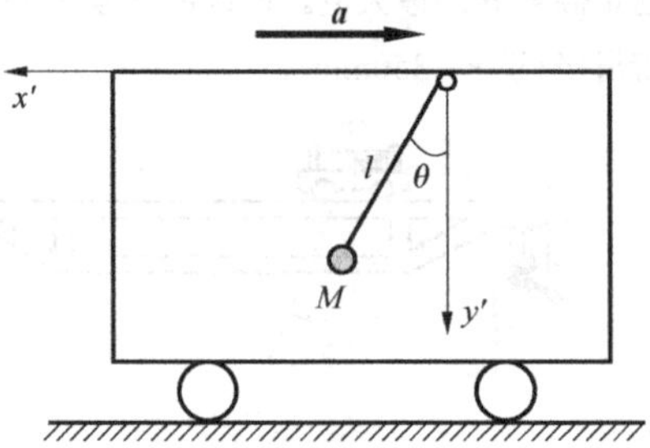

题 9-15 图

9-16　图示套筒质量为 m，沿光滑杆 OA 运动。杆在水平面内绕 Oz 轴匀速转动，角速度为 2πrad/s。若杆长为 1m，套筒相对于杆运动的初始时间为 $t=0$，$r_0 = 0.6\text{m}$，$v_{r0} = 0$。求套筒相对于杆的运动方程和脱离杆的时间。

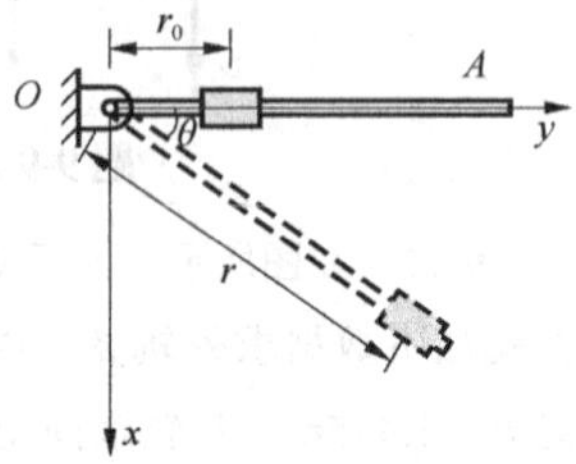

题 9-16 图

9-17　小球在空气中的运动阻力由低速风洞测定。测定的关键数据如下，其余数据可用差值法(如抛物线插值)求得。试编制一程序计算小球自由下落 6m 处的速度，并计算经历多少距离后小球的速度达到极限速度的 95%？

题 9-17 表

$\dot{x}_i$/(m/s)	0	1	2	3	4	5	6	7	8	9
F_N/N	0	0.01	0.10	0.19	0.40	0.70	1.20	2.10	3.50	5.80

9-18　炮弹沿平射弹道(近似为直线)飞行，水平速度 $v = 90\text{m/s}$，炮弹应击中距离射击点 18km 处的目标。略去空气阻力，射击点在北纬 $\varphi = 40°$。求炮弹因地球自转偏离目标多远。

拓展应用

9-19　现代游乐设施种类繁多，结构及运动形式各种各样，规格大小相差悬殊，外观造型各有千秋。随着游乐参与者的增多，游乐设施的安全事故时有发生，因此游乐设施的安全问题受到越来越多的重视。针对图示设施，请尝试提炼出 1～2 个动力学问题进行分析和求解，并试着给出结构设计的一些基本依据。

9-20　如图所示，滑雪是一项快速发展的冬季运动。雪道在某一段的形状可表示为曲线方程。运动过程中滑雪者身体受力与雪道的曲率半径、自身运动速度、加速度密切相关。请分析运动过程中在不同位置、不同运动参数时滑雪者的受力。

9-21　螺旋式停车场为立体化车库设计中的一种。如图所示，车辆在螺旋轨道上运动时，采用柱坐标，分析其速度、加速、受力之间的关系。

题 9-19 图

题 9-20 图

题 9-21 图

参考答案

第 10 章　动量定理与动量矩定理

质点系是指一群有联系的质点的集合。各种机器、运载器以及流经管道、喷嘴和叶片的流体(气体、液体)或离散质量流都是质点系。若质点系内各质点均有可能运动到空间的任何位置，则称为自由质点系。否则，称为非自由质点系。无论哪一种质点系，除了受到质点系外部物体的作用力(称为**质点系的外力**)，质点系内各质点间也存在着相互的作用力(称为**质点系的内力**)。

研究质点系的动力学问题，理论上可以列出各质点的运动微分方程及约束条件，然后联立求解，但会遇到两方面的困难：一是方程数目太多；二是约束力与质点系的内力均为未知力。为解决上述问题，研究质点系的动力学问题时，通常不研究每个质点，而是着眼于研究系统整体运动特征量的变化，如动量、动量矩和动能的变化。由此就引出了被统称为**动力学普遍定理**的质点系动量定理、动量矩定理和动能定理。动力学普遍定理是解决质点系动力学问题的重要工具。

质点系动量定理、动量矩定理用矢量力学方法建立动力学系统特征量与力、力矩之间的关系，理论上可以解决质点系动力学的所有问题。

10.1　质点的动量定理与动量矩定理

10.1.1　质点动量定理

动量是物体机械运动强弱的一种度量。当物体之间的机械运动相互传递时，相互作用力不仅与物体的速度有关，而且与物体的质量有关。例如，出膛的子弹质量虽小，但由于具有很高的速度，从而具有很强的穿透力；靠岸的轮船，尽管速度非常缓慢，但因具有很大的质量，倘若缓冲措施不当，也会造成船体的损坏。故用质点的质量与速度的乘积来表征质点的这种运动量。

质点质量 $\boldsymbol{m}$ 与速度 $\boldsymbol{v}$ 的乘积定义为质点的**动量**，记为 $m\boldsymbol{v}$ 。动量是矢量，其方向与速度方向一致。在国际单位制中，动量的单位是 kg•m/s。

根据牛顿第二定律，质点运动微分方程表示为

$$\frac{\mathrm{d}}{\mathrm{d}t}(m\boldsymbol{v})=\boldsymbol{F} \tag{10-1}$$

即质点的动量对时间的导数等于作用于质点的力，这就是**质点动量定理的导数形式**。设 $\boldsymbol{v}_1$ 、$\boldsymbol{v}_2$ 分别为对应于 t_1 、 t_2 瞬时的速度，则将式(10-1)在 $[t_1, t_2]$ 时间间隔中积分，即得**质点动量定理的积分形式**，也称为**有限形式**：

$$m\boldsymbol{v}_2-m\boldsymbol{v}_1=\int_{t_1}^{t_2}\boldsymbol{F}\mathrm{d}t=\boldsymbol{I} \tag{10-2}$$

式中，$\boldsymbol{I}=\int_{t_1}^{t_2}\boldsymbol{F}\mathrm{d}t$ 称为力 $\boldsymbol{F}$ 在 $[t_1, t_2]$ 时间间隔中的**冲量**。故式(10-2)又称为**质点的冲量定理**。

10.1.2　质点动量矩定理

设质量为 m 的质点 Q 在力 $\boldsymbol{F}$ 作用下沿空间曲线运动，某瞬时的动量为 $m\boldsymbol{v}$（图 10-1）。仿照力矩的定义，定义质点 Q 的动量 $m\boldsymbol{v}$ 对点 O 的矩为质点**对点 O 的动量矩**，即

$$\boldsymbol{M}_O(m\boldsymbol{v}) = \boldsymbol{r} \times m\boldsymbol{v} \tag{10-3}$$

定义质点的动量 $m\boldsymbol{v}$ 在 Oxy 平面内的投影 $(m\boldsymbol{v})_{xy}$ 对点 O 的矩为质点动量对 z 轴的矩，简称**对 z 轴的动量矩**。按力矩关系定理的思路，可以证明质点对点 O 的动量矩矢量在 z 轴上的投影等于对 z 轴的动量矩，即

$$[\boldsymbol{M}_O(m\boldsymbol{v})]_z = M_z(m\boldsymbol{v}) \tag{10-4}$$

在国际单位制中，动量矩的单位是 kg•m²/s。

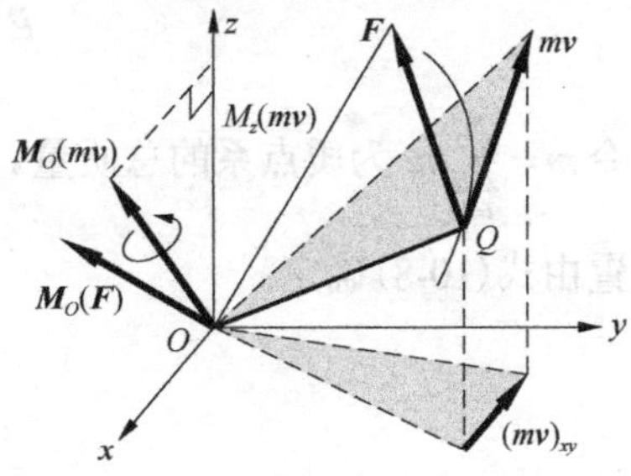

图 10-1

设点 O 为固定点，则将质点的动量矩对时间求导，得

$$\frac{\mathrm{d}}{\mathrm{d}t}\boldsymbol{M}_O(m\boldsymbol{v}) = \frac{\mathrm{d}}{\mathrm{d}t}(\boldsymbol{r} \times m\boldsymbol{v}) = \frac{\mathrm{d}\boldsymbol{r}}{\mathrm{d}t} \times m\boldsymbol{v} + \boldsymbol{r} \times \frac{\mathrm{d}}{\mathrm{d}t}(m\boldsymbol{v})$$

因矩心 O 是固定点，故有 $\frac{\mathrm{d}\boldsymbol{r}}{\mathrm{d}t} \times m\boldsymbol{v} = \boldsymbol{v} \times m\boldsymbol{v} = 0$；由式(10-1)知 $\frac{\mathrm{d}}{\mathrm{d}t}(m\boldsymbol{v}) = \boldsymbol{F}$；而 $\boldsymbol{r} \times \boldsymbol{F} = \boldsymbol{M}_O(\boldsymbol{F})$，于是

$$\frac{\mathrm{d}}{\mathrm{d}t}\boldsymbol{M}_O(m\boldsymbol{v}) = \boldsymbol{M}_O(\boldsymbol{F}) \tag{10-5}$$

即质点对固定点 O 的动量矩对时间的导数等于作用力对该点的矩，这就是**质点动量矩定理**。当 $\boldsymbol{M}_O(\boldsymbol{F}) = 0$ 时，质点对点 O 的动量矩守恒。其精彩应用之一就是用来分析在万有引力作用下的天体运动。

当 O 为坐标原点时，将式(10-5)向坐标轴投影，并将关系式(10-4)代入，得

$$\left\{\begin{aligned} &\frac{\mathrm{d}}{\mathrm{d}t}M_x(m\boldsymbol{v}) = M_x(\boldsymbol{F}) \\ &\frac{\mathrm{d}}{\mathrm{d}t}M_y(m\boldsymbol{v}) = M_y(\boldsymbol{F}) \\ &\frac{\mathrm{d}}{\mathrm{d}t}M_z(m\boldsymbol{v}) = M_z(\boldsymbol{F}) \end{aligned}\right. \tag{10-6}$$

即质点对任意固定轴的动量矩对时间的导数等于作用力对该轴之矩。这就是**质点对固定轴的动量矩定理**。当 $M_z(\boldsymbol{F}) = 0$ 时，质点对 z 轴动量矩守恒。在例 9-6 中，对式(d)、式(e)的数学处理，实际上是对 z 轴的取矩运算。但由于是对非惯性系的运动，力矩中包含了科氏惯性力对 z 轴的矩。

10.2　质点系动量定理

10.2.1　质点系动量

设质点系由 n 个质点组成，其中任一质点 i 的质量为 m_i，位置矢径为 $\boldsymbol{r}_i$，速度为 $\boldsymbol{v}_i$。则定义质点系内各质点动量的矢量和为**质点系的动量**，以 $\boldsymbol{p}$ 表示，即

$$\boldsymbol{p}=\sum_{i=1}^{n}m_i\boldsymbol{v}_i \tag{10-7}$$

因第 i 个质点的速度又可表示为 $\boldsymbol{v}_i=\dfrac{\mathrm{d}\boldsymbol{r}_i}{\mathrm{d}t}$，代入式(10-7)，并注意到质量 m_i 是不变量，则有

$$\boldsymbol{p}=\sum_{i=1}^{n}m_i\boldsymbol{v}_i=\sum_{i=1}^{n}m_i\frac{\mathrm{d}\boldsymbol{r}_i}{\mathrm{d}t}=\frac{\mathrm{d}}{\mathrm{d}t}\sum_{i=1}^{n}m_i\boldsymbol{r}_i$$

令 $m=\sum_{i=1}^{n}m_i$ 为质点系的总质量。由物理学可知，质点系质量分布的中心称为质心。质心 C 位置由式(10-8)确定：

$$\boldsymbol{r}_C=\frac{\sum_{i=1}^{n}m_i\boldsymbol{r}_i}{\sum_{i=1}^{n}m_i}=\frac{\sum_{i=1}^{n}m_i\boldsymbol{r}_i}{m} \tag{10-8}$$

两端分别求导后代入前式，得

$$\boldsymbol{p}=\frac{\mathrm{d}}{\mathrm{d}t}\sum_{i=1}^{n}m_i\boldsymbol{r}_i=\frac{\mathrm{d}}{\mathrm{d}t}(m\boldsymbol{r}_C)=m\boldsymbol{v}_C \tag{10-9}$$

式中，$\boldsymbol{v}_C=\dfrac{\mathrm{d}\boldsymbol{r}_C}{\mathrm{d}t}$ 为质心 C 的速度。

式(10-9)表明：质点系的动量等于质心速度与质点系全部质量的乘积。这一关系常被用来计算刚体或刚体系统的动量。

推论　如果可将质点系分成 N 部分，其中任一部分 I 的质量为 m_I，该部分质心的速度为 $\boldsymbol{v}_{CI}$，不难证明，质点系的动量等于各部分的质心速度与质量乘积的矢量之和，即

$$\boldsymbol{p}=\sum_{I=1}^{N}m_I\boldsymbol{v}_{CI} \tag{10-10}$$

例 10-1　如图 10-2 所示的平面四连杆机构中，各均质杆质量均为 m，杆 O_1A 与杆 O_2B 的长度均为 l。图示瞬时，杆 O_1A 的角速度为 ω，且与杆 O_2B 平行。试求此时系统的动量。

解　杆 O_1A 定轴转动，质心 C_1 速度 $v_1=\dfrac{l}{2}\omega$，动量 $p_{x1}=mv_1=\dfrac{l}{2}m\omega$。

杆 AB 瞬时平动，质心 C_3 速度 $v_3=v_A=l\omega$，动量 $p_{x3}=mv_3=lm\omega$。

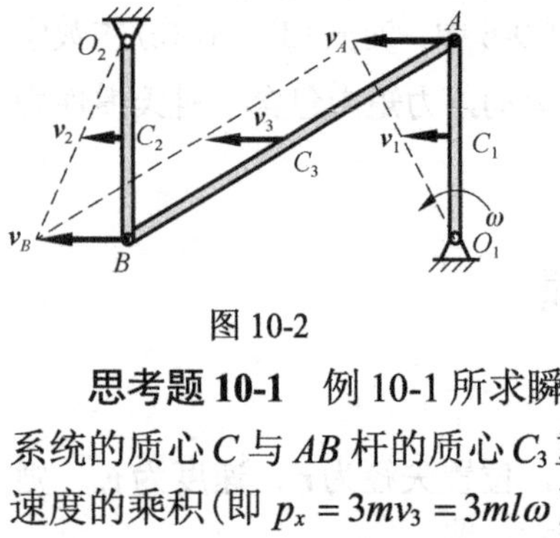

图 10-2

杆 O_2B 转动，质心 C_2 速度 $v_2=\dfrac{1}{2}v_A=\dfrac{l}{2}\omega$，动量 $p_{x2}=mv_2=\dfrac{l}{2}m\omega$。

三个刚体在图示瞬时的动量均沿水平方向，故此时系统的动量为

$$p_x=p_{x1}+p_{x2}+p_{x3}=2ml\omega$$

思考题 10-1　例 10-1 所求瞬时系统的质量相对于两固定支座中心的连线 O_1O_2 对称分布，系统的质心 C 与 AB 杆的质心 C_3 重合。根据式(10-9)，此时系统的动量等于总质量与 C_3 点的速度的乘积(即 $p_x=3mv_3=3ml\omega$)，结果与上面的分析相悖？为什么？

10.2.2　质点系动量定理

设质点系由 n 个质点组成，其中质点 i 的质量为 m_i，速度为 $\boldsymbol{v}_i$，作用于该质点的内力为 $\boldsymbol{F}_i^{\mathrm{i}}$，外力为 $\boldsymbol{F}_i^{\mathrm{e}}$。根据式(10-1)对各质点列写动量定理，得

$$\frac{\mathrm{d}}{\mathrm{d}t}(m_i\boldsymbol{v}_i)=\boldsymbol{F}_i^{\mathrm{e}}+\boldsymbol{F}_i^{\mathrm{i}},\quad i=1,2,\cdots,n$$

将 n 个方程相加得

$$\sum_{i=1}^{n}\frac{\mathrm{d}}{\mathrm{d}t}(m_i\boldsymbol{v}_i)=\sum_{i=1}^{n}\boldsymbol{F}_i^{\mathrm{e}}+\sum_{i=1}^{n}\boldsymbol{F}_i^{\mathrm{i}}$$

将方程左边的求导与求和次序交换后，$\sum_{i=1}^{n}m_i\boldsymbol{v}_i$ 为质点系的动量 $\boldsymbol{p}$；对质点系而言，内力矢量之和等于零，即 $\sum_{i=1}^{n}\boldsymbol{F}_i^{\mathrm{i}}=0$，所以有

$$\frac{\mathrm{d}\boldsymbol{p}}{\mathrm{d}t}=\sum_{i=1}^{n}\boldsymbol{F}_i^{\mathrm{e}}\tag{10-11}$$

即质点系动量对时间的导数等于质点系所受外力的矢量和(或外力系的主矢)，这就是**质点系动量定理的导数形式**。其积分形式(有限形式)为

$$\boldsymbol{p}_2-\boldsymbol{p}_1=\int_{t_1}^{t_2}\sum_{i=1}^{n}\boldsymbol{F}_i^{\mathrm{e}}\mathrm{d}t=\sum_{i=1}^{n}\int_{t_1}^{t_2}\boldsymbol{F}_i^{\mathrm{e}}\mathrm{d}t=\sum_{i=1}^{n}\boldsymbol{I}_i^{\mathrm{e}}\tag{10-12}$$

式中，$\sum_{i=1}^{n}\boldsymbol{I}_i^{\mathrm{e}}=\sum_{i=1}^{n}\int_{t_1}^{t_2}\boldsymbol{F}_i^{\mathrm{e}}\mathrm{d}t$ 为外力在$[t_1,t_2]$时间间隔内的**冲量**。即质点系在 t_1 至 t_2 时间内动量的改变量等于作用在该质点系的外力在这段时间内的冲量。

动量定理为矢量式，应用时常取其投影式。式(10-11)和式(10-12)在直角坐标轴上的投影式分别为

$$\frac{\mathrm{d}p_x}{\mathrm{d}t}=\sum_{i=1}^{n}F_{ix}^{\mathrm{e}},\quad \frac{\mathrm{d}p_y}{\mathrm{d}t}=\sum_{i=1}^{n}F_{iy}^{\mathrm{e}},\quad \frac{\mathrm{d}p_z}{\mathrm{d}t}=\sum_{i=1}^{n}F_{iz}^{\mathrm{e}}\tag{10-13}$$

$$p_{2x}-p_{1x}=\sum_{i=1}^{n}I_{ix}^{\mathrm{e}},\quad p_{2y}-p_{1y}=\sum_{i=1}^{n}I_{iy}^{\mathrm{e}},\quad p_{2z}-p_{1z}=\sum_{i=1}^{n}I_{iz}^{\mathrm{e}}\tag{10-14}$$

可见，质点系的总动量改变仅取决于作用于质点系的外力，而与内力无关。当外力系的主矢恒等于零时，质点系的动量守恒，即

$$\frac{\mathrm{d}\boldsymbol{p}}{\mathrm{d}t}=0,\quad \boldsymbol{p}=\text{恒矢量}$$

当所有外力在某坐标轴上投影的代数和恒等于零时，该质点系的动量在该坐标轴上的投影守恒，即

$$p_x=\text{恒量}$$

上述结论即为**质点系动量守恒定律**。

例 10-2　人造地球卫星与末级运载火箭在燃料燃烧完毕时的共同速度 $v=8\text{km/s}$(图 10-3(a))，此时火箭从卫星头部自动弹射出卫星，获得速度 $v_2=8.1\text{km/s}$，求分离时火箭的速度 v_1。设火箭的质量 $m_1=150\text{kg}$，卫星的质量 $m_2=100\text{kg}$。由于弹射分离的时间很短，地球引力的冲量可忽略不计。

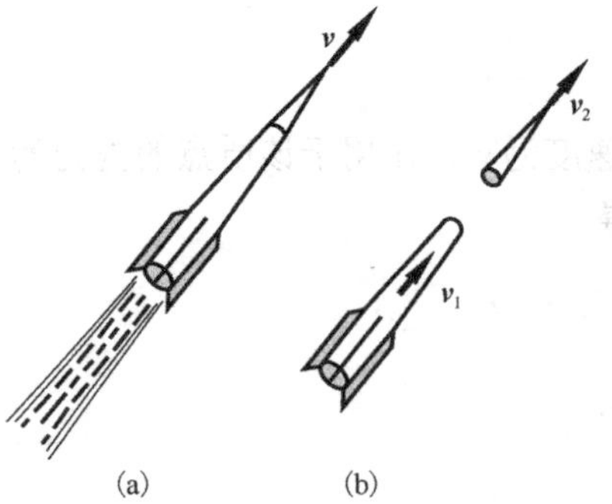

图 10-3

解　以火箭和卫星作为质点系，其间弹射分离的作用力是内力。若忽略地球引力及运动中的阻力等外力，则在弹射分离的过程中，质点系的动量守恒。设分离后火箭速度与卫星速度方向相同(图 10-3(b))，于是有

$$(m_1+m_2)v=m_1v_1+m_2v_2$$

解得

$$v_1=\frac{(m_1+m_2)v-m_2v_2}{m_1}$$

代入已知数据得分离时火箭的速度为

$$v_1=\frac{(150+100)\times 8-100\times 8.1}{150}=7.93(\text{km/s})$$

思考题 10-2　2016 年 10 月 19 日凌晨，神舟十一号飞船与天宫二号自动交会对接成功(图 10-4)。神舟十一号的重量约为 8t，天宫二号的重量约为 8.6t。两个人造天体在 393km 高度的轨道上对接，飞行速度为 7.9km/s，对接时的相对速度控制在 0.2m/s。请从对接过程抽象出 1～2 个动力学问题。

例 10-3　火炮质量 $m_1=2000\text{kg}$，炮弹的质量 $m_2=10\text{kg}$，炮弹以初速度 $v_0=600\text{m/s}$ 与水平成仰角 30°方向发射。假设火炮放在光滑水平面上，炮筒与炮架相连，无后坐缓冲机构(图 10-5)，触发后经 $\tau=0.006\text{s}$ 炮弹离开炮筒。求火炮的后坐速度 $\boldsymbol{u}_1$ 及地面对火炮的铅垂平均反力(忽略地面的摩擦力)。

图 10-4

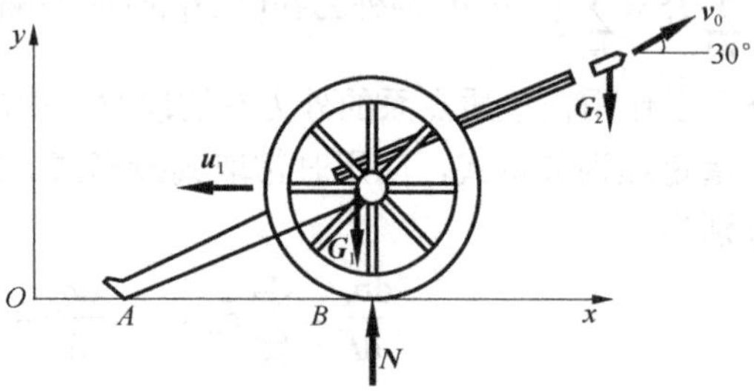

图 10-5

解　取火炮和炮弹为研究对象。触发后火药(忽略质量)的爆炸力为系统内力，作用在系统上的外力只有 $\boldsymbol{G}_1$、$\boldsymbol{G}_2$ 和地面给火炮的铅直平均反力 $\boldsymbol{N}$。

由于系统初始静止，且 $\sum F_x^e=0$，故有

$$p_x=p_{0x}=0$$

而

$$p_x=\sum m_iv_{ix}=m_2v_0\cos 30°-m_1u_1$$

所以

$$m_2v_0\cos 30°-m_1u_1=0$$

求得火炮后坐速度的大小为

$$u_1=\frac{m_2}{m_1}v_0\cos 30°=\frac{10}{2000}\times 600\times\frac{\sqrt{3}}{2}=2.6(\text{m/s})$$

铅垂方向，由动量定理 $\sum m_iv_{iy}-\sum m_iv_{i0y}=I_y$，即

$$m_2v_0\sin 30°-0=(N-G_1-G_2)\tau$$

解得
$$N=(m_1+m_2)g+\frac{m_2v_0\sin 30^\circ}{\tau}=520\text{kN}$$

上式中第二项为附加动反力，远大于重力引起的静反力。

思考题 10-3　例 10-3 中，炮筒与炮架刚性连接，发射时全部后坐力作用在炮架上，这导致全炮后坐。刚性炮架的火炮十分笨重，发射速度也很低。19 世纪末，火炮上采用了反后坐装置(弹性缓冲装置)，炮筒与炮架之间弹性连接，发射时炮身相对于炮架后坐，全炮不后移，大幅度减轻了全炮质量，同时也提高了发射速度。针对例 10-3，尝试添加缓冲装置，分析改进后地面受到的反力。

例 10-4　图 10-6 表示流体流经变截面弯管时的示意图。设流体是不可压缩的，且为定常流动(也称稳定流动，即流体中各点流速分布不随时间改变)。求管壁的附加动约束力。

解　取管中 aa 与 bb 两截面之间的流体作为质点系。经过时间 $\mathrm{d}t$，该部分流体流动到 a_1a_1 与 b_1b_1 两截面之间。

设 q_V 为流体在单位时间内流过截面的体积流量，ρ 为密度，由于流体不可压缩，所以质点系在时间 $\mathrm{d}t$ 内流过各截面的质量为
$$\mathrm{d}m=q_V\rho\mathrm{d}t$$

因为管内的流体为稳定流动，所以在时间 $\mathrm{d}t$ 内，a_1a_1 与 bb 两截面之间的流体动量不会发生变化，故在时间 $\mathrm{d}t$ 内质点系动量的变化为
$$\mathrm{d}\boldsymbol{p}=\boldsymbol{p}_{a_1b_1}-\boldsymbol{p}_{ab}=\boldsymbol{p}_{bb_1}-\boldsymbol{p}_{aa_1}$$

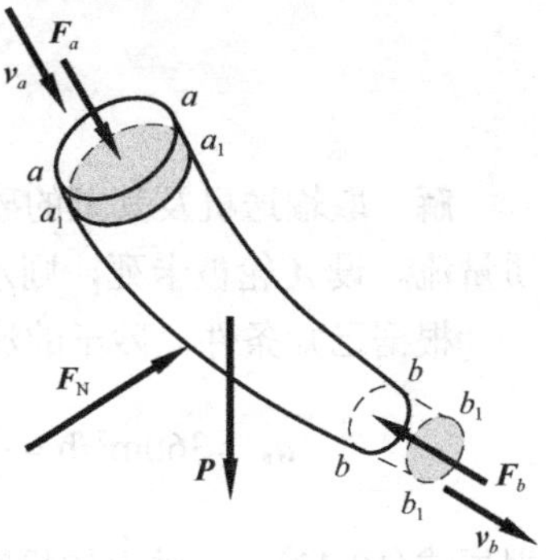

图 10-6

$\mathrm{d}t$ 极小，可认为 aa 与 a_1a_1 两截面之间的各质点速度相同，设为 $\boldsymbol{v}_a$，认为 bb 与 b_1b_1 两截面之间的各质点速度相同，设为 $\boldsymbol{v}_b$，于是
$$\mathrm{d}\boldsymbol{p}=\mathrm{d}m(\boldsymbol{v}_b-\boldsymbol{v}_a)=q_V\rho(\boldsymbol{v}_b-\boldsymbol{v}_a)\mathrm{d}t$$

作用于质点系的外力有：均匀分布于体积的流体重力 $\boldsymbol{P}$、管壁对流体的约束反力 $\boldsymbol{F}_\mathrm{N}$，以及流体在 aa 和 bb 截面处所受到的相邻流体的压力 $\boldsymbol{F}_a$ 和 $\boldsymbol{F}_b$。由质点系的动量定理式(10-12)，得
$$q_V\rho(\boldsymbol{v}_b-\boldsymbol{v}_a)=\boldsymbol{P}+\boldsymbol{F}_\mathrm{N}+\boldsymbol{F}_a+\boldsymbol{F}_b$$

得管壁的约束反力为
$$\boldsymbol{F}_\mathrm{N}=-(\boldsymbol{P}+\boldsymbol{F}_a+\boldsymbol{F}_b)+q_V\rho(\boldsymbol{v}_b-\boldsymbol{v}_a)$$

由此可见，管壁的约束反力包括两个部分：第一部分是流体的重力和进出截面处相邻流体的压力所引起的，与流体的运动无关，称为**静约束力**；第二部分是流体的动量变化所引起的，称为**附加动约束力**，由式(10-15)来确定：
$$\boldsymbol{F}_\mathrm{N}''=q_V\rho(\boldsymbol{v}_b-\boldsymbol{v}_a)\tag{10-15}$$

讨论　设 aa、bb 截面的面积分别为 A_a、A_b，由于流体不可压缩，所以有
$$q_V=A_av_a=A_bv_b$$

因此，只要知道流速和管道尺寸，即可根据式(10-15)求得附加动约束力。流体对管道的附加动作用力又称为**附加动压力**，与前者大小相等，但方向相反。

例 10-5 用移动式胶带输送机堆积砂子。已知输送机的输送量为 360m³/h，砂子的密度为 1520kg/m³，输送带与水平面的仰角为 20°，输送速度为 1.6m/s。设砂子在入口处的速度铅垂向下，在出口处的速度沿输送带方向，如图 10-7 所示。问地面沿水平方向的阻力至少多大才能使输送机的位置保持不动？

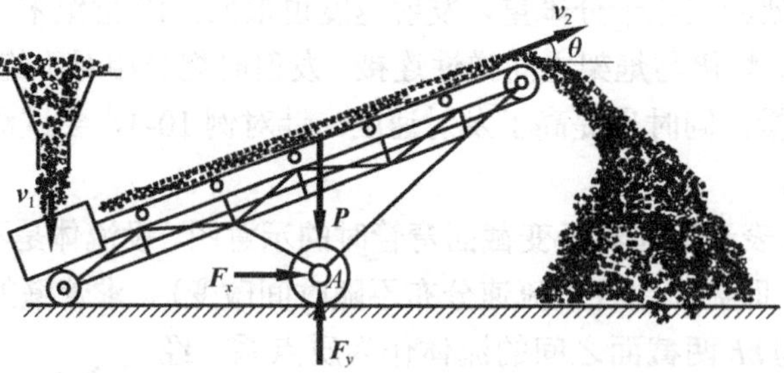

图 10-7

解 取输送机及其上的砂子作为研究质点系。在输送的过程中，砂子可视为定常连续的质量流。设 A 轮被卡死，则水平方向的阻力集中作用于 A 轮轮轴，其他外力均为铅垂力。

根据已知条件，砂子的流量、流速及密度分别为

$$q_V = 360\text{m}^3/\text{h} = \frac{360}{3600}\text{m}^3/\text{s} = 0.1\text{m}^3/\text{s}, \quad v_2 = 1.6\text{m/s}, \quad \rho = 1520\text{kg/m}^3$$

根据式(10-13)，x 轴上的投影方程为

$$F_x = q_V \rho v_2 \cos\theta$$

代入已知数据，得

$$F_x = 0.1 \times 1520 \times 1.6 \times \cos 20^\circ = 228.5(\text{N})$$

10.2.3 质心运动定理

由式(10-9)知，质点系的动量等于质心速度与质点系全部质量的乘积。因此，质点系动量定理的导数形式又可写成

$$\frac{\mathrm{d}}{\mathrm{d}t}(m\boldsymbol{v}_C) = \sum_{i=1}^{n} \boldsymbol{F}_i^{\mathrm{e}}$$

对于质量不变的质点系，有

$$m\frac{\mathrm{d}\boldsymbol{v}_C}{\mathrm{d}t} = \sum_{i=1}^{n} \boldsymbol{F}_i^{\mathrm{e}} \quad 或 \quad m\boldsymbol{a}_C = \sum_{i=1}^{n} \boldsymbol{F}_i^{\mathrm{e}} \tag{10-16}$$

式中，$\boldsymbol{a}_C$ 为质心加速度。

式(10-16)表明：质点系的质量与质心加速度的乘积等于质点系所受外力的矢量和(或外力系的主矢)，这一规律称为**质心运动定理**。

比较式(10-16)与质点动力学基本方程 $m\boldsymbol{a} = \sum \boldsymbol{F}$ 可见，在研究质心运动时，可将质点系看成质量集中于质心，所有外力也集中于这一质点来研究。

质心运动定理在确定卫星的运动轨迹及炮弹的弹道等方面具有重要应用。

式(10-16)在直角坐标轴上的投影式为

$$ma_{Cx}=\sum_{i=1}^{n}F_{ix}^{e},\quad ma_{Cy}=\sum_{i=1}^{n}F_{iy}^{e},\quad ma_{Cz}=\sum_{i=1}^{n}F_{iz}^{e} \tag{10-17}$$

在自然坐标轴上的投影式为

$$m\frac{\mathrm{d}v_C}{\mathrm{d}t}=\sum_{i=1}^{n}F_{i\tau}^{e},\quad m\frac{v_C^2}{\rho}=\sum_{i=1}^{n}F_{in}^{e},\quad \sum_{i=1}^{n}F_{ib}^{e}=0 \tag{10-18}$$

质心运动定理在研究刚体运动时有明显的物理意义。对于平动刚体，各点运动与质心运动相同，因而质心运动定理完全决定了刚体的运动。当刚体做复杂运动时，可将其运动分解为随质心的平动和绕质心的运动，平动部分就可以由质心运动定理完全确定。

质心的运动变化仅取决于外力系的作用，若外力系主矢恒等于零，则质心做匀速直线运动；若外力系主矢恒等于零且系统初始静止，则质心位置始终保持不变。若作用于质点系的外力系主矢在某轴上投影的代数和恒等于零，则质心速度在该轴上的投影保持为常量；若外力系主矢在某轴上投影的代数和恒等于零，且系统初始静止，则质心在该轴方向没有位移。上述结论，称为**质心运动守恒定律**。

思考题 10-4　(1)略去空气阻力，跳水运动员在空中做不同的翻滚转体动作，是否会影响到其质心离跳板的高度？运动员质心的入水位置取决于哪些因素？

(2)停在光滑冰面上的汽车，只要加大油门就可前进吗？克服汽车打滑的措施是什么？

例 10-6　电机置于弹性基础上，其力学简图如图 10-8 所示。假设定子部分的质量为 m_1，转子部分的质量为 m_2，偏心距 $O_1C_2=e$，基础的弹性系数为 k，阻尼力与电机定子的速度成正比，阻尼系数为 c。当转子以等角速度 ω 转动时，求电机做垂直振动的运动微分方程。

解　取电机作为研究质点系。设定子部分的质心位于 C_1 点，转子部分的质心位于 C_2 点。

质点系在铅垂方向受重力 $\boldsymbol{P}_1$、$\boldsymbol{P}_2$、弹性恢复力 $\boldsymbol{F}$ 以及阻尼力 $\boldsymbol{F}_c$ 作用。

取系统静平衡时定子质心位置作为坐标原点，弹簧静变形为 δ_{st}，则任一瞬时系统质心的坐标 y_C 为

$$y_C=\frac{m_1y+m_2(y+C_1O_1+e\sin(\omega t))}{m_1+m_2}$$

对时间取二阶导数，注意到 C_1O_1 和 ω 为不变量，得

$$\ddot{y}_C=\frac{(m_1+m_2)\ddot{y}-m_2e\omega^2\sin(\omega t)}{m_1+m_2}$$

代入质心运动定理，得

$$(m_1+m_2)\ddot{y}-m_2e\omega^2\sin(\omega t)=-P_1-P_2-k(y-\delta_{st})-c\dot{y}$$

因为 $P_1+P_2=k\delta_{st}$，所以

$$(m_1+m_2)\ddot{y}+c\dot{y}+ky=m_2e\omega^2\sin(\omega t)$$

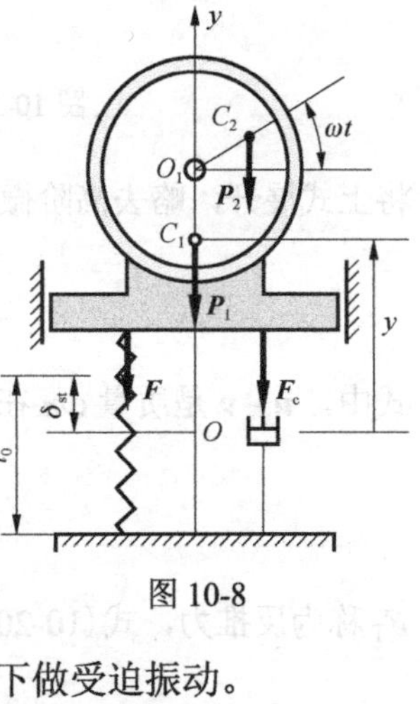

图 10-8

可见，这是一个非齐次的二阶常系数微分方程，电机在激振力作用下做受迫振动。

讨论　如果可将质点系分成 N 部分，将式(10-10)代入质点系的动量定理，得

$$\sum_{I=1}^{N}m_I\boldsymbol{a}_{CI}=\sum_{i=1}^{n}\boldsymbol{F}_i^{e} \tag{10-19}$$

式中，m_I、$\boldsymbol{a}_{CI}$ 分别为第 I 部分的质量及质心加速度。

本题也可以应用式(10-19)，将定子与转子的质心加速度代入求解。

思考题 10-5 若例 10-6 中的电机不用螺栓固定，静止放在光滑水平面上，如图 10-9 所示，则通电后电机在水平方向的运动规律及电机不脱离地面的最大角速度如何确定？

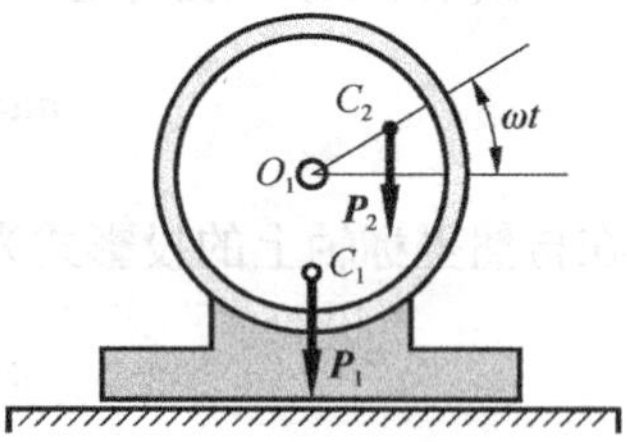

图 10-9

10.2.4 变质量系统的质心运动微分方程

有些质点系在运动过程中，系统的质量会随时间发生变化，此类系统称为**变质量系统**。如发射阶段的火箭，空中加油机、农业收割机旁边接收粮食的汽车等，在运行过程中质量不断减小或者增大。变质量系统在改变总质量的同时，系统质量分布也会发生变化，因此其动力学问题研究十分复杂。

本节仅研究变质量系统质心的运动，不考虑变质量系统的形状及大小，把整个系统看成一个质量可变的质点。

如图 10-10 所示，t 瞬时，变质量质点的质量为 m，速度为 $\boldsymbol{v}$。dt 时间内并入(或者喷出)速度为 $\boldsymbol{u}$ 的质量 dm。质量并入时 $\mathrm{d}m>0$，表示质量增加；质量喷出时 $\mathrm{d}m<0$，表示质量减小。质量变化后，变质量质点的速度变为 $\boldsymbol{v}+\mathrm{d}\boldsymbol{v}$，上述 $\boldsymbol{u}$、$\boldsymbol{v}$ 均为相对惯性坐标系的绝对速度。

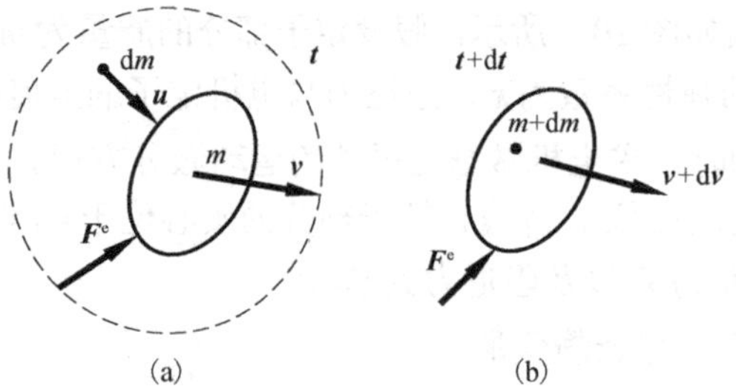

图 10-10

考虑质量变化前后系统的总动量。t 瞬时，变质量部分还未并入，总动量为

$$m\boldsymbol{v}+\boldsymbol{u}\mathrm{d}m$$

并入后，即 t+dt 瞬时，系统的总动量为

$$(m+\mathrm{d}m)(\boldsymbol{v}+\mathrm{d}\boldsymbol{v})$$

dt 时间间隔内作用于两部分质量的外力系的主矢为 $\boldsymbol{F}^{\mathrm{e}}$，则其冲量为 $\boldsymbol{F}^{\mathrm{e}}\mathrm{d}t$，根据动量定理有

$$(m+\mathrm{d}m)(\boldsymbol{v}+\mathrm{d}\boldsymbol{v})-(m\boldsymbol{v}+\boldsymbol{u}\mathrm{d}m)=\boldsymbol{F}^{\mathrm{e}}\mathrm{d}t$$

将上式展开，略去高阶微量 $\mathrm{d}m\cdot\mathrm{d}\boldsymbol{v}$，并除以 d$t$，得到

$$m\frac{\mathrm{d}\boldsymbol{v}}{\mathrm{d}t}=\boldsymbol{F}^{\mathrm{e}}+(\boldsymbol{u}-\boldsymbol{v})\frac{\mathrm{d}m}{\mathrm{d}t} \tag{10-20}$$

式中，$\boldsymbol{u}-\boldsymbol{v}$ 是质量 dm 在并入前相对变质量质点的相对速度 $\boldsymbol{v}_{\mathrm{r}}$，引入矢量：

$$\boldsymbol{F}_{\mathrm{T}}=\frac{\mathrm{d}m}{\mathrm{d}t}\boldsymbol{v}_{\mathrm{r}} \tag{10-21}$$

$\boldsymbol{F}_{\mathrm{T}}$ 称为反推力，式(10-20)可写成

$$m\frac{\mathrm{d}\boldsymbol{v}}{\mathrm{d}t}=\boldsymbol{F}^{\mathrm{e}}+\boldsymbol{F}_{\mathrm{T}} \tag{10-22}$$

式(10-22)称为变质量质点的运动微分方程。式中 m 是变量，$\dfrac{\mathrm{d}m}{\mathrm{d}t}$ 是代数量。式(10-22)适用于质量增加或减小的变质量系统，考虑反推力后，系统运动微分方程在形式上与常质量质点的运动微分方程一致。

思考题 10-6　航行的轮船，由于温度极低，轮船壳体上结冰，相当于质量在增加。试写出轮船的运动微分方程。

思考题 10-7　将变质量系统的动量 $m\boldsymbol{v}$ 代入动量定理式(10-11)，得到 $m\dfrac{\mathrm{d}\boldsymbol{v}}{\mathrm{d}t}+\dfrac{\mathrm{d}m}{\mathrm{d}t}\boldsymbol{v}=\boldsymbol{F}_{\mathrm{R}}^{\mathrm{e}}$，看上去与式(10-22)的结果相矛盾，试解释原因。

例 10-7　如图 10-11 所示，火箭垂直于地面发射。开始发射时火箭的质量为 m_0。经过时间 T，火箭燃料烧完，这时火箭质量为 m_{s}(火箭壳体质量)，火箭燃料的质量为 m_{f}，显然有 $m_0=m_{\mathrm{s}}+m_{\mathrm{f}}$。设燃烧气体喷射的相对速度 v_{r} 为常量。求火箭在燃料燃烧完毕的 T 时刻能达到的最大速度。

解　建立 y 轴如图 10-11 所示，矢量形式的变质量质点运动微分方程在 y 轴上的投影方程为

$$m\frac{\mathrm{d}v}{\mathrm{d}t}=-mg-\frac{\mathrm{d}m}{\mathrm{d}t}v_{\mathrm{r}}$$

初始条件为　$t=0,\ v=0,\ m=m_0$

当 $t=T$ 时，$v=v_{\mathrm{f}},\ m=m_{\mathrm{s}}$，对上面的投影方程积分得

$$\int_0^{v_{\mathrm{f}}}\mathrm{d}v=-\int_0^T g\mathrm{d}t-v_{\mathrm{r}}\int_{m_0}^{m_{\mathrm{s}}}\frac{\mathrm{d}m}{m}$$

解得

$$v_{\mathrm{f}}=-gT+v_{\mathrm{r}}\ln\frac{m_0}{m_{\mathrm{s}}}$$

由于 $m_0=m_{\mathrm{s}}+m_{\mathrm{f}}$，所以上式可写成

$$v_{\mathrm{f}}=-gT+v_{\mathrm{r}}\ln\left(1+\frac{m_{\mathrm{f}}}{m_{\mathrm{s}}}\right)$$

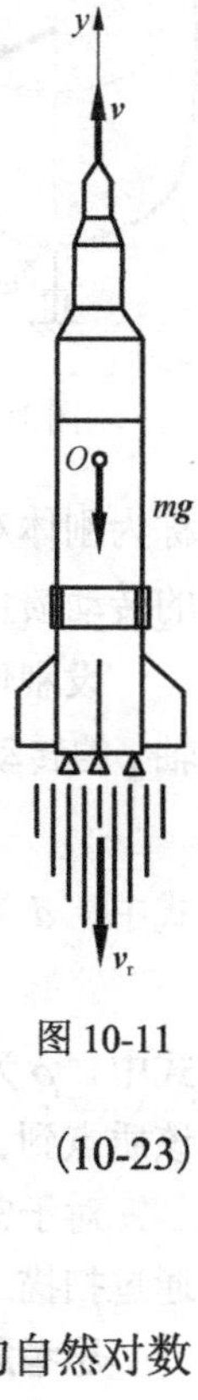

图 10-11

讨论　(1) v_{f} 随着燃气喷射速度 v_{r} 的增大而增大，若不考虑重力影响，即火箭在真空飞行或水平发射，则

$$v_{\mathrm{f}}=v_{\mathrm{r}}\ln\frac{m_0}{m_{\mathrm{s}}}\tag{10-23}$$

此时 v_{f} 与 v_{r} 成正比。式(10-23)是著名的**齐奥尔柯夫斯基公式**。

(2) v_{f} 随着火箭的质量比 $\dfrac{m_0}{m_{\mathrm{s}}}$ 的增大而增大，若不考虑重力影响，v_{f} 与质量比的自然对数成正比，但质量比增加到 2 倍，v_{f} 增大不到 1 倍，相比而言，通过增大 v_{r} 提高 v_{f} 更有效。

(3) v_{f} 随着燃料燃烧时间 T 的增大而减小，因此在地球引力场中铅直发射火箭应该尽力促使燃料快速燃烧，燃烧时间越短，v_{f} 越大。为了缩短燃烧时间，通常采用液体或固体燃料。

10.3　质点系动量矩定理

10.3.1　质点系动量矩

设质点系由 n 个质点组成，其中质点 i 的质量为 m_i，速度为 $\boldsymbol{v}_i$。质点系各质点对某点 O 的动量矩的矢量和定义为**质点系对点 O 的动量矩**，以 $\boldsymbol{L}_O$ 表示，即

$$L_O=\sum_{i=1}^{n}M_O(m_iv_i)=\sum_{i=1}^{n}(r_i\times m_iv_i) \tag{10-24}$$

质点系各质点对某轴 z 的动量矩的代数和定义为**质点系对轴 z 的动量矩**，以 L_z 表示，即

$$L_z=\sum_{i=1}^{n}M_z(m_iv_i) \tag{10-25}$$

当 O 为 z 轴上一点时，由式(10-24)，质点系的动量矩同样有关系：

$$[L_O]_z=L_z \tag{10-26}$$

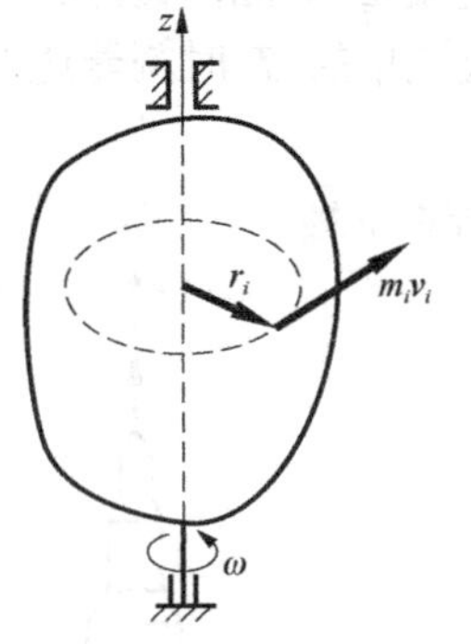

图 10-12

即质点系对点 O 的动量矩矢量在过该点的 z 轴上的投影等于质点系对该轴的动量矩。

工程中常见的刚体绕定轴转动，如图 10-12 所示，转动刚体对转轴 z 的动量矩为

$$L_z=\sum_{i=1}^{n}M_z(m_iv_i)=\sum_{i=1}^{n}m_iv_ir_i=\sum_{i=1}^{n}m_ir_i\omega r_i=\omega\sum_{i=1}^{n}m_ir_i^2$$

或

$$L_z=J_z\omega \tag{10-27}$$

其中

$$J_z=\sum_{i=1}^{n}m_ir_i^2 \tag{10-28}$$

称为刚体对 z 轴的**转动惯量**。由此可知，绕定轴转动刚体对其转轴的动量矩等于刚体对转轴的转动惯量与转动角速度的乘积。

设刚体的质量为 m，对过质心 C 的某轴的转动惯量为 J_{zC}，则刚体对平行于该轴的另一轴 z 的转动惯量可按**平行移轴定理**计算，即

$$J_z=J_{zC}+md^2 \tag{10-29}$$

式中，d 为两平行轴间的距离。工程上也将转动惯量表示为

$$J_z=m\rho^2 \tag{10-30}$$

式中，ρ 为一当量长度，相当于与刚体等质量的一质点，具有与刚体对 z 轴相等的转动惯量，该质点到 z 轴距离为 ρ，工程上称为**回转半径**。

简单均质几何形体的重心位置和转动惯量

对于常见规则形状的均质物体，其转动惯量一般可通过积分计算得到，具体计算公式可通过扫描二维码查询。对于一些非均质、形状不规则的物体，转动惯量可通过实验测得。

思考题 10-8 设计一实验，测量质量为 m、长度为 l 的均质细长杆对过质心的垂直轴的转动惯量。

思考题 10-9 质点系对某点或某轴的动量矩与力对点或对轴之矩的计算有何联系与区别？

10.3.2 质点系对固定点的动量矩定理

设质点系由 n 个质点组成，其中质点 i 的质量为 m_i，速度为 v_i，作用于该质点的内力为 F_i^{i}，外力为 F_i^{e}。根据式(10-5)各质点对固定点 O 的动量矩定理，得

$$\frac{\mathrm{d}}{\mathrm{d}t}M_O(m_iv_i)=M_O(F_i^{\mathrm{e}})+M_O(F_i^{\mathrm{i}}),\quad i=1,2,\cdots,n$$

将 n 个方程相加，得　　$\sum_{i=1}^{n}\frac{\mathrm{d}}{\mathrm{d}t}\boldsymbol{M}_O(m_i\boldsymbol{v}_i)=\sum_{i=1}^{n}\boldsymbol{M}_O(\boldsymbol{F}_i^{\mathrm{e}})+\sum_{i=1}^{n}\boldsymbol{M}_O(\boldsymbol{F}_i^{\mathrm{i}})$

将方程左边的求导与求和次序交换后，$\sum_{i=1}^{n}\boldsymbol{M}_O(m_i\boldsymbol{v}_i)$ 为质点系的动量矩 $\boldsymbol{L}_O$；对质点系而言，内力之矩的矢量和等于零，即 $\sum_{i=1}^{n}\boldsymbol{M}_O(\boldsymbol{F}_i^{\mathrm{i}})=0$，所以有

$$\frac{\mathrm{d}\boldsymbol{L}_O}{\mathrm{d}t}=\sum_{i=1}^{n}\boldsymbol{M}_O(\boldsymbol{F}_i^{\mathrm{e}}) \tag{10-31}$$

即质点系对于惯性系中固定点 O 的动量矩对时间的导数等于质点系所受外力对同一点之矩的矢量和(即外力系对点 O 的主矩)，这就是**质点系动量矩定理**。

质点系对固定轴的动量矩定理根据式(10-31)投影得到，对固定轴 Oz，有

$$\frac{\mathrm{d}L_z}{\mathrm{d}t}=\sum_{i=1}^{n}M_z(\boldsymbol{F}_i^{\mathrm{e}}) \tag{10-32}$$

必须强调：

(1) 上述动量矩定理的表达形式仅对固定点或固定轴适用。对于运动的点或轴，可根据运动合成的思想方法，将绝对运动与相对运动关系代入动量矩、力矩的计算，进而得到质点系对动点的动量矩定理的表达形式，本章视频部分有相关内容的讲解(见章节末尾二维码)。

(2) 质点系的内力不能改变质点系的动量矩。当外力系对某定点(或定轴)的主矩恒等于零时，质点系对该点(或该轴)的动量矩守恒。

(3) 将动量矩定理用于定轴转动刚体，略去转轴处的摩擦，则得到描述刚体运动的定轴转动微分方程：

$$J_z\ddot{\varphi}=M_z \tag{10-33}$$

刚体定轴转动微分方程是质点系动量矩定理在刚体动力学中的一个典型应用。

思考题 10-10　当花样滑冰运动员双臂平伸并绕铅垂轴转动时，突然双臂收拢，随之转速明显加快，试分析其原因。

思考题 10-11　直升机除旋翼外往往在尾部还会设计一尾翼，试解释设计尾翼的目的。

例 10-8　水轮机的叶轮如图 10-13 所示，流经各叶片间流道的水流均相同。水流进、出流道的速度分别为 $\boldsymbol{v}_1$ 和 $\boldsymbol{v}_2$，与切线方向的夹角分别为 θ_1 和 θ_2。若总体积流量为 q_V，求流体对叶轮的转动力矩。

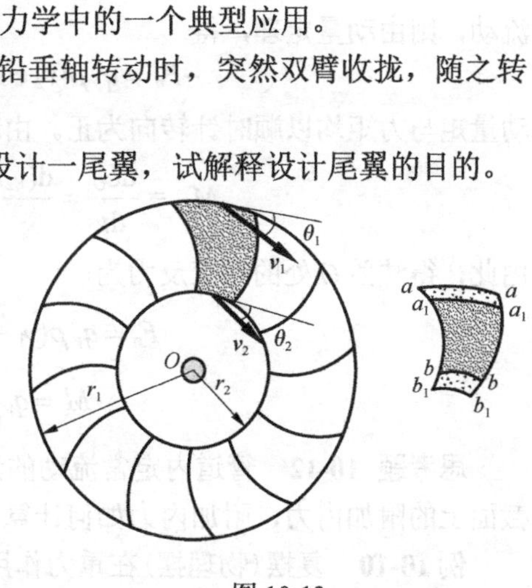

图 10-13

解　取两叶片间的流体作为研究质点系。经过 $\mathrm{d}t$ 时间，该部分的流体由图示 $aabb$ 位置流动到 $a_1a_1b_1b_1$ 位置。结合本题流体流动的特点，动量矩与力矩均以顺时针转向为正。设流体稳定流动，所以在时间 $\mathrm{d}t$ 内质点系对轴 O 的动量矩变化为

$$\mathrm{d}L_O=(L_{a_1a_1bb}+L_{bbb_1b_1})-(L_{aaa_1a_1}+L_{a_1a_1bb})=L_{bbb_1b_1}-L_{aaa_1a_1}$$

设流体密度为 ρ，叶轮的叶片总数为 n，则

$$L_{bbb_1b_1}=\frac{1}{n}q_V\rho\mathrm{d}tv_2r_2\cos\theta_2$$

$$L_{aaa_1a_1}=\frac{1}{n}q_V\rho\mathrm{d}tv_1r_1\cos\theta_1$$

$$\mathrm{d}L_O=\frac{1}{n}q_V\rho\mathrm{d}t(v_2r_2\cos\theta_2-v_1r_1\cos\theta_1)$$

由动量矩定理，可得叶片间全部流体受到的力对点 O 的力矩为

$$M_O(\boldsymbol{F})=n\frac{\mathrm{d}L_O}{\mathrm{d}t}=q_V\rho(v_2r_2\cos\theta_2-v_1r_1\cos\theta_1)$$

当右端取正值时，$M_O(\boldsymbol{F})$ 为顺时针转向，否则相反。叶轮所受到的转动力矩 M 与 $M_O(\boldsymbol{F})$ 等值反向。

例 10-9　流体流经喷嘴的进、出口速度分别为 $\boldsymbol{v}_1$ 和 $\boldsymbol{v}_2$，速度方向及喷嘴尺寸如图 10-14 所示。设流体密度为 ρ，体积流量为 q_V，求流体的流动所引起入口法兰 O 处的约束反力。

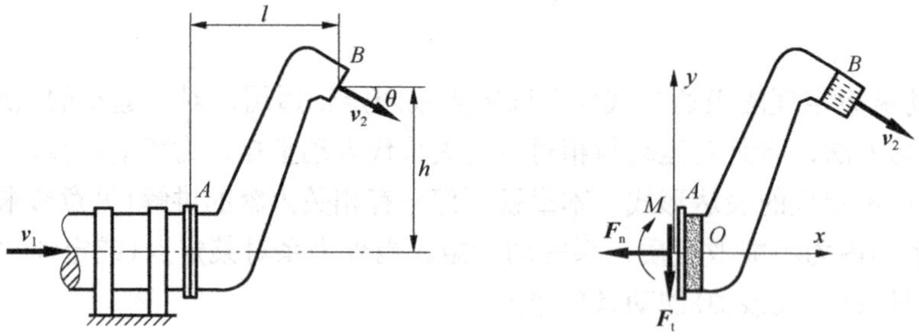

图 10-14

解　取喷嘴及其中的流体作为研究质点系，所受动约束力如图 10-14 所示。设流体稳定流动，则由动量定理，得

$$-F_\mathrm{n}=q_V\rho(v_2\cos\theta-v_1),\quad -F_\mathrm{t}=q_V\rho(-v_2\sin\theta-0)$$

动量矩与力矩均以顺时针转向为正。由动量矩定理，得

$$M_O=\frac{\mathrm{d}L_O}{\mathrm{d}t}=\frac{\mathrm{d}(v_2h\cos\theta\cdot q_V\rho\mathrm{d}t+v_2l\sin\theta\cdot q_V\rho\mathrm{d}t)}{\mathrm{d}t}$$

由此，得法兰 O 处的约束反力为

$$F_\mathrm{n}=q_V\rho(v_1-v_2\cos\theta),\quad F_\mathrm{t}=q_V\rho v_2\sin\theta$$

$$M=q_V\rho(v_2h\cos\theta+v_2l\sin\theta)$$

思考题 10-12　管道内定常流动的流体，除了对管壁施加附加动反力，还会引起管道横截面上的附加内力，附加内力如何计算？

例 10-10　复摆(物理摆)在重力作用下绕光滑的水平轴 O 摆动，已知刚体的质量为 m，对 O 轴的转动惯量为 J，质心 C 到轴 O 的距离为 a。求复摆的摆动规律。

解　取复摆作为研究对象，受重力 $\boldsymbol{P}$ 及轴承约束反力 $\boldsymbol{F}_x$、$\boldsymbol{F}_y$ 作用，如图 10-15(a) 所示，设在任一瞬时的摆动角度为 φ，转角、动量矩与力矩均以顺时针转向为正，则摆的转动微分方程为

$$J\ddot{\varphi}=-Pa\sin\varphi$$

或
$$\ddot{\varphi}+\frac{Pa}{J}\sin\varphi=0$$

当复摆做微幅摆动时，$\sin\varphi\approx\varphi$，且 $P=mg$，于是上式成为

$$\ddot{\varphi}+\frac{mga}{J}\varphi=0$$

此微分方程的通解为

$$\varphi=\varphi_0\sin\left(\sqrt{\frac{mga}{J}}t+\theta\right)$$

式中，φ_0 称为角摆幅；θ 为初位相，均由运动的初始条件确定。

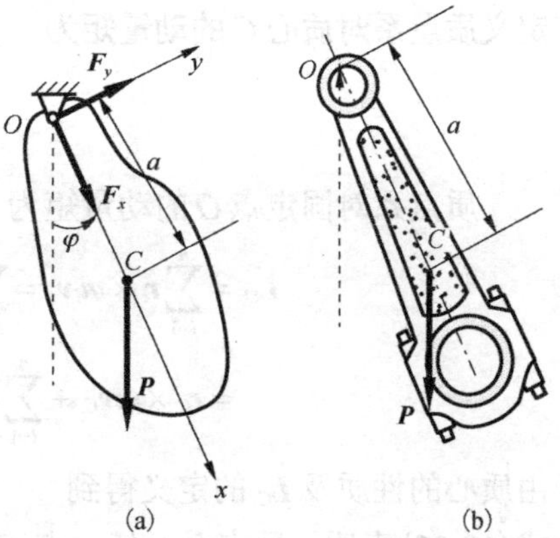

图 10-15

摆动的周期为
$$T=2\pi\sqrt{\frac{J}{mga}}$$

讨论　(1)与质心运动定理联合应用，即可求得轴承的约束反力为

$$F_x=-mg\cos\varphi-ma\dot{\varphi}^2,\quad F_y=mg\sin\varphi+ma\ddot{\varphi}$$

式中，$\varphi=\varphi_0\sin\left(\sqrt{\frac{mga}{J}}t+\theta\right)$。

(2)利用微幅摆动的周期性，可以通过实验测定周期来确定一些非均质、非规则形状物体的转动惯量。例如，将连杆的小头支承在 O 处的刀口上(图 10-15(b))，并使其做微幅摆动，测得摆动的周期 $T(a)$。再测得连杆的质量 m 及质心 C 到点 O 的距离 a，即可利用上述的周期计算公式算得连杆对支承轴 O 的转动惯量：

$$J=\left(\frac{T}{2\pi}\right)^2 mga$$

思考题 10-13　设计实验方案，测试匀质圆板或者矩形板的转动惯量，根据实验方案建立力学模型，开展实验方案的论证分析。

10.3.3 质点系对质心的动量矩定理

如图 10-16 所示，设质点系的质心 C 相对固定点 O 的位置矢径为 $\boldsymbol{r}_C$，速度为 $\boldsymbol{v}_C$，任一质点 M_i 相对固定点 O 的位置矢径为 $\boldsymbol{r}_i$，绝对速度为 $\boldsymbol{v}_i$；以质心 C 为原点，建立平动坐标系 $Cx'y'z'$，质点 M_i 在此坐标系中的相对位置矢径为 $\boldsymbol{r}_i'$，相对该平动坐标系的速度为 $\boldsymbol{v}_{ir}$，则有 $\boldsymbol{v}_i=\boldsymbol{v}_C+\boldsymbol{v}_{ir}$。

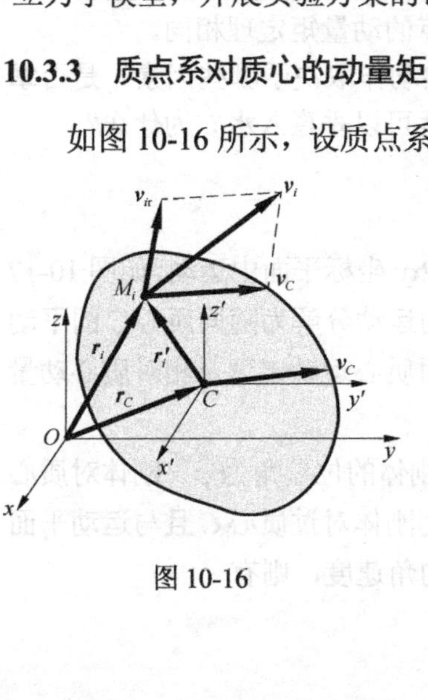

图 10-16

由质心的定义，相对于坐标系 $Oxyz$ 有

$$\sum_{i=1}^{n}m_i\boldsymbol{r}_i=m\boldsymbol{r}_C$$

相对于坐标系 $Cx'y'z'$ 有
$$\sum_{i=1}^{n}m_i\boldsymbol{r}_i'=m\boldsymbol{r}_C'=0$$

定义**质点系对质心 C 的动量矩**为

$$\boldsymbol{L}_C=\sum_{i=1}^{n}\boldsymbol{r}_i'\times m_i\boldsymbol{v}_{ir} \tag{10-34}$$

质点系对固定点 O 的动量矩为

$$\boldsymbol{L}_O=\sum_{i=1}^{n}\boldsymbol{r}_i\times m_i\boldsymbol{v}_i=\sum_{i=1}^{n}(\boldsymbol{r}_C+\boldsymbol{r}_i')\times m_i\boldsymbol{v}_i=\boldsymbol{r}_C\times\sum_{i=1}^{n}m_i\boldsymbol{v}_i+\sum_{i=1}^{n}\boldsymbol{r}_i'\times m_i\boldsymbol{v}_i$$
$$=\boldsymbol{r}_C\times m\boldsymbol{v}_C+\sum_{i=1}^{n}m_i\boldsymbol{r}_i'\times\boldsymbol{v}_C+\sum_{i=1}^{n}\boldsymbol{r}_i'\times m_i\boldsymbol{v}_{ir}$$

由质心的性质及 $\boldsymbol{L}_C$ 的定义得到

$$\boldsymbol{L}_O=\boldsymbol{r}_C\times m\boldsymbol{v}_C+\boldsymbol{L}_C \tag{10-35}$$

式(10-35)表明：质点系对任一点 O 的动量矩等于集中于系统质心的动量 $m\boldsymbol{v}_C$ 对点 O 的动量矩与系统对质心 C 的动量矩的矢量和。

将式(10-35)代入质点系对定点 O 的动量矩定理，得

$$\frac{\mathrm{d}\boldsymbol{L}_O}{\mathrm{d}t}=\frac{\mathrm{d}}{\mathrm{d}t}(\boldsymbol{r}_C\times m\boldsymbol{v}_C+\boldsymbol{L}_C)=\sum_{i=1}^{n}\boldsymbol{M}_O(\boldsymbol{F}_i^{\mathrm{e}})=\sum_{i=1}^{n}\boldsymbol{r}_i\times\boldsymbol{F}_i^{\mathrm{e}}$$

注意到 $\dfrac{\mathrm{d}\boldsymbol{r}_C}{\mathrm{d}t}\times m\boldsymbol{v}_C=m\boldsymbol{v}_C\times\boldsymbol{v}_C=0$，$m\dfrac{\mathrm{d}\boldsymbol{v}_C}{\mathrm{d}t}=m\boldsymbol{a}_C=\sum_{i=1}^{n}\boldsymbol{F}_i^{\mathrm{e}}$，以及 $\boldsymbol{r}_i=\boldsymbol{r}_C+\boldsymbol{r}_i'$，上式等号左、右端分别化为

$$\frac{\mathrm{d}\boldsymbol{L}_O}{\mathrm{d}t}=\frac{\mathrm{d}\boldsymbol{r}_C}{\mathrm{d}t}\times m\boldsymbol{v}_C+\boldsymbol{r}_C\times m\frac{\mathrm{d}\boldsymbol{v}_C}{\mathrm{d}t}+\frac{\mathrm{d}\boldsymbol{L}_C}{\mathrm{d}t}=\sum_{i=1}^{n}\boldsymbol{r}_C\times\boldsymbol{F}_i^{\mathrm{e}}+\frac{\mathrm{d}\boldsymbol{L}_C}{\mathrm{d}t}$$

$$\sum_{i=1}^{n}\boldsymbol{M}_O(\boldsymbol{F}_i^{\mathrm{e}})=\sum_{i=1}^{n}\boldsymbol{r}_C\times\boldsymbol{F}_i^{\mathrm{e}}+\sum_{i=1}^{n}\boldsymbol{r}_i'\times\boldsymbol{F}_i^{\mathrm{e}}$$

因为 $\sum_{i=1}^{n}\boldsymbol{r}_i'\times\boldsymbol{F}_i^{\mathrm{e}}$ 即为外力对质心 C 的主矩，所以有

$$\frac{\mathrm{d}\boldsymbol{L}_C}{\mathrm{d}t}=\sum_{i=1}^{n}\boldsymbol{M}_C(\boldsymbol{F}_i^{\mathrm{e}}) \tag{10-36}$$

即质点系对质心的动量矩对时间的导数，等于作用于质点系的外力对质心的主矩。这就是**质点系对质心的动量矩定理**。该定理在形式上与质点系对固定点的动量矩定理相同。

思考题 10-14　略去空气阻力，跳水运动员在空中做翻滚动作取决于哪些因素？是否掌握好展开身体的时间，在空中做翻滚动作的跳水运动员身体就可以垂直入水？为什么？

10.3.4　刚体平面运动微分方程

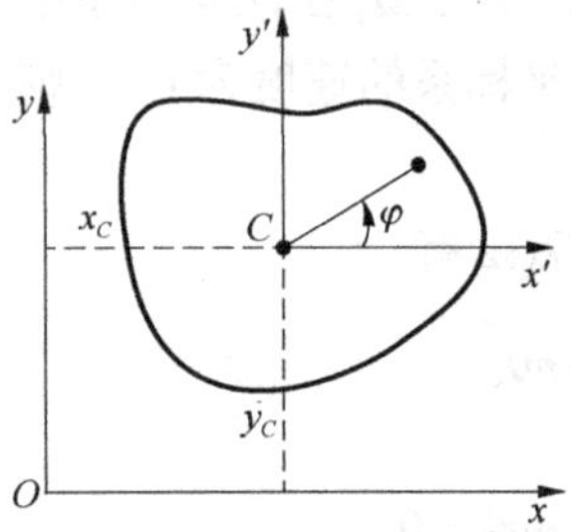

图 10-17

设通过刚体质心 C 的截面在 Oxy 坐标平面中运动，如图 10-17 所示。以质心 C 为基点，将刚体的运动分解为随同质心 C 的平动及绕质心 C 的转动两部分，分别用质心运动定理及相对质心动量矩定理进行描述。

设质心 C 的坐标为 x_C、y_C，刚体的位置角为 φ。刚体对质心 C 的动量矩为 $L_C=J_C\omega$，其中 J_C 为刚体对过质心 C 且与运动平面垂直的轴的转动惯量，ω 为刚体的角速度，则有

$$m\ddot{x}_C=\sum_{i=1}^{n}F_{ix}^{\mathrm{e}},\quad m\ddot{y}_C=\sum_{i=1}^{n}F_{iy}^{\mathrm{e}},\quad J_C\ddot{\varphi}=\sum_{i=1}^{n}M_C(\boldsymbol{F}_i^{\mathrm{e}}) \tag{10-37}$$

等式右端分别为外力在 x 、y 轴上投影的代数和及对质心 C 的力矩的代数和。式(10-37)即为**刚体平面运动微分方程**，又称为刚体平面运动动力学方程。

例 10-11　如图 10-18 所示，质量为 m 、半径为 r 的均质圆盘沿倾角为 θ 的粗糙斜面向下做纯滚动。求圆盘的运动规律及其所受到的约束反力。

解　取圆盘作为研究对象，受力分析如图 10-18 所示。圆盘做平面运动，质心 C 的坐标为 x 、y ，圆盘转角为 φ 。则圆盘平面运动的动力学方程为

$$m\ddot{x}=mg\sin\theta-F_{\mathrm{s}}$$

$$m\ddot{y}=-mg\cos\theta+F_{\mathrm{N}}$$

$$\frac{1}{2}mr^2\ddot{\varphi}=F_{\mathrm{s}}r$$

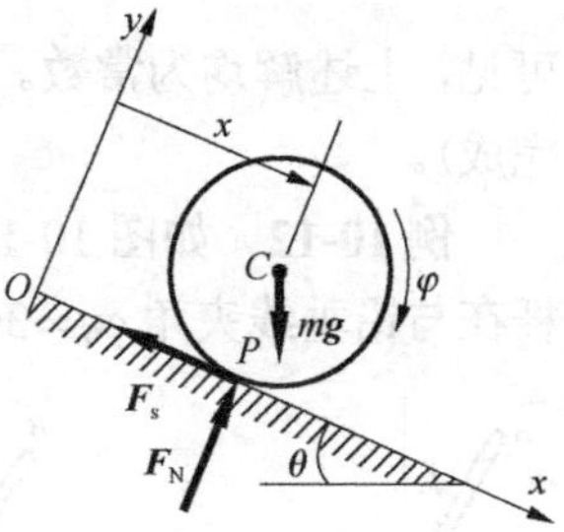

图 10-18

圆盘沿平面做直线纯滚动的运动学关系为

$$y=r\ (\text{即}\ \ddot{y}=0),\quad r\varphi=x\ (\text{即}\ \ddot{x}=r\ddot{\varphi})$$

联立上述各方程，解得

$$\ddot{x}=\frac{2}{3}g\sin\theta,\quad x=x_0+v_0t+\frac{1}{3}gt^2\sin\theta$$

$$\ddot{\varphi}=\frac{2g}{3r}\sin\theta,\quad \varphi=\frac{1}{r}\left(x_0+v_0t+\frac{1}{3}gt^2\sin\theta\right)$$

$$F_{\mathrm{s}}=\frac{1}{3}mg\sin\theta,\quad F_{\mathrm{N}}=mg\cos\theta$$

式中，x_0 、v_0 分别为质心 C 的初始坐标和速度。

讨论　(1)可以证明，当速度瞬心 P 与质心 C 的距离保持为常数时，以下关系式成立：

$$J_P\ddot{\varphi}=\sum_{I=1}^{N}M_P(\boldsymbol{F}_i^{\mathrm{e}})$$

式中，$J_P=J_C+m\cdot OC^2$ 也为常量。用此关系式代替方程式 $\frac{1}{2}mr^2\ddot{\varphi}=F_{\mathrm{s}}r$ ，可避免解联立方程。

(2)上述解答的条件是圆盘沿斜面纯滚动。由结果可见，当斜面倾角 θ 不断加大时，需要的摩擦力随之不断增大，直到等于最大值。如果再继续加大 θ ，圆盘将做又滚又滑的运动。设圆盘与斜面间的静摩擦因数为 f_{s} ，则圆盘沿斜面做纯滚动的条件为

$$F_{\mathrm{s}}\leqslant f_{\mathrm{s}}F_{\mathrm{N}}$$

即

$$\frac{1}{3}mg\sin\theta\leqslant f_{\mathrm{s}}mg\cos\theta$$

$$f_{\mathrm{s}}\geqslant\frac{1}{3}\tan\theta\quad\text{或}\quad\tan\theta\leqslant3\tan\varphi_{\mathrm{m}}$$

(3)圆盘沿斜面做又滚又滑的运动时，自由度有两个，x、φ 彼此独立，摩擦力为动摩擦力 $\boldsymbol{F}_{\mathrm{d}}$。此时动力学方程为

$$m\ddot{x} = mg\sin\theta - F_d$$

$$m\ddot{y} = -mg\cos\theta + F_N$$

$$\frac{1}{2}mr^2\ddot{\varphi} = F_d r$$

运动学方程为　　$y = r$

摩擦力的补充关系为　　$F_d = f_d F_N \approx f_s F_N$

式中，f_d 为圆盘与斜面间的动摩擦系数，可近似取为 f_s。联立上述方程解得

$$\ddot{x} = g(\sin\theta - f_s\cos\theta), \quad \ddot{\varphi} = 2\frac{f_s g}{r}\cos\theta$$

可见，上述解均为常数。若给定初始条件，对上式积分，即可得圆盘的运动规律(读者可自行完成)。

例 10-12　如图 10-19(a)所示，均质直杆 AB 的质量为 m，其一端放在光滑的水平地板上，杆在与铅垂线夹角 $\varphi_0 = 30°$ 的位置无初速度地倒下，求此时地板对杆的约束反力。

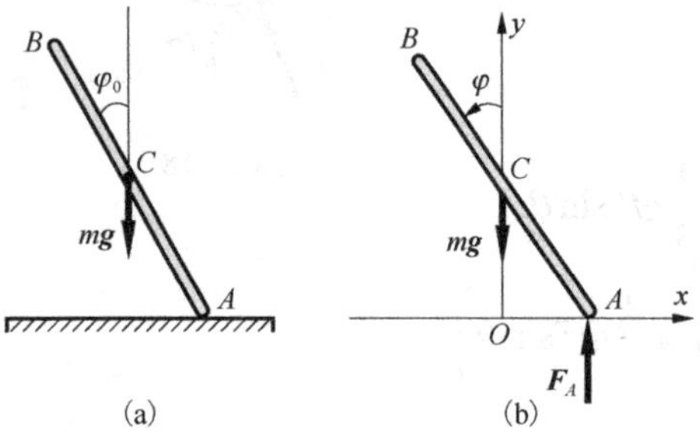

图 10-19

解　以杆 AB 为研究对象，只受垂直方向的重力与地面约束力作用，如图 10-19(b)示。杆做平面运动，设杆长为 l，则在任意位置上，杆的平面运动微分方程为

$$m\ddot{x}_C = 0$$

$$m\ddot{y}_C = F_A - mg$$

$$\frac{1}{12}ml^2\ddot{\varphi} = \frac{1}{2}l\sin\varphi \cdot F_A$$

由 x 方向外力为零及初始静止，质心坐标 x_C 将保持不变。取 y 轴通过质心 C，根据运动约束条件补充几何关系：

$$y_C = \frac{1}{2}l\cos\varphi \quad 或 \quad \ddot{y}_C = -\frac{1}{2}l\dot{\varphi}^2\cos\varphi - \frac{1}{2}l\ddot{\varphi}\sin\varphi$$

已知的运动初始条件为　　$t = 0$，$\varphi = \varphi_0 = 30°$，$\dot{\varphi} = \dot{\varphi}_0 = 0$

最后求得　　$F_A = \frac{4}{7}mg$

讨论　刚体平面运动微分方程比较规范，只要受力分析正确，一般不会出大错。对非自由刚体的运动，补充运动学关系必不可少，而且往往会成为解决问题的难点之一。特别是在解决刚体系统的动力学问题中，由此带来的难度将显得更为突出。这就需要在分析、解决问题时认清具体的约束条件，并注意运动学知识的灵活应用。

10.4　动量定理、动量矩定理综合应用

将质点系的运动分解成随质心平动和绕质心转动后，理论上应用质点系动量定理和动量矩定理就可以解决质点系的任何动力学问题。**刚体系统**作为质点系的一个重要组成部分，是指由若干刚体通过约束连接构成的系统。解决刚体系统平面运动的动力学问题，最直接的途

径就是把系统拆开，针对每个刚体的运动类型列相应的动力学方程，并补充相应的能反映约束条件的运动学方程。在矢量力学中，对多自由度的刚体系统，此方法十分有效。下面通过例题加以说明。

例 10-13　长度为l的均质杆AB通过铰链A与滑块连接，滑块沿倾角为$\theta = 45°$的斜面滑动。杆与滑块的质量均为m，所有摩擦均略去不计。系统由图 10-20(a)所示位置静止释放，求此时杆的质心C_2点的加速度。

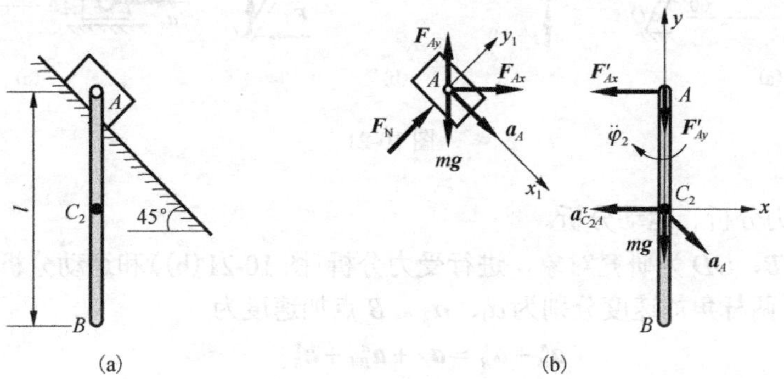

图 10-20

解　分别取滑块和杆AB作为研究对象，受力分析如图 10-20(b)所示。

(1)滑块运动微分方程。

滑块A沿斜面平移，设加速度a_A沿斜面向下。分别在x_1、y_1轴方向列运动微分方程：

$$ma_A = F_{Ax}\cos 45° - F_{Ay}\sin 45° + mg\cos 45° \tag{a}$$

$$0 = F_{Ay}\cos 45° + F_{Ax}\sin 45° + F_N - mg\sin 45° \tag{b}$$

(2)运动学方程。

杆OA做平面运动，设$\ddot{\varphi}_2$顺时针，则以A为基点，C_2为动点，因初始瞬时$\dot{\varphi}_2 = 0$，$a_{C_2A}^n = 0$。$a_{C_2} = a_A + a_{C_2A}^\tau$，分别沿$x$、$y$轴投影得

$$a_{C_2x} = a_A\cos 45° - a_{C_2A}^\tau \tag{c}$$

$$a_{C_2y} = -a_A\sin 45° \tag{d}$$

$$a_{C_2A}^\tau = \frac{l}{2}\ddot{\varphi}_2 \tag{e}$$

(3)杆AB平面运动微分方程。

x方向：
$$ma_{C_2x} = -F_{Ax} \tag{f}$$

y方向：
$$ma_{C_2y} = -mg - F_{Ay} \tag{g}$$

相对质心C_2：
$$\frac{1}{12}ml^2\ddot{\varphi}_2 = -\frac{l}{2}F_{Ax} \tag{h}$$

上述 8 个方程共包括了 8 个未知量，联立求得杆的质心C_2点的加速度为

$$a_{C_2x} = \frac{2}{13}g, \quad a_{C_2y} = -\frac{8}{13}g$$

例 10-14　平面机构位于铅垂面内，如图 10-21(a)所示。匀质杆AB质量为m，长为$2l$，匀质杆OD质量为$2m$，长为$3l$。$m = 10\text{kg}$，$l = 1\text{m}$。滑块A不计质量，各接触面均光滑。突然剪断水平绳索DE，求该瞬时两杆的角加速度、滑槽处的约束力。

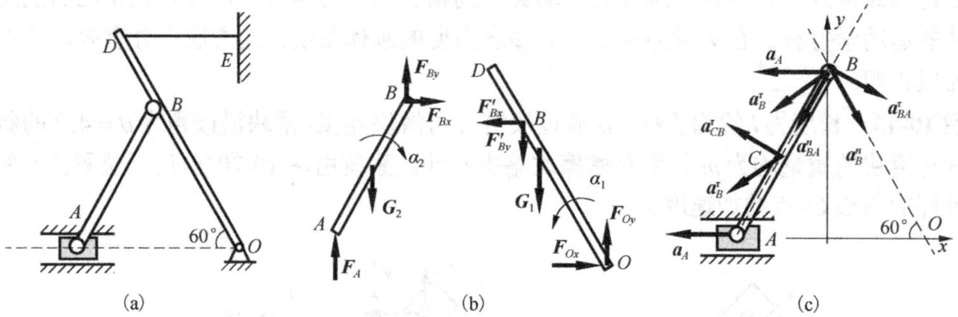

图 10-21

解 (1)受力分析、运动分析。

分别取杆 AB、OD 为研究对象，进行受力分析(图 10-21(b))和运动分析(图 10-21(b))。设剪断绳索瞬时两杆角加速度分别为 α_1、α_2。B 点加速度为

$$\boldsymbol{a}_B^n + \boldsymbol{a}_B^\tau = \boldsymbol{a}_A + \boldsymbol{a}_{BA}^n + \boldsymbol{a}_{BA}^\tau$$

初瞬时两杆角速度为零，$a_B^n = 0,\ a_{BA}^n = 0$，上式在铅垂方向和水平方向投影：

$$a_B^\tau \cos 60° = a_{BA}^\tau \cos 60°, \qquad \alpha_1 = \alpha_2 = \alpha$$

$$a_B^\tau \sin 60° = a_A - a_{BA}^\tau \sin 60°, \qquad a_A = 2\sqrt{3}\alpha l$$

AB 杆的中点 C 的加速度：$\boldsymbol{a}_C = \boldsymbol{a}_B + \boldsymbol{a}_{CB} = \boldsymbol{a}_B^\tau + \boldsymbol{a}_{CB}^\tau$

$$a_{Cx} = -2l\alpha\cos 30° - l\alpha\cos 30° = -\frac{3\sqrt{3}}{2}\alpha \ (\text{向左})$$

$$a_{Cy} = -2l\alpha\cos 60° + l\alpha\cos 60° = -\frac{1}{2}\alpha \ (\text{向下})$$

(2)列写 AB 杆的平面运动微分方程。

$$ma_{Cx} = F_{Bx} \tag{a}$$

$$ma_{Cy} = F_A + F_{By} - G_2 \tag{b}$$

$$J_C\alpha = F_A l\cos 60° + F_{Bx} l\sin 60° - F_{By} l\cos 60° \tag{c}$$

上述三个方程共包含 4 个未知量(3 个未知力及未知角加速度)，求解条件不够。

(3)列写 OD 杆的转动方程。

$$J_O\alpha = F'_{Bx}\cdot 2l\sin 60° + F'_{By}\cdot 2l\cos 60° + G_1\cdot\frac{3l}{2}\cos 60° \tag{d}$$

将 a_{Cx}、a_{Cy} 的值代入方程(a)、(b)，联立求解方程(a)～(d)，得

$$\alpha = 1.47\text{rad/s}^2, \qquad F_A = 83.30\text{N}$$

思考题 10-15 例 10-14 中，绳索剪断瞬时 O 处水平方向约束力是否为零？如何求解该约束力？

例 10-15 质量为 m_1、半径为 r 的均质圆盘在水平面上做纯滚动，长度为 l、质量为 m_2 的均质杆 A 端通过光滑铰链铰接于圆盘中心，如图 10-22(a)所示。试求系统的运动微分方程。

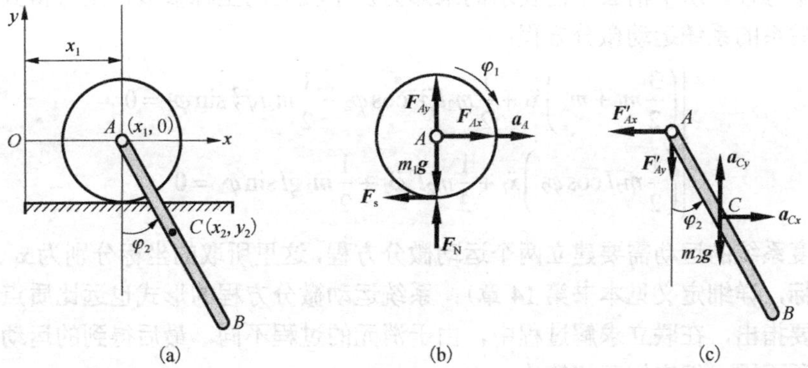

图 10-22

解　与前面例题的瞬时分析不同，本例需建立一般性关系即方程。分别取圆盘与杆作为研究对象，两物均做平面运动，建立坐标系 Oxy，φ_1、φ_2 的正向如图 10-22 所示，分别在一般性位置进行受力分析，如图 10-22(b)、(c)所示。

(1)圆盘 A 的平面运动微分方程。

$$m_1 a_{Ax} = m_1 \ddot{x}_1 = F_{Ax} - F_s \tag{a}$$

$$F_{Ay} + F_N - m_1 g = 0 \tag{b}$$

$$\frac{1}{2} m_1 r^2 \ddot{\varphi}_1 = F_s r \tag{c}$$

(2)杆 AB 的平面运动微分方程。

$$m_2 a_{Cx} = m_2 \ddot{x}_2 = -F_{Ax} \tag{d}$$

$$m_2 a_{Cy} = m_2 \ddot{y}_2 = -F_{Ay} - m_2 g \tag{e}$$

$$\frac{1}{12} m_2 l^2 \ddot{\varphi}_2 = \frac{1}{2} l F_{Ax} \cos\varphi_2 + \frac{1}{2} l F_{Ay} \sin\varphi_2 \tag{f}$$

以上 6 个方程中包括 4 个未知力和 5 个未知运动参量。由于系统有两个自由度，故其中用于描述运动的 5 个参量中只有两个相互独立，意味着必定可以补充 3 个运动学关系。

(3)运动学关系。

圆盘纯滚动的条件为　$\dot{x}_1 = r\dot{\varphi}_1$

求导，得　$\ddot{x}_1 = r\ddot{\varphi}_1$　(g)

C 点坐标(x_2, y_2)与 A 点坐标$(x_1, 0)$之间的几何关系为

$$x_2 = x_1 + \frac{l}{2}\sin\varphi_2, \quad y_2 = -\frac{l}{2}\cos\varphi_2$$

求导，得

$$\ddot{x}_2 = \ddot{x}_1 + \frac{l}{2}\ddot{\varphi}_2 \cos\varphi_2 - \frac{l}{2}\dot{\varphi}_2^2 \sin\varphi_2 \tag{h}$$

$$\ddot{y}_2 = \frac{l}{2}\ddot{\varphi}_2 \sin\varphi_2 + \frac{l}{2}\dot{\varphi}_2^2 \cos\varphi_2 \tag{i}$$

联立上述 9 个方程，从中消去不需要求的未知力及不独立的坐标参数，则可得到描述运动与主动力之间关系的系统运动微分方程：

$$\begin{cases}\left(\dfrac{3}{2}m_1+m_2\right)\ddot{x}_1+\dfrac{1}{2}m_2l\ddot{\varphi}_2\cos\varphi_2-\dfrac{1}{2}m_2l\dot{\varphi}_2^2\sin\varphi_2=0\\\left(\dfrac{1}{2}m_2l\cos\varphi_2\right)\ddot{x}_1+\dfrac{1}{3}m_2l^2\ddot{\varphi}_2+\dfrac{1}{2}m_2gl\sin\varphi_2=0\end{cases}$$

描述两自由度系统的运动需要建立两个运动微分方程，这里所取的坐标分别为 x_1、φ_2（x_1、φ_2 称为**广义坐标**，详细定义见本书第 14 章）；系统运动微分方程的形式也远比质点运动微分方程复杂。需要指出，在联立求解过程中，由于消元的过程不同，最后得到的运动微分方程的形式可能有所不同，但它们互相等价。

思考空间

质点系动量定理和动量矩定理是矢量力学方法的支柱性理论工具。作为动力学普遍定理，定理及其守恒情况虽然在物理课程中已经讲授，但本章侧重定理在一般质点系(包括刚体系统、流体机械等)的应用，第 11 章将进一步讨论定理在刚体定点运动和一般运动中的应用。

动量定理的特色在于描述质点系随质心的运动以及连续介质质量流的运动。对于后者的应用，本章所取的研究对象仅限于一段管道内的流体；还可取流体微元进行跟踪研究，运用微分工具，对复杂的流场进行细致的描述。两种不同的研究方法对应描述流体力学运动的欧拉法和拉格朗日法。无论采用哪种方法描述，动量定理都是描述流体运动的基本方程之一。

动量矩定理描述系统绕固定点(或者质心)、固定轴转动的动力学特性，质点在有心力作用下的动量矩守恒、刚体的定轴转动等都是动量矩定理的典型应用。

刚体平面运动微分方程是动量定理和动量矩定理综合应用的结果。随质心平动和绕质心转动部分分别采用质心运动定理和动量矩定理描述，构成一组封闭的方程组。动量定理和动量矩定理在复杂刚体运动中的应用将在第 11 章探讨。

动量定理和动量矩定理以及静力学的研究方法和结论，组成了矢量力学方法的主体。动量定理和动量矩定理以牛顿定律为依据，描述了全部外力与质点系运动的关系；当质点系处于平衡时，外力系的主矢和主矩必定为零(即平衡的必要条件)，因此平衡问题可看成动力学问题的特殊情况，动力学方程也常常称为动力学平衡方程。

习 题

10-1 图示各均质物体的质量均为 m，试求各物体的动量。

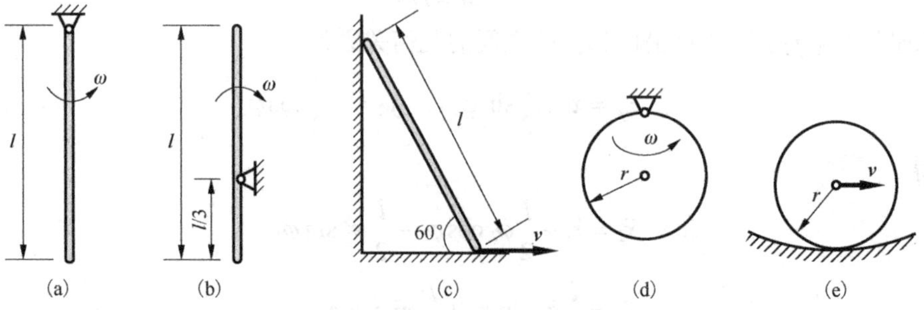

题 10-1 图

10-2　椭圆规由均质的曲柄 OC、规尺 AB 以及滑块 A、B 组成。已知 $OC=AC=CB=R$，OC 质量为 m_1，AB 质量为 $2m_1$，两滑块的质量均为 m_2，曲柄 OC 以角速度 ω 转动。求当曲柄与水平方向成 φ 角时整个机构的动量。

10-3　平面机构如图所示。已知：均质圆盘半径 $R=20\text{cm}$，质量为 m_1，在水平面上做纯滚动。在图示瞬时，$v_C=20\text{cm/s}$，$\varphi=60°$，且杆 AB 与圆盘相切。AB 杆质量忽略不计，滑块 A 的质量为 m_2。求此瞬时整个机构的动量。

10-4 图示平面机构，曲柄 O_1O_2 的质量为 m_1，长为 l，角速度为 ω。小齿轮质量为 m_2，半径 $r_2=l$，在半径 $r_1=2l$ 的固定大齿轮内滚动。导杆 AB 质量为 m_3，在水平槽内滑动。求此机构在图示位置时的动量。

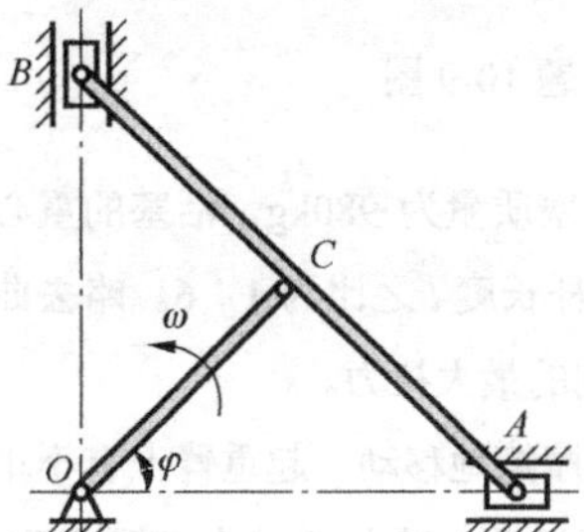

题 10-2 图

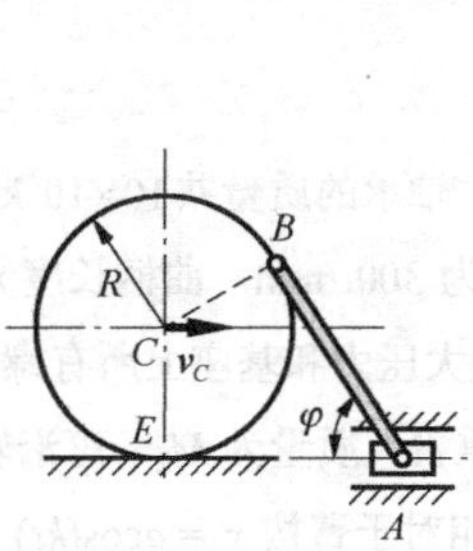

题 10-3 图

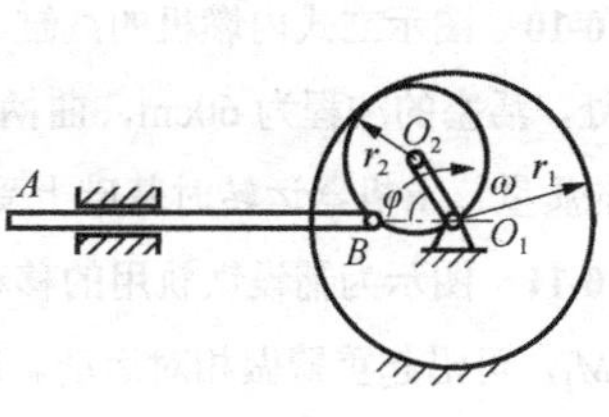

题 10-4 图

10-5　如图所示，体重分别为 500N、600N 和 800N 的甲、乙、丙杂技演员爬绳，甲、乙分别以 1.5m/s^2 和 1m/s^2 的加速度向上运动，丙以 2m/s^2 的加速度向下运动。求绳索 O 端的拉力。

10-6　如图所示的椭圆摆由质量为 m_1 的滑块 A 和质量为 m_2 的单摆 B 组成，滑块可沿水平平面滑动，杆的长度为 l，杆的质量及所有摩擦均略去不计。系统由初始摆角 φ_0 位置静止释放后，杆相对滑块以 $\varphi=\varphi_0\cos(\omega t)$ 规律摆动（ω 为已知常数），求滑块 A 的最大速度。

10-7　图示胶带输送机沿水平方向的运煤量恒为 20kg/s，胶带速度恒为 1.5m/s。求胶带作用于煤炭上的水平总推力。

10-8　图示管道有一个缩小弯头，其进口直径 $d_1=450\text{mm}$，出口直径 $d_2=250\text{mm}$，水的流量 $q_V=0.28\text{m}^3/\text{s}$，水的密度 $\rho=1000\text{kg/m}^3$。求弯头的附加动反力。

10-9　如图所示，已知水的流量为 q_V，密度为 ρ_V，水冲击叶片的速度为 $\boldsymbol{v}_1$，方向水平向左，流出叶片的速度为 $\boldsymbol{v}_2$，方向与水平成 θ 角。求水柱对涡轮固定叶片动压力的水平分量（各量单位均为标准国际单位）。

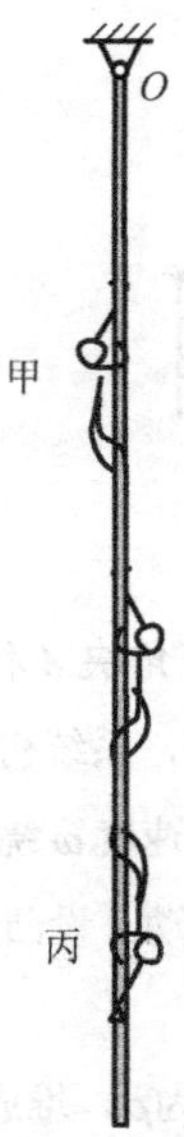

题 10-5 图

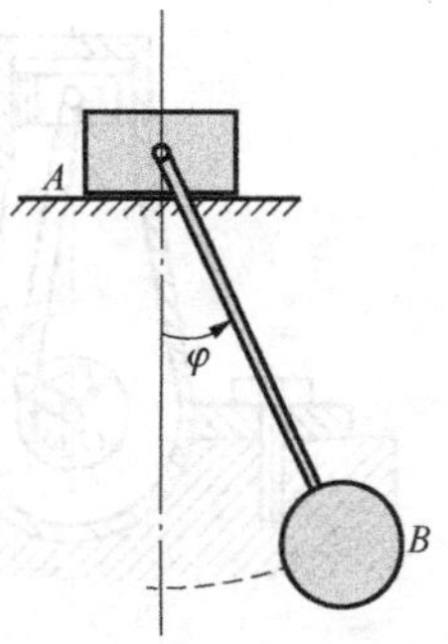

题 10-6 图

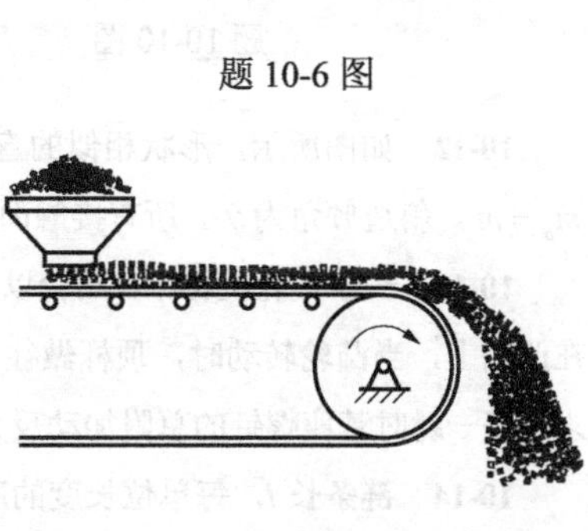
题 10-7 图

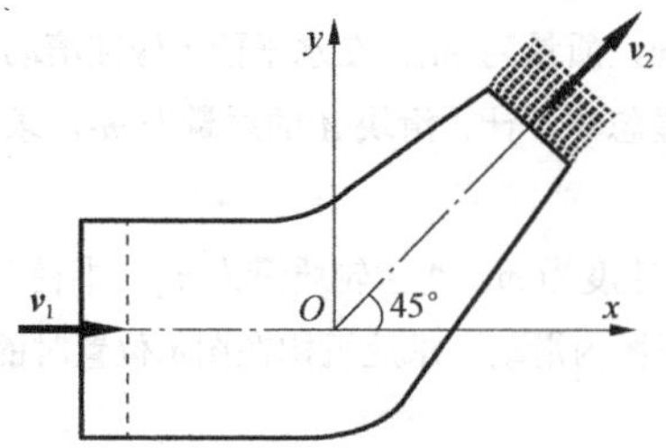

题 10-8 图

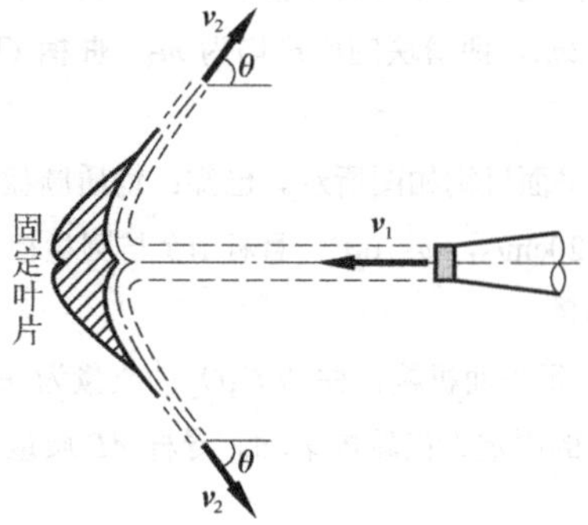

题 10-9 图

10-10　图示立式内燃机的汽缸、机架、轴承的质量共10×10^3kg，活塞质量为 980kg，活塞的重心在销钉 B 处，活塞的冲程为 60cm，曲柄的转速为 300r/min。曲柄长度 r 与连杆长度 l 之比为 1∶6。略去曲柄和连杆的质量，求机器运转时基础上受到的最大压力和基座上所有螺杆受到的最大拉力。

10-11　图示为铺设铁轨用的移动式起重机，质量为 M_2，可沿轨道无摩擦地移动。起重臂上有小车，质量为 M_1，可沿起重臂做相对运动。若小车相对于臂按 $x' = a\cos(kt)$ 做往复运动，臂上 O 点与起重机质心 C_2 的水平距离为 b。开始时，起重机静止，试求起重机的运动规律。若起重机轮子被卡住，试求轮子轴承上受到的最大水平压力。

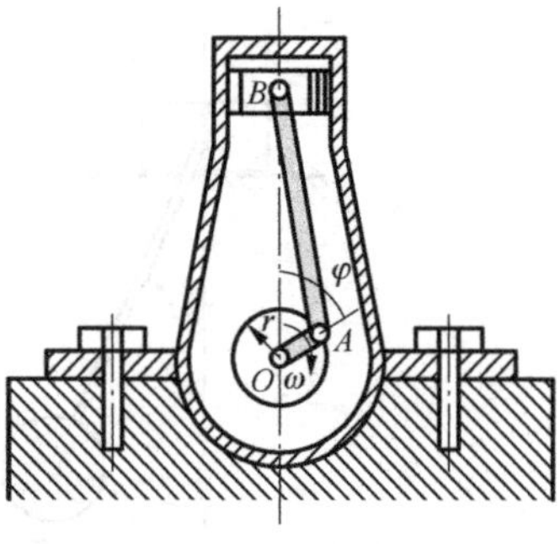

题 10-10 图

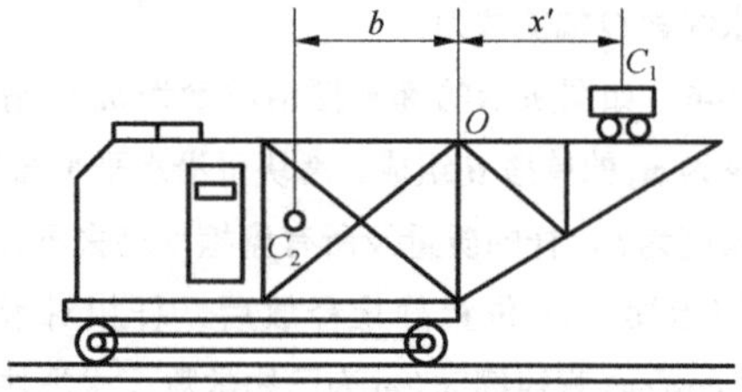

题 10-11 图

10-12　如图所示，形状相似的直角三角块 A 和 B 的参数为：水平边长分别为 a 和 b，质量 $m_A = 3m$，$m_B = m$，斜边倾角为 θ。所有接触面光滑，系统初始静止。求 B 落到地面时 A 移动的距离 s。

10-13　图示凸轮机构中，凸轮以等角速度 ω 绕轴 O 转动。质量为 m_1 的顶杆借助于右端的弹簧拉力而压在凸轮上，当凸轮转动时，顶杆做往复运动。设凸轮为一均质圆盘，质量为 m_2，半径为 r，偏心距为 e。求在任一瞬时基座螺钉的总附加动反力。

10-14　链条长 l，每单位长度的质量为ρ，堆放在地面上，如图所示。在链条的一端作用一力 $\boldsymbol{F}$，使它以不变的速度上升。假设堆积在地面上的链条对提起部分没有作用力。求力 $\boldsymbol{F}$ 的表达式 $F(t)$ 和地面反力 $\boldsymbol{F}_{\mathrm{N}}$ 的表达式 $F_{\mathrm{N}}(t)$。

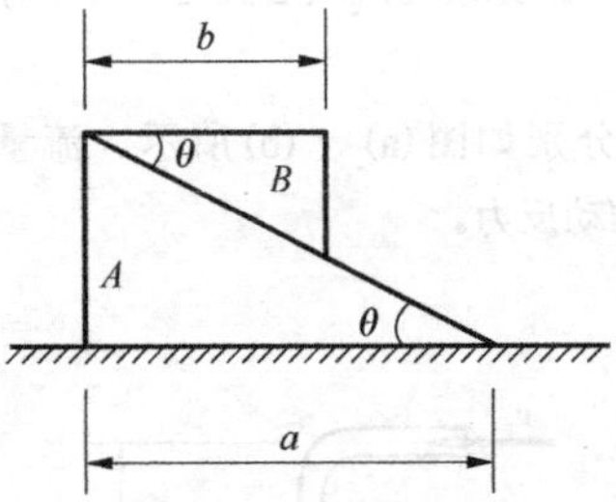

题 10-12 图

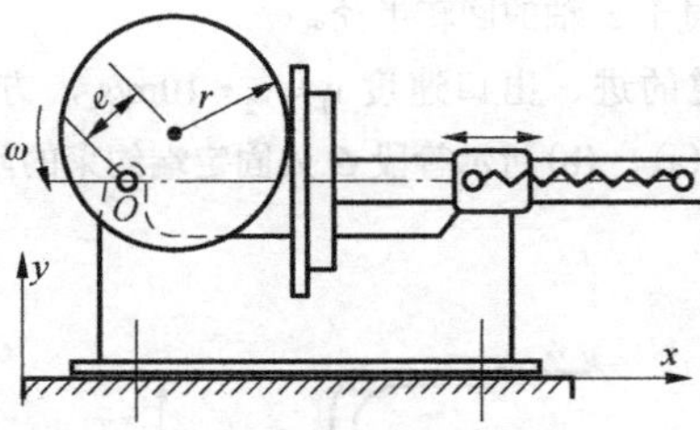

题 10-13 图

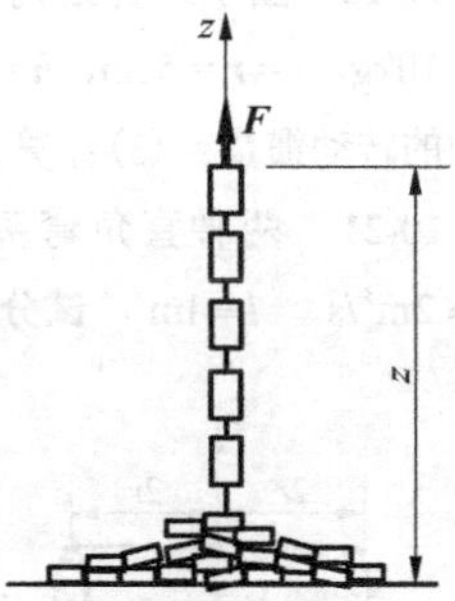

题 10-14 图

10-15　如图所示，已知沿水平方向运动的气垫船初始质量为 m_0，以速率 c(kg/s) 均匀喷出气体，相对喷射速度 v_r 为常量，阻力为 $\boldsymbol{F}_R = -f\boldsymbol{v}$，初始时船静止。求气垫船的速度随时间的变化规律。

10-16　均质细杆 OA 的质量为 m，长为 l，绕铅垂轴 Oz 以匀角速度 ω 转动。设杆与铅垂轴 Oz 的夹角为 φ，求当杆运动到 Oyz 平面内时，杆对 x、y、z 轴及 O 点的动量矩。

10-17　图示均质圆盘质量为 m，半径为 r，不计质量的细杆长 l，绕轴 O 转动，角速度为 ω，转向如图所示。求下列三种情况下圆盘对固定轴 O 的动量矩：(1)圆盘与杆固结为一体；(2)圆盘绕 A 转动，相对于杆的角速度大小为 ω，转向为逆时针；(3)圆盘绕 A 转动，相对于杆的角速度大小为 ω，转向为顺时针。

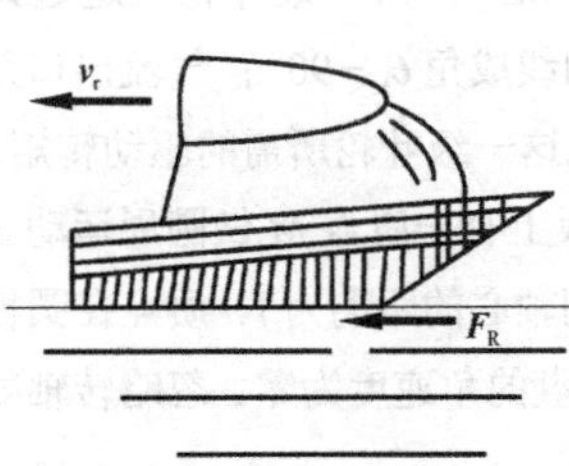

题 10-15 图

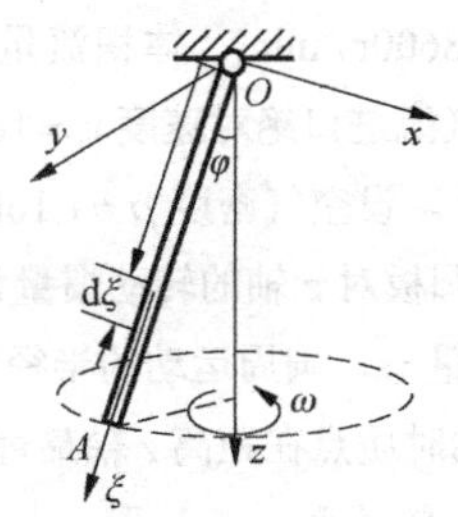

题 10-16 图

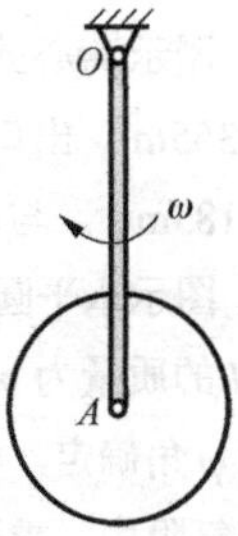

题 10-17 图

10-18　均质行星轮 A 质量为 $3m$，半径为 R；连杆 OA 长 l=2R，质量为 m，角速度为ω。试求：(1)系统动量；(2)系统对 O 轴的动量矩。

10-19　图示带孔均质圆盘的材料密度 $\rho = 7.8\times10^3\text{kg/m}^3$，圆盘半径为 600mm，盘的厚度为 30mm，其余尺寸如图所示(单位为 mm)。求圆盘对过 O 点且垂直于盘面的转轴的转动惯量以及绕该轴转动的回转半径。

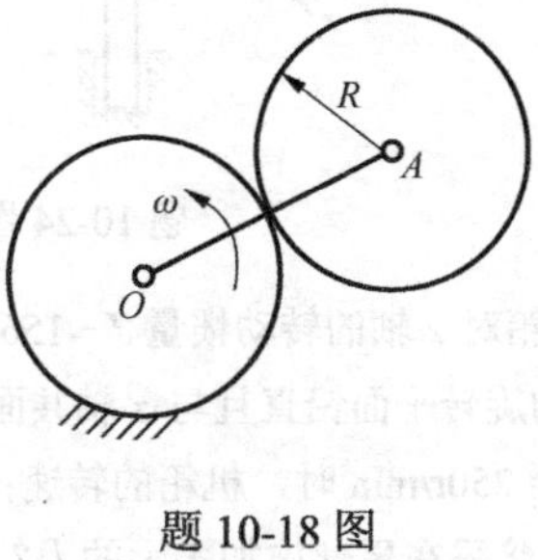

题 10-18 图

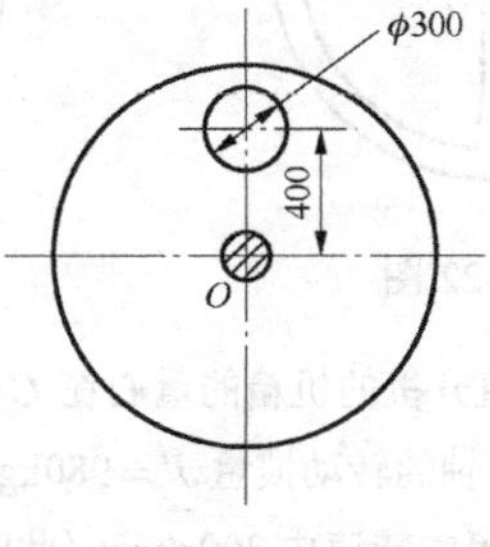

题 10-19 图

10-20 图示组合结构，由圆截面细杆 1、圆柱体 2、圆锥体 3 组合而成。已知 $m_1 = 5\text{kg}$，$m_2 = 20\text{kg}$，$m_3 = 10\text{kg}$。$l = r = 5\text{cm}$，$h = 10\text{cm}$。计算：(1)系统对 x 轴、z 轴的转动惯量；(2)系统对过质心且与 x 轴平行的轴的转动惯量；(3)计算系统相对于 z 轴的回转半径。

10-21 两种直角弯头水管道的进、出口速度 $v_1 = v_2 = 10\text{m/s}$，方向分别如图(a)、(b)所示。流量 $q_V = 2\text{m}^3/\text{s}$，$l = 1\text{m}$，试分别求图(a)、(b)所示管段 O 处固定端约束的附加动反力。

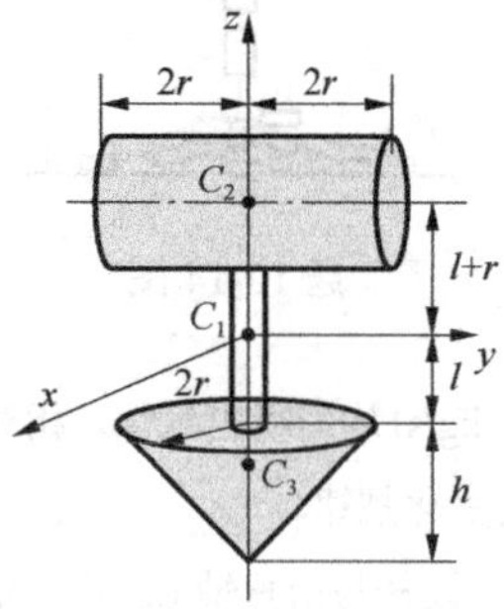

题 10-20 图

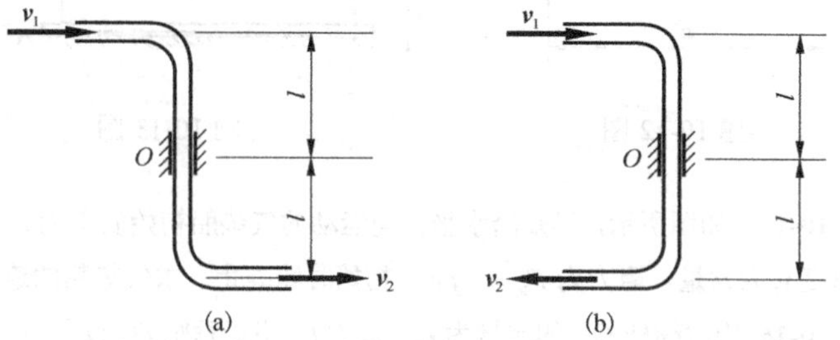

题 10-21 图

10-22 图示飞轮在力偶矩 $M = M_0\cos(\omega t)$ 的作用下绕铅直轴转动，沿飞轮的轮幅有两个质量皆为 m 的物块各做周期性运动，初瞬时两物块离轴 O 的距离 $r = r_0$。为使飞轮以匀角速度 ω 转动，求 r 应满足的条件。

10-23 图示离心式压缩机的转速 $n = 8600\text{r/min}$，体积流量 $q_V = 370\text{m}^3/\text{min}$，第一级叶轮气道进口直径 $D_1 = 0.355\text{m}$，出口直径 $D_2 = 0.6\text{m}$。气流进口绝对速度 $v_1 = 109\text{m/s}$，与切线成角 $\theta_1 = 90°$；气流出口绝对速度 $v_2 = 183\text{m/s}$，与切线成角 $\theta_2 = 21°30'$。设空气密度 $\rho = 1.16\text{kg/m}^3$，试求这一级叶轮所需的驱动转矩。

10-24 图示水平圆板可绕 z 轴转动，圆板对 z 轴的转动惯量为 J_z。在圆板上有一质点 M 做圆周运动。已知质点 M 的质量为 m，其速度大小为常量 v_0，圆周运动的半径为 r，圆心到轴心的距离为 l。质点在圆板上的位置由 φ 角确定，如图所示。运动开始时质点在距离 z 轴最远处，此时圆盘的角速度为零。忽略转轴处的摩擦和空气阻力，求圆板的角速度 ω 与 φ 的关系。

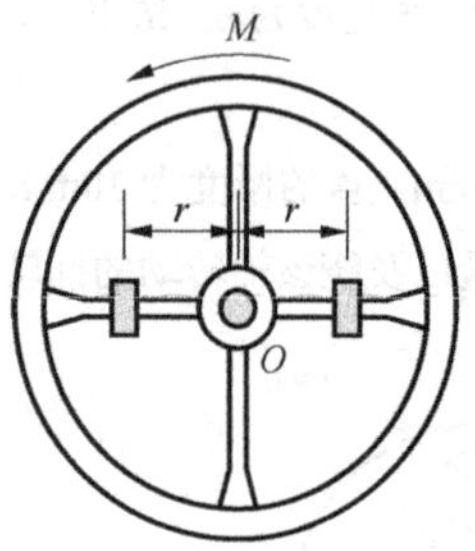

题 10-22 图

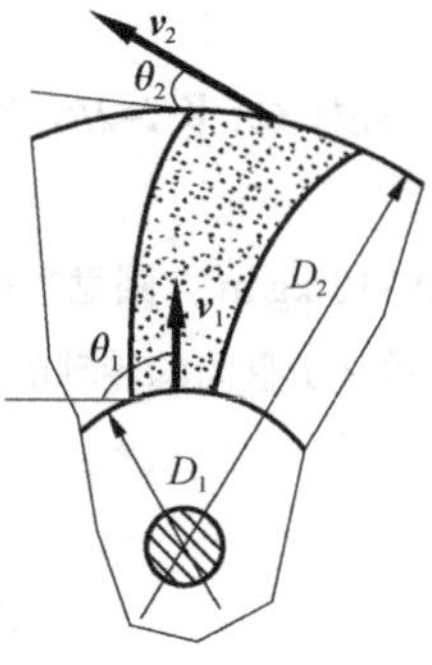

题 10-23 图

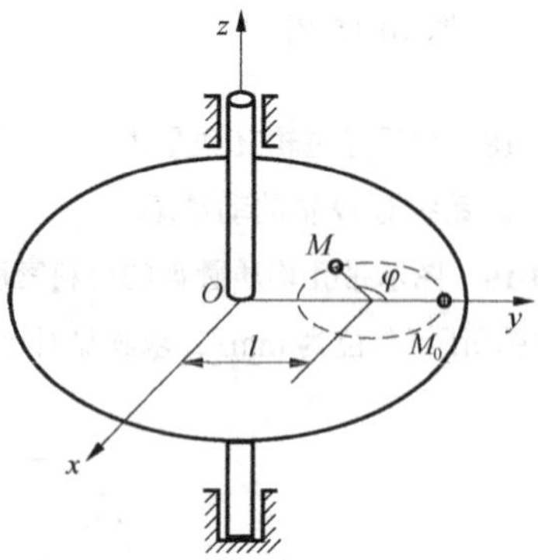

题 10-24 图

10-25 图示直升机的机箱的重心在 C 点，z 轴铅直，机箱对 z 轴的转动惯量 $J = 15680\text{kg}\cdot\text{m}^2$。主叶桨水平，主叶桨对 z 轴的转动惯量 $J' = 980\text{kg}\cdot\text{m}^2$。已知尾桨的旋转平面铅直且与 z 轴共面，$l = 5.5\text{m}$。求：(1)主叶桨相对机箱的转速由 200r/min (此时机箱无旋转)增至 250r/min 时，机箱的转速；(2)若上述加速过程需要耗时 5s，要使机箱保持不转动，可通过尾桨实现，尾桨需在尾部施加多大的力？

10-26　图示均质杆 AB 的质量为 m，长度为 l；杆的 B 端固连大小不计、质量为 m 的小球，D 点连接刚度系数为 k 的弹簧，使杆在水平位置保持平衡。系统初始静止，求给小球 B 以铅直向下的微小初位移 δ_0 后，杆 AB 的运动规律和周期。

10-27　图示起重机装置由半径为 R、重量为 P 的均质鼓轮 C 及长度 $l=4R$、重量 $P_1=P$ 的均质梁 AB 组成，鼓轮安装在梁的中部，被提升的重物 D 重 $W=\frac{1}{4}P$。若鼓轮上作用外界输入的驱动力矩 M，求物体 D 上升的加速度及支座 A、B 的约束反力。

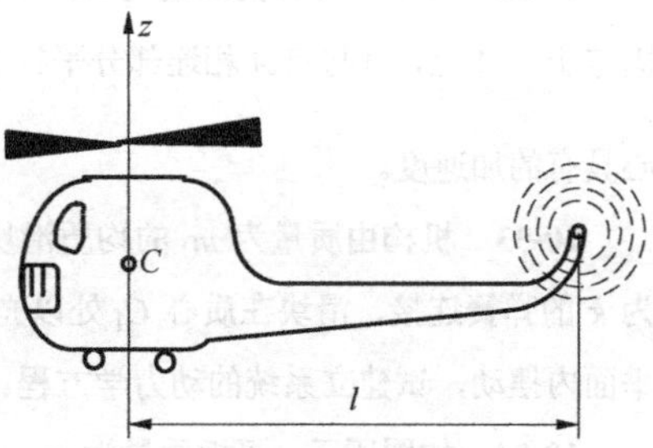

题 10-25 图

10-28　在质量为 m 的均质圆柱体的中部绕以细绳，绳的一端固定，圆柱体由静止释放。求圆柱体质心 O 下降距离 h 时的速度与绳子的拉力。

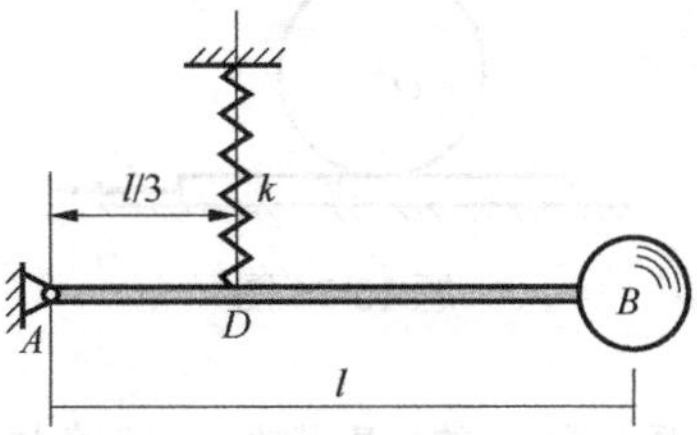

题 10-26 图

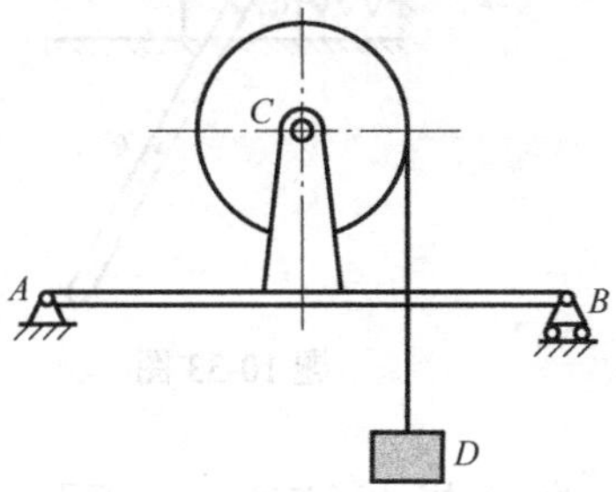

题 10-27 图

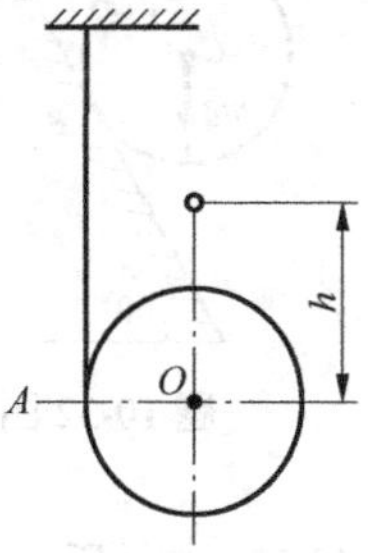

题 10-28 图

10-29　质量为 m、半径为 r 的均质圆柱体置于水平面上，质心速度为 v_0，方向水平向右，同时有图示方向的转动，其初角速度为 ω_0，且 $r\omega_0 < v_0$。若圆柱体与水平面间的动摩擦因数为 f，问经过多少时间，圆柱体才能只滚不滑地向前运动？此时质心的速度为多少？

***10-30**　均质杆 AB 质量为 m，长度为 l，置于铅垂平面内，A 端放在光滑的水平地板上，B 端靠在光滑的铅垂壁面上，并与水平面成 φ_0 角度，杆由此位置无初速倒下，求：(1)任意瞬时杆的角速度与角加速度；(2)当杆脱离墙面时与水平面的夹角。

***10-31**　均质杆 AB 重 100N，长 1m，B 端搁在水平地面上，A 端用细绳悬挂，如图所示。设杆与地面间的摩擦因数为 0.3，问剪断细绳的瞬间 B 端是否滑动?并求此时杆的角加速度及地面对杆的作用力。假定动摩擦因数等于静摩擦因数。

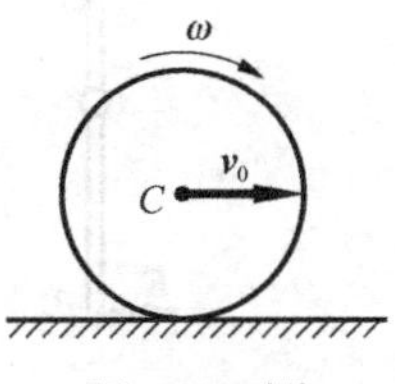

题 10-29 图

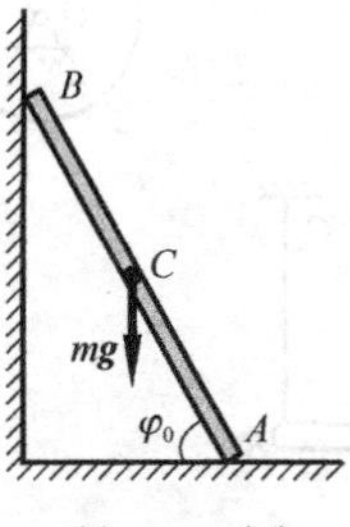

题 10-30 图

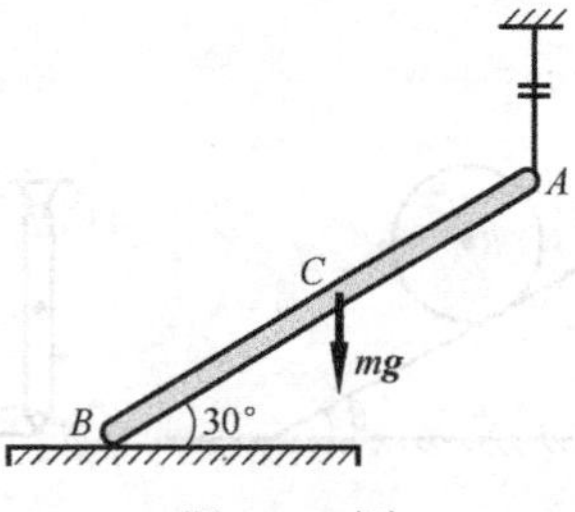

题 10-31 图

10-32 均质圆柱体的质量为 m，半径为 r，放在倾角为60°的斜面上。用细绳缠绕在圆柱体上，其一端固定于点 A 上，且与点 A 相连部分平行于斜面，设圆柱体与斜面间的摩擦因数 $f=\dfrac{1}{3}$，求轮沿斜面运动时轮心具有的加速度。

10-33 机构由质量为 m_1 的均质滑块和长为 $2l$、质量为 m_2 的均质杆组成，滑块与墙面之间用弹性系数为 k 的弹簧连接，滑块在质心 C_1 处以光滑铰链与杆连接，如图所示。滑块在光滑的水平面内滑动，杆在铅垂面内摆动，试建立系统的动力学方程。

10-34 如图所示，平板质量为 m_1，受水平力 $\boldsymbol{F}$ 的作用而沿水平面运动，板与水平面间的动摩擦因数为 f，质量为 m_2 的均质圆柱在平板上做纯滚动，求平板的加速度。

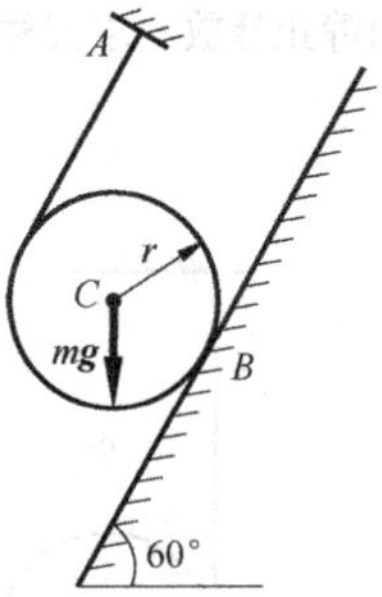

题 10-32 图

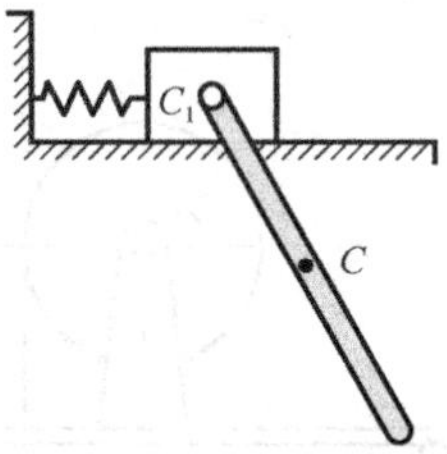

题 10-33 图

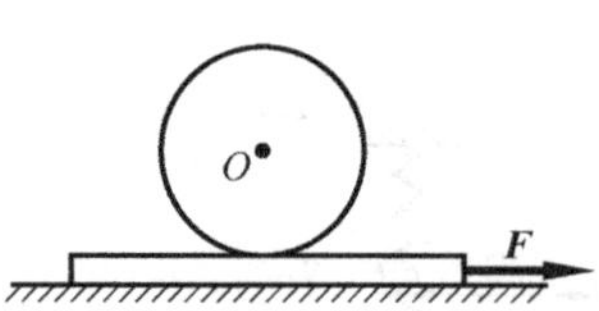

题 10-34 图

10-35 如图所示，质量为 m_1 的三角块 A 可在光滑的水平面上滑动，质量为 m_2 的均质圆轮 B 沿三角块 A 的斜面向下做纯滚动，设三角块的斜面倾角为θ，求三角块 A 的加速度。

10-36 质量为 m 的均质杆 O_1A，一端以光滑铰链支座 O_1 连接于机架，另一端通过光滑铰链 A 与质量为 $2m$ 的均质杆 AB 连接，AB 的另一端用细绳 O_2B 悬挂于机架，如图所示。已知 $O_1A=l$，$AB=2l$，且 O_1A 杆处于铅垂，AB 杆处于水平。试求剪断 O_2B 的瞬时两杆所具有的角加速度。

10-37 均质圆柱体 A 和 B 的质量均为 m，半径均为 r。细绳缠在绕固定轴 O 转动的圆柱 A 上，绳的另一端绕在圆柱 B 上，如图所示。直线段细绳处于铅垂，所有摩擦不计。求圆柱 B 下落时轮心具有的加速度。

10-38 长度为 l、质量为 m 的两均质杆 OA 和 AB 通过支座 O 和铰链 A 连接，位于铅垂平面内。在杆 AB 的 B 端作用已知水平力 $\boldsymbol{F}$，试求力 $\boldsymbol{F}$ 作用瞬时两杆的角加速度。

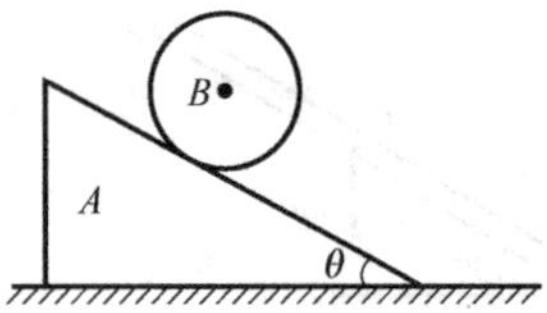

题 10-35 图

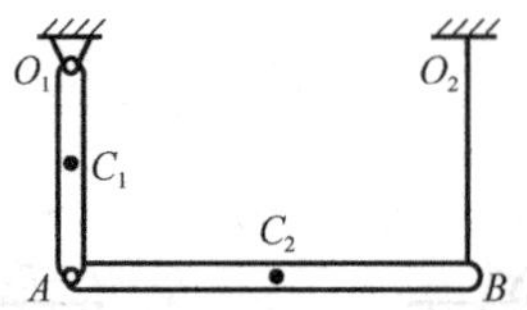

题 10-36 图

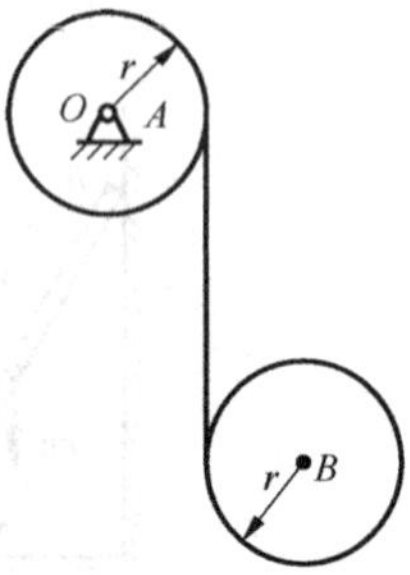

题 10-37 图

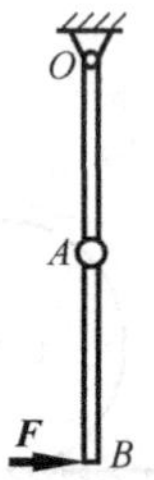

题 10-38 图

拓展应用

10-39　消防队员去紧急应对某处火情。着火的楼层位于第四层，每层楼的高度为 3m。消防车上的出水喷嘴到楼房墙面的水平距离为 6m。分析喷嘴和水平面之间的角度与出水速度之间的关系。

10-40　动力离心机(dynamic centrifuge)是目前国际公认研究岩土地震工程和土动力学最先进、最有效的科学实验平台，世界上容量最大的超重力离心机(动力离心机)正在杭州建设，预计 2024 年建成。吊篮式的动力离心机结构示意图如图所示。实验件安装在吊篮里(超重力实验舱)，工作时在离心力作用下吊篮摆动至转臂的旋转平面，安装在吊篮内的实验件除了受离心力作用，吊篮内的振动台还会对其产生激励，从而达到振动与离心耦合加载的目的，以模拟复杂载荷环境。若振动台仅提供沿大臂方向的激励，将实验件简化成集中质量块，讨论系统动力学模型，尝试建立系统的动力学方程。

题 10-39 图

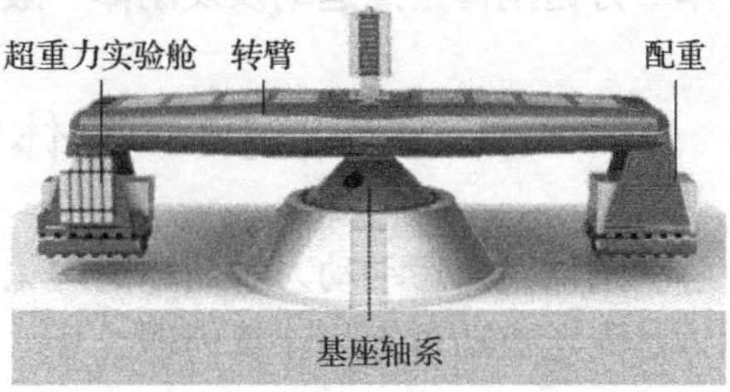

题 10-40 图

参考答案

高频问题及典型例题 11～13

*第 11 章　刚体定点运动及一般运动动力学描述

刚体作为一般质点系的重要组成部分，其动力学特性根据动量定理和动量矩定理完全可以描述清楚。采用质心运动定理可以完全描述**平动刚体**随质心的运动与受力之间的关系；采用刚体定轴转动微分方程和质心运动定理完全可以描述**定轴转动刚体**的运动与受力之间的关系；刚体平面运动微分方程则完整地描述了**平面运动刚体**的运动与受力之间的关系。除了上述三种形式的刚体运动，更为一般的刚体运动的描述也必须依赖质点系动量定理和动量矩定理。本章讨论**刚体定点运动**以及**刚体一般运动**的动力学描述方法及相应的动力学方程。

11.1　刚体定点运动微分方程

解决刚体定点运动动力学问题的理论工具是质点系的动量矩定理，为此先要解决定点运动刚体对固定点动量矩的计算问题。

11.1.1　惯量矩阵、惯性主轴

设刚体绕固定点 O 做定点运动，瞬时角速度为 $\boldsymbol{\omega}$。刚体上任一质点 i 质量为 m_i，矢径为 $\boldsymbol{r}_i$ (图 11-1)。则此质点对 O 点的动量矩为

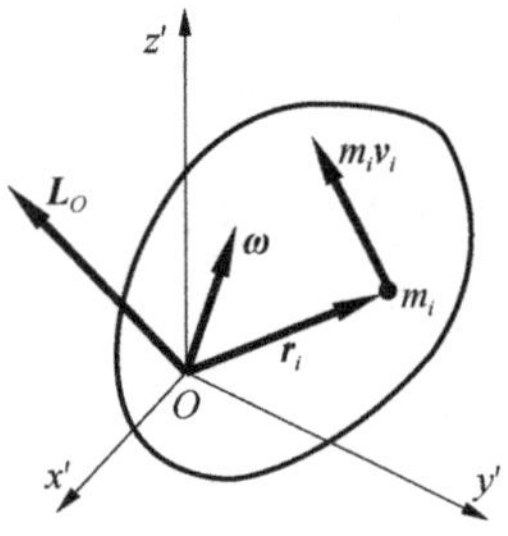

图 11-1

$$\boldsymbol{M}_O(m_i\boldsymbol{v}_i)=\boldsymbol{r}_i\times(m_i\boldsymbol{v}_i)=m_i\boldsymbol{r}_i\times(\boldsymbol{\omega}\times\boldsymbol{r}_i)=-m_i\boldsymbol{r}_i\times(\boldsymbol{r}_i\times\boldsymbol{\omega})$$

刚体对 O 点的动量矩为

$$\boldsymbol{L}_O=\sum_{i=1}^{n}(-m_i\boldsymbol{r}_i\times(\boldsymbol{r}_i\times\boldsymbol{\omega}))$$

设各矢量对结体坐标系 $Ox'y'z'$ 的分析表达式为

$$\boldsymbol{L}_O=L_{x'}\boldsymbol{i}'+L_{y'}\boldsymbol{j}'+L_{z'}\boldsymbol{k}'$$
$$\boldsymbol{\omega}=\omega_{x'}\boldsymbol{i}'+\omega_{y'}\boldsymbol{j}'+\omega_{z'}\boldsymbol{k}'$$
$$\boldsymbol{r}_i=x_i'\boldsymbol{i}'+y_i'\boldsymbol{j}'+z_i'\boldsymbol{k}'$$

则用矩阵可表示 $\boldsymbol{L}_O$ 的各分量：

$$\begin{aligned}\begin{Bmatrix}L_{x'}\\L_{y'}\\L_{z'}\end{Bmatrix}&=\sum_{i=1}^{n}\left(-m_i\begin{pmatrix}0&-z_i'&y_i'\\z_i'&0&-x_i'\\-y_i'&x_i'&0\end{pmatrix}\begin{pmatrix}0&-z_i'&y_i'\\z_i'&0&-x_i'\\-y_i'&x_i'&0\end{pmatrix}\begin{Bmatrix}\omega_{x'}\\\omega_{y'}\\\omega_{z'}\end{Bmatrix}\right)\\&=\sum_{i=1}^{n}\begin{pmatrix}m_i(y_i'^2+z_i'^2)&-m_ix_i'y_i'&-m_ix_i'z_i'\\-m_ix_i'y_i'&m_i(x_i'^2+z_i'^2)&-m_iy_i'z_i'\\-m_ix_i'z_i'&-m_iy_i'z_i'&m_i(x_i'^2+y_i'^2)\end{pmatrix}\begin{Bmatrix}\omega_{x'}\\\omega_{y'}\\\omega_{z'}\end{Bmatrix}=\boldsymbol{J}_O\begin{Bmatrix}\omega_{x'}\\\omega_{y'}\\\omega_{z'}\end{Bmatrix}\end{aligned}\tag{11-1}$$

式中
$$J_O=\begin{pmatrix} J_{x'} & -J_{x'y'} & -J_{x'z'} \\ -J_{x'y'} & J_{y'} & -J_{y'z'} \\ -J_{x'z'} & -J_{y'z'} & J_{z'} \end{pmatrix} \tag{11-2}$$

称为**惯量矩阵或惯量张量**；

$$J_{x'}=\sum_{i=1}^{n}m_i(y_i'^2+z_i'^2),\quad J_{y'}=\sum_{i=1}^{n}m_i(x_i'^2+z_i'^2),\quad J_{z'}=\sum_{i=1}^{n}m_i(x_i'^2+y_i'^2) \tag{11-3}$$

即刚体绕 x'、y'、z' 轴的转动惯量恒大于零；

$$J_{x'y'}=\sum_{i=1}^{n}m_i x_i' y_i',\quad J_{y'z'}=\sum_{i=1}^{n}m_i y_i' z_i',\quad J_{x'z'}=\sum_{i=1}^{n}m_i x_i' z_i' \tag{11-4}$$

称为**惯性积或离心转动惯量**，可能为正或为负。刚体运动过程中 J_O 的各元素为常量，但当结体坐标系各轴的方位选取不同时，刚体上点的坐标及 J_O 的元素也随着改变。J_O 是实对称矩阵，数学上可以证明，存在着三根彼此垂直的轴，称为**惯性主轴**。当取惯性主轴为结体坐标系的 x'、y'、z' 轴时，J_O 为对角阵：

$$J_O=\begin{pmatrix} J_{x'} & 0 & 0 \\ 0 & J_{y'} & 0 \\ 0 & 0 & J_{z'} \end{pmatrix}$$

此时，式(11-1)可表示为

$$\begin{Bmatrix} L_{x'} \\ L_{y'} \\ L_{z'} \end{Bmatrix}=\begin{Bmatrix} J_{x'}\omega_{x'} \\ J_{y'}\omega_{y'} \\ J_{z'}\omega_{z'} \end{Bmatrix}$$

刚体对 O 点的动量矩为
$$\boldsymbol{L}_O=J_{x'}\omega_{x'}\boldsymbol{i}'+J_{y'}\omega_{y'}\boldsymbol{j}'+J_{z'}\omega_{z'}\boldsymbol{k}' \tag{11-5}$$

惯性主轴的确定可利用数学中提供的一般计算方法；也可直接利用刚体的对称条件确定。下面分三种情况讨论。

(1)若刚体有一个过固定点的对称平面，则过固定点，与对称面垂直的轴即为惯性主轴之一(如图 11-2(a)中的三角板)。

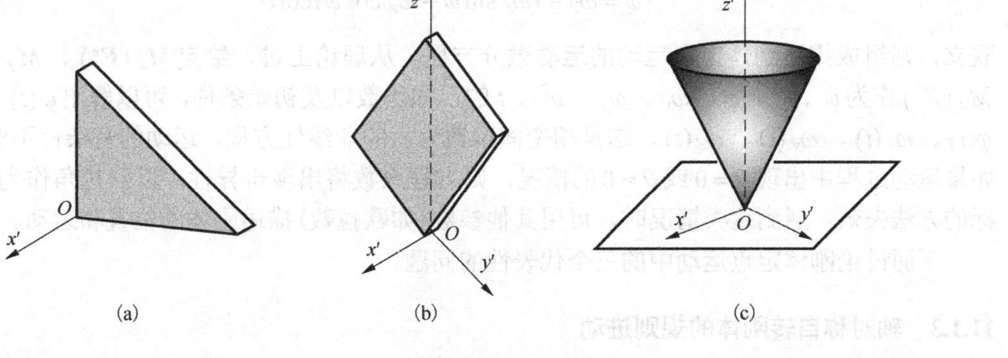

图 11-2

(2)若刚体有两个过固定点，且相互垂直的对称平面，则过固定点分别与两对称面垂直的轴为两根惯性主轴；两对称面的交线则为第三根惯性主轴(如图 11-2(b)中的菱形板)。

(3) 若刚体为轴对称物体，且对称轴过固定点，则对称轴(称为**极轴**)为一惯性主轴(Oz'轴)；过固定点、与对称轴垂直的平面称为**赤道平面**，在赤道平面内任何一根过固定点的轴(称为**赤道轴**)均为惯性主轴，且刚体对各赤道轴的转动惯量相同。可从中选出垂直的两轴作为Ox'、Oy'轴(如图 11-2(c)中的圆锥体)。

对一般的定点运动刚体，总可取惯性主轴作为结体坐标系的坐标轴，即动量矩$\boldsymbol{L}_O$总可写成式(11-5)的形式。由该式不难看出，一般情况下，$\boldsymbol{L}_O$与$\boldsymbol{\omega}$的各分量不成比例，即$\boldsymbol{L}_O$与$\boldsymbol{\omega}$不共线，即不沿瞬时转轴。只有以下两种情况下$\boldsymbol{L}_O$才与$\boldsymbol{\omega}$共线：

(1) $J_{x'}=J_{y'}=J_{z'}$，即均匀球绕球心做定点运动；

(2) 矢量$\boldsymbol{\omega}$沿某一惯性主轴方向，即某一惯性主轴为瞬时轴。

11.1.2　刚体定点运动的欧拉方程

把质点系动量矩定理(式(10-31))用于定点运动刚体：

$$\frac{\mathrm{d}\boldsymbol{L}_O}{\mathrm{d}t}=\sum \boldsymbol{M}_O(\boldsymbol{F}^{\mathrm{e}})$$

或

$$\frac{\mathrm{d}\tilde{\boldsymbol{L}}_O}{\mathrm{d}t}+\boldsymbol{\omega}\times\boldsymbol{L}_O=\sum \boldsymbol{M}_O(\boldsymbol{F}^{\mathrm{e}})$$

当各矢量用结体坐标系描述，且Ox'、Oy'、Oz'轴为惯性主轴时，有

$$\begin{aligned}&J_{x'}\dot{\omega}_{x'}\boldsymbol{i}'+J_{y'}\dot{\omega}_{y'}\boldsymbol{j}'+J_{z'}\dot{\omega}_{z'}\boldsymbol{k}'+(\omega_{x'}\boldsymbol{i}'+\omega_{y'}\boldsymbol{j}'+\omega_{z'}\boldsymbol{k}')\times(J_{x'}\omega_{x'}\boldsymbol{i}'+J_{y'}\omega_{y'}\boldsymbol{j}'+J_{z'}\omega_{z'}\boldsymbol{k}')\\&=\sum(M_{x'}(\boldsymbol{F}^{\mathrm{e}})\boldsymbol{i}'+M_{y'}(\boldsymbol{F}^{\mathrm{e}})\boldsymbol{j}'+M_{z'}(\boldsymbol{F}^{\mathrm{e}})\boldsymbol{k}')\end{aligned}$$

用各分量表示为

$$\begin{cases}J_{x'}\dot{\omega}_{x'}+(J_{z'}-J_{y'})\omega_{y'}\omega_{z'}=\sum M_{x'}(\boldsymbol{F}^{\mathrm{e}})\\J_{y'}\dot{\omega}_{y'}+(J_{x'}-J_{z'})\omega_{z'}\omega_{x'}=\sum M_{y'}(\boldsymbol{F}^{\mathrm{e}})\\J_{z'}\dot{\omega}_{z'}+(J_{y'}-J_{x'})\omega_{x'}\omega_{y'}=\sum M_{z'}(\boldsymbol{F}^{\mathrm{e}})\end{cases}\tag{11-6}$$

式(11-6)称为**欧拉动力学方程**。与欧拉运动学方程

$$\begin{cases}\dot{\psi}=(\omega_{x'}\sin\varphi+\omega_{y'}\cos\varphi)/\sin\theta\\\dot{\theta}=\omega_{x'}\cos\varphi-\omega_{y'}\sin\varphi\\\dot{\varphi}=\omega_{z'}-(\omega_{x'}\sin\varphi+\omega_{y'}\cos\varphi)\cot\theta\end{cases}$$

联立，则组成描述刚体定点运动的运动微分方程。从理论上讲，给定$M_{x'}(\boldsymbol{F}^{\mathrm{e}})$、$M_{y'}(\boldsymbol{F}^{\mathrm{e}})$、$M_{z'}(\boldsymbol{F}^{\mathrm{e}})$作为$\psi$、$\theta$、$\varphi$、$\omega_{x'}$、$\omega_{y'}$、$\omega_{z'}$、$t$的已知函数以及初始条件，可以解出$\psi(t)$、$\theta(t)$、$\varphi(t)$、$\omega_{x'}(t)$、$\omega_{y'}(t)$、$\omega_{z'}(t)$。这是相空间维数为六的非线性方程，运动的复杂性不难想象。如果运动过程中出现$\theta=0$或$\theta\approx0$的情况，则方程系数将出现奇异性，以欧拉角作为广义坐标的方法失效。遇到这类情况时，可用其他参数(如欧拉数)描述刚体的位置和运动。

下面讨论刚体定点运动中的三个代表性的问题。

11.1.3　轴对称自转刚体的规则进动

1. 推广的欧拉动力学方程①

对一般定点运动刚体，总用结体坐标系$Ox'y'z'$表示动力学方程，这是因为惯性主轴是刚

① 有的书中对此坐标系仍然用记号$Ox'y'z'$，但并非前面的结体坐标系，两者运动情况也不同。

体上特定的轴，是随刚体运动的。对于轴对称刚体，情况将有所不同，任何一根赤道轴均为惯性主轴。在图 11-3 中，设 Oz_1 为刚体的对称轴(即极轴)；节线 ON 为赤道平面与 Oxy 平面的交线，故沿节线的 Ox_1 轴为惯性主轴；在赤道平面内与 Ox_1 轴垂直的 Oy_1 轴也为惯性主轴，且 J_{x_1}、J_{y_1} 相等。在图 8-10(b)中，Ox_1 相当于轴 CD，Oz_1 相当于轴 EF；即坐标系 $Ox_1y_1z_1$ 固结于内环，既非定坐标系又非转子固结的结体坐标系。

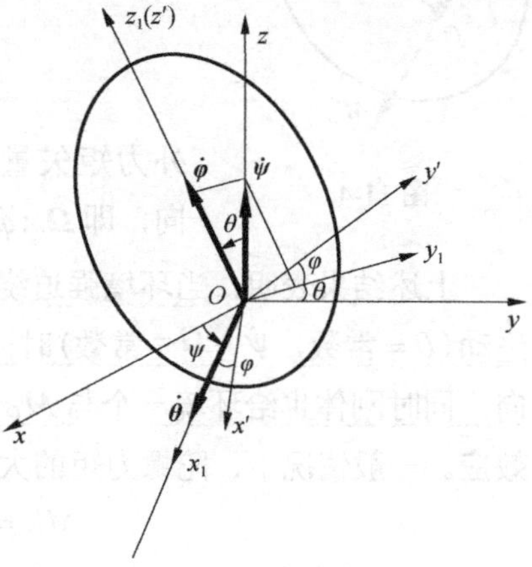

图 11-3

$Ox_1y_1z_1$ 相对定坐标系的角速度为

$$\boldsymbol{\Omega}=\dot{\boldsymbol{\theta}}+\dot{\boldsymbol{\psi}}$$

或 $$\Omega_{x_1}\boldsymbol{i}_1+\Omega_{y_1}\boldsymbol{j}_1+\Omega_{z_1}\boldsymbol{k}_1=\dot{\theta}\boldsymbol{i}_1+\dot{\psi}\sin\theta\boldsymbol{j}_1+\dot{\psi}\cos\theta\boldsymbol{k}_1$$

刚体的角速度为 $$\boldsymbol{\omega}=\dot{\boldsymbol{\theta}}+\dot{\boldsymbol{\psi}}+\dot{\boldsymbol{\varphi}}$$

或 $$\omega_{x_1}\boldsymbol{i}_1+\omega_{y_1}\boldsymbol{j}_1+\omega_{z_1}\boldsymbol{k}_1=\dot{\theta}\boldsymbol{i}_1+\dot{\psi}\sin\theta\boldsymbol{j}_1+(\dot{\psi}\cos\theta+\dot{\varphi})\boldsymbol{k}_1$$

分量关系为

$$\begin{cases}\Omega_{x_1}=\omega_{x_1}=\dot{\theta}\\ \Omega_{y_1}=\omega_{y_1}=\dot{\psi}\sin\theta\\ \Omega_{z_1}=\dot{\psi}\cos\theta\\ \omega_{z_1}=\dot{\varphi}+\dot{\psi}\cos\theta\end{cases}\tag{11-7}$$

与式(8-9)相比，分量 ω_{x_1}、ω_{y_1} 的表达式比 $\omega_{x'}$、$\omega_{y'}$ 简单。若赤道转动惯量 $J_{x_1}=J_{y_1}=A$，极转动惯量 $J_{z1}=C$，则刚体的动量矩为

$$\boldsymbol{L}_O=A\omega_{x_1}\boldsymbol{i}_1+A\omega_{y_1}\boldsymbol{j}_1+C\omega_{z_1}\boldsymbol{k}_1\tag{11-8}$$

由泊桑公式及科里奥利公式，且注意到动坐标系 $Ox_1y_1z_1$ 的角速度为 $\boldsymbol{\Omega}$，有

$$\begin{aligned}\frac{\mathrm{d}\boldsymbol{L}_O}{\mathrm{d}t}&=\frac{\mathrm{d}\tilde{\boldsymbol{L}}_O}{\mathrm{d}t}+\boldsymbol{\Omega}\times\boldsymbol{L}_O\\&=A\dot{\omega}_{x_1}\boldsymbol{i}_1+A\dot{\omega}_{y_1}\boldsymbol{j}_1+C\dot{\omega}_{z_1}\boldsymbol{k}_1+(\Omega_{x_1}\boldsymbol{i}_1+\Omega_{y_1}\boldsymbol{j}_1+\Omega_{z_1}\boldsymbol{k}_1)\times(A\omega_{x_1}\boldsymbol{i}_1+A\omega_{y_1}\boldsymbol{j}_1+C\omega_{z_1}\boldsymbol{k}_1)\\&=(A\dot{\omega}_{x_1}+(C\omega_{z_1}-A\Omega_{z_1})\omega_{y_1})\boldsymbol{i}_1+(A\dot{\omega}_{y_1}+(A\Omega_{z_1}-C\omega_{z_1})\omega_{x_1})\boldsymbol{j}_1+C\dot{\omega}_{z_1}\boldsymbol{k}_1\end{aligned}$$

由质点系动量矩定理有

$$\frac{\mathrm{d}\boldsymbol{L}_O}{\mathrm{d}t}=\sum\boldsymbol{M}_O(\boldsymbol{F}^{\mathrm{e}})=\sum[M_{x_1}(\boldsymbol{F}^{\mathrm{e}})\boldsymbol{i}_1+M_{y_1}(\boldsymbol{F}^{\mathrm{e}})\boldsymbol{j}_1+M_{z_1}(\boldsymbol{F}^{\mathrm{e}})\boldsymbol{k}_1]$$

写成分量形式得

$$\begin{cases}A\dot{\omega}_{x_1}+(C\omega_{z_1}-A\Omega_{z_1})\omega_{y_1}=\sum M_{x_1}(\boldsymbol{F}^{\mathrm{e}})\\ A\dot{\omega}_{y_1}+(A\Omega_{z_1}-C\omega_{z_1})\omega_{x_1}=\sum M_{y_1}(\boldsymbol{F}^{\mathrm{e}})\\ C\dot{\omega}_{z_1}=\sum M_{z_1}(\boldsymbol{F}^{\mathrm{e}})\end{cases}\tag{11-9}$$

式(11-9)称为**推广的欧拉动力学方程**(或**变形欧拉动力学方程**)，用来解轴对称刚体的定点运动(及一般运动)问题。

2. 轴对称自转刚体的陀螺效应

设刚体绕对称轴的自转角速度 $\dot{\varphi}$ 为常数。规则进动是指存在着与自转轴相交、方位已知的进动轴，当取此轴为定坐标系的 Oz 轴(图 11-4)时还满足

$$\theta=\text{常数},\quad \dot{\psi}=\Omega=\text{常数}$$

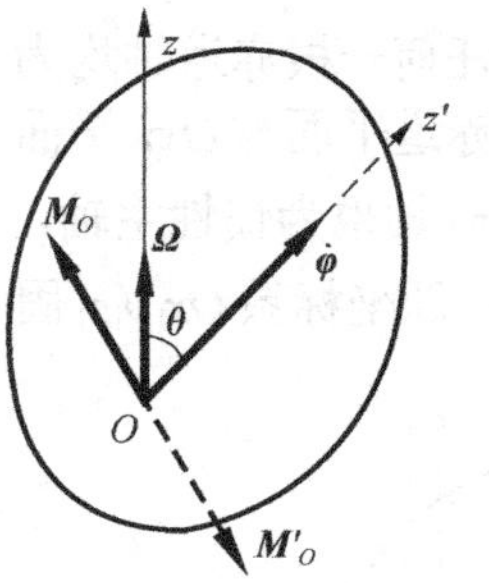

图 11-4

这是已知运动求力的问题。由式(11-7)可知

$$\omega_{x_1}=0,\quad \omega_{y_1}=\dot{\psi}\sin\theta,\quad \Omega_{z_1}=\dot{\psi}\cos\theta$$

$$\omega_{z_1}=\dot{\varphi}+\dot{\psi}\cos\theta$$

均为常数，代入式(11-9)得

$$\begin{cases}\sum M_{x_1}(\boldsymbol{F}^{\mathrm{e}})=(C\dot{\varphi}+(C-A)\Omega\cos\theta)\Omega\sin\theta\\ \sum M_{y_1}(\boldsymbol{F}^{\mathrm{e}})=0\ ,\ \sum M_{z_1}(\boldsymbol{F}^{\mathrm{e}})=0\end{cases}\tag{11-10}$$

外力矩矢量 $\boldsymbol{M}_O=\sum \boldsymbol{M}_O(\boldsymbol{F}^{\mathrm{e}})=(C\dot{\varphi}+(C-A)\Omega\cos\theta)\Omega\sin\theta\boldsymbol{i}_1$ 沿节线方向，即 $\boldsymbol{\Omega}\times\dot{\boldsymbol{\varphi}}$ 方向。

上述结果表明：当环境强迫绕对称轴 Oz' 自转($\dot{\varphi}$=常数)的刚体绕另一相交轴 Oz 做规则进动(θ=常数，$\dot{\psi}=\Omega$=常数)时，环境必须为刚体提供一个力矩 $\boldsymbol{M}_O$，此力矩沿 $\boldsymbol{\Omega}\times\dot{\boldsymbol{\varphi}}$ 的方向。同时刚体也给环境一个与 $\boldsymbol{M}_O$ 方向相反的力矩 $\boldsymbol{M}'_O$，称为**陀螺力矩**，这一现象称为**陀螺效应**。一般情况下，陀螺力矩的大小为

$$M'_O=(C\dot{\varphi}+(C-A)\Omega\cos\theta)\Omega\sin\theta\tag{11-11}$$

当 $\theta=90°$ 时成为 $$M'_O=C\dot{\varphi}\Omega=J_{z'}\dot{\varphi}\Omega$$

当刚体自转角速度 $\dot{\varphi}$ 远大于进动角速度 Ω 时，相对 $\dot{\varphi}$ 可略去 Ω，得到

$$\begin{cases}M'_O=C\dot{\varphi}\Omega\sin\theta=J_{z'}\dot{\varphi}\Omega\sin\theta\\ \boldsymbol{M}'_O=-\boldsymbol{\Omega}\times J_{z'}\dot{\boldsymbol{\varphi}}\end{cases}\tag{11-12}$$

例 11-1 水平轴 OA 以匀角速度 $\Omega=2\pi$ rad/s 绕铅垂轴 Oz 转动，并带动碾轮 A 沿水平底盘滚动。碾轮重 P，半径 $r=0.45$m，对自转轴 Oz' 的回转半径 $\rho=0.4$m，OA 长 $l=0.6$m(图 11-5)。求碾轮滚动时对底盘的压力。

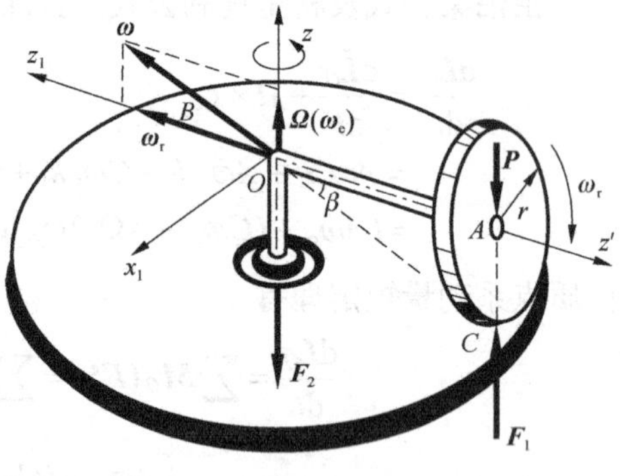

图 11-5

解 碾轮的运动可看成绕相交轴转动的合成。由滚动条件，轮与底盘接触点 C 速度为零，OC 为瞬时转轴，由

$$\boldsymbol{\omega}=\boldsymbol{\omega}_{\mathrm{e}}+\boldsymbol{\omega}_{\mathrm{r}}$$

作矢量平行四边形，并由几何关系，得自转角速度大小为

$$\omega_{\mathrm{r}}=\omega_{\mathrm{e}}\cdot\cot\beta=\Omega\times\frac{l}{r}=常数$$

$\boldsymbol{\omega}_{\mathrm{r}}$ 的真实方向为 Oz_1 轴，$J_{z_1}=\dfrac{P}{g}\rho^2$，$Ox_1$ 轴与 Oz_1 轴及 Oz 轴垂直。Oz_1 与 Oz 轴的夹角 $\theta=90°$，由式(11-10)第一个方程，并注意到 $C=J_{z_1}=\dfrac{P}{g}\rho^2$，$\dot{\varphi}=\omega_{\mathrm{r}}$，得

$$\sum M_{x_1}(\boldsymbol{F}^{\mathrm{e}})=F_1 l-Pl=J_{z_1}\omega_{\mathrm{r}}\Omega$$

由此解得 $$F_1=P+\frac{P}{g}\rho^2\frac{1}{r}\Omega^2=\left(\frac{\rho^2\Omega^2}{gr}+1\right)P=2.43P$$

碾轮对底盘的压力 F_1' 与 F_1 方向相反，大小等于 $2.43P$。可见由于陀螺效应的存在，碾轮对底盘的压力大于其自重 P，附加动压力为 $\dfrac{\rho^2\Omega^2}{gr}P = 1.43P$。

11.1.4　三自由度陀螺的力学特性

工程中把绕对称轴 Oz_1 高速自转的定点运动刚体称为陀螺。取刚体的角速度分析表达式为

$$\boldsymbol{\omega} = \omega_{x_1}\boldsymbol{i}_1 + \omega_{y_1}\boldsymbol{j}_1 + (\omega_\varphi + \omega_{z_1})\boldsymbol{k}_1 \tag{11-13}$$

式中，ω_φ、ω_{z_1} 分别为自转角速度的平均值和微小波动值，ω_φ 可视为常数，且 ω_φ 远大于 ω_{x_1}、ω_{y_1}、ω_{z_1}。

动量矩为

$$\boldsymbol{L}_O = A\omega_{x_1}\boldsymbol{i}_1 + A\omega_{y_1}\boldsymbol{j}_1 + C(\omega_\varphi + A\omega_{z_1})\boldsymbol{k}_1 \tag{11-14}$$

相对于 ω_φ 略去 ω_{x_1}、ω_{y_1}、ω_{z_1}，则有

$$\boldsymbol{L}_O \approx C\omega_\varphi\boldsymbol{k}_1 = J_{z_1}\omega_\varphi\boldsymbol{k}_1 \tag{11-15}$$

即 $\boldsymbol{L}_O$ 的大小近似不变，方向沿对称轴(即自转轴)，这是陀螺近似理论中的基本简化假设。在这一简化假设下，陀螺受到外力矩作用时，动量矩 $\boldsymbol{L}_O$ 方向的变化就直观地表现为刚体对称轴方位的变化。

在质点系动量矩定理 $\dfrac{\mathrm{d}\boldsymbol{L}_O}{\mathrm{d}t} = \sum \boldsymbol{M}_O(\boldsymbol{F}^{\mathrm{e}}) = \boldsymbol{M}_O$ 中，若把 $\dfrac{\mathrm{d}\boldsymbol{L}_O}{\mathrm{d}t}$ 理解为动量矩矢量 $\boldsymbol{L}_O$ 端点 A 的速度(矢端速度) $\boldsymbol{u}_A$，则有

$$\boldsymbol{u}_A = \boldsymbol{M}_O \tag{11-16}$$

即质点系对固定点动量矩矢量的矢端速度，等于作用于质点系的外力对同一点的主矩(图 11-6)，称为**莱查定理**。

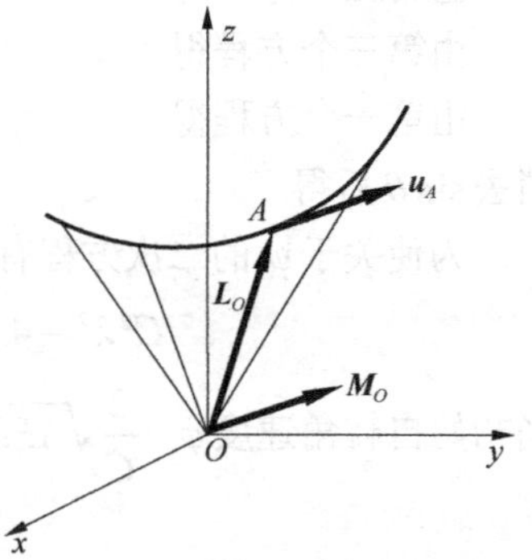

图 11-6

陀螺具有不同于一般物体的独特性质。

1. 定轴性

若作用在陀螺上的外力对固定点的主矩 $\boldsymbol{M}_O$ 恒为零，则动量矩 $\boldsymbol{L}_O$ 的大小、方向不变，即对称轴(自转轴)在惯性空间的方位不变，这一特性称为定轴性。下面的讨论还将表明，这种定轴性是**稳定的**，即刚体受到短时间的扰动后，自转轴的方位只产生微小的改变。

2. 进动性

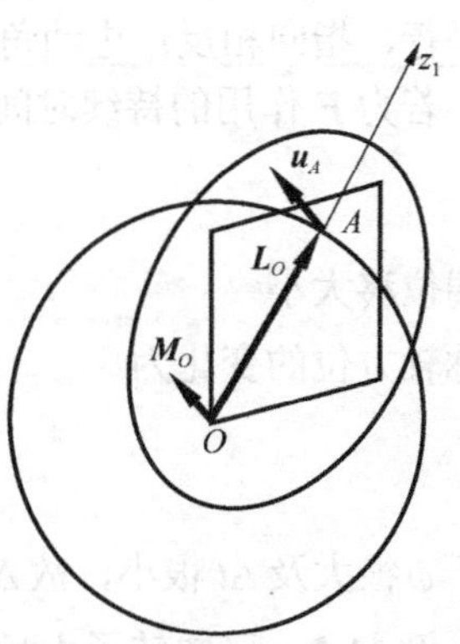

图 11-7

当外力主矩 $\boldsymbol{M}_O \neq 0$ 时，由莱查定理可知，动量矩 $\boldsymbol{L}_O$ 矢端 A 的速度 $\boldsymbol{u}_A = \boldsymbol{M}_O$。这时对称轴 Oz_1 的运动不在力矩 $\boldsymbol{M}_O$ 作用的平面内，而是在与此平面垂直的方向上。由于 $\boldsymbol{L}_O$ 的大小近似不变，$\boldsymbol{u}_A$、$\boldsymbol{M}_O$ 总与 $\boldsymbol{L}_O$ 垂直(或者说只有 $\boldsymbol{M}_O$ 中与 $\boldsymbol{L}_O$ 垂直的分量与对称轴的进动有关)。A 点的运动轨迹近似为球面上的曲线(图 11-7)，陀螺的进动不一定表现为

规则进动。下面讨论一个重要的特殊情况——陀螺在常力作用下的进动。

设常力 $\boldsymbol{F}$ 作用于对称轴 Oz_1 上的 C 点，$OC=l$。显然，当刚体质心不与 O 点重合时，重力就属于这种情况。取定坐标系的 Oz 轴与力 $\boldsymbol{F}$ 平行(图 11-8)，Ox_1 轴沿 Oxy 平面与陀螺赤道平面的交线(即节线)。由于 Oy_1、Oz、Oz_1、力 $\boldsymbol{F}$ 同在与 Ox 轴垂直的平面内，故有

$$M_{z1}(\boldsymbol{F})=0,\quad M_{y1}(\boldsymbol{F})=0,\quad M_{x1}(\boldsymbol{F})=Fl\sin\theta$$

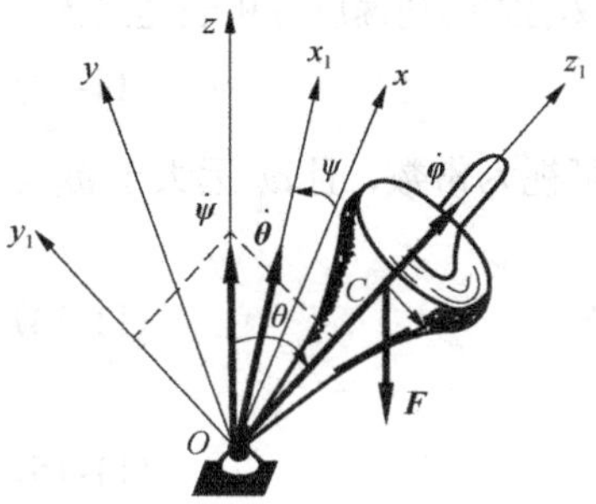

图 11-8

引用运动学关系式：

$$\begin{cases}\Omega_{x_1}=\omega_{x_1}=\dot{\theta}\\ \Omega_{y_1}=\omega_{y_1}=\dot{\psi}\sin\theta\\ \Omega_{z_1}=\dot{\psi}\cos\theta\\ \omega_{z_1}=\Omega_{z_1}+\dot{\varphi}=\dot{\psi}\cos\theta+\dot{\varphi}\end{cases}$$

以及推广的欧拉动力学方程式：

$$\begin{cases}A\dot{\omega}_{x_1}+(C\omega_{z_1}-A\Omega_{z_1})\omega_{y_1}=F\,l\sin\theta\\ A\dot{\omega}_{y_1}+(A\Omega_{z_1}-C\omega_{z_1})\omega_{x_1}=0\\ C\dot{\omega}_{z_1}=0\end{cases}$$

现求动力学方程的平凡解(即各角速度分量为常数的解)。

由第二个方程得　　$\omega_{x_1}=0$，即 θ=常数

由第三个方程得　　$\omega_{z_1}=\dot{\psi}\cos\theta+\dot{\varphi}=\lambda$(常数)

由第一个方程得　　$(C\lambda-A\dot{\psi}\cos\theta)\dot{\psi}\sin\theta=Fl\sin\theta$

消去 $\sin\theta$ 后得　　$A\dot{\psi}^2\cos\theta-C\lambda\dot{\psi}+Fl=0$

为使关于 $\dot{\psi}$ 的二次方程有解，自转角速度 $\dot{\varphi}$ 不能太低，应满足

$$C^2\lambda^2-4AFl\cos\theta=C^2(\dot{\varphi}+\dot{\psi}\cos\theta)^2-4AFl\cos\theta>0$$

当初始自转角速度 $\dot{\varphi}>\dfrac{2}{C}\sqrt{AFl\cos\theta}$，且远大于 $\dot{\psi}$ 时，二次方程中略去 $\dot{\psi}$ 的二次项，简化为

$$-C\lambda\dot{\psi}+Fl\approx0$$

进动角速度为

$$\dot{\psi}=\frac{Fl}{C\lambda}=\frac{Fl}{J_{z1}\dot{\varphi}}\tag{11-17}$$

结论　陀螺在作用于对轴上的常力作用下存在着规则进动的平凡解；进动轴与常力作用线平行，指向相反；进动角速度与力的大小成正比，与极转动惯量、自转角速度成反比。

若力 $\boldsymbol{F}$ 作用的持续时间 Δt 很短，则 $\boldsymbol{L}_O$ 的矢端速度为

$$\boldsymbol{u}_A=\boldsymbol{M}_O(\boldsymbol{F})=Fl\sin\theta\cdot\boldsymbol{i}_1$$

矢端位移大小　　$u_A\Delta t=Fl\Delta t\sin\theta$

对称轴方位的变化为

$$\Delta\beta=\frac{u_A\Delta t}{L_O}=\frac{Fl\sin\theta}{J_{z1}\dot{\varphi}}\Delta t$$

由于 $\dot{\varphi}$ 很大及 Δt 很小，故 $\Delta\beta$ 十分微小。

例 11-2　已知转子由盘 A 及杆 OA 组成，绕 O 做定点运动，盘重 $P=26.7\text{N}$，杆重忽略，盘半径 $R=10\text{cm}$，$OA=30\text{cm}$。转子的自转角速度 $\omega_\varphi=200\ \text{rad/s}$。求转子的进动角速度。

解　研究转子，受力如图 11-9 所示。转子进动轴 Oz 沿铅垂方向向上，设转子进动角速度 $\dot{\varphi}$ 为小量，动量矩为

$$L_O \approx J_{z_1}\omega_\varphi = \frac{P}{2g}R^2\omega_\varphi = 2.724\,\mathrm{kg\cdot m^2/s}$$

由
$$\frac{\mathrm{d}\boldsymbol{L}_O}{\mathrm{d}t} = \dot{\boldsymbol{\psi}} \times \boldsymbol{L}_O = \boldsymbol{M}_O(\boldsymbol{P})$$

即
$$\dot{\psi} L_O \sin\theta = P \cdot OA \sin\theta$$

求得
$$\dot{\psi} = \frac{P \times OA}{L_O} = 2.94\,\mathrm{rad/s}$$

本题中 ω_φ 对应的转速约 1910r/min，进动角速度 $\dot{\psi}$ 约为 ω_φ 的 1.47%，满足 $\omega_\varphi \gg \dot{\psi}$ 的条件。

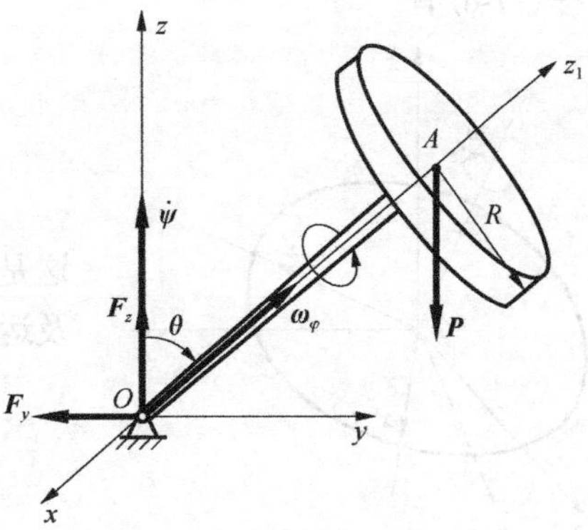

图 11-9

*3. 陀螺效应

由推广的欧拉动力学方程式(11-9)的前两式有

$$\begin{cases} A\dot{\omega}_{x_1} + (C\omega_{z_1} - A\Omega_{z_1})\omega_{y_1} = \sum M_{x_1}(\boldsymbol{F}^{\mathrm{e}}) \\ A\dot{\omega}_{y_1} + (A\Omega_{z_1} - C\omega_{z_1})\omega_{x_1} = \sum M_{y_1}(\boldsymbol{F}^{\mathrm{e}}) \end{cases}$$

式中，$\omega_{z1} = \dot{\varphi} + \dot{\psi}\cos\theta$。由于自转角速度 $\dot{\varphi}$ 很高，$C\omega_{z1} \approx C\dot{\varphi} \gg A\Omega_{z1}$，方程简化为

$$\begin{cases} A\dot{\omega}_{x_1} + C\dot{\varphi}\omega_{y_1} = \sum M_{x_1}(\boldsymbol{F}^{\mathrm{e}}) \\ A\dot{\omega}_{y_1} - C\dot{\varphi}\omega_{x_1} = \sum M_{y_1}(\boldsymbol{F}^{\mathrm{e}}) \end{cases}$$

设想使自转的陀螺受扰动后获得一个小的角速度 ω_{y_1}，第一个方程中的 $C\dot{\varphi}\omega_{y_1}$ 项不仅可能引起绕 Ox_1 轴的陀螺力矩，还可能激发刚体绕 Ox_1 轴的转动 ω_{x_1}；而这种激发的 ω_{x_1} 又通过第二个方程影响刚体绕 y_1 轴的转动。线性化的方程可用叠加原理，齐次方程消元后得

$$\begin{cases} \omega_{x_1} = \dfrac{A}{C\dot{\varphi}}\dot{\omega}_{y_1} \\ \ddot{\omega}_{y_1} + \dfrac{C^2}{A^2}\dot{\varphi}^2\omega_{y_1} = 0 \end{cases}$$

解得通解为
$$\begin{cases} \omega_{y_1} = H\sin\left(\dfrac{C}{A}\dot{\varphi}t + \beta\right) \\ \omega_{x_1} = H\cos\left(\dfrac{C}{A}\dot{\varphi}t + \beta\right) \end{cases}$$

由于 $\dot{\varphi}$ 很大，这是一种高频摆动。此齐次方程的解可能与规则进动的平凡解叠加，出现在陀螺的实际运动中。其中 H、β 由初始条件确定。

11.1.5　刚体绕惯性主轴自转的稳定性讨论

研究定点运动的一般刚体(不一定是轴对称刚体，因此仍采用结体坐标)。以它的三根惯性主轴为结体坐标系的坐标轴，对三根轴的转动惯量分别为 $J_{x'} = A$，$J_{y'} = B$，$J_{z'} = C$。设

外力对固定点的主矩为零，刚体以初始角速度 ω_φ 绕 Oz' 轴自转(图 11-10)，刚体受到扰动后的角速度分量为 $\omega_{x'}$、$\omega_{y'}$、$(\omega_\varphi+\omega_{z'})$。其中 $\omega_{x'}$、$\omega_{y'}$、$\omega_{z'}$ 相对 ω_φ 为小量。由欧拉动力学方程(11-6)有

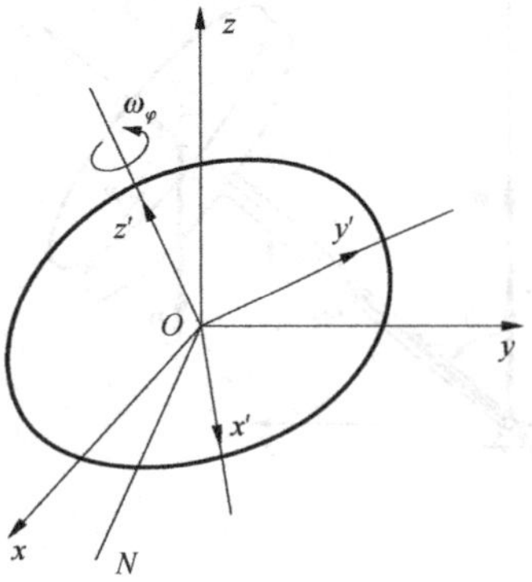

图 11-10

$$\begin{cases}A\dot{\omega}_{x'}+(C-B)\omega_\varphi\omega_{y'}+(C-B)\omega_{y'}\omega_{z'}=0\\ B\dot{\omega}_{y'}+(A-C)\omega_\varphi\omega_{x'}+(A-C)\omega_{z'}\omega_{x'}=0\\ C\omega_{z'}+(B-A)\omega_{x'}\omega_{y'}=0\end{cases}\tag{11-18}$$

这是非线性方程，用非线性分析方法可研究受扰动后的振动及运动稳定性[①]。

略去方程中的二阶小量后可将方程线性化：

$$\begin{cases}A\dot{\omega}_{x'}+(C-B)\omega_\varphi\omega_{y'}=0\\ B\dot{\omega}_{y'}+(A-C)\omega_\varphi\omega_{x'}=0\\ \omega_{z'}=0\end{cases}$$

前两个方程消元后得

$$\begin{cases}\omega_{x'}=\dfrac{B}{(C-A)\omega_\varphi}\dot{\omega}_{y'}\\ \ddot{\omega}_{y'}+\dfrac{(C-A)(C-B)}{AB}\omega_\varphi^2\omega_{y'}=0\end{cases}\tag{11-19}$$

若自转轴 Oz' 是转动惯量最大或最小的轴，即

$$C>A \quad 及 \quad C>B$$

或

$$C<A \quad 及 \quad C<B$$

总有

$$\frac{(C-A)(C-B)}{AB}\omega_\varphi^2>0$$

线性化的方程(11-19)的解为

$$\begin{cases}\omega_{y'}=H\sin\left(\sqrt{\dfrac{(C-A)(C-B)}{AB}}\omega_\varphi t+\beta\right)\\ \omega_{x'}=H\cos\left(\sqrt{\dfrac{(C-A)(C-B)}{AB}}\omega_\varphi t+\beta\right)\\ \omega_{z'}=0\end{cases}$$

即受到微小扰动后，$\omega_{x'}$、$\omega_{y'}$、$\omega_{z'}$ 将被控制在一定的范围内。对于陀螺，由于 $A=B$，正是属于这类情况，运动是稳定的。

若自转轴 Oz' 是转动惯量居中的轴，即

$$A>C>B \quad 或 \quad A<C<B$$

则

$$\frac{(C-A)(C-B)}{AB}\omega_\varphi^2<0$$

线性化的方程(11-19)的解将是指数形式

$$\begin{cases}\omega_{y'}=C_1\mathrm{e}^{kt}+C_2\mathrm{e}^{-kt}\\ \omega_{x'}=C_1\mathrm{e}^{kt}-C_2\mathrm{e}^{-kt}\\ \omega_{z'}=0\end{cases}$$

---

① 对此有兴趣的读者可参阅《非线性振动》(周纪卿，朱因远编著，西安交通大学出版社，1998)。

式中，$k=\sqrt{\dfrac{(A-C)(C-B)}{AB}}\omega_\varphi$。随着 t 的增加，$\omega_{x'}$、$\omega_{y'}$ 可能迅速增加，运动是不稳定的。

用线性化的方程代替非线性方程讨论运动稳定性，只能在小扰动下对稳定与否做出判断，不能对失稳后的运动继续进行分析。在 $A=C\neq B$ 或 $B=C\neq A$ 的情况下，线性化处理方法因误差过大而不能对稳定与否做出判断。

11.2 刚体一般运动微分方程

解决刚体一般运动动力学问题的理论工具是质心运动定理和相对质心动量矩定理。为此，以刚体质心 C 为基点，坐标系 $C\xi\eta\zeta$ 随质心做平动；以过质心 C 的惯性主轴(称为中心惯性主轴)为结体坐标系 Cx'、Cy'、Cz' 的坐标轴，$Cx'y'z'$ 相对平动坐标系 $C\xi\eta\zeta$ 的欧拉角为 ψ、θ、φ (图 11-11)；则刚体的一般运动可分解为随质心 C 的平动与绕质心 C 的定点运动，刚体的角速度为

$$\boldsymbol{\omega}=\omega_{x'}\boldsymbol{i}'+\omega_{y'}\boldsymbol{j}'+\omega_{z'}\boldsymbol{k}'$$

刚体相对质心 C 的动量矩为

$$\begin{Bmatrix}L_{Cx'}\\L_{Cy'}\\L_{Cz'}\end{Bmatrix}=J_C\begin{Bmatrix}\omega_{x'}\\\omega_{y'}\\\omega_{z'}\end{Bmatrix}=\begin{pmatrix}J_{Cx'}&0&0\\0&J_{Cy'}&0\\0&0&J_{Cz'}\end{pmatrix}\begin{Bmatrix}\omega_{x'}\\\omega_{y'}\\\omega_{z'}\end{Bmatrix}$$

或　$$\boldsymbol{L}_C=J_{Cx'}\omega_{x'}\boldsymbol{i}'+J_{Cy'}\omega_{y'}\boldsymbol{j}'+J_{Cz'}\omega_{z'}\boldsymbol{k}'$$

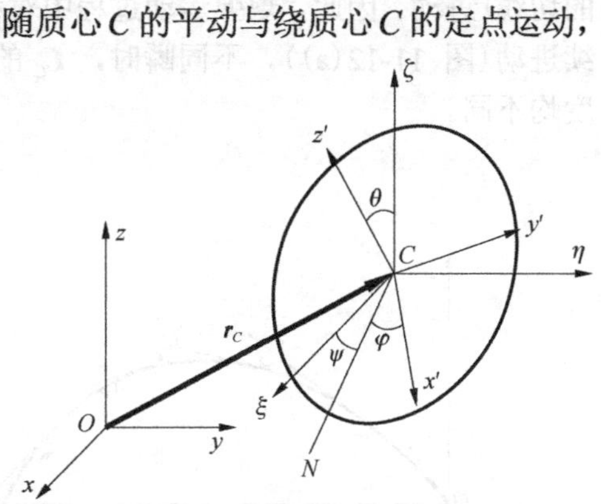

图 11-11

由质心运动定理和相对质心动量矩定理，并将式(8-13)应用于矢量 $\boldsymbol{L}_C$，得

$$m\frac{\mathrm{d}^2\boldsymbol{r}_C}{\mathrm{d}t^2}=\sum\boldsymbol{F}^{\mathrm{e}}$$

$$\frac{\mathrm{d}\boldsymbol{L}_C}{\mathrm{d}t}=\frac{\mathrm{d}\tilde{\boldsymbol{L}}_C}{\mathrm{d}t}+\boldsymbol{\omega}\times\boldsymbol{L}_C=\sum\boldsymbol{M}_C(\boldsymbol{F}^{\mathrm{e}})$$

写成分量形式，并设 $J_{Cx'}=A$，$J_{Cy'}=B$，$J_{Cz'}=C$，有

$$\begin{cases}m\ddot{x}_C=\sum F_x^{\mathrm{e}}\\m\ddot{y}_C=\sum F_y^{\mathrm{e}}\\m\ddot{z}_C=\sum F_z^{\mathrm{e}}\\A\dot{\omega}_{x'}+(C-B)\omega_{y'}\omega_{z'}=\sum M_{Cx'}(\boldsymbol{F}^{\mathrm{e}})\\B\dot{\omega}_{y'}+(A-C)\omega_{z'}\omega_{x'}=\sum M_{Cy'}(\boldsymbol{F}^{\mathrm{e}})\\C\dot{\omega}_{z'}+(B-A)\omega_{x'}\omega_{y'}=\sum M_{Cz'}(\boldsymbol{F}^{\mathrm{e}})\end{cases}\tag{11-20}$$

由式(8-10)给出的欧拉运动学方程为

$$\begin{cases}\dot{\psi}=(\omega_{x'}\sin\varphi+\omega_{y'}\cos\varphi)/\sin\theta\\\dot{\theta}=\omega_{x'}\cos\varphi-\omega_{y'}\sin\varphi\\\dot{\varphi}=\omega_{z'}-(\omega_{x'}\sin\varphi+\omega_{y'}\cos\varphi)\cot\theta\end{cases}$$

与式(11-20)联立，即组成描述刚体一般运动的运动微分方程，也可以作为解决多体系统(包括机器人)动力学问题的工具。从理论上讲，给定了所受外力、初始条件、约束条件后可求物体的运动和未知外力。对于自由刚体，重力只影响质心的运动而不影响绕质心的运动，这给研究带来了方便；非自由刚体则要复杂一些。当刚体绕过质心的对称轴自转时，也会表现出定轴性、进动性和陀螺效应，自然界和生活中不乏这样的实例，下面仅从定性的角度对几个例子进行分析。

1. *炮弹的运动*

炮弹出膛时，由于膛线的作用，炮弹绕对称轴以角速度 $\boldsymbol{\omega}_\varphi$ 高速自转，这时矢量 $\boldsymbol{\omega}_\varphi$ 的方向与质心的速度 $\boldsymbol{v}_C$ 是相同的。经过时间 Δt 后，$\boldsymbol{\omega}_\varphi$ 与 $\boldsymbol{v}_C$ 之间将会出现微小夹角 $\Delta\theta$，$\boldsymbol{\omega}_\varphi$ 由于定轴性方位基本不变，$\boldsymbol{v}_C$ 则沿质心运动轨迹的切线方向。气动阻力 $\boldsymbol{F}$ 的方向与 $\boldsymbol{v}_C$ 相反，形成对质心 C 的力矩 $\boldsymbol{M}_C$ (图 11-12(b))，此力矩将引起炮弹绕与 $\boldsymbol{v}_C$ 重合的轴线(即质心运动轨迹的切线)进动。因此，炮弹运动过程中对称轴的运动可看成绕质心运动轨迹切线的一系列连续进动(图 11-12(a))，不同瞬时，$\boldsymbol{L}_C$ 的方向、进动轴方位、$\boldsymbol{L}_C$ 与进动轴夹角、进动角速度均不同。

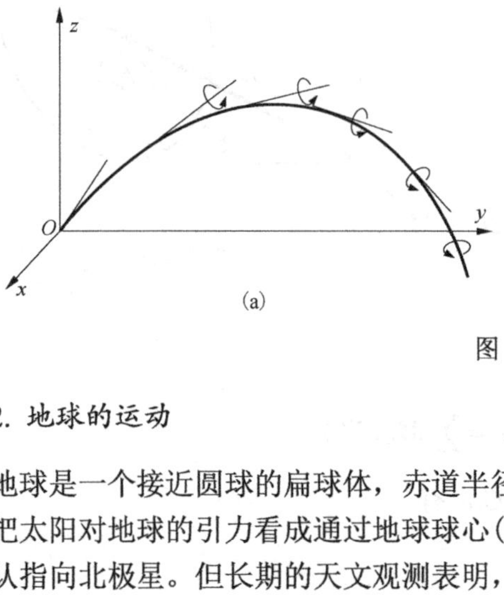

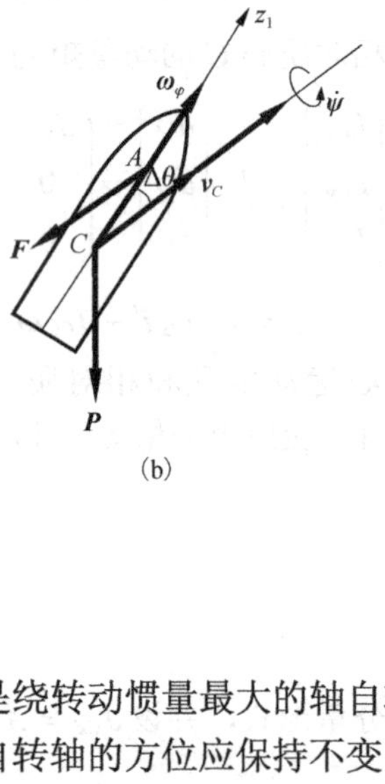

图 11-12

2. *地球的运动*

地球是一个接近圆球的扁球体，赤道半径略大，因此地球是绕转动惯量最大的轴自转。如果把太阳对地球的引力看成通过地球球心(即质心)，则地球自转轴的方位应保持不变，当前公认指向北极星。但长期的天文观测表明，地轴在空间的方位在缓慢变化，约 25800 年进动一周(平均每年 50″)。这一现象可由地球的扁率做出解释(图 11-13)。设想沿公转轨道平面把地球分为两半，由于地轴的倾斜，这两部分到太阳的距离一般是不等的，在冬至和夏至差异达到最大。当把太阳引力向地心简化时，会出现一个力偶 M，正是这个力偶导致了地球自转轴的进动，进动方向与地球公转方向相反。由于 M 不是常量以及月球引力的影响，进动角速度有波动，且还有章动存在。

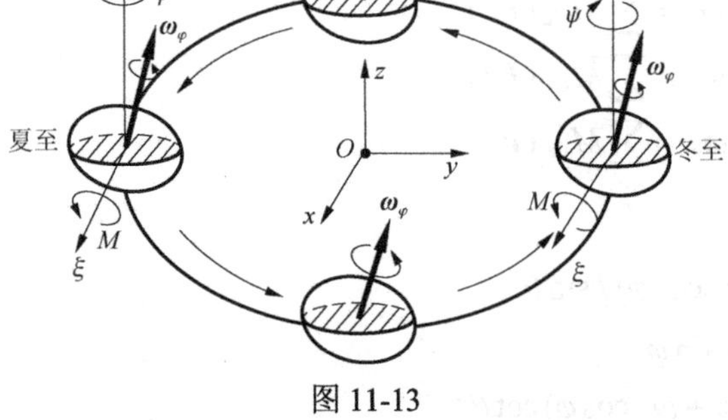

图 11-13

3. 自行车前轮的运动

自行车前轮属非自由刚体，一方面沿地面滚动，另一方面通过前叉与车身相连。现讨论自行车沿直线行驶的情况(图 11-14(a))，Cx_1、Cy_1、Cz_1 为惯性主轴。由于行进中总有 $\sum M_{x_1}(\boldsymbol{F}^e)=0$、$\sum M_{y_1}(\boldsymbol{F}^e)=0$，对质心的动量矩 $\boldsymbol{L}_C = J_{Cz_1}\omega_\varphi \boldsymbol{k}_1$ 保持方向不变。设前轮受扰动后出现向左侧倾倒的微小角速度 $\boldsymbol{\omega}_1$，由于陀螺效应，将激发绕 Cx_1 轴的角速度 $\boldsymbol{\omega}_2$。经过微小时间 Δt 后，Cy_1 轴转过微小角度 $\Delta\psi = \omega_2\Delta t$，使轮心及车架的速度 $\boldsymbol{v}_C$ 改变方向成 $\boldsymbol{v}'_C$，伴随 $\Delta\boldsymbol{v}'_C/\Delta t$，地面出现一个新的反力 $\boldsymbol{F}$ (其他原有的力略去未画)。而力矩 $\boldsymbol{M}_C(\boldsymbol{F})$ 与 $\boldsymbol{\omega}_1$ 成钝角，将制约车轮向左侧倾倒。类似还可分析自行车沿圆弧路线平稳行驶时(图 11-14(b))前轮的运动。由于上述机理，杂技演员可使无人控制的自行车在舞台上沿直线或弧线平稳行进。

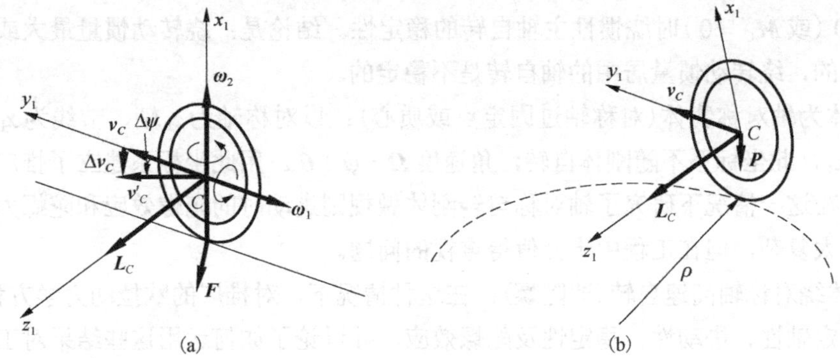

图 11-14

4. 飞机的机动飞行

飞机一般都包含沿纵轴布置的高速转动部件(如涡轮机转子、压气机转子或螺旋桨)，如图 11-15(a)所示。设 C 为转子质心，Cy_1 轴沿飞行方向，称为纵轴；Cz_1 轴与机翼平面垂直，称为竖轴；Cx_1 轴称为横轴。当飞机由俯冲状态拉起时，将强迫转子有一个绕 Cx_1 轴的角速度 $\boldsymbol{\omega}_1$。由于陀螺效应，转子将给机身一个陀螺力矩，企图使机身有转向右侧的角速度 $\boldsymbol{\omega}'_1$ (与 $\boldsymbol{\omega}_1 \times \boldsymbol{L}_C$ 方向相反)，如图 11-15(b)所示。同理，当飞机向左转弯时，将强迫转子有一个绕 Cz_1 轴的角速度 $\boldsymbol{\omega}_2$，陀螺效应将企图使机身有“抬头”的角速度 $\boldsymbol{\omega}'_2$ (与 $\boldsymbol{\omega}_2 \times \boldsymbol{L}_C$ 的方向相反)，如图 11-15(c)所示。

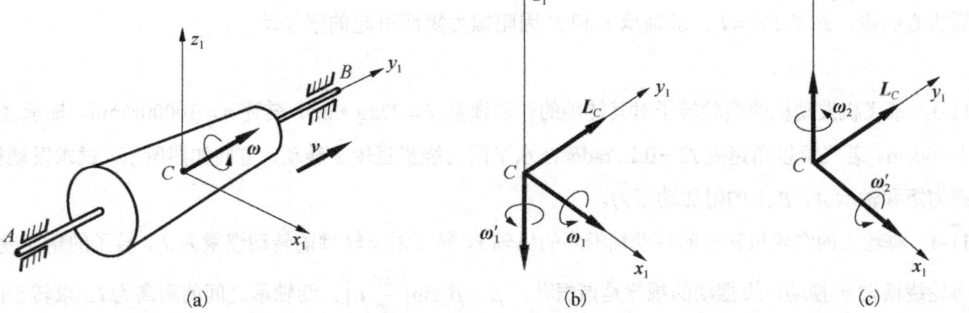

图 11-15

思 考 空 间

刚体定点运动和一般运动是刚体运动的提高部分，从方程的建立到求解都有较大的难度。本章除为今后研究这一方面的课题给出必要的理论工具外，还对几个有代表性并有实际意义的问题进行了分析。

(1) 一般形状刚体：以过固定点的惯性主轴(或过质心的中心惯性主轴)为结体坐标系的 x'、y'、z' 轴，此坐标系与刚体固结，角速度即刚体角速度：

$$\boldsymbol{\omega} = \dot{\boldsymbol{\psi}} + \dot{\boldsymbol{\theta}} + \dot{\boldsymbol{\varphi}}$$

用此坐标系建立了欧拉动力学方程，这是最一般情况。本章就这一情况研究了刚体所受外力主矩 $\boldsymbol{M}_O = 0$ (或 $\boldsymbol{M}_C = 0$) 时绕惯性主轴自转的稳定性。结论是：绕转动惯量最大或最小的轴自转是稳定的，绕转动惯量居中的轴自转是不稳定的。

(2) 刚体为轴对称物体(对称轴过固定点或质心)：以对称轴为 z_1 轴，节线为 x_1 轴建立坐标系 $Ox_1y_1z_1$，此坐标系不随刚体自转，角速度 $\boldsymbol{\Omega} = \dot{\boldsymbol{\psi}} + \dot{\boldsymbol{\theta}}$。用此坐标系建立了推广的欧拉动力学方程。在这一情况下研究了轴对称自转刚体做规则进动时的陀螺效应和陀螺力矩，这是一个计算不太复杂，但在工程中十分值得重视的问题。

(3) 刚体绕对称轴高速自转(即陀螺)：在这种情况下，对推广的欧拉动力学方程线性化，研究陀螺的定轴性、进动性、稳定性及陀螺效应，并讨论了如何运用这些结果对工程实际问题进行定性分析。

刚体定点运动和刚体一般运动本质上属非线性问题，要对这类问题(包括陀螺问题)进行全面研究，需要借助非线性研究方法和计算工具。

习　　题

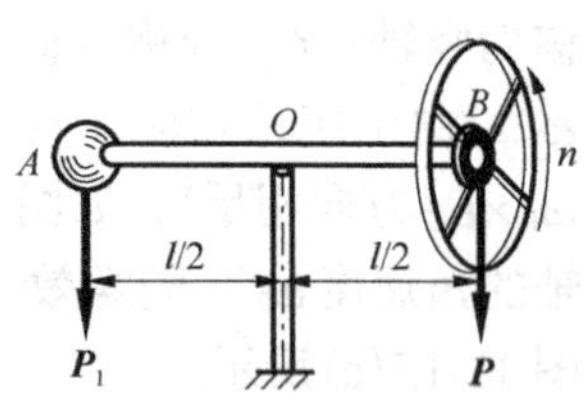

题 11-1 图

11-1　AB 轴长 $l = 1\text{m}$，水平地支在中点 O 上，如图所示。在轴的 A 端有一重 $P_1 = 25\text{N}$ 的重物，B 端有一重 $P = 50\text{N}$ 的圆轮，AB 轴的重量忽略不计。设轮的质量均匀地分布在半径为 $r = 0.4\text{m}$ 的圆周上，轮的转速为 600r/min，转向如图所示，求系统绕铅直轴转动的进动角速度 Ω。

11-2　图示正方形框架 $ABCD$ 以匀角速度 ω_1 绕铅直轴转动，而转子又以角速度 ω 相对于框架绕对角线轴 BC 转动。已知转子是半径为 r、重为 G 的匀质实心圆盘，距离 $EF = l$。求轴承 E 和 F 因陀螺力矩而引起的附加动压力。

11-3　某飞机发动机的涡轮转子对其转轴的转动惯量 $J = 22\text{kg}\cdot\text{m}^2$，转速 $n = 10000\text{r/min}$，轴承 A、B 间距离 $l = 60\text{cm}$。若飞机以角速度 $\Omega = 0.25\ \text{rad/s}$ 在水平面内绕铅直轴 x 转动，方向如图所示。试求发动机转子的陀螺力矩和轴承 A、B 上的附加动压力。

11-4　海轮上的汽轮机转子的转动轴沿船的纵轴 x，转子对 x 转轴的转动惯量为 J_x，转子的角速度为 ω。如果海轮绕横轴 y 摆动，设摆动的规律是谐振动：$\beta = \beta_0 \sin\left(\dfrac{2\pi}{T}t\right)$。两轴承之间的距离为 l。求转子的陀螺力矩和对轴承的压力。

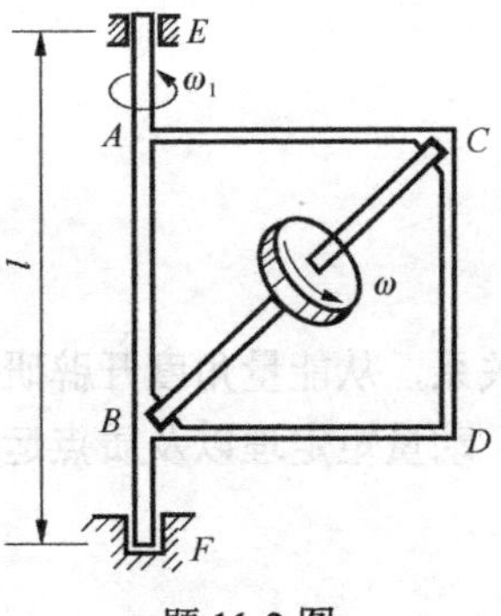

题 11-2 图

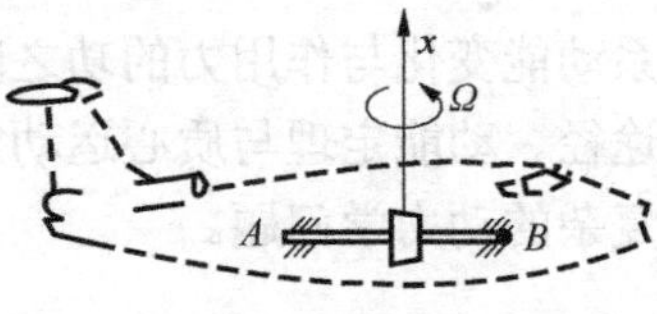

题 11-3 图

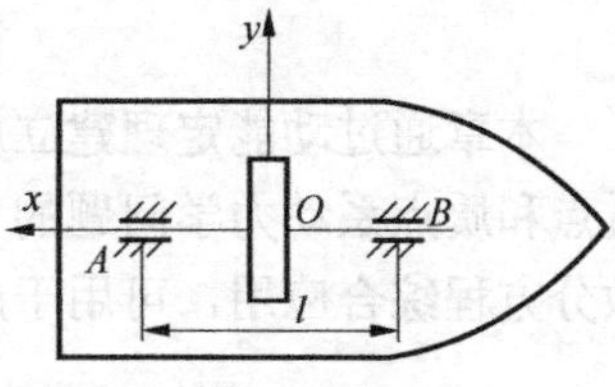

题 11-4 图

拓展应用

11-5　惯性导航(inertial navigation)是 20 世纪中期发展起来的完全自主式的导航技术。通过惯性测量组件测量载体相对惯性空间的角速度和加速度信息，利用牛顿定律自动推算载体的瞬时速度和位置信息，具有不依赖外界信息、不向外界辐射能量、不受干扰、隐蔽性好的特点。惯性导航系统的工作原理如图所示。

陀螺仪是惯性导航系统中关键的惯性测量装置，用于测量角运动参数。了解陀螺仪用于惯性导航的工作原理。

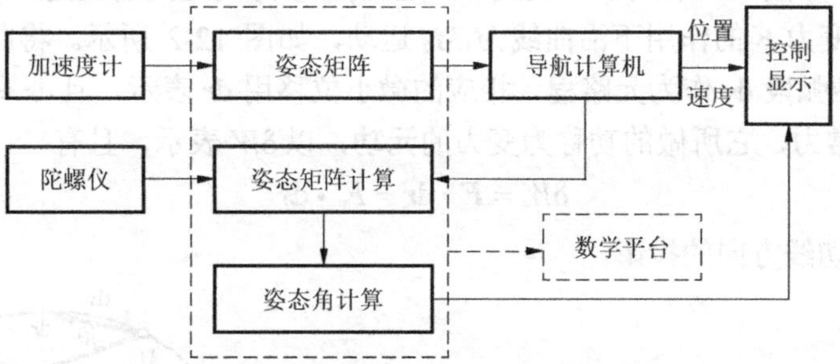

题 11-5 图

参考答案

第12章 动能定理

本章通过动能定理建立质点系动能变化与作用力的功之间的关系，从能量角度开辟研究质点和质点系动力学问题的另一途径。动能定理与质心运动定理、动量矩定理以及质点运动微分方程综合应用，可用于解决复杂的动力学问题。

12.1 力 的 功

12.1.1 功的定义

功是力在一段路程内累积效应的度量。物理学中已经给出了常力 F 在直线路程 s 上做功的定义，即

$$W = Fs\cos\theta$$

式中，W 表示功，是代数量，在国际单位中，单位为 J(焦耳)，1J 等于 1N 的力在同方向 1m 路程上所做的功；如图 12-1 所示，θ 为力 F 与直线位移方向之间的夹角。

设质点 M 在变力 F 的作用下沿曲线 M_1M_2 运动，如图 12-2 所示。将曲线分成一系列微小弧段，并任取微弧段 ds 作为元路程，相应的微小位移用 dr 表示，且 $dr \approx ds$。在微小位移中，力 F 可视为常力，它所做的功称为变力的**元功**，以 δW 表示，且有

$$\delta W = \boldsymbol{F} \cdot d\boldsymbol{r} = F_\tau \cdot ds \tag{12-1a}$$

式中，F_τ 为 F 在切线方向的投影。

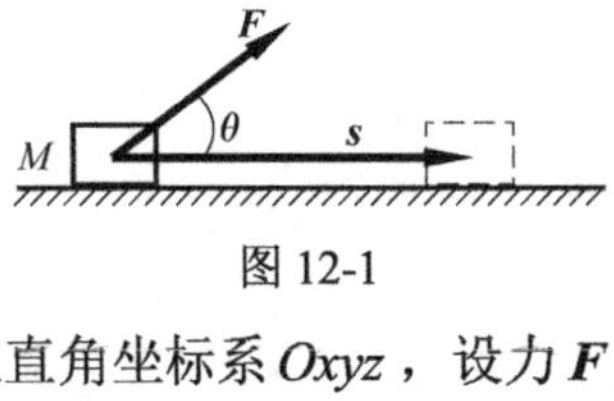

图 12-1   图 12-2

建立直角坐标系 $Oxyz$，设力 F 及作用点的元位移 dr 的解析表达式为

$$\boldsymbol{F} = F_x\boldsymbol{i} + F_y\boldsymbol{j} + F_z\boldsymbol{k}, \qquad d\boldsymbol{r} = dx\boldsymbol{i} + dy\boldsymbol{j} + dz\boldsymbol{k}$$

则

$$\delta W = \boldsymbol{F} \cdot d\boldsymbol{r} = F_x \cdot dx + F_y \cdot dy + F_z \cdot dz \tag{12-1b}$$

变力 F 在曲线路程 M_1M_2 上所做的功，等于它在该路程上所做元功的总和，即

$$W = \int_{M_1M_2} (\boldsymbol{F} \cdot d\boldsymbol{r}) = \int_{M_1M_2} (F_\tau \cdot ds) = \int_{M_1M_2} (F_x \cdot dx + F_y \cdot dy + F_z \cdot dz) \tag{12-2}$$

式(12-2)的积分沿曲线路径 M_1M_2 进行。一般情况下，线积分与路径有关。

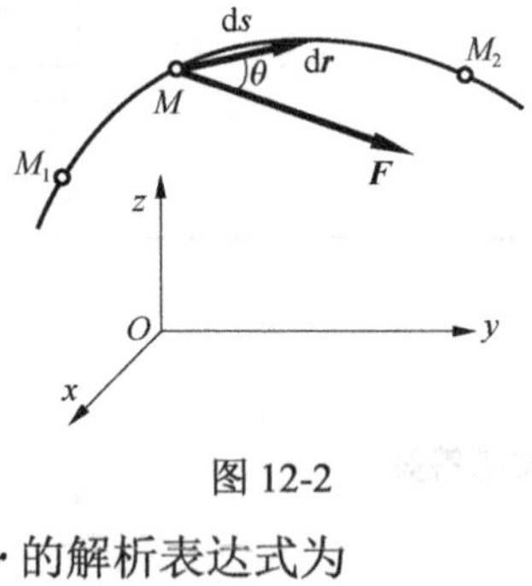

12.1.2 几种常见力的功

1. 重力的功

重量为$\boldsymbol{G}$的质点M由点$M_1(x_1,y_1,z_1)$运动到$M_2(x_2,y_2,z_2)$，如图12-3所示。由式(12-2)得

$$W=\int_{M_1M_2}-G\cdot \mathrm{d}z=G(z_1-z_2) \tag{12-3}$$

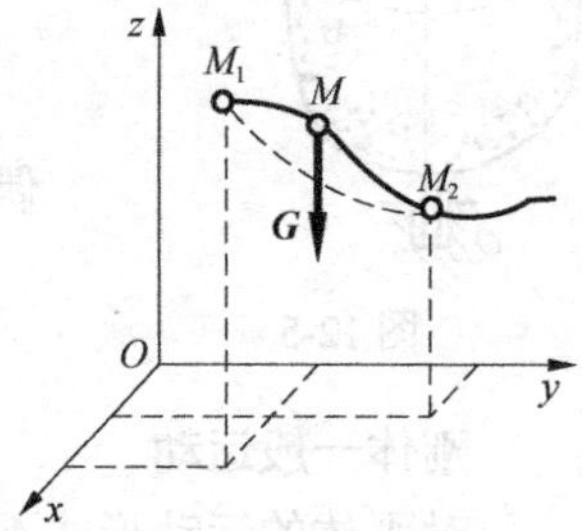

图12-3

对于质点系，设第i个质点的重量为$\boldsymbol{G}_i$，运动始末重心的高度差为$z_{i1}-z_{i2}$，则全部重力做功之和为

$$\sum W=\sum G_i(z_{i1}-z_{i2})=\sum G_i z_{i1}-\sum G_i z_{i2}$$

由质(重)心公式，得

$$\sum W=G(z_{C1}-z_{C2})=mg(z_{C1}-z_{C2}) \tag{12-4}$$

式中，$z_{C1}-z_{C2}$为运动始末质点系质心的高度差，由此可见，质点系重力做功与质心运动的路径无关。

2. 弹性力的功

设弹簧的自然长度为l_0，刚度系数为k，与质点M连接，如图12-4所示。在弹性范围内，弹性力$F=k(r-l_0)$，r为任意位置时弹簧的长度。弹性力$\boldsymbol{F}$的方向与弹簧变形形式有关，当弹簧被拉伸时，$\boldsymbol{F}$与矢径$\boldsymbol{r}$方向相反，当弹簧被压缩时，$\boldsymbol{F}$与$\boldsymbol{r}$方向相同。因此，弹性力$\boldsymbol{F}$可表示为

$$\boldsymbol{F}=-k(r-l_0)\frac{\boldsymbol{r}}{r}$$

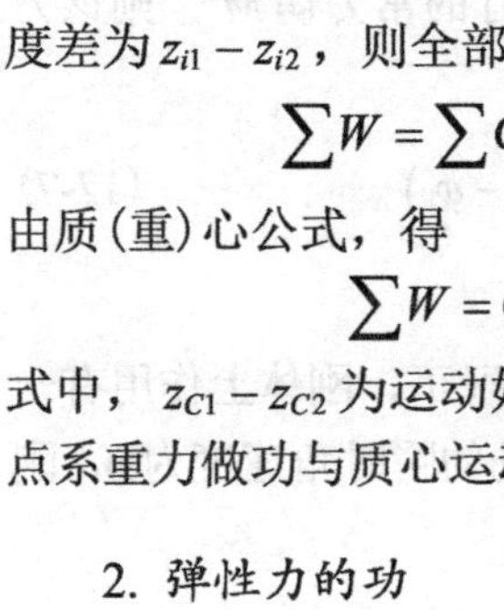

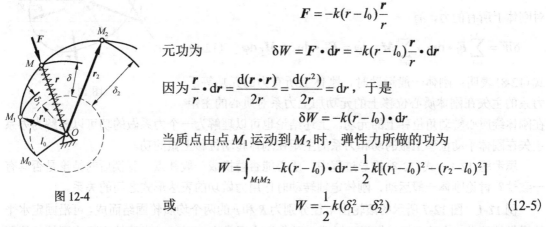

图12-4

元功为

$$\delta W=\boldsymbol{F}\cdot \mathrm{d}\boldsymbol{r}=-k(r-l_0)\frac{\boldsymbol{r}}{r}\cdot \mathrm{d}\boldsymbol{r}$$

因为$\frac{\boldsymbol{r}}{r}\cdot \mathrm{d}\boldsymbol{r}=\frac{\mathrm{d}(\boldsymbol{r}\cdot\boldsymbol{r})}{2r}=\frac{\mathrm{d}(r^2)}{2r}=\mathrm{d}r$，于是

$$\delta W=-k(r-l_0)\cdot \mathrm{d}r$$

当质点由点M_1运动到M_2时，弹性力所做的功为

$$W=\int_{M_1M_2}-k(r-l_0)\cdot \mathrm{d}r=\frac{1}{2}k[(r_1-l_0)^2-(r_2-l_0)^2]$$

或

$$W=\frac{1}{2}k(\delta_1^2-\delta_2^2) \tag{12-5}$$

式中，$\delta_1=r_1-l_0$、$\delta_2=r_2-l_0$分别为弹簧初始、末了位置的变形量。由此可见，弹性力做功只与弹簧的初始、末了变形有关，而与其作用点的运动路径无关。大小和方向完全由受力质点的位置决定，且做功与质点运动路径无关的力称为**有势力或保守力**。质点受有势力作用的空间称为**势力场**。

3. 刚体上作用力的功

刚体定轴转动

设刚体可绕固定轴Oz转动，力$\boldsymbol{F}$作用于点M处，如图12-5所示。当刚体有一微小转角$\mathrm{d}\varphi$时，力$\boldsymbol{F}$作用点的位移$\mathrm{d}\boldsymbol{r}$与弧长$\mathrm{d}s$的关系为

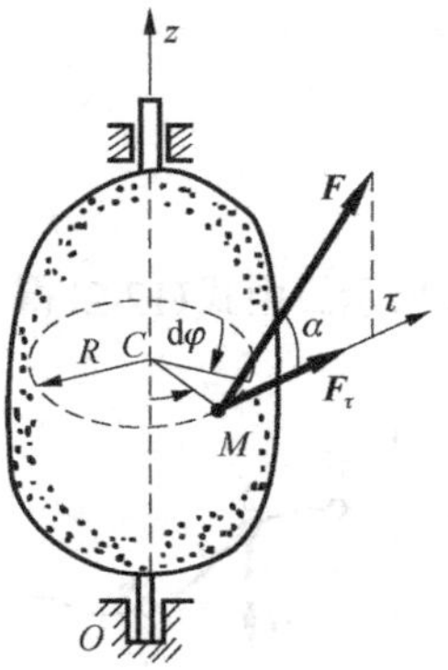

图 12-5

$$ds = R \cdot d\varphi = |d\boldsymbol{r}|$$

式中，R 为点 M 到 Oz 轴的距离。

力 $\boldsymbol{F}$ 的元功为　$\delta W = F_\tau \cdot ds = F_\tau \cdot R \cdot d\varphi = M_z(\boldsymbol{F}) \cdot d\varphi$

刚体转角由 φ_1 到 φ_2 过程中，力 $\boldsymbol{F}$ 所做的功为

$$W = \int_{\varphi_1}^{\varphi_2} M_z(\boldsymbol{F}) \cdot d\varphi \tag{12-6}$$

若刚体上作用一个力偶矩矢量与 Oz 轴平行的常力偶 M，则该力偶在刚体转角由 φ_1 到 φ_2 过程中所做的功为

$$W = \int_{\varphi_1}^{\varphi_2} M \cdot d\varphi = M(\varphi_2 - \varphi_1) \tag{12-7}$$

刚体一般运动

对刚体的运动形式不做限制，如图 12-6 所示，刚体一般运动情况下，刚体上作用有一般力系。在刚体的质心处建立平动坐标系 $Cx'y'z'$，刚体绕基点 C 转动的瞬时角速度为$\boldsymbol{\omega}$，刚体上任一点 m_i 的位置矢径、相对速度及绝对速度可分别表示为

$$\boldsymbol{r}_i = \boldsymbol{r}_C + \boldsymbol{r}_i', \quad \boldsymbol{v}_{ir} = \boldsymbol{\omega} \times \boldsymbol{r}_i', \quad \boldsymbol{v}_i = \boldsymbol{v}_C + \boldsymbol{\omega} \times \boldsymbol{r}_i'$$

力 $\boldsymbol{F}_i$ 的元功为

$$\delta W_i = \boldsymbol{F}_i \cdot d\boldsymbol{r} = \boldsymbol{F}_i \cdot \boldsymbol{v}_i dt = \boldsymbol{F}_i \cdot (\boldsymbol{v}_C + \boldsymbol{\omega} \times \boldsymbol{r}_i')dt$$

利用矢量运算关系$\boldsymbol{a}\cdot(\boldsymbol{b}\times\boldsymbol{c})=\boldsymbol{b}\cdot(\boldsymbol{c}\times\boldsymbol{a})$，将上式进一步展开，有

$$\delta W_i = \boldsymbol{F}_i \cdot \boldsymbol{v}_C dt + \boldsymbol{\omega}\cdot(\boldsymbol{r}_i' \times \boldsymbol{F}_i)dt = \boldsymbol{F}_i \cdot d\boldsymbol{r}_C + \boldsymbol{M}_{iC} d\boldsymbol{\varphi}$$

对刚体上所有的力，有

$$\delta W = \sum_{i=1}^{n} \boldsymbol{F}_i \cdot d\boldsymbol{r}_C + \sum_{i=1}^{n} \boldsymbol{M}_{iC} d\boldsymbol{\varphi} = \boldsymbol{F}_R \cdot d\boldsymbol{r}_C + \boldsymbol{M}_C d\boldsymbol{\varphi} \tag{12-8}$$

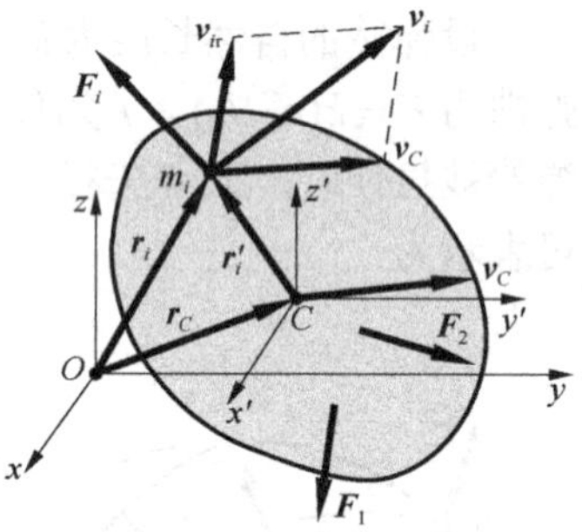

图 12-6

式(12-8)表明：刚体一般运动时，刚体上所有力的元功等于力系的主矢在刚体质心位移上的元功加上力系对质心的主矩在刚体绕质心转动角位移上的元功。上述结论也可以理解为一个力系做的功可以分解为力系主矢在刚体平动位移上做的功和力系的主矩在刚体转动位移上做的功。

思考题 12-1　式(12-8)推导过程中，质心能否替换成一般基点？替换后的结论是否具有一致性？讨论刚体一般运动、刚体定轴转动时作用力做功的表达形式之间的关系。

例 12-1　图 12-7 所示的滚轮由半径分别为 R 和 r 的两个均质轮固结而成，可沿固定水平轨道做纯滚动。小轮上绕以细绳，绳端 A 处作用水平常力 $\boldsymbol{F}$。试求当滚轮由静止开始从位置Ⅰ运动到位置Ⅱ的过程中，拉力 $\boldsymbol{F}$ 所做的功。

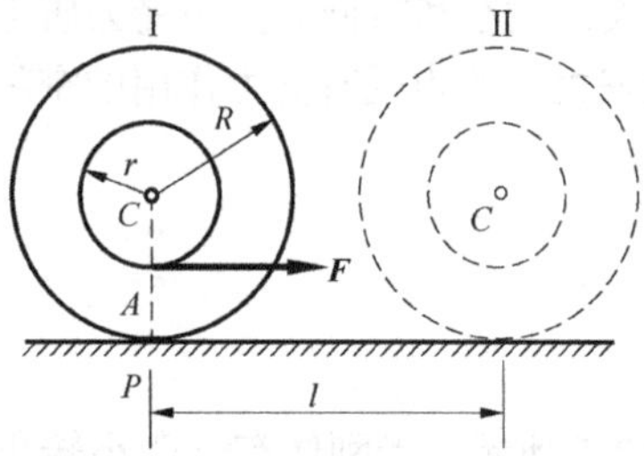

图 12-7

解　把缠绕在小轮上的绳子视为轮的组成部分。对轮而言，拉力总作用在小轮下缘 A 处。轮由位置Ⅰ纯滚动到位置Ⅱ的过程中，转过的角度为

$$\varphi = l/R$$

设滚轮做平面运动的角速度为 ω，速度瞬心为 P，则点 A 的速度为

$$v_A=(R-r)\omega$$

方向与力 $\boldsymbol{F}$ 方向一致。力 $\boldsymbol{F}$ 的元功为

$$\delta W_F=\boldsymbol{F}\cdot \mathrm{d}\boldsymbol{r}_A=\boldsymbol{F}\cdot \boldsymbol{v}_A\cdot \mathrm{d}t=F(R-r)\omega\cdot \mathrm{d}t=F(R-r)\mathrm{d}\varphi$$

于是，滚轮由位置Ⅰ运动到位置Ⅱ的过程中，拉力 $\boldsymbol{F}$ 做的功为

$$W_F=\int_0^{\varphi}F(R-r)\mathrm{d}\varphi=\frac{Fl(R-r)}{R}$$

将 $\boldsymbol{F}$ 等效到轮心，计算等效后过轮心的力 $\boldsymbol{F}_C$ 与力偶矩 $\boldsymbol{M}_C$ 做功之和，与上面的结果相同。

思考题 12-2　刚体沿固定面纯滚动时，接触点的静摩擦力 $\boldsymbol{F}_s$ 是否做功？指明原因。

12.1.3　约束力的功

对于第 1 章讨论过的一些常见约束，容易证明，当这些约束力为质点系外力时，约束力元功等于零；当这些约束力为质点系内力时，约束力元功和等于零。

例如，图 12-8(a)～(d) 中，绳索、铰链、光滑接触面、滚动支座的约束反力 $\boldsymbol{F}_A$ 总与力作用点的位移 $\mathrm{d}\boldsymbol{r}_A$ 垂直，故有 $\delta W_F=\boldsymbol{F}_A\cdot \mathrm{d}\boldsymbol{r}_A=0$。

图 12-8(e)、(f) 中，固定铰链支座和轴承的约束反力 $\boldsymbol{F}_A$ 的作用线过铰链或轴中心 A，而铰链中心或轴中心的位移 $\mathrm{d}\boldsymbol{r}_A$ 始终为零，故有 $\delta W_F=\boldsymbol{F}_A\cdot \mathrm{d}\boldsymbol{r}_A=0$。

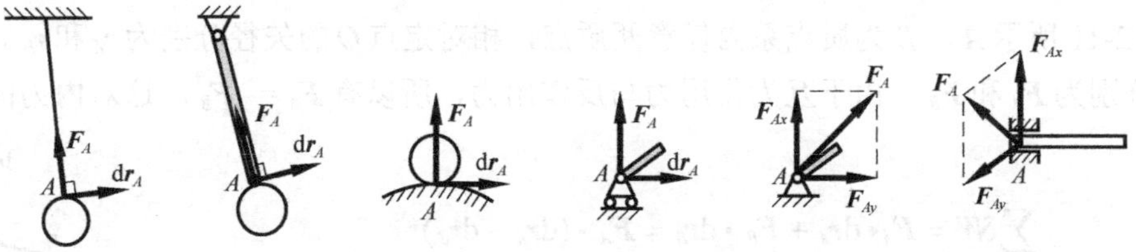

图 12-8

图 12-9(a)、(b) 中，绳索连接系统中的两个物体。$\boldsymbol{F}_A$、$\boldsymbol{F}_B$ 大小相等，作用线沿绳。由于绳索不可伸长，所以两力作用点的位移 $\mathrm{d}\boldsymbol{r}_A$、$\mathrm{d}\boldsymbol{r}_B$ 必然满足关系 $\mathrm{d}r_A\cos\alpha=\mathrm{d}r_B\cos\beta$，约束力 $\boldsymbol{F}_A$、$\boldsymbol{F}_B$ 的元功之和为

$$\sum\delta W_F=\boldsymbol{F}_A\cdot \mathrm{d}\boldsymbol{r}_A+\boldsymbol{F}_B\cdot \mathrm{d}\boldsymbol{r}_B=F_A\mathrm{d}r_A\cos\alpha-F_A\mathrm{d}r_B\cos\beta=F_A(\mathrm{d}r_A\cos\alpha-\mathrm{d}r_B\cos\beta)=0$$

图 12-9(c)、(d) 中，绳索绕过不计质量的滑轮连接两物体时，可把绳弧段 $A'B'$ 并入滑轮，将绳直线段 AA'、BB' 看成约束，引入上述结论，同样得 $\sum\delta W_F=0$。

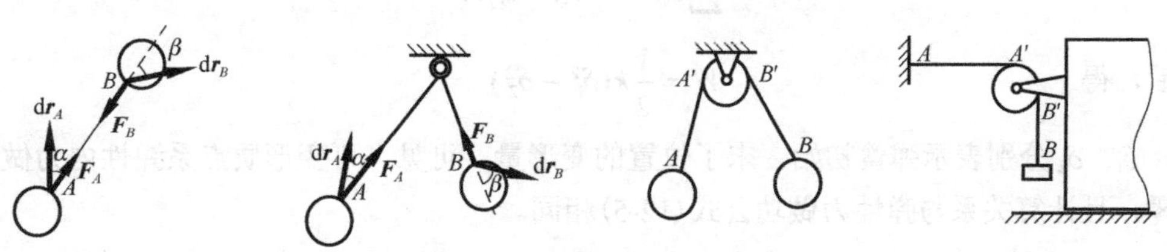

图 12-9

图 12-10(a)所示系统内的物体通过光滑铰链或光滑接触面相连接，一对约束内力 $\boldsymbol{F}_A$、$\boldsymbol{F}'_A$ 互为作用力、反作用力，在铰接点 A 的位移 $\mathrm{d}\boldsymbol{r}_A$ 上的元功之和为

$$\sum \delta W_F = \boldsymbol{F}_A \cdot \mathrm{d}\boldsymbol{r}_A + \boldsymbol{F}'_A \cdot \mathrm{d}\boldsymbol{r}_A = (\boldsymbol{F}_A - \boldsymbol{F}_A) \cdot \mathrm{d}\boldsymbol{r}_A = 0$$

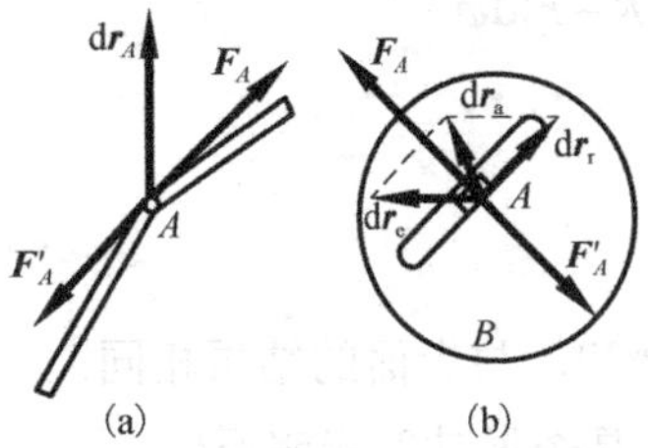

图 12-10

图 12-10(b)中以物体 B 为动参考系，B 作用于 A 的力 $\boldsymbol{F}_A$ 的作用点为动点，反作用力 $\boldsymbol{F}'_A$ 的作用点恰为牵连点，约束力 $\boldsymbol{F}_A$、$\boldsymbol{F}'_A$ 与相对位移 $\mathrm{d}\boldsymbol{r}_\mathrm{r}$ 垂直。由速度合成定理乘 $\mathrm{d}t$ 可得

$$\mathrm{d}\boldsymbol{r}_\mathrm{a} = \mathrm{d}\boldsymbol{r}_\mathrm{e} + \mathrm{d}\boldsymbol{r}_\mathrm{r}$$

$\boldsymbol{F}_A$、$\boldsymbol{F}'_A$ 的元功之和为

$$\sum \delta W_F = \boldsymbol{F}_A \cdot \mathrm{d}\boldsymbol{r}_\mathrm{a} + \boldsymbol{F}'_A \cdot \mathrm{d}\boldsymbol{r}_\mathrm{e} = \boldsymbol{F}_A \cdot (\mathrm{d}\boldsymbol{r}_\mathrm{a} - \mathrm{d}\boldsymbol{r}_\mathrm{e}) = \boldsymbol{F}_A \cdot \mathrm{d}\boldsymbol{r}_\mathrm{r} = 0$$

约束力元功之和等于零的约束，称为**理想约束**。为此，受理想约束的质点系，计算系统所受力的功，不需要考虑约束反力。

思考题 12-3　沿固定面纯滚动的轮子以及滑滚(滑动和滚动共存)的轮子，摩擦力和摩擦力偶如何做功？

12.1.4　质点系内力的功

图 12-11 所示 A、B 为质点系内任意两质点，相对定点 O 的矢径分别为 $\boldsymbol{r}_A$ 和 $\boldsymbol{r}_B$。设相互作用力分别为 $\boldsymbol{F}_A$ 和 $\boldsymbol{F}_B$，由于互为作用力与反作用力，所以有 $\boldsymbol{F}_A = -\boldsymbol{F}_B$。这对内力的元功之和为

$$\sum \delta W = \boldsymbol{F}_A \cdot \mathrm{d}\boldsymbol{r}_A + \boldsymbol{F}_B \cdot \mathrm{d}\boldsymbol{r}_B = \boldsymbol{F}_A \cdot (\mathrm{d}\boldsymbol{r}_A - \mathrm{d}\boldsymbol{r}_B)$$
$$= \boldsymbol{F}_A \cdot \mathrm{d}(\boldsymbol{r}_A - \boldsymbol{r}_B) = -F_A \cdot \mathrm{d}\overline{BA}$$

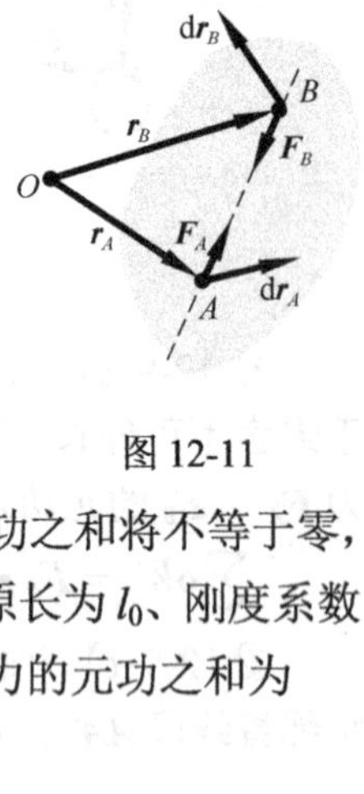

图 12-11

式中，$\overline{BA}$ 表示自质点 B 到质点 A 间的距离。

刚体内任意两质点间的距离保持不变，即 $\overline{BA}$ 大小不变，故刚体内力的元功之和为零。

若质点系内两质点间的距离发生变化，则两质点间的相互作用力的元功之和将不等于零，因此，一般质点系内力的元功之和不一定等于零。例如，A、B 两质点以原长为 l_0、刚度系数为 k 的弹簧相连接，弹簧长度 $l = \overline{BA}$，弹性力 $F_A = F_B = k(l - l_0)$。弹性内力的元功之和为

$$\sum \delta W = -k(l - l_0)\mathrm{d}l$$

积分后，得

$$W = \frac{1}{2}k(\delta_1^2 - \delta_2^2)$$

式中，δ_1、δ_2 分别表示弹簧初始、末了位置的变形量。可见，可变形质点系弹性内力做功不等于零，且计算关系与弹性力做功公式(12-5)相同。

12.2　动　　能

12.2.1　质点的动能

质点的质量为 m，速度为 $\boldsymbol{v}$，则质点的动能为 $\frac{1}{2}mv^2$，动能是标量，恒取正值。在国际单位制中的单位为 J。计算质点动能时需要注意运动量的绝对性。

例 12-2　杆 OB 绕 O 以 $\theta = A\sin(\omega t)$ 做摆动，质量为 m 的质点 M 相对 OB 杆以 $s = s(t)$ 的运动规律做直线运动(图 12-12)。求质点动能的一般表达式。

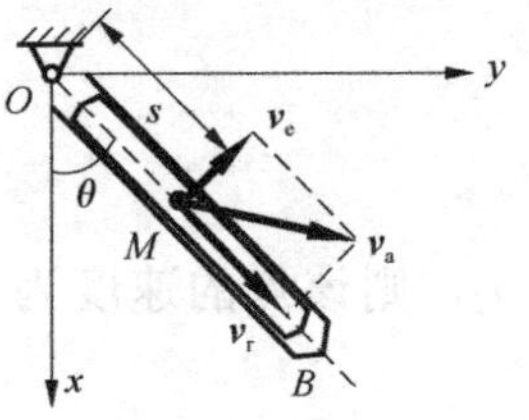

图 12-12

解　以 M 为动点，杆 OB 为动系，则有

$$\boldsymbol{v}_{\mathrm{a}} = \boldsymbol{v}_{\mathrm{e}} + \boldsymbol{v}_{\mathrm{r}}$$

质点 M 的动能为

$$\frac{1}{2}mv_{\mathrm{a}}^2 = \frac{1}{2}m[(s\dot{\theta})^2 + \dot{s}^2] = \frac{1}{2}m(s^2A^2\omega^2\cos^2\omega t + \dot{s}^2)$$

讨论　对上述表达式，可从两个不同角度理解：

(1) 代表质点在每个瞬时的动能；

(2) 把动能看成以质点位置 s、速度 $\dot{s}$ 以及时间 t 为独立变量的多元标量函数，分析动力学书中将以此观点对动能进行运算(求其对各自变量的偏导数)。

12.2.2　质点系的动能　柯尼西定理

设由 n 个质点组成的质点系质量为 m，对于惯性系 $Oxyz$ 做任意运动。在任一瞬时，质点系内任一质量为 m_i 的质点 M_i 的速度为 $\boldsymbol{v}_i$ (图 12-13)，动能为 $\frac{1}{2}m_iv_i^2$。质点系在某瞬时各质点动能的总和，称为该瞬时**质点系的动能**。用 T 表示，即

$$T = \sum\frac{1}{2}m_iv_i^2 \tag{12-9}$$

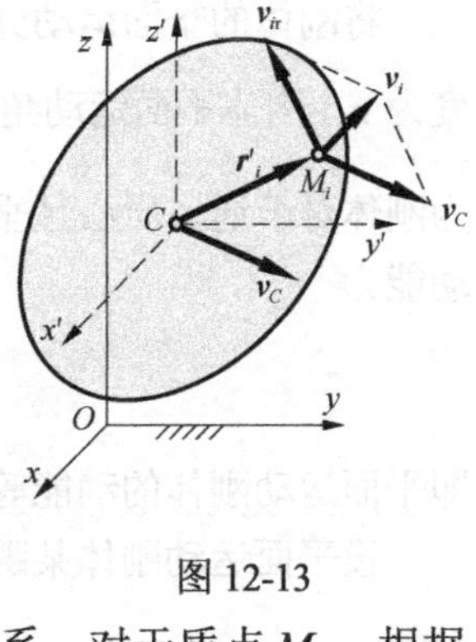

图 12-13

式(12-9)是质点系动能计算的基本公式。

设质点系的质心为 C，坐标系 $Cx'y'z'$ 为随质心 C 做平动的参考系。对于质点 M_i，根据速度合成定理，有 $\boldsymbol{v}_i = \boldsymbol{v}_C + \boldsymbol{v}_{i\mathrm{r}}$。由于 $\boldsymbol{v}_i^2 = \boldsymbol{v}_C^2 + \boldsymbol{v}_{i\mathrm{r}}^2 + 2\boldsymbol{v}_C\boldsymbol{\cdot}\boldsymbol{v}_{i\mathrm{r}}$，将其代入式(12-9)得

$$T = \sum\frac{1}{2}m_iv_i^2 = \frac{1}{2}(\sum m_i)v_C^2 + \sum\frac{1}{2}m_iv_{i\mathrm{r}}^2 + \boldsymbol{v}_C\boldsymbol{\cdot}\sum m_i\boldsymbol{v}_{i\mathrm{r}} = \frac{1}{2}mv_C^2 + T_{\mathrm{r}} + \boldsymbol{v}_C\boldsymbol{\cdot}m\boldsymbol{v}_{C\mathrm{r}}$$

考虑到质心 C 相对于平动坐标系 $Cx'y'z'$ 运动的速度 $v_{C\mathrm{r}} = 0$，故质点系动能计算式可写为

$$T = \frac{1}{2}mv_C^2 + T_{\mathrm{r}} \tag{12-10}$$

式中，右端第一项 $\frac{1}{2}mv_C^2$ 为质点系随质心平动的动能；第二项 $T_{\mathrm{r}} = \sum\frac{1}{2}m_iv_{i\mathrm{r}}^2$ 为质点系相对于质心的相对运动动能。结果表明：质点系的动能等于随质心平动的动能与它相对于质心的相对运动动能之和，这称为**柯尼西定理**。

12.2.3 刚体的动能

刚体是由无数质点所组成的不变质点系，刚体内各质点的速度分布规律因刚体运动形式的不同而异。所以，刚体的动能应根据刚体的运动类型进行计算。

1. 平动刚体的动能

刚体平动时各点的速度相同，$\boldsymbol{v}_i=\boldsymbol{v}_C$，故动能为

$$T=\sum\frac{1}{2}m_iv_i^2=\frac{1}{2}\left(\sum m_i\right)v_C^2=\frac{1}{2}mv_C^2 \tag{12-11}$$

式中，$m=\sum m_i$ 为刚体质量。

2. 定轴转动刚体的动能

设刚体定轴转动的角速度为ω，刚体内任一点到转轴的距离为 r_i，则该点的速度为 $v_i=\omega r_i$。于是，定轴转动刚体的动能为

$$T=\sum\frac{1}{2}m_iv_i^2=\frac{1}{2}\sum(m_ir_i^2)\omega^2=\frac{1}{2}J_z\omega^2 \tag{12-12}$$

式中，$J_z=\sum m_ir_i^2$ 为定轴转动刚体对转轴 z 的转动惯量。

3. 平面运动刚体的动能

将刚体的平面运动分解为随质心 C 的平动与相对质心 C 的转动，并设某瞬时质心 C 速度为 $\boldsymbol{v}_C$，刚体平面运动角速度为ω，则刚体相对质心C的相对运动动能为$T_r=\frac{1}{2}J_C\omega^2$，式中 J_C 为刚体对于通过质心且垂直于运动平面的轴的转动惯量。根据柯尼西定理，平面运动刚体的动能为

$$T=\frac{1}{2}mv_C^2+\frac{1}{2}J_C\omega^2 \tag{12-13}$$

即平面运动刚体的动能等于刚体随质心平动的动能和绕质心转动的动能之和。

设平面运动刚体某瞬时的速度瞬心位于 P 点，则此时质心 C 的速度为

$$v_C=\overline{PC}\cdot\omega$$

将此式代入式(12-13)，得

$$T=\frac{1}{2}\left(m\cdot\overline{PC}^2+J_C\right)\omega^2=\frac{1}{2}J_P\omega^2 \tag{12-14}$$

式中，$J_P=J_C+m\cdot\overline{PC}^2$ 为刚体对过速度瞬心 P 且垂直于运动平面的轴(又称为**瞬轴**)的转动惯量。一般情况下，速度瞬心的位置随时间变化，不同瞬时质心到速度瞬心的距离 $\overline{PC}$ 有可能不等，故 J_P 的大小也将随之变化；但当 $\overline{PC}$ 等于常量时，J_P=常量。

例 12-3 已知坦克前后两个轮子的半径皆为 r，质量皆为 m_1，且可视为均质圆盘。两轮的中心距为 L (图 12-14)。履带每单位长度的质量为 m_2。当坦克以速度 $\boldsymbol{v}$ 沿直线轨道行驶时，试求由两轮及履带所组成的质点系的动能。

解 设 C 为两轮及履带所组成的质点系的质心，则 $\boldsymbol{v}_C=\boldsymbol{v}$。以 C 为坐标原点，建立平动坐标系 $Cx'y'$，则两轮相对该系均做定轴转动，角速度 $\omega=v/r$；履带上各点的相对速度大小均为 $v_r=\omega r=v$。因此，质点系相对动系 $Cx'y'$ 的相对运动动能为

$$T_r=\frac{1}{2}J_{O_1}\omega^2+\frac{1}{2}J_{O_2}\omega^2+\frac{1}{2}m_2(2L+2\pi r)v^2$$

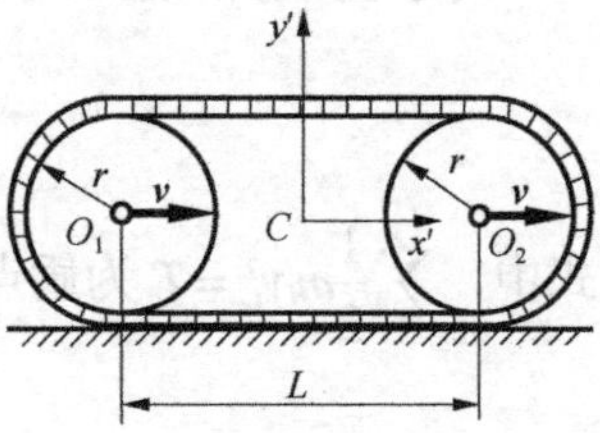

图 12-14

质点系随质心 C 平动的动能为

$$\frac{1}{2}mv_C^2=\frac{1}{2}\left[2m_1+m_2(2L+2\pi r)\right]v^2=\left[m_1+m_2(L+\pi r)\right]v^2$$

根据柯尼西定理，该质点系的总动能为

$$T=\frac{1}{2}mv_C^2+T_r=\left[\frac{3}{2}m_1+2m_2(L+\pi r)\right]v^2$$

*4. 定点运动刚体的动能

设刚体定点运动的瞬时角速度为 $\boldsymbol{\omega}$，$Ox'y'z'$ 为一般结体坐标系，且 Ox'、Oy'、Oz' 为过 O 点的惯性主轴。此时定点运动刚体的动能为

$$T=\frac{1}{2}\left(J_{x'}\omega_{x'}^2+J_{y'}\omega_{y'}^2+J_{z'}\omega_{z'}^2\right) \tag{12-15}$$

式中，$J_{x'}$、$J_{y'}$、$J_{z'}$ 分别为刚体对 Ox'、Oy'、Oz' 轴的转动惯量。

*5. 一般运动刚体的动能

设 Cx'、Cy'、Cz' 为中心惯性主轴(过质心 C 点的惯性主轴)，刚体绕质心运动的角速度为 $\boldsymbol{\omega}$，则一般运动刚体的动能为

$$T=\frac{1}{2}mv_C^2+\frac{1}{2}\left(J_{x'}\omega_{x'}^2+J_{y'}\omega_{y'}^2+J_{z'}\omega_{z'}^2\right) \tag{12-16}$$

关于定点运动刚体动能与一般运动刚体动能的推导，可参考相关的分析力学教科书。

12.3 质点系动能定理

质点运动微分方程两边同乘位移矢量可以得到质点动能定理的微分形式：

$$\mathrm{d}\left(\frac{1}{2}mv^2\right)=\delta W \tag{12-17}$$

式(12-17)沿路程积分后可得到质点动能定理的积分形式：

$$\int_{v_1}^{v_2}\mathrm{d}\left(\frac{1}{2}mv^2\right)=W_{12}$$

或

$$\frac{1}{2}mv_2^2-\frac{1}{2}mv_1^2=W_{12} \tag{12-18}$$

设质点系有 n 个质点，第 i 个质点的质量为 m_i，受合力 $\boldsymbol{F}_i$ 作用，瞬时 t 的速度为 $\boldsymbol{v}_i$。根据质点动能定理的微分形式，有

$$d\left(\frac{1}{2}m_i v_i^2\right)=\boldsymbol{F}_i\cdot d\boldsymbol{r}_i=\delta W_i$$

式中，$\delta W_i=\boldsymbol{F}_i\cdot d\boldsymbol{r}_i$ 为合力 $\boldsymbol{F}_i$ 的元功。

对于整个质点系，可列出 n 个这样的方程，然后将它们相加，得

$$\sum d\left(\frac{1}{2}m_i v_i^2\right)=d\left[\sum\left(\frac{1}{2}m_i v_i^2\right)\right]=\sum\delta W_i$$

式中，$\sum\frac{1}{2}m_i v_i^2=T$ 为质点系的动能，于是有

$$dT=\sum\delta W_i \tag{12-19}$$

式(12-19)即为**质点系动能定理的微分形式**，表明质点系动能的微分等于作用于质点系上全部力的元功之和。

对式(12-19)积分，得

$$T_2-T_1=\sum W_i \tag{12-20}$$

式中，T_1 和 T_2 分别为质点系在某一运动过程的起始与终了位置的动能。

式(12-20)为**质点系动能定理的积分形式**，表明质点系在某一运动过程中，起始、终了位置的动能改变量，等于作用在质点系上的全部力在相应路程中的做功和。

必须强调，动能定理中对质点系的受力不再以质点系的内力与外力进行区分。原因在于，对一般质点系而言，“内力做功”。例如，汽车因发动机汽缸内的燃气压力做正功，方可行驶；双手拉伸或压缩弹簧，必需使劲，这是因为在拉伸或压缩弹簧的过程中，弹性内力做了负功。

12.4　动能定理应用举例

矢量力学的方法可以建立刚体做平动、定轴转动、平面运动、定点运动及空间一般运动的运动微分方程。理论上将这些方程联立求解(包括求数值解)，即可求得刚体的运动及所有未知力。但当刚体上受到的约束(来自系统外的约束以及系统内其他刚体施加的约束)数目增加时，未知约束力和运动学关系式的个数也随之增加，求解联立方程变得困难。在此情况下，根据动能定理建立的动力学方程中理想约束力不出现，因此将会为解决问题提供捷径。

例 12-4　汽车与载荷总重量为 $\boldsymbol{G}$，轮胎与路面之间的动摩擦因数为 f，若以速度 $\boldsymbol{v}_0$ 沿水平直线公路行驶，且不计空气阻力，试求汽车前后轮同时制动到汽车停止所滑过的距离 s。

解　以汽车为研究对象，在制动到停车这一过程中，车轮卡死与汽车一起做平动。故动能变化为

$$T_2-T_1=0-\frac{1}{2}\frac{G}{g}v_0^2$$

作用于汽车上的力有重力 $\boldsymbol{G}$，前后轮所受到的法向总反力 $F_n=G$ 和动摩擦力 $F_d=fF_n$。由于 G 与 F_n 均与运动方向垂直，故只有 F_d 做负功，即

$$\sum W=-F_d s=-fGs$$

根据动能定理 $T_2-T_1=\sum W$，得

$$-\frac{1}{2}\frac{G}{g}v_0^2=-fGs$$

由此得到

$$s=\frac{v_0^2}{2gf}$$

一般情况下，汽车急制动后滑行的距离 s 可通过在路面上所留下的制动痕迹测得，这样通过上式即可求得汽车制动前的行驶速度 $v_0=\sqrt{2fgs}$ 。交警在处理交通事故时，可由此判断驾驶员是否超速行车。

例 12-5 如图 12-15 所示，摆锤由长 $L=1\text{m}$ 、重 $P=400\text{N}$ 的均质直杆和半径 $r=0.2\text{m}$ 、重 $G=800\text{N}$ 的均质圆盘组成。弹簧的一端与直杆 AB 的中点 D 连接，另一端固定于 E 点，其原长 $l_0=0.6\text{m}$ ，刚度系数 $k=600\,\text{N/m}$ 。求当摆从右侧水平位置无初速地运动到图示铅垂位置时，摆锤的角速度 ω 。

解 取摆锤为研究对象。系统受理想约束，只有重力 $\boldsymbol{P}$ 、$\boldsymbol{G}$ 及弹性力 $\boldsymbol{F}$ 做功：

$$\sum W=P\frac{L}{2}+G(L+r)+\frac{1}{2}k(\delta_1^2-\delta_2^2) \tag{a}$$

式中

$$\delta_1=0.5\sqrt{2}-0.6=0.107(\text{m})$$

$$\delta_2=(0.5+0.5)-0.6=0.4(\text{m})$$

摆锤的初动能 $T_1=0$；当摆锤运动到铅垂位置时，其末动能为

$$T_2=\frac{1}{2}J_A\omega^2 \tag{b}$$

式中，$J_A=\dfrac{1}{3}\dfrac{P}{g}L^2+\left[\dfrac{1}{2}\dfrac{G}{g}r^2+\dfrac{G}{g}(L+r)^2\right]$；$\omega$ 为摆锤的角速度。

根据动能定理 $T_2-T_1=\sum W$ ，有

$$\frac{1}{2}J_A\omega^2=P\frac{L}{2}+G(L+r)+\frac{1}{2}k(\delta_1^2-\delta_2^2) \tag{c}$$

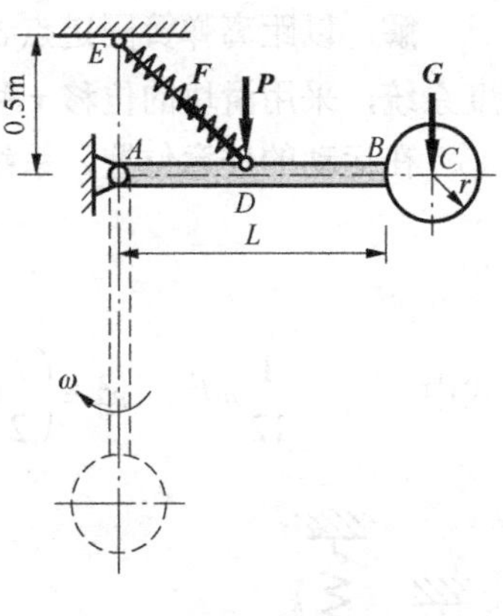

图 12-15

将有关数据代入可解得 $\omega=4.10\text{rad/s}$ 。

例 12-6 置于水平面内的行星齿轮机构，曲柄 OO_1 受不变力偶矩 M 作用绕固定轴 O 转动，曲柄带动齿轮 1 在固定齿轮 2 上滚动(图 12-16)。设曲柄 OO_1 长为 l，质量为 m，并认为是均质杆；齿轮 1 的半径为 r_1，质量为 m_1，并认为是均质圆盘。试求曲柄由静止转过 φ 角后的角速度和角加速度(不计摩擦)。

解 取整个系统为研究对象，曲柄和齿轮 1 分别做定轴转动和平面运动。由速度分析可得出曲柄的角速度 ω 和齿轮 1 的角速度 ω_1 的关系为，$r_1\omega_1=l\omega=v_{O_1}$ ，故整个系统的动能为

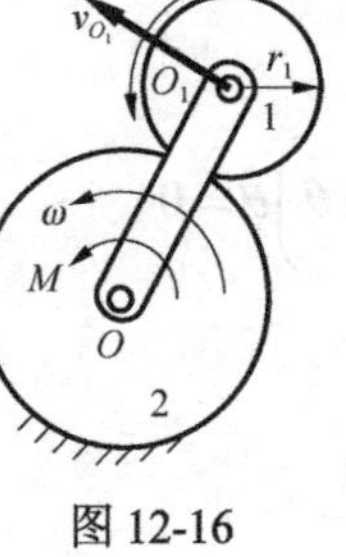

图 12-16

$$T=\frac{1}{2}J_O\omega^2+\frac{1}{2}m_1v_{O_1}^2+\frac{1}{2}J_{O_1}\omega_1^2$$

$$=\frac{1}{2}\times\frac{1}{3}ml^2\omega^2+\frac{1}{2}m_1(l\omega)^2+\frac{1}{2}\times\frac{1}{2}m_1r_1^2\left(\frac{l\omega}{r_1}\right)^2=\frac{1}{2}\left(\frac{1}{3}m+\frac{3}{2}m_1\right)l^2\omega^2$$

系统在水平面内运动，重力不做功。此外，摩擦不计，系统受理想约束，故约束反力做功和为零。只有主动力偶矩 M 做正功，根据动能定理，有

$$\frac{1}{2}\left(\frac{1}{3}m+\frac{3}{2}m_1\right)l^2\omega^2-0=M\varphi$$

可求出曲柄角速度为

$$\omega^2 = \frac{12M}{(2m+9m_1)l^2}\varphi \tag{a}$$

即

$$\omega = \sqrt{\frac{12M}{(2m+9m_1)l^2}\varphi} \tag{b}$$

式(b)表示的是ω与φ的函数关系。将式(a)两边对时间 t 求导数，并注意$\frac{\mathrm{d}\varphi}{\mathrm{d}t}=\omega$，最后得

$$\alpha = \frac{6M}{(2m+9m_1)l^2}$$

此处，有必要说明：建立的动能和功的表达式在任意位置都成立，可直接根据$\frac{\mathrm{d}T}{\mathrm{d}t}=\frac{\mathrm{d}W}{\mathrm{d}t}$，得到加速度(角加速度)，在数学计算上要比速度求导更方便。

例 12-7 均质直杆 AB 的质量为 m，长为 l，用光滑铰链 A 与质量为 m 的滑块 A 铰接。滑块 A 连接在刚度系数为 k 的弹簧上。静平衡位置处弹簧伸长量为 δ_0，建立系统的运动微分方程。

解 以距离弹簧固定点 δ_0 处为坐标原点，建立坐标系，如图 12-17 所示。系统为两自由度系统，采用滑块的位移 x 和杆与铅垂方向的夹角 θ 描述系统的运动位形。

在运动的任意位置，系统动能为

$$T = \frac{1}{2}m\dot{x}^2 + \frac{1}{2}J_C\dot{\theta}^2 + \frac{1}{2}mv_C^2$$

式中，$J_C = \frac{1}{12}ml^2$；$v_C^2 = \left(\frac{l}{2}\dot{\theta}\sin\theta - \dot{x}\right)^2 + \left(\frac{l}{2}\dot{\theta}\cos\theta\right)^2$，代入整理后，得

$$T = m\dot{x}^2 + \frac{1}{6}ml^2\dot{\theta}^2 - \frac{1}{2}ml\dot{\theta}\dot{x}\sin\theta$$

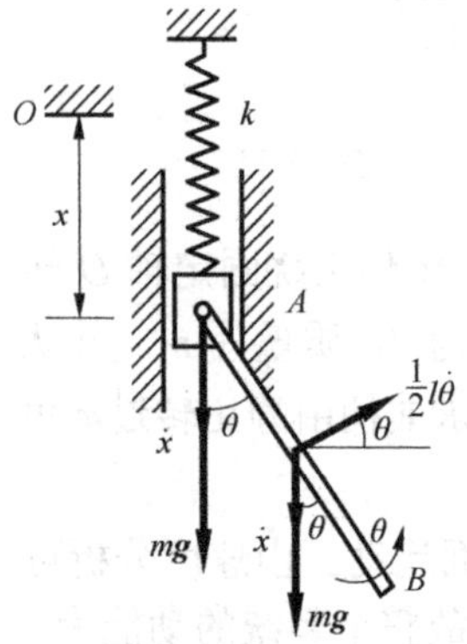

图 12-17

从静平衡位置到任意位置，弹性力、重力做的功为

$$W = \frac{k}{2}\left[\delta_0^2 - (\delta_0 + x)^2\right] + mgx + mg\left[x - \frac{l}{2}(1-\cos\theta)\right]$$

式中，$k\delta_0 = 2mg$，整理后得到

$$W = -\frac{k}{2}x^2 - \frac{mg}{2}l(1-\cos\theta)$$

上面建立的动能和功的表达式在任意瞬时都成立，故有

$$\frac{\mathrm{d}T}{\mathrm{d}t} = \frac{\mathrm{d}W}{\mathrm{d}t}$$

将动能 T、功 W 代入整理后，有

$$\left(2m\ddot{x} - \frac{1}{2}ml\ddot{\theta}\sin\theta - \frac{1}{2}ml\dot{\theta}^2\cos\theta + kx\right)\dot{x} + \left(\frac{1}{3}ml^2\ddot{\theta} - \frac{1}{2}ml\ddot{x}\sin\theta + \frac{1}{2}mgl\sin\theta\right)\dot{\theta} = 0$$

上式成立的条件即为系统运动微分方程：

$$2m\ddot{x} - \frac{1}{2}ml\ddot{\theta}\sin\theta - \frac{1}{2}ml\dot{\theta}^2\cos\theta + kx = 0$$

$$2l\ddot{\theta} - 3\ddot{x}\sin\theta + 3g\sin\theta = 0$$

思考题 12-4　采用动量定理和动量矩定理求解例 12-7，分析得到的两个运动微分方程的物理含义；将求解方法与例 12-7 所用方法进行对比，总结两种方法的区别与联系。

综合上述各例，归纳应用动能定理解题的基本步骤如下。

(1) 根据题意，选取适当的质点系作为研究对象。

(2) 分析全部做功的力，计算所有力的功。

(3) 分析质点系的运动及各部分之间的运动关系，计算系统动能。

(4) 运用动能定理求出速度或角速度。

(5) 若所得动能及功的表达式为一般表达式，则可通过求导运算得到加速度、角加速度以及系统的运动微分方程。

12.5　动力学综合问题举例

质点和质点系的动力学普遍定理包括动量定理、动量矩定理和动能定理。这些定理可分为两类：动量定理和动量矩定理属于一类，动能定理属于另一类。前者是矢量形式，后者是标量形式；两者都用于研究机械运动，而后者还可用于研究机械运动与其他运动形式有能量转化的问题。

质心运动定理与动量定理一样，也是矢量形式，常用来分析质点系受力与质心运动的关系；它与相对于质心的动量矩定理联合，共同描述了质点系机械运动的总体情况；特别是联合用于刚体，可建立起刚体运动的基本方程，如平面运动微分方程。应用动量定理和动量矩定理时，质点系的内力不能改变系统的动量和动量矩，只需考虑质点系所受的外力。

动能定理是标量形式，在很多实际问题中约束力又不做功，因而应用动能定理分析系统的速度变化是比较方便的。但应注意，在有些情况下质点系的内力做功并不等于零，应用时要具体分析质点系的内力做功问题。

普遍定理提供了解决动力学问题的一般方法，而在求解比较复杂的问题时，往往需要根据各定理的特点，联合运用。

例 12-8　图 12-18(a) 所示塔轮的质量为 m，外轮半径为 R，内轮半径为 r，对其中心轴的回转半径为 ρ。今在塔轮的内圆上缠绕一条软绳，绳的另一端通过定滑轮 B 悬挂质量为 m_A 的重物。塔轮沿水平面纯滚动，不计滚动摩阻和滑轮 B 及软绳的质量。试求绳子的张力和水平面对塔轮的摩擦力。

解　(1) 取系统为研究对象。受理想约束，只有重物 A 的重力做功，元功为

$$\delta W = m_A g v_A \cdot \mathrm{d}t = m_A g(R-r)\omega \cdot \mathrm{d}t$$

塔轮做平面运动，重物做平动。任意瞬时系统的动能为

$$T = T_{轮} + T_A = \frac{1}{2}J_P\omega^2 + \frac{1}{2}m_A v_A^2 \qquad \text{(a)}$$

式中，P 为塔轮的速度瞬心；$J_P = m(\rho^2 + R^2)$ 为塔轮对过速度瞬心且垂直于轮面的轴 P 的转动惯量。由运动学关系有

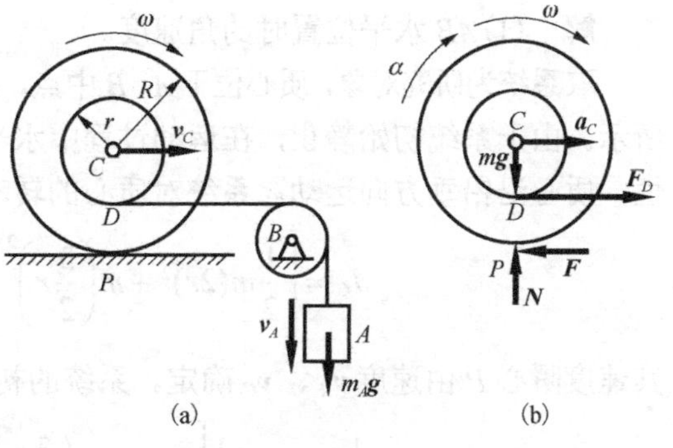

图 12-18

$$v_A = v_D = (R-r)\omega, \quad v_C = R\omega$$

对 v_C 求导，得

$$a_C = R\alpha$$

代入式(a)，得

$$T = \frac{1}{2}m(\rho^2 + R^2)\omega^2 + \frac{1}{2}m_A v_A^2 = \frac{1}{2}\left[m(\rho^2 + R^2) + m_A(R-r)^2\right]\omega^2$$

由 $\mathrm{d}T/\mathrm{d}t = \delta W/\mathrm{d}t$，有

$$[m(\rho^2 + R^2) + m_A(R-r)^2]\omega\alpha = m_A g(R-r)\omega$$

解得

$$\alpha = \frac{m_A g(R-r)}{m(\rho^2 + R^2) + m_A(R-r)^2}, \quad a_C = R\alpha = \frac{m_A gR(R-r)}{m(\rho^2 + R^2) + m_A(R-r)^2}$$

(2)取塔轮为研究对象，受力和运动分析如图 12-18(b)所示。速度瞬心 P 到质心 C 的距离为常数，所以根据动量矩定理与质心运动定理，有

$$J_P\alpha = \sum M_P(\boldsymbol{F}^{\mathrm{e}}) = F_D(R-r)$$

$$ma_C = \sum F_x^{\mathrm{e}} = F_D - F$$

解得

$$F_D = \frac{m(\rho^2 + R^2)}{R-r}\alpha, \quad F = F_D - ma_C = \frac{m(\rho^2 + Rr)}{R-r}\alpha$$

例 12-9　如图 12-19(a)所示，质量皆为 m、半径分别为 $2r$ 和 r 的两均质圆盘固连在一起。初瞬时两盘心连线 AB 铅垂，系统静止。试求当 AB 受微小扰动后运动至水平位置时系统的角速度、角加速度及受到光滑固定水平面约束力的大小。

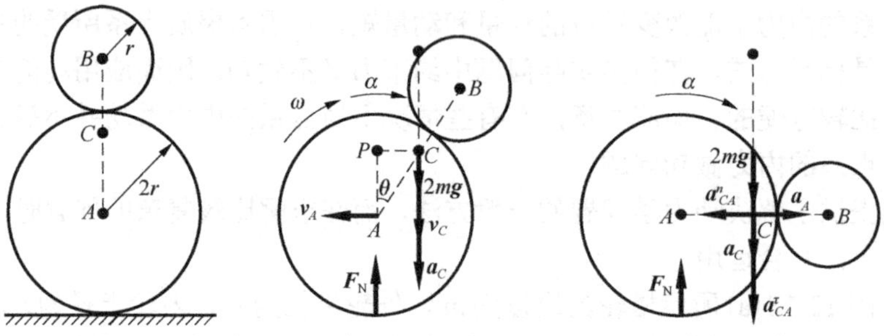

图 12-19

解　(1) AB 水平位置时的角速度。

取系统为研究对象，质心位于 A、B 中点。系统在任意位置时的受力与运动分析如图 12-19(b)所示。由于系统初始静止，在运动过程中水平方向没有外力作用，故其质心 C 的水平坐标守恒，质心沿铅垂方向运动。系统对质心的转动惯量为

$$J_C = \left[\frac{1}{2}m(2r)^2 + m\left(\frac{3}{2}r\right)^2\right] + \left[\frac{1}{2}mr^2 + m\left(\frac{3}{2}r\right)^2\right] = 7mr^2$$

其速度瞬心 P 由速度 $\boldsymbol{v}_A$、$\boldsymbol{v}_C$ 确定。系统的初动能 $T_1 = 0$，运动至任意位置时的动能为

$$T_2 = \frac{1}{2}J_P\omega^2 = \frac{1}{2}\left[J_C + 2m\left(\frac{3}{2}r\sin\theta\right)^2\right]\omega^2 = \frac{1}{4}(14 + 9\sin^2\theta)mr^2\dot{\theta}^2$$

在此过程中做功的力只有重力，其功为

$$W = 2mg(1.5r)(1-\cos\theta) = 3mgr(1-\cos\theta)$$

根据动能定理 $T_2 - T_1 = W$，有

$$\frac{1}{4}(14+9\sin^2\theta)mr^2\dot{\theta}^2 = 3mgr(1-\cos\theta) \tag{a}$$

即可求得

$$\dot{\theta} = 2\sqrt{\frac{3(1-\cos\theta)g}{(14+9\sin^2\theta)r}}$$

当 AB 处于水平位置，即 $\theta = 90°$ 时，系统的角速度为

$$\omega = \dot{\theta} = 2\sqrt{\frac{3g}{23r}} \tag{b}$$

(2) AB 水平位置时的角加速度。

系统在一般位置时式(a)成立，故可两端对时间 t 求导，任意瞬时有

$$\frac{1}{2}(14+9\sin^2\theta)mr^2\dot{\theta}\ddot{\theta} + \frac{9}{2}\sin\theta\cos\theta mr^2\dot{\theta}^3 = 3mgr\sin\theta\dot{\theta}$$

故当 AB 处于水平位置时（$\theta = 90°$），系统的角加速度为

$$\alpha = \ddot{\theta} = \frac{6g}{23r} \tag{c}$$

(3) AB 水平位置时系统质心 C 的加速度。

系统的受力与运动分析如图 12-19(c)所示。以 A 为基点，有

$$\boldsymbol{a}_C = \boldsymbol{a}_A + \boldsymbol{a}_{CA}^n + \boldsymbol{a}_{CA}^\tau \tag{d}$$

将式(d)向铅垂方向投影，可得

$$a_C = a_{CA}^\tau = \frac{3}{2}r\alpha = \frac{3}{2}r\frac{6g}{23r} = \frac{9g}{23} \tag{e}$$

(4) AB 水平位置时固定水平面的约束力。

根据质心运动定理，有

$$2ma_C = 2mg - F_N \tag{f}$$

即可求得光滑固定水平面的约束力：

$$F_N = 2m(g - a_C) = 2m\left(g - \frac{9g}{23}\right) = \frac{28}{23}mg$$

例 12-10　如图 12-20(a)所示，长为 $2l$ 的均质杆 AB 两端用光滑圆柱铰链与滑块 A 和均质圆轮 B 铰接。杆的质量为 $2m$，滑块 A、轮 B 质量均为 m。水平滑槽与滑块间摩擦不计，$\varphi = 0°$ 时系统自静止释放。计算系统运动至 $\varphi = 90°$ 时滑块、轮心的速度以及轮心在铅垂方向的受力。

解　(1) 根据受力分析系统及各部分运动特征。

系统质心位置在杆的中点 C。系统水平方向受力为零，初始静止，故运动过程中系统水平方向质心位置守恒，C 点速度始终沿 y 轴方向，即 $\sum F_x = 0$， $p_x = 0$, $v_{Cx} = 0$ 。

轮 B 受力始终过轮心，初始静止，角速度为零，即 $\omega_{B0} = 0$ 。由 $J_B\alpha_B = \sum M_B = 0$，得到 $\alpha_B = 0$，即运动过程中 $\omega_B = 0$ ，即轮 B 平动。

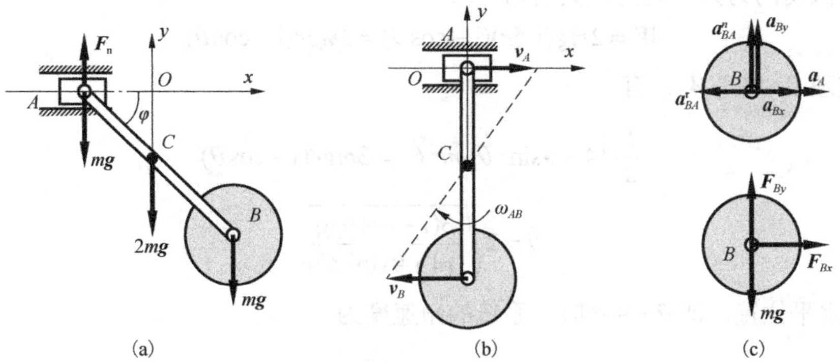

图 12-20

(2) 用动能定理求解速度、角速度。

系统运动到 $\varphi = 90°$，AB 杆的速度瞬心恰好在 C 点，即此时 $v_C = 0$，$v_A = v_B = v = \omega_{AB} l$，方向如图 12-20(b) 所示。

系统在 $\varphi = 90°$ 位置上的动能为

$$T = \frac{1}{2}m_A v_A^2 + \frac{1}{2}m_B v_B^2 + \frac{1}{2}m_{AB} v_C^2 + \frac{1}{2}J_C\omega_{AB}^2 = \frac{1}{2}mv_A^2 + \frac{1}{2}mv_B^2 + \frac{1}{2}J_C\omega_{AB}^2$$

$$= mv^2 + \frac{1}{2}\left[\frac{1}{12}\cdot 2m(2l)^2\right]\omega_{AB}^2 = \frac{4}{3}mv^2$$

从 $\varphi = 0°$ 运动到 $\varphi = 90°$，杆 AB、轮 B 的重力做功

$$W = m_B g\cdot 2l + m_{AB} g\cdot l = 4mgl$$

根据动能定理 $T_2 - T_1 = W$，有

$$\frac{4}{3}mv^2 = 4mgl$$

求解，得到　　$v = \sqrt{3gl}$，　$\omega_{AB} = v/l = \sqrt{3g/l}$

$\varphi = 90°$ 时滑块和轮心速度大小相等，方向相反，角速度转向如图 12-20(b) 所示。

(3) 用质心运动定理求解轮心受力。

轮 B 受力如图 12-20(c) 所示。轮心加速度同 AB 杆上 B 点加速度。根据 AB 平面运动求解 B 点加速度。以 A 为基点有

$$\boldsymbol{a}_B = \boldsymbol{a}_A + \boldsymbol{a}_{BA}^n + \boldsymbol{a}_{BA}^\tau$$

轮心 y 方向的加速度为　　$a_{By} = a_{BA}^n = \omega_{AB}^2\cdot 2l = 6g$

根据质心运动定理有　　$m_B a_{By} = F_{By} - m_B g$

求解，得 $F_{By} = 7mg$，方向如图 12-20(c) 所示。

讨论　(1) 本题综合应用了动量定理、动能定理与动量矩定理。根据质心位置守恒判断质心运动特征，根据轮心受力、初始条件及转动方程判断轮子的运动形式，是顺利求解题目的关键。

(2) 题目仅求解了轮心铅垂方向的受力，避开了水平方向的受力，原因在于 AB 杆角加速度未知，特定位置上动能定理的积分形式得到的角速度不能求导，无法给出此瞬时杆的角加速度，故水平方向角加速度的求解条件尚不成熟。

思考题 12-5　(1)例 12-10，$\varphi=45°$ 时滑块和轮心的速度、加速度如何求解？(2)若滑块 A 固定，杆运动到 $\varphi=45°$ 时铰链 A 处的受力如何求解？(3)若轮 B 与 AB 杆固结，求解过程有何不同？

思考题 12-6　针对本节的三道例题，尝试避开动能定理，仅采用动量定理、动量矩定理进行求解，梳理求解过程，与例题中的求解方法进行对比，总结各方法的求解要点。

例 12-11　链条全长为 l，质量为 m，放在光滑水平桌面上，如图 12-21(a)所示。其中长为 d 的一段下垂在桌沿外面。若将链条由静止开始释放，求：(1)整个链条离开桌面时的速度；(2)下落过程中垂挂部分的长度 z 与运动时间 t 的关系。(假设链条滑落过程中水平段始终与桌面相接触。)

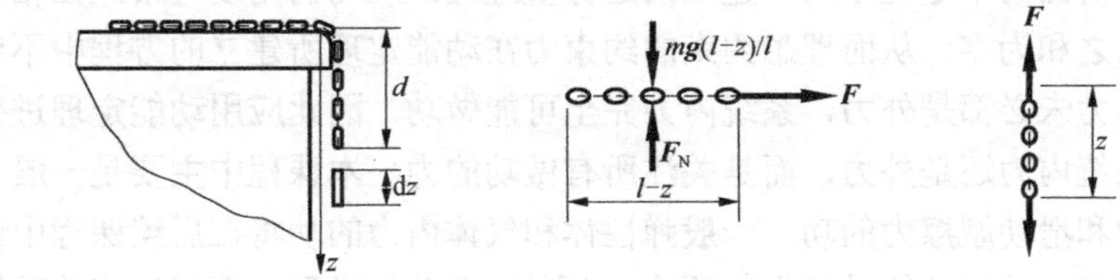

图 12-21

解　(1)链条初始动能为 $T_1=0$，整个链条离开桌面时动能为 $T=\dfrac{1}{2}mv^2$。

运动过程中悬挂的链条重力做功，取 dz 微段，其重力为 $\dfrac{mg}{l}\mathrm{d}z$，dz 微段由桌面滑落至 z 处做的功为 $\dfrac{mg}{l}\mathrm{d}z\cdot z$，整个链条做的功为

$$W=\int_d^l \frac{mg}{l}z\mathrm{d}z=\frac{mg}{2l}(l^2-d^2)$$

根据动能定理 $T_2-T_1=W$，解得

$$v=\sqrt{(l^2-d^2)g/l}$$

本部分重力功的求解，也可根据桌面上 $(l-d)$ 部分的质心位置从 $z_{C0}=0$ 变化到 $z_{C1}=d+\dfrac{l-d}{2}=\dfrac{l+d}{2}$，按照重力 $\dfrac{(l-d)mg}{l}$ 质心位置变化直接计算。

(2)悬挂部分的长度为 z，分析水平部分及悬挂部分两端绳子的受力，如图 12-21(b)、(c)所示。

水平段，由质心运动定理，有　$\dfrac{(l-z)m}{l}a=\dfrac{(l-z)m}{l}\ddot{z}=F$

悬挂段，同理，有方程：　$\dfrac{mz}{l}a=\dfrac{mz}{l}\ddot{z}=\dfrac{mgz}{l}-F$

上面两个方程相加，得　$\ddot{z}=\dfrac{gz}{l}$，即　$\dfrac{\mathrm{d}^2z}{\mathrm{d}t^2}=\dfrac{gz}{l}$

上述方程给出了滑落过程中悬挂部分的长度与运动时间 t 之间的关系，由所得结果可知，链条自静止开始滑落时的加速度为 gd/l。

思考题 12-7　例 12-11 中第二问，加速度与链条下垂长度之间的关系也可通过动能定理得到，但不能对题解中动能定理得到的速度直接求导，为什么？写出下垂链条长度为 $z(z>d)$ 时系统的动能和重力功，使得动能和功能够求导，通过求导得到滑落过程中加速度与下垂长度之间的关系。

思考空间

动量定理和动量矩定理采用矢量力学方法，建立研究对象所受的所有外力(矩)与动量(矩)之间的关系，受力分析时需要考虑研究对象所受的全部外力，约束力在受力分析中务必考虑周全。

动能定理与前面两个定理不同，建立的是标量方程。从功的角度考察，在相当多的情况下，约束力做功之和为零，从而理想约束的约束力在动能定理所建立的方程中不出现。需要注意的是做功的力未必都是外力，系统内力完全可能做功，因此应用动能定理进行受力分析时不再区分是系统内力还是外力，而是关注所有做功的力。本课程中主要是一般主动力、力偶的功及弹簧力和滑动摩擦力的功；一般弹性体和气体内力的功将在后续课程中讨论。

应用动能定理，计算动能时要先判断物体(刚体)运动的类型，根据相应的动能公式进行计算，计算公式中的速度、角速度一定要是惯性系下的绝对量。涉及的物理参数(如转动惯量)需要准确计算；系统中运动量之间的运动学关系(包括复合运动形式)需要用到运动学的知识，最终用独立的运动参数表示系统的动能。所得动能是瞬时值还是一般表达式，主要取决于引用的运动学关系是否具有一般性，这在用动能定理求加速度以及分析动力学中至关重要。

在系统只有一个自由度的情况下，可先由动能定理解出系统的运动，再由其他定理求解未知力。

习　　题

12-1　图示弹簧原长 $l_0=10\text{cm}$，刚度系数 $k=4.9\text{kN/m}$，一端固定在半径 $R=10\text{cm}$ 的圆周上的 O 点，另一端可以在此圆周上移动。如果弹簧的另一端从 B 点移至 A 点，再从 A 点移至 D 点，问两次移动过程中，弹簧力所做功各为多少？图中 OA、BD 为圆的直径，且 $OA\perp BD$。

12-2　图示系统在同一铅垂面内。套筒的质量 $m=1\text{kg}$，可在光滑的固定斜杆上滑动，套筒上连接一刚度系数 $k=200\text{N/m}$ 的弹簧，其另一端固定于 D 点，原长 $l_0=0.4\text{m}$。已知 DA 沿铅垂方向，DB 垂直于斜杆。套筒受一沿斜杆向上的常力 $F=100\text{N}$ 作用，使套筒由 A 点移动到 B 点，试求在此运动过程中，其上各力所做功的总和。

12-3　均质杆 AB 的质量为 M，长为 l，放在铅垂平面内，一端靠着墙壁，另一端 B 沿水平地面滑动。已知当 $\varphi=30°$ 时，B 端的速度为 $\boldsymbol{v}_B$，如图所示，求该瞬时杆 AB 的动能。

12-4　如图所示，车身的质量为 M_1，支承在两对相同的车轮上，每对车轮的质量为 M_2，并可视为半径为 r 的均质圆盘，已知车身的速度为 $\boldsymbol{v}$，车轮沿水平面滚而不滑，求整个车子的动能。

12-5　长为 l、重为 $\boldsymbol{P}$ 的均质杆 OA，以球铰链铰接于 O 点，并以等角速度 ω 绕铅垂轴转动，如图所示。若杆与铅垂线的夹角为 θ，求杆的动能。

12-6　如图所示，半径为 r 的均质圆柱重为 $\boldsymbol{G}$，在半径为 R 的固定圆柱形凹面上做纯滚动。试求圆柱的动能(表示为参数 φ 的函数)。

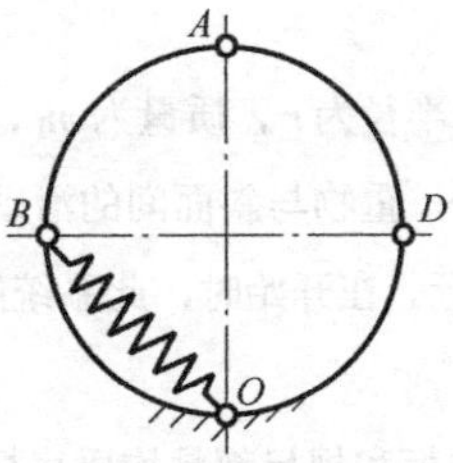

题 12-1 图

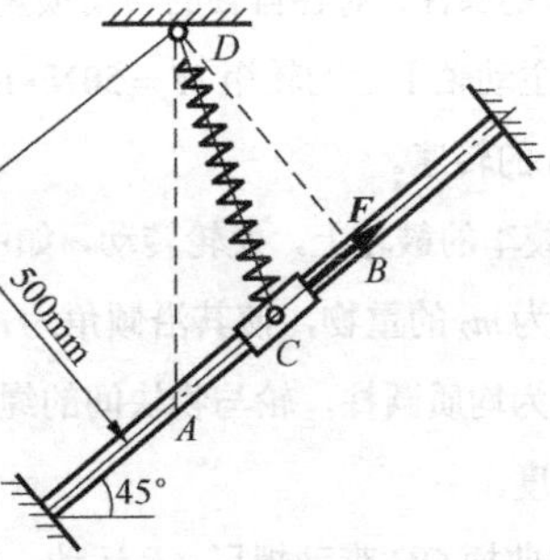

题 12-2 图

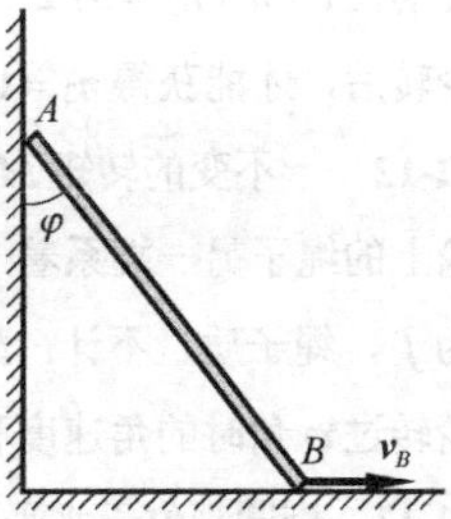

题 12-3 图

12-7　如图所示，滑块 A 的质量为 m_1，以速度 $v = at$ 沿水平面向右做直线运动。滑块上悬挂一单摆，其质量为 m_2，摆长为 l，以 $\varphi = \varphi_0 \sin(bt)$ 做相对摆动(以上两式中 a、b、φ_0 均为常量)。试计算系统在瞬时 t 的动能。

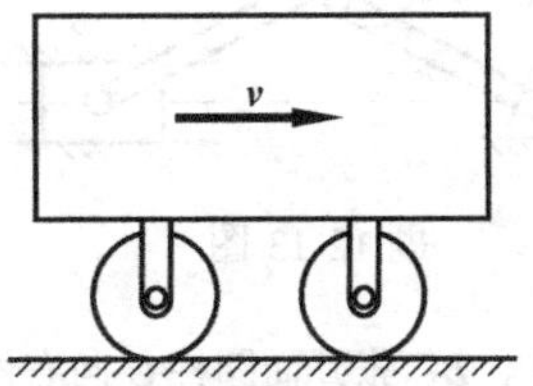

题 12-4 图

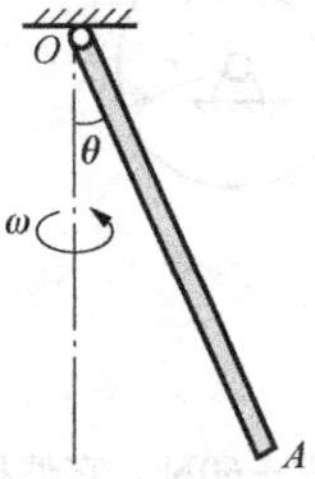

题 12-5 图

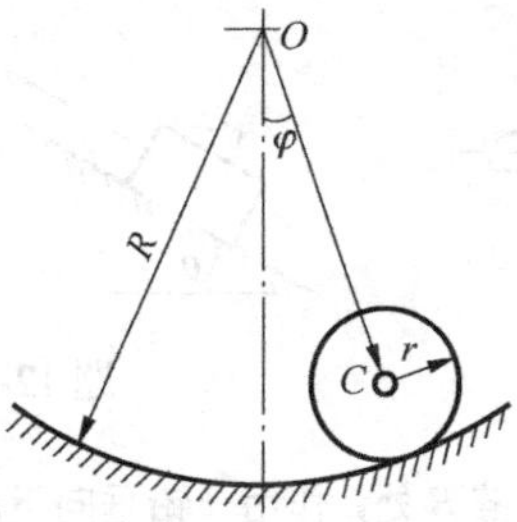

题 12-6 图

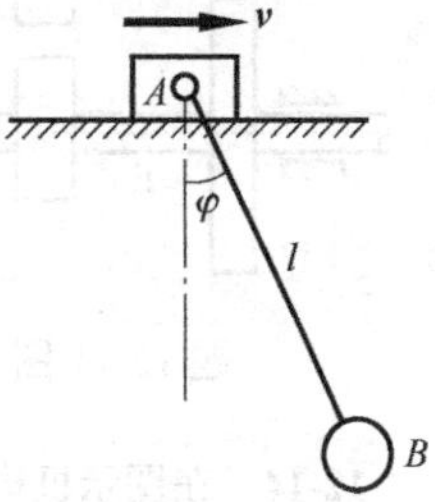

题 12-7 图

12-8　如图所示，卷扬机提升重物，线缆材料密度为 ρ，物块质量为 m，尺寸忽略不计。将物块提升至与转轴齐平的位置，卷扬机需要做的功是多少？

12-9　如图所示，链条全长 $l = 100\text{cm}$，单位长重 $p = 200\text{N/m}$，对称地悬挂在半径 $R = 10\text{cm}$、重 $G = 10\text{N}$ 的均质滑轮上，因受微小扰动，链条自静止开始从一边下落，设链条与滑轮间无相对滑动，求链条离开滑轮时的速度(假设链条滑落过程中不会发生跳跃现象)。

12-10　图示系统在同一铅垂面内。质量 $m = 5\text{kg}$ 的小球固连在 AB 杆的 B 端，杆的 C 点处连接着一弹簧，刚度系数 $k = 800\text{N/m}$，弹簧的另一端固定于 D 点。A、D 在同一条铅垂线上。若不考虑 AB 杆的质量，当摆杆自水平位置无初速地释放时，弹簧恰好没有变形，试求当 AB 杆摆到下方铅垂位置时，小球 B 的速度。

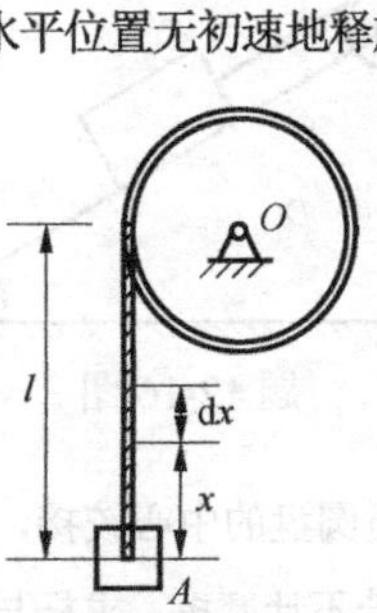

题 12-8 图

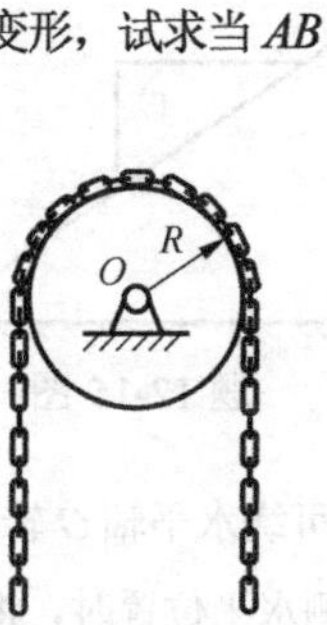

题 12-9 图

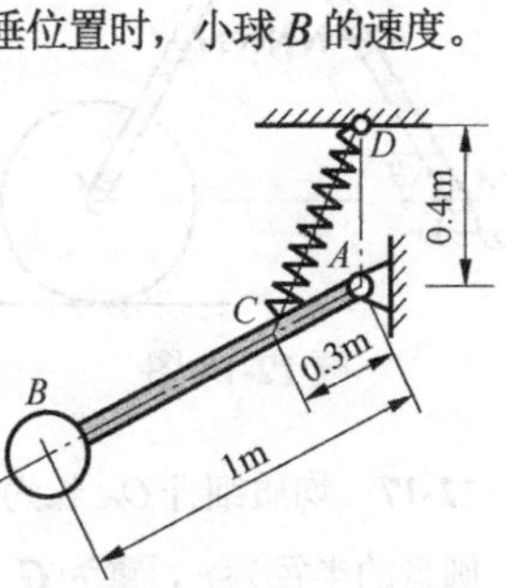

题 12-10 图

12-11　轴Ⅰ和轴Ⅱ连同其上的转动部件，对各自轴的转动惯量分别为 $J_1 = 5\text{kg} \cdot \text{m}^2$，$J_2 = 4\text{kg} \cdot \text{m}^2$，齿轮的传动比 $i = n_1 / n_2 = 3/2$。作用在主动轴Ⅰ上的转矩 $M = 50\text{N} \cdot \text{m}$，它使系统由静止开始转动。问轴Ⅱ经过多少转后，才能获得 $n_2 = 120\text{r/min}$ 的转速。

12-12　一不变的转矩 M 作用在绞车的鼓轮上，使轮转动，如图所示。轮的半径为 r，质量为 m_1，缠绕在鼓轮上的绳子另一端系着一个质量为 m_2 的重物，使其沿倾角为 θ 的倾面上升，重物与斜面间的滑动摩擦因数为 f，绳子质量不计，鼓轮可视为均质圆柱，轮与物块间的绳索与斜面平行。在开始时，此系统静止，求鼓轮转过 φ 角时的角速度和角加速度。

12-13　椭圆规位于水平面内，由曲柄 OC 带动规尺 AB 运动，如图所示。曲柄和规尺都是均质直杆，重量分别为 $\boldsymbol{P}$ 和 $2\boldsymbol{P}$，且 $OC = AC = BC = l$，滑块 A 和 B 的重量均为 $\boldsymbol{G}$。若作用在曲柄上的转矩为 M，设 $\varphi = 0$ 时系统静止，忽略摩擦，求曲柄转过 φ 角时它的角速度和角加速度。

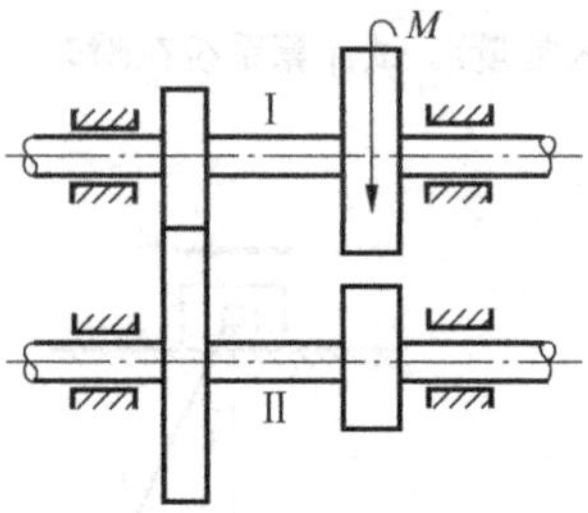

题 12-11 图

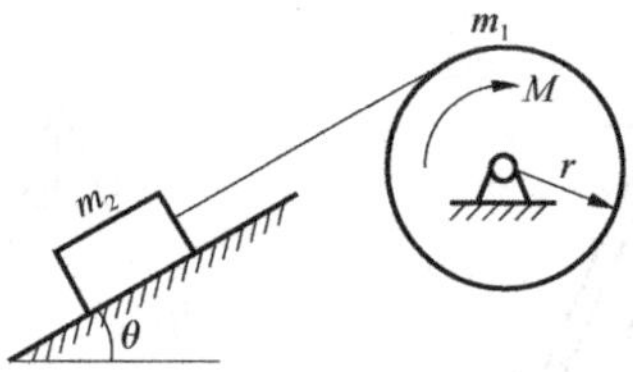

题 12-12 图

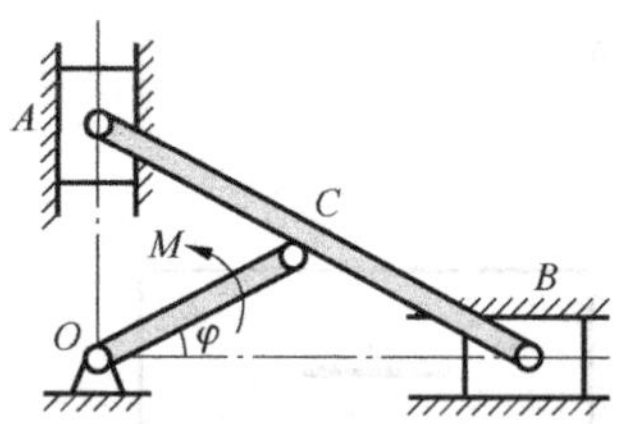

题 12-13 图

12-14　在图示机构的铰链 B 处，作用一铅垂向下的力 $P = 60\text{N}$，它使杆 AB、BC 张开而圆柱 C 向右做纯滚动。此两杆的长度均为 $l = 1\text{m}$，质量均为 $m = 2\text{kg}$。圆柱的半径 $R = 250\text{mm}$，质量 $M = 4\text{kg}$，在两杆的中点 D、E 处连接一根弹簧，其刚度系数 $k = 50\text{N/m}$，原长 $l_0 = 1\text{m}$，若将系统在 $\theta = 60°$ 时由静止释放，试求运动到 $\theta = 0°$ 时杆 AB 的角速度。

12-15　图示三棱柱 A 沿三棱柱 B 的光滑斜面滑动，A 和 B 的重量分别为 $\boldsymbol{P}$ 和 $\boldsymbol{G}$，三棱柱 B 的斜面与光滑水平面成 θ 角。若将系统由静止开始释放，求运动时三棱柱 B 的加速度。

12-16　A 物重为 $\boldsymbol{P}_1$，沿三棱柱 D 的斜面下滑，同时借绕过滑轮 C 的绳使重 $\boldsymbol{P}_2$ 的物体 B 上升，如图所示。斜面倾角为 θ，滑轮和绳的质量以及摩擦均略去不计，求三棱柱 D 作用于地板小凸台 E 处的水平压力。

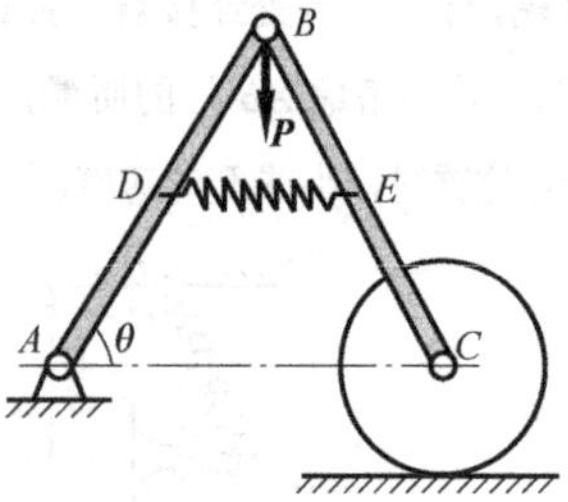

题 12-14 图

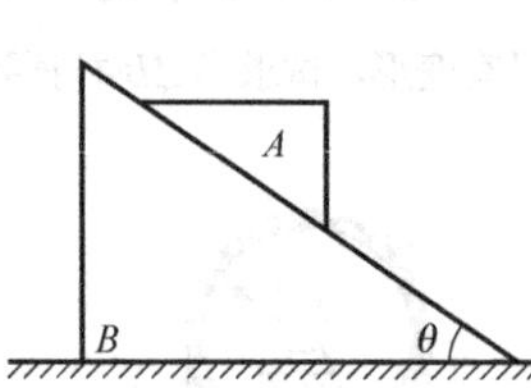

题 12-15 图

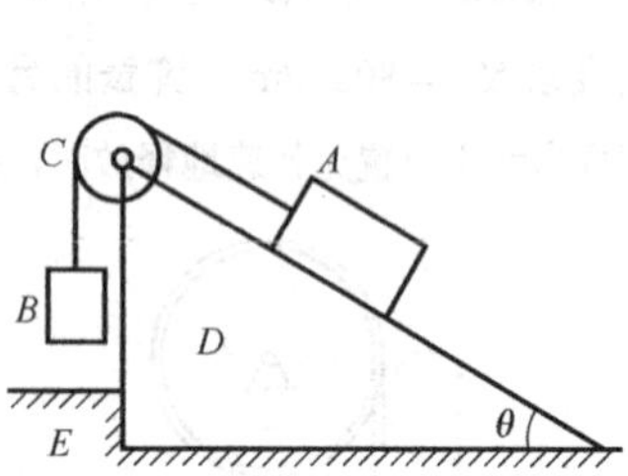

题 12-16 图

12-17　均质细杆 OA 长为 l，重为 $\boldsymbol{P}$，可绕水平轴 O 转动，另一端 A 与均质圆盘的中心铰接，如图所示。圆盘的半径为 r，重为 $\boldsymbol{G}$。当杆处于右侧水平位置时，将系统无初速释放，若不计摩擦，求杆与水平线成 θ 角的瞬时杆的角速度和角加速度及轴承 O 处的约束力。

12-18 图示系统中，长为 $l=6R$ 的均质杆 AB 用光滑铰链 A 与质量为 m、半径为 R 的均质圆盘铰接。杆 AB 的 1/3 水平放置于粗糙的台棱面上且无初速释放。当杆 AB 尚未滑动时运动到图示位置，试求该瞬时杆 AB 的角速度、角加速度以及台棱 D 处的约束反力。

12-19 滚子质量为 m_1，在板上做纯滚动，板的质量为 m_2，板与水平面为光滑接触，质点 A 的质量为 m_3，如图所示，开始时，系统无初速度，$\theta=\theta_0$，$m_1=m_2=3m_3$。求单摆自 θ_0 位置无初速度地运动至铅垂位置时质点 A 的速度。

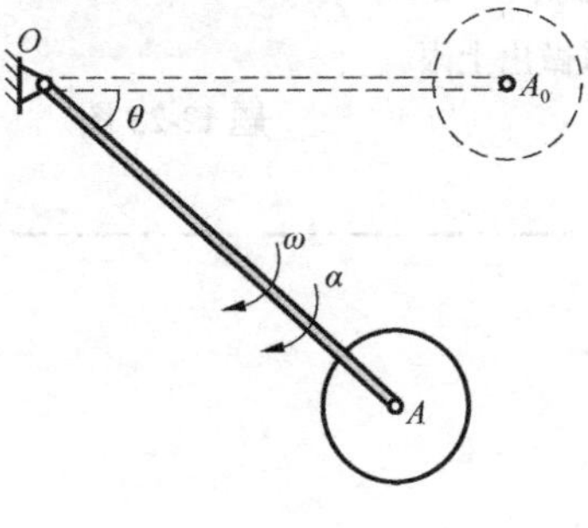

题 12-17 图

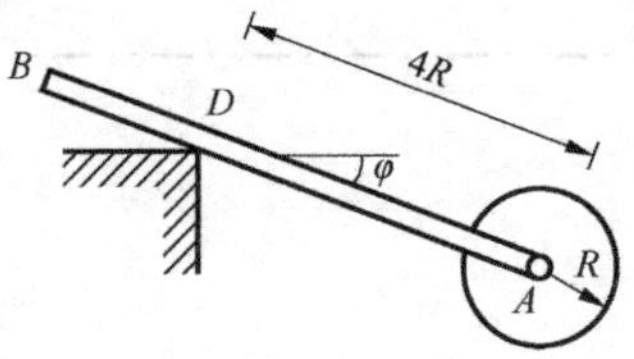

题 12-18 图

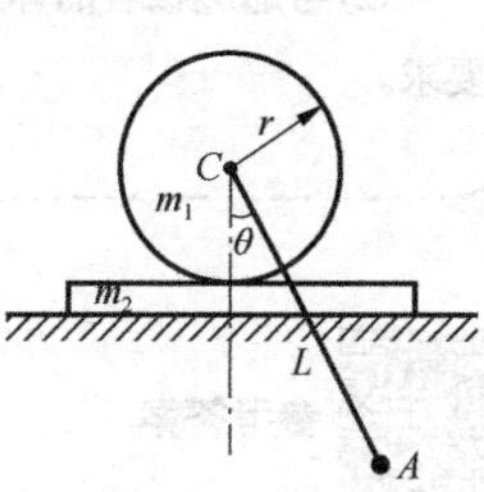

题 12-19 图

12-20 半径为 R、重为 G 的均质圆柱形滚子 A，沿倾角为 θ 的斜面向下做纯滚动，如图所示。滚子借一跨过滑轮 B 的绳索提升一重为 P 的物体。滑轮 B 与滚子 A 为半径相等、重量相等的均质圆盘。若不计轴承 O 处的摩擦，求滚子 A 重心的加速度和系在滚子上绳索的张力。

12-21 图示均质杆长 30cm，重 98N，可绕过端点 O 且垂直于图面的水平轴转动，其另一端 A 与一弹簧相连接。弹簧的刚度系数为 4.9N/cm，原长为 20cm。开始时杆置于水平位置，然后将其无初速释放。由于弹簧的作用，杆即绕 O 轴转动，已知 $OO_1=40\text{cm}$，求当杆转至图示铅垂位置时杆的角速度、角加速度和 O 处的反力。

12-22 如图所示，长为 $l=4R$、质量为 m 的均质杆 AB，其 AD(1/4 总长)部分置于光滑的台棱上，其 B 端用绳 BE 悬吊于水平位置。在杆 AB 的中点上置一质量也为 m、半径为 R 的均质圆盘 O。圆盘 O 可在 AB 上做纯滚动，今突然剪断绳 BE，试求该瞬时杆 AB、圆盘 O 的角加速度。

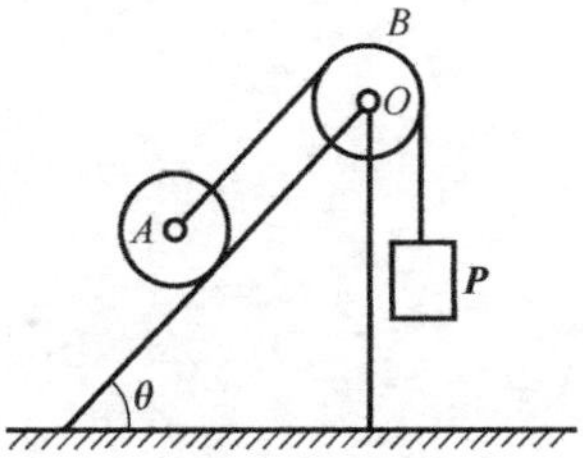

题 12-20 图

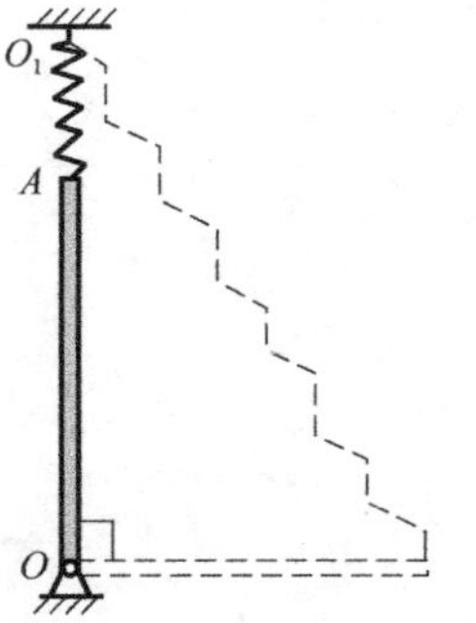

题 12-21 图

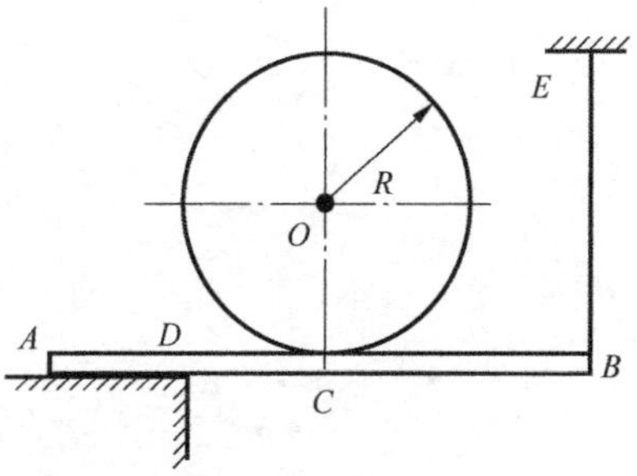

题 12-22 图

拓展应用

12-23　目前蹦极运动风靡全球。图示蹦极台距地面的高度为 50m，蹦极台下方突出 5m(蹦极者从 50m 的高处跳下，反弹回高处时应避免触及蹦极台下边缘)。设计柔性拉索的初始长度和弹性系数，给出拉索的设计规范。

提示：

(1)考虑合理的安全距离，避免触地、避免反弹时触碰蹦极台下边缘；

(2)考虑蹦极者的体重差异，如果需要，可以对参与蹦极者的体重做出上限要求。

题 12-23 图

参考答案

高频问题及典型例题 14～15

第 13 章　达朗贝尔原理

达朗贝尔原理是力学中的重要原理之一，与虚位移原理构成了分析动力学的基础。依据达朗贝尔原理，通过引入**惯性力**，将动力学问题在形式上转化为静力学的平衡问题来处理，从而提供了一种研究动力学问题的新方法——**动静法**。动静法为求解非自由质点和非自由质点系动力学问题提供了很大方便，尤其在求动约束反力时更显出其优越性。

把动力学问题在形式上转化为静力学的平衡问题，需要在研究对象上正确虚加惯性力。因此，惯性力的概念及惯性力系的处理是动静法的核心。

13.1　达朗贝尔原理

13.1.1　惯性力、质点的达朗贝尔原理

设质量为 m 的非自由质点 M，在主动力 $\boldsymbol{F}$ 和约束反力 $\boldsymbol{F}_{\mathrm{N}}$ 作用下做曲线运动(图 13-1)，某瞬时的加速度为 $\boldsymbol{a}$，则根据动力学基本方程，有

$$\boldsymbol{F}+\boldsymbol{F}_{\mathrm{N}}=m\boldsymbol{a}$$

令

$$\boldsymbol{F}_{\mathrm{I}}=-m\boldsymbol{a} \tag{13-1}$$

则有

$$\boldsymbol{F}+\boldsymbol{F}_{\mathrm{N}}+\boldsymbol{F}_{\mathrm{I}}=0 \tag{13-2}$$

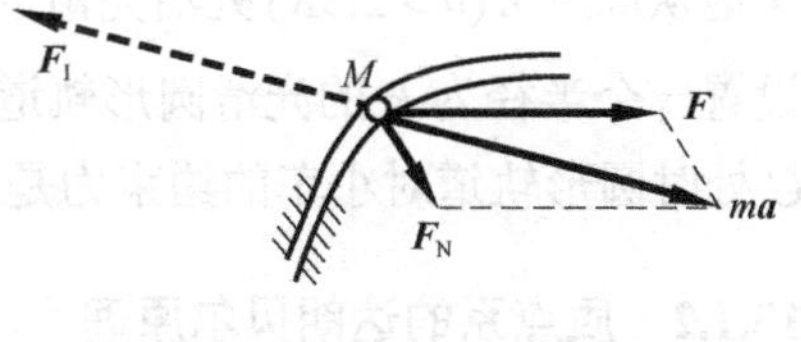

图 13-1

式中，$\boldsymbol{F}_{\mathrm{I}}$ 具有力的量纲，称为质点的**惯性力**。式(13-2)在形式上为汇交力系的平衡方程，即任一瞬时作用于非自由质点上的主动力、约束反力与虚加的惯性力形式上组成平衡力系。该结论称为**质点的达朗贝尔原理**。

例 13-1　为了测定列车的加速度，采用一种称为摆式加速度计的装置。这种装置就是在车厢中挂一单摆，当列车做匀加速直线平动时，摆将稳定在与铅垂线成 θ 角的位置(图 13-2(a))。试求列车的加速度与偏角 θ 之间的关系。

解　取摆锤 M 为研究对象。设摆锤的质量为 m，作用在其上的主动力为重力 $\boldsymbol{G}$，约束反力为摆线提供的拉力 $\boldsymbol{F}_{\mathrm{T}}$，摆锤的受力如图 13-2(b)所示。

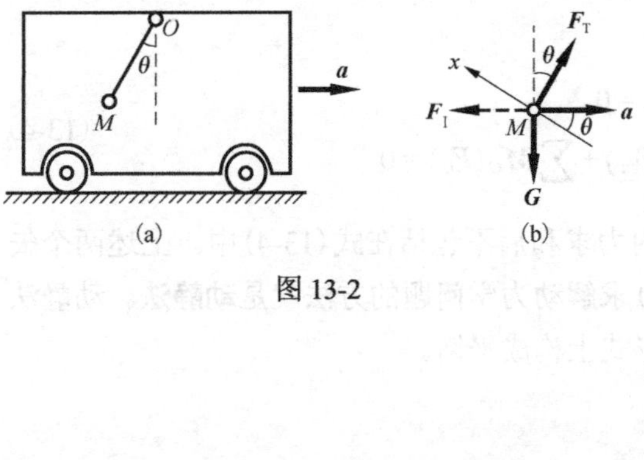

图 13-2

当摆稳定在与铅垂线成 θ 角的位置时，摆锤的加速度与列车的加速度相同，设为 $\boldsymbol{a}$，则摆锤的惯性力为

$$\boldsymbol{F}_{\mathrm{I}}=-m\boldsymbol{a}$$

根据质点的达朗贝尔原理，有

$$\boldsymbol{G}+\boldsymbol{F}_{\mathrm{T}}+\boldsymbol{F}_{\mathrm{I}}=0$$

将上式向垂直于 OM 的 x 轴方向投影，可得

$$-G\sin\theta + F_{\mathrm{I}}\cos\theta = 0$$

即

$$-mg\sin\theta + ma\cos\theta = 0$$

于是可求得列车的加速度与偏角 θ 之间的关系为

$$a = g\tan\theta$$

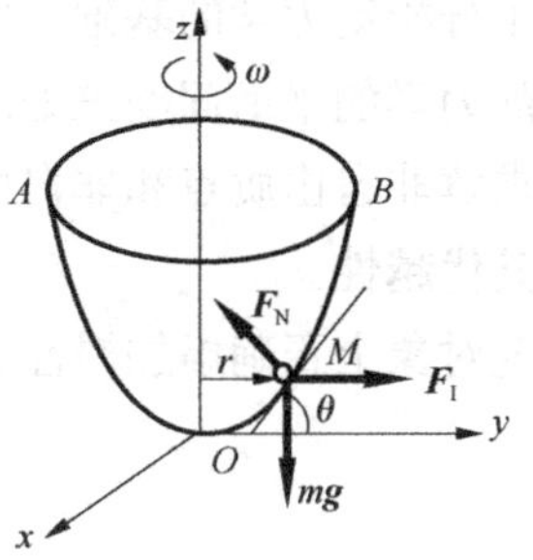

图 13-3

可见，只要测出偏角 θ，即可知道列车的加速度。这就是摆式加速度计的原理。

讨论　质点的达朗贝尔原理解决问题的能力与牛顿定律等价。但式(13-2)表明，总约束力中除由主动力引起的**静约束力**外，还有由惯性力引起的**动约束力**。这种解释不但形象直观，而且方便动约束力的计算。例如，图 13-3 所示质量为 m 的质点 M，被限制在旋转容器内沿光滑曲线 AOB 运动，旋转容器绕其几何轴 Oz 以角速度 ω 匀速转动；当质点相对容器静止时，有 $\boldsymbol{F}_{\mathrm{I}} = -m\boldsymbol{a}_{\mathrm{e}}$，故有

$$\boldsymbol{F}_{\mathrm{N动}} = -\boldsymbol{F}_{\mathrm{I}} \quad 且 \quad F_{\mathrm{N动}} = ma_{\mathrm{e}} = mr\omega^2$$

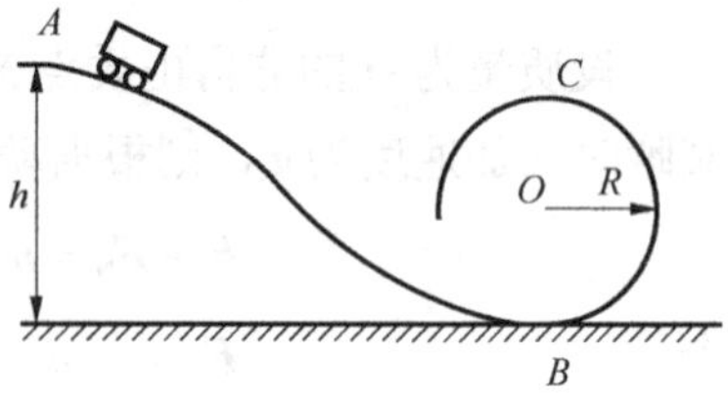

图 13-4

思考题 13-1　如图 13-4 所示，质量为 M 的小车无初速地从高度 $h\,(h>2.5R)$ 处沿光滑的轨道滑下。在铅垂面内设置一个半径为 R 的光滑圆形轨道。小车到达轨道最高点 C 处时圆形轨道对小车的约束力是多少？

13.1.2　质点系的达朗贝尔原理

设非自由质点系由 n 个质点组成，其中作用于任一质点的主动力的合力为 $\boldsymbol{F}_i$，约束力的合力为 $\boldsymbol{F}_{\mathrm{N}i}$，对该质点虚加惯性力 $\boldsymbol{F}_{\mathrm{I}i} = -m_i\boldsymbol{a}_i$，则根据质点的达朗贝尔原理，有

$$\boldsymbol{F}_i + \boldsymbol{F}_{\mathrm{N}i} + \boldsymbol{F}_{\mathrm{I}i} = 0, \qquad i = 1, 2, \cdots, n \tag{13-3}$$

这 n 个方程表明作用于质点系中任一质点上的主动力、约束力与该质点的虚加惯性力形式上组成平衡力系。这就是**质点系的达朗贝尔原理**。

根据达朗贝尔原理，n 个平衡的汇交力系组成一个空间平衡力系，即整个质点系上所有的主动力、约束力、惯性力组成平衡力系。该平衡力系必然满足主矢以及对任一点的主矩同时等于零的平衡条件，即

$$\begin{cases} \sum \boldsymbol{F}_i + \sum \boldsymbol{F}_{\mathrm{N}i} + \sum \boldsymbol{F}_{\mathrm{I}i} = 0 \\ \sum \boldsymbol{M}_O(\boldsymbol{F}_i) + \sum \boldsymbol{M}_O(\boldsymbol{F}_{\mathrm{N}i}) + \sum \boldsymbol{M}_O(\boldsymbol{F}_{\mathrm{I}i}) = 0 \end{cases} \tag{13-4}$$

由于质点间内力成对出现，等值反向，故内力求和后不包括在式(13-4)中。上述两个矢量方程对应 6 个独立的投影方程。采用式(13-4)求解动力学问题的方法就是**动静法**。动静法并未改变质点系运动的动力学实质，仅从描述形式上构成平衡。

思考题 13-2　对比式(13-4)与静力学空间力系平衡方程的异同。

例 13-2　电机护环是一个圆形环，半径为 R，横截面面积为 A，护环材料的比重(单位体积的重量)为 γ，转子的角速度为 ω。试求护环内由于自身运动而引起的拉力。

解　取半个护环为研究对象，如图 13-5 所示。横截面上的拉力分别用 $\boldsymbol{F}_{d1}$ 和 $\boldsymbol{F}_{d2}$ 表示。

中心角为 $d\varphi$ 的护环微元体的质量 $dm=\dfrac{\gamma}{g}ARd\varphi$。转子以角速度 ω 转动时，微元体的加速度 $a=a_n=\omega^2R$，微元体惯性力的大小为

$$dQ=dm\cdot a=\frac{\gamma A}{g}\omega^2R^2d\varphi$$

方向沿半径背离轴心。这样的惯性力分布在整个护环上。

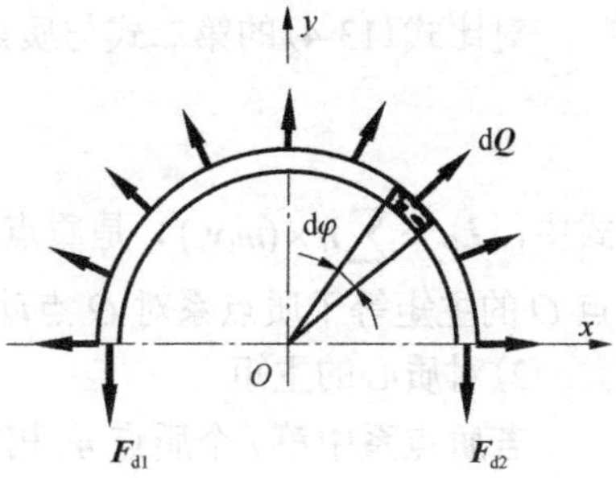

图 13-5

根据达朗贝尔原理，沿 y 轴方向列平衡方程：

$$\int_0^{\pi}(dQ)_y-F_{d1}-F_{d2}=0$$

式中，$(dQ)_y=dQ\sin\varphi$ 为 $d\boldsymbol{Q}$ 在 y 轴上的投影。由于结构及载荷对称，故

$$F_{d1}=F_{d2}=F_d=\frac{1}{2}\int_0^{\pi}\frac{\gamma A}{g}\omega^2R^2\sin\varphi d\varphi=\frac{\gamma A}{g}\omega^2R^2$$

结果表明：环内拉力与半径的平方和角速度的平方乘积成正比。因此，在电机高速运行时，护环自身的惯性力引起的环内拉力会十分显著，故工程上要求对高速转子进行强度分析。

13.2　惯性力系简化

根据达朗贝尔原理求解质点系动力学问题的关键是惯性力系的合理简化与正确添加。一般情况下，质点系的惯性力系为空间分布力系，与各质点的质量及绝对加速度的分布相关。对于均质物体，惯性力的分布只取决于加速度的分布。因此，确定质点系中各质点加速度的分布是关键。在分析具体问题时，通常将惯性力系等效处理，将分布在物体上的惯性力系简化成一个力和一个力偶，从而简化求解过程。

13.2.1　惯性力系的主矢和主矩

质点系惯性力系的简化与静力学力系简化类似，采用主矢和主矩描述。

1. 惯性力系的主矢

各质点惯性力的矢量和可表示为

$$\boldsymbol{F}_{IR}=\sum\boldsymbol{F}_{Ii}=\sum-m_i\boldsymbol{a}_i=-\sum m_i\boldsymbol{a}_i=-m\boldsymbol{a}_C \tag{13-5}$$

式中，m 为质点系总质量；$\boldsymbol{a}_C$ 为质点系质心加速度。式(13-5)表明，质点系惯性力系的主矢等于质点系总质量与质心加速度的乘积，方向与质心加速度方向相反。主矢的大小和方向与系统相对质心的运动形式无关。

2. 惯性力系的主矩

根据静力学力系简化，力系的主矩与简化中心的选择有关。因此，讨论惯性力系的主矩，必须指明简化中心。

1) 对固定点的主矩

质点系惯性力系对空间固定点 O 的主矩为各质点惯性力对 O 点的力矩的矢量和，即

$$\boldsymbol{M}_{IO}=\sum \boldsymbol{M}_O(\boldsymbol{F}_{Ii})=\sum \boldsymbol{r}_i\times(-m_i\boldsymbol{a}_i) \tag{13-6}$$

对比式(13-4)的第二式与质点系相对固定点的动量矩定理，得到

$$\boldsymbol{M}_{IO}=-\frac{\mathrm{d}\boldsymbol{L}_O}{\mathrm{d}t} \tag{13-7}$$

式中，$\boldsymbol{L}_O=\sum \boldsymbol{r}_i\times(m_i\boldsymbol{v}_i)$，是质点系对 O 点的动量矩。式(13-7)表明：质点系惯性力系对固定点 O 的主矩等于质点系对 O 点动量矩的一阶导数并冠以负号。

2) 对质心的主矩

若质点系中第 i 个质点 m_i 相对于质点系质心 C 的矢径为 $\boldsymbol{r}_i'(i=1,2,\cdots,n)$，则质点系惯性力系对质心的主矩为

$$\boldsymbol{M}_{IC}=\sum \boldsymbol{r}_i'\times(-m_i\boldsymbol{a}_i) \tag{13-8}$$

对比式(13-4)(矩心为 C)与相对质心动量矩定理，得到

$$\boldsymbol{M}_{IC}=-\frac{\mathrm{d}\boldsymbol{L}_C}{\mathrm{d}t} \tag{13-9}$$

惯性力系主矢、主矩的表达式表明达朗贝尔原理与质心运动定理、动量矩定理在数学上具有一定的等价性。

思考题 13-3　质点系惯性力系向不同的点简化，简化结果之间有什么关系？

13.2.2　刚体惯性力系的简化

根据上述质点系惯性力系的简化结果，针对常见的刚体运动，对其惯性力系进行简化。

1. 平动刚体

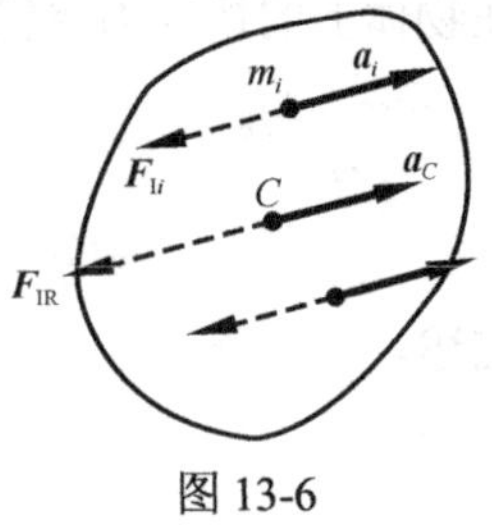

图 13-6

任意瞬时，平动刚体内任一质点 M_i 的加速度 $\boldsymbol{a}_i$ 与质心的加速度 $\boldsymbol{a}_C$ 相同，即 $\boldsymbol{a}_i=\boldsymbol{a}_C$。各质点的惯性力组成一个同向平行力系，与重力分布规律相同。由于 $\boldsymbol{L}_C=0$，则惯性力偶矩 $\boldsymbol{M}_{IC}=0$。因此，平动刚体惯性力系合成为一个通过质心的合力，其大小等于刚体的质量与质心加速度的乘积，方向与质心加速度的方向相反。简化结果如图 13-6 所示。

$$\boldsymbol{F}_{IR}=\sum -m_i\boldsymbol{a}_i=-m\boldsymbol{a}_C \tag{13-10}$$

2. 定轴转动刚体(刚体有垂直于转轴的质量对称面)

设刚体具有一个质量对称面，且转轴与此平面垂直(图 13-7(a))；刚体瞬时角速度、角加速度分别为 ω、α。

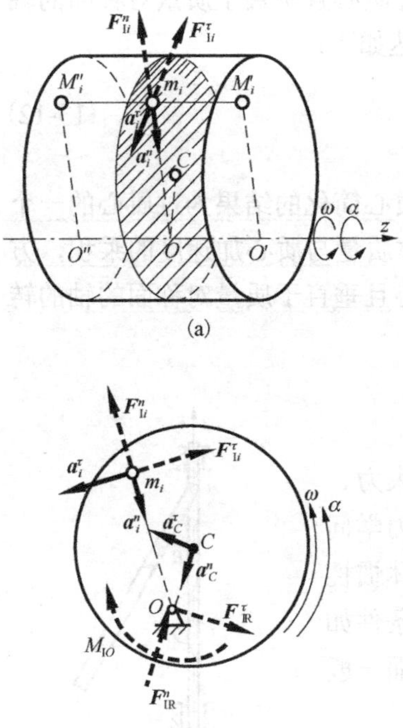

(a)

(b)

图 13-7

设刚体上线段$M_i'M_i''$与转轴平行，其上各点加速度相同。利用对称性，$M_i'M_i''$上各点的惯性力可合成为对称平面上点m_i处的惯性力$\boldsymbol{F}_{\text{I}i}^n$、$\boldsymbol{F}_{\text{I}i}^\tau$；将整个刚体的惯性力系简化为对称平面内的惯性力系；再将此平面惯性力系向转轴与对称平面的交点O简化。得主矩为

$$M_{\text{I}O}=\sum M_O(\boldsymbol{F}_{\text{I}i}^\tau)+\sum M_O(\boldsymbol{F}_{\text{I}i}^n)=-\sum r_i\cdot m_i r_i\alpha=-J_O\alpha$$

式中，负号表明$M_{\text{I}O}$的转向与α的转向相反；J_O为刚体对转轴的转动惯量。于是，定轴转动刚体惯性力系向交点O简化的结果如下：

$$\begin{cases}\boldsymbol{F}_{\text{IR}}^\tau=-m\boldsymbol{a}_C^\tau,\quad \boldsymbol{F}_{\text{IR}}^n=-m\boldsymbol{a}_C^n\\ M_{\text{I}O}=-J_O\alpha\end{cases}\tag{13-11}$$

表明：具有质量对称面，且转轴与此平面垂直的定轴转动刚体，惯性力系向转轴与此平面的交点简化，结果为过该点的两个分力和一个惯性力偶(图 13-7(b))。两个分力的大小分别等于刚体质量与质心切向、法向加速度的乘积，方向分别与质心切向、法向加速度的方向相反；惯性力偶矩等于刚体对转轴的转动惯量与角加速度的乘积，转向与角加速度的转向相反。

思考题 13-4　若定轴转动刚体无质量对称面或有质量对称面但转轴与质量对称面不垂直，惯性力系简化结果与上面的结果之间有何区别？

思考题 13-5　具有质量对称面且转轴垂直于质量对称面的定轴转动刚体惯性力系能否向质心简化？向质心简化的结果是什么？对比向质心和向转轴与质量对称面的交点简化的结果。

3. 平面运动刚体(刚体有平行于运动平面的质量对称面)

设刚体具有一个质量对称面，且此平面与刚体运动平面平行。首先利用对称性，把刚体的惯性力系简化为对称平面内的惯性力系；再将此平面惯性力系向质心C简化。

以质心C为基点，对称平面上点m_i对质心C的矢径为$\boldsymbol{r}_i'$(图 13-8(a))。质心C的加速度为$\boldsymbol{a}_C$，刚体瞬时角速度、角加速度分别为ω、α。则

$$\boldsymbol{a}_i=\boldsymbol{a}_C+\boldsymbol{a}_{ir}^\tau+\boldsymbol{a}_{ir}^n$$

对质心C的主矩，以矢量表示为

$$\boldsymbol{M}_{\text{I}C}=-\sum(\boldsymbol{r}_i'\times m_i\boldsymbol{a}_C)-\sum(m_i\boldsymbol{r}_i'\times\boldsymbol{a}_{ir}^\tau)=-\left(\sum m_i\boldsymbol{r}_i'\right)\times\boldsymbol{a}_C-\sum(m_i\boldsymbol{r}_i'\times\boldsymbol{a}_{ir}^\tau)$$

因$\sum m_i\boldsymbol{r}_i'=0$，$a_{ir}^\tau=r_i'\cdot\alpha$，代入上式并以标量形式表达，有

$$M_{\text{I}C}=-\sum m_i r_i'\cdot r_i'\alpha=-\left(\sum m_i r_i'^2\right)\alpha=-J_C\alpha$$

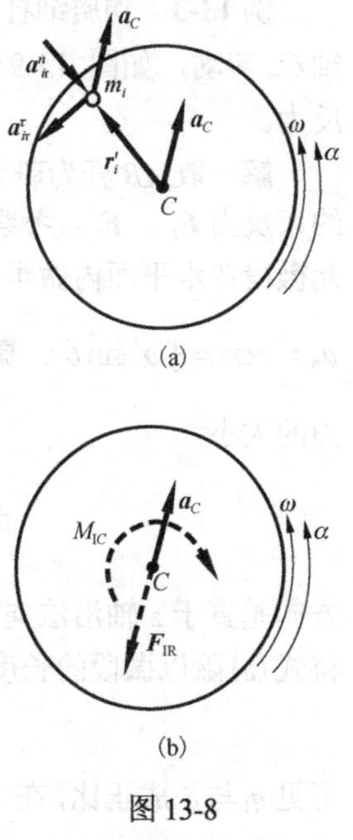

(a)

(b)

图 13-8

式中，负号表明 M_{IC} 的转向与α的转向相反；J_C 为刚体对通过质心且垂直于质量对称面的轴的转动惯量。平面运动刚体惯性力系向质心 C 的简化结果表达如下：

$$\begin{cases} \boldsymbol{F}_{IR} = -m\boldsymbol{a}_C \\ M_{IC} = -J_C\alpha \end{cases} \tag{13-12}$$

具有质量对称面的刚体，平行于此平面运动时，惯性力系向质心简化的结果为过质心的一个惯性力和一个惯性力偶(图 13-8(b))。惯性力的大小等于刚体质量与质心加速度的乘积，方向与质心加速度的方向相反；惯性力偶矩等于刚体对通过质心且垂直于质量对称面的轴的转动惯量与角加速度的乘积，转向与角加速度的转向相反。

13.2.3 动静法的应用

根据质点系达朗贝尔原理，整个质点系上的主动力、约束力、惯性力构成平衡力系。对于刚体，虚加惯性力系后，刚体动力学问题在形式上转化为静力学平衡问题，即任一瞬时，虚加的刚体惯性力系与作用在刚体上的其他外力形式上构成平衡力系。平衡条件如式(13-4)所示，对空间一般力系可列 6 个独立方程，对于平面一般力系可列 3 个独立方程。动静法解题的方法步骤如下。

(1)选取适当的研究对象。

(2)对研究对象进行受力分析，并画出受力图。

(3)对研究对象进行运动分析，并将惯性力系的简化结果虚加在受力图上。

(4)根据达朗贝尔原理建立平衡方程。

(5)解方程，求出待求量。

例 13-3 均质细杆 AB 长为 l，质量为 m，以匀角速度 ω 绕铅垂轴 Oz 转动，如图 13-9(a)所示。求杆与铅垂轴的夹角 θ 及铰链 A 的反力。

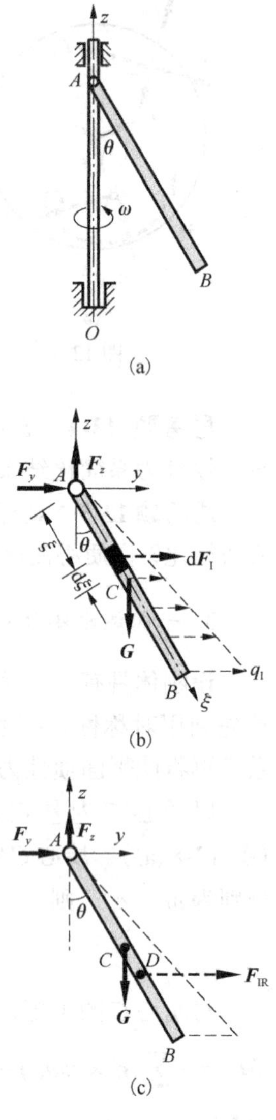

图 13-9

解 取 AB 杆为研究对象。它受到的外力有：重力 $\boldsymbol{G}$，铰链 A 的约束反力 $\boldsymbol{F}_z$、$\boldsymbol{F}_y$。考察杆上任一微段 $\mathrm{d}\xi$，设它到 A 点的距离为 ξ。此微段在水平面内做半径为 $r=\xi\sin\theta$ 的匀速圆周运动，法向加速度 $a_n = r\omega^2 = \xi\omega^2\sin\theta$。微段的质量 $\mathrm{d}m = \dfrac{m}{l}\mathrm{d}\xi$。于是，该微段的惯性力的大小

$$\mathrm{d}F_I = \mathrm{d}m \cdot a_n = \frac{m\xi\omega^2\sin\theta}{l}\mathrm{d}\xi \tag{a}$$

方向垂直于 z 轴沿法向向外。此种惯性力是沿整个杆线性分布的，将式(a)除以微段的长度即得惯性力线密度为

$$q_I = \mathrm{d}F_I / \mathrm{d}\xi = m\xi\omega^2\sin\theta / l \tag{b}$$

可见 q_I 与 ξ 成正比，在 A 点为零，在 B 点最大，等于 $m\omega^2\sin\theta$，图 13-9(b)上画出了 q_I 沿杆 AB

分布的情况。根据质点系的达朗贝尔原理，以 A 为矩心，有

$$\sum M_A(\boldsymbol{F})=0\,,\quad -G\cdot\frac{l}{2}\sin\theta+\int_0^l \xi\cos\theta\cdot q_{\mathrm{I}}\mathrm{d}\xi=0 \tag{c}$$

将式(b)代入式(c)即得　$$\int_0^l \frac{m\omega^2\sin\theta\cos\theta}{l}\xi^2\mathrm{d}\xi=\frac{mgl}{2}\sin\theta$$

左端积分得　$$\frac{1}{3}ml^2\omega^2\sin\theta\cos\theta=\frac{1}{2}mgl\sin\theta$$

由此解得　$$\cos\theta=\frac{3g}{2l\omega^2}\quad 或\quad \theta=\arccos\frac{3g}{2l\omega^2}$$

列投影方程：　$$\sum F_y=0\,,\ F_y+\int_0^l q_{\mathrm{I}}\mathrm{d}\xi=0 \tag{d}$$

将式(b)代入得

$$F_y=-\int_0^l \frac{m\omega^2\sin\theta}{l}\xi\mathrm{d}\xi=-\frac{1}{2}ml\omega^2\sin\theta$$

$$\sum F_z=0\,,\quad F_z-G=0 \tag{e}$$

解得　$$F_z=G=mg$$

在建立平衡方程之前，也可先按同向平行力系求出杆的惯性力系的合力 $\boldsymbol{F}_{\mathrm{IR}}$(图 13-9(c))，然后再根据达朗贝尔原理建立平衡方程求解。由静力学知，合力 $\boldsymbol{F}_{\mathrm{IR}}$ 的作用点到 A 点的距离 $AD=\frac{2}{3}l$，方向与 y 轴的正向一致；大小为

$$F_{\mathrm{IR}}=\int_0^l q_{\mathrm{I}}\mathrm{d}\xi=\int_0^l \frac{m\omega^2\sin\theta}{l}\xi\mathrm{d}\xi=\frac{m\omega^2 l}{2}\sin\theta$$

例 13-4　四轮汽车重 $\boldsymbol{W}$，以加速度 $\boldsymbol{a}$ 做水平直线平动，如图 13-10(a)所示。汽车重心 C 离地面的高度为 h，汽车前后轮轴到通过重心的铅垂线的距离分别为 b 和 d。若不计前后轮的质量，求其前后轮的正压力。

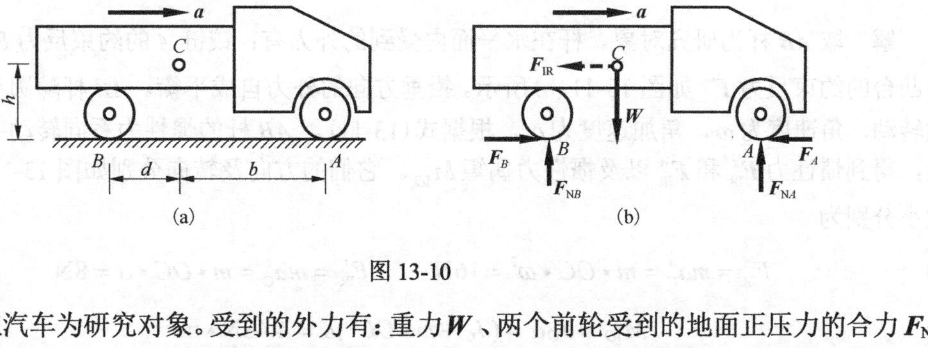

图 13-10

解　取汽车为研究对象。受到的外力有：重力 $\boldsymbol{W}$、两个前轮受到的地面正压力的合力 $\boldsymbol{F}_{\mathrm{N}A}$ 和摩擦力的合力 $\boldsymbol{F}_A$，两个后轮受到的地面正压力的合力 $\boldsymbol{F}_{\mathrm{N}B}$ 和摩擦力的合力 $\boldsymbol{F}_B$。

图 13-10(b)画的是沿汽车纵向对称面的剖面图，其惯性力系简化为一个加在质心 C 上的合力。

$$F_{IR}=\frac{W}{g}a$$

根据达朗贝尔原理，列平衡方程：

$$\sum M_B(\boldsymbol{F})=0\,,\quad F_{NA}(b+d)+F_{IR}h-Wd=0 \tag{a}$$

$$\sum M_A(\boldsymbol{F})=0\,,\quad -F_{NB}(b+d)+F_{IR}h+Wb=0 \tag{b}$$

由方程解得
$$F_{NA}=W\frac{d-ah/g}{b+d}\,,\quad F_{NB}=W\frac{b+ah/g}{b+d}$$

讨论　分析所得结果，如果汽车的加速度 $\boldsymbol{a}$ 向前(加速前进或减速倒车)，则前轮受到的地面正压力比汽车做匀速直线平动(或静止)时小 $W\dfrac{ah}{g(b+d)}$，后轮受到的地面正压力则大 $W\dfrac{ah}{g(b+d)}$。如果汽车的加速度 $\boldsymbol{a}$ 向后(减速前进或制动或加速倒车)，则只要将相应的 a 和 F_{IR} 都视为负值，本题的分析及结果仍然适用。这时前轮受到的地面正压力比汽车做匀速直线平动时大 $W\dfrac{|a|h}{g(b+d)}$，后轮受到的地面正压力则小 $W\dfrac{|a|h}{g(b+d)}$。

例 13-5　图 13-11(a)所示水平圆盘绕铅垂轴 O 转动，$\omega=4\text{rad/s}$，$\alpha=8\text{rad/s}^2$。均质细直杆 AB 置于其上，A 端用铰链与圆盘相连，杆长 $l=60\text{cm}$，质量 $m=2\text{kg}$，$OA=d=40\text{cm}$。圆盘在 B 处有一小凸台。$\angle OAB=90°$，不计摩擦，试求凸台 B 对杆的约束反力。

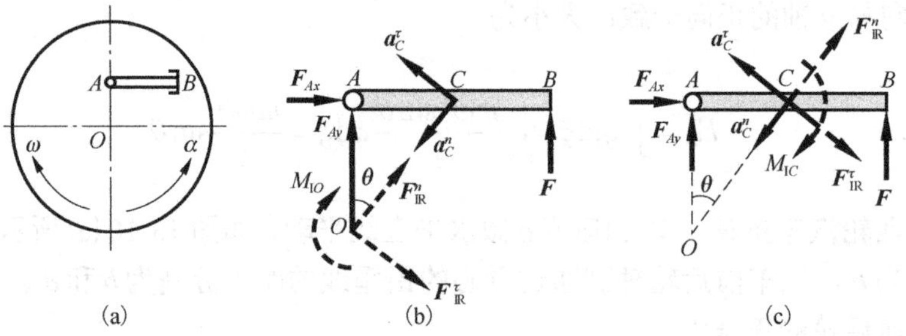

图 13-11

解　取 AB 杆为研究对象。杆在水平面内受到的外力有：铰链 A 的约束反力 $\boldsymbol{F}_{Ax}$、$\boldsymbol{F}_{Ay}$ 以及凸台的约束反力 $\boldsymbol{F}$，如图 13-11(b)所示。铅垂方向的外力自成平衡。AB 杆随圆盘一起绕 O 轴转动，角速度为 ω，角加速度为 α。根据式(13-11)，AB 杆的惯性力系向转动中心 O 点简化，得到惯性力 $\boldsymbol{F}_{IR}^{\tau}$ 和 $\boldsymbol{F}_{IR}^{n}$ 以及惯性力偶矩 M_{IO}。它们的方向及转向分别如图 13-11(b)所示，大小分别为

$$F_{IR}^{n}=ma_C^n=m\cdot OC\cdot\omega^2=16\text{N}\,,\quad F_{IR}^{\tau}=ma_C^{\tau}=m\cdot OC\cdot\alpha=8\text{N}$$

$$M_{IO}=J_O\alpha=(J_C+m\cdot OC^2)\alpha=4.48\text{N}\cdot\text{m}$$

注意，虽然简化后的惯性力和惯性力偶加在转动中心 O 上，但必须理解成它们是作用在杆的延拓部分上，而不是作用在圆盘上。

根据达朗贝尔原理，有

$$\sum M_A(\boldsymbol{F})=0\text{，}\quad F_{\rm IR}^n\cdot OA\cdot\sin\theta+F_{\rm IR}^\tau\cdot OA\cdot\cos\theta-M_{\rm IO}+F\cdot AB=0$$

将各已知数据代入，得到　$F=-3.2\text{N}$

讨论　也可以把该杆的运动视为平面运动，将惯性力 $\boldsymbol{F}_{\rm IR}^n$ 和 $\boldsymbol{F}_{\rm IR}^\tau$ 加在杆的质心 C 上(图 13-11(c))，这时惯性力偶矩 $M_{\rm IC}$ 应按式(13-12)确定。

思考题 13-6　例 13-5 中铰链 A 的约束反力是多少？若 A 处为焊接，B 处的凸台仍然保留，将杆视为刚体，凸台和 A 处的约束力能否求出？

例 13-6　均质细杆 AB 长为 l，质量为 m，用两根柔绳挂成水平，如图 13-12(a)所示。现将其中一根柔绳 BD 烧断，若不计绳质量，试求当杆开始运动时的角加速度 α_{AB}。

解　取 AB 杆为研究对象。杆受到的外力有：重力 $\boldsymbol{W}$、AD 绳的拉力 $\boldsymbol{F}_{\rm T}$(图 13-12(b))。杆做平面运动。A 点做圆周运动，以 A 为基点，质心 C 点的加速度为

$$\boldsymbol{a}_C=\boldsymbol{a}_A^\tau+\boldsymbol{a}_A^n+\boldsymbol{a}_{CA}^\tau+\boldsymbol{a}_{CA}^n \tag{a}$$

在绳烧断瞬时 $v_A=0$，$\omega_{AB}=0$，由此得 $a_A^n=a_{CA}^n=0$。设 α_{AD} 与 α_{AB} 的转向如图 13-12(b)所示，则

$$a_A^\tau=AD\cdot\alpha_{AD}=\frac{\sqrt{2}}{2}l\alpha_{AD}\text{，}\qquad a_{CA}^\tau=AC\cdot\alpha_{AB}=\frac{l}{2}\alpha_{AB}$$

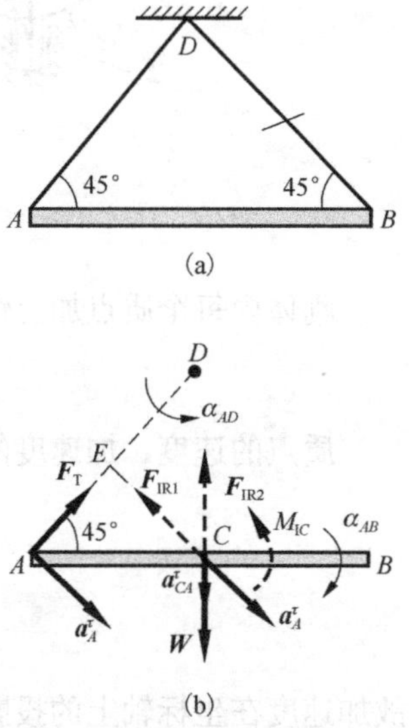

图 13-12

a_A^τ、a_{CA}^τ 的方向如图 13-12(b)所示。将惯性力系向质心 C 简化，得

$$\boldsymbol{F}_{\rm IR}=-m\boldsymbol{a}_C=(-m\boldsymbol{a}_A^\tau)+(-m\boldsymbol{a}_{CA}^\tau)=\boldsymbol{F}_{\rm IR1}+\boldsymbol{F}_{\rm IR2}$$

方向如图 13-12(b)所示，大小为

$$F_{\rm IR1}=\frac{\sqrt{2}}{2}ml\alpha_{AD}\text{，}\qquad F_{\rm IR2}=\frac{1}{2}ml\alpha_{AB} \tag{b}$$

惯性力偶矩的转向与 α_{AB} 相反，其大小为

$$M_{\rm IC}=J_C\alpha_{AB}=\frac{1}{12}ml^2\alpha_{AB} \tag{c}$$

$\boldsymbol{W}$、$\boldsymbol{F}_{\rm T}$、$\boldsymbol{F}_{\rm IR1}$、$\boldsymbol{F}_{\rm IR2}$、$M_{\rm IC}$ 形式上组成平面平衡力系，其中 $\boldsymbol{F}_{\rm IR2}$、$M_{\rm IC}$ 包含本题要求的未知量 α_{AB}，而 $\boldsymbol{F}_{\rm T}$、$\boldsymbol{F}_{\rm IR1}$ 是不需要求的未知量。取 $\boldsymbol{F}_{\rm IR1}$ 的作用线与 AD 的交点 E 为矩心，列力矩平衡方程：

$$\sum M_E(\boldsymbol{F})=0\text{，}\qquad (F_{\rm IR2}-W)\cdot l/4+M_{\rm IC}=0$$

将式(b)和式(c)代入得　$\dfrac{1}{8}ml^2\alpha_{AB}-\dfrac{1}{4}mgl+\dfrac{1}{12}ml^2\alpha_{AB}=0$

解得　$\alpha_{AB}=\dfrac{6g}{5l}$

得到的 α_{AB} 为正值，说明事先假设的 α_{AB} 的转向是正确的。

13.3 轴承动约束力

13.3.1 定轴转动刚体的惯性力系简化

设刚体绕定轴 z 转动的角速度为$\boldsymbol{\omega}$，角加速度为$\boldsymbol{\alpha}$。刚体内任一质点 M 的质量为 m_i，到转轴的距离为 r_i，位置坐标为(x, y, z)，简洁起见，位置坐标省略了下标，如图 13-13(a)所示。

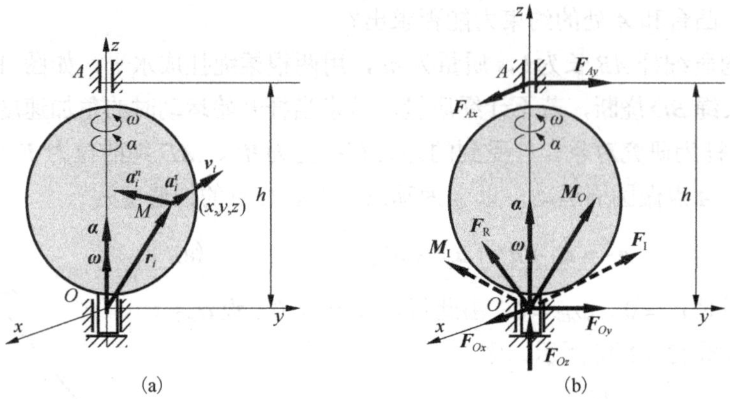

图 13-13

刚体内每个质点加上惯性力后，向 O 点简化。由式(13-5)知，惯性力系的主矢为

$$\boldsymbol{F}_{\mathrm{I}} = -\sum m_i \boldsymbol{a}_i = -m\boldsymbol{a}_C$$

质点的速度、加速度的矢量表达式为

$$\boldsymbol{v}_i = \boldsymbol{\omega} \times \boldsymbol{r}_i = \omega \boldsymbol{k} \times (x\boldsymbol{i} + y\boldsymbol{j} + z\boldsymbol{k}) = \omega x\boldsymbol{j} - \omega y\boldsymbol{i}$$

$$\boldsymbol{a}_i^\tau = \boldsymbol{\alpha} \times \boldsymbol{r}_i = \alpha \boldsymbol{k} \times (x\boldsymbol{i} + y\boldsymbol{j} + z\boldsymbol{k}) = \alpha x\boldsymbol{j} - \alpha y\boldsymbol{i}$$

$$\boldsymbol{a}_i^n = \boldsymbol{\omega} \times \boldsymbol{v}_i = \omega \boldsymbol{k} \times (\omega x\boldsymbol{j} - \omega y\boldsymbol{i}) = -\omega^2 x\boldsymbol{i} - \omega^2 y\boldsymbol{j}$$

故加速度在坐标轴上的投影为

$$a_{ix} = a_{ix}^n + a_{ix}^\tau = -\omega^2 x - \alpha y\text{，}\quad a_{iy} = a_{iy}^n + a_{iy}^\tau = -\omega^2 y + \alpha x\text{，}\quad a_{iz} = 0$$

质点 M 的惯性力在三轴上的投影值分别为

$$F_{\mathrm{I}ix} = -m_i a_{ix} = m_i(\omega^2 x + \alpha y)\text{，}\quad F_{\mathrm{I}iy} = -m_i a_{iy} = m_i(\omega^2 y - \alpha x)\text{，}\quad F_{\mathrm{I}iz} = 0$$

质点 M 的惯性力对 O 点的惯性力矩为

$$\boldsymbol{M}_{Oi}\left(\boldsymbol{F}_{\mathrm{I}i}\right) = \boldsymbol{r}_i \times \boldsymbol{F}_{\mathrm{I}i} = (x\boldsymbol{i} + y\boldsymbol{j} + z\boldsymbol{k}) \times [m_i(\omega^2 x + \alpha y)\boldsymbol{i} + m_i(\omega^2 y - \alpha x)\boldsymbol{j}]$$

上式展开，得 $\boldsymbol{M}_{Oi}\left(\boldsymbol{F}_{\mathrm{I}i}\right) = m_i(-yz\omega^2 + xz\alpha)\boldsymbol{i} + m_i(xz\omega^2 + yz\alpha)\boldsymbol{j} - m_i(x^2 + y^2)\alpha\boldsymbol{k}$

根据质点 M 的惯性力向 O 点简化的结果，将所有质点惯性力的简化结果求和，得

$$\begin{cases} F_{\mathrm{I}x} = \sum m_i(\omega^2 x + \alpha y) = m(\omega^2 x_C + \alpha y_C) \\ F_{\mathrm{I}y} = \sum m_i(\omega^2 y - \alpha x) = m(\omega^2 y_C - \alpha x_C) \\ F_{\mathrm{I}z} = 0 \end{cases} \tag{13-13}$$

$$\begin{cases} M_{Ix} = \sum m_i(-yz\omega^2 + xz\alpha) = -\left(\sum m_i yz\right)\omega^2 + \left(\sum m_i xz\right)\alpha \\ M_{Iy} = \sum m_i(xz\omega^2 + yz\alpha) = \left(\sum m_i xz\right)\omega^2 + \left(\sum m_i yz\right)\alpha \\ M_{Iz} = \sum -m_i(x^2+y^2)\alpha \end{cases} \tag{13-14}$$

令 $J_{xz} = \sum m_i xz$， $J_{yz} = \sum m_i yz$，式(13-14)进一步表示为

$$\begin{cases} M_{Ix} = -J_{yz}\omega^2 + J_{xz}\alpha \\ M_{Iy} = J_{xz}\omega^2 + J_{yz}\alpha \\ M_{Iz} = -J_z\alpha \end{cases} \tag{13-15}$$

$J_{xz} = \sum m_i xz$， $J_{yz} = \sum m_i yz$ 分别称为刚体对 x、z 轴以及 y、z 轴的**惯性积**，其大小取决于刚体质量对各坐标轴的分布情况，量纲与转动惯量相同，表征刚体对直角坐标系 $Oxyz$ 的质量分布情况，其值可正、可负，也可为零。

13.3.2 定轴转动刚体轴承的动约束力

定轴转动刚体受力如图 13-13(b)所示。图中 $\boldsymbol{F}_R$、$\boldsymbol{M}_O$ 分别表示作用于刚体上的所有主动力向 O 点简化得到的力与力矩；$\boldsymbol{F}_I$、$\boldsymbol{M}_I$ 分别表示刚体惯性力系向 O 点简化得到的惯性力与惯性力矩；$\boldsymbol{F}_{Ax}$、$\boldsymbol{F}_{Ay}$ 以及 $\boldsymbol{F}_{Ox}$、$\boldsymbol{F}_{Oy}$、$\boldsymbol{F}_{Oz}$ 分别表示轴承 A、O 处的约束反力。上述力构成空间一般力系，根据质点系达朗贝尔原理，列平衡方程如下：

$$\begin{aligned} &\sum F_x = 0, \quad F_{Ax} + F_{Ox} + F_{Rx} + F_{Ix} = 0 \\ &\sum F_y = 0, \quad F_{Ay} + F_{Oy} + F_{Ry} + F_{Iy} = 0 \\ &\sum F_z = 0, \quad F_{Oz} + F_{Rz} = 0 \\ &\sum M_x = 0, \quad -F_{Ay}\cdot h + M_{Ox} + M_{Ix} = 0 \\ &\sum M_y = 0, \quad F_{Ax}\cdot h + M_{Oy} + M_{Iy} = 0 \\ &\sum M_z = 0, \quad M_{Oz} + M_{Iz} = 0 \end{aligned} \tag{13-16}$$

由此求得轴承约束反力为

$$\begin{cases} F_{Ax} = -\dfrac{1}{h}(M_{Oy} + J_{xz}\omega^2 + J_{yz}\alpha) \\ F_{Ay} = \dfrac{1}{h}(M_{Ox} - J_{yz}\omega^2 + J_{xz}\alpha) \\ F_{Ox} = -F_{Rx} + \dfrac{1}{h}(M_{Oy} + J_{xz}\omega^2 + J_{yz}\alpha) - m(\omega^2 x_C + \alpha y_C) \\ F_{Oy} = -F_{Ry} - \dfrac{1}{h}(M_{Ox} - J_{yz}\omega^2 + J_{xz}\alpha) - m(\omega^2 y_C - \alpha x_C) \\ F_{Oz} = -F_{Rz} \end{cases} \tag{13-17}$$

由式(13-17)可以看出，轴承的约束反力由两部分组成：一部分是由主动力的静力作用产生的，对应包含 F_{Rx}、F_{Ry}、F_{Rz}、M_{Ox}、M_{Oy} 的各项，为**静反力**；另一部分由转动引起，由包含 ω^2 和 α 的各项决定，为**动反力**。

动反力与 ω^2 成正比，当刚体高速转动时，动反力可能是静反力的数十倍甚至上百倍。此外，刚体转动时，作用在轴承上的动反力方向随时间变化，周期性地作用于轴承，有可能会引起支承系统的强烈振动。

13.3.3 消除转子动反力的途径

工程中的转子在投入运行前，必须经过一道工序，称为**静平衡**和**动平衡**，目的是消除动反力(动约束力)。动反力的存在会加速轴承的损坏，引起剧烈振动，甚至导致系统失稳。

由式(13-16)、式(13-17)，要消除轴承的动反力，必须要求

$$F_{Ix}=F_{Iy}=0,\ \ M_{Ix}=M_{Iy}=0$$

由式(13-13)、式(13-15)可见，$F_{Ix}=F_{Iy}=0$、$M_{Ix}=M_{Iy}=0$ 的条件分别为

$$\begin{cases}x_C=0,\ \ y_C=0\\ J_{xz}=J_{yz}=0\end{cases}$$

即消除转子动反力的条件是：转轴通过质心，且转子对转轴的惯性积等于零。满足惯性积等于零的轴称为**惯性主轴**；通过质心的惯性主轴称为**中心惯性主轴**。上面的结论可表述为消除转子产生动反力的条件是：转轴为中心惯性主轴。

工程中材料本身的不均匀以及制造、安装过程中不可避免的误差等原因，都有可能造成质心偏离转轴(俗称偏心)或转轴偏离中心惯性主轴(即质量对称平面与转轴不相垂直)，从而在机器运转过程中造成轴承产生过大的动反力。为此，在机器制造过程中，对轴向尺寸不大且转速不太高的平面型转子，如齿轮、飞轮、风扇等，通常需要“消除偏心”，称为**静平衡**；对于轴向尺寸大(如电机转子)或转速很高的转子，仅消除偏心仍然可能存在较大的动反力，因此要调整质量分布，使得“转轴是中心惯性主轴”，称为**动平衡**。静平衡与动平衡的知识，在相关的后续课程中将有专门的介绍。

思考题 13-7 通常情况下如何确定刚体的中心惯性主轴？

例 13-7 转子总质量 $m=20\text{kg}$，偏心距 $e=0.1\text{mm}$。设转轴垂直于转子对称平面，如图 13-14 所示，转速 $n=12000\text{r/min}$，轴承 A、B 距对称平面的距离相等。求轴承附加动反力。

解 取转子为研究对象，受重力 $\boldsymbol{G}$ 和轴承约束力 $\boldsymbol{F}_A$、$\boldsymbol{F}_B$ 作用。

由于转轴垂直于对称平面，且转子匀角速度转动，故其惯性力系简化为过质心 C 的合力 $\boldsymbol{F}_{IR}$，其大小为 $F_{IR}=me\omega^2$。

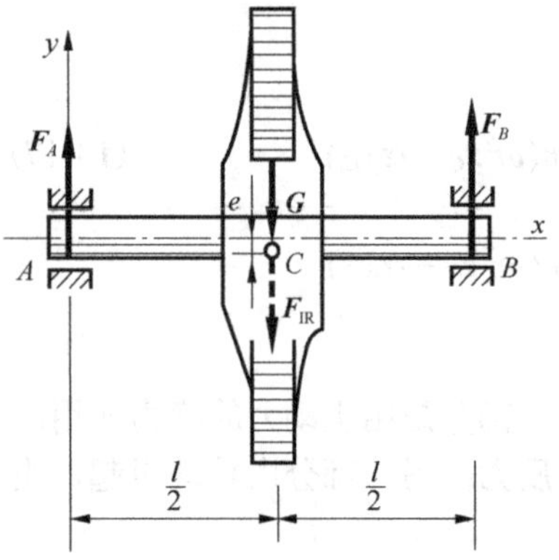

图 13-14

列平衡方程：

$$\sum M_B(\boldsymbol{F})=0,\quad -lF_A+\frac{l}{2}G+\frac{l}{2}F_{IR}=0$$

$$\sum F_y=0,\qquad F_A+F_B-G-F_{IR}=0$$

求得 $$F_A=F_B=\frac{1}{2}G+\frac{1}{2}me\omega^2$$

显然，上述结果的第一项为静约束力，第二项为动约束力，动约束力的大小为

$$F_A''=F_B''=\frac{1}{2}me\omega^2=\frac{20\times0.1\times10^{-3}}{2}\left(\frac{12000\times2\pi}{60}\right)^2=1.58(\text{kN})$$

轴承的静约束力为
$$F_A' = F_B' = \frac{1}{2}mg = 98\text{N}$$

在此情形下，仅由于0.1mm的偏心所引起的附加动约束力竟是静约束力的16倍。因此，动约束力是造成轴承破坏的主要因素。工程上，转子系统通常需要采用静平衡或动平衡消除动反力。

思 考 空 间

达朗贝尔原理通过引入惯性力，把动力学问题在形式上转化为平衡问题，提供了一种建立动力学方程的新方法。达朗贝尔原理与虚位移原理共同构成分析动力学的基础，理论意义重大。

同质心运动定理和动量矩定理相比，达朗贝尔原理的平衡方程同时包含了力的投影方程和力矩方程；除碰撞问题外，凡是用动量定理和动量矩定理能解决的问题，用动静法也能解决，而且力矩方程可无条件地选取矩心，应用更方便。根据达朗贝尔原理列平衡方程，对比以动点为矩心的力矩方程和以固定点为矩心的力矩方程，可以找出对动点的动量矩定理与对固定点的动量矩定理的区别与联系。

用动静法解题的关键是正确施加惯性力，惯性力分析需要用到加速度、角加速度，解题时往往需要将系统拆开，因而暴露出许多未知约束力；这些内部约束力不做功，用动能定理求解则能避开不做功的力；对于较为复杂的动力状态问题，往往先用动能定理求出系统在某一位置的速度、加速度，再用动静法求力及相关量。动静法解题时容易掩盖系统的动力学特性(如守恒情况)，在应用时需加以注意。

对于已知系统运动求力的问题，惯性力已知，利用动静法求解未知量比较方便；对于突然解除约束的问题(初瞬时问题)，由于在解除约束的瞬时系统的运动速度及 $\boldsymbol{a}_C^n$ 等于零，使惯性力分量减少，采用动静法可方便求得此瞬时的未知力和加速度。此外，动反力由运动(惯性力)引起，动静法在求解动反力与运动部件内部的动应力时很方便。

习　题

13-1　图示物块 M 的大小可略而不计，其质量 $m = 25\text{kg}$。物块放在水平圆盘上，到圆盘的铅垂轴线 Oz 的距离 $r = 1\text{m}$。圆盘由静止开始以匀角加速度 $\alpha = 1\text{rad/s}^2$ 绕 Oz 轴转动，物块与圆盘间的静摩擦因数 $f_s = 0.5$。当圆盘的角速度值增大到 ω_1 时，物块与圆盘间开始出现滑动，求 ω_1 的值。并求当圆盘的角速度由零增加到 $\omega_1/2$ 时，物块与盘面间摩擦力的大小。

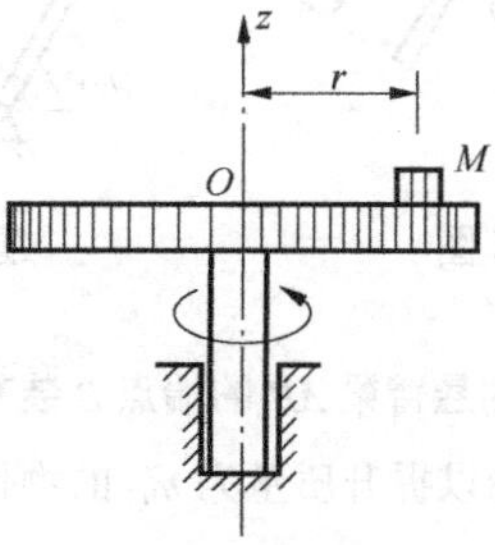

题 13-1 图

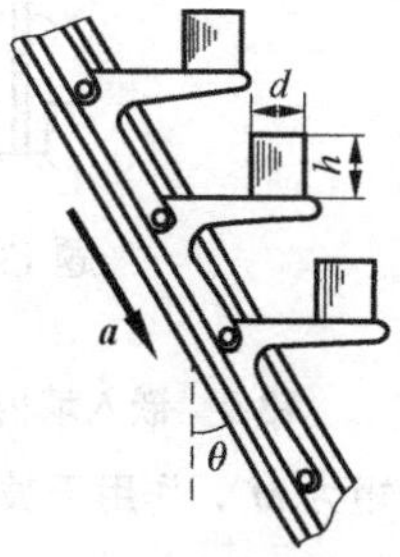

题 13-2 图

13-2　图示由相互铰接的水平臂连成的传送带，将圆柱形零件由一个高度传送到另一个高度。设零件与臂之间的静摩擦因数 $f_s = 0.2$，角 $\theta = 30°$。求：(1)降落加速度 a 多大时，零件不致在水平臂上滑动；(2)比值 h/d 等于多少时，零件在滑动之前先倾倒。

13-3　筛板做水平往复运动，如图所示，筛孔的半径为 r。为了使半径为 R 的圆球形物料不致堵塞筛孔而能滚出筛孔，筛板的加速度 a 至少应为多大？

13-4 图示调速器由两个质量均为 m_1 的均质圆盘构成，圆盘偏心悬挂于距转轴为 d 的两边。调速器以匀角速度 ω 绕铅垂轴转动，圆盘中心到悬挂点的距离为 l 。调速器的外壳质量为 m_2 ，并放在两个圆盘上而与调速装置相连。若不计摩擦，试求角速度 ω 与圆盘偏离铅垂线的角度 φ 之间的关系。

13-5 图示为一转速计(测量角速度的仪表)的简化图。小球 A 的质量为 m ，固连在杆 AB 的 A 端；杆 AB 长为 l ，在 B 点与杆 BC 铰接，并随 BC 转动，在此杆上与 B 点相距为 l_1 的 E 点处连有一弹簧 DE ，弹簧自然长度为 l_0 ，刚度系数为 k ；杆 AB 对 BC 轴的偏角为 θ ，弹簧在水平面内。试求在下述两种情况下，稳态运动的角速度：(1)杆 AB 的质量不计；(2)均质杆 AB 的质量为 M 。

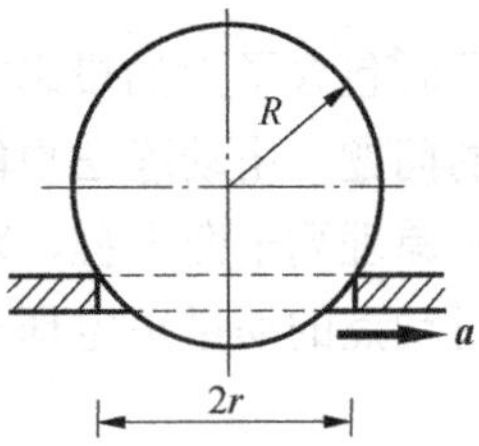

题 13-3 图

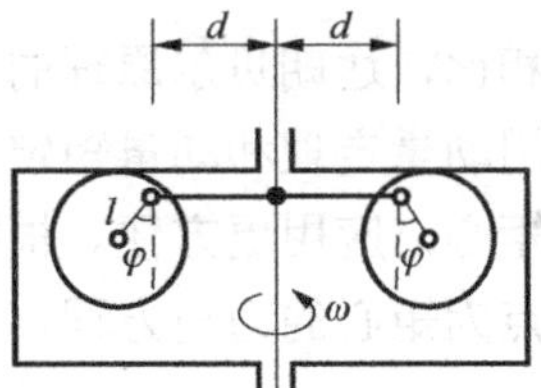

题 13-4 图

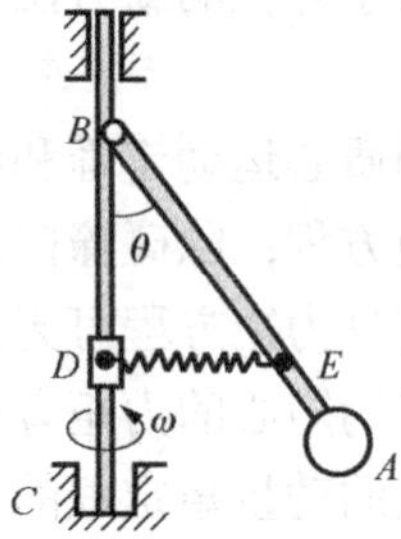

题 13-5 图

13-6 两均质直杆长各为 a 和 b ，互成直角地固结在一起，其顶点 O 与铅垂轴用铰链相连，此轴以匀角速度 ω 转动，如图所示。求长为 a 的杆与铅垂线的偏角 φ 和 ω 之间的关系。

13-7 质量各为 3kg 的均质杆 AB 和 BC 焊成一刚体 ABC ，由金属线 AE 和杆 AD 与 BE 支持于图示位置。若不计曲柄 AD 和 BE 的质量，试求割断线 AE 的瞬时杆 AD 和 BE 的内力。

13-8 直径为 100mm 的半圆形均质板重 400N，由两根绳拉住，如图所示。板在图示位置自静止释放，求释放瞬时 AD 和 BE 两绳的张力。

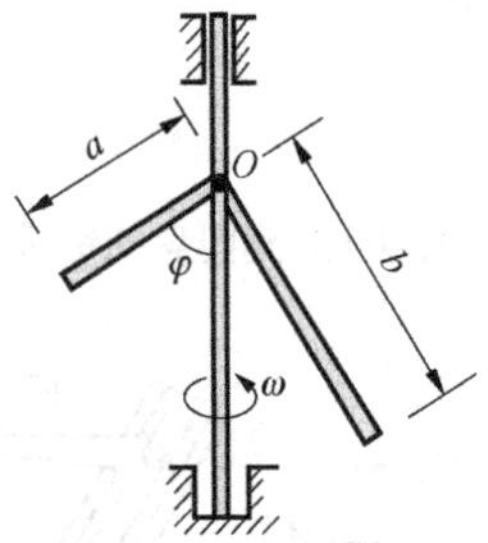

题 13-6 图

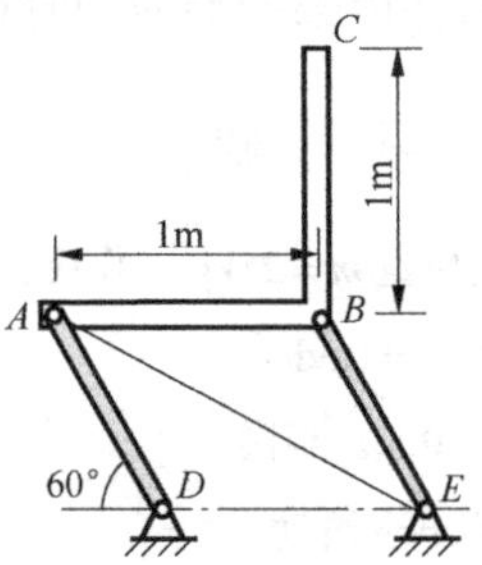

题 13-7 图

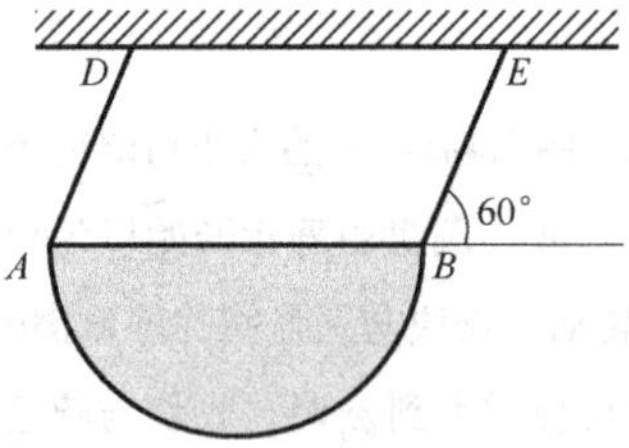

题 13-8 图

13-9 嵌入墙内的悬臂梁 AB 的端点 B 装有质量为 m_B 、半径为 R 的均质鼓轮，如图所示。主动力偶的矩为 M ，作用于鼓轮以提升质量为 m_C 的物体。设 $AB=l$ ，梁和绳子的质量都略去不计。求 A 处的约束反力。

13-10 两物块 M_1 与 M_2 的质量分别为 m_1 和 m_2 ，用跨过定滑轮 B 的细绳连接，如图所示。已知 $AC=l_1$ ，$AB=l_2$ ，$\angle ACD=\theta$ ，若杆 AB 水平，不计各杆、滑轮和细绳质量及各铰链处的摩擦，试求 CD 杆的内力。

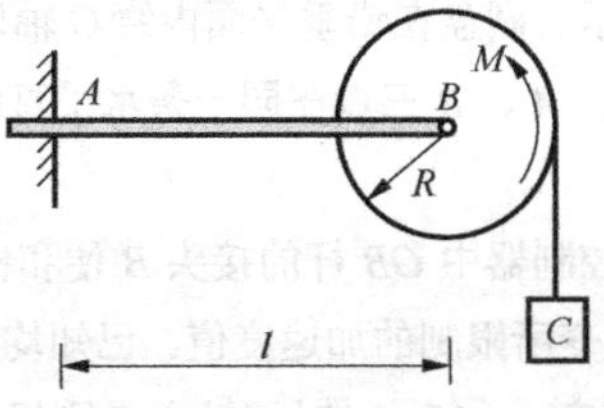

题 13-9 图

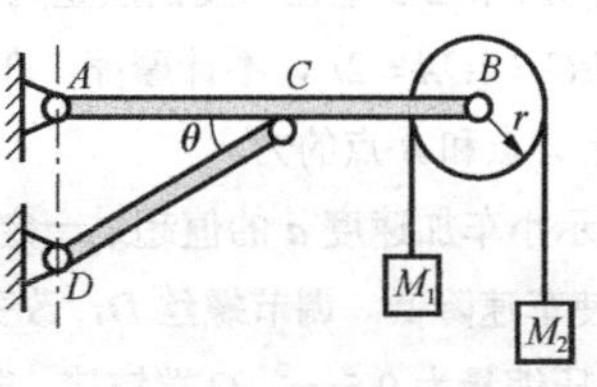

题 13-10 图

13-11　图示打桩机支架重 $G=20\text{kg}$，重心在 C 点。已知 $a=4\text{m}$，$b=1\text{m}$，$h=10\text{m}$，锤 E 的质量 $m=700\text{kg}$，绞车鼓轮的质量 $m_1=500\text{kg}$，半径 $r=0.28\text{m}$，对鼓轮转轴的回转半径 $\rho=0.2\text{m}$，钢索与水平面的夹角 $\theta=60°$，鼓轮上作用着转矩 $M=2\text{kN}\cdot\text{m}$。若不计滑轮的大小和质量，求支座 A 和 B 的反力。

13-12　如图所示，均质杆 AB 长为 l，质量为 m，被两根铅垂细绳悬挂在水平位置。现将绳 O_2B 烧断，求 O_2B 刚被烧断时，杆的角加速度和其质心的加速度。

13-13　图示轮的质量 $m=2\text{kg}$，半径 $R=150\text{mm}$，质心 C 离几何中心 O 的距离 $e=50\text{mm}$，轮对质心轴的回转半径 $\rho=75\text{mm}$。当轮沿水平直线轨道纯滚动时，它的角速度是变化的。在图示 C、O 位于同一高度时，轮的角速度 $\omega=12\text{rad/s}$。求此瞬时轮的角加速度。

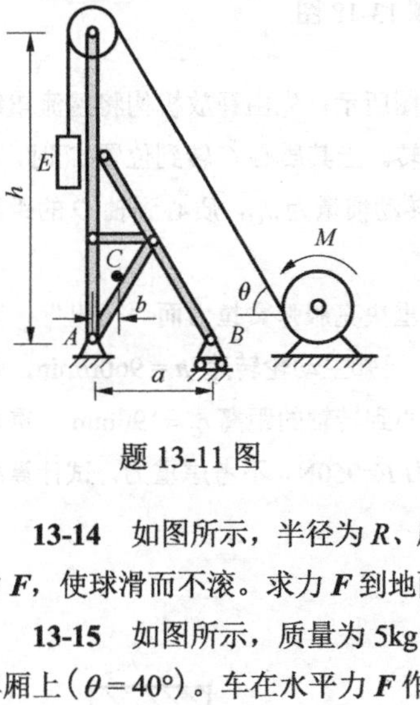

题 13-11 图

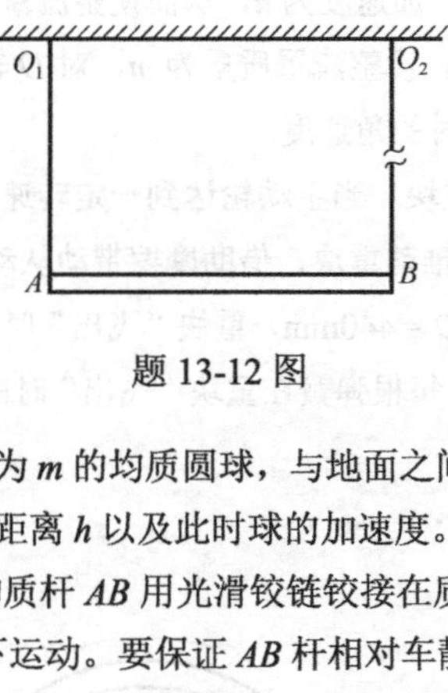

题 13-12 图

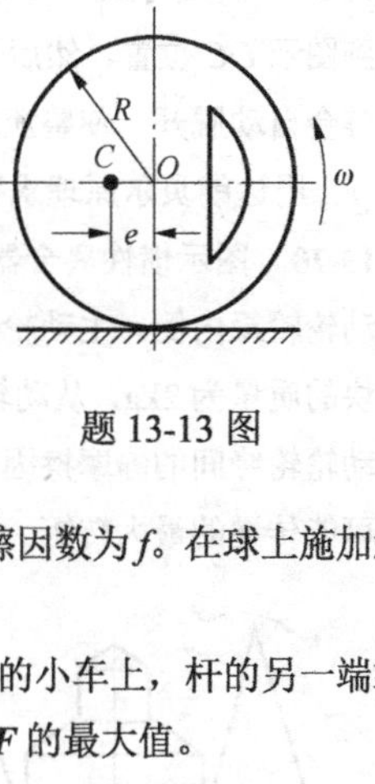

题 13-13 图

13-14　如图所示，半径为 R、质量为 m 的均质圆球，与地面之间的滑动摩擦因数为 f。在球上施加水平力 $\boldsymbol{F}$，使球滑而不滚。求力 $\boldsymbol{F}$ 到地面的距离 h 以及此时球的加速度。

13-15　如图所示，质量为 5kg 的均质杆 AB 用光滑铰链铰接在质量为 50kg 的小车上，杆的另一端靠在车厢上（$\theta=40°$）。车在水平力 $\boldsymbol{F}$ 作用下运动。要保证 AB 杆相对车静止，求力 $\boldsymbol{F}$ 的最大值。

***13-16**　均质细杆 AB 的质量 $m=45.4\text{kg}$，A 端搁在光滑水平面上，B 端用不计质量的软绳 DB 固定，如图所示。若杆长 $AB=l=3.05\text{m}$，绳长 $h=1.22\text{m}$；当绳子铅垂时，杆与水平面的倾角 $\theta=30°$，点 A 以匀速 $v_A=2.44\text{m/s}$ 向左运动。求在该瞬时：(1) 杆的角加速度；(2) 在 A 端作用的水平力 $\boldsymbol{F}$ 的大小；(3) 细绳的张力。

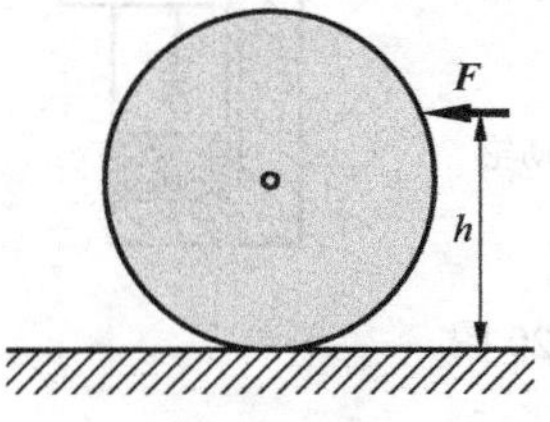

题 13-14 图

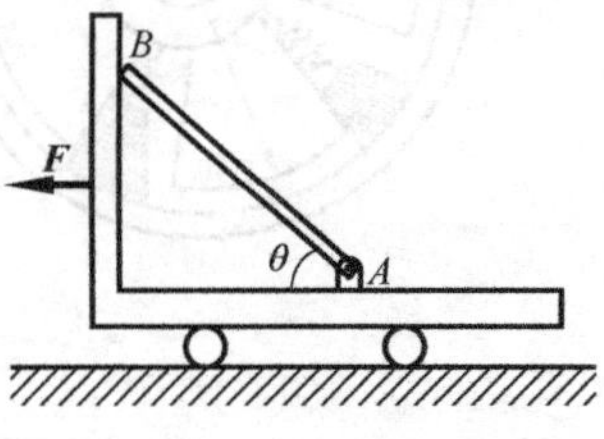

题 13-15 图

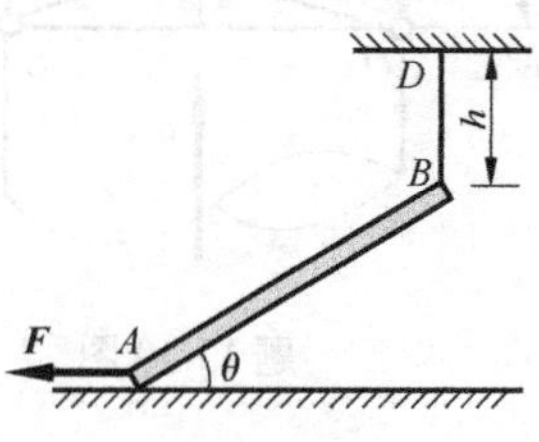

题 13-16 图

*13-17　杆 AB 和 BC 单位长度的质量为 m，连接如图所示。圆盘在铅垂平面内绕 O 轴以匀角速度 ω 转动。若 $AB = 2BC = 2OA = 2r$，不计摩擦，在图示位置时，O、A、B 三点在同一条水平直线上。求此瞬时作用在 AB 杆上 A 点和 B 点的力。

13-18　图示小车加速度 $\boldsymbol{a}$ 的值超过一定数值时，加速度控制器中 OB 杆的接头 B 便和框架 E 脱开，切断控制电路，使车速降低。调节螺丝 D，改变弹簧压力，能改变所限制的加速度值。已知均质杆 OB 的质量为 0.5kg，弹簧压缩量为 0.5cm，O 端铰接。若要使小车的加速度 $a = 10\text{m/s}^2$ 时接触点 B 刚好断开，求弹簧应有的刚度系数。

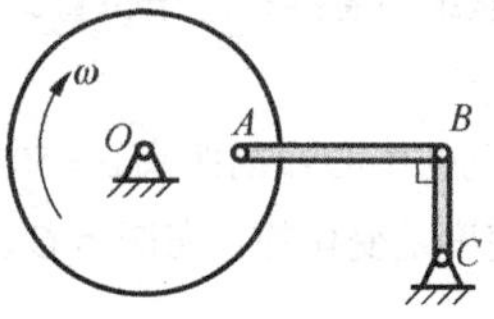

题 13-17 图

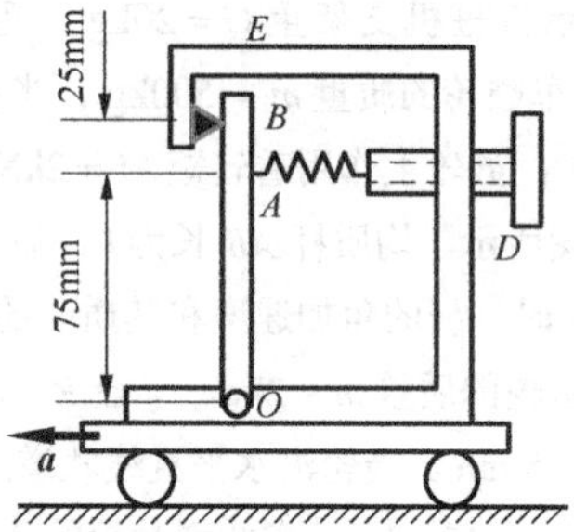

题 13-18 图

13-19　当发射卫星实现星箭分离时，打开卫星整流罩的一种方案如图所示。先由释放机构将整流罩缓慢送到图示 OC 位置，然后令火箭加速，加速度为 $\boldsymbol{a}$，从而使整流罩向外转。当其质心 C 转到位置 C' 时，O 处铰链会自动脱开，使整流罩离开火箭。设整流罩质量为 m，对 O 轴的转动惯量为 J_O，质心到轴 O 的距离 $OC = r$。用达朗贝尔原理求整流罩脱落时的角速度。

13-20　图示惯性离合器内有四块重块。当主动轮达到一定转速时，重块克服弹簧拉力而“飞出”，紧压从动轮轮缘内侧。主动轮上的扇形板推动重块，借助摩擦带动从动轮。已知主动轮转速 $n = 960\text{r/min}$，每一重块的质量为 2kg，从动轮内缘直径 $D = 440\text{mm}$，重块“飞出”时其质心到转轴的距离 $r_C = 190\text{mm}$，重块与从动轮轮缘间的静摩擦因数 $f_s = 0.3$，每根弹簧在重块“飞出”时的拉力 F=960N。不考虑重力，试计算离合器可能传递的最大转矩。

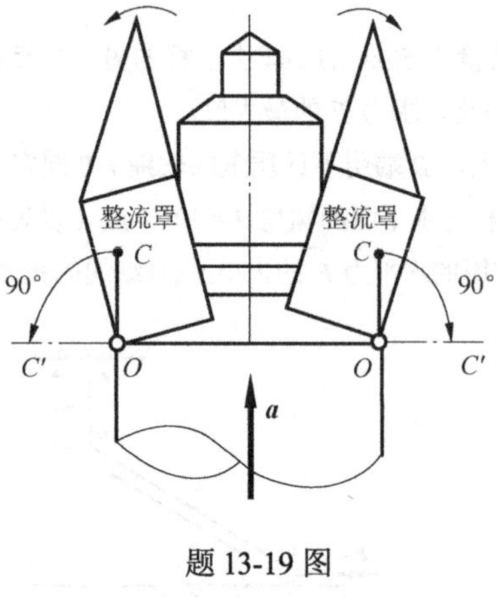

题 13-19 图

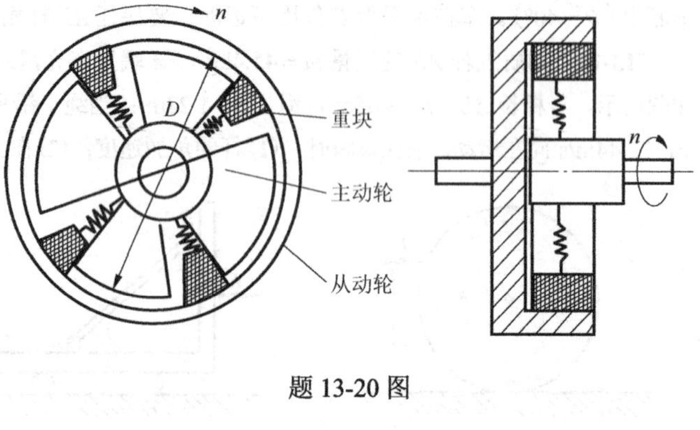

题 13-20 图

13-21　图示均质等厚度三角形板，已知 $\angle AOB = \theta$，单位面积的质量为 ρ。求三角板对 x 轴和 y 轴的惯性积。

*13-22　如图所示，均质圆盘以等角速度 ω 绕通过盘心的铅垂轴转动，盘面与转轴成 θ 角。A、B 轴承到盘心的距离分别为 a 和 b，圆盘半径为 R，质量为 m。求轴承 A、B 处的动约束力。

13-23　如图所示，已知三盘质量皆为 12kg，盘 A 的质心 G 沿 z 向偏离 x 轴 5mm，今在 B、C 盘上各加一质量为 1kg 的平衡质量，使转子达到动平衡。求平衡质量在 B、C 盘上的位置。

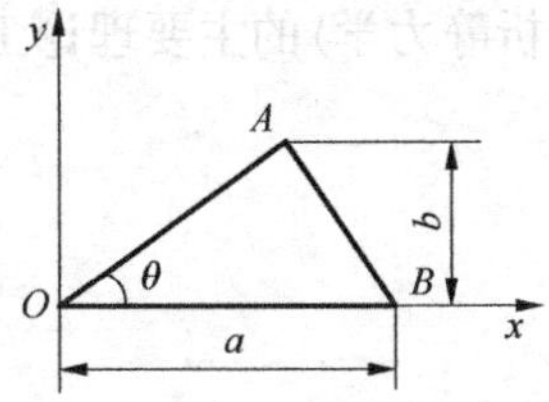

题 13-21 图

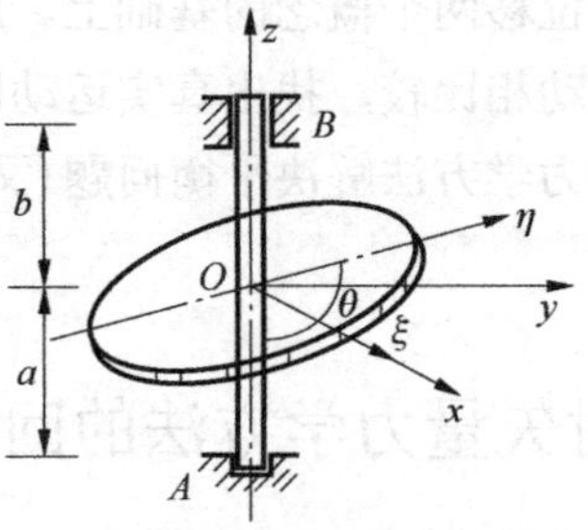

题 13-22 图

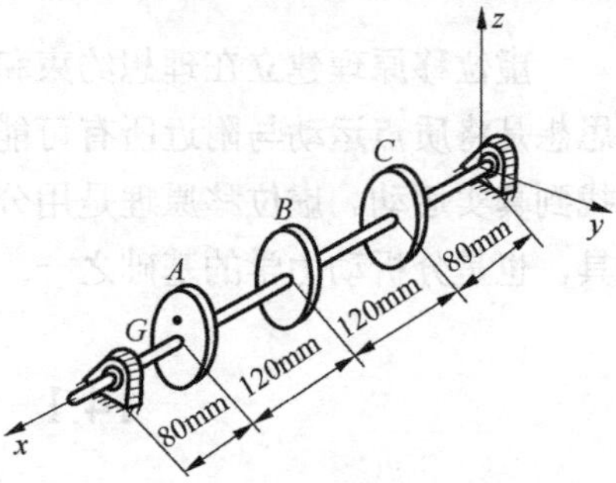

题 13-23 图

拓展应用

13-24　现代化建设过程中，烟囱等细高建筑物在拆除时多采用定向爆破技术。在倒落过程中，烟囱往往会发生二次断裂，如图所示，结合学过的力学知识对其断裂原因进行解析。

13-25　两平面影响系数法是转子动平衡实验的传统方法，查阅文献了解该方法的原理，设计多盘转子的动平衡实验方案。

题 13-24 图

参考答案

第 14 章　虚位移原理

虚位移原理建立在理想约束和虚位移两个概念的基础上。虚位移是矢径的变分，变分的思想是将质点运动与附近所有可能运动相比较，找出真实运动区别于可能运动的判据，从而找到真实运动。虚位移原理是用分析力学方法解决平衡问题(又称分析静力学)的主要理论工具，也是分析动力学的基础之一。

14.1　对矢量力学方法的回顾

矢量力学方法中，解决平衡问题的理论工具是平衡条件：作用在研究对象上全部外力的主矢、主矩均为零。处理动力学问题的理论工具是牛顿定律、质点系动量定理和质点系动量矩定理，表现为质点加速度与质点所受外力之间的关系以及质点系动量、动量矩的变化与作用于质点系全部外力的主矢、主矩之间的关系。研究对象可以是系统中的单个质点或刚体；对连续体(如弹性体或流体)则可取任一微元体。在矢量力学方法中，始终通过力来描述物体之间的相互影响。对非自由体，以未知的约束力替代实际存在的约束；再通过由约束条件得出的运动学关系与动力学方程联立，解出系统的运动和待求的未知力。这种处理方法的优点是物理意义清晰。但当研究约束较多的复杂系统时，诸多的未知约束力会对求解系统运动带来不便。

动能定理提供了解决动力学问题的另一种方法：在一定的物理和几何条件下(如接触面光滑、连杆刚性、绳不可伸长、纯滚动等情况)引入了理想约束概念，有效地避开了未知约束力，由所建立的方程解出系统的运动。动能定理的不足之处在于只提供一个独立方程，对多自由度系统还需要其他定理相配合。

用分析力学方法建立方程，方程中可以避免理想约束的约束力，可给出任意质点系(包括刚体系统以及弹性体等)平衡的充分必要条件；对于动力学问题，总可以给出与系统自由度数目相同的独立方程，由此可解出系统的运动。另外，这类方法可以推广应用到机-电-磁耦合系统的动力学建模。分析力学方法的物理依据是牛顿定律和达朗贝尔原理；对非自由体采取了不同于矢量力学的处理方法：在约束所容许的“空间”内研究问题。

14.2　约束及其分类、约束方程

描述质点在空间的位置时，最常用的方法是利用质点的坐标(x，y，z)。若描述刚体的位置，则可在两种方法中进行选择。例如，对图 14-1 中的 AB 杆而言，一种方法是利用杆上 A、B 两点的坐标(x_A，y_A)、(x_B，y_B)描述其位置；另一种方法是利用平面运动刚体的广义坐标，即 B 点的坐标(x_B，y_B)及 BA 与 x 轴的夹角 φ 描述其位置。在建立一般性理论时常用第一种方法，即归结为一般质点系；在解决具体问题时常用第二种方法，充分结合几何特点，简化计算。

在静力学中，我们曾把约束定义为：限制非自由体在空间位移的周围物体。在更广泛和抽象的意义上，约束还可以从另外的角度给出定义并进行描述。

约束：对物体(质点或质点系)运动预先给定的强制性限制条件(既可以限制位置，也可以限制速度甚至加速度)。

约束方程：描述限制条件(也称约束条件)的数学方程。

工程中的实际约束种类繁多，依据约束对物体运动限制的不同情况分类如下。

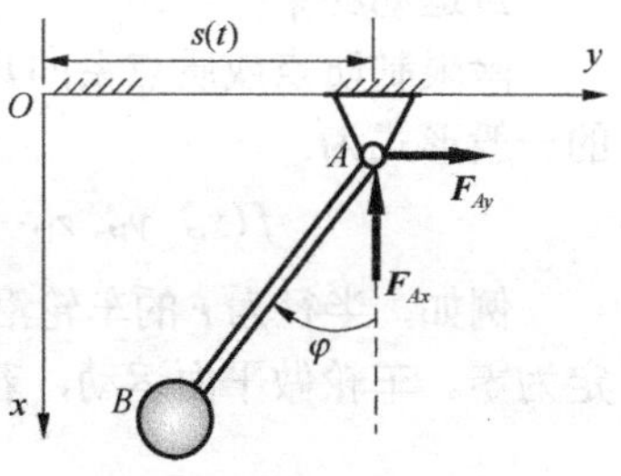

图 14-1

1. 几何约束与运动约束

1) 几何约束

限制质点或质点系在空间的几何位置的约束称为**几何约束**，有时这种几何限制随时间变化。其约束方程的一般形式为

$$f(x_1, y_1, z_1, \cdots, x_N, y_N, z_N, t)=0$$

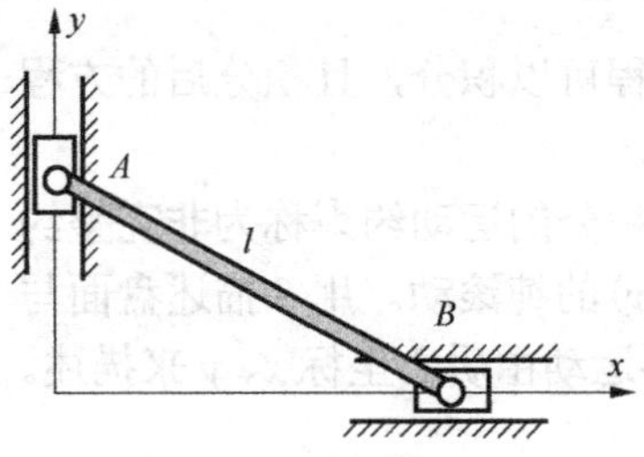

图 14-2

例如，图 14-2 所示的椭圆规机构中，A、B 两滑块由长为 l、不计重量的刚性杆相连，可视为由两个质点组成的系统。滑道和刚性杆形成了对质点系的约束，其约束方程为

$$\begin{cases} x_A=0 \\ y_B=0 \\ (x_A-x_B)^2+(y_A-y_B)^2=l^2 \end{cases} \tag{14-1}$$

对球面摆(图 14-3)来说，无重刚性杆限制质点 M 必须在以 O 为球心、杆长 l 为半径的球面上运动。质点 M 的坐标应满足的约束方程为一球面方程。

$$x^2+y^2+z^2=l^2 \tag{14-2}$$

一般情况下，一个质点 M 被限制在某固定曲面内运动时(图 14-4)，质点坐标应满足的约束方程就是该固定曲面的方程。

$$f(x, y, z)=0 \tag{14-3}$$

以上分析的约束都属于几何约束。

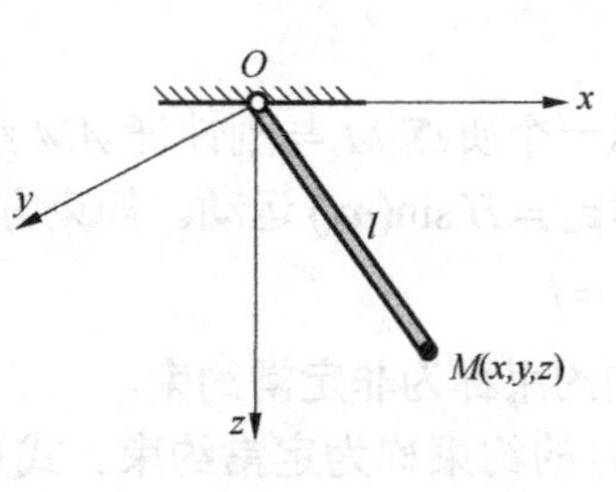

图 14-3

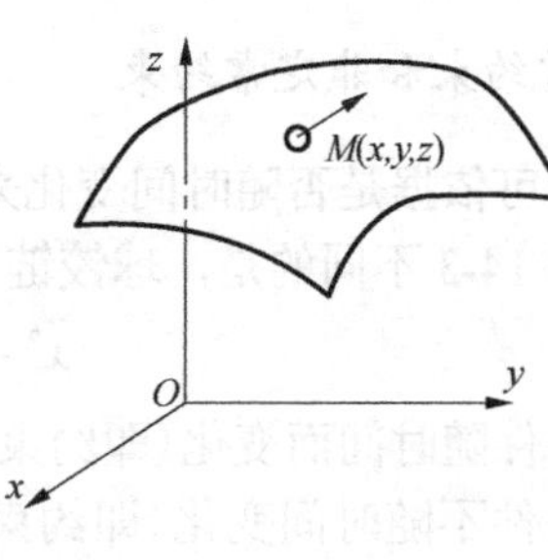

图 14-4

2) 运动约束

除限制质点或质点系的几何位置外，还限制质点速度的约束称为**运动约束**。其约束方程的一般形式为

$$f(x_1,\ y_1,\ z_1,\cdots,\ x_N,\ y_N,\ z_N,\ \dot{x}_1,\ \dot{y}_1,\ \dot{z}_1,\cdots,\ \dot{x}_N,\ \dot{y}_N,\ \dot{z}_N,\ t)=0$$

例如，半径为 r 的车轮沿直线轨道做纯滚动(图 14-5)，轮与轨道接触点 C 的速度将被限定为零。车轮做平面运动，若取轮心坐标 x_A、y_A 以及转角 φ (取顺时针方向为正)描述车轮的位置，则车轮的约束方程为

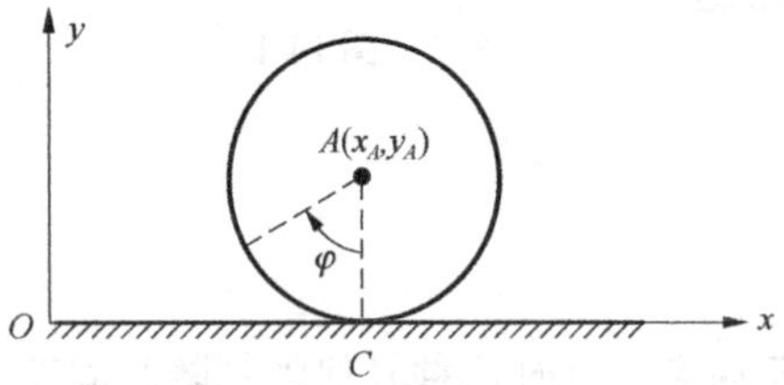

图 14-5

$$\begin{cases} y_A = r \\ \dot{x}_A - r\dot{\varphi} = 0 \end{cases} \tag{14-4}$$

式中，第一个方程属于几何约束；第二个方程则属于运动约束，由于 r 为常数，可积分为

$$x_A - r\varphi = \text{const}$$

通常，描述运动约束的约束方程为微分方程，如果这类方程可以积分，且积分后的方程中不再包含坐标的导数，则此时运动约束与几何约束已无区别。

几何约束以及可以积分的运动约束统称为**完整约束**；不能积分的运动约束称为**非完整约束**，例如，图 14-6 所示半径为 R 的圆盘做垂直于某水平面(Oxy)的纯滚动。用 θ 描述盘面与 x 轴的夹角，用转角 φ 描述圆盘相对于质心的运动。圆盘的平移运动由质心坐标 x、y 来描述。x、y、φ 彼此并不独立，存在如下关系：

$$\begin{cases} R\mathrm{d}\varphi\cos\theta = \mathrm{d}x \\ R\mathrm{d}\varphi\sin\theta = \mathrm{d}y \end{cases} \tag{14-5}$$

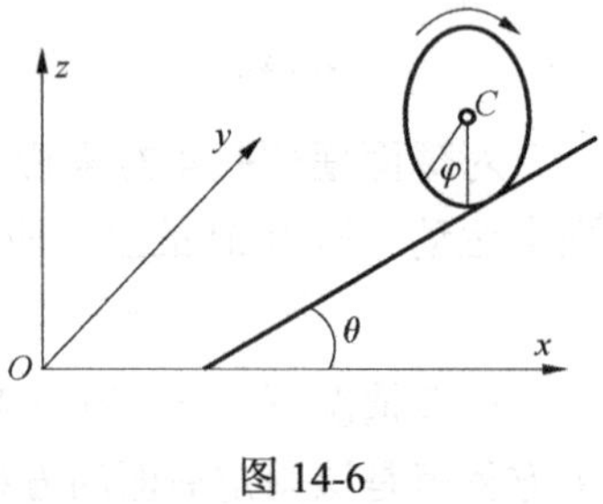

图 14-6

式(14-5)为该非完整约束的数学描述。

若保持 θ 不变，则式(14-5)可积分为

$$\begin{cases} R\varphi\cos\theta = x \\ R\varphi\sin\theta = y \end{cases} \tag{14-6}$$

该约束退化为完整约束。保龄球沿直线纯滚动时就属于这种情况。非完整约束比完整约束要复杂得多，本书只讨论完整约束。

2. 定常约束和非定常约束

约束还可依据是否随时间变化来分类。图 14-7 表示一个质点 M 与刚性杆 AM 组成的球面摆，与图 14-3 不同的是，球铰链 A 沿 z 轴以已知规律 $z_A = H\sin(\omega t)$ 运动。约束方程为

$$x^2 + y^2 + \left[z - H\sin(\omega t)\right]^2 = l^2 \tag{14-7}$$

约束条件随时间而变化(即约束方程中显含时间 t)的约束称为**非定常约束**。

约束条件不随时间变化(即约束方程中不显含时间 t)的约束称为**定常约束**。式(14-1)～式(14-4)描述的约束均为定常约束。

3. 双面约束和单面约束

图 14-7 中的摆杆为一刚性杆，它既限制质点 M 沿杆拉伸方向的位移，又限制质点 M 沿

杆压缩方向的位移，约束方程(14-2)为一等式。约束方程为等式的约束称为**双面约束**(也称为**双侧约束**)。

图 14-8 中摆长为一根长为 l 的不可伸长的绳索，此约束只能限制质点沿绳的拉伸方向的位移，约束方程为

$$x^2+y^2+z^2\leqslant l^2 \tag{14-8}$$

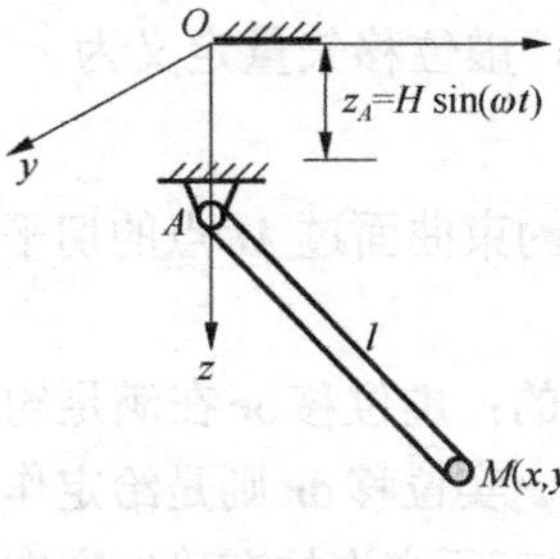

图 14-7

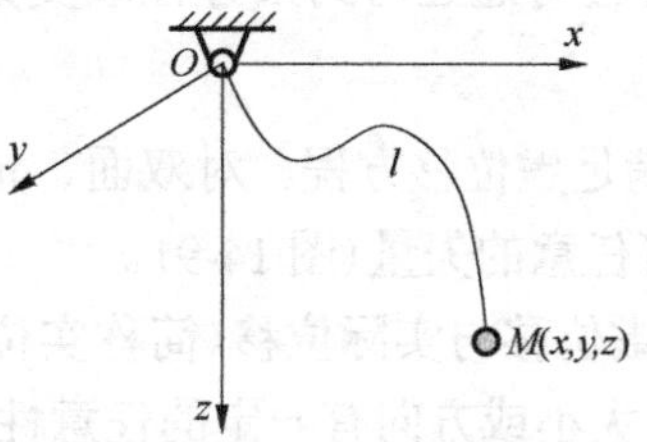

图 14-8

约束方程为不等式的约束称为**单面约束**(也称为**单侧约束**)。本章中只讨论双面、定常、几何约束。

14.3 虚位移、自由度

14.3.1 虚位移

虚位移：质点或质点系(包括刚体)，在某瞬时为约束所容许的任何无限小的位移(包括角位移)。

通常，用 $\delta\boldsymbol{r}$ 表示虚位移矢量，用 δx、δy、δz 表示虚位移在 x、y、z 轴上的投影。从数学角度来看，δ 为变分符号，δx 是坐标 x 的变分，表示 x 的无限小的“变更”。如果虚位移以角位移的形式出现，则以角度 φ 的变分 $\delta\varphi$ 表示，又称为**广义虚位移**。变分与微分属不同数学概念，但同属无限小量，忽略高阶小量后，运算规则形式相同。

考察**单个质点**：自由质点的三个坐标取值不受限制，坐标的变分 δx、δy、δz 是彼此独立的。如果限定此质点沿某固定曲面运动(图 14-9)，则质点的坐标必须满足约束方程：

$$f(x,\ y,\ z)=0 \tag{14-9}$$

给质点以虚位移，它的坐标变为 $x+\delta x$、$y+\delta y$、$z+\delta z$，但仍应满足约束方程：

$$f(x+\delta x,\ y+\delta y,\ z+\delta z)=0 \tag{14-10}$$

由于 δx、δy、δz 为无限小量，将式(14-10)展开，略去高阶小量后有

$$f(x,\ y,\ z)+\frac{\partial f}{\partial x}\delta x+\frac{\partial f}{\partial y}\delta y+\frac{\partial f}{\partial z}\delta z=0 \tag{14-11}$$

再利用式(14-9)，得

$$\frac{\partial f}{\partial x}\delta x+\frac{\partial f}{\partial y}\delta y+\frac{\partial f}{\partial z}\delta z=0 \tag{14-12}$$

式(14-12)表明，δx、δy、δz 中只能有两个是独立的，式(14-12)称为**虚位移方程**。对于双面、

定常、几何约束，由约束方程取变分可直接得到虚位移方程，这是今后推导虚位移方程的常用方法之一。

理解虚位移概念，需注意以下要点。

(1) 虚位移是一个与约束相联系的概念，自由质点则视为非自由质点的特例。

(2) 虚位移有两种描述形式：坐标变分形式和矢量形式。在坐标变分形式中，坐标变分 δx、δy、δz 应满足虚位移方程，其中独立的坐标变分可任意取值；对双面、定常、几何约束，虚位移方程可通过对约束方程取变分获得。在矢量形式中，虚位移矢量定义为

$$\delta \boldsymbol{r} = \delta x \boldsymbol{i} + \delta y \boldsymbol{j} + \delta z \boldsymbol{k} \tag{14-13}$$

$\delta \boldsymbol{r}$ 也需满足虚位移方程。对双面、定常、几何约束，$\delta \boldsymbol{r}$ 是约束曲面过 M 点的切平面内方向及大小可任意的矢量(图 14-9)。

(3) 虚位移与实际位移(简称实位移)在概念上是有区别的；虚位移 $\delta \boldsymbol{r}$ 在满足约束条件的前提下，大小或方向有一定的任意性，且不涉及经历的时间。实位移 $\mathrm{d}\boldsymbol{r}$ 则是给定作用于质点的主动力和初始条件的情况下，经历一定的时间 $\mathrm{d}t$，且为约束所容许的有确定方向及大小的位移。在定常约束情况下，由于约束条件不随时间改变，实位移 $\mathrm{d}\boldsymbol{r}$ 可看成虚位移 $\delta \boldsymbol{r}$ 中的一个，也可以把虚位移理解为可能的实位移。

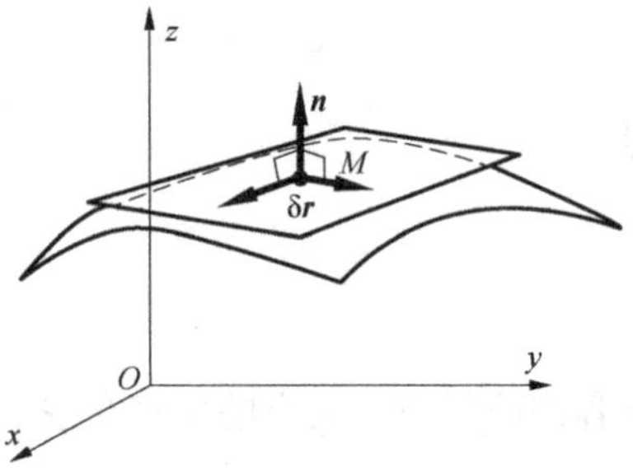

图 14-9

可以把功的计算推广到虚位移上，定义力 $\boldsymbol{F}$ 在虚位移 $\delta \boldsymbol{r}$ 上的元功(或称**虚功**)为 δW，即

$$\delta W = \boldsymbol{F} \cdot \delta \boldsymbol{r}$$

或

$$\delta W = F_x \delta x + F_y \delta y + F_z \delta z$$

虚功视为从数学角度定义的运算，不涉及物理过程，也与能量的变化无关。

对非定常约束，有

$$f(x, y, z, t) = 0 \tag{14-14}$$

虚位移是指：将约束在所研究的瞬时 t“凝固”，为凝固后的约束所容许的任何无限小位移。这就是虚位移定义中“某瞬时”的含义。由于 $x+\delta x$、$y+\delta y$、$z+\delta z$ 仍满足此瞬时的约束方程：

$$f(x+\delta x, y+\delta y, z+\delta z, t) = 0$$

展开并略去高阶小量，利用式(14-14)可得

$$\frac{\partial f}{\partial x}\delta x + \frac{\partial f}{\partial y}\delta y + \frac{\partial f}{\partial z}\delta z = 0 \tag{14-15}$$

式(14-15)就是非定常、双面、几何约束的虚位移方程。虽然它与式(14-12)形式“相同”，但约束方程的类型截然不同。对式(14-14)取变分，并约定 $\delta t = 0$，可直接得到式(14-15)。为有助于理解虚位移的定义，讨论图 14-10 所示摆的运动。由质点 M 和长为 L 的无重刚性杆所组成的球面摆，悬挂点 A 以匀速 $\boldsymbol{v}$ 沿坐标轴 z 的负方向运动。虚位移 $\delta \boldsymbol{r}$ 位于 t

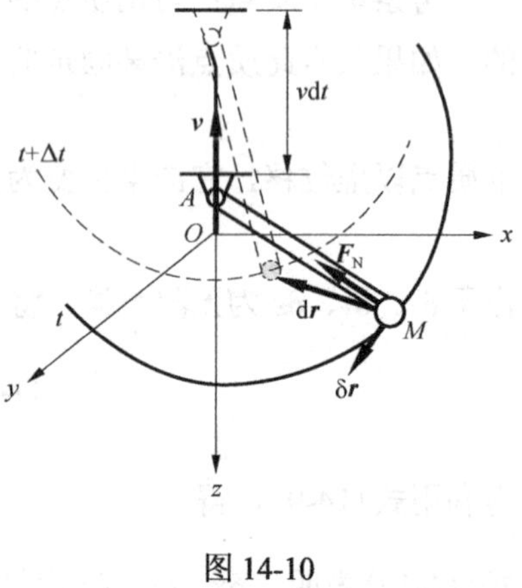

图 14-10

瞬时球面的切平面内，与杆的约束反力 $\boldsymbol{F}_{\mathrm{N}}$ 垂直。而实位移 d$\boldsymbol{r}$ 总需经历一定的时间 dt，在此时间间隔内，悬挂点 A 已经移动了 $v\mathrm{d}t$。故实位移 d$\boldsymbol{r}$ 如图 14-10 所示，一般不与 $\boldsymbol{F}_{\mathrm{N}}$ 垂直。由此可得出三点重要结论。

(1) 在非定常约束下，实位移并不是虚位移中的一个。

(2) 在非定常约束下，约束反力 $\boldsymbol{F}_{\mathrm{N}}$ 在实位移 d$\boldsymbol{r}$ 上的元功不一定为零，但在虚位移 $\delta\boldsymbol{r}$ 上约束反力 $\boldsymbol{F}_{\mathrm{N}}$ 的元功却总为零。

(3) 无论定常约束还是非定常约束，虚位移始终与时间无关。

14.3.2　自由度

对于一个**自由质点**，它在空间的位置可用三个彼此独立取值的坐标确定。但若限定质点只能沿某固定曲面运动(图 14-4)，则确定质点位置的三个坐标中只有两个可独立取值，第三个坐标则要由约束方程(14-3)来确定。可见，随着约束方程的增加，确定质点位置的独立坐标个数将减少。

确定一个质点的位置所需要的独立坐标数，称为该质点的**自由度**。

若质点系由 N 个质点组成，受有 s 个双面、几何约束，其约束方程的一般形式为

$$f_j(x_1,\ y_1,\ z_1,\cdots,\ x_N,\ y_N,\ z_N)=0\ ,\qquad j=1,2,\cdots,s$$

此时质点系的 $3N$ 个坐标必须满足 s 个约束方程，有 $3N-s$ 个独立坐标，相应质点系具有 $3N-s$ 个自由度。

图 14-2 所示的椭圆规，质点 A、B 只在 Oxy 平面内运动，每个点的位置用两个坐标即可确定。由于式(14-1)中包括三个约束条件，故此机构的自由度数为 1。

上述关于自由度的确定方法只适用于双面、几何约束情况。该方法几何意义清晰，因此便于从直观上判断质点系的自由度。

对于一个力学系统，位置坐标的选取方式多样，但系统自由度总是不变的，即自由度与坐标的选择方式无关。

对于**一般质点系**，设质点系由 N 个质点组成，具有 s 个双面、几何约束，其约束方程为

$$f_j(x_1,\ y_1,\ z_1,\cdots,\ x_N,\ y_N,\ z_N,\ t)=0\ ,\qquad j=1,2,\cdots,s$$

可以看成 $3N$ 维空间中的 s 个超曲面。取变分，可得 s 个虚位移方程：

$$\sum_{i=1}^{N}\left(\frac{\partial f_j}{\partial x_i}\delta x_i+\frac{\partial f_j}{\partial y_i}\delta y_i+\frac{\partial f_j}{\partial z_i}\delta z_i\right)=0\ ,\qquad j=1,2,\cdots,s$$

上式可看成 $3N$ 维空间的 s 个超平面(切平面)。$3N$ 个坐标变分需满足 s 个虚位移方程，只有 $3N-s$ 个独立。由此可得出适用范围更广的自由度的定义。

质点系独立的虚位移数目(或独立的坐标变分数目)称为质点系的**自由度**。

对于受双面、几何约束的质点系，虚位移方程可由约束方程取变分得到，两者数目相同；根据约束方程的数目确定自由度更直观。

14.4 理想约束

动能定理一章，从物理角度引入了理想约束的概念，并利用约束力做功之和为零的特点，在方程中避开了未知约束力。但图 14-1 和图 14-10 所示的实例表明：在非定常约束下，约束反力的功不一定为零；而无论定常约束还是非定常约束，约束反力在虚位移上的元功或元功之和却总为零。据此，可给出理想约束更恰当的定义。

理想约束：在质点系的任何虚位移上，约束反力的元功之和等于零的约束。

理想约束的数学描述为

$$\delta W=\sum \boldsymbol{F}_{\mathrm{N}i}\cdot\delta\boldsymbol{r}_i=0 \tag{14-16}$$

式中，$\boldsymbol{F}_{\mathrm{N}i}$ 表示作用于第 i 个质点的约束反力的合力；$\delta\boldsymbol{r}_i$ 表示第 i 个质点的虚位移。工程中有许多约束在一定的条件下都可看成理想约束。现将工程中常见的理想约束归纳列于表 14-1 中以便读者参考。

表 14-1　工程中常见的理想约束

1	光滑支撑面约束	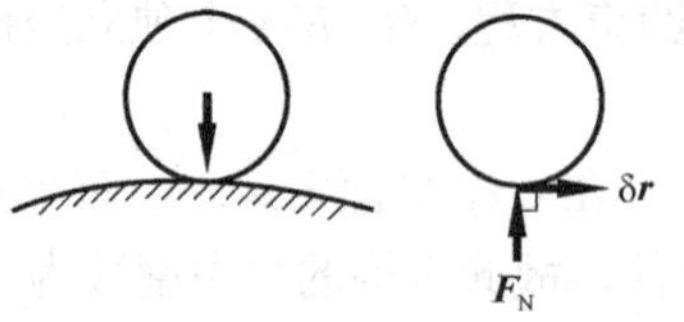	$\boldsymbol{F}_{\mathrm{N}}\cdot\delta\boldsymbol{r}=0$ （因为 $\boldsymbol{F}_{\mathrm{N}}\perp\delta\boldsymbol{r}$ ）
2	光滑铰链	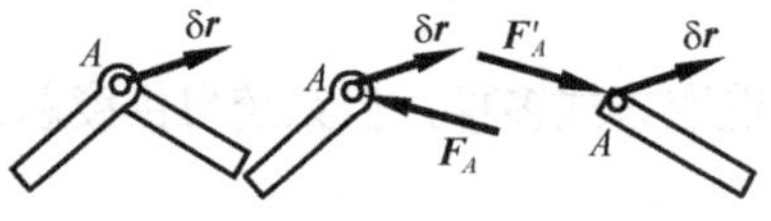	$\boldsymbol{F}_A\cdot\delta\boldsymbol{r}+(-\boldsymbol{F}_A)\cdot\delta\boldsymbol{r}=0$ （因为 $\boldsymbol{F}'_A=-\boldsymbol{F}_A$ ）
3	链杆	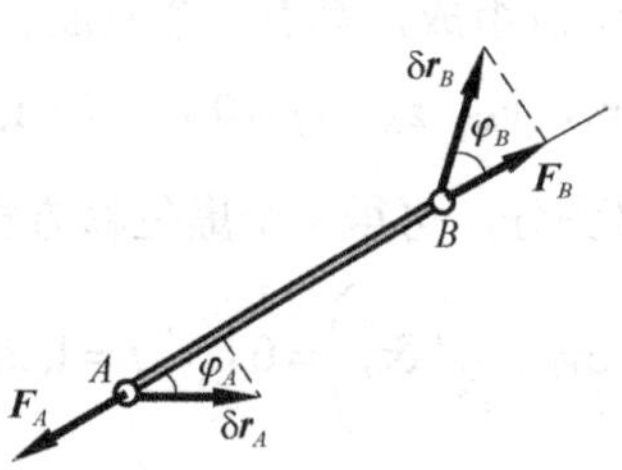	$F_A\cdot\lvert\delta r_A\rvert\cos\varphi_A-F_B\cdot\lvert\delta r_B\rvert\cos\varphi_B=0$ （因为 $F_A=F_B$ 及 $\lvert\delta r_A\rvert\cos\varphi_A=\lvert\delta r_B\rvert\cos\varphi_B$ ）
4	不可伸长的柔索	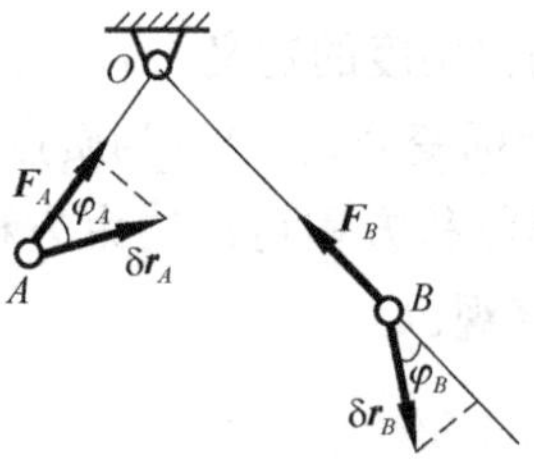	$F_A\cdot\lvert\delta r_A\rvert\cos\varphi_A-F_B\cdot\lvert\delta r_B\rvert\cos\varphi_B=0$ （因为 $F_A=F_B$ 及 $\lvert\delta r_A\rvert\cos\varphi_A=\lvert\delta r_B\rvert\cos\varphi_B$ ）

续表

5	刚体沿固定面纯滚动	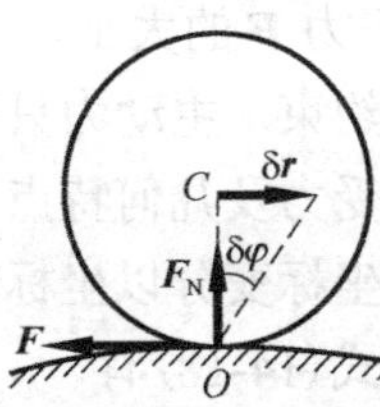	$\boldsymbol{F}_{\mathrm{N}}\cdot\delta\boldsymbol{r}_O+\boldsymbol{F}\cdot\delta\boldsymbol{r}_O=0$ (因为$\delta\boldsymbol{r}_O=0$)

此处所有约束未能一一列出。质点系是否受到理想约束，要像上述实例那样，根据约束反力在质点系虚位移上的元功之和是否为零加以判别。

虚位移是一个重要概念，在分析力学中，既提供了描述“约束所容许的空间”的一种方法(在所研究的瞬时，忽略高阶小量)，又完满地表述了理想约束的特征。

14.5　虚位移原理

14.5.1　虚位移原理的表述

虚位移原理：如果质点系受到双面、理想约束，则静止的质点系在给定位置上保持平衡的必要且充分条件是：所有作用在质点系上的主动力在该位置的任何虚位移上所做元功之和等于零。该原理的数学表达式为

$$\sum \boldsymbol{F}_i\cdot\delta\boldsymbol{r}_i=0 \tag{14-17}$$

式中，$\boldsymbol{F}_i$ 为作用于第 i 个质点的主动力的合力；$\delta\boldsymbol{r}_i$ 为该质点的虚位移。

通常虚位移原理又称为**虚功原理**，式(14-17)又称为**虚功方程**。作为公认的原理，它的正确性不需再给出逻辑上的证明。不过，为了说明它与已有方法之间的关系，对于受到双面、定常、理想约束的质点系的虚位移原理，必要性和充分性的证明可扫描二维码了解。

理想约束是虚位移原理中一个关键的、必不可少的条件。有时，一些约束反力(如摩擦力)的虚功并不为零，不属于理想约束。在这种情况下，为了能够应用虚位移原理，可以将这类力归入主动力。

双面、定常、理想约束条件下虚位移原理的证明

为便于应用，可将虚功方程写成解析形式：

$$\sum\left(F_{ix}\delta x_i+F_{iy}\delta y_i+F_{iz}\delta z_i\right)=0 \tag{14-18}$$

式中，F_{ix}、F_{iy}、F_{iz} 代表主动力 $\boldsymbol{F}_i$ 在直角坐标轴上的投影；坐标变分 δx_i、δy_i、δz_i 与坐标轴正向相同。

式(14-17)和式(14-18)又称**静力学普遍方程**。对非自由质点系，式中各坐标的变分彼此之间存在一定的关系，必须满足虚位移方程，因此，建立虚位移方程常常是运用虚位移原理解题的关键。独立的坐标变分个数即质点系的自由度，也正是用虚位移原理所能建立的独立方程的个数。

14.5.2　虚位移原理的应用

1. 求未知主动力或平衡位置

例 14-1　如图 14-11 所示，6 根长为 L 的直杆铰接成一平行四边形机构，A、C 为两个滑

块，忽略摩擦以及杆、滑块和平板的自重，平板上所载物重为 $W=100\text{N}$，试求为保持机构在图示位置平衡（$\beta=30°$），作用于滑块 A 的水平力 $\boldsymbol{F}$ 的大小。

解　取整个机构为研究对象，系统受理想约束，主动力只有 $\boldsymbol{W}$、$\boldsymbol{F}$ 两个，直接寻找两个受力点虚位移之间的关系比较困难。根据机构受力及几何特点，取固定坐标轴如图 14-11(b) 所示，应用坐标变分法建立虚位移方程，注意坐标变分以坐标轴正向为正。平板只能做直线平动，当机构平衡时，依据虚位移原理的解析式(14-18)有

$$-F\cdot\delta x_A - W\cdot\delta y_B = 0 \tag{a}$$

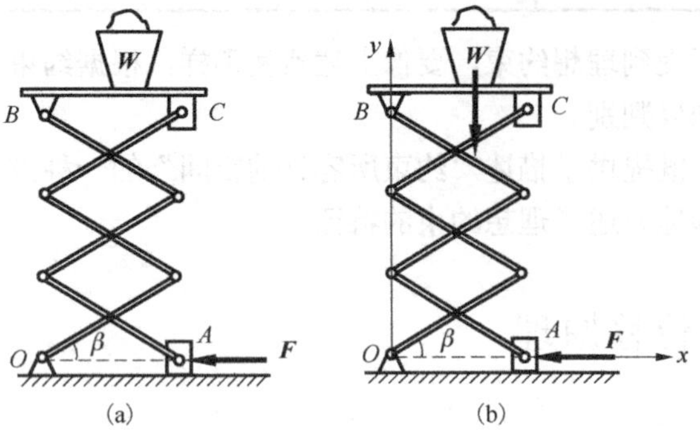

图 14-11

注意到 x_A、y_B、β 之间存在如下关系：

$$\begin{cases} x_A = L\cos\beta \\ y_B = 3L\sin\beta \end{cases} \tag{b}$$

对式(b)取变分得

$$\begin{cases} \delta x_A = -L\sin\beta\cdot\delta\beta \\ \delta y_B = 3L\cos\beta\cdot\delta\beta \end{cases} \tag{c}$$

若视 δx_A 可独立取值，则有

$$\delta y_B = -3\cot\beta\cdot\delta x_A \tag{d}$$

代入式(a)得

$$(3W\cot\beta - F)\delta x_A = 0 \tag{e}$$

因 δx_A 可取任意值，必有

$$3W\cot\beta - F = 0 \tag{f}$$

求得

$$F = 3W\cot\beta = 519.62\text{N}$$

本例通过对约束方程(b)取变分，得到了虚位移 δx_A、δy_B 之间的关系。这是建立虚位移之间关系的常用方法之一，称为**坐标变分法**(解析法)，但约束方程必须是一般性表达式，往往在“菱形、等腰三角形”等特殊几何关系情况下便于采用。

思考题 14-1　当重物的重量减为50N，而作用在滑块上的水平力 $F=519.62\text{N}$ 时，升降机能否平衡？若能平衡，则平衡时的 β 为何值？

例 14-2　在图 14-12(a)所示平面机构中，已知，$OA=R$，$AB=L$，杆 OA 重为 $\boldsymbol{W}$，不计 AB 杆自重。当曲柄 OA 水平时，线性弹簧由原长为 R 压缩到现长为 $R/2$，$\varphi=60°$。试求机构在此位置平衡时弹簧应有的刚度系数 k。

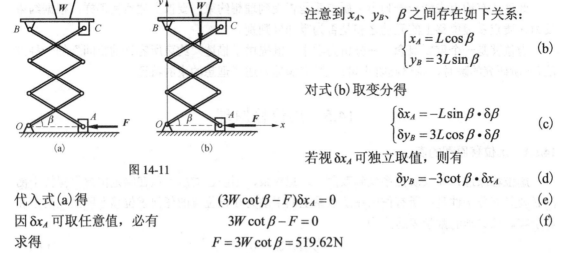

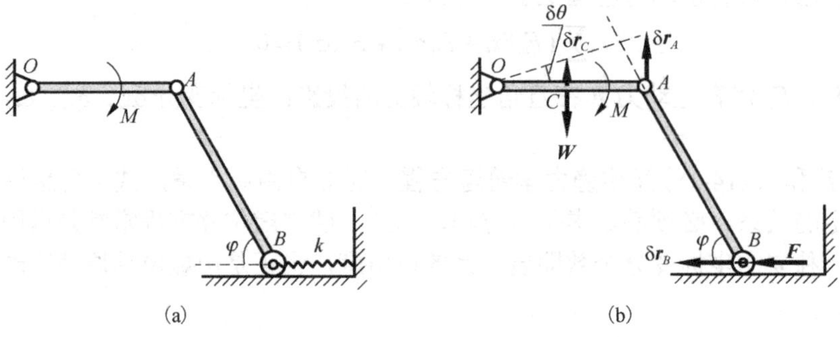

图 14-12

解　本题属于已知平衡求主动力之间关系的问题。首先拆去弹簧代之以弹性力 $\boldsymbol{F}$，取系统为研究对象，给曲柄 OA 以虚转角 $\delta\theta$，整个系统受到的主动力及相应的虚位移矢量如图 14-12(b)

所示。建立虚功方程：

$$-M\delta\theta - W\delta r_C + F\delta r_B = 0 \tag{a}$$

式中，$F = k\left(R-\dfrac{R}{2}\right)=\dfrac{R}{2}k$，注意虚位移不改变弹簧变形及弹性力的大小。

本题中虚位移矢量之间的关系可依照运动学中分析速度的方法来建立，这种方法称为**虚速度法**(几何法)。由运动学知识可知

$$\delta r_C = \frac{R}{2}\delta\theta,\quad \delta r_A = R\delta\theta,\quad \delta r_B\cos\varphi = \delta r_A\cos(90^\circ-\varphi) = \delta r_A\sin\varphi$$

代入虚功方程(a)得

$$-M\delta\theta - W\frac{R}{2}\delta\theta + \frac{R}{2}k\tan\varphi\cdot R\delta\theta = 0 \tag{b}$$

因为$\delta\theta$可以任意取值，故由式(b)可得

$$k = 2\cot\varphi\left(\frac{M}{R^2}+\frac{W}{2R}\right)$$

思考题 14-2　通过写出θ、x_A、y_A、x_B之间的一般性关系，再对它们取变分求得虚位移方程的方法，对例 14-2 是否可行？是否方便？

例 14-3　图 14-13(a)所示平面机构中，杆 $AB=l$，线性弹簧的刚度系数为 k，当杆水平时弹簧不受力，重物 B 的质量为 m，不计小轮及杆 AB 的重量以及各处摩擦。试求系统的平衡位置。

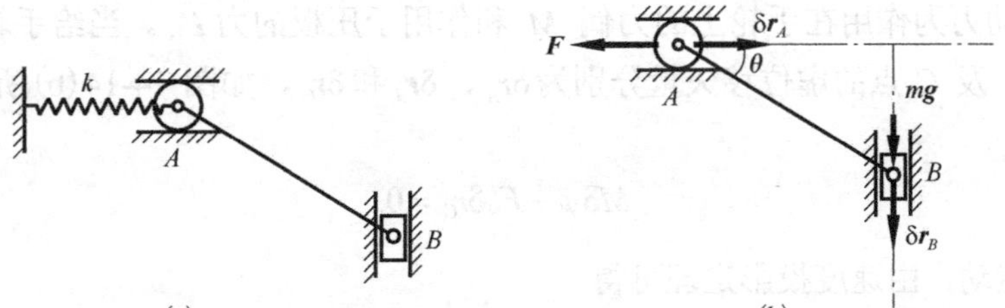

(a)　(b)

图 14-13

解　本题为已知主动力求系统平衡位置的问题。首先拆除弹簧代之以弹性力，使系统仅受理想约束。取整个系统为研究对象，设系统平衡时杆 AB 与水平方向的夹角为θ，系统受到的主动力及相应的虚位移矢量如图 14-13(b)所示。建立虚功方程：

$$-F\delta r_A + mg\delta r_B = 0 \tag{a}$$

式中，$F = kl(1-\cos\theta)$。

由虚速度法可求出虚位移之间的关系：

$$\delta r_A = \delta r_B\tan\theta$$

代入虚功方程(a)得

$$-kl(1-\cos\theta)\delta r_B\tan\theta + mg\delta r_B = 0 \tag{b}$$

因为δr_B可任意选取，所以解得

$$\tan\theta - \sin\theta = \frac{mg}{kl}$$

解此超越方程可得系统平衡时的具体位置。

例 14-4 螺旋压榨机如图 14-14(a)所示。手轮上作用一力偶矩为 M 的力偶，手轮轴两端各有螺距为 h、旋向相反的螺纹，套在轴上的螺母 A、B 分别与边长为 a 的菱形 $ABCD$ 的两个顶点 A、B 铰接。菱形的上顶点 D 固定，下顶点 C 铰接于水平压板上。求当顶角为 2θ 时，压板作用于被压物体的力。

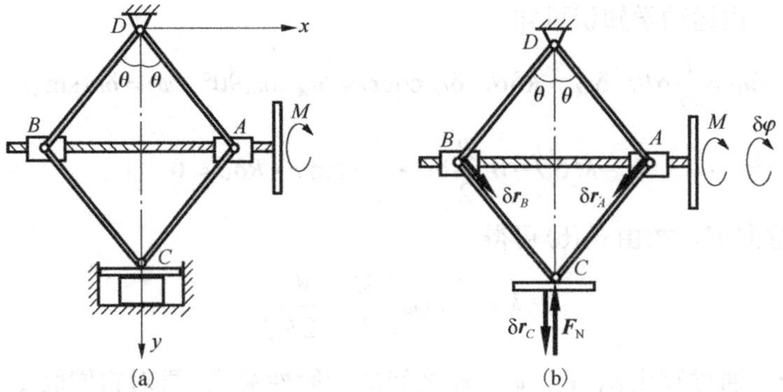

图 14-14

解 将被压物体看成压榨机的约束，解除该约束代之以约束反力 $\boldsymbol{F}_{\mathrm{N}}$，此时取整个机构为研究对象，系统受理想约束，是单自由度系统，题目属于已知平衡求约束反力的问题。现在，系统受到的主动力为作用在手轮上的力偶 M 和作用于压板的力 $\boldsymbol{F}_{\mathrm{N}}$。当给手轮以虚转角 $\delta\varphi$ 时，螺母 A、B 及 C 点的虚位移矢量分别为 $\delta\boldsymbol{r}_A$、$\delta\boldsymbol{r}_B$ 和 $\delta\boldsymbol{r}_C$，如图 14-14(b)所示。建立虚功方程：

$$M\delta\varphi - F_{\mathrm{N}}\delta r_C = 0 \tag{a}$$

杆 AC 做平面运动，由速度投影定理可得

$$\delta r_C\cos\theta = \delta r_A\cos(180° - 90° - 2\theta) = \delta r_A\sin(2\theta)$$

即

$$\delta r_C = 2\delta r_A\sin\theta \tag{b}$$

然而，虚转角 $\delta\varphi$ 与螺母 A 的虚位移矢量在水平方向的投影存在如下关系：

$$\delta r_A\cos\theta = \frac{h}{2\pi}\delta\varphi \tag{c}$$

将式(c)代入式(b)可得

$$\delta r_C = \frac{h}{\pi}\tan\theta \cdot \delta\varphi \tag{d}$$

将式(d)代入虚功方程(a)可得

$$\left(M - F_{\mathrm{N}}\frac{h}{\pi}\tan\theta\right)\delta\varphi = 0 \tag{e}$$

因为 $\delta\varphi$ 可以任意选取，故可从式(e)解得压力 F_{N} 为

$$F_{\mathrm{N}} = \frac{M\pi}{h}\cot\theta$$

思考题 14-3 例 14-4 能否运用坐标变分法建立虚位移方程？其中 δx_A 与 $\delta\varphi$ 之间的关系如何建立？

例 14-5 图 14-15(a)为一平面导杆机构。已知 $OO_1=OA=l$，若不计各部件的自重，试求机构在图示位置处于平衡时，作用在曲柄 OA 上的力偶 M_1 与作用在摇杆 O_1A 上的力偶 M_2 之间的关系。

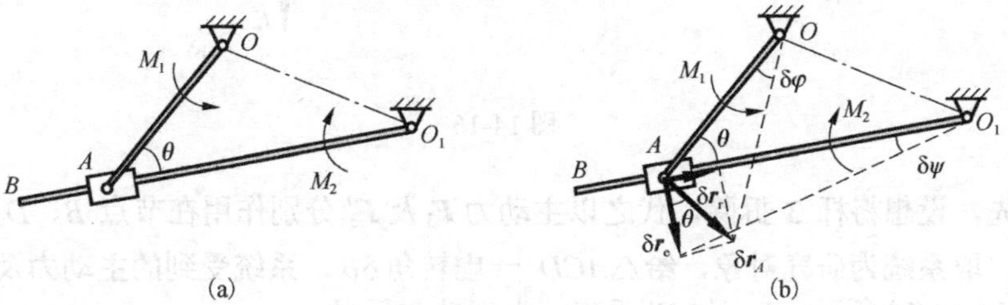

图 14-15

解 该机构为受到理想约束的单自由度系统，求平衡时主动力偶之间关系的关键在于建立与两主动力偶相关的虚位移方程，即建立虚转角 $\delta\varphi$ 与 $\delta\psi$ 之间的关系。

建立虚功方程：
$$M_1\delta\varphi-M_2\delta\psi=0 \tag{a}$$

若将滑块 A 视为动点，动系固结于 O_1B，利用复合运动速度分析方法，求虚位移之间的关系，有

$$\delta\boldsymbol{r}_A=\delta\boldsymbol{r}_e+\delta\boldsymbol{r}_r$$

动点 A 的虚位移矢量如图 14-15(b)所示，从图中可知

$$\begin{cases}\delta r_A=l\delta\varphi\\ \delta r_e=2l\cos\theta\cdot\delta\psi\\ \delta r_e=\delta r_A\cos\theta\end{cases} \tag{b}$$

故
$$\delta\varphi=2\delta\psi \tag{c}$$

将式(c)代入虚功方程(a)可得
$$M_1 2\delta\psi-M_2\delta\psi=0 \tag{d}$$

即
$$(2M_1-M_2)\delta\psi=0 \tag{e}$$

由于 $\delta\psi$ 可以任意选取，故可由式(e)解得

$$M_2=2M_1$$

2. 求桁架的杆件内力及支座反力

约束力在虚功方程中一般不出现。为了求某个约束力，可设想将该约束解除(每次只解除一个约束)，将该约束的约束力转化为主动力。

例 14-6 图 14-16(a)所示对称平面桁架中，已知 $AD=DB=6\text{m}$，$CD=3\text{m}$，$F=10\text{kN}$。试用虚位移原理求杆 3 的内力。

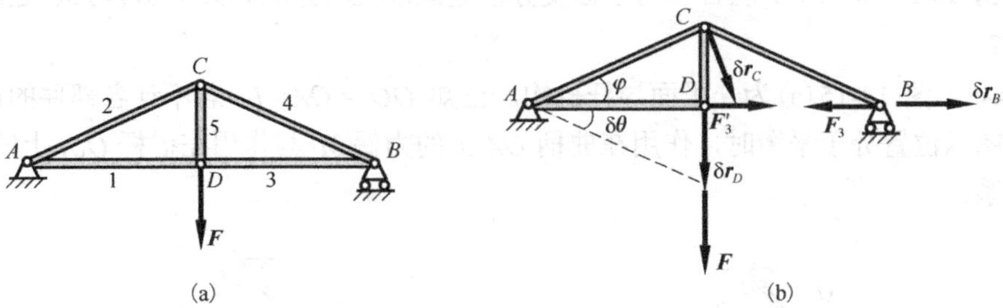

图 14-16

解 首先，设想将杆 3 拆除，代之以主动力 $\boldsymbol{F}_3$ 及 $\boldsymbol{F}_3'$ 分别作用在节点 B、D 上，系统仅受理想约束。取系统为研究对象，给△ACD 一虚转角 $\delta\theta$，系统受到的主动力及相应的虚位移矢量如图 14-16(b)所示。$\delta\boldsymbol{r}_D$ 与 $\boldsymbol{F}_3'$ 垂直。由虚功方程得

$$F\delta r_D - F_3\delta r_B = 0 \tag{a}$$

运用虚速度法求虚位移之间的关系，设 1 杆与 2 杆之间的夹角为 φ，则

$$\delta r_C \cos\varphi = \delta r_D \tag{b}$$

由速度投影定理可得

$$\begin{cases}\delta r_C \cos(90° - 2\varphi) = \delta r_B \cos\varphi \\ \delta r_B = 2\delta r_C \sin\varphi\end{cases} \tag{c}$$

将式(c)代入虚功方程(a)，可得

$$F\delta r_C \cos\varphi - F_3 \cdot 2\delta r_C \sin\varphi = 0$$

即

$$(F - F_3)\delta r_C = 0 \tag{d}$$

由于 δr_C 可任意选取，故从式(d)解得

$$F_3 = F = 10\text{kN}$$

例 14-7 组合梁及载荷如图 14-17 所示。已知作用力 $F_1 = 20\text{kN}$，$F_2 = 30\text{kN}$，力偶矩 $M = 18\text{kN}\cdot\text{m}$，$l = 2\text{m}$。试用虚位移原理求支座 A 处的约束力偶矩的大小。

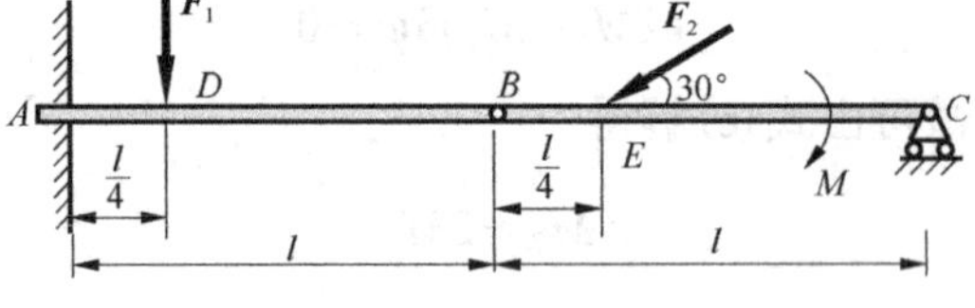

图 14-17

解 首先，解除固定端 A 的转动约束，用固定铰支座和一个力偶矩为 M_A 的力偶代之。取系统为研究对象，给梁 AB 一虚转角 $\delta\varphi$，系统受到理想约束，全部主动力及相应的虚位移矢量如图 14-18 所示。由虚功方程可得

$$F_1\delta r_D + F_2 \sin 30°\delta r_E - M_A\delta\varphi - M\delta\varphi = 0 \tag{a}$$

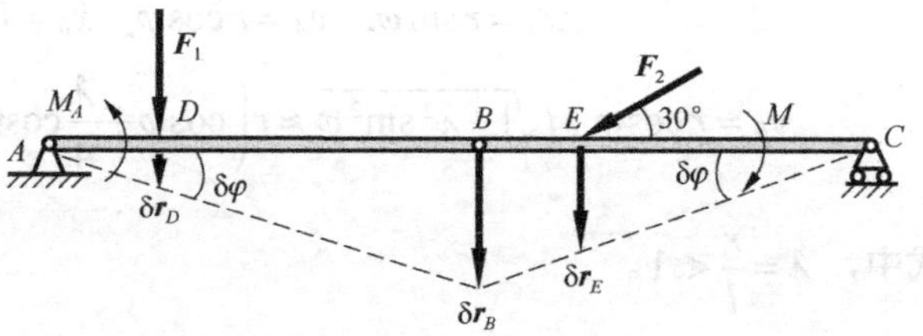

图 14-18

运用虚速度法可得虚位移之间的关系：

$$\delta r_D = \frac{l}{4}\delta\varphi,\quad \delta r_B = l\delta\varphi,\quad \delta r_E = \frac{3}{4}\delta r_B = \frac{3}{4}l\delta\varphi \tag{b}$$

将式(b)代入虚功方程(a)，可得

$$\left(\frac{l}{4}F_1 + \frac{3}{8}lF_2 - M_A - M\right)\delta\varphi = 0 \tag{c}$$

由于$\delta\varphi$可任意选取，故从式(c)解得

$$M_A = \frac{l}{4}F_1 + \frac{3}{8}lF_2 - M = 14.5\text{kN}\cdot\text{m}$$

思考题 14-4　如何应用虚位移原理求例 14-7 中其余的约束反力？

上述各例中，所研究的系统均为单自由度系统。对于多自由度系统，可将虚功方程用独立的虚位移分项表示。由于独立的虚位移可任意取值，故可得出与自由度个数相同的平衡方程。另外，还有一种常用的方法是用广义坐标描述系统，对此虚位移原理也有相应的表达形式。

14.6　多自由度情况下的虚位移原理

14.6.1　广义坐标　广义位移

确定质点系的位置，是指确定质点系中每个质点的位置。如果质点系由N个质点组成，则$3N$个坐标(x_1, y_1, z_1)，(x_2, y_2, z_2)，…，(x_N, y_N, z_N)可完全确定该质点系的位置。若对此质点系施加s个双面、几何约束，约束方程为

$$f_j(x_1, y_1, z_1, x_2, y_2, z_2, \cdots, x_N, y_N, z_N, t) = 0,\quad j = 1, 2, \cdots, s$$

则$3N$个坐标中只能有$3N-s$个独立，$k = 3N - s$即为此质点系的自由度。

在不少情况下，借助于其他一些参变量描述质点系的位置往往会更方便一些。例如，用转角φ一个参数，即可确定定轴转动刚体的位置，同时其上任一点的位置也随之确定；利用基点A的坐标(x_A, y_A)及绕基点A的转角φ这样三个独立参数，即可完全确定做平面运动的刚体的位置。对于图 14-19 所示的曲柄滑块机构($OA=r$，$AB=l$)，取曲柄的转角为φ，一个参量即能完全确定机构的位置，机构上的任何点，如A点和B点的坐标都可以用参数φ来表示：

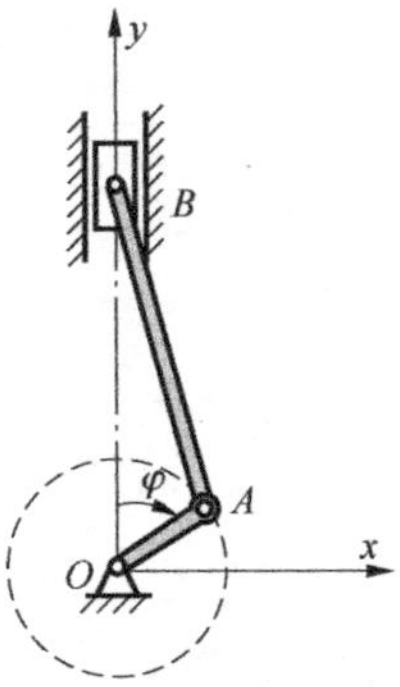

图 14-19

$$x_A = r\sin\varphi,\quad y_A = r\cos\varphi,\quad x_B = 0$$

$$y_B = r\cos\varphi + l\sqrt{1-\lambda^2\sin^2\varphi} \approx r\left(\cos\varphi + \frac{\lambda}{4}\cos(2\varphi)\right) + l - \frac{\lambda}{4}r$$

式中，$\lambda = \dfrac{r}{l} \ll 1$。

上述方法具有普遍意义。下面给出广义坐标的定义。

广义坐标：用来确定质点系位置的独立参变量。

显然，在具有双面、几何约束的系统中，广义坐标的数目与系统自由度相同。

质点系的广义坐标通常用q_j $(j=1,2,\cdots,k)$表示，质点系内每个质点的矢径都是广义坐标的函数：

$$\boldsymbol{r}_i = \boldsymbol{r}_i(q_1, q_2, \cdots, q_k, t),\quad i=1,2,\cdots,N$$

对应于质点系的虚位移，广义坐标q_j的变分δq_j称为**广义虚位移**，简称**广义位移**。对于只受几何约束的质点系，广义位移δq_j彼此之间也是独立的。对上式取变分，可得到质点系中质点的虚位移与质点系广义位移之间的关系：

$$\delta\boldsymbol{r}_i = \sum_{j=1}^{k}\frac{\partial\boldsymbol{r}_i}{\partial q_j}\delta q_j,\quad i=1,2,\cdots,N$$

14.6.2 广义力

在广义位移概念的基础之上，作用在质点系上的主动力的虚功可以表达为另一种形式：

$$\delta W = \sum_{i=1}^{N}\boldsymbol{F}_i\cdot\delta\boldsymbol{r}_i = \sum_{i=1}^{N}\boldsymbol{F}_i\cdot\left(\sum_{j=1}^{k}\frac{\partial\boldsymbol{r}_i}{\partial q_j}\delta q_j\right) = \sum_{j=1}^{k}\left(\sum_{i=1}^{N}\boldsymbol{F}_i\cdot\frac{\partial\boldsymbol{r}_i}{\partial q_j}\right)\delta q_j = \sum_{j=1}^{k}Q_j\cdot\delta q_j \tag{14-19}$$

若令某个广义位移$\delta q_j \neq 0$，其余广义位移均为零，则主动力的功为

$$\delta W_j = \left(\sum_{i=1}^{N}\boldsymbol{F}_i\cdot\frac{\partial\boldsymbol{r}_i}{\partial q_j}\right)\delta q_j = Q_j\cdot\delta q_j$$

式中

$$Q_j = \sum_{i=1}^{N}\boldsymbol{F}_i\cdot\frac{\partial\boldsymbol{r}_i}{\partial q_j} = \sum_{i=1}^{N}\left(F_{ix}\frac{\partial x_i}{\partial q_j} + F_{iy}\frac{\partial y_i}{\partial q_j} + F_{iz}\frac{\partial z_i}{\partial q_j}\right) \tag{14-20}$$

由于Q_j与广义位移δq_j的乘积具有功的量纲，故称Q_j为对应于广义坐标q_j的广义力。

广义力：对应于某一广义坐标的广义力是指当只有这个广义坐标有广义位移时，作用于质点系上的所有主动力在相应于这个广义位移上所做的元功之和与广义位移之比。即

$$Q_j = \frac{\delta W_j}{\delta q_j}$$

14.6.3 虚位移原理在广义坐标中的表达形式

将式(14-19)代入虚功方程式(14-17)，得

$$\sum_{j=1}^{k}Q_j\cdot\delta q_j = 0$$

对于受到完整约束的质点系，δq_j 相互独立。因此，上式成立的充分必要条件是

$$Q_j = 0\,,\quad j = 1, 2, \cdots, k$$

因此，当用广义坐标描述质点系的位形时，虚位移原理可以表述为：在双面、理想约束情况下，质点系在给定位置上保持平衡的充分必要条件为所有的广义力为零。

运用广义力为零的条件来分析质点系的平衡问题，关键在于恰当地选取广义坐标和正确地计算广义力。

例 14-8　在图 14-20(a)所示的平面机构中，$OA = AB = BC = l$，自重不计，力偶矩 M 及力 $\boldsymbol{P}_1$、$\boldsymbol{P}_2$ 已知，不计各处摩擦。试运用广义力为零的条件求系统平衡时的具体位置。

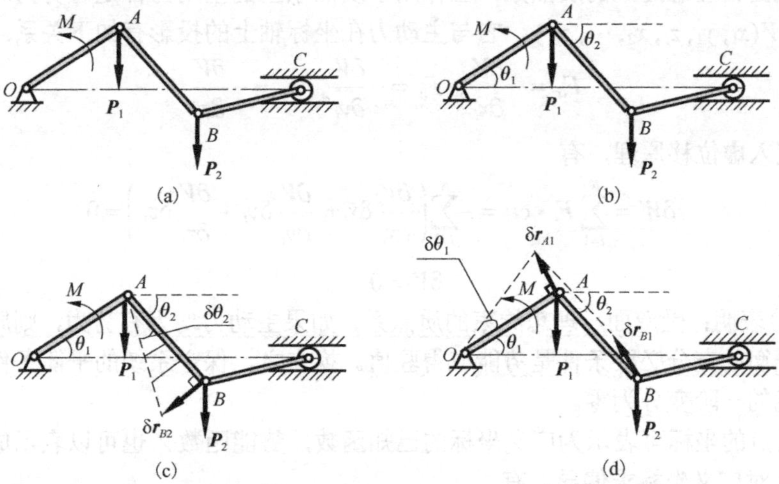

图 14-20

解　取整个机构为研究对象，机构具有两个自由度。选取广义坐标 θ_1、θ_2，如图 14-20(b)所示。

首先设 $\delta\theta_1 = 0$，$\delta\theta_2 \neq 0$（图 14-20(c)），杆 AB 做定轴转动，与这一广义位移对应的相关虚位移为

$$\delta\theta_1 = 0,\quad \delta\theta_2 = \delta\theta_2$$

$$\delta r_{A_2} = 0,\quad \delta r_{B_2} = l\delta\theta_2$$

注意到在这一广义位移上仅有 $\boldsymbol{P}_2$ 做虚功，即

$$\delta W_2 = P_2 \cdot \delta r_{B_2} \cos\theta_2 = P_2 l\delta\theta_2 \cos\theta_2$$

与 $\delta\theta_2$ 对应的广义力为　$Q_2 = \dfrac{P_2 l\delta\theta_2 \cos\theta_2}{\delta\theta_2} = P_2 l\cos\theta_2$

由广义力为零的条件可知　$\theta_2 = 90°$

再设 $\delta\theta_2 = 0$，$\delta\theta_1 \neq 0$（图 14-20(d)），AB 做平动，与这一广义位移对应的相关虚位移为

$$\delta\theta_2 = 0,\quad \delta\theta_1 = \delta\theta_1,\quad \delta r_{A_1} = l\delta\theta_1,\quad \delta r_{B_1} = l\delta\theta_1$$

注意到在这一广义位移上 $\boldsymbol{P}_1$、$\boldsymbol{P}_2$、M 均做虚功，即

$$\delta W_1 = M\delta\theta_1 - P_1 \cdot \delta r_{A_1} \cos\theta_1 - P_2 \cdot \delta r_{B_1} \cos\theta_1 = M\delta\theta_1 - P_1 l\cos\theta_1\delta\theta_1 - P_2 l\cos\theta_1\delta\theta_1$$

与$\delta\theta_1$对应的广义力为

$$Q_1=\frac{\left[M-(P_1+P_2)l\cos\theta_1\right]\delta\theta_1}{\delta\theta_1}=M-(P_1+P_2)l\cos\theta_1$$

由广义力为零的条件可求得
$$\cos\theta_1=\frac{M}{(P_1+P_2)l}$$

14.7 势力场中的平衡条件

对于受双面、理想约束的质点系，当作用于质点系上的主动力都是有势力时，存在一个势能函数$V=V(x_1, y_1, z_1, x_2, \cdots, z_N)$，它与主动力在坐标轴上的投影有如下关系：

$$F_{ix}=-\frac{\partial V}{\partial x_i},\ F_{iy}=-\frac{\partial V}{\partial y_i},\ F_{iz}=-\frac{\partial V}{\partial z_i} \tag{14-21}$$

将上式代入虚位移原理，有

$$\delta W=\sum_{i=1}^{N}\boldsymbol{F}_i\cdot\delta\boldsymbol{r}_i=-\sum_{i=1}^{N}\left(\frac{\partial V}{\partial x_i}\delta x_i+\frac{\partial V}{\partial y_i}\delta y_i+\frac{\partial V}{\partial z_i}\delta z_i\right)=0$$

即
$$\delta V=0 \tag{14-22}$$

式(14-22)表明：受双面、理想约束的质点系，如果主动力均为有势力，则质点系在给定位置上保持平衡的充分必要条件是势能取得驻值。换言之，保守系统的平衡条件是势能具有驻值，或势能的一阶变分为零。

由于各质点的坐标可表示为广义坐标的已知函数，势能函数V也可以表示成广义坐标的已知函数，V对广义坐标求偏导，有

$$\begin{aligned}\frac{\partial V}{\partial q_j}&=\sum_{i=1}^{N}\left(\frac{\partial V}{\partial x_i}\frac{\partial x_i}{\partial q_j}+\frac{\partial V}{\partial y_i}\frac{\partial y_i}{\partial q_j}+\frac{\partial V}{\partial z_i}\frac{\partial z_i}{\partial q_j}\right)\\&=-\sum_{i=1}^{N}\left(F_{ix}\frac{\partial x_i}{\partial q_j}+F_{iy}\frac{\partial y_i}{\partial q_j}+F_{iz}\frac{\partial z_i}{\partial q_j}\right)\end{aligned} \tag{14-23}$$

对比式(14-23)与式(14-20)，得到

$$Q_j=-\frac{\partial V}{\partial q_j} \tag{14-24}$$

此时质点系的平衡条件可以表示为

$$\frac{\partial V}{\partial q_j}=0,\qquad j=1, 2, \cdots, k \tag{14-25}$$

式(14-25)与式(14-22)等价。式(14-24)给出了保守系统中利用势能计算广义力的方法。

势力场中，平衡状态的稳定性可按照函数极值问题进行判断。势能函数V在平衡位置有极大值、极小值、斜率为零的拐点以及常量4种情况。以单自由度系统为例，讨论系统的稳定性。

设单自由度系统在$q=q_0$处平衡，若$\left.\frac{\mathrm{d}^2V}{\mathrm{d}q^2}\right|_{q=q_0}>0$，则势能在$q_0$处取得极小值，质点系在$q=q_0$处处于稳定平衡；若$\left.\frac{\mathrm{d}^2V}{\mathrm{d}q^2}\right|_{q=q_0}<0$，则势能在$q_0$处取得极大值，质点系在$q=q_0$处处于

不稳定平衡；若 $\left.\dfrac{d^2V}{\partial q^2}\right|_{q=q_0}=0$，则需要根据更高阶导数在 q_0 处的值判断，如果所有高阶导数的变分均为零，则系统为随遇平衡。

例 14-9 根据保守系统势能取得驻值的平衡条件，重新求解例 14-3。

解 系统只有弹性力和重物的重力做功，为保守系统。

系统为单自由度系统，取弹簧原长处为坐标原点建立坐标系 Oxy，取 θ 为广义坐标。弹性势能零点取在弹簧原长处，重力势能零点取在 y=0 处，如图 14-21 所示。

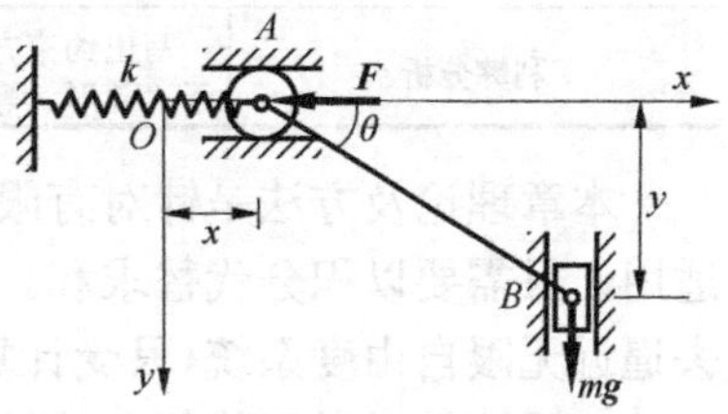

图 14-21

$$V=\frac{1}{2}kx^2-mgy=\frac{1}{2}k(l-l\cos\theta)^2-mgl\sin\theta$$

$$\delta V=kl^2(1-\cos\theta)\sin\theta\delta\theta-mgl\cos\theta\delta\theta$$
$$=[kl^2(1-\cos\theta)\sin\theta-mgl\cos\theta]\delta\theta$$

根据平衡条件 $\delta V=0$，$\delta\theta$ 可任意取值，有

$$\tan\theta-\sin\theta=\frac{mg}{kl}$$

当 m、k、l 有具体数值时，求解上面的超越方程，即可得出平衡位置，将 m、k、l 的值代入势能函数的二阶导数，根据导数是否大于零可判断平衡的稳定性。

思考题 14-5 根据势能驻值法求解平衡问题的关键是什么？对于例 14-9，给定具体的 m、k、l 值，借助 MATLAB 计算平衡位置对应的 θ 角，并判断解的稳定性。

思考空间

虚位移原理是分析静力学的主要理论工具，与第一篇静力学中解决平衡问题的方法相比各有特色。清楚起见，以简表形式对两种方法进行对比，如表 14-2 所示。

表 14-2 静力学问题求解方法的对比

对比项	矢量力学(几何静力学)	虚位移原理
平衡条件	力系的主矢、主矩等于零	主动力虚功之和等于零
应用范围	刚体、刚体系统平衡的充要条件； 一般质点系平衡的必要条件	受双面、理想约束的一般质点系平衡的充分必要条件
研究对象	研究对象的选取技巧性强，选取方式不同，求解问题的难易程度不同；也可逐一选取研究对象，但工作量大	通常取系统为研究对象，求解过程规范
平衡方程	借助力的投影、力矩建立方程	借助虚功建立方程
方程特点	包含未知约束力的联立方程组	约束力不出现，只包含做功的力
关键问题	受力图、平衡方程	虚位移关系、虚功方程

采用虚位移原理求解问题，确定虚位移之间的关系是求解问题的“瓶颈”；对于复杂系统，几何静力学方法与虚位移方法难分伯仲；对于不太复杂的系统，如果只求主动力、平衡位置或个别约束反力，则本章方法有明显优势。

本章所讨论的例题均为刚体系统，其特点是自由度有限(一个或两个)和约束条件多。在解决具体问题时，需根据约束的特点，决定虚位移的描述形式是坐标变分形式还是矢量形式。两种形式的比较如表 14-3 所示。

表 14-3　虚位移描述形式的比较

虚位移的形式	坐标变分 δx_i、δy_i、δz_i	矢量形式 $\delta \boldsymbol{r}_i$
建立虚位移之间的关系	建立固定坐标系； 写出约束方程的一般性表达式； 由约束方程变分得到虚位移方程	作出虚位移矢量图； 借助运动学中分析速度的方法(包括点的复合运动和刚体的平面运动方法)，确定虚位移大小之间的比例
虚功方程	$\sum(F_{ix}\delta x_i + F_{iy}\delta y_i + F_{iz}\delta z_i) = 0$	$\sum \boldsymbol{F}_i \cdot \delta \boldsymbol{r}_i = 0$
利弊分析	写出约束方程的一般性表达式是难点所在，多用于“菱形、等腰三角形”等特殊形状的机构	多用于平面机构，每次分析一个自由度。“一般性平面运动”刚体的个数不宜太多

本章理论及方法是针对有限个自由度的系统建立的，对无限个自由度的连续弹性体同样适用，只需要以积分代替求和。从数学角度，可以用有限个(数十、数百、数千)自由度系统去逼近无限自由度系统(只受计算时间和计算机硬件容量的制约)。20 世纪最后几十年迅速推广的、用计算机对形状复杂的结构或构件求数值解的方法的理论基础之一，就是虚功方程；计算机与虚功原理的结合使得这一在经典殿堂中储备多年的理论工具在工程实际中得到了广泛应用，获得了新的活力。

虚位移原理又称为静力学的普遍方程，也是分析动力学的基础之一，与达朗贝尔原理结合可以给出动力学的普遍方程。广义坐标、广义位移及广义力是几个重要的力学概念，它们在分析动力学中也有重要的作用。

习　题

14-1　平面机构如图所示，活塞可在光滑的竖直滑道内运动，不计各物体的自重。已知 $AB = 0.4\text{m}$，$BC = 0.6\text{m}$，弹簧的刚性系数 $k = 1.5\text{kN/m}$。当 $\theta = 0°$ 时，弹簧无伸长。试求机构保持在 $\theta = 30°$ 位置平衡所需的力偶 M 之力偶矩的大小。

14-2　在题 14-1 中，若已知作用在曲柄 AB 上的力偶之力偶矩的大小为 $M = 100\text{N} \cdot \text{m}$，试求该机构保持在 $\theta = 30°$ 位置平衡的弹簧刚性系数 k。

14-3　平行四边形机构如图所示，四根不计重量的直杆由光滑铰链连接。已知杆长均为 l，刚性系数为 k 的弹簧原长为 l。试求该机构在 $\theta = 45°$ 位置平衡所需作用在 D、B 两铰接点上等值的水平作用力的大小。

14-4　在题 14-3 中，若刚性系数为 k 的弹簧原长为 $a = 4l$。试求该机构在 $\theta = 45°$ 位置平衡所需作用在 D、B 两铰接点上等值的水平作用力的大小。

14-5　图示机构由水平杆 BC、铅垂杆 CD 和斜杆 AB 组成。A、B、C、D 均为光滑铰链，各杆自重不计，C 处受水平力 $F = 1000\text{N}$ 作用。求图示位置时在 AB 杆上加多大的力偶矩 M，才能使系统保持平衡。

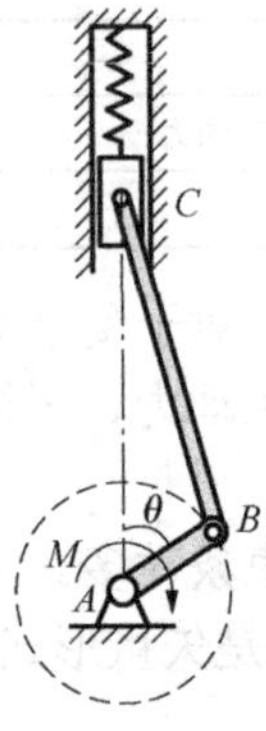

题 14-1 图

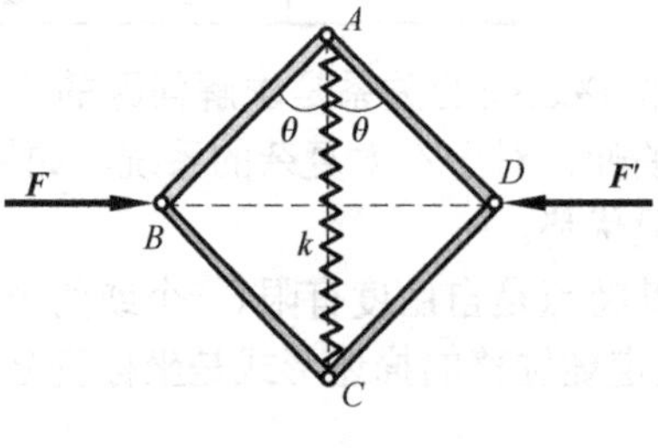

题 14-3 图

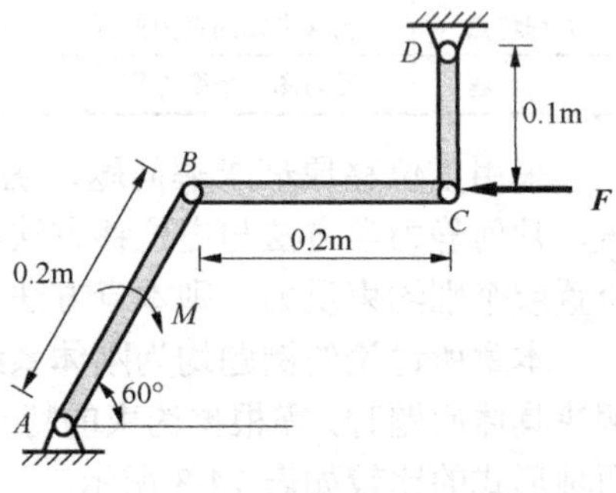

题 14-5 图

14-6　四连杆机构在图示位置平衡，已知 $OA = 60\text{cm}$，$BC = 40\text{cm}$，作用在 BC 上力偶的力偶矩 $M_2 = 1\text{N·m}$。图示瞬时 OA 铅垂，AB 水平。各杆重量不计。求作用在 OA 上使得系统保持平衡的力偶矩 M_1 的大小。

14-7　图示三铰拱，拱重不计。$OA = O_1B = AC = BC = a$。求在力 $\boldsymbol{F}$ 及力偶矩 M 作用下铰链 O_1 处的约束力。

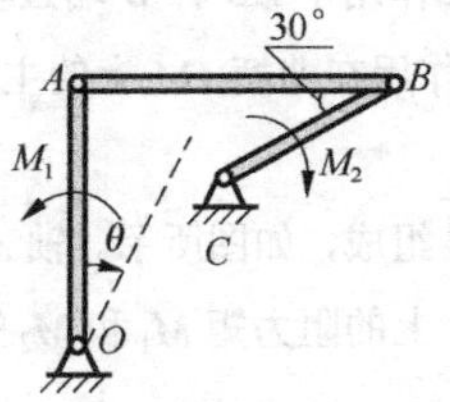

题 14-6 图

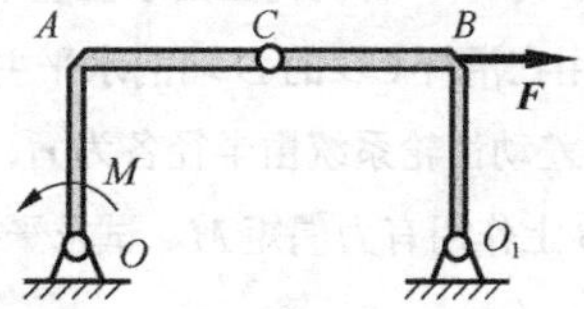

题 14-7 图

14-8　平面机构如图所示，不计各杆及滑块重量，略去所有接触面上的摩擦。试求该机构在图示位置平衡时，作用在曲柄 O_1A 上的主动力偶之力偶矩 M 与作用在滑块 C 上的主动力 $\boldsymbol{F}$ 的关系。

14-9　图示平面桁架，各杆长度均为 a。C、E 节点上作用集中力 $\boldsymbol{P}$。求 DF 杆的内力。

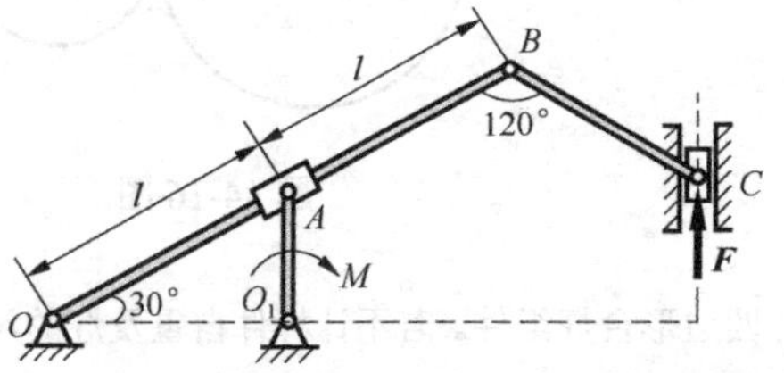

题 14-8 图

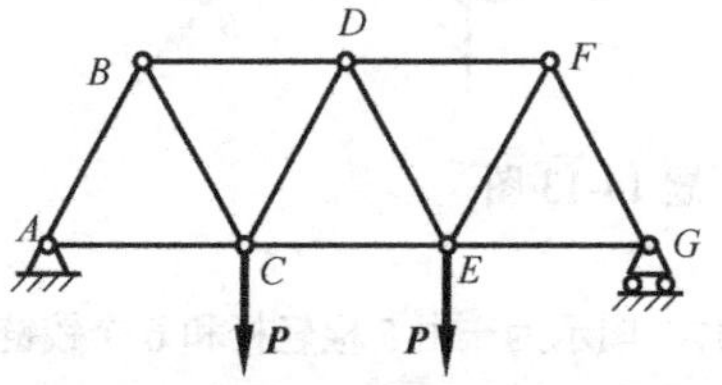

题 14-9 图

14-10　平面结构如图所示，已知 $F = 4\text{kN}$，$q = 3\text{kN/m}$，$M = 2\text{kN·m}$，$BD = CD$，$AC = CB = 4\text{m}$，$\theta = 30°$。力 $\boldsymbol{F}$ 垂直于 BC 杆。求固定端 A 处的约束力偶 M_A 与铅垂方向的约束力 F_{Ay}。

14-11　图示结构在主动力 $\boldsymbol{F}$ 作用下平衡，$\boldsymbol{F}$ 在水平方向位置可移动。各杆自重不计，C、E 处为光滑接触，A、B、D 处铰接，不计摩擦。求 AB 杆的内力。

14-12　图示长为 60cm 的均质杆 AB，质量为 10kg，A 端连接刚度系数为 200N/m 的弹簧。弹簧为原长时杆恰好铅垂。求杆的平衡位置，并判断其稳定性。

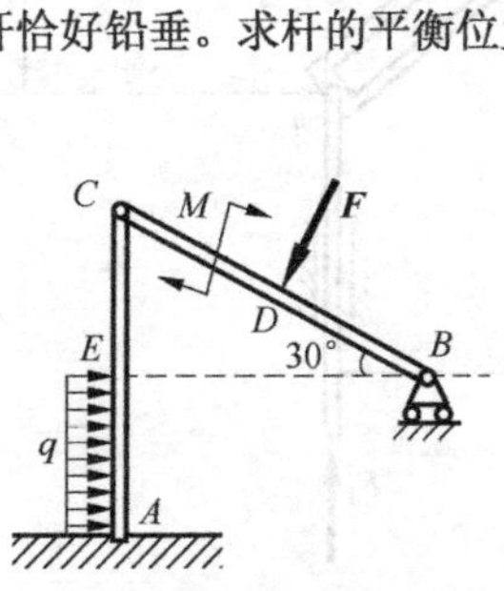

题 14-10 图

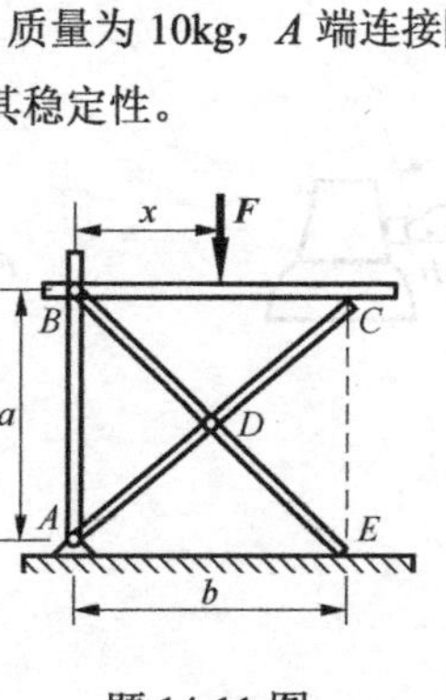

题 14-11 图

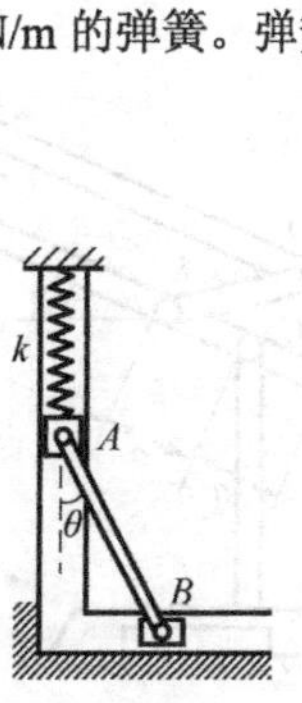

题 14-12 图

14-13　平面机构如图所示。已知 $AB=BC=l$，两杆重量均为 $\boldsymbol{P}$；弹簧原长为 $l_0(l_0<l)$，刚性系数为 k，不计各处摩擦及轮重。试求机构平衡时的 θ 角。

14-14　试求题 14-13 中机构在 $\theta=30°$ 位置平衡时，需施加在铰链 B 上的水平力的大小。

14-15　平面机构如图所示，杆 AB 可在铰接于 CD 杆 C 端的套筒内滑动。不计各部件的自重及各处摩擦，曲柄长 $OA=L$，图示位置处于铅垂，$\theta=45°$，$AC=2L$，$BC=L$。已知作用于 AB 杆 B 端且垂直于 AB 杆的主动力的大小为 F_1。若机构在图示位置平衡，试应用虚位移原理求出作用在曲柄 OA 上的主动力偶 M 的力偶矩以及作用在滑杆 CD 的 D 端的水平主动力 F_2。

14-16　差动齿轮系统由半径各为 r_1、r_2 的齿轮 1 和 2 以及曲柄 AB 组成，如图所示。轴 A 为固定轴，已知在曲柄 AB 上作用有力偶矩 M。试求平衡时，分别作用于齿轮 1 和 2 上的阻力矩 M_1 和 M_2 的大小。

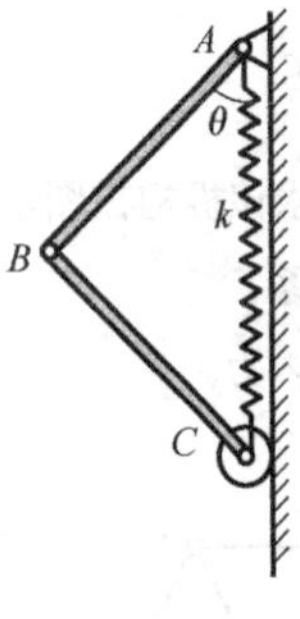

题 14-13 图

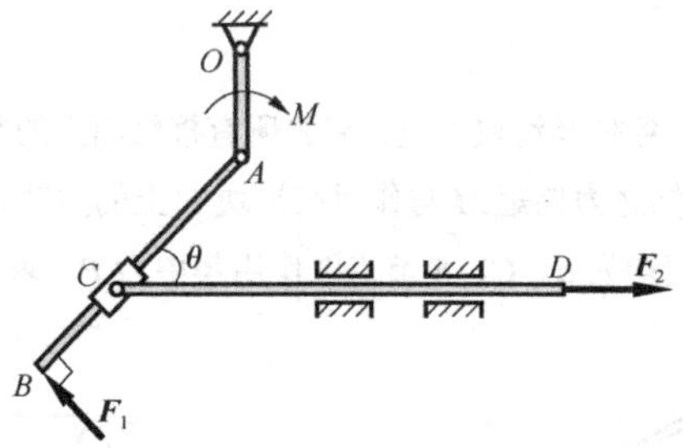

题 14-15 图

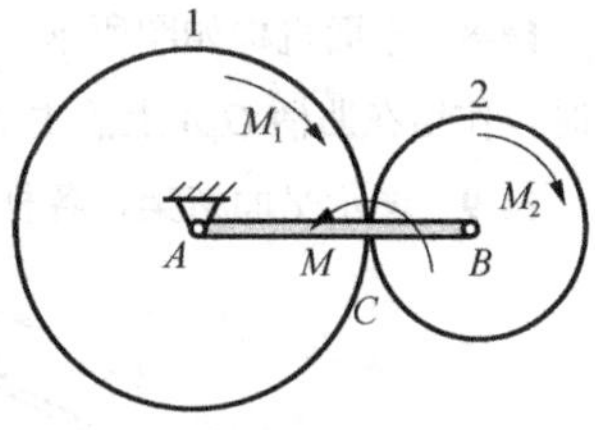

题 14-16 图

14-17　图示为一由 5 根轻杆和 6 个铰链连接而成的平行四边形台灯组件。若不计杆件自重及灯的尺寸，已知灯头质量为 m。试确定能使该台灯在任意角度 θ 和 φ 保持平衡所需的配重 A、B 的质量 m_A 和 m_B。

14-18　放大机构如图所示。已知力 $\boldsymbol{F}$ 和几何尺寸 a，不计机构自重。试确定在任意几何尺寸 x、y 给定的条件下，保持机构平衡所需的力 $\boldsymbol{F}_A$ 和 $\boldsymbol{F}_C$。

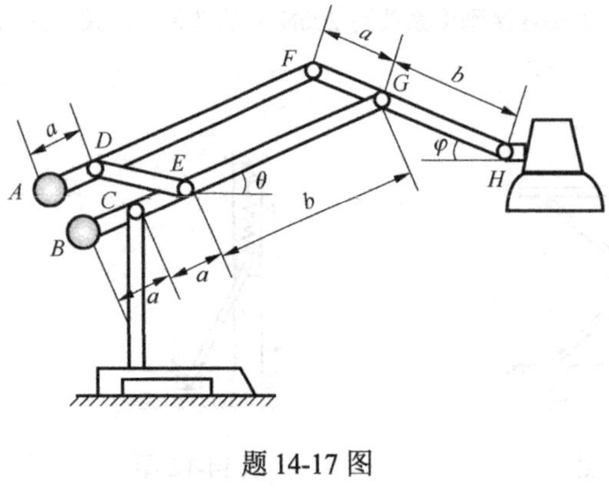

题 14-17 图

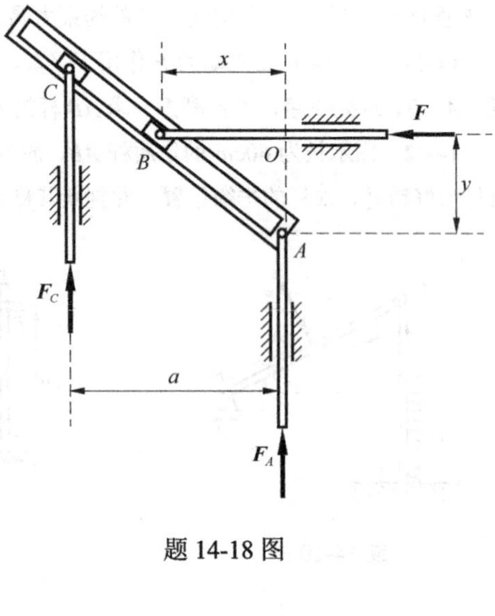

题 14-18 图

拓展应用

14-19　叉剪式液压升降平台是用途广泛的高空作业专用设备。分析图示升降平台的自由度。建立平台工作时的力学模型；若平台最大工作高度为 h，分析在高度 h 处平台承受的载荷与液压杆提供的力之间的关系。

14-20　图示手动式压力机通过齿轮齿条啮合传递动力。齿轮与手柄固连且节圆所在平面与手柄所在平面平行。估算齿轮半径、手柄上施加的力与试件承受的压力之间的关系。

题 14-19 图

题 14-20 图

参考答案

第 15 章　拉格朗日方程

达朗贝尔原理把动力学问题从形式上化为平衡问题，虚位移原理则给出了任意质点系平衡的充分必要条件，将这两种处理方法结合，可得到动力学普遍方程，由此进入分析动力学范畴。在质点系仅受双面、几何约束的情况下，若用广义坐标描述质点系的位置，则得到第二类拉格朗日方程(简称拉格朗日方程)，拉格朗日方程是分析动力学最常用的工具之一。

15.1　动力学普遍方程

设质点系由 N 个质点组成，受双面、理想约束。设质点 M_i 所受主动力的合力为 $\boldsymbol{F}_i$，约束力的合力为 $\boldsymbol{F}_{\mathrm{N}i}$，现施加惯性力 $-m_i\boldsymbol{a}_i$，根据达朗贝尔原理有

$$\boldsymbol{F}_i+\boldsymbol{F}_{\mathrm{N}i}+(-m_i\boldsymbol{a}_i)=0, \quad i=1,2,\cdots,N \tag{15-1}$$

用质点 i 的虚位移 $\delta\boldsymbol{r}_i$ 乘以式(15-1)，并对所有质点求和，整理后得

$$\sum_{i=1}^{N}(\boldsymbol{F}_i-m_i\boldsymbol{a}_i)\cdot\delta\boldsymbol{r}_i+\sum_{i=1}^{N}\boldsymbol{F}_{\mathrm{N}i}\cdot\delta\boldsymbol{r}_i=0$$

由双面、理想约束的性质：

$$\sum_{i=1}^{N}\boldsymbol{F}_{\mathrm{N}i}\cdot\delta\boldsymbol{r}_i=0 \tag{15-2}$$

得到

$$\sum_{i=1}^{N}(\boldsymbol{F}_i-m_i\boldsymbol{a}_i)\cdot\delta\boldsymbol{r}_i=0 \tag{15-3}$$

式(15-3)的直角坐标形式为

$$\sum_{i=1}^{N}\left[(F_{xi}-m_i\ddot{x}_i)\delta x_i+(F_{yi}-m_i\ddot{y}_i)\delta y_i+(F_{zi}-m_i\ddot{z}_i)\delta z_i\right]=0 \tag{15-4}$$

式(15-3)和式(15-4)称为**动力学普遍方程**，可表述为：在任一瞬时，具有理想、双面约束的非自由质点系上作用的主动力与惯性力在质点系的任一组虚位移上的元功之和等于零。

在动力学普遍方程中，理想约束的约束力不出现，独立方程的个数与独立虚位移的个数(即系统的自由度)相同，可用来求解系统的运动。在建立方程时，既要分析实速度、加速度，又要分析虚位移间的关系。在非定常约束情况下，需特别注意两者概念上的差异。

例 15-1　离心调速器是最古老的自动控制装置，它由两个重量均为 $\boldsymbol{G}$ 的球体 A、B，重量为 $\boldsymbol{P}$ 的活节 C 以及可略去重量的杆系连接构成，如图 15-1 所示。若四根细杆长均为 L，试求该调速器稳态运行时，其转动角速度 ω 与杆和轴线的夹角 θ 之间的关系。

解　(1)取球体 A、B 及活节 C 组成的质点系为研究对象。

系统具有理想约束，在图示平面内该系统为单自由度系统，选 θ 为广义坐标。

(2)分析主动力 $\boldsymbol{G}$、$\boldsymbol{P}$，虚加惯性力 $\boldsymbol{F}_{\mathrm{I}A}$、$\boldsymbol{F}_{\mathrm{I}B}$。受力分析如图所示。

$$F_{\mathrm{I}A}=F_{\mathrm{I}B}=\frac{G}{g}l\sin\theta\cdot\omega^2$$

(3) 调速器的匀速转动属非定常约束，分析虚位移时需想象将此运动“凝固”。建立直角坐标系，如图所示，由几何关系取变分，得虚位移方程：

$x_A=-L\sin\theta$，$\delta x_A=-L\cos\theta\cdot\delta\theta$，$y_A=L\cos\theta$，$\delta y_A=-L\sin\theta\cdot\delta\theta$

$x_B=L\sin\theta$，$\delta x_B=L\cos\theta\cdot\delta\theta$，$y_B=L\cos\theta$，$\delta y_B=-L\sin\theta\cdot\delta\theta$

$x_C=0$，$\delta x_C=0$，$y_C=2L\cos\theta$，$\delta y_C=-2L\sin\theta\cdot\delta\theta$

(4) 由动力学普遍方程有

$$G\cdot\delta y_A+G\cdot\delta y_B+P\cdot\delta y_C-F_{IA}\cdot\delta x_A+F_{IB}\cdot\delta x_B=0$$

代入各点的虚位移，整理得

$$(-G\sin\theta-G\sin\theta-2P\sin\theta+F_{IA}\cos\theta+F_{IB}\cos\theta)L\delta\theta=0$$

由于 $\delta\theta$ 可任意取值，将惯性力代入解得

$$\left(\cos\theta-\frac{G+P}{GL\omega^2}g\right)\sin\theta=0$$

当 $\dfrac{G+P}{GL\omega^2}g\geq 1$ 时，只有一个解：$\theta=0$。

当 $\dfrac{G+P}{GL\omega^2}g<1$ 时，存在两个解：$\theta=0$，$\cos\theta=\dfrac{G+P}{GL\omega^2}g$。

其中，$\theta=0$ 为不稳定解，故实际出现的情况只能是

$$\cos\theta=\frac{G+P}{GL\omega^2}g$$

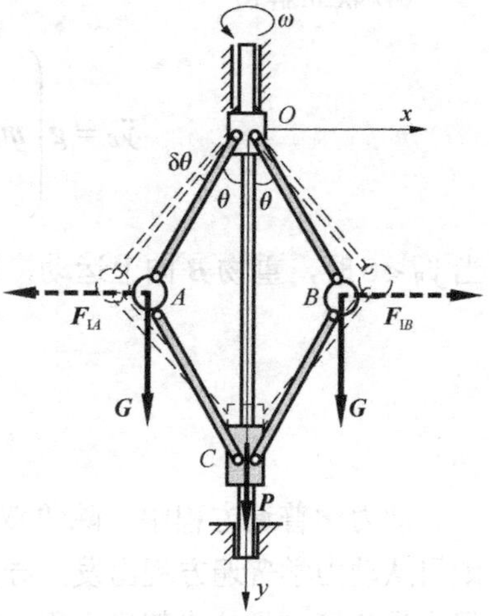

图 15-1

例 15-2　绕在圆柱体 A 上的细绳，跨过质量为 m、半径为 R 的均质滑轮 O，与质量为 m_B 的重物相连(图 15-2)。圆柱体的质量为 m_A，半径为 r，对于轴心 C 的回转半径为 ρ。若绳与滑轮之间无滑动，初始系统静止，试确定回转半径 ρ 满足什么条件时，物体 B 向上运动。

解　(1) 取系统为研究对象，系统受到理想约束，具有两个自由度，可选取 y_B 和 θ 为广义坐标。

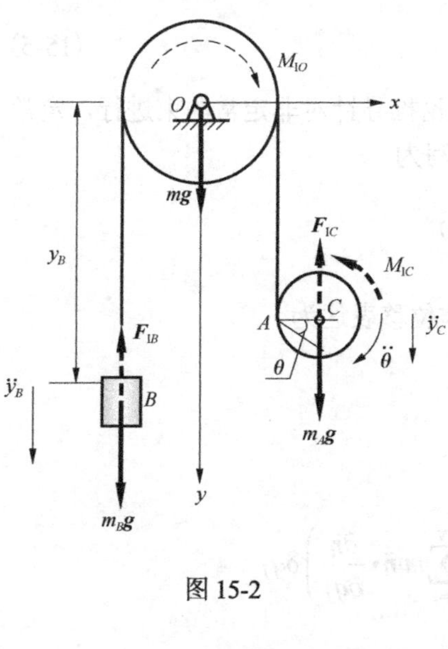

图 15-2

(2) 画出主动力 $m\boldsymbol{g}$、$m_A\boldsymbol{g}$、$m_B\boldsymbol{g}$，惯性力 $\boldsymbol{F}_{IB}$、$\boldsymbol{F}_{IC}$，惯性力偶 M_{IC}、M_{IO} 的受力图。其大小分别为

$$F_{IB}=m_B\ddot{y}_B,\quad F_{IC}=m_A\ddot{y}_C=m_A(r\ddot{\theta}-\ddot{y}_B)$$

$$M_{IC}=m_A\rho^2\ddot{\theta},\quad M_{IO}=\frac{1}{2}mR^2\frac{\ddot{y}_B}{R}$$

(3) 由于虚位移可以任意选取，给出一组虚位移：$\delta y_B\neq 0$，$\delta\theta=0$，由动力学普遍方程有

$$m_Bg\cdot\delta y_B-F_{IB}\cdot\delta y_B-M_{IO}\frac{\delta y_B}{R}-m_Ag\cdot\delta y_B+F_{IC}\cdot\delta y_B=0$$

给出另一组虚位移：$\delta y_B=0$，$\delta\theta\neq 0$，由动力学普遍方程有

$$m_Ag\cdot r\delta\theta-F_{IC}\cdot r\delta\theta-M_{IC}\cdot\delta\theta=0$$

整理得

$$m_A g + m_A \ddot{y}_B - m_A r\ddot{\theta}\left(1+\frac{\rho^2}{r^2}\right)=0$$

$$(m_B - m_A)g - \left(m_A + m_B + \frac{1}{2}m\right)\ddot{y}_B + m_A r\ddot{\theta} = 0$$

(4)联立解得

$$\ddot{y}_B = g\left(m_B - \frac{\frac{\rho^2}{r^2}}{1+\frac{\rho^2}{r^2}}m_A\right)\left(m_B + \frac{m}{2} + m_A\frac{\frac{\rho^2}{r^2}}{1+\frac{\rho^2}{r^2}}\right)^{-1}$$

当 $\ddot{y}_B < 0$ 时，重物 B 向上运动，即同时满足

$$\begin{cases} m_A > m_B \\ \rho^2 > \dfrac{m_B}{m_A - m_B} r^2 \end{cases}$$

动力学普遍方程中，除“双面”“理想”的要求外，对约束类型未作进一步限制。拉格朗日从动力学普遍方程出发，导出了非自由质点系的运动微分方程，分别称为第一类拉格朗日方程和第二类拉格朗日方程。第一类拉格朗日方程以直角坐标表示并包含待定乘子；第二类拉格朗日方程采用了广义坐标，只适用于受完整约束的质点系，我们遇到的大部分问题属于完整系统，因此约束条件并不影响第二类拉格朗日方程的广泛应用。

15.2 第二类拉格朗日方程

若一质点系由 N 个质点组成，设该质点系受到 s 个双面、理想、完整约束，则该质点系的自由度为 $k=3N-s$。设可以找到 k 个广义坐标 $q_1, q_2, \cdots, q_k$，在非定常约束下各质点的矢径 $\boldsymbol{r}_i$ 可表示为

$$\boldsymbol{r}_i = \boldsymbol{r}_i(q_1,\ q_2, \cdots,\ q_k,\ t) \tag{15-5}$$

以各广义坐标为坐标轴的 k 维空间称为位形空间。理论推导针对非定常约束进行，定常约束则视为其特例。质点系动力学普遍方程式(15-3)可以写为

$$\sum_{i=1}^{N}\boldsymbol{F}_i \cdot \delta\boldsymbol{r}_i - \sum_{i=1}^{N} m_i\boldsymbol{a}_i \cdot \delta\boldsymbol{r}_i = 0$$

由式(14-19)可知上式的第一项可以用广义力和广义虚位移表达为

$$\sum_{i=1}^{N}\boldsymbol{F}_i \cdot \delta\boldsymbol{r}_i = \sum_{j=1}^{k} Q_j \cdot \delta q_j$$

第二项可以改写成

$$\sum_{i=1}^{N} m_i\boldsymbol{a}_i \cdot \delta\boldsymbol{r}_i = \sum_{i=1}^{N} m_i\boldsymbol{a}_i \cdot \sum_{j=1}^{k}\frac{\partial \boldsymbol{r}_i}{\partial q_j}\delta q_j = \sum_{j=1}^{k}\left(\sum_{i=1}^{N} m_i\ddot{\boldsymbol{r}}_i \cdot \frac{\partial \boldsymbol{r}_i}{\partial q_j}\right)\delta q_j$$

因此，式(15-3)可以改写为 $$\sum_{j=1}^{k}\left(Q_j-\sum_{i=1}^{N}m_i\ddot{\boldsymbol{r}}_i\cdot\frac{\partial \boldsymbol{r}_i}{\partial q_j}\right)\cdot\delta q_j=0$$

由于广义坐标是相互独立的，所以广义虚位移 δq_j 可任意取值，上式成立的充要条件为

$$Q_j-\sum_{i=1}^{N}m_i\ddot{\boldsymbol{r}}_i\cdot\frac{\partial \boldsymbol{r}_i}{\partial q_j}=0,\quad j=1,2,\cdots,k \tag{15-6}$$

式(15-6)第二项可以理解为广义惯性力，该式的物理意义为广义力与广义惯性力平衡。利用下面两个恒等式(称为拉格朗日关系)，可以将式(15-6)表达成便于应用的形式。

$$\frac{\partial \boldsymbol{r}_i}{\partial q_h}=\frac{\partial \dot{\boldsymbol{r}}_i}{\partial \dot{q}_h} \tag{15-7}$$

$$\frac{\mathrm{d}}{\mathrm{d}t}\left(\frac{\partial \boldsymbol{r}_i}{\partial q_h}\right)=\frac{\partial \dot{\boldsymbol{r}}_i}{\partial q_h} \tag{15-8}$$

证明如下：

位置矢径 $\boldsymbol{r}_i=\boldsymbol{r}_i(q_1,q_2,\cdots,q_k,t)$ 对时间的导数(即实速度)为

$$\dot{\boldsymbol{r}}_i=\frac{\mathrm{d}\boldsymbol{r}_i}{\mathrm{d}t}=\sum_{j=1}^{k}\frac{\partial \boldsymbol{r}_i}{\partial q_j}\cdot\dot{q}_j+\frac{\partial \boldsymbol{r}_i}{\partial t} \tag{15-9}$$

把 $\dot{\boldsymbol{r}}_i$ 视为多元函数 $\dot{\boldsymbol{r}}_i(q_1,q_2,\cdots,q_k,\dot{q}_1,\dot{q}_2,\cdots,\dot{q}_k,t)$，与 $\dot{q}_j$ 之间呈线性关系，其系数为 $\dfrac{\partial \boldsymbol{r}_i}{\partial q_j}$。对某个广义速度 $\dot{q}_h$ 求偏导数，则有

$$\frac{\partial \dot{\boldsymbol{r}}_i}{\partial \dot{q}_h}=\frac{\partial \boldsymbol{r}_i}{\partial q_h}$$

式(15-7)证毕。

将式(15-9)对某广义坐标 q_h 求偏导数，则有

$$\frac{\partial \dot{\boldsymbol{r}}_i}{\partial q_h}=\sum_{j=1}^{k}\frac{\partial^2 \boldsymbol{r}_i}{\partial q_h\partial q_j}\dot{q}_j+\frac{\partial^2 \boldsymbol{r}_i}{\partial q_h\partial t}$$

另一方面 $$\frac{\mathrm{d}}{\mathrm{d}t}\left(\frac{\partial \boldsymbol{r}_i}{\partial q_h}\right)=\frac{\partial}{\partial q_h}\left(\frac{\mathrm{d}\boldsymbol{r}_i}{\mathrm{d}t}\right)=\sum_{j=1}^{k}\frac{\partial^2 \boldsymbol{r}_i}{\partial q_h\partial q_j}\dot{q}_j+\frac{\partial^2 \boldsymbol{r}_i}{\partial q_h\partial t}$$

以上两式的右端相同，故有 $$\frac{\mathrm{d}}{\mathrm{d}t}\left(\frac{\partial \boldsymbol{r}_i}{\partial q_h}\right)=\frac{\partial \dot{\boldsymbol{r}}_i}{\partial q_h}$$

式(15-8)证毕。

利用以上两个恒等式，式(15-6)的第二项可进一步表示为

$$\begin{aligned}\sum_{i=1}^{N}m_i\ddot{\boldsymbol{r}}_i\cdot\frac{\partial \boldsymbol{r}_i}{\partial q_j}&=\sum_{i=1}^{N}m_i\frac{\mathrm{d}}{\mathrm{d}t}\left(\dot{\boldsymbol{r}}_i\cdot\frac{\partial \boldsymbol{r}_i}{\partial q_j}\right)-\sum_{i=1}^{N}m_i\dot{\boldsymbol{r}}_i\cdot\frac{\mathrm{d}}{\mathrm{d}t}\left(\frac{\partial \boldsymbol{r}_i}{\partial q_j}\right)=\frac{\mathrm{d}}{\mathrm{d}t}\sum_{i=1}^{N}\left(m_i\dot{\boldsymbol{r}}_i\cdot\frac{\partial \dot{\boldsymbol{r}}_i}{\partial \dot{q}_j}\right)-\frac{\partial}{\partial q_j}\sum_{i=1}^{N}\left(\frac{1}{2}m_i\dot{\boldsymbol{r}}_i\cdot\dot{\boldsymbol{r}}_i\right)\\&=\frac{\mathrm{d}}{\mathrm{d}t}\frac{\partial}{\partial \dot{q}_j}\sum_{i=1}^{N}\left(\frac{1}{2}m_i\dot{\boldsymbol{r}}_i\cdot\dot{\boldsymbol{r}}_i\right)-\frac{\partial}{\partial q_j}\sum_{i=1}^{N}\left(\frac{1}{2}m_i\dot{\boldsymbol{r}}_i\cdot\dot{\boldsymbol{r}}_i\right)=\frac{\mathrm{d}}{\mathrm{d}t}\left(\frac{\partial T}{\partial \dot{q}_j}\right)-\frac{\partial T}{\partial q_j}\end{aligned}$$

式中，$T=\sum_{i=1}^{N}\left(\frac{1}{2}m_i\dot{\boldsymbol{r}}_i^2\right)$ 为质点系的动能。于是，式(15-6)又可进一步表达为

$$\frac{\mathrm{d}}{\mathrm{d}t}\left(\frac{\partial T}{\partial \dot{q}_j}\right)-\frac{\partial T}{\partial q_j}=Q_j\,,\quad j=1,2,\cdots,k \tag{15-10}$$

式(15-10)即为著名的**第二类拉格朗日方程**。对于受到双面、理想、完整约束的质点系，它建立了主动力与运动之间的关系。只要将质点系的动能表示为广义坐标的一般性表达式，即$T=T(q_j,\ \dot{q}_j,\ t)$，再代入第二类拉格朗日方程，经求导运算即可获得与质点系自由度相同的k个独立的动力学方程。

在主动力为有势力的情况下，势能V本来只是位置的函数$V(\boldsymbol{r}_1,\boldsymbol{r}_2,\cdots,\boldsymbol{r}_N)$。当以式(15-5)代入，用广义坐标表示势能$V$时，却可能显含时间$t$，$V(q_1,\ q_2,\cdots,\ q_k,\ t)$。广义力$Q_j=\dfrac{\delta W_j}{\delta q_j}$，其中，$\delta W_j$为$\delta q_j\neq 0$而其他$\delta q_h=0$、$\delta t=0$(非定常约束被“凝固”)情况下主动力的虚功。根据功与势能的关系$\delta W_j=-\dfrac{\partial V}{\partial q_j}\delta q_j$，因而有

$$Q_j=-\frac{\partial V}{\partial q_j} \tag{15-11}$$

式(15-10)可以表示为

$$\frac{\mathrm{d}}{\mathrm{d}t}\left(\frac{\partial T}{\partial \dot{q}_j}\right)-\frac{\partial T}{\partial q_j}=-\frac{\partial V}{\partial q_j}\,,\quad j=1,2,\cdots,k \tag{15-12}$$

由于势能V与广义速度$\dot{q}_j$无关，即$\dfrac{\partial V}{\partial \dot{q}_j}=0$，式(15-12)又可改写成

$$\frac{\mathrm{d}}{\mathrm{d}t}\left(\frac{\partial (T-V)}{\partial \dot{q}_j}\right)-\frac{\partial (T-V)}{\partial q_j}=0\,,\quad j=1,2,\cdots,k \tag{15-13}$$

引入拉格朗日函数$L=T-V$，第二类拉格朗日方程获得最简洁的形式：

$$\frac{\mathrm{d}}{\mathrm{d}t}\left(\frac{\partial L}{\partial \dot{q}_j}\right)-\frac{\partial L}{\partial q_j}=0\,,\quad j=1,2,\cdots,k \tag{15-14}$$

第二类拉格朗日方程在建立动力学系统的控制方程方面有广泛应用。利用这一有力的工具可获得与系统自由度相同的独立的动力学控制方程。灵活地选取广义坐标可使建立的方程形式简明。

需要说明的是，式(15-14)所示的第二类拉格朗日方程适用于主动力为有势力的完整系统，当主动力并非全部为有势力时(既有保守力，又有非保守力)，受完整约束的系统，第二类拉格朗日方程的形式为式(15-10)，也可以进一步表述为

$$\frac{\mathrm{d}}{\mathrm{d}t}\left(\frac{\partial L}{\partial \dot{q}_j}\right)-\frac{\partial L}{\partial q_j}=Q_j'\,,\quad j=1,2,\cdots,k \tag{15-15}$$

式中，拉格朗日函数$L=T-V$，V是系统全部保守力对应的势能；Q_j'是全部非保守力对应于广义坐标q_j的广义力。

例 15-3 图 15-3 所示匀质等截面水平梁，长为L，质量为M。由两根相同的弹簧支承。设弹簧的刚性系数为k，梁可在平衡位置附近做微幅运动且无横向位移。试建立该梁的动力学控制方程。

解　(1)建立坐标系 Oxy，选取广义坐标(图 15-4)：

$$q_1 = y_C,\quad q_2 = \theta$$

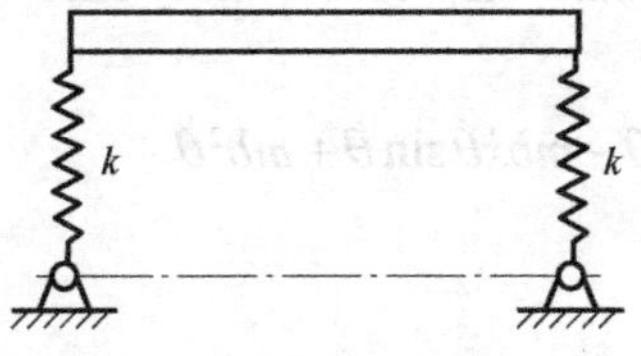

图 15-3

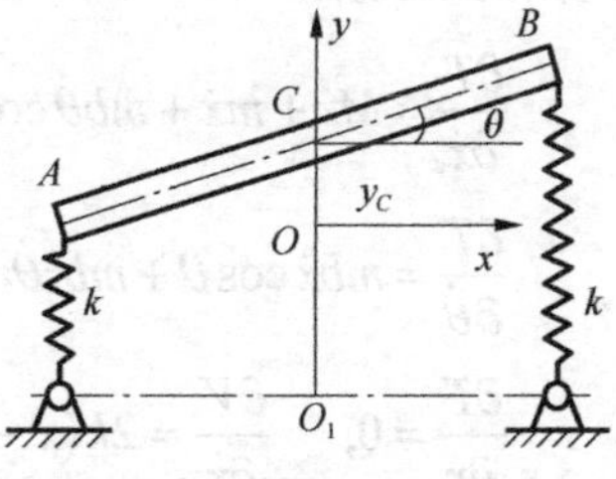

图 15-4

若取静平衡位置 $y_C = 0$ 为系统的势能零点，则系统的势能和动能分别为

$$V = \frac{1}{2}k\left(y_C - \frac{1}{2}L\sin\theta\right)^2 + \frac{1}{2}k\left(y_C + \frac{1}{2}L\sin\theta\right)^2,\quad T = \frac{1}{2}M\dot{y}_C^2 + \frac{1}{2}\left(\frac{1}{12}ML^2\right)\dot{\theta}^2$$

(2)计算拉格朗日函数及相应导数：

$$L = T - V$$

$$\frac{\mathrm{d}}{\mathrm{d}t}\left(\frac{\partial L}{\partial \dot{y}_C}\right) = M\ddot{y}_C,\quad \frac{\partial L}{\partial y_C} = -2ky_C,\quad \frac{\mathrm{d}}{\mathrm{d}t}\left(\frac{\partial L}{\partial \dot{\theta}}\right) = \frac{1}{12}L^2M\ddot{\theta},\quad \frac{\partial L}{\partial \theta} = -\frac{1}{4}kL^2\sin(2\theta)$$

(3)将以上四项代入第二类拉格朗日方程，并考虑 $\cos\theta \approx 1$, $\sin\theta \approx \theta$（微幅运动），得动力学控制方程：

$$M\ddot{y}_C + 2ky_C = 0$$

$$\frac{1}{6}M\ddot{\theta} + k\theta = 0$$

思考题 15-1　若将坐标原点取为图 15-4 中的 O_1 点，并取系统的势能零点为坐标原点。仍取广义坐标为 $q_1 = y_C$，$q_2 = \theta$，能否获得与例 15-3 相同的控制方程？若取广义坐标为 $q_1 = y_A$, $q_2 = y_B$，将得到怎样的控制方程？

例 15-4　在图 15-5 所示系统中，不计各处摩擦，不计质量的框架 CD 可沿水平面按规律 $\xi = e\sin(\omega t)$ 运动，其中 e 和 ω 均为常数，质量为 M 的物块 A 可相对于框架水平运动，两根弹簧的刚性系数均为 k，摆球 B 的质量为 m，摆长为 b。当 $\xi = 0$ 时 $x = 0$，两弹簧均处于原长。试应用拉格朗日方程建立该系统的运动微分方程。

解　(1)取系统为研究对象，该系统为两自由度系统，受理想约束，且为保守系统，取 x 和 θ 为广义坐标。

(2)分别计算系统的绝对动能和势能（势能零点取在 $\xi = 0$，$x = 0$，$\theta = 0$）：

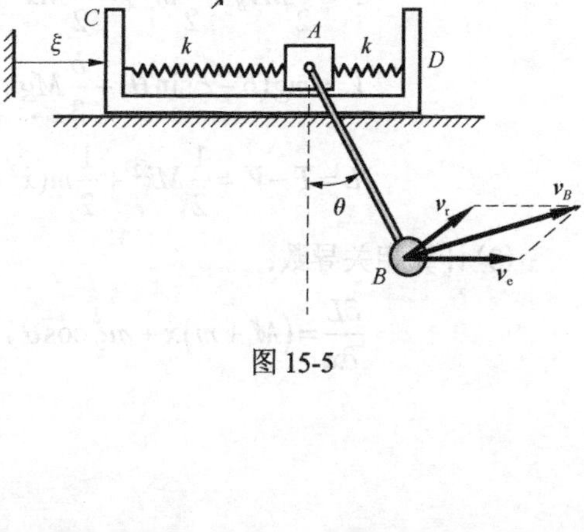

图 15-5

$$T = \frac{1}{2}Mv_A^2 + \frac{1}{2}mv_B^2$$

$$= \frac{1}{2}M\dot{x}^2 + \frac{1}{2}m(\dot{x}^2 + 2\dot{x}b\dot{\theta}\cos\theta + b^2\dot{\theta}^2)$$

$$V=\frac{1}{2}(2k)(x-e\sin(\omega t))^2+(1-\cos\theta)mgb$$

(3) 计算相关导数：

$$\frac{\partial T}{\partial \dot{x}}=M\dot{x}+m\dot{x}+mb\dot{\theta}\cos\theta,\quad \frac{\mathrm{d}}{\mathrm{d}t}\left(\frac{\partial T}{\partial \dot{x}}\right)=M\ddot{x}+m\ddot{x}+mb\ddot{\theta}\cos\theta-mb\dot{\theta}^2\sin\theta$$

$$\frac{\partial T}{\partial \dot{\theta}}=mb\dot{x}\cos\theta+mb^2\dot{\theta},\quad \frac{\mathrm{d}}{\mathrm{d}t}\left(\frac{\partial T}{\partial \dot{\theta}}\right)=mb\ddot{x}\cos\theta-mb\dot{x}\dot{\theta}\sin\theta+mb^2\ddot{\theta}$$

$$\frac{\partial T}{\partial x}=0,\quad \frac{\partial V}{\partial x}=2k(x-e\sin(\omega t))$$

$$\frac{\partial T}{\partial \theta}=-mb\dot{x}\dot{\theta}\sin\theta,\quad \frac{\partial V}{\partial \theta}=mgb\sin\theta$$

(4) 将以上各项代入式(15-12)，经整理可得

$$(M+m)\ddot{x}+mb\ddot{\theta}\cos\theta-mb\dot{\theta}^2\sin\theta+2k(x-e\sin(\omega t))=0$$

$$mb\ddot{x}\cos\theta+mb^2\ddot{\theta}+mgb\sin\theta=0$$

思考题 15-2　若将例 15-4 中的坐标 x 换成物块 A 相对于框架中点的坐标，动能 T 和势能 V 的表达式有何变化？

例 15-5　已知倾角为 θ 的楔形物块的质量为 M，小物块的质量为 m(图 15-6)，若各接触面处均光滑，试用拉格朗日方程求该系统的运动微分方程，并计算支承面对楔形物块的作用力。

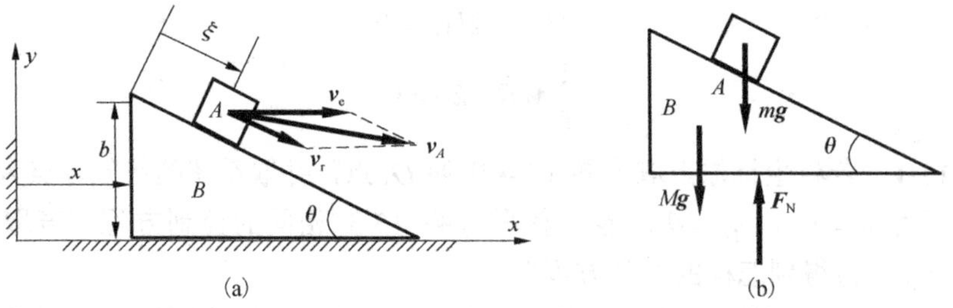

图 15-6

解　(1) 取系统为研究对象，该系统为两自由度系统，受理想约束，取 x 和 ξ 为广义坐标。

(2) 分别计算系统的动能和势能(零势能面取在 $y_A=0$)，并给出拉格朗日函数的表达式。

$$T=\frac{1}{2}Mv_B^2+\frac{1}{2}mv_A^2=\frac{1}{2}M\dot{x}^2+\frac{1}{2}m(\dot{x}^2+2\dot{x}\dot{\xi}\cos\theta+\dot{\xi}^2)$$

$$V=mg(b-\xi\sin\theta)+\frac{b}{3}Mg$$

$$L=T-V=\frac{1}{2}M\dot{x}^2+\frac{1}{2}m(\dot{x}^2+2\dot{x}\dot{\xi}\cos\theta+\dot{\xi}^2)-mg(b-\xi\sin\theta)-\frac{b}{3}Mg$$

(3) 计算相关导数：

$$\frac{\partial L}{\partial \dot{x}}=(M+m)\dot{x}+m\dot{\xi}\cos\theta,\quad \frac{\mathrm{d}}{\mathrm{d}t}\left(\frac{\partial L}{\partial \dot{x}}\right)=(M+m)\ddot{x}+m\ddot{\xi}\cos\theta,\quad \frac{\partial L}{\partial x}=0$$

$$\frac{\partial L}{\partial \dot{\xi}} = m\dot{x}\cos\theta + m\dot{\xi}\,,\qquad \frac{\mathrm{d}}{\mathrm{d}t}\left(\frac{\partial L}{\partial \dot{\xi}}\right) = m\ddot{x}\cos\theta + m\ddot{\xi}\,,\qquad \frac{\partial L}{\partial \xi} = mg\sin\theta$$

(4) 将以上各项代入式(15-14)，经整理可得该系统的运动微分方程：

$$(M+m)\ddot{x} + m\ddot{\xi}\cos\theta = 0$$
$$m\ddot{x}\cos\theta + m\ddot{\xi} - mg\sin\theta = 0$$

(5) 将以上两式联立求解可得

$$\ddot{x} = -\frac{m\sin 2\theta}{2M + 2m\sin^2\theta}g,\quad \ddot{\xi} = \frac{(M+m)\sin\theta}{M + m\sin^2\theta}g$$

(6) 由质心运动定理在铅垂方向的投影方程，可解得支承面作用于楔形物块的支承力：

$$F_{\mathrm{N}} - (M+m)g = -m\ddot{\xi}\sin\theta$$

$$F_{\mathrm{N}} = (M+m)g - m\ddot{\xi}\sin\theta = (M+m)g - m\frac{(M+m)\sin^2\theta}{M + m\sin^2\theta}g = \frac{(M+m)M}{M + m\sin^2\theta}g$$

思考题 15-3　采用动力学普遍方程求解例 15-5，对比矢量法和采用拉格朗日方程求解问题的异同。

例 15-6　定滑轮 A 的半径为 r_1，质量为 m_1，跨过定滑轮 A 的绳子两端分别缠绕在轮 B 和轮 C 上(图 15-7)。B 轮和 C 轮的质量分别为 m_2、m_3，半径分别为 r_2、r_3，且 $m_2 > m_3$。设初始时绳的下垂部分均铅垂，绳与滑轮之间无相对滑动，各轮可视为匀质圆盘。试应用拉格朗日方程建立该系统的运动微分方程，并分别计算出各轮的角加速度。

解　(1) 取系统为研究对象，该系统为 3 自由度系统，受理想约束，分别取 θ_1、θ_2、θ_3 为广义坐标。

(2) 分别计算系统的动能和势能(零势能面取在 O_1)，并给出拉格朗日函数的表达式：

$$L = \frac{1}{2}\left(\frac{1}{2}m_1r_1^2\right)\dot{\theta}_1^2 + \frac{1}{2}\left(\frac{1}{2}m_2r_2^2\right)\dot{\theta}_2^2 + \frac{1}{2}m_2\left(r_1\dot{\theta}_1 - r_2\dot{\theta}_2\right)^2 + \frac{1}{2}\left(\frac{1}{2}m_3r_3^2\right)\dot{\theta}_3^2$$
$$+\frac{1}{2}m_3(r_1\dot{\theta}_1 + r_3\dot{\theta}_3)^2 + m_2g(l_2 + r_2\theta_2 - r_1\theta_1) + m_3g(l_3 + r_3\theta_3 + r_1\theta_1)$$

式中，l_2、l_3 为两段铅垂绳的初始长度，均为常数。

(3) 计算相关导数：

$$\frac{\partial L}{\partial \dot{\theta}_1} = \left(\frac{1}{2}m_1 + m_2 + m_3\right)r_1^2\dot{\theta}_1 + (m_3r_3r_1\dot{\theta}_3 - m_2r_2r_1\dot{\theta}_2)$$

$$\frac{\mathrm{d}}{\mathrm{d}t}\left(\frac{\partial L}{\partial \dot{\theta}_1}\right) = \left(\frac{1}{2}m_1 + m_2 + m_3\right)r_1^2\ddot{\theta}_1 + (m_3r_3r_1\ddot{\theta}_3 - m_2r_2r_1\ddot{\theta}_2)$$

$$\frac{\partial L}{\partial \theta_1} = -r_1m_2g + r_1m_3g$$

$$\frac{\partial L}{\partial \dot{\theta}_2} = \frac{3}{2}m_2r_2^2\dot{\theta}_2 - m_2r_1r_2\dot{\theta}_1,\qquad \frac{\partial L}{\partial \theta_2} = r_2m_2g$$

$$\frac{\mathrm{d}}{\mathrm{d}t}\left(\frac{\partial L}{\partial \dot{\theta}_2}\right) = \frac{3}{2}m_2r_2^2\ddot{\theta}_2 - m_2r_1r_2\ddot{\theta}_1$$

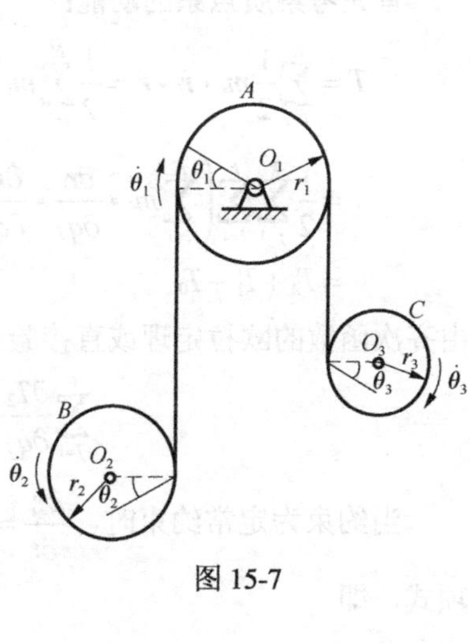

图 15-7

$$\frac{\partial L}{\partial \dot{\theta}_3}=\frac{3}{2}m_3r_3^2\dot{\theta}_3+m_3r_1r_3\dot{\theta}_1,\quad \frac{\partial L}{\partial \theta_3}=r_3m_3g$$

$$\frac{\mathrm{d}}{\mathrm{d}t}\left(\frac{\partial L}{\partial \dot{\theta}_3}\right)=\frac{3}{2}m_3r_3^2\ddot{\theta}_3+m_3r_1r_3\ddot{\theta}_1$$

(4)将以上各项代入式(15-14)，经整理可得该系统的运动微分方程：

$$\left(\frac{1}{2}m_1+m_2+m_3\right)r_1^2\ddot{\theta}_1+(m_3r_3r_1\ddot{\theta}_3-m_2r_2r_1\ddot{\theta}_2)+r_1m_2g-r_1m_3g=0$$

$$\frac{3}{2}m_2r_2^2\ddot{\theta}_2-m_2r_1r_2\ddot{\theta}_1-r_2m_2g=0$$

$$\frac{3}{2}m_3r_3^2\ddot{\theta}_3+m_3r_1r_3\ddot{\theta}_1-r_3m_3g=0$$

(5)将以上三式联立求解，可得

$$\ddot{\theta}_1=-\frac{2(m_2-m_3)g}{(m_1+2m_2+2m_3)r_1},\quad \ddot{\theta}_2=\frac{1}{3}\left(\frac{2m_1+8m_3}{m_1+2m_2+2m_3}\right)\frac{g}{r_2},\quad \ddot{\theta}_3=\frac{1}{3}\left(\frac{2m_1+8m_2}{m_1+2m_2+2m_3}\right)\frac{g}{r_3}$$

在矢量力学方法中，当系统受力具有某些特征时，不必通过复杂数学计算，就能判断系统是否存在机械能守恒、动量守恒或动量矩守恒。上述各种守恒关系可作为运动微分方程的首次积分，既直观又有重要的物理意义。对拉格朗日方程，也可作类似的探讨。

15.3　第二类拉格朗日方程的首次积分

由以上各例可以看出，第二类拉格朗日方程提供了一种建立非自由质点系动力学问题数学模型的程式化方法。然而，要进一步得到质点系的运动规律，就必须对二阶微分方程组进行积分。通常情况下积分运算具有较大的难度，但对于保守系统，在一定的条件下，可以给出以下两种形式的积分。

15.3.1　广义能量积分

首先考察质点系的动能：

$$\begin{aligned}T&=\sum_{i=1}^{N}\frac{1}{2}m_i\cdot\dot{\boldsymbol{r}}_i\cdot\dot{\boldsymbol{r}}_i=\frac{1}{2}\sum_{i=1}^{N}m_i\left(\sum_{j=1}^{k}\frac{\partial \boldsymbol{r}_i}{\partial q_j}\cdot\dot{q}_j+\frac{\partial \boldsymbol{r}_i}{\partial t}\right)\left(\sum_{l=1}^{k}\frac{\partial \boldsymbol{r}_i}{\partial q_l}\cdot\dot{q}_l+\frac{\partial \boldsymbol{r}_i}{\partial t}\right)\\&=\frac{1}{2}\sum_{j=1}^{k}\sum_{l=1}^{k}\left(\sum_{i=1}^{N}m_i\cdot\frac{\partial \boldsymbol{r}_i}{\partial q_j}\cdot\frac{\partial \boldsymbol{r}_i}{\partial q_l}\right)\dot{q}_j\cdot\dot{q}_l+\sum_{j=1}^{k}\left(\sum_{i=1}^{N}m_i\cdot\frac{\partial \boldsymbol{r}_i}{\partial q_j}\cdot\frac{\partial \boldsymbol{r}_i}{\partial t}\right)\dot{q}_j+\frac{1}{2}\sum_{i=1}^{N}m_i\cdot\frac{\partial \boldsymbol{r}_i}{\partial t}\cdot\frac{\partial \boldsymbol{r}_i}{\partial t}\\&=T_2+T_1+T_0\end{aligned}\tag{15-16}$$

由齐次函数的欧拉定理或直接验证，有

$$\sum_{j=1}^{k}\frac{\partial T_2}{\partial \dot{q}_j}\dot{q}_j=2T_2,\quad \sum_{j=1}^{k}\frac{\partial T_1}{\partial \dot{q}_j}\dot{q}_j=T_1,\quad \frac{\partial T_0}{\partial \dot{q}_j}=0\tag{15-17}$$

当约束为定常约束时，$\frac{\partial \boldsymbol{r}_i}{\partial t}=0$，$T_1$、$T_0$ 等于零，所以动能表达为广义速度的二次齐次多项式，即

$$T_2=\frac{1}{2}\sum_{j=1}^{k}\sum_{l=1}^{k}\left(\sum_{i=1}^{N}m_i\cdot\frac{\partial \boldsymbol{r}_i}{\partial q_j}\cdot\frac{\partial \boldsymbol{r}_i}{\partial q_l}\right)\dot{q}_j\cdot\dot{q}_l=\frac{1}{2}\sum_{j=1}^{k}\sum_{l=1}^{k}m_{jl}\cdot\dot{q}_j\cdot\dot{q}_l \tag{15-18}$$

式中

$$m_{jl}=\sum_{i=1}^{N}m_i\cdot\frac{\partial \boldsymbol{r}_i}{\partial q_j}\cdot\frac{\partial \boldsymbol{r}_i}{\partial q_l} \tag{15-19}$$

仅为广义坐标的函数，称为质点系的**广义质量**。

现对例 15-4 作两点变动：广义坐标 x 改为 A 物块对框架中点的坐标(图 15-8)，ξ 的变化规律为 $\xi=ut$，其中 u 为常数。则动能、势能的表达式变为

$$\begin{aligned}T&=\frac{1}{2}M(\dot{x}+u)^2+\frac{1}{2}m\left[(\dot{x}+u)^2+2(\dot{x}+u)\dot{\theta}b\cos\theta+b^2\dot{\theta}^2\right]\\&=\frac{1}{2}(M+m)\dot{x}^2+mb\dot{x}\dot{\theta}\cos\theta+\frac{1}{2}mb^2\dot{\theta}^2+(M+m)u\dot{x}+mbu\dot{\theta}\cos\theta+\frac{1}{2}(M+m)u^2\end{aligned}$$

$$V=kx^2+(1-\cos\theta)mgb$$

由于系统受非定常约束，动能 T 中包含了 T_2、T_1、T_0 三部分；但 T、V、$L=T-V$ 的表达式中不显含时间 t。对于一般系统，若拉格朗日函数中不显含时间 t，则有

$$\begin{aligned}\frac{\mathrm{d}L}{\mathrm{d}t}&=\sum_{j=1}^{k}\left(\frac{\partial L}{\partial \dot{q}_j}\cdot\frac{\mathrm{d}\dot{q}_j}{\mathrm{d}t}+\frac{\partial L}{\partial q_j}\cdot\frac{\mathrm{d}q_j}{\mathrm{d}t}\right)=\sum_{j=1}^{k}\left(\frac{\mathrm{d}}{\mathrm{d}t}\left(\frac{\partial L}{\partial \dot{q}_j}\cdot\dot{q}_j\right)-\frac{\mathrm{d}}{\mathrm{d}t}\left(\frac{\partial L}{\partial \dot{q}_j}\right)\cdot\dot{q}_j+\frac{\partial L}{\partial q_j}\cdot\dot{q}_j\right)\\&=\sum_{j=1}^{k}\left(\frac{\mathrm{d}}{\mathrm{d}t}\left(\frac{\partial L}{\partial \dot{q}_j}\cdot\dot{q}_j\right)-\left(\frac{\mathrm{d}}{\mathrm{d}t}\left(\frac{\partial L}{\partial \dot{q}_j}\right)-\frac{\partial L}{\partial q_j}\right)\cdot\dot{q}_j\right)\end{aligned}$$

由拉格朗日方程式(15-14)可知，求和号内第二部分为零。上式移项后得到

$$\frac{\mathrm{d}}{\mathrm{d}t}\left(\sum_{j=1}^{k}\frac{\partial L}{\partial \dot{q}_j}\cdot\dot{q}_j-L\right)=0$$

即

$$\sum_{j=1}^{k}\frac{\partial L}{\partial \dot{q}_j}\cdot\dot{q}_j-L=\text{常数}$$

注意到 $L=T-V=T_2+T_1+T_0-V$ 及 $\dfrac{\partial V}{\partial \dot{q}_j}=0$，并利用式(15-17)，有

$$2T_2+T_1-(T_2+T_1+T_0-V)=\text{常数}$$

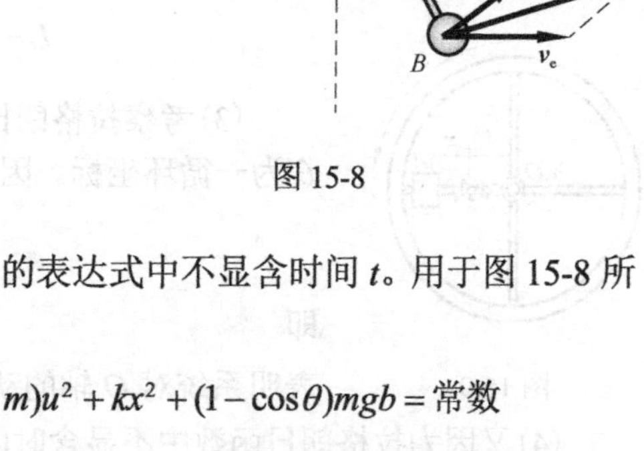

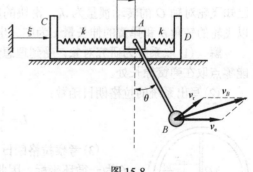

图 15-8

最终得到

$$T_2-T_0+V=\text{常数} \tag{15-20}$$

式(15-20)称为**广义能量积分**，成立的条件是 L 的表达式中不显含时间 t。用于图 15-8 所示的问题，则有

$$\frac{1}{2}(M+m)\dot{x}^2+mb\dot{x}\dot{\theta}\cos\theta+\frac{1}{2}mb^2\dot{\theta}^2-\frac{1}{2}(M+m)u^2+kx^2+(1-\cos\theta)mgb=\text{常数}$$

对广义能量积分可作如下理解。拉格朗日方程式(15-14)适用的前提是主动力为有势力。但当系统受到非定常约束时，与此类约束有关的约束力的功不一定为零，因此，如果只考虑主动力的功，则由此算得系统的机械能就不一定守恒。如果拉格朗日函数 L 中恰好不显含时间 t，则存在广义能量积分；但在非定常约束下满足这一数学条件，需要力学模型中诸多因

素的巧合，且与广义坐标选取是否得当密切相关。如果系统只受定常约束，由于 $T_0=0$，$T_2=T$，式(15-20)转化为

$$T+V=常数$$

即物理意义下的机械能守恒，可视为广义能量积分的特例。

15.3.2　循环积分

由于保守系统的第二类拉格朗日方程具有如下形式：

$$\frac{\mathrm{d}}{\mathrm{d}t}\left(\frac{\partial L}{\partial \dot{q}_j}\right)-\frac{\partial L}{\partial q_j}=0\ ,\qquad j=1,2,\cdots,k$$

若拉格朗日函数 L 中不显含某些广义坐标 q_j，则这些广义坐标称为**循环坐标**。由上式可得

$$\frac{\partial L}{\partial \dot{q}_j}=常数 \tag{15-21}$$

式(15-21)称为对第二类拉格朗日方程的**循环积分**。系统有几个循环坐标就有几个循环积分。由于势能函数中不显含广义速度，因此

$$\frac{\partial L}{\partial \dot{q}_j}=\frac{\partial T}{\partial \dot{q}_j}=p_j=常数 \tag{15-22}$$

其中，p_j 称为**广义动量**。

式(15-22)称为广义动量守恒。矢量力学中的动量守恒和动量矩守恒可视为广义动量守恒的特例。

当得到一个质点系的拉格朗日函数 L 时，首先观察一下 L 中是否显含时间 t，以及 L 中是否不显含某个广义坐标。尽量利用拉格朗日方程的首次积分，使问题求解过程简便。

例 15-7　飞轮在水平面内绕铅垂轴 O 转动，轮辐上套一滑块 A，用弹簧与轴心连接(图 15-9)。已知飞轮对轴 O 的转动惯量为 J_0，滑块的质量为 m，弹簧的刚性系数为 k，弹簧原长为 l_0，以飞轮的转角 θ 和弹簧的伸长量 x 为广义坐标，试建立其首次积分。

解　(1)取系统为研究对象，受到理想约束，为双自由度系统。取 θ 和 x 为广义坐标，势能零点取在弹簧原长处。

(2)写出系统的拉格朗日函数：

$$L=\frac{1}{2}J_0\dot{\theta}^2+\frac{1}{2}m[(l_0+x)^2\dot{\theta}^2+\dot{x}^2]-\frac{1}{2}kx^2$$

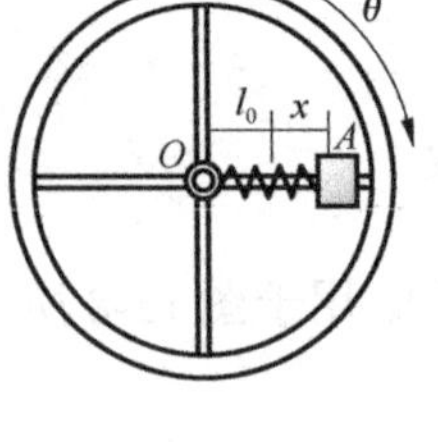

图 15-9

(3)考察拉格朗日函数可知，拉格朗日函数中不显含广义坐标 θ，故 θ 为一循环坐标。因此有

$$\frac{\partial L}{\partial \dot{\theta}}=\text{const}$$

即
$$J_0\dot{\theta}+m(l_0+x)^2\dot{\theta}=C_1$$

表明系统对 O 轴的动量矩守恒。

(4)又因为拉格朗日函数中不显含时间 t，所以该系统存在广义能量积分，实为机械能守恒，因此有

$$T+V=\text{const}$$

即
$$\frac{1}{2}J_0\dot{\theta}^2+\frac{1}{2}m[(l_0+x)^2\dot{\theta}^2+\dot{x}^2]+\frac{1}{2}kx^2=C_2$$

例 15-8 图 15-10 所示机构在铅垂面内运动，均质圆盘 A 的半径为 $R=2r$，质量为 $M=2m$，均质圆盘 B 的半径为 r，质量为 m，可在圆盘 A 的边沿上做纯滚动，均质杆 AB 的质量也为 m，不计摩擦，讨论其首次积分。

解 (1) 取系统为研究对象，受到理想约束，为双自由度系统。取 θ 和 φ 为广义坐标，零势能面取在 $\theta=90°$ 位置。

(2) 写出系统的拉格朗日函数：

$$L=\frac{1}{2}\left(\frac{1}{2}2m(2r)^2\right)\dot{\varphi}^2+\frac{1}{2}\left(\frac{1}{3}m(3r)^2\right)\dot{\theta}^2+\frac{1}{2}m(3r\dot{\theta})^2+\frac{1}{2}\left(\frac{1}{2}mr^2\right)(3\dot{\theta}-2\dot{\varphi})^2+mg\frac{3}{2}r\cos\theta$$
$$+mg3r\cos\theta$$

(3) 考察拉格朗日函数可知，拉格朗日函数中不显含广义坐标 φ，故 φ 为一循环坐标。因此有

$$\frac{\partial L}{\partial\dot{\varphi}}=\text{const}$$

化简后，可得

$$2\dot{\varphi}-\dot{\theta}=C_1$$

(4) 又因为拉格朗日函数中不显含时间 t，所以该系统存在广义能量积分(实为机械能守恒)，因此有

$$T+V=\text{const}$$

化简后，可得

$$\dot{\varphi}^2+\frac{11}{4}\dot{\theta}^2-\dot{\varphi}\dot{\theta}-\frac{3g}{2r}\cos\theta=C_2$$

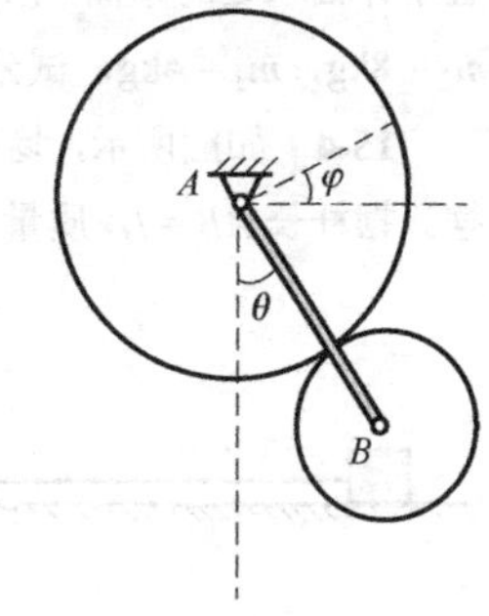

图 15-10

思 考 空 间

动力学普遍方程是由虚位移原理和达朗贝尔原理结合而成的，它建立了多自由度系统的全部运动微分方程，是分析力学的基础，任何其他形式的动力学方程都可视作它的特殊情况。

第二类拉格朗日方程是以广义坐标表示的质点系的动力学普遍方程，它提供的是一个二阶微分方程组，方程组中方程的个数等于系统的自由度。

与牛顿定律解题的方法相比，拉格朗日方程建立的方程数目减到了最少，理想约束力不需要考虑；建立方程时不需要进行加速度分析；解题过程程式化，便于统一处理，对于复杂系统，便于编程处理。另外，还可以建立质点系相对于非惯性系的运动微分方程，只需要将相对运动中的坐标选为独立的广义坐标即可。

在应用拉格朗日方程求解问题时，方程中各项的物理含义不如牛顿力学中的含义清晰，不能直接求解约束力是该方法的短板。对于单个物体或者简单物体系统，拉格朗日方程未必比牛顿力学方法便捷。

用拉格朗日方程解题的步骤如下。

(1) 取系统为研究对象，分析系统约束性质，确定系统自由度，选取同样数目的广义坐标。

(2) 计算以广义坐标表示的系统动能、势能或广义力。

(3) 计算拉格朗日函数的(偏)导数。

(4)根据相应形式的拉格朗日方程，建立质点系运动微分方程。

(5)积分运动微分方程，根据初始条件确定积分常数，得到以广义坐标表示的质点系运动方程。

习 题

15-1 重为 G_1 的匀质圆柱 A 上绕一不计重量且不可伸长的细绳，绳的另一端跨过不计重量的定滑轮 B 和重为 G_2 的物块 C 相连，如图所示，物块与桌面间的动摩擦因数为 f。若圆柱体从静止开始释放，试求其质心的加速度。

15-2 将习题 15-1 中的均质圆柱 A 换成匀质圆环，物块 C 换成均质圆轮，圆轮和圆环的半径均为 r，质量不变。试求运动过程中轮心 A、C 的加速度。

15-3 图示不可伸长的柔绳分别跨过两个定滑轮 A、B 并且绕过动滑轮 C，略去绳子及两定滑轮的质量且不计轴承处的摩擦。已知：动滑轮的半径为 $R = 10\text{cm}$，质量为 $m = 1\text{kg}$，三个重物的质量分别为 $m_1 = 10\text{kg}$，$m_2 = 8\text{kg}$，$m_3 = 4\text{kg}$，试分别求出这三个重物的加速度。

15-4 如图所示，均质圆盘 A 的半径为 r，质量为 $M = 2m$，可在水平面上做纯滚动，圆盘中心安装一单摆。摆杆长 $AB = l$，质量不计，摆锤 B 的质量为 m。试应用拉格朗日方程建立系统的运动微分方程。

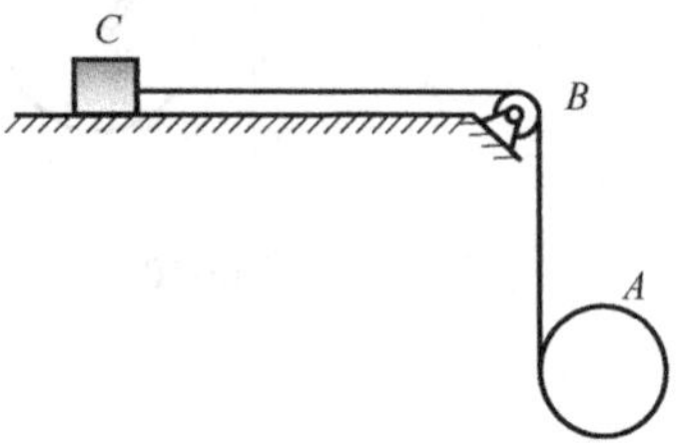

题 15-1 图

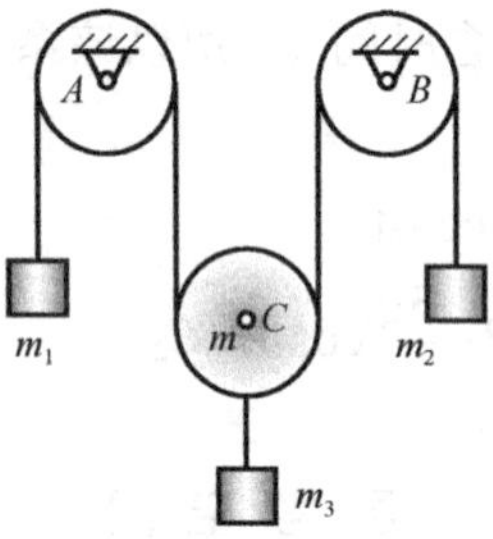

题 15-3 图

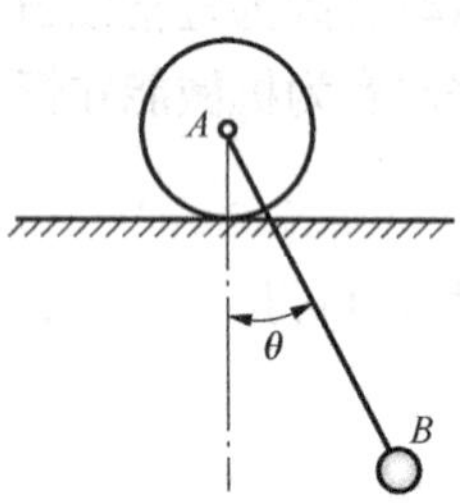

题 15-4 图

15-5 如图所示，设与弹簧相连的滑块 A 的质量为 M，滑块可沿光滑水平面做无摩擦平动，弹簧刚度系数为 k。在滑块 A 上连接一单摆，摆长 $AB = l$，摆锤质量为 m。试应用拉格朗日方程建立系统的运动微分方程。

15-6 图示均质杆 AB 长为 L，质量为 m，A 端与刚度系数为 k 的弹簧连接，可沿铅直方向运动，也可绕点 A 在铅直面内摆动，若不计摩擦及滑块的重量，试用拉格朗日方程导出杆 AB 的运动微分方程。

15-7 图示均质杆 AB 的质量为 m，长为 $3r$，通过光滑铰链与半径为 r、质量为 m 的均质圆盘的中心 A 铰接，圆盘可在水平轨道上做纯滚动。试求系统的运动微分方程。

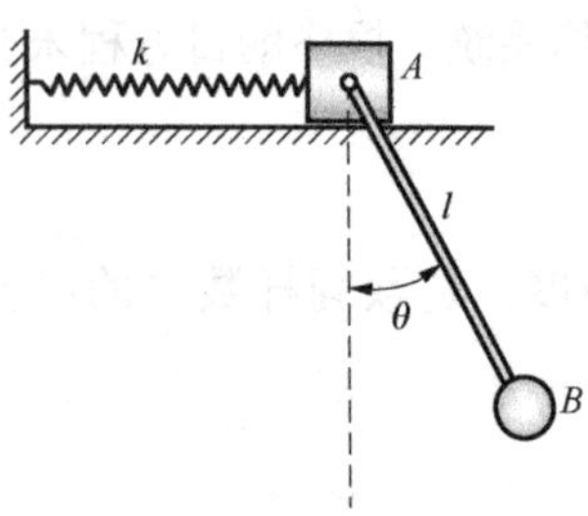

题 15-5 图

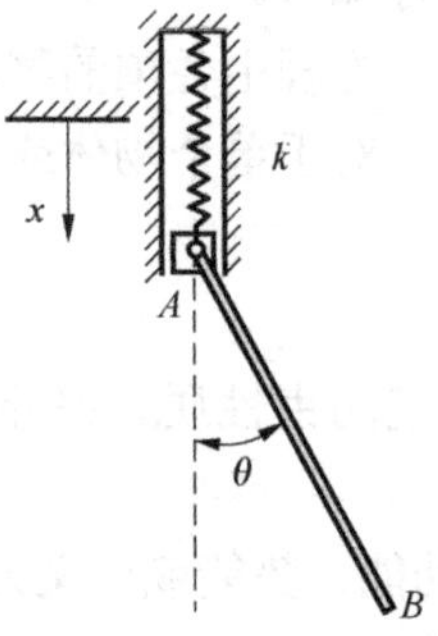

题 15-6 图

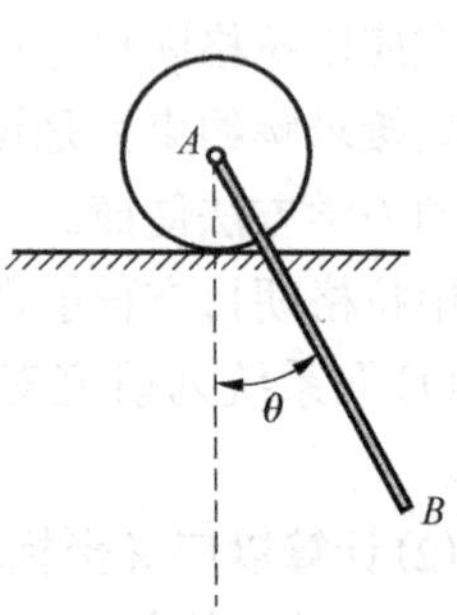

题 15-7 图

15-8　如图所示，半径为 r、质量为 m 的均质半圆柱在粗糙水平面上摆动。质心 C 到半圆圆心 O 的距离为 e，半圆柱对质心 C 的回转半径为 ρ_C。求半圆柱在平衡位置附近做微幅振动的运动微分方程。

15-9　如图所示，三根长 l、重 W 用铰链连接的均质杆在铅垂平面内摆动。求其做微幅摆动的运动微分方程。

15-10　如图所示，均质杆 AB 的长度为 $2a$，质量为 m，由刚度系数为 k 的弹簧悬挂在固定面上。弹簧的原长为 a，其质量忽略不计。系统在铅垂平面内运动，建立系统的运动微分方程。

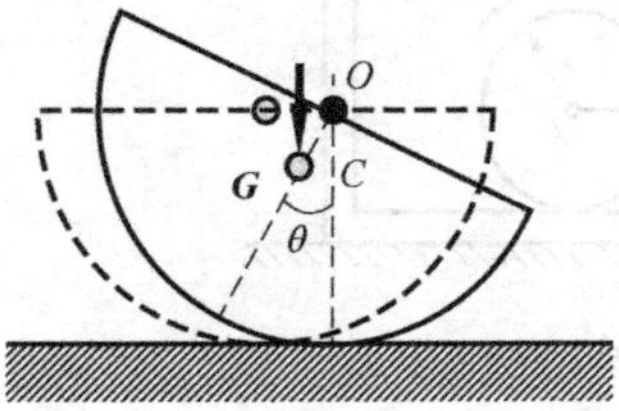

题 15-8 图

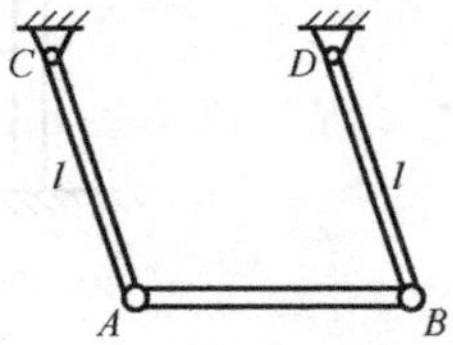

题 15-9 图

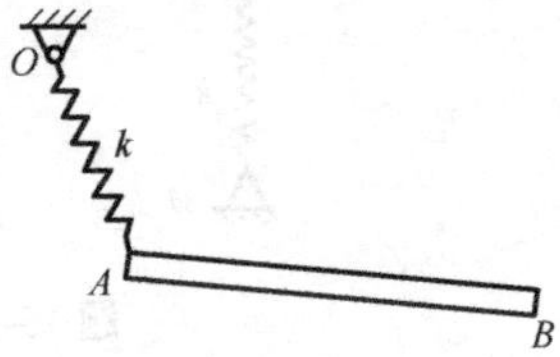

题 15-10 图

15-11　如图所示，均质圆柱体 A 重 $G_1 = 19.6\text{N}$，$r = 10\text{cm}$，通过绳子和弹簧与重 $G_2 = 9.8\text{N}$ 的重物 C 相连。弹簧的刚度系数 $k = 2\text{N/cm}$，$\theta = 30°$。若不计定滑轮 B 的质量，且圆柱体在斜面上做纯滚动，试求系统在静平衡位置附近的运动微分方程。

15-12　如图所示，小车重量为 $2G$，可在光滑水平面上运动，圆柱体 C 的重量为 G，半径为 r，可在小车上半径为 $3r$ 的半圆槽内做纯滚动。设圆柱体 C 从 $\theta = \theta_0$ 处由静止开始运动，试求：(1)系统微幅振动的运动微分方程；(2)初瞬时小车的加速度。

15-13　铅垂面内摆的悬挂点 O 以匀速率 v 做半径为 R 的圆周运动，如图所示。若摆锤的质量为 m，摆杆长度 $OA = 2R$，不计摆杆质量。试求摆的运动微分方程。

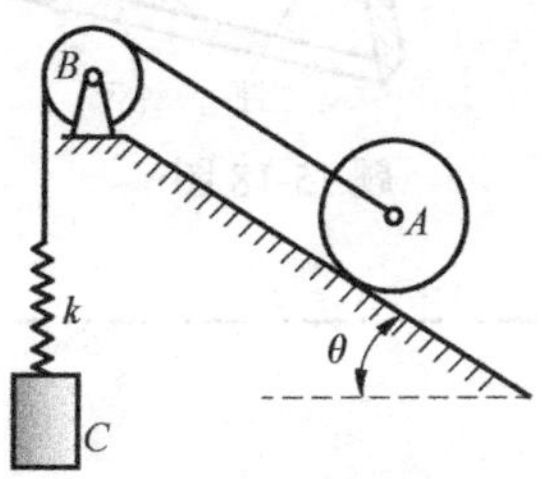

题 15-11 图

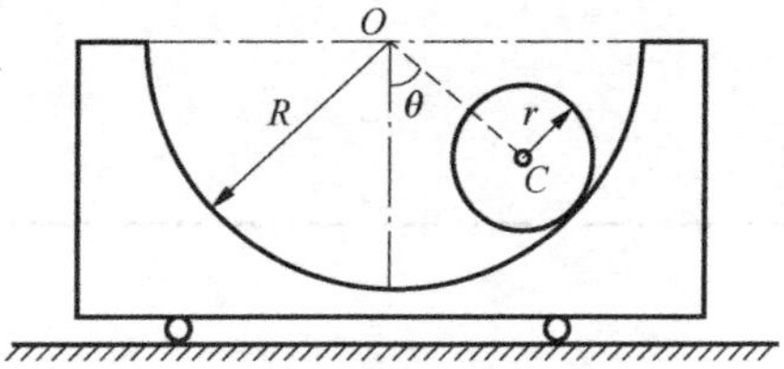

题 15-12 图

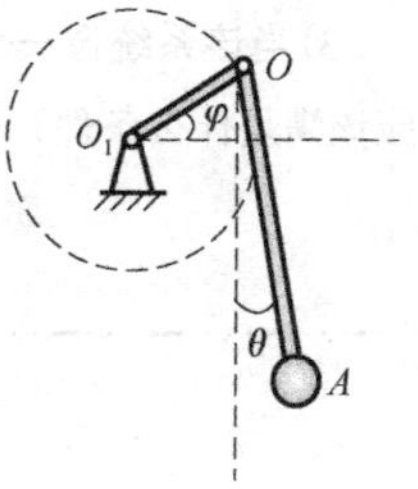

题 15-13 图

15-14　如图所示，铅垂面内的复合摆由两根完全相同的均质杆组成。若杆长为 l，质量为 m，弹簧的原长为 c，刚度系数为 k，b 为已知量。试用拉格朗日方程建立系统在静平衡位置附近微幅振动的运动微分方程。

15-15　图示一匀质等截面水平梁长为 L，质量为 M。由两根相同的弹簧支承。设弹簧的刚度系数为 k，梁可在平衡位置附近做微幅运动且无横向位移。试建立该梁在平衡位置附近微幅运动的动力学方程。

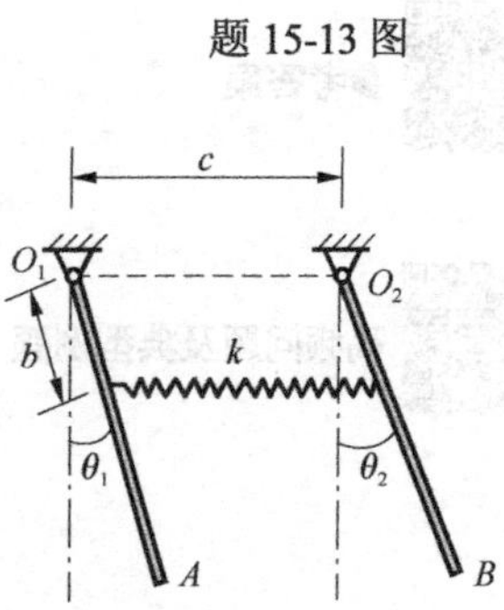

题 15-14 图

15-16　如图所示，置于光滑水平面上的槽形板和其上做纯滚动的匀质圆柱的质量均为 m；连接槽形板与圆柱中心 C 的水平弹簧的刚度系数为 k。若不计弹簧的质量，试写出系统微幅振动的运动微分方程。

15-17　在上面的习题中，找出两道存在首次积分的题目？分析首次积分的物理含义。

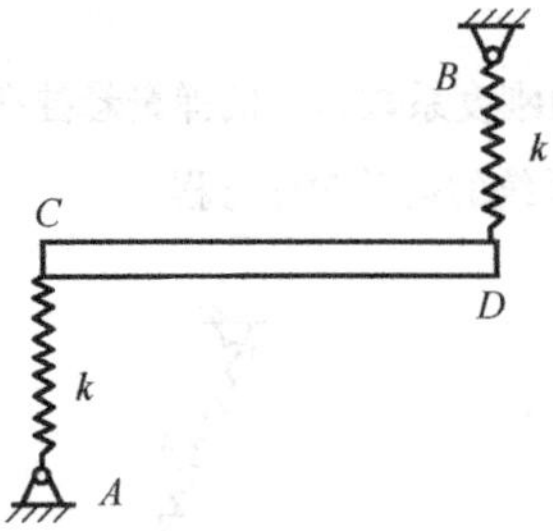

题 15-15 图

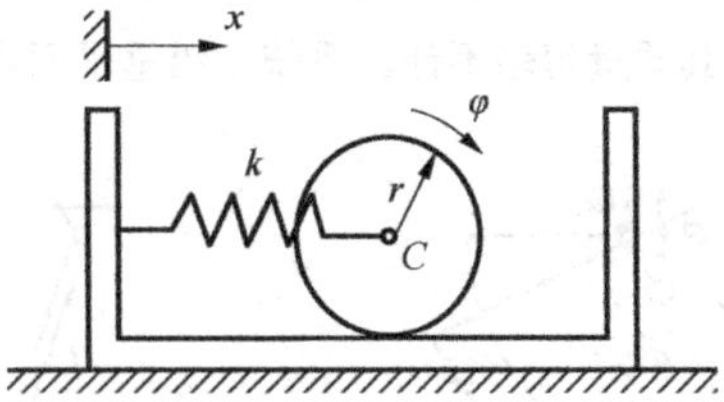

题 16-16 图

拓展应用

15-18　教堂的钟和钟舌的质量分别为 m_C 和 m_D，钟对于其悬挂点 A 的转动惯量为 J_A，钟舌对于其悬挂点 B 的转动惯量为 J_B。钟的质心 C 到 A 点的距离为 h_C，钟舌的质心 D 到 B 点的距离为 h_D，A 点到 B 点的距离为 h，如图所示。试解决下列问题：

(1) 建立其力学模型，并指出该系统有几个自由度。

(2) 系统在自由振动时，即在没有敲钟舌时，其运动方程是什么？

(3) 当该系统像一个单刚体振动时，钟就不会发出声音了，此时 h 应该满足什么条件？

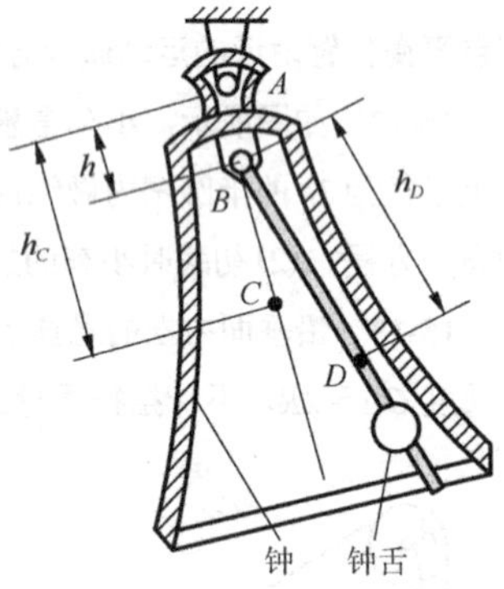

题 15-18 图

参考答案

高频问题及典型例题 16

第 16 章　动力学专题

本章讨论工程实际中广泛存在的两类动力学现象：振动及碰撞。研究方法是通过考察力学现象中的各项因素，建立合理的力学模型；应用动力学的理论(质点运动微分方程、动量定理、动量矩定理、刚体平面运动微分方程、拉格朗日方程等)建立描述力学现象的数学模型，并进行分析研究。

16.1　振动的基本理论

振动是指质点或质点系在其平衡位置附近所做的一种往复性运动。如钟摆的摆动、船舶和车辆的颠簸、机床和机器的颤动、地震引起的建筑物的摇晃以及石油化工行业中输流管道的晃动等。很多情况下振动是有害的：它产生噪声、降低机床加工精度、引起设备的疲劳破坏，甚至由此引起重大工程事故。但振动也有可以利用的一面，例如，利用摆的等时性制造钟表，利用振动来造型、送料、夯实及除尘等。

振动系统是指受到扰动能够产生振动现象的系统。一个系统能否产生振动现象由系统的内在特性和外界扰动两方面决定。

16.1.1　单自由度系统的自由振动

单自由度系统是指仅需一个参数即可唯一确定其位置的系统。工程中的许多振动问题均可化简为单自由度系统进行研究，如单摆的往复运动(图 16-1)、由于电动机转子偏心而引起的悬臂梁的振动(图 16-2)等。可以证明，单自由度系统的振动均可抽象为**质量-弹簧(谐振子)**力学模型(图 16-3)进行描述和分析。

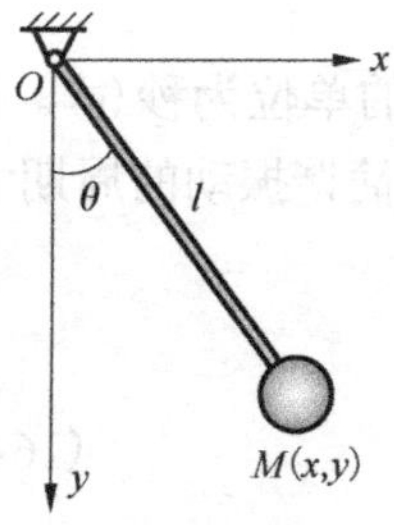

图 16-1

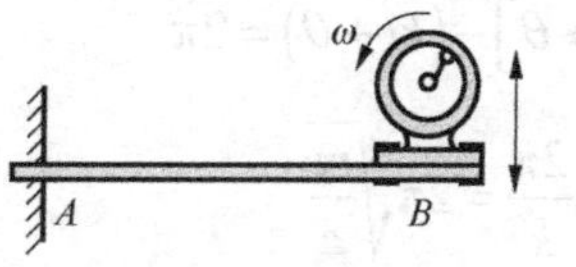

图 16-2

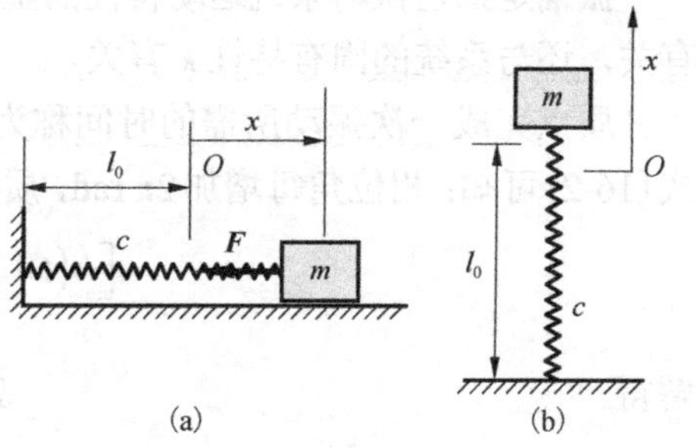

图 16-3

一个振动系统受到扰动就会发生振动，若将图 16-3(a)中的质量块从其平衡位置移开一段距离(初始位移干扰)后再将其释放，质量块将在其平衡位置附近做往复运动。质量块偏离平衡位置后会受到弹簧的弹性力作用，此力总是指向平衡位置，并驱使质量块向平衡位置运动，这种总是指向平衡位置的力称为**恢复力**。在恢复力的作用下，当质量块回到平衡位置时，已具有一定的速度，由于质量块的惯性，它将冲过平衡位置而再一次形成偏离。如此不断重复就产生了振动现象。因此，恢复力与惯性是系统产生振动的内因，而扰动是系统产生振动的外因。

1. 质点的自由振动

振动系统在受到暂时性扰动后，仅在恢复力的驱动下维持的振动称为**自由振动**。

在图 16-3(a)中，设弹簧原长为 l_0，刚性系数为 c，质点的质量为 m。在质点的运动方向上，它只受到弹性恢复力的作用。取平衡位置 O 为坐标原点，x 轴向右为正。力 $\boldsymbol{F}$ 在 x 轴上的投影与坐标 x 之间有如下关系：

$$F_x = -cx$$

该质点的运动微分方程为　$m\ddot{x} = -cx$

引入常数 $k^2 = \dfrac{c}{m}$，则上式可改写为标准形式：

$$\ddot{x} + k^2 x = 0 \tag{16-1}$$

式(16-1)即为**质点自由振动微分方程**。这是一个二阶常系数线性齐次微分方程，由微分方程理论可知它的通解为

$$x = A\sin(kt + \theta) \tag{16-2}$$

式(16-2)为质点自由振动的位移响应，可见质点的自由振动是简谐运动。其中 $k = \sqrt{\dfrac{c}{m}}$；A 称为自由振动的**振幅**，表示简谐运动时质点偏离平衡位置的最大距离；θ 称为响应的**初相位**，$kt + \theta$ 称为**相位角**，单位为弧度(rad)。对于确定的系统，振幅 A 和初相位 θ 均为由运动初始条件所决定的积分常数。设 $t = 0$ 时，$x = x_0$，$\dot{x} = v_0$，则上述两个积分常数分别为

$$A = \sqrt{x_0^2 + \left(\frac{v_0}{k}\right)^2}, \qquad \theta = \arctan\frac{kx_0}{v_0} \tag{16-3}$$

振幅是描述振动系统运动特性的重要指标。在自由振动中，振幅不仅与运动的初始条件有关，还与系统的固有特性 k 有关。

质点完成一次振动所需的时间称为**周期**，通常用字母 T 表示，周期的单位为秒(s)。由式(16-2)可知：相位角每增加 2π rad，质点完成一次振动，由此可方便求得简谐振动的周期 T：

$$\left[k\left(t+T\right)+\theta\right]-\left(kt+\theta\right)=2\pi$$

解得

$$T = \frac{2\pi}{k} = 2\pi\sqrt{\frac{m}{c}} \tag{16-4}$$

周期的倒数，即 1s 内振动的次数称为**振动频率**，用字母 f 表示，其单位为赫兹(Hz)。

$$f = \frac{1}{T} = \frac{k}{2\pi} = \frac{1}{2\pi}\sqrt{\frac{c}{m}} \tag{16-5}$$

由此可知

$$k = 2\pi f \tag{16-6}$$

k 称为振动的**圆频率**，单位为弧度 / 秒(rad/s)，也可理解为质点在 2π s 内振动的次数。

由式(16-5)和式(16-6)可知：自由振动的频率f和圆频率k只与振动系统的刚性(c)和惯性(m)有关，而与运动的初始条件无关。故f又称为振动系统的**固有频率或自然频率**；k又称为振动系统的**固有圆频率**，有时也简称**固有频率**。

系统的固有频率是描述系统特性的重要参数，由式(16-5)可知，在保持参与振动的惯性(质量)不变的情况下，若增加系统的刚性，则系统的固有频率会提高；反之，在保持系统刚性不变的情况下，增加参与振动的惯性(质量)，系统的固有频率会降低。

2. 常力对自由振动的影响

下面通过实例，讨论常力对自由振动的影响。

例16-1　图16-4(a)所示为一质量为m、长为l的匀质杆。已知与杆连接的弹簧的刚性系数为c。若杆在水平位置保持平衡，试建立该系统做微幅振动时的运动微分方程，并求出该系统的振动频率。

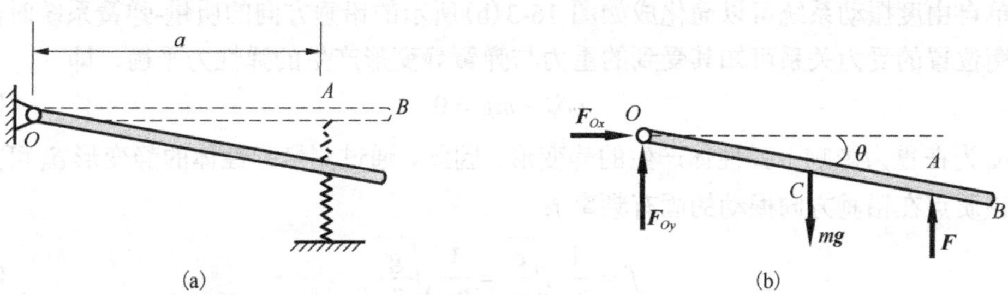

图16-4

解　当杆在水平位置平衡时，可由平衡条件计算出弹簧的静变形量为

$$\delta_{st}=\frac{mgl}{2ac} \tag{16-7}$$

以相对平衡位置的转角θ描述杆的位置，由图16-4(b)，建立转动方程：

$$J_O\ddot{\theta}=mg\frac{l}{2}\cos\theta-Fa\cos\theta$$

式中，$F=c\left(\delta_{st}+a\sin\theta\right)$；$J_O=\frac{1}{3}l^2m$。上式进一步化为

$$\ddot{\theta}+\frac{3a^2c}{ml^2}\sin\theta\cos\theta=0 \tag{16-8}$$

可见杆做摆振的方程为非线性方程。当系统做微幅振动时，由于$\sin\theta\approx\theta$，$\cos\theta\approx1$，代入式(16-8)，得

$$\ddot{\theta}+\frac{3a^2c}{l^2m}\theta=0 \tag{16-9}$$

将式(16-9)与自由振动的标准方程(式(16-1))比较，可知其振动频率为

$$k=\frac{a}{l}\sqrt{\frac{3c}{m}} \tag{16-10}$$

讨论 通过例 16-1 至少可认识到以下三点。

首先，将式(16-9)与式(16-1)比较可知该振动系统与质量-弹簧振动系统的控制方程为同一形式的微分方程，因此单自由度的质量-弹簧系统的动力学性态可以代表许多单自由度系统微幅振动的特征。

其次，大多数实际振动问题都是非线性的。只有在系统做微幅振动的情况下才有可能将其简化为线性系统来研究。

最后，从例 16-1 中可以看出：当取系统的静平衡位置为广义坐标原点时，可以简化方程。对于线性系统，常力仅改变系统的平衡位置，并不影响系统的动力特性。

3. 固有频率的计算与测量

测定与计算振动系统的固有频率 k 在工程上有重大的意义。下面介绍几种常用的方法。

1) 静变形法

当单自由度振动系统可以简化成如图 16-3(b)所示的铅垂方向的质量-弹簧系统时，由系统在平衡位置的受力关系可知其受到的重力与弹簧静变形产生的弹性力平衡，即

$$c\delta_{st} - mg = 0 \tag{16-11}$$

式中，δ_{st} 为在重力影响下弹性体产生的静变形，因此，通过测量弹性体的静变形 δ_{st} 可方便地计算出该质点在铅垂方向振动的固有频率 f：

$$f = \frac{1}{2\pi}\sqrt{\frac{c}{m}} = \frac{1}{2\pi}\sqrt{\frac{g}{\delta_{st}}} \tag{16-12}$$

例如，已知火车车厢引起的支持弹簧的静变形(压缩量) $\delta_{st} = 25\text{cm}$，由式(16-12)可计算出车厢沿铅垂方向的振动频率为

$$f = \frac{1}{2\pi}\sqrt{\frac{g}{\delta_{st}}} = \frac{1}{2\pi}\sqrt{\frac{980}{25}} \approx 1(\text{Hz})$$

2) 等效刚度法

设一个受到双面、定常、几何约束的质点系只具有一个自由度，若只研究其在稳定的平衡位置附近的微幅振动。可采用一个广义坐标 q 描述其位置，现将坐标原点取在平衡位置，将该系统的动能 T 和势能 V 在平衡位置附近($q=0$)处展开为泰勒级数，由于仅研究微幅振动，故只保留二阶微量。由 15.2 节可知，在定常约束下该系统的动能和势能分别为

$$T = T_2 = \frac{1}{2}A(q)\dot{q}^2 = \frac{1}{2}\left[A(0) + A'(0)q + \frac{1}{2}A''(0)q^2 + \cdots\right]\dot{q}^2 \approx \frac{1}{2}A(0)\dot{q}^2 \tag{16-13}$$

$$V = V(q) = V(0) + V'(0)q + \frac{1}{2}V''(0)q^2 + \cdots \approx \frac{1}{2}V''(0)q^2 \tag{16-14}$$

将系统的零势能面取在静平衡位置，$V(0)=0$。又因势能在静平衡位置处取驻值，$V'(0)=0$。而在平衡位置系统处于稳定的平衡状态，$V''(0)>0$。所以，以上两式中的 $V''(0)$ 和 $A(0)$ 均为正的常数。令 $A(0)=m^*$ 称为**等效质量**；令 $V''(0)=c^*$ 称为**等效刚度**。由拉格朗日方程可得到该系统在其稳定平衡位置附近做微幅振动时的运动微分方程为

$$m^*\ddot{q} + c^*q = 0 \quad 或 \quad \ddot{q} + k^2q = 0 \tag{16-15}$$

式中，$k=\sqrt{\dfrac{c^*}{m^*}}$。因此，只要能够得到系统的等效刚度和等效质量即可求得其固有频率。例如，图 16-5 中所示的质量-弹簧系统的固有频率均可应用此方法求得，请读者自行验证。

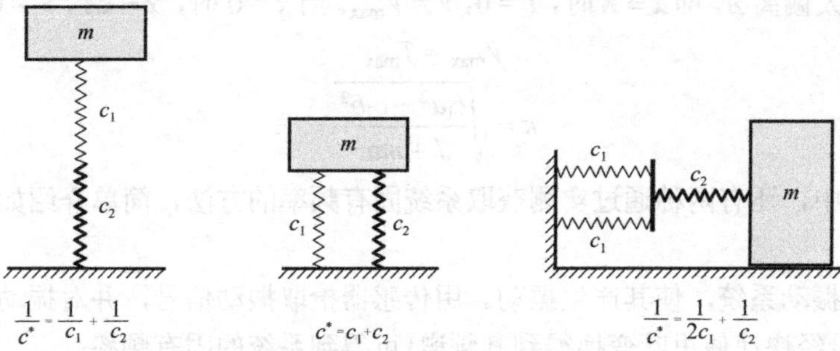

图 16-5

一般情况下，对于单自由度线性系统，通常做法是应用各种动力学基本理论(动能定理、动量定理、动量矩定理、拉格朗日方程及达朗贝尔原理等)建立其运动微分方程。由方程中的惯性系数和刚度系数可得到系统的等效质量和等效刚度，从而求得系统的固有频率，读者可应用这一思路求例 16-1 中摆杆系统的固有频率。

3) 能量法

若略去阻尼的影响，自由振动系统属于保守系统，即从能量的角度分析自由振动过程可知：系统的机械能守恒。但是系统的动能与势能在不断交替地变化着，当系统经过平衡位置时，速度最大，因而动能达到最大值，此时系统的势能处于最小值；反之当系统运动到偏离平衡位置最远时，势能达到最大值，动能为零。若取系统的平衡位置为势能零点，则有

$$T_{\max}=V_{\max}$$

由系统的位移响应理论解 $x=A\sin(kt+\theta)$，可得其速度响应为 $\dot{x}=Ak\cos(kt+\theta)$，它们的最大值分别为：$x_{\max}=A$ 和 $\dot{x}_{\max}=Ak$。代入上式即可解得系统的固有频率。

例 16-2　图 16-6 表示一种记录铅垂振动的测振仪。振动感应物块 M 的质量为 m，下端用刚度系数为 c_1 的弹簧连接在外壳上，上端 A 点与铰接于外壳 O 点上的 L 形杠杆 AOB 相连。杠杆绕 O 轴的转动惯量为 J。在 B 处用刚度为 c_2 的弹簧连接于外壳。已知：$AO=a$，$BO=b$。求系统的固有频率。

解　该测振仪为单自由度振动系统，现用能量法求其固有频率。

取系统的平衡位置为坐标原点。振动感应块的位置用 x 表示，杠杆的转角用 φ 表示，当系统做微幅振动时，有如下几何关系：

$$\varphi=\frac{x}{a} \tag{16-16}$$

系统的动能为

$$T=\frac{1}{2}m\dot{x}^2+\frac{1}{2}J\dot{\varphi}^2=\frac{1}{2}\left(m+\frac{J}{a^2}\right)\dot{x}^2 \tag{16-17}$$

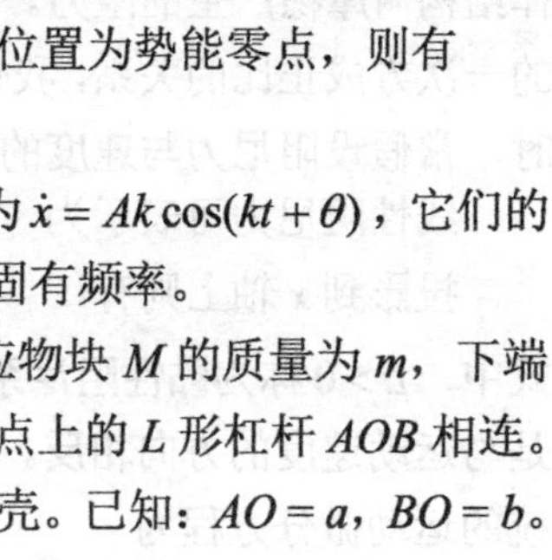

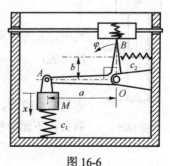

图 16-6

取平衡位置为势能零点，则任一位置的势能为

$$V=\frac{1}{2}c_1x^2+\frac{1}{2}c_2\left(b\varphi\right)^2=\frac{1}{2}\left(c_1+c_2\frac{b^2}{a^2}\right)x^2 \tag{16-18}$$

当 x 达到最大偏离 A，即 $x=A$ 时，$T=0$，$V=V_{\max}$。当 $x=0$ 时，$\dot{x}=kA$，$V=0$，而 $T=T_{\max}$。令

$$V_{\max}=T_{\max}$$

可得到

$$k=\sqrt{\frac{c_1a^2+c_2b^2}{J+ma^2}} \tag{16-19}$$

在工程实际中，还有两种通过实测获取系统固有频率的方法，简单介绍如下。

4) 敲击法

用锤子敲击振动系统，使其产生振动。用传感器拾取振动信号，并对振动信号进行频谱分析(将时域信号经快速傅里叶变换得到其频谱)可得到系统的固有频率。

5) 正弦扫描法

用按正弦规律变化的力或位移对振动系统进行激励，并且从低到高连续缓慢改变激励频率，观察并拾取系统的振动响应信号。由 16.1.3 节中讲述的共振现象，可逐一识别出系统的各阶固有频率。

16.1.2　阻尼对自由振动的影响

真实的振动系统中总是存在着各种阻碍运动的力，这些与系统运动有关的阻力统称为**阻尼**。阻尼的存在一般情况下必然消耗振动系统的能量使振幅不断衰减。阻尼来自多方面，有些是系统受到的周围介质的作用，如空气、水、油等，或是接触面之间的摩擦力，也有弹性体结构内摩擦产生的阻力。实践证明，当运动速度不太大时，阻尼力可近似地表示成与速度的一次方成正比的关系，我们称这类阻尼力为**线性阻尼**，也称为**黏性阻尼**(当运动的速度较大时，常假设阻尼力与速度的二次方成正比)，本章只研究线性阻尼力对自由振动的影响。

线性阻尼力可表示为

$$\boldsymbol{F}_{\mathrm{R}}=-\mu\boldsymbol{v}$$

投影到 x 轴上则有

$$F_{\mathrm{R}x}=-\mu\dot{x} \tag{16-20}$$

式中，$\mu>0$ 称为**黏性阻尼系数**。它与物体的外形尺寸及介质的黏性有关，负号表示阻尼力总是与运动速度的方向相反。考虑线性阻尼的自由振动系统的力学模型如图 16-7 所示，此时系统的运动微分方程为

$$m\ddot{x}+\mu\dot{x}+cx=0 \tag{16-21}$$

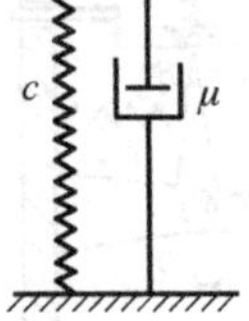

图 16-7

令

$$k^2=\frac{c}{m},\quad \xi=\frac{\mu}{2mk}$$

式中，k 为无阻尼自由振动的固有圆频率；ξ 称为**阻尼比**。微分方程可写成标准形式：

$$\ddot{x}+2\xi k\dot{x}+k^2x=0 \tag{16-22}$$

方程(16-22)为二阶常系数线性齐次微分方程，**该方程解的形式与阻尼比的大小有关**，下面分别讨论。

1. 小阻尼情况

若$\xi<1$，称为小阻尼情况，方程的解为

$$x = Ae^{-\xi kt}\sin\left(k\sqrt{1-\xi^2}t+\theta\right) \tag{16-23}$$

位移响应x随时间的变化规律如图 16-8(a)所示。图中呈现出一个振幅按$Ae^{-\xi kt}$变化的衰减振动，虽然质点的运动情况不再做周期性重复，但质点连续两次按同一方向通过平衡位置所经历的时间间隔T_1仍然是一常数，并称其为**有阻尼自由振动的周期**，即

$$T_1 = \frac{2\pi}{k\sqrt{1-\xi^2}} \tag{16-24}$$

而

$$k_1 = \frac{2\pi}{T_1} = k\sqrt{1-\xi^2} \tag{16-25}$$

称为**有阻尼自由振动的固有圆频率**。因此，阻尼对自由振动的振幅及频率均有影响。

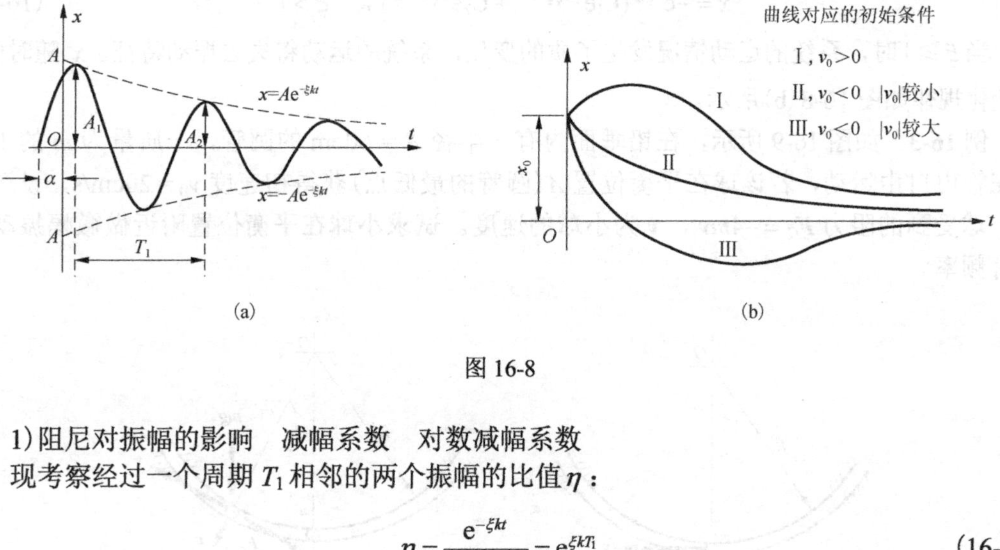

(a)　(b)

图 16-8

1)阻尼对振幅的影响　减幅系数　对数减幅系数

现考察经过一个周期T_1相邻的两个振幅的比值η：

$$\eta = \frac{e^{-\xi kt}}{e^{-\xi k(t+T_1)}} = e^{\xi kT_1} \tag{16-26}$$

从式(16-26)可知，比值η为一常数，称其为**减幅系数**，对η取自然对数，得

$$\delta = \ln\eta = \xi kT_1 \tag{16-27}$$

δ称为**对数减幅系数**或**对数衰减系率**。η和δ都是描述有阻尼自由振动振幅衰减程度的量，例如，当$\xi=0.05$时，这两个量分别为

$$\delta = \xi kT_1 = \xi k\frac{2\pi}{k\sqrt{1-\xi^2}} = 0.05k\frac{2\pi}{k\sqrt{1-0.05^2}} = 0.3145$$

$$\eta = e^{\delta} = 1.37$$

而

$$\eta^{10} = 23.3$$

可见，每振动一次其振幅衰减至上次的 1/1.37，经过 10 次振动，振幅将只有原来的 1/23.3，这表明阻尼能使自由振动的振幅迅速衰减。

2) 阻尼对振动频率的影响

从 $k_1 = k\sqrt{1-\xi^2}$ 可知，阻尼的存在使自由振动的固有频率有所降低，或阻尼使自由振动的周期变长。以 $\xi = 0.05$ 为例，k_1 和 T_1 的具体值如下：

$$k_1 = k\sqrt{1-0.05^2} = 0.9987k\,,\quad T_1 = \frac{2\pi}{k\sqrt{1-0.05^2}} = 1.0013T$$

工程中的振动系统多数情况下都属于小阻尼系统，故小阻尼对系统的固有频率（或振动周期）的影响可忽略不计，通常可用无阻尼固有频率来近似作为实际系统的固有频率。

2. 临界阻尼情况和大阻尼情况

当 $\xi = 1$ 及 $\xi > 1$ 时，分别称为临界阻尼情况和大阻尼情况。

随着阻尼的增大，振幅的衰减也进一步加快，这两种情况下方程(16-22)的解分别为

$$x = \mathrm{e}^{-\xi kt}(C_1 t + C_2)\,,\quad \xi = 1 \tag{16-28}$$

$$x = -\mathrm{e}^{-\xi kt}(C_1\mathrm{e}^{-k\sqrt{\xi^2-1}t} + C_2\mathrm{e}^{k\sqrt{\xi^2-1}t})\,,\quad \xi > 1 \tag{16-29}$$

当 $\xi \geqslant 1$ 时，系统的运动情况发生了质的变化，系统的运动将失去振动特征。x 随时间 t 的变化规律如图 16-8(b) 所示。

例 16-3　如图 16-9 所示，在铅垂面内有一半径 $R = 60\text{cm}$ 的圆管，一质量为 m 的小球可在管内自由运动，若该球在平衡位置 A（圆管的最低点）获得初速度 $v_0 = 20\text{cm/s}$，设运动时小球受到的阻力 $\boldsymbol{F}_C = -4m\boldsymbol{v}$，$\boldsymbol{v}$ 为小球的速度。试求小球在平衡位置附近做微幅振动的固有频率。

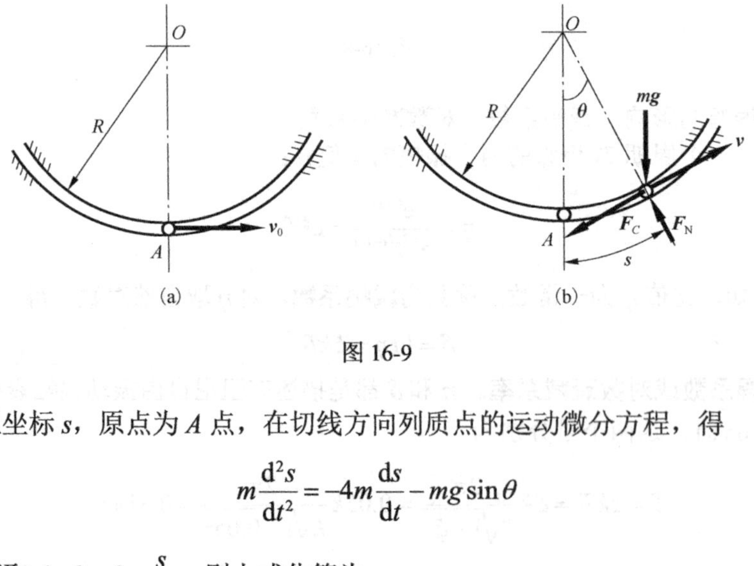

图 16-9

解　取弧坐标 s，原点为 A 点，在切线方向列质点的运动微分方程，得

$$m\frac{\mathrm{d}^2 s}{\mathrm{d}t^2} = -4m\frac{\mathrm{d}s}{\mathrm{d}t} - mg\sin\theta$$

由微幅振动可取 $\sin\theta \approx \theta = \dfrac{s}{R}$，则上式化简为

$$\ddot{s} + 4\dot{s} + \frac{g}{R}s = 0$$

将上式与标准方程式(16-22)比较可知，$2\xi k = 4$，$\xi = \dfrac{2}{k}$，$k^2 = \dfrac{g}{R}$，即

$$k = \sqrt{\frac{g}{R}} = \sqrt{\frac{9.81}{0.60}} = 4.04(\text{rad/s}), \quad k_1 = k\sqrt{1-\xi^2} = 4.04 \times \sqrt{1-\left(\frac{2}{4.04}\right)^2} = 3.5(\text{rad/s})$$

可见，阻尼使自由振动的频率有明显降低。

16.1.3　单自由度系统的受迫振动、共振

我们将系统受到持续的干扰作用下产生的振动称为**受迫振动**。例如，安装在悬臂梁上的电动机(图 16-2)，由于不可避免地存在着制造和安装误差等因素，转子将具有一定量的偏心，设其偏心距为 e，若暂不考虑阻尼的影响，则该系统可简化为如图 16-10 所示的力学模型。设转子的角速度为 ω，质量为 m，则转轴上将受到惯性力 $Q = me\omega^2$ 的作用。它的铅垂分量为 $Q_y = em\omega^2 \sin(\omega t)$，该系统将在这一干扰力的作用下做受迫振动。干扰力的种类很多，类似于本例的这种简谐干扰力在工程中较为常见，研究在简谐干扰下的受迫振动可作为研究其他类型的受迫振动的基础，因此，本节仅讨论系统在简谐干扰作用下的受迫振动。图 16-10 中的干扰力可写成如下的一般形式：

$$F_y = H\sin(pt)$$

式中，H 称为力幅；p 表示干扰力频率。该系统的运动微分方程为

$$m\ddot{y} = -cy + H\sin(pt)$$

仍令 $k^2 = \dfrac{c}{m}$，并设 $h = \dfrac{H}{m}$，h 表示单位质量所受的最大干扰力。于是，方程可写成标准形式：

$$\ddot{y} + k^2 y = h\sin(pt) \tag{16-30}$$

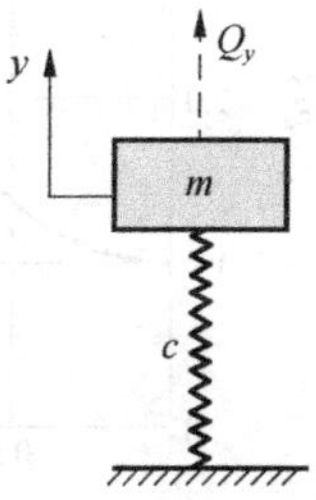

图 16-10

这是二阶线性常系数非齐次微分方程。它的通解可以写成

$$y = y_1 + y_2$$

式中，y_1 为齐次方程的通解；y_2 为非齐次方程的一个特解。其形式分别为

$$y_1 = A\sin(kt+\theta), \quad y_2 = B\sin(pt)$$

将 y_2 的表达式代入方程(16-30)，可得

$$-p^2 B\sin(pt) + k^2 B\sin(pt) = h\sin(pt)$$

可以定出

$$B = \frac{h}{k^2 - p^2} \tag{16-31}$$

因此，方程(16-30)的通解可具体表示为

$$x = A\sin(kt+\theta) + \frac{h}{k^2-p^2}\sin(pt) \tag{16-32}$$

式中，A、θ 为积分常数，仅由运动的初始条件决定。

由式(16-32)可知，系统的位移响应由两项组成。第一项为自由振动响应，无阻尼情况下为等幅周期振动；小阻尼情况下为衰减振动，终将衰减消失。因此，当系统的运动进入稳态后，只有第二项存在。故稳态的受迫振动的位移响应为

$$x = \frac{h}{k^2 - p^2}\sin(pt) \tag{16-33}$$

从形式上看，受迫振动的响应为简谐运动，但本质上与自由振动响应完全不同。稳态的受迫振动是振幅恒定的振动，但振动频率总与干扰力的频率相同。受迫振动的振幅表达式可改写为

$$|B| = \frac{h}{|k^2 - p^2|} = \frac{h}{k^2|1-\lambda^2|} = \frac{\dfrac{H}{m}}{\dfrac{c}{m}|1-\lambda^2|} = \frac{\dfrac{H}{c}}{|1-\lambda^2|} = \frac{B_0}{|1-\lambda^2|}$$

式中，$\lambda = p/k$ 为频率比；常数 $B_0 = \dfrac{H}{c}$ 的意义是力幅作用在系统上时引起的弹簧的“静变形”。

上式表明，受迫振动的振幅 B 与干扰力的力幅 H 成正比，并且与干扰力的频率 p 密切相关。现着重研究振幅与频率之间的关系。振幅 B 与“静变形” B_0 的比值为

$$\frac{|B|}{B_0} = \frac{1}{|1-\lambda^2|} \tag{16-34}$$

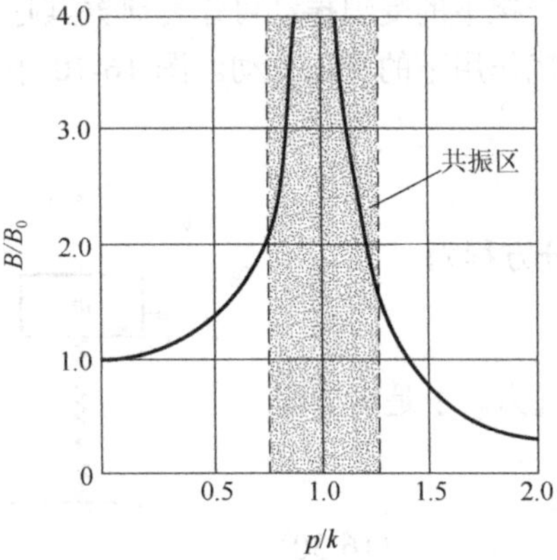

图 16-11

该比值只与频率比λ有关。此关系可绘成图 16-11 所示的曲线，称为幅频曲线。

由式(16-34)或图 16-11 可得出如下重要结论。

(1)当干扰频率与系统的固有频率相等时，受迫振动的振幅趋于无限大。这种现象称为**共振**。此时，方程(16-30)的特解为 $y_2^* = -\dfrac{1}{2}B_0kt\cos(kt)$，振幅随时间不断增大。

共振现象是受迫振动特有的现象，也是分析振动问题时首先需要考虑的问题。若设计不当，机器和建筑物都可能发生共振，从而造成机器不能正常工作或建筑物破坏的严重事故。然而，如果恰当地利用共振原理，可以制造一些类似振动送料机的这类机械设备，使能耗降低而效率提高。

(2)只要 p 落入 k 的附近区域，振幅 B 的值就比较大，这个区域称为**共振区**。共振区的范围一般取 $0.75 \leqslant \lambda \leqslant 1.25$。

(3)当干扰力频率超出固有频率很多，即 $p \gg k$ 时，B 将趋于零，系统将“几乎不动”。实际上，$p \geqslant 2.5k$ 后，振幅显著减小，它随频率比的变化也渐趋缓慢。

例 16-4 图 16-12 所示一电动机安装在由弹簧所支承的平台上，电动机与平台的总质量 $m_1 = 98\text{kg}$，弹簧的总刚度系数 $c = 686\text{N/cm}$，电动机轴上有一偏心质量 $m_2 = 1\text{kg}$，偏心距 $e = 10\text{cm}$，电动机转速 $n = 2000\text{r/min}$。试求：(1)平台的振幅；(2)发生共振时的电动机转速。

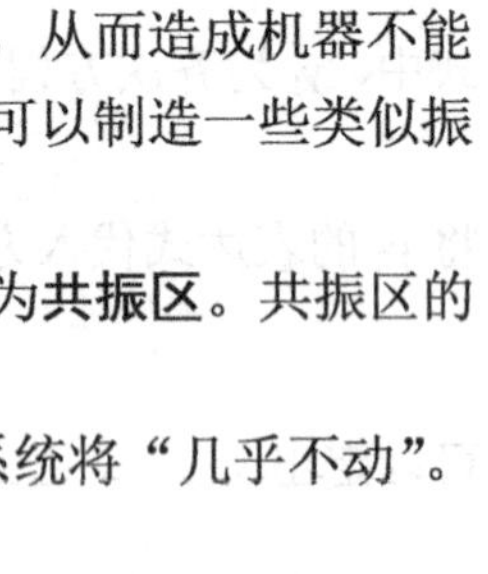

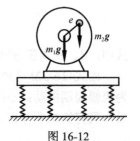

图 16-12

解 (1)取静平衡位置为坐标原点，x 轴向上为正，则系统的振动微分方程为

$$m_1\ddot{x} + cx = m_2e\omega^2\sin(\omega t)$$

激励频率为 $\omega=\dfrac{\pi n}{30}=\dfrac{1}{30}\pi\times 2000=209.44(\text{rad/s})$

系统固有频率为 $k=\sqrt{\dfrac{c}{m_1}}=\sqrt{\dfrac{68600}{98}}=26.458(\text{rad/s})$

对于平台振幅，由式(16-34)有

$$|B|=\frac{\dfrac{H}{c}}{\left|1-\left(\dfrac{p}{k}\right)^2\right|}=\frac{\dfrac{m_2e\omega^2}{c}}{\left|1-\left(\dfrac{\omega}{k}\right)^2\right|}=\frac{\dfrac{1\times 0.1\times 209.44^2}{68600}}{\left|1-\left(\dfrac{209.44}{26.458}\right)^2\right|}=1.037(\text{mm})$$

(2) 当 $\omega=k$ 时，发生共振，此时电动机转速为

$$n_c=60\frac{k}{2\pi}=60\times\frac{26.458}{2\pi}\approx 252.66(\text{r/min})$$

讨论　凡是包括转动部件在内的振动系统，它的转速(通常就是干扰力的频率)不可与系统的固有频率重合或接近，否则系统就要发生共振。使系统发生共振的转速，在工程上称为**临界转速**。在实际问题中，一般要避免机器在临界转速及其附近运行。本例中电机的工作转速为 $n=2000\text{r/min}$，显然远远大于系统的临界转速，故该系统能够平稳运行。

对于单自由度振动系统，系统的固有频率只有一个。但是对于如图 16-13(a)所示的转子系统，已不能再粗略地简化为单自由度振动系统，而必须简化成由若干个集中质量(如 n 个)和一根仅有弹性而无质量的梁所组成的多自由度振动系统(图 16-13(b))。该系统的固有频率相应地有 n 阶，因此，其临界转速也就有 n 个，从低到高排列这些临界转速分别称为：一阶临界转速、二阶临界转速……具体的计算方法在有关振动理论的专著中一般均有介绍。

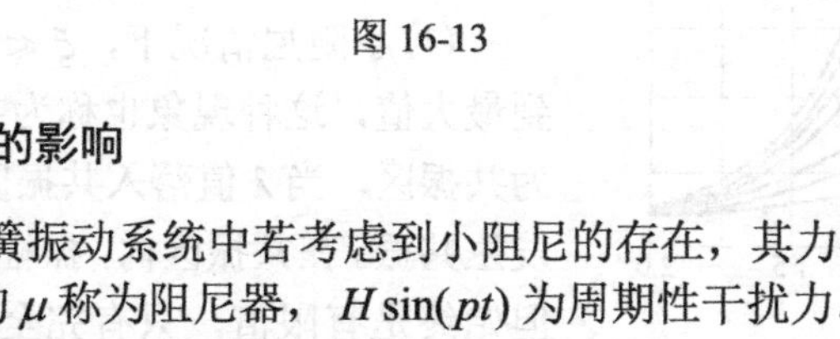

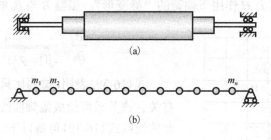

图 16-13

16.1.4　阻尼对受迫振动的影响

在单自由度质量-弹簧振动系统中若考虑到小阻尼的存在，其力学模型可抽象为图 16-14 所示的力学系统。图中的 μ 称为阻尼器，$H\sin(pt)$ 为周期性干扰力。

设 $F_{Rx}=-\mu\dot{x}$，该系统的运动微分方程为

$$m\ddot{x}=-cx-\mu\dot{x}+H\sin(pt)$$

引入常数：　$k^2=\dfrac{c}{m}$，　$n=\dfrac{\mu}{2m}$，　$h=\dfrac{H}{m}$，　$\xi=\dfrac{n}{k}$

方程可写为标准形式：

$$\ddot{x}+2\xi k\dot{x}+k^2x=h\sin(pt) \tag{16-35}$$

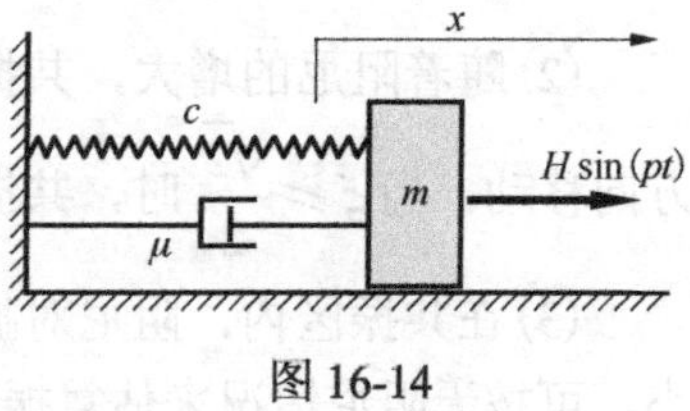

图 16-14

由微分方程理论可知，该二阶常系数线性微分方程的解由齐次方程的通解和一个非齐次方程的特解两部分构成。

在$\xi<1$的情况下，与方程(16-35)对应的齐次方程的通解为

$$x_1 = Ae^{-\xi kt}\sin\left(k\sqrt{1-\xi^2}t+\theta\right)$$

方程(16-35)的一个特解可设为$x_2 = B\sin\left(pt-\beta\right)$，代入方程(16-35)可定出常数$B$、$\beta$：

$$\begin{cases} B = \dfrac{h}{\sqrt{(k^2-p^2)^2+4\xi^2k^2p^2}} \\ \beta = \arctan\dfrac{2\xi kp}{k^2-p^2} \end{cases} \tag{16-36}$$

因此，有阻尼受迫振动的响应为

$$x = Ae^{-\xi kt}\sin\left(k\sqrt{1-\xi^2}t+\theta\right)+B\sin(pt-\beta) \tag{16-37}$$

式(16-37)中的第一项描述了响应的衰减振动部分，常数A和θ可由系统的初始条件确定。随着时间的增加，这一项将消失，这时系统的响应中只留下描述受迫振动的稳态响应部分，即

$$x = B\sin(pt-\beta) \tag{16-38}$$

下面分别讨论振幅及相位随频率比($\lambda=\dfrac{p}{k}$)变化的规律。

1. 幅频曲线

引入$B_0=\dfrac{H}{c}$代表常力H作用下弹簧的“静变形”。振幅B与B_0的比值可写成

$$\frac{B}{B_0}=\frac{1}{\sqrt{(1-\lambda^2)^2+4\xi^2\lambda^2}} \tag{16-39}$$

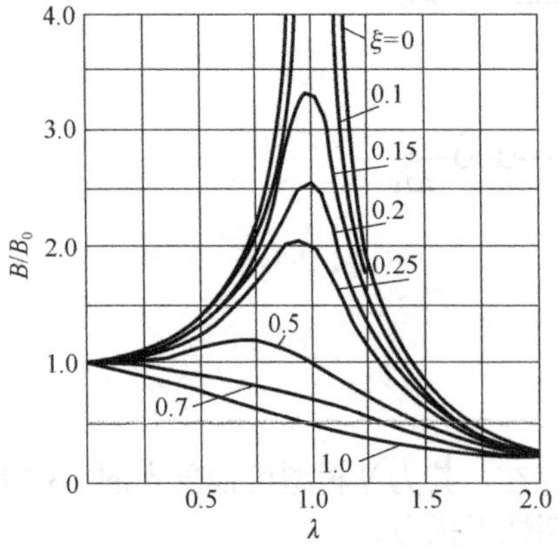

图 16-15

式(16-39)表明，振幅比只与频率比λ和阻尼比ξ有关。该关系可绘成幅频曲线，如图16-15所示。由此曲线或式(16-39)可得以下一些重要结论。

(1)小阻尼情况下，$\xi\ll1$，则当$\lambda\approx1$时，振幅达到最大值，这种现象也称为共振。$0.75\leqslant\lambda\leqslant1.25$称为共振区，当$\lambda$值落入共振区时，在工程上称系统已发生共振。在共振区内，振幅随阻尼的减小增长很快，但始终是有限值，只有完全无阻尼($\xi=0$)时，共振振幅才趋于无限大。

(2)随着阻尼的增大，共振时的振幅将迅速降低，同时，发生共振时的频率逐渐向低频方向移动。当$\xi\geqslant\dfrac{\sqrt{2}}{2}$时，共振现象将消失。

(3)在共振区内，阻尼对振幅有明显的抑制作用。在共振区外，阻尼对振幅的影响比较小，可按无阻尼情况来估算振幅。

(4) 当 $\lambda \gg 1$ 时，振幅 $B \to 0$。实际上，从 $\lambda > \sqrt{2}$ 开始，已有 $B < B_0$。当 $\lambda > 2.5$ 以后，$\dfrac{B}{B_0}$ 将显著小于 1。

2. 相频曲线

受迫振动响应 $x = B\sin(pt-\beta)$ 与干扰力 $F = H\sin(pt)$ 之间的相位差为 β，根据式(16-36)可知，此相位差只与频率比 λ 及阻尼比 ξ 有关，与干扰力幅 H 无关。将 β 的表达式改写为

$$\beta = \arctan\frac{2\xi\lambda}{1-\lambda^2} \tag{16-40}$$

β 随频率比 λ 和阻尼比 ξ 变化的曲线，称为相频曲线，如图 16-16 所示。随着干扰力频率从零开始增加，β 在 0～π 内变化；当 $\lambda=1$ 时，无论阻尼大小如何，$\beta \equiv \pi/2$，即质点的速度始终与干扰力的方向相同，在振动试验中，可以依据这一特征判断系统是否发生共振。

值得注意的一个现象是：若阻尼比 ξ 取值在 0.65～0.70，当 $0<\lambda<1$ 时，β 与 λ 成正比。这一特性在测量仪器中可被用来减少测量的失真。

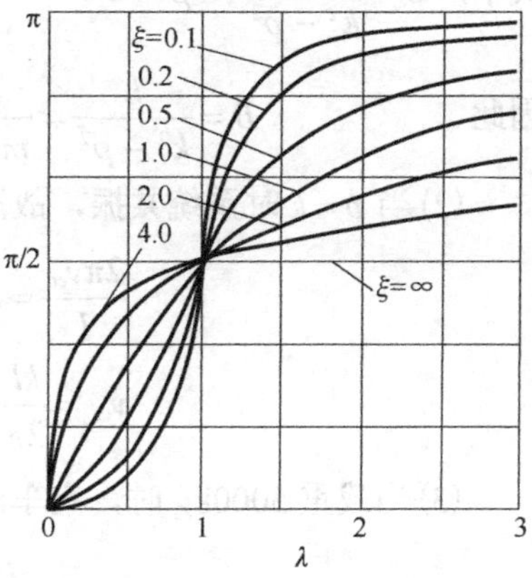

图 16-16

3. 位移干扰

振动系统除由周期性的力干扰引起受迫振动外，也常由周期性的位移干扰引起受迫振动。例如，地震引起建筑结构物摇晃，厂房地面的振动引起放置在桌面上的测量仪器的振动，由于道路的凹凸不平引起了行驶在其上的车辆的振动等。

作为位移干扰受迫振动的例子之一，我们研究在波形路面上行驶的车辆的振动问题。

例 16-5　设路面波形可以表示为 $\delta = \delta_0\sin(2\pi x/l)$，已知 $\delta_0 = 10\text{cm}$，$l = 12\text{m}$，汽车的质量 $m = 2500\text{kg}$，弹簧的等效刚度系数 $c = 280\text{kN/m}$。在不计阻尼的情况下，试求：

(1) 若汽车以 $v = 36\text{km/h}$ 的速度行驶在此路面上，车体的振幅；

(2) 空载汽车行驶的临界速度；

(3) 汽车载重 5000kg 时的临界速度。

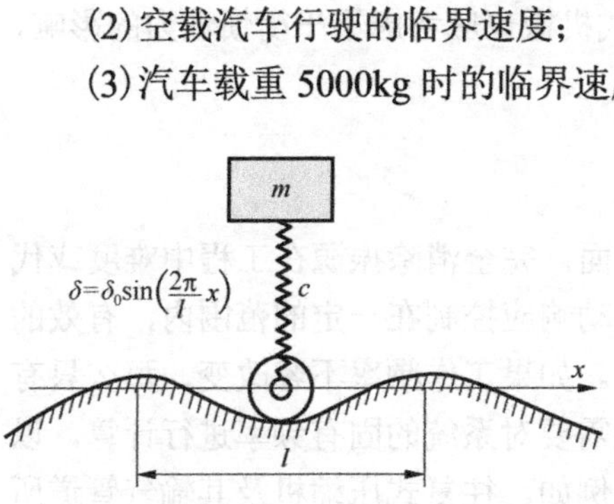

图 16-17

解　(1) 该问题的力学模型如图 16-17 所示。系统的固有频率为

$$k = \sqrt{\frac{c}{m}} = \sqrt{\frac{280\times1000}{2500}} = 10.58(\text{rad/s})$$

因汽车匀速行驶，路面的波形方程可写为

$$\delta = \delta_0\sin(2\pi x/l) = \delta_0\sin(2\pi vt/l) = \delta_0\sin(pt)$$

式中 $p = \dfrac{2\pi v}{l} = \dfrac{2\pi\times10}{12} = 5.2(\text{rad/s})$

质点的运动微分方程为

$$m\ddot{y} = -c(y-\delta) \quad 或 \quad m\ddot{y} = -cy + c\delta_0 \sin(pt)$$

写成标准形式为

$$\ddot{y} + k^2 y = h\sin(pt)$$

式中，$k^2 = \dfrac{c}{m}$；$h = \dfrac{c\delta_0}{m}$，这个典型的受迫振动方程的稳态解为

$$y = B\sin(pt - \beta)$$

式中，$B = \dfrac{h}{k^2 - p^2}$；$\beta = 0$。

因此

$$B = \frac{h}{k^2 - p^2} = \frac{c\delta_0}{m(k^2 - p^2)} = \frac{280 \times 1000 \times 0.1}{2500 \times (10.58^2 - 5.2^2)} = 13.2(\text{cm})$$

(2) 当 $p = k$ 时系统共振，故汽车的临界速度为

$$\frac{2\pi v_{cr}}{l} = k$$

$$v_{cr} = \frac{kl}{2\pi} = \frac{10.58 \times 12}{2\pi} = 20.2(\text{m/s}) \approx 72.7\text{km/h}$$

(3) 当载重 5000kg 时，汽车的临界速度为

$$v_{cr} = \frac{l}{2\pi}\sqrt{\frac{280 \times 1000}{7500}} = 11.67(\text{m/s}) \approx 42\text{km/h}$$

16.1.5 振动的消减和隔离

在工程中，当振动现象造成不利影响时需要对其采取一定的措施。因此，消除、减小或隔离振动成为重要的科学研究课题。

1. 消除振源

持久的干扰是产生受迫振动的根源，消除振源是消除受迫振动现象的“治本”措施。工程中多数情况下的振源是由运动机械中的不平衡质量引起的惯性力。为了从根本上解决这类受迫振动问题，在机械设计和制造时要尽量使不平衡的惯性力减小。因此，转动件必须进行静平衡与动平衡实验(对高速转子尤其重要)。对于往复式机械也应考虑不平衡惯性力的影响，但一般很难完全消除。

2. 避开共振区

对于振动系统，一方面，共振区客观存在；另一方面，完全消除振源在工程中难度或代价过大，即对系统的干扰很难完全避免。因此，要将振动响应控制在一定的范围内，有效的措施之一就是设法使工作频率(干扰频率)远离固有频率。如果工作频率不容改变，那么只有调整系统的固有频率。因此，往往在系统的设计阶段就需要对系统的固有频率进行计算，以便通过修改系统相关参数，使固有频率避开干扰频率。例如，往复式压缩机及其输气管道所构成的振动系统中，如果发生共振，而压缩机的工作频率又不容变动，就可以通过在适当的位置调整支撑刚度来实现对系统固有频率的调整，从而避开共振，抑制振动。

3. 利用阻尼

从图 16-15 可知，在共振区内，阻尼对受迫振动的振幅有明显的抑制作用。工程中通常采用以下方式给系统增加阻尼：

(1)将运动部件浸在黏性介质中，形成介质阻尼。

(2)增加有相对运动的接触面之间的摩擦系数。

(3)使闭合导体在磁场中运动，通过感应产生的涡流形成电磁阻尼。

(4)采用黏性阻尼材料，加大系统的结构阻尼。

4. 隔离振动

隔离振动分为两种情况：一种是将振动限制在振源附近的一个小范围内，从而减少其对周围环境的影响；另一种是切断或控制环境的振动对特定局部的影响(闹中取静)。首先，介绍与隔离振动相关的概念及计算方法。

1)振动传递率

(1)力激振的传递率。

设作用在图 16-18 所示系统上的力 $\boldsymbol{F}$ 为一按正弦规律变化的力，在该干扰力的作用下系统发生受迫振动，则其位移响应为

$$x = B\sin(pt-\beta)$$

则

$$\dot{x} = Bp\cos(pt-\beta)$$

因此，通过弹簧和阻尼器传递到支承结构上的力 $\boldsymbol{F}_{\mathrm{T}}$ 为

$$\boldsymbol{F}_{\mathrm{T}} = (cx+\mu\dot{x})\boldsymbol{i}$$

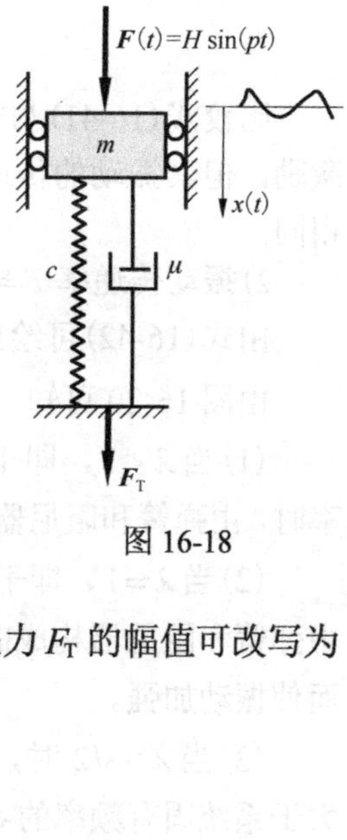

图 16-18

该力的幅值为

$$F_{\mathrm{T}} = \sqrt{(cB)^2+(\mu pB)^2} = cB\sqrt{1+\left(\frac{\mu p}{c}\right)^2}$$

由式(16-39)可知

$$B = \frac{h}{k^2\sqrt{(1-\lambda^2)^2+4\xi^2\lambda^2}}$$

式中，$h=\dfrac{H}{m}$，$k^2=\dfrac{c}{m}$，$\lambda=\dfrac{p}{k}$，$\xi=\dfrac{\mu}{2km}$；由此导出 $\dfrac{\mu p}{c}=2\xi\lambda$。于是力 F_{T} 的幅值可改写为

$$F_{\mathrm{T}} = \frac{H\sqrt{1+4\xi^2\lambda^2}}{\sqrt{(1-\lambda^2)^2+4\xi^2\lambda^2}}$$

若将传递到支承上的力幅值与激振力的幅值之比定义为振动的传递率 T，则

$$T = \frac{F_{\mathrm{T}}}{H} = \frac{\sqrt{1+4\xi^2\lambda^2}}{\sqrt{(1-\lambda^2)^2+4\xi^2\lambda^2}} \tag{16-41}$$

(2)位移激振的传递率。

位移激振也称运动激振。图 16-19 表示支承结构的位移通过弹簧和阻尼器传递给系统的情况。仍以简谐位移为代表进行讨论，设支承的位移表达式为

$$\delta(t) = u\sin(pt)$$

此时，描述系统的运动微分方程为　$m\ddot{x}+\mu(\dot{x}-\dot{\delta})+c(x-\delta)=0$

将 $\delta(t)=u\sin(pt)$ 代入上式得

$$m\ddot{x}+\mu\dot{x}+cx=\mu up\cos(pt)+cu\sin(pt)$$

式中，右端项等价于给该系统作用了一个幅值为 $H=\sqrt{(\mu up)^2+(cu)^2}$ 、频率为 p 的干扰力，考虑到系统位移响应的幅值为

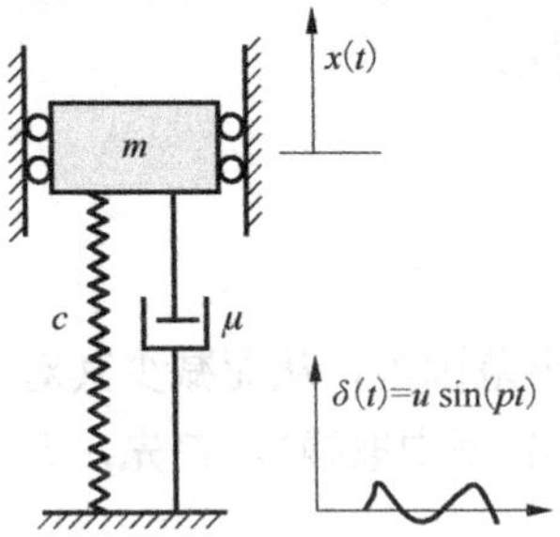

图 16-19

$$B=\frac{h}{k^2\sqrt{(1-\lambda^2)^2+4\xi^2\lambda^2}}$$

则有

$$B=\frac{\sqrt{(\mu up)^2+(cu)^2}}{c\sqrt{(1-\lambda^2)^2+4\xi^2\lambda^2}}$$

若将系统的位移响应幅值与支承的位移幅值之比定义为振动的传递率 T，并考虑到 $\dfrac{\mu p}{c}=2\xi\lambda$，则

$$T=\frac{B}{u}=\frac{\sqrt{1+4\xi^2\lambda^2}}{\sqrt{(1-\lambda^2)^2+4\xi^2\lambda^2}} \tag{16-42}$$

比较式(16-41)与式(16-42)可知，虽然力激振与位移激振对系统而言是两种不同形式的激励，但其振动的传递率表达式完全相同。因此，减小振动传递率 T 的措施在原则上也应相同。

2)振动传递率 T 与频率比 λ、阻尼比 ξ 的关系曲线图

由式(16-42)可绘出描述传递率 T 与频率比 λ、阻尼比 ξ 的关系曲线，如图 16-20 所示。

由图 16-20 可知，传递率 T 与频率比 λ 存在下列关系。

(1)当 $\lambda<1$，即干扰频率远远小于系统的固有频率时，由弹簧和阻尼器构成的隔振措施没有隔振作用。

(2)当 $\lambda=1$，即干扰频率等于系统的固有频率时，由弹簧和阻尼器构成的隔振措施不但没有隔振作用反而使振动加强。

(3)当 $\lambda>\sqrt{2}$ 时，总有 $T<1$。即只有在干扰频率大于系统固有频率的 $\sqrt{2}$ 倍时，由弹簧和阻尼器构成的隔振措施才能起到隔振作用。工程中设计隔振器时，通常取 $2.5\leqslant\lambda\leqslant5$，虽然从曲线图上可知 λ 值越大隔振效果越好，但制造成本也随之增加。

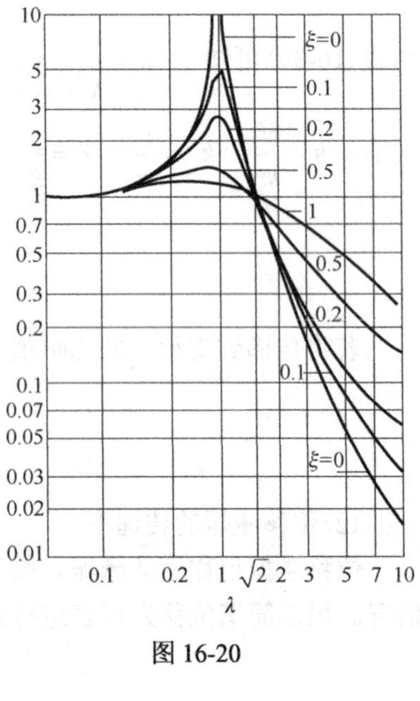

图 16-20

从图 16-20 可知，传递率 T 与阻尼比 ξ 存在下列关系。

(1)当 $\lambda<\sqrt{2}$ 时，阻尼对振动有抑制作用，在共振区阻尼的抑振效果尤为显著。

(2) 当 $\lambda > \sqrt{2}$ 时，阻尼小时隔振效果反而好，换言之，当干扰频率较高时，加大阻尼将使由弹簧和阻尼器构成的隔振措施的效果变差。可见，阻尼对隔振效果的作用不能一概而论。

从以上的分析中可以得到两点明确的结论：首先，只有在 $\lambda > \sqrt{2}$ 时才有隔振效果；其次，当实际情况限制为只能是 $\lambda < \sqrt{2}$ 的情况时，加大阻尼可以产生一定的隔振作用。

例 16-6 一个质量为 100kg 的平台支承于一组弹簧上，弹簧组的相当刚性系数为 $c = 80\text{kN/m}$，平台受到最大值为 500N 的周期性干扰力作用。已知黏性阻尼系数 $\mu = 2\text{kN}\cdot\text{s/m}$。试确定：(1) 无阻尼时平台的固有频率；(2) 考虑阻尼时平台的固有频率；(3) 干扰力频率分别为前两问中求得的频率时平台的实际振幅。

解 本题可以抽象为单自由度系统有阻尼受迫振动问题。

(1) 无阻尼时平台的固有频率为

$$k = \sqrt{\frac{c}{m}} = \sqrt{\frac{80\times1000}{100}} = 28.28(\text{rad/s})$$

(2) 考虑阻尼时平台的固有频率。

阻尼比为

$$\xi = \frac{\mu}{2km} = \frac{2\times1000}{2\times100\times28.28} = 0.3536$$

有阻尼情况下的固有频率为

$$k_1 = k\sqrt{1-\xi^2} = 28.28\times\sqrt{1-0.3536^2} = 26.45(\text{rad/s})$$

(3) 平台的实际振幅。

①当 $p = k$ 时，$\lambda = 1$，$\xi = 0.3536$，$h = \dfrac{H}{m} = 5\text{m/s}^2$，则

$$B = \frac{h}{k^2\sqrt{(1-\lambda^2)^2 + 4\xi^2\lambda^2}} = \frac{5}{28.28^2\times\sqrt{4\times0.3536^2\times1}} = 8.84(\text{mm})$$

②当 $p = k_1 = 26.45\text{rad/s}$ 时，$\lambda = 0.94$，有

$$B = \frac{h}{k^2\sqrt{(1-\lambda^2)^2 + 4\xi^2\lambda^2}} = \frac{5}{28.28^2\times\sqrt{(1-0.94^2)^2 + 4\times0.3536^2\times0.94^2}} = 9.26(\text{mm})$$

16.2 碰 撞

碰撞是一种力学现象，其特点是在极短的时间内，物体的速度(或动量)发生有限的变化。如打桩机的重锤砸击桩柱、用球棒奋力击打棒球等。本节介绍处理这类工程实际问题的理论和方法。

16.2.1 碰撞现象的基本特征、碰撞问题的两点假设

1. 碰撞现象的基本特征

碰撞现象是工程和日常生活中常见的力学现象。该现象具有如下特征。

(1) 碰撞过程持续时间极短，碰撞前后物体的速度发生了有限的改变。

(2) 碰撞时物体间产生巨大的碰撞力，碰撞力以其冲量 $\boldsymbol{I}$（$\boldsymbol{I}=\int_0^t \boldsymbol{F}\mathrm{d}t$）来描述。

(3) 碰撞过程常伴随有能量损失。

以车床尾架固有频率测量实验为例展示碰撞过程的基本特征。采用力锤敲击法测量车床尾架的固有频率(示意图如图 16-21 所示)，借助力传感器可测出碰撞的持续时间及力随时间变化的波形。一组试验数据如下。

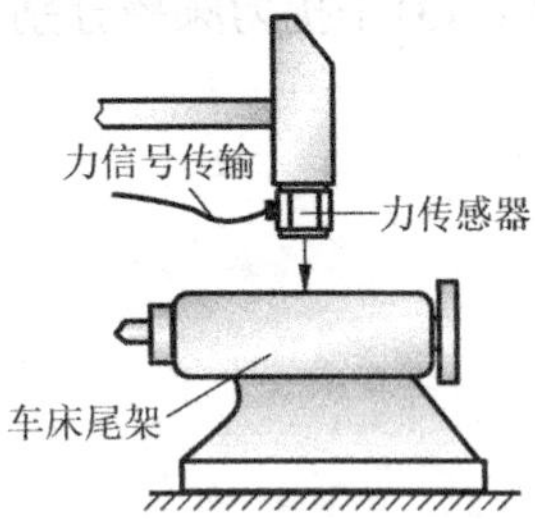

图 16-21

力锤及力传感器总重量：4.45N。

力锤敲击尾架前速度：0.457m/s。

碰撞持续时间：0.00044s。

计算力锤平均加速度：$\dfrac{0.457}{0.00044}=1039(\mathrm{m/s^2})$

(实际应大于此值，因未考虑回弹速度)

平均碰撞力：$\dfrac{4.45}{g}\times 1039=472(\mathrm{N})$

碰撞过程中力锤的位移：$\dfrac{1}{2}\times 0.457\times 0.00044=1.005\times 10^{-4}(\mathrm{m})$

(实际应小于此值，因 0.00044s 中还包括回弹时间在内)

上述实验数据表明：碰撞过程极短；所产生的碰撞力极大。

2. 碰撞问题的两点假设

根据碰撞的特点，可抽象出研究碰撞问题的**两点假设**。

(1) 与碰撞力相比，主动力中的非碰撞力(如重力、弹性力)的影响可以忽略。至于一般约束力及摩擦力，则需考察它们是否含有碰撞力成分而定。

(2) 碰撞过程中不计物体的位移。因碰撞时间极短，物体速度有限，认为碰撞前后物体的几何位置不变。但碰撞力的功(巨大的碰撞力与微小位移的乘积)不可忽略。

基于上述两点假设研究碰撞问题，碰撞的物体按照刚体处理，但碰撞点的局部区域允许变形，从而忽略了弹性波在物体内的传播。

物体的碰撞过程可分为变形与恢复两个阶段。从两物体接触到碰撞力达到峰值、两物体产生最大变形、沿接触点的公法线无相对速度为止为第一阶段，称为**变形阶段**；其碰撞冲量为 $\boldsymbol{I}_1=\int_0^{t_1}\boldsymbol{F}\mathrm{d}t$。此后，物体由于弹性而恢复或部分恢复原来的形状，致使两物体重新分离为止为第二阶段，称为**恢复阶段**；其碰撞冲量为 $\boldsymbol{I}_2=\int_{t_1}^{t_2}\boldsymbol{F}\mathrm{d}t$。

16.2.2 用于碰撞过程的基本定理、恢复因数

由于碰撞过程时间短而碰撞力的变化规律很复杂，因此不宜直接用力来量度碰撞的作用，也不宜用运动微分方程描述每一瞬时力与运动变化的关系；并因物体变形、发声、发热，甚至发光，碰撞过程中几乎都有机械能的损失。因而，碰撞过程中一般不便于应用动能定理。所以，研究碰撞，一般采用动量定理和动量矩定理的积分形式，来确定力的作用与运动变化的关系。

1. 用于碰撞过程的动量定理(冲量定理)

设碰撞的质点系内第 i 个质点的质量为 m_i，受外碰撞冲量 $\boldsymbol{I}_i^{\mathrm{e}}$ 的作用，碰撞开始、结束瞬时的速度分别为 $\boldsymbol{v}_i$ 和 $\boldsymbol{v}_i'$，则由积分形式的质点系动量定理得

$$\sum m_i\boldsymbol{v}_i' - \sum m_i\boldsymbol{v}_i = \sum\int_0^\tau \boldsymbol{F}_i\mathrm{d}t = \sum \boldsymbol{I}_i^{\mathrm{e}} \tag{16-43a}$$

或

$$m\boldsymbol{v}_C' - m\boldsymbol{v}_C = \sum \boldsymbol{I}_i^{\mathrm{e}} \tag{16-43b}$$

式中，m 为质点系的质量；$\boldsymbol{v}_C$ 和 $\boldsymbol{v}_C'$ 分别为碰撞开始、结束瞬时质心的速度。该式表明，质点系在碰撞开始和结束时动量的变化，等于作用于质点系上的外碰撞冲量的矢量和。

2. 用于碰撞过程的动量矩定理(冲量矩定理)

将质点系对固定点动量矩定理的一般表达式 $\dfrac{\mathrm{d}\boldsymbol{L}_O}{\mathrm{d}t} = \boldsymbol{M}_O^{\mathrm{e}}$ 改写为

$$\mathrm{d}\boldsymbol{L}_O = \sum \boldsymbol{r}_i \times \boldsymbol{F}_i^{\mathrm{e}}\mathrm{d}t = \sum \boldsymbol{r}_i \times \mathrm{d}\boldsymbol{I}^{\mathrm{e}}$$

式中，$\boldsymbol{L}_O$ 为质点系对于定点 O 的动量矩矢；$\sum \boldsymbol{r}_i \times \mathrm{d}\boldsymbol{I}^{\mathrm{e}}$ 为作用于质点系的外力元冲量对点 O 的主矩。注意到在碰撞过程中碰撞力作用点的矢径 $\boldsymbol{r}_i$ 保持不变，对上式积分得

$$\boldsymbol{L}_{O2} - \boldsymbol{L}_{O1} = \sum \boldsymbol{r}_i \times \int_0^\tau \mathrm{d}\boldsymbol{I}_i^{\mathrm{e}} = \sum \boldsymbol{M}_O(\boldsymbol{I}_i^{\mathrm{e}}) \tag{16-44}$$

式中，$\boldsymbol{L}_{O1}$、$\boldsymbol{L}_{O2}$ 分别为碰撞开始和结束时质点系对点 O 的动量矩；$\sum \boldsymbol{M}_O(\boldsymbol{I}_i^{\mathrm{e}})$ 为作用于质点系的外碰撞冲量对点 O 的主矩。表明，质点系在碰撞开始和结束时对某定点 O 的动量矩的变化，等于作用于质点系上的外碰撞冲量对同一点的主矩。

与上述推证相似，可得用于碰撞过程的质点系相对于质心 C 的动量矩定理：

$$\boldsymbol{L}_{C2} - \boldsymbol{L}_{C1} = \sum \boldsymbol{M}_C(\boldsymbol{I}_i^{\mathrm{e}}) \tag{16-45}$$

式中，$\boldsymbol{L}_{C1}$、$\boldsymbol{L}_{C2}$ 分别为碰撞开始和结束时质点系对质心 C 的动量矩；$\sum \boldsymbol{M}_C(\boldsymbol{I}_i^{\mathrm{e}})$ 为作用于质点系的外碰撞冲量对质心 C 的主矩。表明，质点系在碰撞开始和结束时对质心 C 的动量矩的变化，等于作用于质点系上的外碰撞冲量对质心 C 的主矩。

碰撞过程中能量的损失，一般不能通过计算碰撞力的功计算动能损失，需要用动量定理和动量矩定理获得碰撞结束后的速度(角速度)，直接计算动能损失。

此外，拉格朗日方程建立了广义力、广义动量的概念，对于受完整、理想、双面约束的质点系，广义动量 $p_j = \dfrac{\partial T}{\partial \dot{q}_j}$，广义冲量 $\tilde{I}_j = \int_0^t Q_j\mathrm{d}t$，碰撞问题的描述也可采用碰撞前后广义动量的变化量等于广义冲量来描述，即

$$(p_j)_2 - (p_j)_1 = \tilde{I}_j, \quad j = 1, 2, \cdots, k \tag{16-46}$$

3. 恢复因数

对一般的弹性碰撞(非完全弹性碰撞)，压缩变形不能完全恢复，碰撞过程中材料的变形恢复能力影响碰撞后物体的运动，为了衡量变形恢复的程度，引入恢复因数的概念。定义为恢复阶段的碰撞冲量与变形阶段的碰撞冲量之比，即

$$e = \frac{I_2}{I_1} \tag{16-47}$$

以图 16-22 所示的两球对心正碰撞为例。由动量定理，在变形阶段有

$$m_1 v - m_1 v_1 = -I_1, \qquad m_2 v - m_2 v_2 = I_1$$

消去 v 后得

$$v_1 - v_2 = \left(\frac{1}{m_1} + \frac{1}{m_2}\right) I_1$$

在恢复阶段，则有

$$m_1 v_1' - m_1 v = -I_2, \qquad m_2 v_2' - m_2 v = I_2$$

消去 v 后得

$$v_2' - v_1' = \left(\frac{1}{m_1} + \frac{1}{m_2}\right) I_2$$

于是有

$$\frac{I_2}{I_1} = \frac{v_2' - v_1'}{v_1 - v_2} = e \tag{16-48}$$

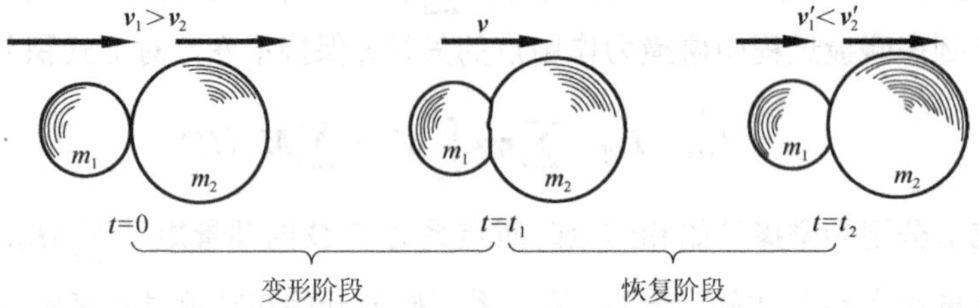

图 16-22

实验发现，对于材料确定的物体，碰撞后的分离速度 $(v_2' - v_1')$ 与碰撞前的接近速度 $(v_2 - v_1)$ 的比值几乎是不变的，**恢复因数** e 为常数，恒取正值。它主要与碰撞物体的材料有关，反映了碰撞过程中材料的变形恢复能力。

一般情况下，$0 < e < 1$，这种碰撞称为**弹性碰撞**。理想情况下，$e = 0$，说明碰撞没有恢复阶段，这种碰撞称为**塑性碰撞**(或**非弹性碰撞**)；$e=1$，说明碰撞后物体能完全恢复原来的形状，这种碰撞称为**完全弹性碰撞**。

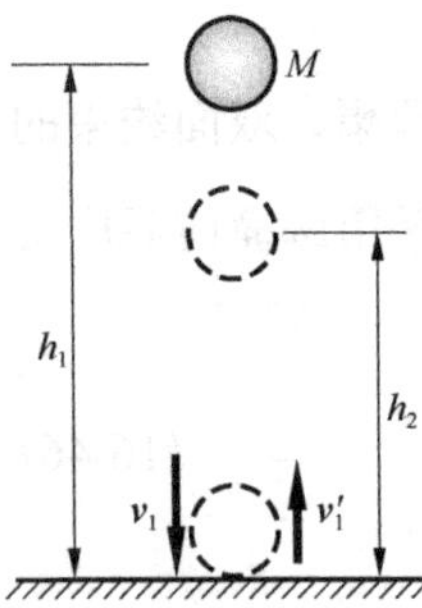

图 16-23

恢复因数 e 值可通过小球自由下落，与固定面碰撞的实验测定。如图 16-23 所示，设质量为 m 的小球 M 自高度 h_1 处自由落下，碰撞开始时的速度为 v_1；碰撞后小球的弹跳高度为 h_2，离开平板的速度为 v_1'；此时可认为 $m_2 = \infty$ 且 $v_2 = v_2' = 0$，则由式(16-48)得

$$e = \frac{v_1'}{v_1}$$

式中，$v_1 = \sqrt{2gh_1}$，$v_1' = \sqrt{2gh_2}$，于是 $e = \sqrt{\dfrac{h_2}{h_1}}$。

表 16-1 列出了几种材料组合的恢复因数。

表 16-1 几种材料组合的恢复因数

碰撞物体	木对木	钢对钢	象牙对象牙	玻璃对玻璃	铁对铁
恢复因数	0.5	0.56	0.89	0.94	0.65

16.2.3 两球的对心碰撞

根据碰撞时物体质心的位置和接触点相对速度的方向，可以从不同角度对碰撞进行分类：若两碰撞物体的质心位于接触面的公法线上，则称为**对心碰撞**，否则称为**偏心碰撞**；若碰撞开始时两接触点之间的相对速度沿接触点的公法线，称为**正碰撞**，否则称为**斜碰撞**。显然，对心正碰撞情况下，如果物体不再受到其他约束，则只存在法向碰撞力。

1. 对心正碰撞

如图 16-22 所示，对心正碰撞两物体的质量分别为 m_1 和 m_2，碰撞始、末瞬时的速度分别为 v_1、v_2 和 v_1'、v_2'。显然，两物体能碰撞的条件是 $v_1>v_2$。

以两物体为研究对象，由于外碰撞冲量 $\sum I_i^e=0$，故系统的动量守恒，即

$$m_1v_1+m_2v_2=m_1v_1'+m_2v_2'$$

由式(16-48)有

$$e=\frac{v_2'-v_1'}{v_1-v_2}$$

联立上述两式，可求得

$$\begin{cases} v_1'=v_1-(1+e)\dfrac{m_2}{m_1+m_2}(v_1-v_2) \\ v_2'=v_2+(1+e)\dfrac{m_1}{m_1+m_2}(v_1-v_2) \end{cases} \tag{16-49}$$

当 $e=1$ 时，两物体做完全弹性碰撞，此时有

$$v_1'=v_1-\frac{2m_2}{m_1+m_2}(v_1-v_2),\quad v_2'=v_2+\frac{2m_1}{m_1+m_2}(v_1-v_2)$$

如果 $m_1=m_2$，则 $v_1'=v_2$，$v_2'=v_1$，即碰撞结束时两物体交换了速度。此现象在台球运动中常见：碰撞前母球前进，被击球静止；碰撞后母球静止，被击球前进。

当 $e=0$ 时，两物体做塑性碰撞，此时有

$$v_1'=v_2'=\frac{m_1v_1+m_2v_2}{m_1+m_2}$$

即碰撞后两物体速度相同，一起运动。此种现象在锻压加工中常见。

以 T_1 和 T_2 分别表示两物体所组成的质点系在碰撞开始、结束瞬时所具有的动能，则有

$$T_1=\frac{1}{2}m_1v_1^2+\frac{1}{2}m_2v_2^2,\qquad T_2=\frac{1}{2}m_1v_1'^2+\frac{1}{2}m_2v_2'^2$$

在碰撞过程中动能的损失为

$$\Delta T = T_1 - T_2 = \frac{1}{2}m_1v_1^2 + \frac{1}{2}m_2v_2^2 - \left(\frac{1}{2}m_1v_1'^2 + \frac{1}{2}m_2v_2'^2\right)$$
$$= \frac{1}{2}m_1(v_1 - v_1')(v_1 + v_1') + \frac{1}{2}m_2(v_2 - v_2')(v_2 + v_2')$$

将式(16-49)代入上式，得

$$\Delta T = \frac{1}{2}(1+e)\frac{m_1m_2}{m_1+m_2}(v_1 - v_2)(v_1 - v_2 + v_1' - v_2')$$

再由式(16-48)有

$$v_1' - v_2' = -e(v_1 - v_2)$$

得

$$\Delta T = \frac{1}{2}(1-e^2)\frac{m_1m_2}{m_1+m_2}(v_1 - v_2)^2 \tag{16-50}$$

式(16-50)就是对心正碰撞过程中的动能损失。

对于完全弹性碰撞，即$e=1$，$\Delta T=0$，碰撞过程中没有动能损失；对于非弹性碰撞，即$e=0$，其动能损失为

$$\Delta T = \frac{m_1m_2}{2(m_1+m_2)}(v_1 - v_2)^2 \tag{16-51}$$

例 16-7　打桩可按对心正碰撞问题处理。设打桩机锤头的质量为m_1，桩的质量为m_2。假定锤与桩在碰撞后具有共同的速度，即恢复因数$e=0$，求打桩的效率。

解　打桩依靠的是锤与桩相撞后一起运动的动能，即碰撞结束瞬时的剩余动能$T_1-\Delta T$，因此，打桩的效率为

$$\eta = \frac{T_1 - \Delta T}{T_1} = 1 - \frac{\Delta T}{T_1}$$

打桩为塑性碰撞，且碰撞开始时桩处于静止，即$v_2=0$，$T_1=\frac{1}{2}m_1v_1^2$。由式(16-51)得

$$\Delta T = \frac{m_2}{m_1+m_2}T_1 = \frac{T_1}{\frac{m_1}{m_2}+1}$$

于是有

$$\eta = 1 - \frac{1}{\frac{m_1}{m_2}+1} = \frac{1}{1+\frac{m_2}{m_1}}$$

可见，比值m_2/m_1越小，打桩效率越高，所以打桩要用重锤。例如，锤头质量是桩质量的 10 倍，则其效率$\eta = \frac{1}{1+1/10} = 0.91$。

2. 对心斜碰撞

如图 16-24 所示，对心斜碰撞的两光滑球质量分别为m_1和m_2，碰撞始、末瞬时的速度分别为v_1、v_2和v_1'、v_2'。

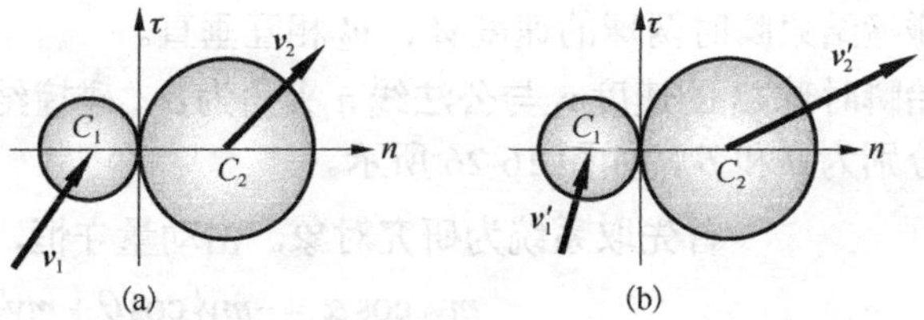

图 16-24

以两球为研究对象，由于外碰撞冲量$\sum \boldsymbol{I}_i^e = 0$，故系统的动量守恒，即

$$m_1\boldsymbol{v}_1 + m_2\boldsymbol{v}_2 = m_1\boldsymbol{v}_1' + m_2\boldsymbol{v}_2'$$

分别向公法线 $\boldsymbol{n}$ 和公切线 τ 上投影，得

$$m_1v_{1n} + m_2v_{2n} = m_1v_{1n}' + m_2v_{2n}', \quad m_1v_{1\tau} + m_2v_{2\tau} = m_1v_{1\tau}' + m_2v_{2\tau}'$$

再分别以两球为研究对象，因接触面光滑，故碰撞冲量沿公法线 n 的方向，所以对每个球来说，都有 $I_\tau = 0$。于是，每个球在碰撞前后的动量沿切线 τ 上的投影不变，即

$$v_{1\tau} = v_{1\tau}', \qquad v_{2\tau} = v_{2\tau}' \tag{16-52}$$

设碰撞过程中沿接触点公法线的共同速度为 v_n，则在公法线方向碰撞的两个阶段分别应用式(16-43)并消去 v_n，得恢复因数为

$$e = \frac{I_2}{I_1} = \frac{v_{2n}' - v_{1n}'}{v_{1n} - v_{2n}} \tag{16-53}$$

与式(16-48)相比，无论两物体对心正碰撞还是对心斜碰撞，其碰撞开始与结束瞬时的速度在公法线上的投影关系相同。

例 16-8　质量为 m_2 的光滑球 C_2 在水平面上处于静止。另一质量为 m_1 的球 C_1 以与铅垂线成 θ 角的速度 $\boldsymbol{v}_1$ 与 C_2 球碰撞，设恢复因数为 e，试求两球碰撞结束瞬时的速度 $\boldsymbol{v}_1'$ 及 $\boldsymbol{v}_2'$。

解　这是对心正碰撞问题。首先取系统为研究对象。碰撞结束瞬时 C_2 的速度水平向右，如图 16-25 所示。又因小球光滑，球 C_1 受的碰撞冲量沿公法线方向，故该球在公切线方向动量守恒，因此，碰撞开始瞬时的速度 $\boldsymbol{v}_1$ 和碰撞结束瞬时的速度 $\boldsymbol{v}_1'$ 均沿公法线方向。

利用系统在水平方向的$\sum I_x^e = 0$，有

$$m_1v_1'\sin\theta + m_2v_2' = m_1v_1\sin\theta$$

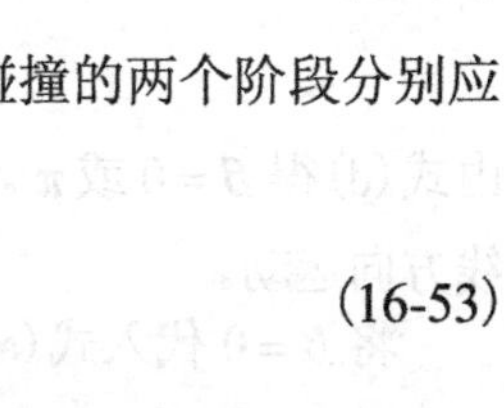

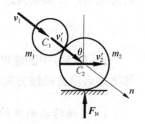

图 16-25

根据恢复因数的公式(16-53)，有

$$e = \frac{v_2'\sin\theta - v_1'}{v_1}$$

以上两个方程联立求解，可得

$$v_1' = \frac{m_1\sin^2\theta - m_2e}{m_2 + m_1\sin^2\theta}v_1, \quad v_2' = \frac{m_1(1+e)\sin\theta}{m_2 + m_1\sin^2\theta}v_1$$

例 16-9　光滑的小球 C_1、C_2 均为完全弹性体，且质量相等。小球 C_1 与静止的小球 C_2 发生斜碰撞。试证明碰撞结束瞬时两球的速度 $\boldsymbol{v}_1'$、$\boldsymbol{v}_2'$ 相互垂直。

解　设碰撞开始瞬时球 C_1 的速度 $\boldsymbol{v}_1$ 与公法线 $\boldsymbol{n}$ 夹角为 α，碰撞结束瞬时两球速度 $\boldsymbol{v}_1'$、$\boldsymbol{v}_2'$ 与公法线 $\boldsymbol{n}$ 的夹角分别为 θ 和 β，如图 16-26 所示。

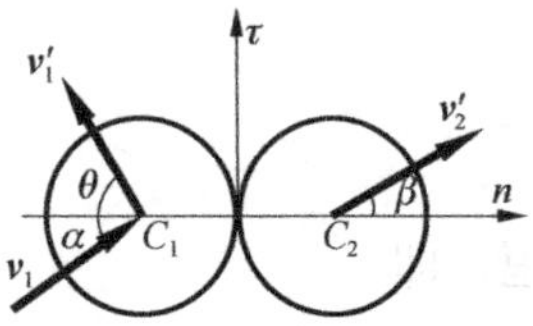

图 16-26

首先取系统为研究对象。由动量守恒，有

$$mv_1\cos\alpha = -mv_1'\cos\theta + mv_2'\cos\beta$$

$$mv_1\sin\alpha = mv_1'\sin\theta + mv_2'\sin\beta$$

即

$$v_1\cos\alpha = -v_1'\cos\theta + v_2'\cos\beta \tag{a}$$

$$v_1\sin\alpha = v_1'\sin\theta + v_2'\sin\beta \tag{b}$$

再分别取球 C_1、C_2 为研究对象。利用式(16-52)，有

$$v_1'\sin\theta = v_1\sin\alpha \tag{c}$$

$$v_2'\sin\beta = 0 \tag{d}$$

根据恢复因数的公式(16-53)，有

$$e = \frac{v_2'\cos\beta + v_1'\cos\theta}{v_1\cos\alpha} = 1 \tag{e}$$

由式(d)得 $\beta = 0$ 或 π。因 α 是锐角，所以只能是 $\beta = 0$。说明碰撞结束后，C_2 球只能沿公法线方向运动。

将 $\beta = 0$ 代入式(a)、式(e)，得

$$v_1\cos\alpha = -v_1'\cos\theta + v_2'$$

$$v_1\cos\alpha = v_1'\cos\theta + v_2'$$

解得 $v_1'\cos\theta = 0, \theta = \pi/2$ 或 $3\pi/2$，表明碰撞结束瞬时 C_1 球只能沿公切线 τ 方向运动。因此，碰撞结束瞬时的速度 $\boldsymbol{v}_1'$ 和 $\boldsymbol{v}_2'$ 相互垂直。

16.2.4　刚体的碰撞

研究刚体的碰撞问题，除了用动量定理、动量矩定理的积分形式，往往还会用到恢复因数的概念，在该类问题中，恢复因数为

$$e = \frac{I_2}{I_1} = \frac{v_{2n}' - v_{1n}'}{v_{1n} - v_{2n}} = \frac{|v_{rn}'|}{|v_{rn}|} \tag{16-54}$$

式(16-54)中的速度为刚体上接触点的速度，即刚体碰撞问题中恢复因数等于碰撞前后刚体接触点沿公法线方向的相对分离速度与相对接近速度之比。

1. 定轴转动刚体的碰撞　撞击中心

将刚体定轴转动的运动微分方程积分，可得刚体定轴转动的碰撞方程为

$$J_z\omega_2 - J_z\omega_1 = M_z(\boldsymbol{I}^{e}) \tag{16-55}$$

式中，J_z 表示刚体对转轴 z 的转动惯量；ω_1、ω_2 分别为转动刚体碰撞开始和结束时的角速度；$M_z(\boldsymbol{I}^e)$ 表示所有外碰撞冲量对轴 z 的矩的代数和。

具有质量对称面的刚体可绕垂直于该对称面的固定轴转动，如图16-27所示。设刚体的质量为 m，其质心 C 至定轴 O 的距离为 d，碰撞前处于静止。当刚体受到位于对称面内的碰撞冲量 $\boldsymbol{I}$ 作用时，刚体突然产生角速度 ω，质心突然产生速度 $\boldsymbol{v}_C$。分别以 I_{Ox}、I_{Oy} 表示轴承 O 处的约束力碰撞冲量在轴 x 和 y 上的投影，则由式(16-43)与式(16-55)，有

$$I_{Oy}+I\sin\alpha=0$$
$$I_{Ox}+I\cos\alpha=m(v_C-0)$$
$$J_O(\omega-0)=Ih\cos\alpha$$

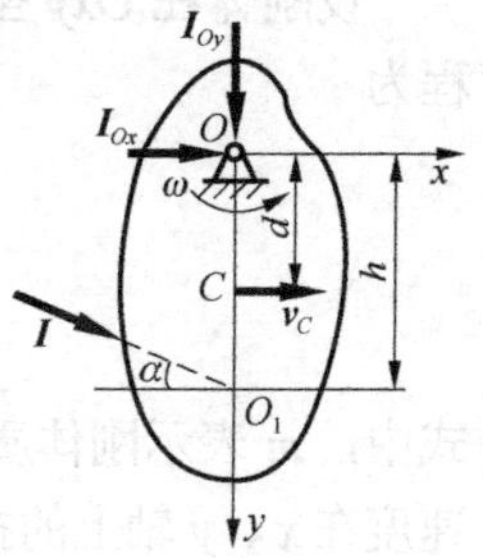

图 16-27

由此得到

$$I_{Oy}=-I\sin\alpha \tag{a}$$
$$I_{Ox}=mv_C-I\cos\alpha \tag{b}$$
$$\omega=\frac{Ih\cos\alpha}{J_O} \tag{c}$$

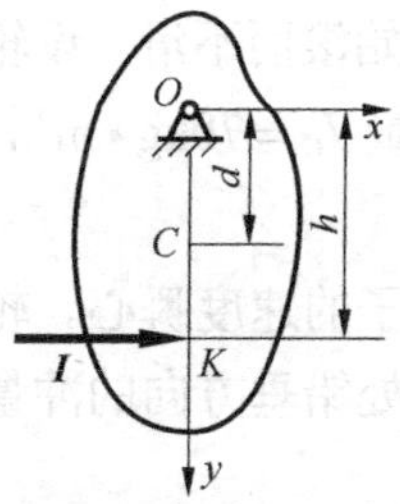

图 16-28

可见，一般情况下，在轴承处将产生十分有害的约束力碰撞冲量，工程实际中应该设法消除。显然，要使 $I_{Ox}=I_{Oy}=0$，必须满足下列条件。

(1) 由式(a)可见，为使 $I_{Oy}=0$，应有 $\alpha=0$，即要求碰撞冲量垂直于 O 点与质心 C 的连线，如图16-28所示。

(2) 设质心 C 至定轴 O 的距离为 d，则 $v_C=d\omega$。将 $\alpha=0$、$v_C=d\omega$ 及式(c)一并代入式(b)，并令 $I_{Ox}=0$，则得

$$h=\frac{J_O}{md} \tag{16-56}$$

满足式(16-56)的点 K 称为**撞击中心**。于是得如下结论：当外碰撞冲量作用于物体质量对称平面内的撞击中心，且垂直于轴承中心与质心的连线时，在轴承处将不会产生碰撞冲量。

工程中根据上述结论设计材料实验中的摆锤式冲击机，使试件冲击位置恰好位于摆的撞击中心，这样就可避免冲击实验时轴承处产生碰撞力。棒球运动员用球棒击球时，若击球点正好是球棒的撞击中心，则双手握棒就不会有强烈的发麻感觉。

例 16-10 质量为 $m=50\text{g}$ 的弹丸，以速度 $v=450\text{m/s}$ 射入铅垂悬挂的均质木杆 OB，并嵌入质心 C（图16-29）。杆的质量 $M=20\text{kg}$，长 $l=1\text{m}$，O 端为光滑固定铰链，弹丸射入前杆是静止的。求弹丸射入后（即碰撞结束瞬时）杆的角速度以及铰链 O 处的碰撞冲量 $\boldsymbol{I}_{Ox}$ 和 $\boldsymbol{I}_{Oy}$。

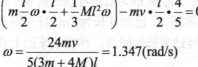

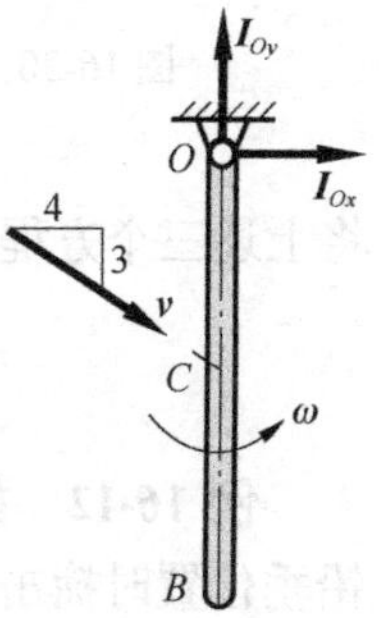

图 16-29

解 取弹丸与杆组成的系统为研究对象。作用于系统的外碰撞冲量只有 $\boldsymbol{I}_{Ox}$ 和 $\boldsymbol{I}_{Oy}$。设弹丸射入后木杆的角速度为 ω，利用对 O 轴的动量矩守恒，得

$$\left(m\frac{l}{2}\omega\cdot\frac{l}{2}+\frac{1}{3}Ml^2\omega\right)-mv\cdot\frac{l}{2}\cdot\frac{4}{5}=0$$

解得

$$\omega=\frac{24mv}{5(3m+4M)l}=1.347(\text{rad/s})$$

沿 x、y 轴列碰撞的动量定理：

$$(m+M)\frac{l}{2}\omega-\frac{4}{5}mv=I_{Ox}\,,\qquad 0-\left(-\frac{3}{5}mv\right)=I_{Oy}$$

代入数据，解得　　$I_{Ox}=-4.50\text{N}\cdot\text{s}$，　$I_{Oy}=13.5\text{N}\cdot\text{s}$

2. 平面运动刚体的碰撞问题

设刚体在 Oxy 坐标平面内运动，由式(16-43)、式(16-45)可得刚体平面运动的碰撞方程为

$$\begin{cases}mv_{C2x}-mv_{C1x}=I_x^{\text{e}}\\ mv_{C2y}-mv_{C1y}=I_y^{\text{e}}\\ J_C\omega_2-J_C\omega_1=M_C(\boldsymbol{I}^{\text{e}})\end{cases}\tag{16-57}$$

式中，m 表示刚体质量；v_{C1x}、v_{C1y} 和 v_{C2x}、v_{C2y} 分别为碰撞开始、结束瞬时刚体质心 C 的速度在 x、y 轴上的投影；J_C 表示刚体对过质心 C 并垂直刚体平面图形的轴的转动惯量；ω_1、ω_2 分别为刚体碰撞开始和结束时平面运动的角速度；$M_C(\boldsymbol{I}^{\text{e}})$ 表示所有外碰撞冲量对质心 C 的矩的代数和。

例 16-11　飞机着陆时，水平速度 $v=40\text{m/s}$，经过 $\tau=0.1\text{s}$ 后，轮子开始滚而不滑。设轮子的半径 $r=800\text{mm}$，平均变形 $\delta=50\text{mm}$ (图 16-30)，对质心轴的转动惯量 $J_C=70\text{kg}\cdot\text{m}^2$，不考虑铅垂方向的运动，求碰撞过程中摩擦力 $\boldsymbol{F}$ 的平均值。

解　飞机着陆时，轮胎与地面发生碰撞。在碰撞结束瞬时，A 点为轮子的速度瞬心。轮子受到的外碰撞冲量除 A 点处的水平冲量 $\boldsymbol{I}$ (摩擦力的冲量)外，还有 A 点处铅垂方向的冲量和质心 C 处的约束冲量(这两个冲量图中均未画出)。

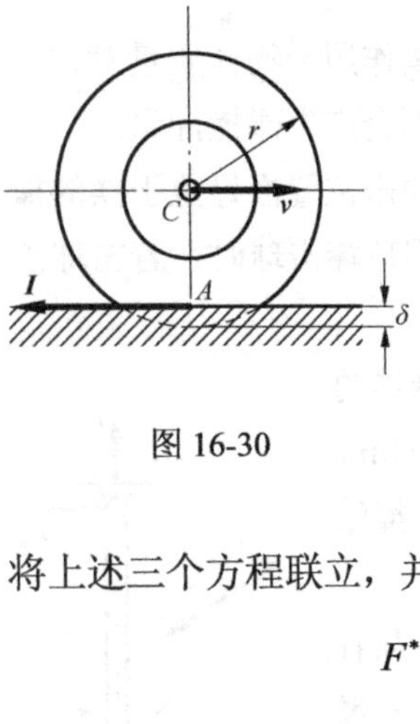

图 16-30

将刚体平面运动微分方程形式积分得

$$J_C\omega-0=I(r-\delta)\tag{a}$$

由于飞机质量远比起落架大，可假定飞机在碰撞过程中的水平速度无显著变化，于是可近似认为

$$\omega=\frac{v'}{r-\delta}\approx\frac{v}{r-\delta}\tag{b}$$

摩擦力 $\boldsymbol{F}$ 的平均值为

$$F^*=\frac{I}{\tau}\tag{c}$$

将上述三个方程联立，并代入已知数据即可求得

$$F^*=\frac{J_Cv}{\tau(r-\delta)^2}=\frac{70\times40}{0.1\times(0.8-0.05)^2}=49800(\text{N})=49.8\text{kN}$$

例 16-12　如图 16-31(a)所示，质量为 m 的匀质细杆 AB 从水平位置无初速的落下，到铅垂位置时撞击质量为 m 的静止的匀质圆球。已知杆长为 1m，杆与球之间的恢复因数为 0.5，球与水平面之间的摩擦因数为 0.25。经过多长时间后，球在水平面上开始纯滚动？

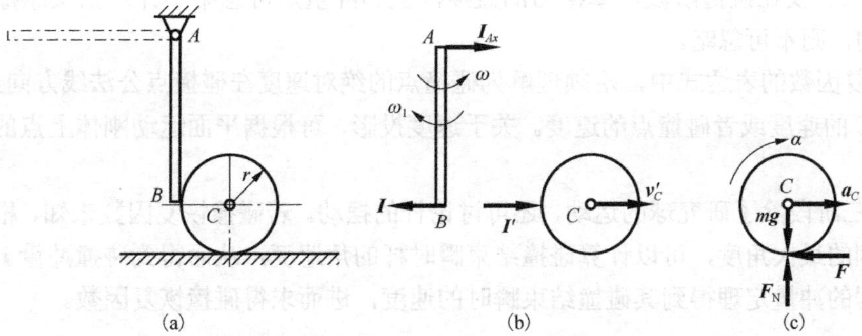

图 16-31

解　本题分为碰撞前、碰撞、碰撞后三个阶段，分阶段进行分析计算。设碰撞开始和结束瞬时杆的角速度分别为ω、ω_1，球心速度在碰撞开始瞬时为 0，碰撞结束瞬时为v'_C。

(1) 第一阶段：碰撞前。AB 杆自水平位置由静止开始定轴转动，运动至铅垂位置，由动能定理得

$$\frac{1}{2}J_A\omega^2-0=mg\cdot\frac{1}{2}l$$

将 $J_A=\dfrac{1}{3}ml^2$ 代入，得到碰撞开始瞬时杆的角速度 $\omega=\sqrt{3g/l}$，逆时针。

(2) 第二阶段：碰撞。杆与球碰撞，忽略重力、摩擦力的冲量与冲量矩。

对杆 AB(图 16-31(b))，根据冲量矩定理，有

$$J_A\omega_1-(-J_A\omega)=Il \tag{a}$$

对球 C(图 16-31(b))，根据冲量定理，有

$$mv'_C-0=I' \tag{b}$$

再根据碰撞恢复因数补充运动参数之间的关系：

$$e=\frac{v'_C-(-\omega_1 l)}{\omega l} \tag{c}$$

联立求解式(a)～式(c)，得到碰撞结束时球心的速度：

$$v'_C=\frac{3\sqrt{3gl}}{8} \tag{d}$$

(3) 第三阶段：碰撞后。球平面运动(图 16-31(c))，根据平面运动微分方程有

$$ma_C=-F=-mgf \tag{e}$$

$$J_C\alpha=Fr \tag{f}$$

对匀质球，$J_C=\dfrac{2}{5}mr^2$。设碰撞结束 ts 后球开始纯滚动，纯滚动阶段，球的角速度 ω_t 与球心速度 v_t 之间满足：$v_t=\omega_t r$，且有 $a_C=\dfrac{\mathrm{d}v_t}{\mathrm{d}t}, \alpha=\dfrac{\mathrm{d}\omega_t}{\mathrm{d}t}$，故有

$$\alpha tr=v'_C+a_C t \tag{g}$$

联立求解式(e)～式(g)，得到球开始做纯滚动时所经历的时间：

$$t=0.24\mathrm{s}$$

注意 (1) 仅在碰撞阶段，摩擦力的碰撞冲量和冲量矩可忽略不计；如果摩擦力是由碰撞力引起的，则不可忽略。

(2) 恢复因数的表达式中，v'_C 须理解为碰撞点的绝对速度在碰撞点公法线方向上的投影，而非球心 C 的速度或者碰撞点的速度。关于速度投影，可根据平面运动刚体上点的速度关系得到。

(3) 第三阶段除了研究球的运动，还可讨论杆的摆动。若碰撞恢复因数未知，根据碰撞后杆摆动达到的最大角度，可以计算碰撞结束瞬时杆的角速度，从而得到碰撞冲量 $\boldsymbol{I}$，再根据球碰撞过程的冲量定理得到其碰撞结束瞬时的速度，进而求得碰撞恢复因数。

思 考 空 间

振动基本理论专题主要介绍单自由度系统的自由振动和受迫振动，分析阻尼的影响，阐述固有频率的计算、共振现象以及临界转速的概念，讨论抑制和隔离振动的基本途径。单自由度系统的典型代表就是质量弹簧系统，单自由度系统振动的基本概念具有普遍意义，是后续多自由度系统振动分析的基础，很多工程问题经过简化，按照单自由度振动就能得到满意的结果。

系统振动微分方程的建立是分析问题的关键，对于典型的质量弹簧系统，总是取静平衡位置为坐标原点，将系统置于一个任意位置，进行受力分析和运动分析(或者分析势能和动能)，然后列写系统的振动微分方程。不论质点在哪个位置和质点向哪个方向运动，作用于质点的恢复力总是 $F=-cx$ ，阻尼力总是 $F_R=-\mu\dot{x}$ ，振动方向上的常力只影响振动中心位置，不影响振动规律。此外，分析时将任意位置选在坐标轴的正向比较简单，否则不仅复杂而且容易出错。

碰撞专题，是积分形式的动量定理和动量矩定理的应用，研究碰撞问题做了两点假设：

(1) 在碰撞过程中，不计非碰撞力的冲量。

(2) 在碰撞过程中，不计物体的位移。

因此用于碰撞过程的动量定理(冲量定理)和动量矩定理(冲量矩定理)在应用时得到了简化，碰撞阶段重力、弹性力等非碰撞力的冲量忽略不计，冲量矩定理的矩心可以任意选取，不再仅限于固定点或者固定轴。

碰撞过程中，一般都有动能损失，但由于碰撞力的功难以计算，通常不使用动能定理。求解碰撞问题，首先应该将系统整个运动划分成三个阶段，即碰撞前阶段、碰撞阶段和碰撞后阶段。碰撞前、碰撞后两个阶段为非碰撞阶段，按照动力学常规问题处理，碰撞阶段按照碰撞特点进行分析和计算。

通常，研究碰撞问题除了应用冲量定理和冲量矩定理，往往还需要利用恢复系数公式列写相应的补充方程。需要注意的是恢复系数是两个相碰撞的物体在碰撞结束瞬时接触点法向相对速度与碰撞开始瞬时的法向相对速度之比，在列写公式时需要注意区分碰撞点的速度与质心速度，注意使用碰撞点法向速度，此外，还需要确认第一物体和第二物体，以免将碰撞点两相对法向速度的次序写错。

除了采用动力学普遍定理求解碰撞问题，也可以采用分析力学的方法求解碰撞问题，对于受完整约束的系统，对其拉格朗日方程($\dfrac{\mathrm{d}}{\mathrm{d}t}\left(\dfrac{\partial T}{\partial \dot{q}_j}\right)-\dfrac{\partial T}{\partial q_j}=Q_j$ ， $j=1,2,\cdots,k$)在碰撞的时间

间隔内进行积分，并忽略动能对广义位移的偏导项所对应的积分，得到广义动量变化量等于广义力的冲量，以此来描述碰撞过程。

习　题

16-1　测得图示系统的振动频率为每秒 2.5 次，当去掉圆柱体 B 以后，系统的振动频率变为每秒 3 次。已知圆柱体 B 的重量为 8.9N。试求圆柱体 A 的重量。

16-2　图示连杆可绕过 O 且垂直于纸面的轴自由摆动，若已知连杆对此轴的转动惯量为 J_O，质心 C 到 O 轴的距离为 l，连杆重为 W。试求连杆做微幅摆动的周期。

16-3　在铅垂面内有一由质量块、弹簧和摆杆组成的振动系统，如图所示。设两弹簧的刚性系数分别为 c_1、c_2，且系统在图示位置处于平衡(摆杆 AB 水平)。忽略摆杆质量，试求系统微幅振动的固有频率。

16-4　图中均质圆盘重为 G，半径为 R，物块重为 G，弹簧刚度系数为 c，静伸长量为 δ_{st}，细绳与圆盘间无滑动且忽略绳重。试计算系统做微幅振动的固有频率。

题 16-1 图

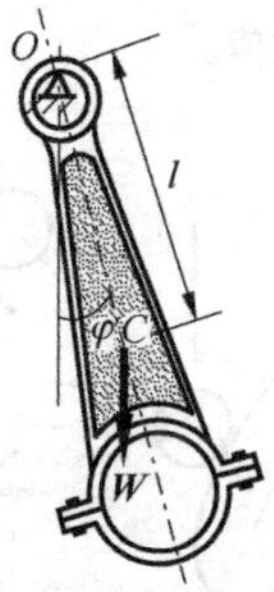

题 16-2 图

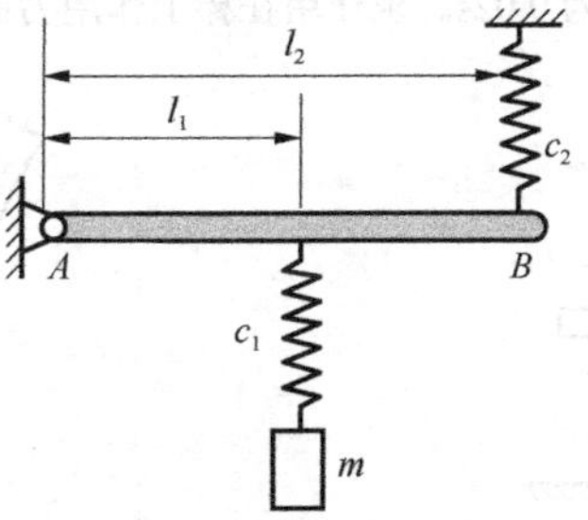

题 16-3 图

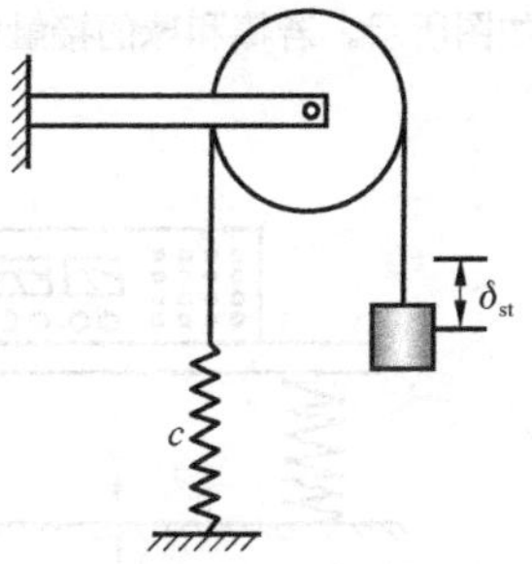

题 16-4 图

16-5　小球 A 的质量为 m，紧系在张紧的弹性绳中央，如图所示。假设绳在张紧时的张力的大小为 F，且当小球做微幅水平运动时张力不变。略去小球自重的影响，试求其微幅振动的运动微分方程(假设微幅振动，$\sin\theta \approx \tan\theta \approx \dfrac{x}{L}$)。

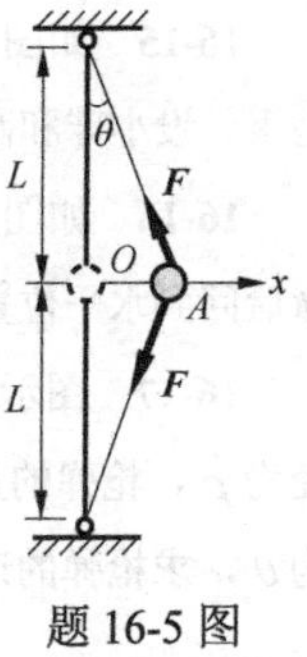

题 16-5 图

16-6　测得质量-弹簧振动系统在空气中(即不计阻力)的振动周期为 0.4s；在黏性流体中的周期为 0.5s。求在黏性流体中振动的减幅系数。

16-7　质量-弹簧系统衰减振动的振幅，在振动 10 次的过程中，由 $x = 0.03\text{m}$ 缩小到 $x_1 = 0.0006\text{m}$，试求该系统的减幅系数。

16-8　已知图示物块 A 的质量 $m = 19.6\text{kg}$，悬挂在刚性系数 $c = 39.2\,\text{N/cm}$ 的弹簧上，在物体上作用有周期性干扰力 $F = 39.2\sin(10t)\text{N}$，试求物体 A 的运动规律。

16-9　已知图中电机转子的质量 $m = 270\text{kg}$，偏心距 $e = 0.2\text{cm}$。测得轴中点的静变形 $\delta_{st} = 0.432\times10^{-2}\,\text{cm}$，轴间距 $L = 85\text{cm}$。试求：(1)当电机以 $3000\,\text{r/min}$ 的转速工作时轴中部的振幅；(2)该电机的临界转速。

16-10　质量-弹簧系统悬挂在厂房的天花板上，如图所示。已知天花板的运动规律为 $y_1 = u\sin(pt)$，若不考虑阻尼，试求质量为 m 的物块的受迫振动规律。

16-11　有一段波形路面，其方程为 $\delta = 25\sin\dfrac{2\pi x}{50000}\text{mm}$，若将行驶在这段路面上的汽车简化为质量-弹簧系统，如图 16-17 所示。已知其等效刚度 $c^* = 294\,\text{kN/m}$，等效质量 $m = 3000\text{kg}$。试求汽车的临界速度。

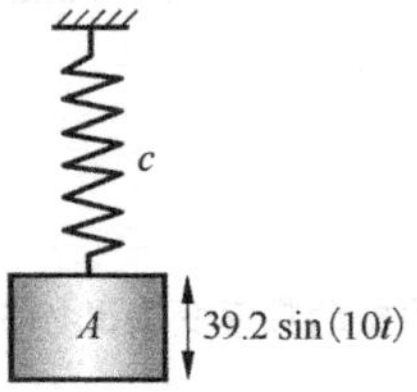

题 16-8 图

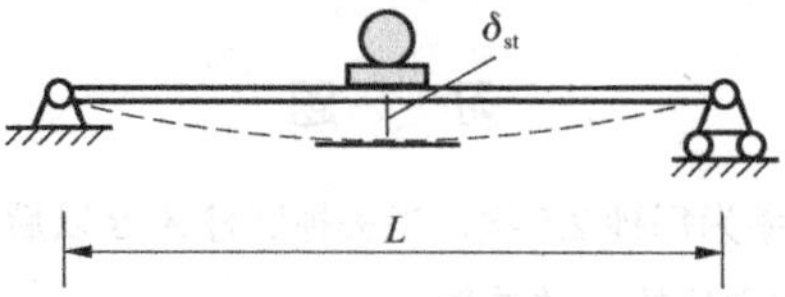

题 16-9 图

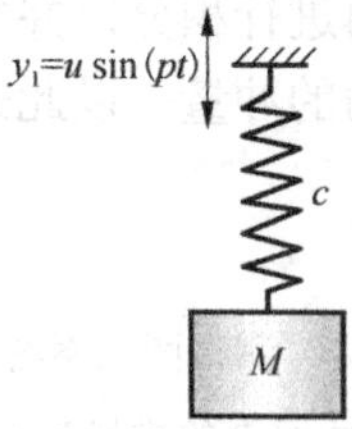

题 16-10 图

***16-12**　图示飞机的仪表板连同仪器共重 20N，四角各放置一只刚性系数 $c = 2\times10^3$ N/m 的橡胶垫块。试求在飞机发动机转速为3600r/min 和 6000r/min 时，振动传递到仪表板上的百分比(不计阻尼)。

***16-13**　一个重为120N 的滚筒，以3600r/min 的转速引起附近设备的振动。现用四个垂直的支点来支承滚筒。试选择适当的弹性支承，在不计阻尼时使该系统对基础的传递率 $T = 0.1$。

16-14　质量为100g 的球以 15m/s 的速度投向击球手。击球手用球棒在 B 点击中球后，球的速度为45m/s，方向如图所示。若棒和球的接触时间为 0.02s。求作用在棒上作用力的平均值。

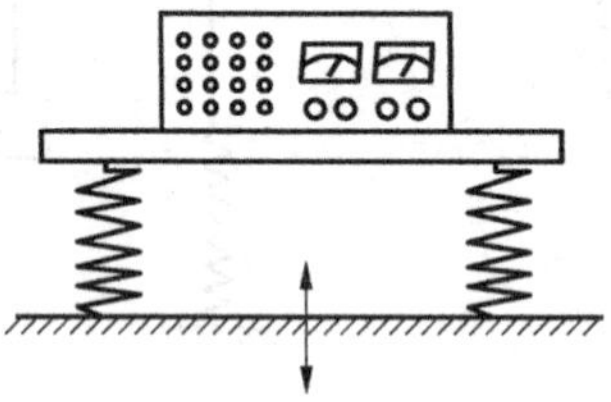

题 16-12 图

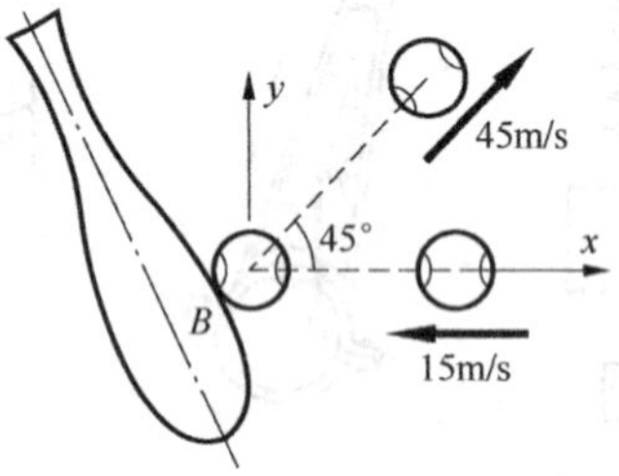

题 16-14 图

16-15　如图所示，小球 A 以水平速度 $\boldsymbol{v}$ 打在一个可以绕水平轴 O 转动的圆环上。碰撞后，小球的速度为零。设小球和圆环的质量均为 m，求轴承处 O 的碰撞冲量。

16-16　如图所示，均质杆 AB 由铅垂静止位置绕下端的轴 A 倒下。杆上的一点 K 击中固定钉子 D，碰撞后回到水平位置。求碰撞时的恢复因数 e，并证明这个结果与钉子到轴承 A 的距离无关。

16-17　图示为一测定枪弹速度的冲击摆。设摆重为 $\boldsymbol{G}$，重心在 C，$CO = a$，摆对于悬点 O 的回转半径为 ρ，枪弹的重量为 $\boldsymbol{P}$，射入的位置距 O 点的距离为 b，且 $P \ll G$，测得枪弹射入后冲击摆转过的角度为 θ，求枪弹的速度。

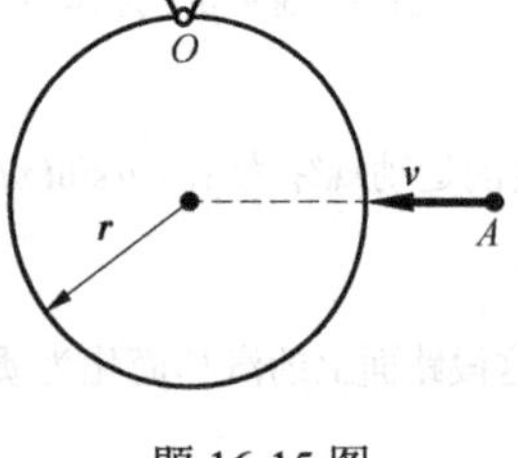

题 16-15 图

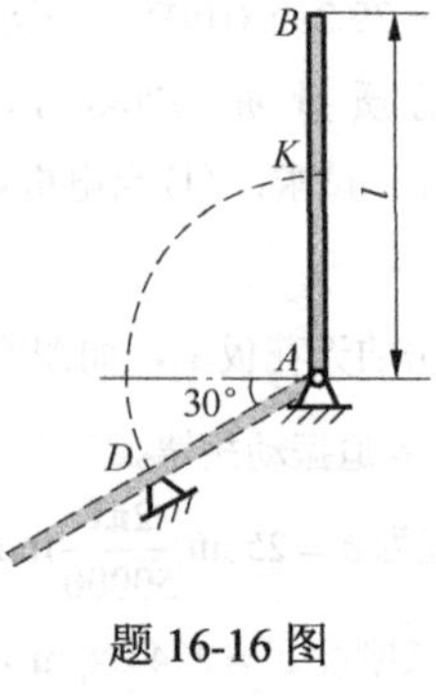

题 16-16 图

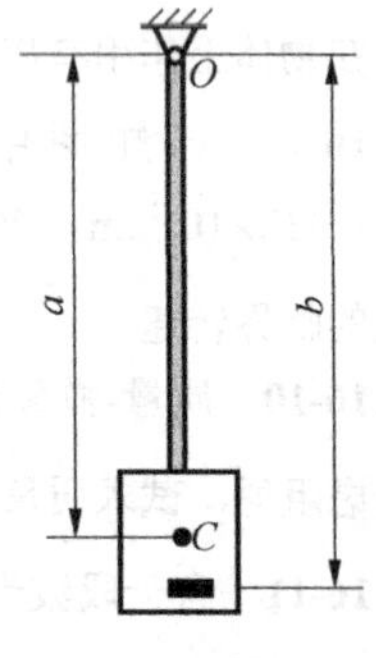

题 16-17 图

16-18 图示一球放在水平面上，其半径为 r。在球上作用一水平冲量 $\boldsymbol{I}$，欲使球与水平面间无相对滑动，求冲量距水平面的高度 h。

16-19 乒乓球的半径为 r，以速度 $\boldsymbol{v}$ 落到地面，$\boldsymbol{v}$ 与铅垂线成 θ 角，此时球有绕水平轴 O 转动的角速度 ω_0，如图所示。若球与地面相撞后，因瞬时摩擦作用，接触点的水平速度突然变为零，并设恢复因数为 e，求回弹角 β。

16-20 平台车以速度 $\boldsymbol{v}$ 沿水平路轨行进，其上放置一均质正方形物块 A，其边长为 a，质量为 m，如图所示。在平台上靠近物块有一突出的棱 B，它能阻止物块向前运动，但不阻止物块绕棱转动。求当平台车突然停止时物块转动的角速度。

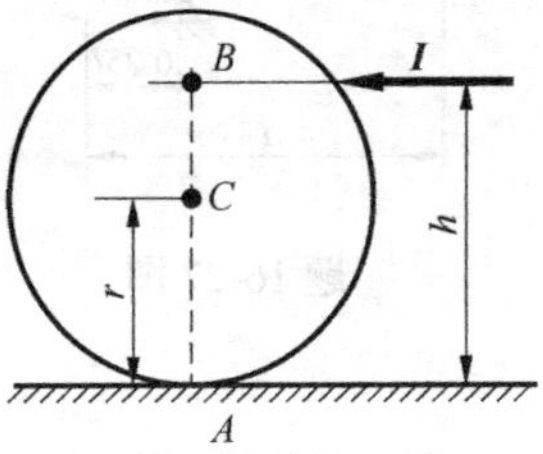

题 16-18 图

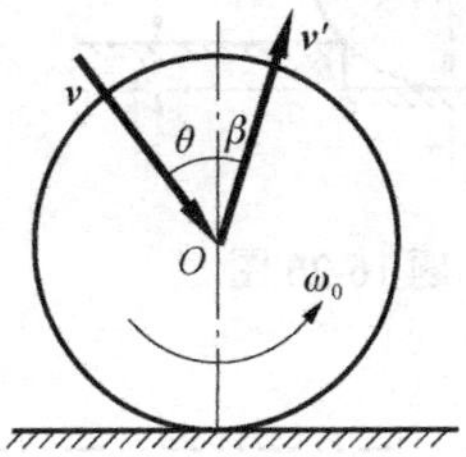

题 16-19 图

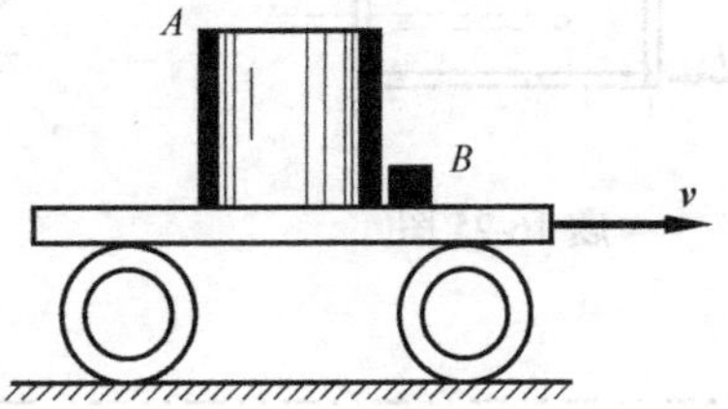

题 16-20 图

16-21 AB、BC 两均质杆刚接，如图所示。设 $AB = BC = l$，$m_{BC} = 2m_{AB}$。试求：

(1) 当以 A 点为悬点时撞击中心的位置；

(2) 欲使撞击中心位于端点 C，悬点 O 应位于何处。

16-22 摆由均质杆及均质圆盘组成，如图所示。设杆长为 l，圆盘的半径为 r，且 $l = 4r$。求当摆的撞击中心正好与圆盘质心重合时，直杆与圆盘的质量之比 k。

16-23 均质木箱由图示倾斜位置倒下，假设地板足够粗糙，能阻止其滑动，且在 B 处的碰撞是塑性的。求使棱 A 不致跳起的最大比值 b/a。

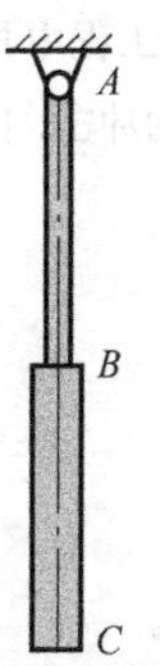

题 16-21 图

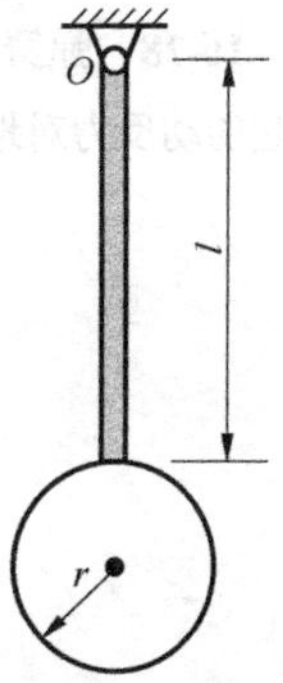

题 16-22 图

16-24 如图所示，用打桩机打入质量为 50kg 的桩柱，打桩机重锤的质量为 450kg，由高度为 $h = 2\text{m}$ 处下落，其初速度为零。若恢复因数 $e = 0$，经过一次撞击后，桩柱深入 1m，试求桩柱陷入土地中的平均阻力。

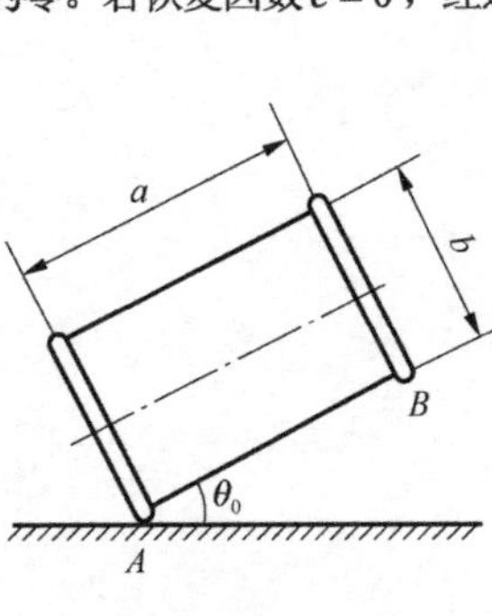

题 16-23 图

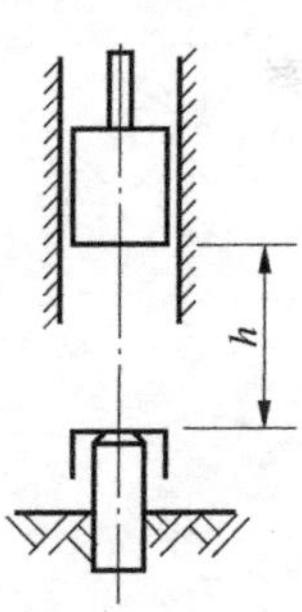

题 16-24 图

16-25　三根匀质杆 AB、AC、BD 按图示方式铰接，位于同一铅垂面内。杆的长度均为 l，质量均为 m。初始 AC、BD 铅垂，AB 水平的情况下，在铰链 A 处作用一水平向右的冲量 $\boldsymbol{I}$。求 AC、BD 两杆的最大偏角。

16-26　如图所示，质量为 m、半径为 r 的匀质圆柱体以等速 $\boldsymbol{v}_C$ 沿水平面纯滚动。运动过程中突然与一高为 $h(h<r)$ 的凸台碰撞。设碰撞是塑性的，求圆柱体碰撞后质心的速度、圆柱体的角速度和碰撞冲量。

16-27　如图所示，质量为 m、长度为 l 的匀质杆 AB，水平地落下一段距离 h 后，与支座 D 碰撞，$BD=l/4$。假定碰撞是塑性的，求碰撞后的角速度和碰撞冲量。

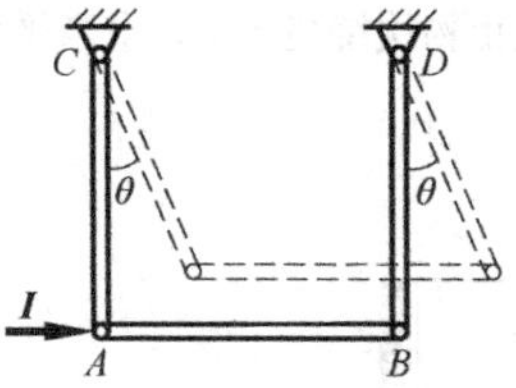

题 16-25 图

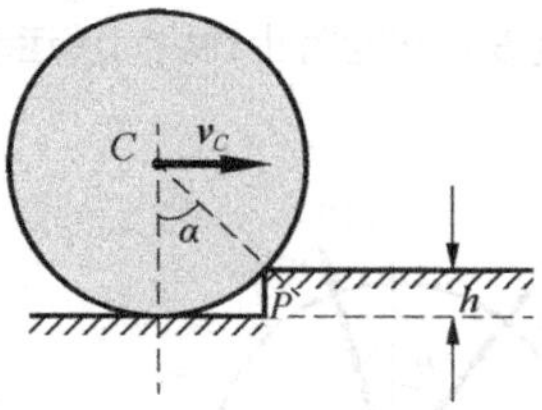

题 16-26 图

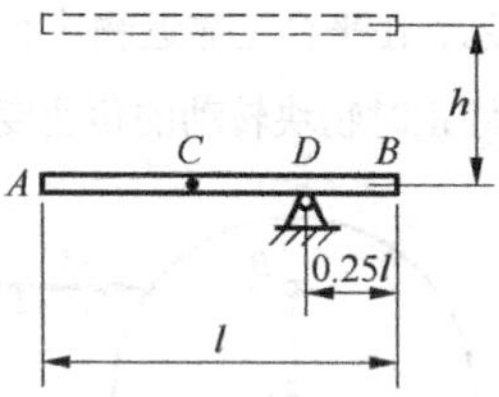

题 16-27 图

拓展应用

16-28　弹簧隔振器在工程中具有广泛应用。若采用图示隔振器隔离旋转机械运转过程中转子质量偏心引起的动反力对地面造成的冲击，试建立系统一维动力学模型，并分析隔振器的参数与隔振效果之间的关系。

题 16-28 图

参考答案

参 考 文 献

党锡淇，许庆余，1989. 理论力学[M]. 西安：西安交通大学出版社.

哈尔滨工业大学理论力学教研室，2016. 理论力学[M]. 8 版. 北京：高等教育出版社.

韩省亮，何望云，2007. 理论力学要点与解题[M]. 西安：西安交通大学出版社.

洪嘉振，杨长俊，2008. 理论力学[M]. 3 版. 北京：高等教育出版社.

贾书惠，李万琼，2002. 理论力学[M]. 北京：高等教育出版社.

景思睿，张鸣远，2001. 流体力学[M]. 西安：西安交通大学出版社.

李俊峰，张雄，2021. 理论力学[M]. 3 版. 北京：清华大学出版社.

刘又文，彭献，2006. 理论力学[M]. 北京：高等教育出版社.

刘章军，熊敏，叶永，2012. 大学生力学竞赛与建模[M]. 北京：中国水利水电出版社.

王芳文，刘睫，张亚红，2021. 理论力学辅导纲要与题解[M]. 西安：西安交通大学出版社.

王正，2015. 转动机械的转子动力学设计[M]. 北京：清华大学出版社.

希伯勒，2013. 静力学[M]. 12 版. 李俊峰，吕敬，袁长清，译. 北京：机械工业出版社.

张克猛，张义忠，2008. 理论力学[M]. 北京：科学出版社.

支希哲，1997. 理论力学常见题型解析及模拟题[M]. 西安：西北工业大学出版社.

周又和，2015. 理论力学[M]. 北京：高等教育出版社.

BEDFORD A, 2008. Engineering mechanics dynamics[M]. 5th ed. Singapore: Pearson Education South Asia Pte Ltd.

BEDFORD A, 2008. Engineering mechanics statics[M]. 5th ed. Singapore: Pearson Education South Asia Pte Ltd.

HIBBELER R C, 2004. Engineering mechanics dynamics[M]. 10th ed，影印版. 北京：高等教育出版社.

HIBBELER R C, 2004. Engineering mechanics statics[M]. 10th ed，影印版. 北京：高等教育出版社.